Son mystérieux amant

Une révélation inattendue

Trop près d'un Westmoreland

BARBARA DUNLOP

Son mystérieux amant

Traduction française de
FRANÇOISE HENRY

PASSIONS

HARLEQUIN

Collection : PASSIONS

Titre original :
THE MISSING HEIR

Ce roman a déjà été publié en 2015.

HARPERCOLLINS FRANCE
83-85, boulevard Vincent-Auriol, 75646 PARIS CEDEX 13
Service Lectrices — Tél. : 01 45 82 47 47

www.harlequin.fr

ISBN 978-2-2804-4905-2 — ISSN 1950-2761

- 1 -

Appuyé contre un établi du hangar d'Aviation 58, une compagnie aérienne de Juneau, en Alaska, Cole Henderson regardait la une du *Daily Bureau*. En consultant la liste des victimes de l'accident d'avion survenu à Atlanta, il s'étonnait d'éprouver tant d'indifférence. La nouvelle aurait dû l'émouvoir. Après tout, Samuel Henderson était son père biologique. Et pourtant, il ne ressentait rien.

Une porte s'ouvrit, et un souffle d'air glacé chargé de neige s'infiltra à l'intérieur. A 10 heures du matin, il faisait encore nuit à cette latitude.

Luca Dodd, son associé et ami, vint le rejoindre.

— Tu as vu ? demanda-t-il.

— J'ai vu.

Luca ôta ses gants de cuir et son bonnet de laine.

— Qu'en penses-tu ?

— Rien, répondit-il en repliant le journal et en le jetant sur l'établi derrière lui. Que veux-tu que j'en pense ? Il est mort.

Le compresseur d'air se mit en route à l'autre extrémité du hangar, où deux techniciens d'entretien s'affairaient sur le moteur d'un Commodore, au sol pour maintenance.

— C'était ton père, souligna Luca.

— Je ne l'ai jamais vu. Et il ignorait mon existence.

— Tout de même…

Cole haussa les épaules. Le mariage de Lauren, sa mère, avec Samuel Henderson, rejeton milliardaire d'une famille propriétaire de Coast Eagle Airlines, une compagnie aérienne basée à Atlanta, avait été bref et malheureux. Et si sa mère ne lui avait pas caché les circonstances de sa naissance, elle l'avait mis en garde contre la famille Henderson.

— Huit morts, reprit Luca, retournant le journal pour faire apparaître la une.

— Une terrible catastrophe, convint-il.

Pilote lui-même, il compatissait sincèrement au drame.

— Aux dernières nouvelles, ils auraient été victimes d'une conjonction de phénomènes de givre et de cisaillement du vent. Plutôt exceptionnel à Atlanta.

— Effectivement. Et c'est redoutable.

— Un pilote rompu à nos conditions climatiques aurait peut-être pu se tirer d'affaire.

Une évidence. En Alaska, les pilotes possédaient plus d'expérience que quiconque en matière de conditions météorologiques extrêmes.

Par-dessus son épaule, il jeta un nouveau coup d'œil à la une du journal. D'un point de vue humain, il éprouvait une immense compassion pour les victimes et leurs proches. Mais, pour lui, Samuel Henderson n'était qu'un inconnu qui avait dévasté la vie de sa mère, trente-deux ans plus tôt.

En revanche, quand celle-ci avait succombé à un cancer, l'année précédente, il en avait éprouvé un profond chagrin.

— Il y a une photo du bébé sur le site Web, dit Luca.

L'article du journal mentionnait que Samuel Henderson et Coco, sa ravissante jeune femme, avaient un enfant de neuf mois qui, par chance, ne participait pas au voyage. En revanche, la mère de Samuel Henderson et plusieurs dirigeants de la compagnie qu'ils possédaient comptaient parmi les victimes.

— Il est vraiment très mignon, ajouta Luca.

Cole ne répondit pas. Il n'avait pas vu la photographie et ne comptait pas la regarder. La tragédie Henderson ne le concernait en rien.

Luca approcha son visage du sien.

— Tu ne comprends pas ?

— Que devrais-je comprendre ?

Il s'écarta de l'établi pour gagner le couloir desservant

les bureaux de la compagnie. Bien que novembre soit le mois le plus creux pour Aviation 58, il y avait du travail administratif à accomplir.

Cela ne suffit pas à décourager Luca, qui lui emboîta le pas.

— Le gosse, Zachary, est le seul survivant de la famille.

— Franchement, je ne m'inquiète pas pour lui !

Même s'il n'en était pas très fier, il devait avouer qu'il n'éprouvait que du ressentiment envers cet enfant. Pourquoi se serait-il apitoyé sur ce petit privilégié qui disposerait d'une armée de nurses et de chauffeurs, et jouirait de tout ce que la vie pouvait offrir de meilleur à un fils de bonne famille ?

Rempli d'amertume, il ne pouvait s'empêcher de comparer l'enfance dorée du dernier rejeton Henderson à la sienne.

Peu de temps après son mariage secret avec sa mère, Samuel Henderson avait cédé aux pressions de ses parents qui, jugeant Lauren indigne de lui, exigeaient le divorce. Et quand Lauren avait découvert sa grossesse, terrifiée à l'idée que les Henderson n'apprennent l'existence de l'enfant et ne veuillent le lui soustraire pour l'éduquer selon leurs critères, elle s'était enfuie en Alaska avec quelques dollars en poche.

Là, elle avait trouvé du travail et réussi tant bien que mal à vivre avec son fils. Devenu jeune homme, Cole avait travaillé jour et nuit pour pouvoir suivre les cours d'une école de pilotes, puis créer sa propre compagnie aérienne.

Non, vraiment, comparé à lui, Zachary Henderson n'était pas à plaindre.

— Il est seul au monde, reprit Luca, interrompant le cours de ses pensées.

— Tu crois vraiment ? riposta-t-il, ironique.

— Tu es son seul parent vivant.

— Je ne suis pas son parent !

— Tu es son demi-frère.

— Parlons plutôt d'accident génétique.

Rien, absolument rien ne le rattachait à Zachary Henderson. Ils vivaient à des millions d'années-lumière l'un de l'autre.

— Il n'a que neuf mois, insista Luca. Si les Henderson sont aussi mauvais que le disait ta mère…

La voix de Luca s'éteignit derrière lui, laissant les bruits produits par l'équipe de maintenance remplir le silence.

— Les Henderson *sont* mauvais, confirma-t-il.

— Sauf Zachary et toi.

— Je ne suis pas un Henderson !

— Aurais-tu négligé ces derniers temps de jeter un coup d'œil à tes papiers d'identité ?

Cole ouvrit la porte du couloir.

— Tu sais ce que je veux dire…

— Je sais exactement ce que tu veux dire. En ce moment, des vautours sont peut-être en train de tourner autour d'un bébé innocent, mais toi, tu t'en laves les mains.

— Ecoute, ce n'est pas mon problème. Si je m'en lave les mains, c'est que je n'ai jamais rien eu à faire avec cette histoire !

Carol Runions, gestionnaire d'exploitation de la compagnie, passa la tête par la porte de son bureau.

— Le 172 a un problème mécanique.

Cole consulta sa montre. La navette aérienne 172 devait décoller de Seattle une demi-heure plus tard.

— Ont-ils un technicien à bord ? demanda-t-il.

— Une équipe est en route. Tu veux que je prépare le Five Bravo Sierra ?

— Quel est le problème ? intervint Luca.

— Le voyant de contrôle de la pression cabine.

— C'est probablement un interrupteur défectueux, estima Cole. Mais faisons quand même chauffer le Five Bravo Sierra.

— C'est comme si c'était fait ! répondit Carol, avant de réintégrer son bureau.

— Si nous prenons le Citation, nous sommes là-bas dans quatre heures, estima Luca.

Cole le dévisagea, perplexe.

— Il y a neuf places dans le Citation. Le vol 172 transporte quatre-vingt-dix passagers.

— Ce serait juste toi et moi.

— Qu'irions-nous fabriquer à Seattle ?

Et pourquoi Luca disait-il qu'il leur faudrait quatre heures ?

— A Atlanta.

— Il n'en est pas question !

D'ailleurs, il en avait plus qu'assez d'épiloguer sur la famille Henderson. Sans ajouter un mot, il s'éloigna en secouant la tête.

— Tu dois y aller ! lui cria Luca. Tu le sais aussi bien que moi ! Les vautours sont déjà à l'œuvre.

— Pas mon problème !

Les Henderson d'Atlanta s'étaient très bien débrouillés sans lui jusqu'à présent. Et il ne doutait pas que toutes les dispositions avaient été prises pour parer aux aléas de l'existence. Ils n'avaient pas besoin de lui, et il ne voulait surtout pas avoir affaire à eux.

Amber Welsley croisa les mains sur la table d'érable marquetée de la luxueuse salle à manger de la résidence Henderson, autour de laquelle avaient pris place une dizaine de personnes. Tous les regards étaient rivés sur Max Cutter, qui présidait, vêtu d'un élégant costume, ses cheveux gris impeccablement coiffés, l'expression indéchiffrable tandis qu'il tirait des documents de sa serviette de cuir.

Assise à côté d'Amber, son amie Destiny se pencha vers elle.

— Six avocats dans la même pièce, ça va mal finir.

— Sept, chuchota Amber en réponse.

Le regard de Destiny fit le tour de la table.

— Qui ai-je oublié ?

— Toi. Tu es avocate, il me semble.

— Oui, mais moi, je suis quelqu'un de bien.

Amber sourit, heureuse de la diversion. Car l'atmosphère était pesante dans la pièce. Max s'apprêtait à donner lecture des dernières volontés de Samuel Henderson, et l'enjeu — le contrôle de Coast Eagle Airlines et de plusieurs milliards de dollars — était considérable.

Pour sa part, Amber n'avait qu'une préoccupation : elle espérait que quelles que soient les dispositions prises par

Samuel et Coco pour la garde de leur fils, elle ne serait pas écartée de la vie de ce dernier.

De dix ans l'aînée de Coco, Amber n'avait jamais été proche de sa demi-sœur. Elle avait pourtant joué un rôle déterminant dans la rencontre de cette dernière avec Samuel Henderson, deux ans plus tôt, en l'invitant à assister à une soirée organisée pour les cadres de Coast Eagle Airlines. Ensuite, la grossesse de Coco les avait rapprochées, et elle s'était prise d'affection pour Zachary dès sa naissance.

En face d'elle, Roth Calvin, vice-président des opérations, s'agita sur son siège. Dryden Dunsmore, P-DG de la compagnie, ayant perdu la vie dans l'accident, lui et les deux autres vice-présidents avaient temporairement pris le relais. Mais à présent, le testament de Samuel allait révéler le nom du futur président de Coast Eagle Airlines, et l'avenir de Roth Calvin dépendrait de ce choix.

Amber, de ce point de vue, était plus sereine. Directrice adjointe des finances, elle se situait beaucoup plus bas sur l'échelle hiérarchique. Quelle que soit la personne à qui échoirait la direction de la compagnie, son travail quotidien ne s'en trouverait pas affecté.

Le regard de Max fit le tour de la table.

— Tout d'abord, je tiens à vous présenter mes excuses pour le retard apporté à la lecture du testament de Samuel Henderson. C'est que le nombre de décès entraînés par ce drame complique singulièrement l'affaire.

La gorge d'Amber se serra. La pauvre Coco n'avait que vingt et un ans.

— Je commencerai par le testament de Jackie Henderson, puis je passerai à celui de Samuel, rédigé conjointement avec son épouse. Cette dernière a en outre ajouté un codicille. Je vous prierai de ne tirer aucune conclusion avant que j'aie procédé à la lecture des trois documents.

Max rassembla les feuillets devant lui.

— A part quelques legs de modeste importance à des amis et à des membres du personnel, et une généreuse donation de dix millions de dollars à la Société des Arts d'Atlanta, Jackie

Henderson laisse tous ses biens à son fils Samuel, y compris les 25 % de parts de Coast Eagle Airlines qu'elle détenait.

Il n'y eut pas de réaction, et les participants ne jetèrent qu'un regard distrait à la liste des legs qui circulait. Que Samuel hérite de sa mère paraissait dans l'ordre des choses et, tout en étant une vieille dame autoritaire et irascible, Mme Henderson avait toujours protégé les arts.

— Passons maintenant au testament de Samuel Henderson, dit Max.

Chacun se raidit sur sa chaise.

— M. Henderson a lui aussi laissé une liste de petits legs, commença-t-il, les yeux sur ses feuillets, et il a fait des donations à des œuvres caritatives. Il a également légué dix millions de dollars à la Société des Arts d'Atlanta et dix autres millions à l'Association des Pilotes de Georgie.

Max s'interrompit, le temps de boire une gorgée d'eau.

— Pour ce qui est de l'essentiel des biens de M. Henderson, je vais vous lire le document : « Ma fortune sera également partagée en fidéicommis jusqu'à leur majorité entre mes enfants légitimes. Tant que ma femme, Coco Henderson, sera la responsable légale de mes enfants, et jusqu'à ce que ceux-ci atteignent leur majorité, les décisions relatives à leurs intérêts au sein de Coast Eagle Airlines reviendront à Dryden Dunsmore. »

On entendit les assistants reprendre leur souffle à l'unisson, puis des chuchotements s'élevèrent.

— Sacrée complication ! glissa Destiny à Amber.

Il était évident que Samuel Henderson n'avait pas envisagé que Dryden Dunsmore puisse disparaître en même temps que lui.

Le toussotement de Max mit fin aux apartés.

— « Si ma femme venait à décéder avant moi, la garde de mes enfants mineurs reviendrait à Roth Calvin. »

Dans un silence de mort, tous les regards se tournèrent vers Roth. Celui-ci demeura tout d'abord de marbre, puis un irrépressible sourire de satisfaction joua sur ses lèvres. Le murmure des conversations s'éleva de nouveau.

Roth se tourna vers l'avocat assis à sa droite. Bien qu'il ait parlé à voix basse, Amber l'entendit demander :

— Dryden hors-jeu, ai-je le contrôle des parts ?

Comme l'avocat hochait la tête, le sourire de Roth s'élargit.

— Passons maintenant au codicille, dit Max, ramenant le silence dans la pièce. En des circonstances aussi tragiques, je vous prie de m'excuser de devoir aborder des détails douloureux. Samuel Henderson a été déclaré mort sur la scène de l'accident, alors que le décès de Coco Henderson est survenu durant son transport à l'hôpital…

Amber éprouva un pincement au cœur. Bien qu'on lui ait assuré que Coco n'avait pas repris connaissance, elle ne pouvait s'empêcher de penser à la terreur qu'avait due ressentir la jeune femme durant les derniers instants de sa vie, quand les pilotes avaient tenté de poser l'avion dans la tempête.

— De telle sorte, poursuivit Max, que Samuel Henderson a précédé sa femme dans la mort. Le codicille de Coco Henderson est donc valide.

Max sortit un nouveau feuillet.

— Il ne modifie le précédent testament que sur le point suivant : « Je laisse la garde de mon ou de mes enfants à ma demi-sœur, Amber Welsley. »

La déclaration fit l'effet d'une bombe. La stupéfaction se lut sur les visages, et tous les regards se tournèrent vers l'intéressée. L'animosité de celui de Roth l'atteignit de plein fouet.

Destiny lui prit la main sous la table.

— Et qui prendra les décisions pour ce qui concerne les intérêts de l'enfant dans la compagnie ? éructa Roth. Cette femme n'est qu'une assistante ! Elle est incapable de diriger une entreprise !

— Elle est directrice adjointe, rectifia Destiny.

Roth eut un reniflement de mépris.

— Samuel souhaitait une personne qualifiée pour assurer la bonne marche de l'entreprise pour le compte de son fils.

— Le problème soulevé mérite toute notre attention, déclara Max. Toutefois, pour le moment, Amber Welsley obtient la garde de Zachary, ce qui inclut la responsabilité de diriger Coast Eagle Airlines et d'y sauvegarder les intérêts de l'enfant.

— Mais…, commença Roth.

Max l'arrêta d'un geste.

— Seul un tribunal pourrait statuer sur ce différend.

— Vous pouvez compter sur nous pour porter l'affaire en justice ! cracha Roth.

— Qu'est-ce que ça signifie ? demanda Amber à Destiny dans un murmure.

— Qu'il va falloir en découdre avec Roth devant un juge et que, par la même occasion, cet homme est devenu ton pire ennemi. Mais pour l'heure, ça signifie aussi que tu obtiens la garde de Zachary.

Le soulagement l'envahit à ces mots. Zachary allait rester avec elle ! Pour le moment, rien d'autre ne comptait.

Cole franchit le seuil de la salle de réception de l'hôtel à Atlanta et examina la foule venue assister au gala annuel donné au bénéfice de l'Association des Pilotes de Georgie. Comme on y rendrait officiellement hommage à la bourse commémorative Samuel Henderson, il se doutait que tout le gratin de Coast Eagle Airlines serait présent.

Luca se tenait près de lui, très digne dans son costume des grandes occasions.

— Tu verras, lui assura son ami, tu ne regretteras pas d'être venu.

— J'apprécierai surtout que tu fermes ton bec !

Il avait eu beau répéter une bonne centaine de fois à Luca qu'il n'avait rien à voir avec les Henderson d'Atlanta, celui-ci n'en avait pas démordu, si bien qu'au bout de trois semaines de harcèlement, Cole avait fini par regarder la photographie de Zachary sur le site Internet.

Le bébé était plutôt mignon, et son visage avait quelque chose d'étrangement familier, phénomène qu'il mit sur le compte du pouvoir de suggestion. Quand on cherchait une ressemblance entre les membres d'une même famille, on trouvait toujours un détail censé être significatif.

Le premier pas accompli, il avait lu l'article qui accompagnait le portrait de Zachary. Il avait ainsi appris qu'une bataille juridique entre tuteurs se livrait autour de l'enfant.

S'il n'avait pas adopté le point de vue de Luca, qui soutenait que tous les gens impliqués dans cette affaire étaient des vautours uniquement intéressés par la fortune du bébé, il avait néanmoins eu envie d'en savoir plus long sur les motivations des deux parties.

En fin de compte, la curiosité l'avait emporté, et il avait accepté de se rendre à Atlanta. Naturellement, il ne révélerait pas son lien de parenté avec Samuel Henderson. Il examinerait les tenants et les aboutissants de l'affaire sous un nom d'emprunt et regagnerait l'Alaska dès qu'il se serait assuré que Zachary était en bonnes mains.

— A droite, à la table sous le podium, c'est Amber Welsley, robe noire, cheveux châtains attachés en chignon lâche.

Pendant qu'il examinait la femme en question, celle-ci tourna la tête, révélant un ravissant profil. Elle portait un fourreau très classique dont la coupe près du corps soulignait sa minceur, et les diamants qui ornaient ses oreilles et son cou accentuaient la féminité de ses traits.

Il songea avec surprise qu'elle ne correspondait pas à l'image qu'il s'était faite d'elle. Elle était plus jeune, plus douce, plus subtilement séduisante que dans son imagination. Alors qu'il la détaillait, une envie incongrue de l'embrasser le saisit.

— Tu veux aller la saluer ? demanda Luca.

Son véritable souhait était de sauter dans un avion en partance pour l'Alaska, mais il devait d'abord en finir avec cette histoire. Puisqu'il était venu avec l'intention d'étudier cette Amber Welsley et les différents protagonistes de ce drame familial, autant s'y coller tout de suite.

— D'accord, dit-il.

— L'autre tuteur potentiel, Roth Calvin, est à la table voisine, expliqua Luca tout en marchant. Il nous fait face et s'entretient avec un type roux en veste gris anthracite.

— Dis-moi, j'ignorais que tu avais raté ta vocation d'espion.

Luca sourit.

— Je me réserve la dénommée Destiny.

— Qui est Destiny ?

— Elle apparaît sur deux photos avec Amber Welsley. Elle est canon. Et avec un prénom pareil, je me mets sur les rangs sans hésiter.

Cole secoua la tête.

— Elle est tout à toi, mon vieux. Tout ce qui m'importe, c'est de m'assurer que le gosse va bien.

Ensuite, il pourrait partir la conscience tranquille.

— Le « gosse », c'est ton petit frère ?

— Je ne formulerais pas les choses ainsi.

— Ça défie l'imagination, n'est-ce pas ?

— Plus qu'un peu. A propos, n'utilise pas mon patronyme.

— Un agent secret infiltré, j'adore !

— Je m'appellerai Cole Parker, mon second prénom.

— Je te suis, Cole Parker.

Plus ils se rapprochaient des tables de Coast Eagle Airlines et plus le charme d'Amber Welsley l'impressionnait. Ses cheveux étaient en réalité d'une riche couleur châtaigne, avec des reflets intenses sous la lumière des lampes. De petites mèches échappées du chignon négligemment noué venaient caresser son visage.

Son décolleté laissait apparaître une jolie peau laiteuse, et la dentelle couvrant ses épaules était tout juste bonne à exciter l'imagination. Ses yeux ombrés de cils bruns étaient d'un bleu profond, et ses lèvres pleines, rouge sombre. Ses joues arboraient un rose adorable, et il eut soudain la vision de cette jeune femme grimpant nue dans son lit.

Elle se tourna à son approche et lui offrit un sourire de commande. Evidemment, au cours des semaines écoulées, des centaines de personnes avaient dû se présenter à elle pour compatir à son deuil.

— Amber Welsley ? demanda-t-il en lui tendant la main.

— C'est moi.

— Cole Parker, d'Aviation 58. Toutes mes condoléances, mademoiselle Welsley.

— Merci, monsieur Parker, répondit-elle en lui serrant la main.

Le chaud contact de sa paume le titilla délicieusement, et la sensation gagna son bras, puis son corps tout entier. En la voyant tressaillir, l'espace d'une seconde, il s'imagina qu'elle avait ressenti le même phénomène, mais elle se ressaisit aussitôt.

— Je vous présente Luca Dodd, mon associé, ajouta-t-il très vite.

— Aviation 58 projette d'apporter sa contribution à la bourse commémorative Samuel Henderson, déclara Luca.

Cette tranquille affirmation donna un coup au cœur à Cole, qui foudroya Luca du regard. Que lui arrivait-il ? Il n'avait jamais été question de contribuer de quelque manière que ce fût à une œuvre se réclamant de Samuel Henderson !

— C'est une bonne cause, commenta Amber.

Elle se tourna vers Cole et, fronçant les sourcils, ajouta à son intention :

— Quelque chose vous chiffonne ?

— Rien du tout, répondit-il à la hâte en se reprenant.

— Vous paraissez contrarié.

— Pas du tout, je vous assure.

— Vous ne trouvez pas qu'un fonds offrant des bourses d'étude à de futurs pilotes soit une bonne cause ? insista-t-elle en le dévisageant, la tête inclinée.

— En réalité, Luca s'est mal exprimé. Nous envisageons de créer une association s'inspirant de la vôtre, mais pas nécessairement…

— Mais pas nécessairement sous l'égide de Samuel Henderson ? termina Amber.

Il hésita, ne sachant comment répondre à la provocation de la jeune femme. Il ne voulait ni mentir ni se montrer offensant.

— Auriez-vous dix millions de côté pour rivaliser avec Coast Eagle ? poursuivit-elle.

— Dix millions, c'est peut-être un peu trop pour nous, admit-il.

Le regard bleu intense de la jeune femme se rétrécit entre ses paupières.

— Connaissiez-vous Samuel Henderson ?

— Nos chemins ne se sont jamais croisés.

Son expression soupçonneuse n'altéra en rien sa beauté, et il éprouva l'envie de repousser ses petites mèches folles pour poser un baiser sur son cou délicat.

— Mais vous ne l'appréciiez pas.

— Je ne…

La conversation s'engageait mal, c'était le moins que l'on puisse dire.

— Nous avions des relations communes, dit-il, tentant de se justifier.

— Amber ? dit un homme surgi derrière elle.

Cette interruption agaça Cole au plus haut point.

— Cinq minutes avant les discours, dit l'homme.

— Merci, Julius.

Le regard d'Amber voltigea sur Luca, avant de revenir sur lui.

— Je dois reprendre ma place, dit-elle. Ce fut un plaisir de faire votre connaissance, monsieur Parker.

— Etes-vous toujours aussi polie ?

— Préféreriez-vous que je me montre grossière ?

Il reconnaissait volontiers que c'était lui qui se montrait grossier.

— La conversation n'a pas pris le tour que j'espérais.

— Retentez donc votre chance une autre fois.

— Qu'allez-vous faire maintenant ? demanda-t-il.

A peine eut-il prononcé ces mots qu'il se rendit compte de ce qu'ils avaient d'inconvenant.

Elle ne manifesta pourtant aucune émotion.

— Eh bien, je vais déguster du cocktail de crabe et des bouchées de poulet à la Kiev, faire un petit discours bien émouvant sur les disparus de la famille Henderson, puis je rentrerai chez moi relayer la nurse et m'écrouler sur mon lit.

— Zachary ? demanda-t-il, saisissant l'ouverture.

Elle acquiesça.

— D'ici là, il aura pris son bain. Il aime éclabousser partout avec son canard bleu et mâchouiller le gant de toilette.

— Restez-vous pour le bal ?

— J'en doute.

— *Pourriez-vous* rester ?

Elle hésita.

— Vous pensez que nos rapports s'amélioreront si nous dansons ensemble ?

— J'essaierai de ne pas insulter la mémoire du disparu.

— Vous mettez la barre très haut.

— Promettre moins et donner plus, c'est ma devise.

A ce moment, le dénommé Julius réapparut au côté d'Amber et posa une main sur son bras.

— Amber ?

— Eh bien, je vous dis momentanément au revoir, lança-t-elle à Cole avec un sourire.

Bien que son expression soit plus polie que chaleureuse, il décida de considérer qu'il s'agissait d'un encouragement.

— Peux-tu m'expliquer ce qui se passe ? marmonna Luca comme elle s'éloignait.

— Contribuer à l'œuvre de Samuel Henderson ? Comment voulais-tu que je m'en sorte ?

— Tu as failli t'étrangler.

— Il n'est pas question que nous donnions un centime à son association !

— Je crois que tu as été très clair sur ce point.

Naviguant entre les tables, ils se dirigèrent vers le fond de la salle.

— Elle n'est pas du tout comme je l'imaginais, avoua Cole.

— Elle a deux bras, deux jambes, une langue bien pendue. Que voulais-tu de plus ?

— Je ne sais pas, répondit-il en cherchant à mettre de l'ordre dans ses idées. Je la voyais plus snob peut-être, plus mondaine, plus calculatrice.

— Elle m'a paru très raffinée.

— Elle est belle, ce n'est pas la même chose.

— Elle est canon, tu veux dire ! Crois-tu qu'elle dansera avec toi ?

— Pourquoi pas ?

— Parce que tu t'es montré radin et qu'elle doit crouler sous les invitations à danser !

— Je reste optimiste.

Il comptait bien aller la relancer dès l'ouverture du bal. Ce serait le meilleur moyen de se renseigner sur les Henderson et Coast Eagle Airlines tout en restant incognito.

Vivement qu'il en ait terminé avec ce pensum !

- 2 -

Amber avait hâte de quitter la salle de bal. Elle aurait tellement préféré passer la soirée avec Zachary, puis regarder un bon vieux film en pyjama, une tasse de chocolat chaud à portée de main !

Seulement, elle était le dernier membre, certes éloigné, de la famille Henderson, et il fallait bien que quelqu'un reçoive les remerciements de l'Association des pilotes pour le généreux legs de Samuel.

Contrairement à sa sœur, les soirées mondaines l'horripilaient, si bien que sa garde-robe ne contenant aucune tenue digne de l'occasion, et elle avait dû acheter de quoi s'habiller de pied en cap. Ses ridicules chaussures à talons hauts lui faisaient souffrir le martyre, son soutien-gorge ampliforme lui sciait les côtes et la dentelle lui irritait la peau. De plus, la robe moulante choisie par Destiny entravait ses mouvements, au point de lui interdire de croiser les jambes sous la table.

Enfin, la kyrielle des remerciements s'acheva, les applaudissements s'éteignirent et, quand les premiers accords de musique s'élevèrent, le maître de cérémonie déclara le bal ouvert.

Elle poussa un soupir de soulagement. Il ne lui restait plus qu'à se faufiler vers la sortie, appeler un taxi et rentrer chez elle.

Elle avait à peine fait trois pas qu'une femme entre deux âges vint lui serrer la main.

— Magnifique discours, mademoiselle Welsley !

— Merci !

— Malgré les circonstances tragiques, la famille Henderson continue d'influer positivement sur notre communauté.

— Samuel était très généreux, répondit-elle, bien qu'elle ait sa propre opinion sur le personnage, et en particulier sur son empressement à épouser une très jolie et très impulsive jeune fille de dix-neuf ans.

Regrettant d'avoir amené Coco à cette soirée où ils s'étaient rencontrés, elle avait tout d'abord gardé ses distances vis-à-vis du couple. Mais par la suite, la grossesse de Coco l'avait amenée à se rapprocher de sa demi-sœur.

— Veuillez m'excuser, mademoiselle Welsley, fit une voix masculine.

— Bonsoir, dit Amber en souriant au nouveau venu.

Elle prit la main offerte, calculant qu'à ce rythme il lui faudrait une bonne heure pour gagner la sortie. Et l'idée de devoir tenir encore tout ce temps dans ces maudites chaussures l'effraya.

— Kevin Matthews, de Highbush Unlimited. Puis-je vous laisser ma carte ?

— Bien sûr, monsieur Matthews.

— Notre association œuvre pour la protection de l'environnement, expliqua l'homme en fouillant dans la poche intérieure de sa veste. Et d'après ce que je sais de M. Henderson, il aurait certainement soutenu notre action.

Considérant que le défunt circulait en jet privé, qu'il n'aurait pas envisagé de vivre un instant sans air conditionné et qu'il possédait plusieurs voitures énergivores, elle doutait fort qu'il ait pu prêter le moindre intérêt à l'environnement.

Elle garda cependant ses réflexions pour elle et prit la carte.

— Je me ferai un plaisir de la remettre à qui de droit, assura-t-elle.

La déception se lut sur le visage de Matthews.

— Si vous aviez quelques instants, je pourrais vous exposer les grandes lignes de notre…

— Enfin, je vous trouve ! s'exclama soudain une voix qu'elle reconnut aussitôt. L'heure de notre danse a sonné, me semble-t-il !

Elle se retourna. Cole Parker lui tendait le bras, un large sourire aux lèvres.

Elle hésita. Devait-elle le considérer comme son sauveur ou comme un importun de plus ? Cependant, calculant très vite que la piste de danse se trouvait à mi-chemin de la sortie, elle lui rendit son sourire et lui prit le bras.

— Je vous prie de m'excuser, dit-elle à Kevin Matthews, qui n'eut d'autre choix que la laisser partir.

D'un pas assez rapide pour décourager ceux que tenterait une approche, elle se laissa guider par Cole Parker à travers la foule. Ses pieds la faisaient horriblement souffrir, mais elle devait tenir bon.

— Suis-je tombée de Charybde en Scylla ? demanda-t-elle.

— Je n'ai pas l'intention de solliciter une donation, si c'est ce que vous sous-entendez.

— Vous m'en voyez soulagée.

A vrai dire, elle ignorait ce qu'il lui voulait, mais pour se montrer aussi insistant, il fallait qu'il ait une idée derrière la tête.

— Je vous ai apporté un cadeau, déclara-t-il.

— Tentative de corruption. C'est un peu gros, non ?

— J'aime aller droit au but.

Il tendit la main et, avec un froncement de sourcils, elle examina l'objet qu'il lui présentait.

— Vous m'offrez… une paire de chaussettes ?

— Des chaussons de danse. Je les ai trouvés dans un distributeur du hall.

Il posa un regard insistant sur ses chaussures noir et or aux talons vertigineux.

— A moins que je ne me trompe, ce sont des chaussures de représentation.

Elle grimaça.

— C'est une définition appropriée.

Tout en songeant qu'elle ferait mieux de s'interroger sur les motivations de Cole Parker, elle ne put réprimer un élan de gratitude.

— Venez vous asseoir, suggéra-t-il en désignant deux chaises vides à la périphérie de la piste.

Décidée à accepter le présent, elle obtempéra et se débarrassa très vite de ses instruments de torture.

— J'ai pris la taille médium, dit Cole en lui tendant les chaussons de satin noir.

Elle y glissa ses pieds et soupira d'aise.

— Ça fait du bien…

Il se pencha pour ramasser les chaussures à talons, qui dansèrent au bout de ses doigts.

— Elles sont ridicules, dit-il.

— Vu l'importance de l'événement, il fallait bien que je fasse des frais. Et Destiny dit qu'elles m'allongent le mollet.

— Vos mollets sont parfaits, décréta-t-il en posant les chaussures sur une chaise.

— Vous ne les avez même pas regardés.

— Je le devine à votre silhouette.

Il lui offrit son bras.

— Dansons-nous ?

— C'est le moins que je puisse faire pour le sauveur de mes pieds. Mais il faut me promettre une chose.

— Bien sûr !

— Après la danse, vous m'accompagnerez jusqu'à la sortie.

Elle jeta un regard discret autour d'elle.

— C'est curieux, personne ne m'importune quand je suis avec vous.

— Parce qu'on vous a importunée ?

— Toute la soirée. Donations, jobs, photos… Mais pourquoi diable les gens désirent-ils se faire prendre en photo avec moi ?

— Parce que vous êtes belle ? suggéra-t-il en la prenant dans ses bras.

— Ne me faites pas rire !

Coco était belle. Elle, elle était moyennement jolie. Très moyennement, même.

Ce qui était une bonne chose, d'ailleurs. De toute façon, elle se moquait de son apparence. Ses yeux étaient d'une agréable nuance de bleu, son nez pas trop grand, ses cheveux ondulés avaient leurs bons et mauvais jours. Ce soir, après avoir été disciplinés par une armée de coiffeurs, ils avaient plutôt bon aspect.

— Je ne plaisante pas, insista Cole.

— Allons, je sais que vous avez fort à faire pour vous rattraper.

— Exact.

— Vos flatteries sont donc d'emblée suspectes.

— Pas facile de vous faire des compliments, n'est-ce pas ?

— Inutile. J'ai déjà oublié que vous n'appréciiez pas Samuel Henderson.

Il marqua une pause, comme s'il pesait chacun de ses mots.

— Vous êtes une excellente danseuse.

Elle n'aurait su dire s'il se moquait ou non. Essayait-il d'entrer dans ses bonnes grâces ? A moins qu'il ne parle juste pour meubler le silence.

— Vous êtes également bon danseur, répondit-elle poliment. D'où venez-vous ? Je n'arrive pas à me rappeler.

— D'Alaska. Pourquoi changez-vous de sujet ?

— Eh bien, je suppose que vous êtes à court de compliments. A moins que vous n'aimiez mes cheveux.

— J'aime vos cheveux.

— Tant mieux. J'ai passé un temps fou chez le coiffeur. Maintenant, si nous revenions à vous ?

— Aviation 58, à Juneau, capitale de l'Etat.

— Vous êtes pilote ?

— Oui et, incidemment, propriétaire de la compagnie.

— Je n'en ai jamais entendu parler.

Coast Eagle desservait Seattle et la Californie, mais ne s'aventurait pas aussi au nord.

— Nous sommes une compagnie locale.

Elle pencha la tête pour le dévisager.

— Et quel bon vent vous amène à Atlanta, monsieur Parker ?

Il haussa les épaules.

— Avez-vous déjà consulté les bulletins météo de décembre en Alaska ?

— Pas récemment. Peut-être même jamais.

— Il y fait très froid.

— Vous êtes donc en vacances ?

— Pour quelques jours, oui.

Pour la première fois, elle s'autorisa à examiner avec attention le visage de son cavalier et s'aperçut alors qu'il était très beau. Des yeux d'un gris profond, le nez droit, la mâchoire carrée, le tout surmonté d'épais cheveux bruns coupés court.

Il devait faire un bon mètre quatre-vingt-dix. Les épaules larges, le corps mince et musclé. Et ses grandes mains semblaient fortes et habiles.

En un éclair, elle prit conscience que cet homme l'attirait.

— Amber ?

Sa voix profonde la surprit. Une autre particularité qu'elle appréciait chez lui.

— Oui ?

— Je vous demandais si vous pouviez nous recommander des lieux à visiter à Atlanta.

Avait-il vraiment posé cette question ? Elle rassembla prestement ses idées.

— Les jardins botaniques valent le coup d'œil. Vous pourriez aussi aller à la patinoire. Atlantic Station est ma préférée. Et puis, faire un peu de shopping en admirant les illuminations de Noël et aller ensuite boire un chocolat chaud.

Elle ne put s'empêcher de penser à Zachary et aux joies de Noël dont il se délecterait en grandissant.

Elle appréciait de vivre avec l'enfant. Le soir, il était un peu agité, réaction compréhensible après le traumatisme qu'il venait de subir. Il avait perdu son père et sa mère, et ne disposait d'aucun moyen de comprendre ce qui se passait.

Elle-même faisait de son mieux pour se substituer à ses parents et elle s'était habituée à l'idée d'élever un enfant. Encore qu'elle n'arrivait toujours pas à s'imaginer vivre avec un petit garçon fréquentant la maternelle, puis l'école primaire, puis devenant adolescent et, enfin, jeune homme. Quand elle se projetait aussi loin, elle craignait de ne pas être capable de s'en sortir. Elle savait toutefois qu'il le faudrait, pour Zachary. Il n'avait plus qu'elle au monde.

Elle ressentit une brusque envie de courir chez elle, de le prendre dans ses bras et de le rassurer en lui disant qu'ils seraient heureux tous les deux.

— Sommes-nous proches de la sortie ? demanda-t-elle à Cole.

— Je vais vous y emmener en dansant. Fatiguée ?

— Un peu. Mais c'est surtout que ce genre de soirée n'est pas mon truc.

— Moi qui croyais que les gens riches adoraient se régaler de crabe, de fondants au chocolat et de champagne.

— Je ne suis pas riche.

A vrai dire, elle lui pardonnait son erreur. Tout le monde s'imaginait que récupérer la garde de Zachary avait instantanément fait d'elle une milliardaire. En réalité, c'était plus compliqué que ça.

— Si vous le dites…

Elle ne tenait pas à débattre de ce point maintenant.

— Merci pour cette danse, Cole.

— J'ai recommencé, c'est ça ? demanda-t-il, l'air soudain sérieux. J'ai encore fait une gaffe ?

— Pas du tout. Je suis fatiguée et j'apprécierais vraiment que vous m'escortiez jusqu'à la sortie. Sinon, ça me prendra des heures pour atteindre la porte.

— Je vous accompagnerai jusqu'au hall, si vous voulez.

— Ce ne sera pas nécessaire.

— Ça me fait plaisir. Et gare à celui ou celle qui s'avisera de vous agripper au passage !

Elle ne put retenir un sourire. Pour être honnête, elle appréciait fort qu'il se comporte ainsi en chevalier servant.

— Eh bien, d'accord ! acquiesça-t-elle.

— Allons-y !

Ils parvinrent sans encombre jusqu'au vaste hall.

— Le portier va m'appeler un taxi, dit-elle.

— Inutile. J'ai une voiture…

— Cole…

— Avec chauffeur, termina-t-il en lui tenant la porte ouverte. Je ne suis pas en train de manigancer pour me retrouver seul avec vous, Amber, rassurez-vous. Je veux vous savoir rentrée saine et sauve chez vous, c'est tout.

Comme elle sortait sur le trottoir, le contact du sol froid et dur à travers les chaussons de danse la fit tressaillir, et elle se rappela soudain.

— Mes chaussures ! s'exclama-t-elle. Je les ai laissées dans la salle de bal.

— Je vais aller vous les chercher.

— Taxi, monsieur ? interrogea le portier.

— Une voiture m'attend, dit Cole en lui donnant un pourboire. Aviation 58.

— Je vous la fais avancer.

— Je ne peux pas prendre votre voiture, Cole.

— Où allez-vous ?

Elle lui indiqua son adresse.

— Vous y serez en dix minutes.

Une voiture noire s'arrêta devant eux, et Cole lui ouvrit la portière arrière.

Renonçant à lutter, elle s'installa sur la banquette. Après tout, plus tôt elle serait rentrée, mieux ce serait pour Zachary. A sa grande surprise cependant, Cole fit le tour de la voiture et vint s'installer à côté d'elle.

— Je croyais que vous alliez chercher mes chaussures ?

— Je m'en occuperai à mon retour.

— C'est ridicule ! protesta-t-elle.

Pourquoi diable tenait-il à la raccompagner jusqu'à sa porte ? Il se montrait charmant, attentionné, lui faisant sans arrêt des compliments. Mais que cherchait-il donc en se cramponnant à elle comme cela ?

Alors, elle se souvint que Cole Parker possédait une petite compagnie aérienne qui ne demandait probablement qu'à s'étendre. Et elle comprit que son histoire de vacances servait juste à brouiller les pistes. Il était à Atlanta pour affaires.

Elle se tourna vers lui.

— Nos routes du Pacifique vous intéresseraient-elles ?

— Je vous demande pardon ?

— Je vous ai percé à jour. Vous vous imaginez que la disparition de Samuel Henderson fragilise Coast Eagle, que nous allons chercher à réduire nos activités et que vous allez en profiter pour développer Aviation 58 !

Il la considéra un long moment sans répondre.

— Vous vous êtes montré trop sympathique pour être honnête, poursuivit-elle. Vous avez sous-estimé ma perspicacité, monsieur Parker.

— Et si vous me plaisiez, simplement ?

Elle baissa les yeux sur son élégante robe. Elle avait beau être plus sophistiquée que d'habitude, elle ne jouerait jamais dans la même cour que ce Cole Parker.

— Des femmes bien plus belles que moi assistaient à cette cérémonie.

— Je ne les ai pas vues.

La sincérité du ton l'impressionna.

— Bien tenté, riposta-t-elle néanmoins, mais ce sont nos routes aériennes qui vous intéressent.

— C'est la seule explication possible à vos yeux ?

— Oui.

— Alors, je le reconnais. Ce sont vos routes qui m'intéressent. Me les vendriez-vous ?

Elle se renfonça contre la banquette.

— J'ignore pourquoi on me croit investie d'un tel pouvoir. Je ne suis que directrice adjointe des finances. Le conseil d'administration est toujours en place, et les vice-présidents ont la responsabilité des opérations jusqu'à la nomination d'un nouveau P-DG.

— Sauf que, en tant que tutrice de Zachary, vous contrôlez les nominations au conseil d'administration.

— Théoriquement.

Si elle conservait la garde de Zachary, il en irait ainsi. Mais avant d'en arriver là, elle devrait mener un rude combat contre Roth Calvin.

— Il n'y a rien de théorique là-dedans, dit Cole. Vous pouvez faire ce que vous voulez.

— Mais je ne ferai rien. J'ai mes propres responsabilités au sein de Coast Eagle, et il n'est pas question que j'empiète sur celles des autres.

— C'est votre responsabilité devant Zachary de prendre le contrôle de la compagnie, objecta-t-il d'un ton sévère.

— Que je sois responsable devant Zachary de la bonne marche de la compagnie ne signifie pas que je doive prendre des décisions.

— Si, répliqua-t-il, implacable.

— Ecoutez, monsieur Parker, vous êtes libre d'avoir votre opinion, et moi, je suis libre de l'ignorer.

Il ouvrit la bouche, mais jugea sans doute plus prudent de se raviser.

La voiture s'arrêta le long du trottoir.

— Le Newmont Building ? demanda le chauffeur. Ou bien Sutten's Edge ?

— Ici, c'est très bien, répondit Amber, pressée à présent de se débarrasser de Cole. Joyce Roland est directrice de la planification, ajouta-t-elle à l'intention de ce dernier. Vous pouvez toujours essayer de l'interroger sur les routes du Pacifique, mais il n'est pas certain qu'elle prenne votre appel.

Le chauffeur vint lui ouvrir sa portière.

— Merci de m'avoir ramenée. Bonne nuit, Cole !

— Vous êtes bien polie, fit-il remarquer avec un sourire.

— Le fruit de mon éducation, sans doute.

— Alors bonne nuit, Amber ! Et merci pour la danse.

Une brusque chaleur la parcourut, et elle se surprit à regarder les lèvres de Cole. L'espace d'un instant, elle s'imagina qu'il allait l'embrasser.

Elle chassa cette fâcheuse émotion et descendit très vite de voiture. Zachary l'attendait là-haut, et Roth s'évertuait, avec le concours d'une talentueuse équipe d'avocats, à faire annuler le codicille. Elle n'avait pas de temps à perdre en rêveries romantiques.

Cole traversait le hall en direction des Escalators quand il vit Luca qui venait à sa rencontre, accompagné d'une jolie jeune femme blonde.

— Te voilà ! lança Luca. Je me demandais où tu étais passé.

— J'ai raccompagné Amber Welsley.

— Je te présente Destiny Frost. Il se trouve que c'est une amie d'Amber Welsley.

Cole entra dans le jeu de Luca, qui feignait d'avoir fait la connaissance de Destiny par hasard.

— Enchanté, dit-il en lui tendant la main.

Celle de la jeune femme était mince et froide.

— C'est également un plaisir.

— Je me suis proposé de reconduire Destiny chez elle, dit Luca. Tu viens avec nous ?

A en juger par l'expression de son ami, il était facile de conclure qu'il ne souhaitait pas sa présence entre Destiny et lui.

Du menton, Cole désigna l'Escalator.

— J'ai quelque chose à récupérer là-haut. Pourras-tu revenir me chercher ?

— Naturellement ! répondit Luca avec un sourire satisfait.

— Il paraît que vous venez d'Alaska ? dit Destiny.

— C'est exact.

— Je n'y suis jamais allée.

— C'est un endroit magnifique.

— Il doit y faire froid.

Luca intervint.

— J'ai déjà proposé à Destiny de lui tenir chaud.

La jeune femme secoua la tête en riant.

— Il est incorrigible !

— Et inoffensif, précisa Cole.

Affirmation exacte. Luca était un parfait gentleman.

— Je t'envoie un texto quand je reviens, proposa Luca.

— Parfait.

Sur un signe de tête, il les quitta pour gagner l'Escalator. Parvenu dans la salle de bal, il se dirigea vers la chaise où il avait laissé les chaussures d'Amber. A sa grande surprise, il constata qu'elles avaient disparu.

Il regarda autour de lui. Lors d'une soirée rassemblant des invités aussi huppés, se faire dérober des *chaussures* ? C'était surréaliste.

A cet instant, il les aperçut dans les mains d'un serveur, qui se dirigeait vers une porte latérale.

Rassuré sur la nature humaine, il courut derrière lui. Les ayant crues abandonnées, le serveur les portait sans doute aux objets trouvés.

Il se retrouva dans un couloir mal éclairé. D'un côté, on accédait aux cuisines, de l'autre à un étroit escalier. Doutant que la cuisine abrite le service des objets trouvés, il emprunta l'escalier. Parvenu en bas, il aperçut le serveur et le héla.

L'homme se retourna.

— Les chaussures ! lui cria Cole.

Il n'eut pas le temps d'ajouter quoi que ce soit, car le serveur bondit vers une sortie latérale.

— Arrêtez ! cria Cole en s'élançant à sa poursuite.

Il se retrouva dans une ruelle, où il rattrapa rapidement l'homme, qu'il saisit par le bras en l'obligeant à lui faire face.

— Ce sont les chaussures de mon amie, affirma le serveur tout essoufflé.

— Erreur, ce sont celles de *mon* amie.

Une expression mauvaise passa dans le regard de l'homme.

— Vous n'êtes pas serveur, dit Cole.

En un éclair, le voleur sortit un couteau à cran d'arrêt de sa poche et en fit jaillir la lame.

— Ce ne sont que des chaussures, fit remarquer Cole, le cœur battant.

D'accord, des chaussures de luxe, mais tout de même…

— Fichez le camp ! gronda l'individu.

— Quand vous m'aurez rendu les chaussures !

— Laissez tomber si vous tenez à la vie !

A cet instant, un grognement inquiétant s'éleva juste à côté. Tous les sens en alerte, Cole jeta un discret coup d'œil à ses pieds. Un chien fixait un regard menaçant sur son agresseur, le poil dressé.

— Méfiez-vous, dit Cole. Il va vous sauter à la gorge.

Comme pour appuyer ses dires, le chien grogna de plus belle.

— Lâchez votre couteau si vous ne voulez pas qu'il attaque.

L'homme hésita, mais comme le chien avançait vers lui, babines retroussées, il laissa tomber couteau et chaussures, avant de prendre la fuite.

Cole caressa la tête du chien, qui remuait à présent la queue, comme s'il était fier de lui.

— Beau travail, mon vieux !

L'animal était maigre à faire peur. Son poil, fauve avec des taches noires au niveau des oreilles et du museau, était tout rêche, et ses yeux exprimaient une lassitude infinie.

— Tu es perdu, c'est ça ? demanda Cole.

Il se baissa pour ramasser les chaussures. Quand il se redressa, le chien n'avait pas bougé.

— Tu attends probablement une récompense, conclut-il.

Le chien cligna les yeux.

— Je comprends. Allez, viens !

Le moins qu'il puisse faire était de lui offrir un hamburger. Il sortit de la ruelle pour gagner la rue fortement éclairée, le chien sur les talons.

En passant devant l'hôtel, il rapporta l'incident au portier, qui envoya quelqu'un récupérer le couteau et lui apprit qu'il y avait déjà eu des problèmes avec un voleur déguisé en serveur. Si le couteau portait des empreintes, on pourrait certainement coincer le malfaiteur.

Son devoir accompli, il se dirigea vers un fast-food, toujours escorté du chien. Estimant qu'il y avait une chance sur deux que ce dernier l'attende, il pénétra dans le restaurant et commanda deux doubles hamburgers. Toutes ces émotions lui avaient creusé l'appétit.

Il retrouva le chien sur le trottoir. En deux bouchées, l'animal engloutit sa part. Apitoyé, Cole lui donna la sienne. Son téléphone sonna à cet instant. C'était Luca, qui lui expliqua qu'il lui renvoyait la voiture, car Destiny et lui avaient décidé d'aller boire un verre en ville.

En souriant, il jeta les emballages vides dans la poubelle

et reprit la direction de l'hôtel. Comme son nouvel ami le suivait, il fit un crochet par la ruelle.

— Rentre chez toi ! ordonna-t-il en lui faisant signe de déguerpir.

Le chien le regarda sans paraître comprendre.

— Va-t'en, maintenant ! ajouta-t-il d'un ton plus sévère.

Le chien baissa la tête avec un air si triste que Cole sentit son cœur se serrer.

Il essaya de faire taire sa conscience sans y parvenir. Alors, il s'accroupit devant l'animal et lui gratta la tête.

— Qu'attends-tu de moi au juste ?

Le chien appuya le museau contre sa cuisse.

— C'est un pantalon de location, fit-il remarquer.

Le chien se blottit plus étroitement contre lui.

— Je vis en Alaska, tu sais.

La queue du chien s'agita.

— Monsieur Parker ? fit la voix du chauffeur apparaissant dans son champ de vision. Etes-vous prêt ?

Cole se redressa en soupirant.

— Nous sommes prêts.

— Nous ?

— Le chien vient aussi.

Le chauffeur regarda l'animal et hésita.

— Bien sûr, monsieur, finit-il par concéder.

— Auriez-vous une couverture ou quelque chose pour protéger le siège ?

— Je vais demander un journal au portier.

Cole regarda le chien.

— Tu veux faire un tour en voiture ?

L'animal leva la tête, oreilles dressées, et sa queue remua de plus belle.

— Je suppose que ça signifie que tu es d'accord.

Tout en sachant qu'il regretterait cette décision prise sous le coup de l'émotion, il ne se sentait pas le cœur d'abandonner l'animal sur le trottoir.

Il ferma les yeux. Tout ça pour une paire de chaussures…

- 3 -

Le lendemain matin, Cole se rendit à l'appartement en terrasse des Henderson afin de rendre les chaussures à Amber. Il emmena le chien avec l'intention de le déposer au passage dans un refuge. Après tout, ces organismes avaient pour mission de chercher de bons foyers aux animaux perdus.

Le chien avait bien meilleure allure depuis qu'il lui avait donné une douche dans la station de lavage de voitures de l'hôtel. Son odeur était aussi bien plus agréable, et il avait déjà pris quelques centaines de grammes entre les hamburgers, le steak du service de chambre de la veille et le bacon et les saucisses du petit déjeuner.

L'animal se conduisait très bien et, à présent, il attendait sagement près de Cole, qui actionnait la sonnette.

Un instant plus tard, Amber lui ouvrait la porte, pieds nus, vêtue d'un jean délavé, d'un T-shirt taché et avec ce qui ressemblait à de la bouillie d'avoine maculant ses cheveux. Dans ses bras, un bébé hurlait.

— Le portier a parlé d'une livraison, dit-elle, couvrant tant bien que mal les cris de l'enfant.

Il souleva les chaussures.

— C'est une livraison.

Elle examina les invraisemblables chaussures.

— Franchement, j'espérais que quelqu'un les aurait volées.

— J'espère que vous plaisantez, dit-il.

— En partie seulement. Elles coûtent horriblement cher, mais je ne les porterai plus de ma vie.

Elle baissa les yeux.

— Vous avez un chien ?

— Oui, depuis hier.

Elle parut digérer l'information pendant que Zachary s'époumonait dans ses bras.

— Voulez-vous entrer, le temps de les déposer quelque part ?

— Bien sûr.

Dans le vestibule, il avisa un placard, qu'il ouvrit pour y ranger les chaussures.

— Savez-vous que j'ai risqué ma vie pour les récupérer ?

Il s'aperçut tout à coup que Zachary s'était tu. Il tourna alors la tête et posa sur l'enfant un regard surpris.

— La soirée a dégénéré à ce point ? demanda Amber.

Les yeux gris de Zachary le fouillaient tels des rayons laser. Puis, soudain, le bébé eut un élan de tout le corps vers lui.

— Hé ! s'exclama Amber en le rattrapant de justesse.

Zachary continua de tendre les bras vers Cole dans un geste presque implorant. Puis il se remit à hurler, ses bras battant l'air.

— C'est curieux, dit Amber.

Cole ne sut que répondre.

— Est-ce que ça vous ennuierait de le prendre ? demanda-t-elle en se rapprochant, tout en guettant les réactions du bébé.

— Non…

Zachary se laissa soulever sans protester et, une fois dans les bras de Cole, il lui passa les bras autour du cou et pressa son petit visage humide de larmes contre son épaule. Enfin, avec un gros soupir, il se détendit contre lui.

Si l'attitude de l'enfant lui causa d'abord un choc, très vite, une émotion inconnue l'étreignit. Il aurait fallu avoir un cœur de pierre pour rester insensible à une telle manifestation de confiance.

— Vous êtes un magicien, murmura Amber. J'ignore comment vous vous y prenez, mais je vous en prie, continuez !

— A vrai dire, je ne fais rien.

— Il pleure depuis une heure. Ça lui arrive parfois.

— Il était probablement épuisé quand je suis arrivé.

— Je crois que ses parents lui manquent.

Avec un regard apitoyé, elle caressa les cheveux duveteux de l'enfant.

— Mais évidemment, continua-t-elle, il ne comprend pas ce qu'il ressent et ne peut pas l'exprimer avec des mots.

Puis elle lui adressa un sourire.

— Entrez donc une minute dans le salon.

Semblant comprendre l'invitation, le chien le précéda dans la salle de séjour.

L'apparence délicieusement décontractée d'Amber, le cliquètement des griffes du chien sur le plancher et l'odeur un peu sucrée du bébé lui donnèrent un sentiment d'irréalité.

— Bien sûr, dit-il.

Après tout, c'était une occasion idéale pour obtenir les renseignements qu'il était venu chercher à Atlanta.

— C'est ici qu'habitaient Samuel Henderson et son épouse, expliqua-t-elle, comme si elle s'excusait de l'opulence du lieu. J'ai pensé que ce serait moins perturbant pour Zachary de rester dans son cadre. De plus, Isabel, sa nurse, dort parfois sur place. Nous ne tiendrions pas à trois dans mon appartement.

Sur l'ameublement somptueux, étaient dispersés vêtements d'enfants, paquets de lingettes et hochets. Des jouets de toutes les couleurs jonchaient les tapis.

— Désolée pour le désordre, s'excusa-t-elle. Et pour ma tenue, aussi, ajouta-t-elle en considérant d'un air piteux ses vêtements. C'est mon vrai moi, vous savez. Hier soir, j'étais déguisée !

— Inutile de vous excuser, Amber. Vous êtes charmante.

Elle eut un rire incrédule.

— Pour moi, vous êtes habillée normalement, insista-t-il. Que croyez-vous que nous portions en Alaska ?

Elle parut réfléchir un instant, puis hocha la tête.

— Puis-je vous offrir quelque chose à boire ? proposa-t-elle.

— Je prendrais volontiers une tasse de café.

— Venez vous asseoir.

Dans un coin de la vaste salle de séjour, un canapé moelleux et deux fauteuils encadraient une cheminée à gaz. Un autre groupe de meubles était installé près d'une baie vitrée offrant une vue panoramique sur la ville. La pièce s'ouvrait par ailleurs sur une salle à manger assortie d'une cuisine, et sur un couloir qui devait desservir les chambres.

Il suivit Amber dans la cuisine, immense elle aussi avec un haut plafond, un îlot central, de larges plans de travail, une multitude d'appareils électroménagers et des placards entre lesquels s'ouvraient de grandes fenêtres donnant sur un parc.

— Cet appartement est impressionnant, commenta-t-il.

— J'ai encore du mal à m'y habituer. C'est tellement étrange d'utiliser les affaires des autres, leurs meubles, leurs assiettes, leurs serviettes… C'est fou, mais mon moulin à poivre me manque.

Elle en désigna un à l'extrémité d'un plan de travail.

— Il faudrait un chariot élévateur pour manœuvrer celui-ci !

La remarque le fit rire.

— Vous pourriez apporter vos affaires ici.

Il vit le visage d'Amber s'assombrir.

— Désolé, dit-il. C'est encore trop tôt, je suppose.

Elle hésita, cherchant visiblement ses mots.

— Ecoutez, je ne vais pas prétendre que j'étais proche de ma sœur, et je connaissais à peine Samuel. Seulement, il y a un procès à la clé. Je suis sans doute superstitieuse, mais je tiens à garder mon appartement intact jusqu'au verdict final.

Cole se percha sur un tabouret devant l'îlot central. Dans ses bras, Zachary ne bronchait toujours pas.

— Parlez-moi de cette affaire.

— Vous n'avez pas lu les tabloïds ?

— Pas vraiment.

— Eh bien, je suis engagée dans une bataille juridique avec Roth Calvin pour la garde de Zachary. Roth est l'un des vice-présidents de Coast Eagle, et Samuel l'avait désigné comme tuteur pour ses enfants. Seulement, Coco a ajouté un codicille qui me nomme, moi, à sa place. Normalement, je devrais gagner, mais Roth conteste le testament.

— Parce qu'il est attaché à Zachary ?

Amber posa deux tasses sur le plan de travail.

— Roth est attaché à Coast Eagle. Vous aviez raison hier soir, dans la voiture. La personne qui aura la garde de Zachary aura aussi le contrôle de Coast Eagle.

— Vous pouvez donc me céder les routes du Pacifique !

A présent, il se rendait compte qu'il ne trouverait pas meilleure couverture. Ce prétexte lui permettait de poser toutes sortes de questions sans éveiller les soupçons.

— Je n'ai pas l'intention de m'immiscer dans la gestion de Coast Eagle.

— Nous nous sommes un peu querellés à ce sujet hier soir.

Il avait été si préoccupé par les chaussures, le chien et Zachary qu'il en avait presque oublié qu'elle avait quitté la voiture fâchée contre lui.

— Vous appelez ça une querelle ?

— Il me semble que j'ai mis en doute votre engagement vis-à-vis de l'héritage de Zachary.

— Tout ce qui m'importe, c'est lui. Dans son intérêt, je tiens à ce que la compagnie soit bien gérée, mais je ne suis certainement pas la personne la plus qualifiée pour m'en occuper.

— Vous vous sous-estimez.

— Je suis directrice adjointe des finances, Cole.

Il aima l'entendre prononcer son prénom.

— Et vous êtes responsable du bien-être du propriétaire de la compagnie.

Le regard d'Amber se porta sur Zachary.

— Pauvre petite chose ! soupira-t-elle.

— Pauvre petit garçon riche ?

La repartie avait fusé, plus sarcastique qu'il ne l'aurait souhaité.

— J'aurais préféré qu'il hérite de beaucoup moins. Ainsi personne n'aurait cherché à me le prendre.

— Vous craignez donc de le perdre ?

Il vit une crispation passer sur son visage, et elle se détourna pour servir le café.

— J'essaie de ne pas y penser, murmura-t-elle en posant devant lui une tasse pleine, avant de reprendre en regardant l'enfant : Je n'arrive pas à croire que vous ayez réussi à l'endormir.

— A vrai dire, je l'ai juste tenu dans mes bras.

— Il aime peut-être le son de votre voix, dit-elle.

— Peut-être…

Cela ne lui plaisait guère, mais on pouvait en conclure que sa voix ressemblait à celle de Samuel, ou que Zachary avait, d'une manière ou d'une autre, perçu leur lien de parenté.

— Vous pouvez vous en débarrasser en le mettant au lit.

— Il est bien, là.

Curieusement, il n'avait pas envie de se séparer de l'enfant, du moins, pas tout de suite. Ce bébé vulnérable, après tout, était son petit frère et, pour une mystérieuse raison, il lui avait accordé sa confiance. Soudain, il prit conscience qu'il était ce que l'enfant avait de plus proche sur terre, et que la réciproque était également vraie. Jamais il n'aurait imaginé en ressentir une telle émotion.

Avec une expression de mécontentement, Herbert Nywall, le supérieur d'Amber, de passage dans le petit bureau qu'elle occupait au septième étage de Coast Eagle, se leva.

Max Cutter, l'avocat principal de la compagnie, demandait un entretien privé avec Amber, et Herbert n'avait d'autre choix que d'accepter. Toutefois, ces ruptures de plus en plus fréquentes avec la routine quotidienne l'agaçaient visiblement.

Ce qu'elle comprenait.

— Est-ce que ça ne peut pas attendre, Max ? demanda-t-elle.

— Je crains que non, répondit l'avocat. Désolé, Herbert.

— Ce n'est pas grave, répondit Herbert d'un ton faussement enjoué. Amber est tout à vous !

— Nous sommes pas mal occupés aujourd'hui, expliqua la jeune femme, tandis que ce dernier sortait en refermant la porte derrière lui.

— C'est que la situation est exceptionnelle, Amber.

Max prit la chaise coincée entre le bureau et une étagère de la pièce dépourvue de fenêtres.

— Croyez-moi, j'en suis consciente.

Depuis trois semaines, sa vie était sens dessus dessous. Plus rien n'était normal, et voilà qu'en plus Cole Parker avait profité des circonstances pour s'introduire dans son existence. Elle ne savait que penser de cet homme. Il était opportuniste, c'était certain, et il avait des vues évidentes sur Coast Eagle.

D'un autre côté, il y avait eu l'incroyable réaction de Zachary en sa présence. Et d'ailleurs, sa propre réaction était tout aussi bizarre. La veille, elle avait éprouvé une brusque envie de se jeter dans ses bras, et elle avait l'impression de pouvoir lui accorder sa confiance les yeux fermés.

Max alla droit au but.

— Savez-vous que Roth fait pression sur le conseil d'administration pour être nommé président ?

Amber secoua la tête. La nouvelle était surprenante et elle la contrariait.

— Je croyais qu'ils allaient attendre un peu avant de désigner quelqu'un.

— C'est ce qui était convenu, en effet, mais Roth se montre très impatient, et la moitié du conseil est convaincue qu'il gagnera la bataille pour la garde de Zachary. Et sachant que si c'est le cas, il décidera de qui restera au conseil et qui s'en ira, les gens tiennent à se faire bien voir pendant qu'il en est encore temps.

Elle comprenait leur dilemme. Si Roth gagnait le procès, il se montrerait impitoyable envers ceux qui lui auraient mis des bâtons dans les roues.

— De plus, poursuivit Max, ils estiment que Roth est un bon décisionnaire et qu'il est intelligent. Ils pensent qu'il ferait un bon président.

— Je ne partage pas cet avis, lâcha-t-elle.

— Peut-être à cause de la bataille dans laquelle vous êtes engagés, soupira Max. Ce serait bien compréhensible.

— Non, ce n'est pas ça. Je crains qu'il fasse des dépenses inconsidérées avec l'argent de la compagnie. Il envisage de rénover ou de remplacer toute la flotte, sans se préoccuper du montant que cela implique. C'est un acheteur compulsif.

Max sourit.

— La formule est intéressante, et vous n'avez pas tout à fait tort, à ce que j'ai pu constater.

— Cet homme ne doit pas devenir président.

— Mais le conseil est dans l'impasse. Il faudrait du sang neuf, introduire un nouveau membre, pour faire pencher la balance dans un sens ou dans l'autre.

Elle secoua la tête.

— Vous savez que je refuse cette solution.

— Je le sais, oui.

— Je ne veux pas faire partie du conseil d'administration de Coast Eagle. Je n'ai pas la formation pour diriger.

— Vous êtes bien la seule à ne pas convoiter le poste !

Elle se leva, fit trois pas. Franchement, ce n'était pas l'espace idéal pour passer sa nervosité.

— Si vous nommez la bonne personne, une majorité se dégagera, désignera un autre président, et Roth devra renoncer. Si vous ne nommez personne, MacSweeny risque de retourner sa veste, il n'en est pas loin. Et Roth se retrouvera aux commandes, ce n'est qu'une question de temps.

— Et alors, la frénésie de dépenses va s'enclencher…

Elle pensa à Cole Parker. Samedi soir, dans la voiture, il avait estimé qu'elle avait le devoir, pour le bien de Zachary, de prendre la direction de Coast Eagle. Et même si elle n'avait pas été d'accord avec lui sur le moment, l'avis qu'il avait exprimé lui trottait dans la tête.

Le souvenir de ces instants dans la voiture s'imposa à elle. Elle se rappela le beau visage de Cole à la lumière des lampadaires qui se succédaient. Il était très séduisant en costume, et encore plus le lendemain, en jean. Et voir Zachary blotti dans ses bras, et la gentillesse avec laquelle il l'avait tenu, l'avait profondément émue. Une erreur sans doute, mais c'était ainsi. En somme, tout ce qui touchait Cole l'émouvait.

Elle revint à la réalité et considéra Max. Laisser Roth

endetter Coast Eagle en dépit du bon sens allait à l'encontre des intérêts de Zachary, c'était certain. Et Max avait raison : elle seule était autorisée à nommer un nouveau membre au conseil d'administration.

— Qui ? murmura-t-elle.

Il fallait une personne de confiance, qui n'ait pas à redouter les foudres de Roth au cas où celui-ci gagnerait le procès. Quelqu'un qui connaisse les compagnies aériennes, qui soit un réel atout pour le conseil d'administration et qui se montre assez courageux face aux divisions, aux incertitudes et aux enjeux élevés.

Personne, à sa connaissance, ne possédait toutes ces qualités réunies.

— Vous, dit doucement Max.

Elle agrippa le dossier de sa chaise.

— Non, pas moi. Sûrement pas !

— Vous vous sous-estimez, Amber.

— Coco m'a choisie pour l'amour que je porte à Zachary. Elle n'envisageait certainement pas de me placer dans cette position vis-à-vis de la compagnie !

— Coco n'avait aucun avis sur rien, soupira Max.

Difficile de le contredire. Sa sœur n'était pas la personne la plus raisonnable du monde. De toute évidence, elle avait agi sous le coup d'une impulsion, sans réfléchir une seconde.

— Le problème, c'est qu'il n'y a personne d'autre, conclut Max.

— Il y a forcément quelqu'un.

— Ce n'est qu'une question de voix. Il suffit que vous vous nommiez, puis vous votez et vous repartez. Le président élu prendra alors les rênes. Une heure plus tard, vous serez de retour dans votre bureau et vous reprendrez votre travail.

Il regarda autour de lui d'un air dégoûté.

— Encore que je connais peu de nouveaux milliardaires qui continueraient de travailler dans un endroit pareil.

— Je ne suis pas…

— Amber, s'il vous plaît ! Je connais votre modestie, mais vous êtes la tutrice de Zachary. Tant que vous accepterez cette charge, vous serez à la tête d'une société qui brasse des milliards.

— Temporairement.

— Peut-être, mais peut-être pas.

Elle se rassit et posa les coudes sur la table.

— Ce n'est pas si simple, dit-elle.

— C'est très simple, au contraire.

Elle tenta de s'expliquer.

— Tant que l'affaire n'est pas réglée, je ne peux me laisser aller à penser que tout cela est bien réel.

— Ce n'est pas le moment d'être superstitieuse, Amber.

— Il faut que je croise les doigts. Je veux bien tout perdre, sauf Zachary.

— Coast Eagle a besoin de vous.

Elle sentit son ventre se serrer. Le point de vue de Max était proche de celui de Cole. Deux hommes apparemment sensés lui tenaient le même discours.

— Je dispose de combien de temps pour me décider ?

— Vingt-quatre heures. Ensuite, nous risquons de perdre MacSweeny.

— Je vais réfléchir.

Tout en hochant la tête, Max se leva.

— Je reviens vous voir demain.

— Je vous attendrai.

— Max est un excellent avocat, dit Destiny en élevant la voix pour couvrir les pleurs de Zachary.

Amber arpentait la cuisine en berçant l'enfant pour tenter de le calmer, tandis que Destiny préparait des pâtes et de la salade.

— Toi aussi, tu es une excellente avocate.

— Possible, mais je défends tes intérêts ; Max, ceux de Coast Eagle. Et du point de vue de la compagnie, tu dois absolument accepter d'entrer au conseil.

— Et de mon point de vue à moi ?

— Tu te feras un ennemi mortel de Roth.

— Je suis déjà son ennemie par ma seule existence.

A ce moment, les cris de Zachary gagnèrent en intensité.

— Tu sais quoi ? Si j'avais le numéro de Cole Parker sous la main, je l'appellerais à la rescousse !

— Le type de l'Alaska ?

— Il a endormi Zachary dimanche sans lever le petit doigt.

Un pouvoir qui aurait dû la froisser, parce que c'était franchement injuste.

Destiny saisit son portable.

— Moi, j'ai celui de Luca.

— Je n'en attendais pas moins de toi ! s'exclama-t-elle en riant.

Destiny avait déjà le téléphone à son oreille.

— Luca ? C'est Destiny.

— Ne t'avise pas de faire ça ! cria Amber, incrédule.

Elle vit son amie sourire.

— Merci… Mais ce n'est pas pour ça que j'appelle. Je cherche à joindre Cole.

Amber se rapprocha en secouant frénétiquement la tête.

— Pas du tout, dit Destiny. Dites-lui qu'Amber a besoin de lui pour endormir Zachary.

— Elle plaisante ! hurla Amber en se rapprochant du téléphone, provoquant une recrudescence des pleurs du bébé.

Elle fit alors demi-tour et regagna la salle de séjour sans cesser de bercer l'enfant.

— Chut, chut, mon cœur, murmura-t-elle d'un ton apaisant. Je suis désolée, je ne voulais pas t'effrayer.

— Bonjour, Cole, dit Destiny dans son dos. Oui, Amber a besoin de la cavalerie lourde. Pourriez-vous venir ?

Amber se figea, interloquée. Cole était un étranger, et l'on ne pouvait pas demander à un étranger de venir, toutes affaires cessantes, endormir un bébé ! Il allait sûrement l'envoyer promener.

— Ils arrivent ! lui cria Destiny.

— Tu as perdu la tête !

Destiny reposa son téléphone et se dirigea vers le casier à bouteilles encastré dans un mur.

— Comment ça se passe avec sa nurse ?

— Quelquefois, tout va bien, et à d'autres moments, c'est la catastrophe. Le pire, c'est le soir. D'habitude, nous nous relayons, mais là, c'est son jour de congé.

Destiny examina les bouteilles avant d'en sortir une.

— Tu crois que nous pourrions leur offrir du merlot ?

— Bien sûr. Et pendant que tu y es, verse-m'en un verre !

Destiny ouvrit la bouteille et remplit deux verres, qu'elle plaça devant les assiettes de pâtes. Puis elle prit place sur un tabouret tandis qu'Amber restait debout, ne pouvant s'asseoir dans la mesure où Zachary exigeait une certaine altitude. Sa hauteur préférée était précisément à un mètre cinquante-deux du sol, et son amplitude de balancement d'environ vingt-trois centimètres. Tout écart de ce schéma entraînait des protestations sonores.

Heureusement, Amber était devenue experte dans l'art de le bercer d'un bras tout en se sustentant de l'autre main.

— Je ne suis pas sûre que ma nomination au conseil d'administration soit une bonne chose, déclara-t-elle, pensive.

— Je croyais que tu y étais décidée.

— Et si cette démarche influence le juge dans le sens négatif ? Je veux dire, cela ne va-t-il pas donner l'impression que j'utilise Zachary pour prendre du pouvoir chez Coast Eagle ?

Destiny réfléchit un instant.

— Possible. Mais en même temps, le juge pourrait considérer le fait que tu n'entres pas au conseil comme un signe que tu n'as pas les épaules pour être tutrice.

— Le problème, c'est que la garde de Zachary et la gestion de ses intérêts sont indissociables.

Amber posa sa fourchette pour boire une gorgée de vin, mais au même instant, Zachary déplia brusquement le bras et faillit heurter son verre. Résignée, elle le reposa.

— Si tu rentres au conseil, reprit Destiny, Roth en conclura que le pouvoir t'intéresse. Si tu t'abstiens, il conclura que tu es incapable de prendre tes responsabilités. Mais Coco t'a désignée, et c'est ce qui compte.

— Sauf que Samuel a désigné Roth.

— C'est vrai.

— Et du point de vue charisme et compétence, Roth gagnera toujours.

Un coup frappé à la porte interrompit cette conversation.

— Ils ont fait vite, fit remarquer Destiny.

Avec un Zachary épuisé et toujours en larmes sur son épaule, elle se dirigea vers l'entrée. Après avoir vérifié l'identité des visiteurs par le judas, elle ouvrit la porte.

Elle ne put retenir un sourire à la vue du chien rivé aux talons de Cole. Il lui avait raconté l'altercation à propos des chaussures et sa décision de ramener l'animal à l'hôtel. Sachant aussi qu'il avait eu l'idée de le déposer dans un refuge, elle trouva touchant de constater qu'il ne s'y était pas encore résolu.

Cole posa un regard compatissant sur le pauvre Zachary.

— Vous n'arrivez pas à le calmer, si je comprends bien ?

Au son de sa voix, Zachary se redressa et tourna vers lui des yeux humides de larmes. Après quoi, il se tendit vers lui comme un ressort. Par réflexe, Cole le recueillit dans ses bras.

— Hé ! Bonjour, camarade !

— Difficile de ne pas y voir une offense personnelle, soupira Amber, tout en éprouvant un soulagement infini d'être débarrassée de son petit fardeau.

Elle vit alors Luca, qui souriait de toutes ses dents devant le tableau formé par Cole et Zachary.

— Content de vous revoir, Amber, lança-t-il.

— Bonsoir, Luca. Je suis désolée que Destiny vous ait dérangés.

— Pas de problème. Elle est là ?

— Dans la cuisine.

Il se hâta aussitôt d'entrer. Amber referma la porte derrière Cole, qui s'était immobilisé dans le vestibule, Zachary dans les bras. Avec un profond soupir de contentement, celui-ci posa alors la tête sur son épaule.

— Les bébés se comportent-ils toujours ainsi avec vous ?

— A vrai dire, je ne les fréquente pas. Ils auraient plutôt tendance à m'ignorer, en règle générale.

— Est-ce que cela vous ennuierait si je grignote quelque chose pendant que vous le tenez ?

— Pas du tout.

Cole parvint à ôter sa veste et à la suspendre au portemanteau sans lâcher le bébé.

— Prenez même un bain, si ça vous chante, ajouta-t-il. Ou faites une petite sieste.

— J'avoue que c'est tentant, mais j'ai un verre de merlot qui m'attend.

Cole et le chien la suivirent dans la cuisine, où Destiny servait une assiette de pâtes à Luca.

— Il est calmé, constata celle-ci.

Zachary avait posé sa petite main dans le cou de Cole et cachait son visage au creux de son épaule.

— Vous avez faim ? demanda Amber.

— Pas vraiment, répondit Cole. Mais je boirais volontiers un verre de vin.

Lorsqu'il s'assit, le chien se roula en boule à ses pieds.

Amber savoura une gorgée de vin, suivie d'une bouchée de pâtes. C'était merveilleux d'avoir l'usage de ses deux mains.

— Comment s'appelle-t-il ? demanda Destiny en désignant le chien de la tête tout en versant du vin aux deux hommes.

— Je n'en sais rien, répondit Cole. Nous nous sommes rencontrés dans une ruelle, le soir du bal, et je ne pensais pas le garder.

— A mon avis, lui, il est bien résolu à vous garder, commenta Amber.

— C'est à cause des hamburgers que je lui ai offerts le premier soir.

— Cole a plein de place chez lui, en Alaska, affirma Luca.

— Vous allez l'emmener avec vous ? demanda Destiny.

Cole baissa les yeux sur le chien, l'air de réfléchir.

— Je suppose, répondit-il enfin. Je ne lui donne pas une chance contre les adorables chiots du refuge. Qui voudrait d'un chien pareil ?

— Il n'est pas si laid ! protesta Amber.

Elle examina le museau carré, les oreilles retombant de façon dissymétrique, le poil rêche et moucheté, avant d'ajouter :

— Enfin, l'Alaska n'est peut-être pas une mauvaise idée, après tout…

— Vous êtes diplomate, fit remarquer Cole avec un sourire.

— Il lui faut un nom.

— Rover ? dit Cole au chien.

Il n'obtint aucune réaction.

— Spot ?

Toujours rien.

— Lucky ? Butch ? Otis ?

A ce dernier mot, le chien releva une oreille.

— Sérieux ? fit Cole. Otis ?

Le chien bondit et agita la queue.

— Eh bien, conclut Cole en lui tapotant la tête, ce sera Otis.

Zachary observait à présent le chien d'un air méfiant. Lui et l'animal se jaugèrent ainsi un bon moment, sous l'œil amusé des adultes.

Ne voulant pas abuser de la gentillesse de Cole, Amber termina rapidement son repas.

— Je vais donner un bain à ce garnement, annonça-t-elle ensuite.

— Je suppose que vous parlez de Zachary, et non d'Otis, dit Luca.

— Gagné !

Avec un frisson, elle se représenta fugitivement la réaction qu'aurait eue Coco en voyant le chien s'ébattre dans sa luxueuse baignoire.

Cole installa Zachary sur ses genoux. Alors, l'enfant tendit la main vers le chien et lui attrapa l'oreille.

— Doucement, dit Cole en repoussant la petite main.

Cependant, Otis avait pris un air indifférent.

Voyant que l'heure du coucher approchait, Amber dut se résoudre à arracher Zachary à son îlot de sérénité.

— Prêt pour le bain ? demanda-t-elle à l'enfant d'une voix enjouée.

Elle lui tendit les bras, mais Zachary se blottit plus étroitement contre Cole, et son petit visage exprima de façon éloquente son mécontentement.

— Je peux vous accompagner, si vous voulez, proposa Cole.

— J'imagine que ce serait une démission de ma part.

En réalité, elle se sentait déjà vaincue, totalement inadéquate dans son rôle de maman de substitution.

Cole se leva.

— Inutile de dramatiser, il s'agit juste d'un bain. Et quelquefois, il vaut mieux se laisser porter par le courant.

— D'accord pour une fois, concéda-t-elle, baissant les bras. Seulement, je suis censée convaincre le juge que je suis la personne la plus adaptée pour prendre soin de Zachary. Et je détesterais devoir lui avouer que cette personne, en fait, c'est vous !

— Ce sera juste pour cette fois, lui assura-t-il. Il me paraît difficile de donner un bain à cet enfant depuis l'Alaska.

— Dans ce cas, j'accepte volontiers.

Elle le précéda jusqu'à la salle de bains et s'arrêta devant la porte.

— Il faut que je vous prépare, déclara-t-elle.

— Vous savez, le désordre ne me fait pas peur.

Elle éclata de rire.

— Si seulement il s'agissait de ça !

— De quoi s'agit-il alors ?

— Elle est violette.

— Ah oui ?

— *Très* violette.

Elle poussa alors la porte, actionna l'interrupteur et attendit la réaction de Cole.

A la lumière des spots disséminés un peu partout, les murs apparurent d'un violet intense, décorés de tableaux abstraits dans des tons de rose tandis que des bougies dispensaient leur parfum de violette et que des figurines fantaisistes occupaient tout l'espace disponible.

— C'est très violet, confirma Cole, manifestement médusé.

Elle retroussa ses manches et ouvrit les robinets de la baignoire.

— Et encore, la baignoire a une taille convenable. Celle de la chambre principale tient plutôt de la piscine.

Cole se mit à rire.

— Je suppose que quand on a énormément d'argent, on peut faire tout ce qui nous passe par la tête.

Elle sortit ensuite d'épaisses serviettes et un gant de toilette d'un placard et les posa près d'un chat en porcelaine rose. En réalité, cette pièce n'avait rien de pratique, car les espaces de rangement étaient réduits au minimum.

— C'est drôle de voir à quoi Coco a employé l'argent qui lui tombait du ciel, murmura-t-elle.

— Ne lui avez-vous pas donné votre avis ?

— Non. Je n'ai découvert cette pièce qu'après sa mort.

Cole s'assit au bord de la baignoire et commença à faire sauter les pressions du pyjama de Zachary.

— Vous trouvez que votre sœur a fait un mauvais usage de son argent ?

— Je pense que cette soudaine richesse lui est montée à la tête. Elle vient d'un milieu modeste, vous comprenez. Et elle n'avait que dix-neuf ans quand elle a rencontré Samuel.

— Mais lui, pour sa part, devait avoir la cinquantaine.

— Bien tassée !

— Charmant, commenta Cole d'un ton réprobateur.

— Elle était jolie… Non, elle était ravissante, en réalité. Pleine d'entrain, aimant s'amuser… Et elle idolâtrait Samuel. Je suppose qu'un psychanalyste aurait trouvé là un terrain d'étude intéressant.

— C'est sûr.

S'agenouillant, Amber testa du coude la température de l'eau avant de fermer les robinets. Elle installa ensuite l'anneau de bain muni de ventouses au fond de la baignoire et jeta dans l'eau deux poissons de plastique bleu et vert.

Cole assit alors un Zachary tout nu dans l'anneau.

— D'après mon cours de psychologie à l'université, déclara Amber, je dirais que Samuel était tout ce que le père de Coco n'était pas. Et réciproquement : je soupçonne Samuel d'avoir craint de ne jamais être père et d'avoir reporté son instinct paternel sur Coco.

— Et couché avec…

— Il l'a épousée. Je lui en sais gré.

Zachary s'empara du poisson vert et, en frappant l'eau, éclaboussa le jean et le pull de Cole.

— Pour être juste, poursuivit-elle, à ce que j'ai pu constater, il aimait sincèrement son fils. Je crois qu'il aurait désiré d'autres enfants, si Coco avait été d'accord.

Cole ne répondit pas. Il fixait Zachary d'un œil pensif.

— Vous appréciiez Samuel ? demanda-t-il enfin.

— Pas vraiment. C'est difficile d'apprécier un quinquagénaire qui épouse une gamine de dix-neuf ans. Surtout une jeune fille qui…

Elle laissa mourir sa phrase. Quelle formule trouver qui ne soit pas insultante pour Coco ?

Saisissant le gant de toilette, elle entreprit de laver le bébé.

— Quel est votre lien de parenté avec Coco, exactement ?

Elle se mit à laver le dos de Zachary, soulagée que Cole n'insiste pas pour lui faire préciser sa pensée.

— Ma mère est morte quand j'étais bébé. J'avais sept ans lorsque mon père s'est remarié avec une certaine Tara. Mais, peu de temps après, il a été tué dans un accident causé par un chauffard ivre. Tara et moi, nous sommes restées seules au monde.

Au début, elle s'était montrée inconsolable. Mais comme, de son côté, Tara semblait dépassée par la responsabilité qui lui incombait, elle avait appris à grandir vite et à se montrer forte.

— Peu après la mort de mon père, poursuivit-elle, Tara s'est remariée et est tombée enceinte.

— Etait-elle gentille avec vous ?

Zachary poussa des cris de joie tout en frappant l'eau avec ses jouets.

— Elle n'était pas méchante. Elle s'assurait que j'étais correctement nourrie et que j'avais des vêtements propres.

Par ailleurs, j'étais une enfant plutôt facile et je m'arrangeais pour ne pas lui compliquer la vie.

— Vous deviez vous sentir bien seule.

Elle haussa les épaules.

— En réalité, je n'ai compris la différence qu'à la naissance de Coco.

Elle se mit à laver les cheveux de Zachary avec un shampoing spécial bébé.

— Que s'est-il passé ?

— J'ai vu que Tara ne se comportait pas du tout de la même façon avec Coco qu'avec moi. C'était leur fille biologique, à son mari et elle, l'enfant chérie de la famille. Tandis que moi, je n'avais aucun lien de sang avec eux.

— C'est une histoire bien triste, Amber.

— C'est du passé. Je ne sais même pas pourquoi j'en parle.

— Parce que je vous ai posé la question.

Elle sortit Zachary de l'anneau et le renversa sur son bras pour lui rincer les cheveux. Le bébé manifesta son mécontentement en gigotant de plus belle.

— Moi, je n'ai pas connu mon père, reprit Cole à mi-voix.

— Divorce ?

— Oui. Avant ma naissance. Et je n'ai eu aucune relation avec lui par la suite.

— Pourquoi ?

— Ma mère refusait d'avoir affaire à lui, et moi aussi.

— Avez-vous changé d'avis depuis ?

— Non, mais ça n'a plus d'importance. Il est mort.

Elle sortit Zachary de l'eau et l'enveloppa dans une serviette.

— Des regrets ?

— Aucun. Il ignorait mon existence, et ma mère était fantastique, très aimante. Nous nous suffisions amplement.

— Tant mieux.

Soudain, apercevant Cole, Zachary tendit les bras vers lui en pleurnichant.

— Je me sens définitivement insultée, soupira Amber.

— Vous êtes parfaite avec lui.

— J'aimerais partager votre conviction. Mais enfin, je suis tout ce qu'il a et je l'aime.

Cole se leva et installa le bébé sur son bras tout en aidant la jeune femme à se relever.

— Parfois, dit-il, c'est ainsi que se forgent les familles.

La main de Cole était chaude et sèche sur la sienne. Large, forte et légèrement calleuse. Comme il ne la lâchait pas tout de suite, une étrange sensation monta le long de son bras et s'insinua dans sa poitrine.

Le temps s'était arrêté. Elle se tint immobile, promenant le regard sur ses larges épaules, ses bras musclés, son torse puissant. Un pouvoir qui dépassait la simple force physique semblait irradier de lui.

— Amber, chuchota-t-il.

Il lui écarta une mèche humide du visage et, à ce contact si doux et léger comme une plume, elle se sentit attirée vers lui.

Il se pencha alors et lui effleura la bouche d'un baiser. Ses lèvres étaient chaudes et fermes.

Puis le baiser se précisa, enflammant son désir.

— Gak, fit Zachary en lui donnant un coup sur l'oreille.

Elle recula, choquée.

— Gak, répéta Zachary.

Et il appliqua les pieds contre elle, comme pour la repousser.

— D'accord, d'accord, camarade ! s'exclama Cole en riant, tu as toute mon attention !

Il gardait cependant le regard fixé sur elle.

L'embarras envahit la jeune femme.

— Je ne comprends pas… bredouilla-t-elle.

— Moi si, dit Cole. Et pourtant, je n'ai jamais suivi un cours de psychologie.

Sur ces mots, il recula jusqu'à la porte, la laissant dans un état d'excitation et de confusion mêlées.

- 4 -

Cole prenait son petit déjeuner en compagnie de Luca dans la salle à manger de l'East Park Hotel, ornée d'un sapin de Noël bleu et argent, de guirlandes et de stalactites.

— Je ne doute pas un instant qu'Amber soit la tutrice idéale pour Zachary, affirma-t-il.

Cependant, la description qu'Amber lui avait faite, plus ou moins consciemment, de sa sœur ne laissait pas de l'inquiéter. Les avocats de Roth auraient beau jeu de se servir de la naïveté de Coco pour invalider le codicille.

— C'est bien ce que je pensais, dit Luca qui, penché sur son ordinateur, semblait avoir l'esprit ailleurs.

Il tourna l'écran vers lui.

— Regarde, c'est Samuel à trente-trois ans. Ton âge actuel, plus un an.

Il examina la photographie de son père biologique. Samuel avait certes les cheveux plus clairs, le menton plus étroit et le nez légèrement déformé, mais la ressemblance était frappante.

— On ne voit la ressemblance que si on la cherche, déclara-t-il. Et personne ne la cherche.

— Tu as été démasqué par un gosse de neuf mois.

— Je compte sur lui pour tenir sa langue.

— Il finira par apprendre à parler.

— Pas avant que nous ayons quitté la ville.

— Et écoute ça…

Luca reprit possession de l'ordinateur et tapa sur quelques touches.

— C'est un discours de Samuel qui remonte à une vingtaine d'années.

— … une fois le projet mis en œuvre, de nouvelles routes pour la Grande-Bretagne, la France et l'Allemagne s'ouvriront à nous…

— D'accord, la voix, c'est troublant, dut-il reconnaître.

— Zachary sait que tu appartiens à la famille.

— Ça expliquerait pourquoi il s'accroche ainsi à moi.

Luca but une gorgée de café.

— Mais tu vas quand même te retirer du jeu ?

— Non.

Son ami le considéra avec surprise.

— Non ?

— Je ne partirai qu'une fois certain qu'Amber gagne le procès pour la garde. Mais ça n'ira pas plus loin.

Il n'avait aucune intention de revendiquer ses liens avec la famille Henderson et comptait bien retourner à sa vie en Alaska dès que la situation serait clarifiée.

Bien sûr, le baiser échangé avec Amber l'avait un peu déstabilisé. Il n'arrivait toujours pas à croire qu'il ait fait preuve d'une telle imprudence, avec Zachary dans les bras de surcroît. C'était ridicule.

Il ne voulait pas de complications. Certes, ce baiser n'en représentait pas vraiment une, et il le relativisait déjà. Amber était jolie, douce et pleine de compassion, et le récit de son enfance malheureuse avait attisé sa sympathie.

Mais une enfance difficile était hélas ! le lot de beaucoup de gens. A présent, elle allait bien et elle aimait Zachary. Il n'avait pas à se mêler de leur histoire.

— Tu es sûr de toi ? demanda Luca.

— Sûr et certain. Calvin va essayer de prouver que Coco n'était pas qualifiée pour désigner un tuteur pour son fils et, par la même occasion, une personne capable de diriger Coast Eagle.

— Pour voir le bon côté des choses, je ne crois pas que beaucoup de testaments aient été invalidés pour cause de stupidité.

— J'espère que non. Et que penses-tu de Destiny ? A part le fait qu'elle est sexy. Peux-tu te montrer objectif à son sujet ?

— Ne t'inquiète pas pour ça ! répliqua Luca en riant. Elle est très bien, je le sais.

— Comment peux-tu en être aussi certain ?

— Je lui ai posé quelques questions hier. Naturellement, elle a refusé de parler de l'affaire d'Amber, mais je peux t'assurer qu'elle est compétente.

— J'espère que tu n'as pas éveillé ses soupçons.

— Pas du tout. J'ai fait semblant de m'y intéresser à cause de ce qu'on raconte dans les médias. A propos, on y apprend des tas de trucs…

Luca reposa sa tasse pour effectuer quelques manipulations sur l'ordinateur.

— Par exemple, reprit-il, regarde ça ! Des bruits circulent sur la nomination prochaine de Roth Calvin au poste de président intérimaire de Coast Eagle.

Cole tourna l'ordinateur vers lui.

— Je croyais que cette responsabilité incombait à Amber ?

— C'est une décision que doit prendre le conseil d'administration.

— Ce qui signifie que Calvin a le conseil dans sa poche. Une idée pas très réjouissante…

Il se leva.

— Il faut que je mette bon ordre à tout ça.

— Où vas-tu ?

— Rendre une petite visite au siège de Coast Eagle. Je veux regarder ce Roth Calvin dans les yeux.

— Maintenant ? Sans rendez-vous ?

— J'arriverai à me faufiler jusqu'à lui. Ne suis-je pas une sorte de collègue ?

— Tu as besoin d'aide ?

Il réfléchit quelques instants avant de secouer la tête.

— Il sera moins méfiant s'il a affaire à une seule personne.

— Comme tu veux.

Il enfila sa veste.

— De ton côté, essaie de tirer discrètement des infos à Destiny. Séduis-la s'il le faut.

Le regard de Luca s'illumina.

— A ton service, mon vieux !

Dans le hall de Coast Eagle, afin de ne pas se faire remarquer par la sécurité, il se mêla à un groupe d'employés. Et dans l'ascenseur, il fit mine de savoir exactement où il allait en faisant le pari que le bureau de Calvin se trouvait au dernier étage.

Il se retrouva dans une aire de réception fortement éclairée.

— Bonjour, dit en souriant la jeune femme qui se tenait derrière le bureau d'accueil.

— Bonjour. Cole Parker, propriétaire d'Aviation 58, une compagnie aérienne d'Alaska. Il paraît que je dois m'adresser à Roth Calvin.

— Avez-vous rendez-vous ?

— Je viens juste d'arriver en ville.

Le sourire de la réceptionniste s'effaça.

— Désolée, mais l'emploi du temps de M. Calvin est complet pour la journée.

Un bruit de pas et des voix masculines retentirent derrière lui. La jeune femme jetant un regard furtif au groupe qui venait d'apparaître, il en déduisit que Roth Calvin en faisait partie et se retourna. L'homme au milieu du groupe avait la posture d'un chef. Jouant le tout pour le tout, il décida qu'il s'agissait de Calvin.

Il s'avança, main tendue.

— Monsieur Calvin ? Je me présente, Cole Parker d'Aviation 58. Une compagnie aérienne d'Alaska.

Une expression de méfiance passa sur le visage de Roth Calvin, qui regarda la réceptionniste, laissant augurer d'une entrée en scène rapide de la sécurité.

— Je me suis entretenu avec Amber Welsley l'autre jour, s'empressa-t-il d'ajouter. D'après elle, vous êtes la personne qualifiée pour discuter des routes du Pacifique de Coast Eagle.

— Amber vous a conseillé de vous adresser à moi ?

— C'est exact. Elle a une haute opinion de vous.

Devant l'expression soupçonneuse de Roth Calvin, il

craignit d'être allé trop loin. Cependant, Roth le dévisagea encore un instant, puis se tourna vers la réceptionniste.

— Repoussez le rendez-vous avec Millsberg d'un quart d'heure.

— Bien, monsieur.

— Par ici, monsieur Parker, dit Calvin, désignant une porte.

Ils pénétrèrent dans une salle de réunion. Calvin lui indiqua un fauteuil et prit place de l'autre côté de la table ovale.

— En quoi puis-je vous être utile, monsieur Parker ?

— J'ai cru comprendre que vous étiez sur le point d'être nommé président intérimaire, commença-t-il.

Un sourire suffisant joua sur les lèvres de Roth Calvin.

— Vous avez bien compris.

— J'irai droit au but, monsieur Calvin. Aviation 58 cherche à s'étendre le long de la côte Ouest. Avec le remaniement au sein de Coast Eagle, je me demandais si vous seriez ouvert à une discussion à propos de vos routes les moins rentables.

— Toutes nos routes sont rentables.

Cole avait consulté les informations publiques concernant Coast Eagle durant son trajet en taxi et en avait tiré quelques déductions.

— Seattle-Vancouver l'est tout juste. Vous avez perdu des parts de marché à Portland, et votre taux de remplissage passagers est faible dans les directions au nord de Los Angeles. Passer un marché avec Aviation 58 accroîtrait considérablement vos bénéfices.

— Je vois que vous avez bien appris votre leçon.

— C'est le cas. Et je sais qu'Amber Welsley ne jouera un rôle qu'à court terme. C'est vous la tête de l'entreprise.

Roth Calvin acquiesça sans répondre.

— Je n'ai pas connaissance du testament, bien sûr, continua Cole, mais je crois deviner ce qui se passe. Une épouse décorative, c'est très bien, mais personne n'est dupe. Samuel n'aurait jamais laissé à Coco un pouvoir décisionnaire susceptible de mener Coast Eagle à sa perte.

Roth Calvin se détendit visiblement.

— Vous me paraissez un homme intelligent, Cole Parker.

— Je suis également patient. Je me doute que le front intérieur va mobiliser toute votre attention au cours des prochains mois.

Roth eut un haussement d'épaules.

— Ce sera vite réglé.

— Je comprends. Plus tôt vous obtiendrez la garde de l'enfant, mieux ce sera. Enfin, je veux dire, mieux ce sera pour Coast Eagle, bien sûr.

— Une fois la situation assainie, nous chercherons des capitaux, dit Roth.

— Je suis heureux de l'entendre. Je…

Soudain, la porte s'ouvrit, et Amber fit irruption dans la salle de réunion, fusillant Cole du regard.

— Vous intriguez derrière mon dos ?

— Amber !

La voix de Roth avait claqué, sévère.

— Vous avez suggéré que je donne suite à mon idée, se défendit Cole, déformant intentionnellement ses propos.

— C'est un entretien privé, Amber, ajouta sèchement Roth, suscitant chez Cole une irritation qu'il eut du mal à réprimer.

— J'ai suggéré que vous donniez suite auprès de Joyce Roland ! s'exclama la jeune femme sans tenir compte de Roth.

— Amber ! s'écria ce dernier. Voudriez-vous avoir l'obligeance de nous laisser ?

Cole eut toutes les peines du monde à ne pas demander à Calvin de se taire.

La réceptionniste apparut sur le seuil.

— Monsieur Calvin ? On vous attend. M. Millsberg…

Roth se tourna vers Cole.

— Je vais devoir interrompre notre conversation.

— Aucun problème. Je vous remercie de m'avoir reçu. Je reprendrai contact avec vous.

Roth regarda alors Amber, attendant évidemment qu'elle se retire. Elle demeura cependant immobile, les bras croisés, refusant de céder un pouce de terrain, ce qui lui valut toute l'admiration de Cole.

Finalement, Roth capitula et quitta la pièce, suivi de la réceptionniste.

— Comment avez-vous osé ? chuchota Amber.

Comme il regrettait de ne pouvoir lui expliquer qu'il était de son côté !

— Au départ, c'était juste une visite de politesse. Rien de méchant. Je vous ai dit hier que je m'intéressais aux routes du Pacifique.

— Et qu'avez-vous fait hier, au juste ? Vous avez essayé de profiter de la confiance que Zachary vous porte pour vous insinuer au sein de Coast Eagle ?

— C'est vous qui m'avez appelé, me semble-t-il !

— Et vous avez été trop heureux de rappliquer !

— Pour vous aider à calmer Zachary…

— Alors c'est comme ça que vous la jouez ? Très bien !

Devant l'expression blessée d'Amber, il se rappela leur baiser et fit un pas vers elle.

— Amber, je suis navré.

— De m'avoir menti ?

— Je ne vous ai pas menti. Hier, j'étais là pour Zachary. Enfin, je veux dire, surtout pour Zachary.

— Vous ne me devez pas d'explications.

Certes, mais il éprouvait le besoin de s'expliquer. Il le fallait.

— Je vous apprécie beaucoup, Amber.

— Eh bien, moi pas.

Il se rapprocha.

— Si, vous m'appréciez.

— Allez-vous-en !

Il secoua la tête.

— Je comprends que ce soit compliqué.

— Ce n'est pas compliqué !

— Il y a Zachary. L'entreprise. Et puis vous et moi.

Tout en prononçant ces paroles, il se demandait ce qu'il pouvait bien espérer. Il fallait laisser tomber, et non en rajouter.

— Il n'y a pas de vous et moi, riposta Amber.

Cependant, son expression, lèvres entrouvertes, regard involontairement rêveur, contredisait ses paroles. Il se tourna vers la porte restée ouverte. Et s'il allait la refermer pour prendre ensuite Amber dans ses bras ? Stupide. La réceptionniste ne manquerait pas d'informer Roth de cette porte fermée, et cela ne ferait qu'attirer des ennuis supplémentaires à Amber.

Mais elle était si charmante, et le souvenir de leur baiser si vif dans son souvenir, qu'il ne put se raisonner. Il alla à la porte, la poussa et se retourna vers Amber, qui ouvrait de grands yeux.

Sans lui laisser le temps de réagir, il la prit par les épaules et l'embrassa. Elle tressaillit, mais sans chercher à lui échapper. Puis, très vite, elle l'enlaça à son tour et lui rendit son baiser.

Il la plaqua alors contre lui, s'enivrant de la douceur de ses seins, de la chaleur de ses cuisses, de ses gémissements étouffés.

Il posa une main sur sa joue et l'y laissa tandis qu'il explorait fiévreusement sa bouche. Il avait oublié où ils se trouvaient, il avait tout oublié sauf la douceur et le parfum d'Amber. Il glissa une main sous sa veste de lin et, à travers son chemisier de soie, perçut la chaleur de sa peau.

Soudain, elle le repoussa.

— Nous ne pouvons pas faire ça, murmura-t-elle.

Il reprit sa respiration. Evidemment qu'ils ne pouvaient pas faire ça ! A quoi pensait-il ? Ils se trouvaient sur le lieu de travail d'Amber !

— Je suis désolé.

Elle secoua la tête.

— Je suis aussi responsable que vous.

Elle jeta un coup d'œil à sa montre.

— Je dois y aller. J'ai une réunion du conseil.

Elle recula et parut inspirer une grande bouffée d'air.

— C'était stupide. Je ne sais pas ce qui m'a pris.

— Amber…

— Au revoir, Cole, dit-elle en se dirigeant vers la porte.

— Est-ce que je peux vous appeler ?

— Non.

De derrière son bureau, la réceptionniste les regarda passer.

Il essaya de prendre l'air innocent tout en ayant conscience qu'il n'était pas très convaincant.

Sur un bref signe de tête, il se dirigea vers l'ascenseur.

Parvenue devant la porte de la grande salle de réunion de Coast Eagle, Amber prit le temps de se ressaisir.

Dire qu'elle avait encore une fois embrassé Cole Parker, et dans les locaux de la compagnie encore ! Et dire qu'elle avait apprécié ce baiser…

Elle ouvrit la porte.

— Vous voilà ! s'exclama Max en se levant du siège où il présidait, en bout de table.

Les huit membres du conseil d'administration inclinèrent poliment la tête. Tous des hommes, entre quarante et soixante ans, rompus depuis longtemps aux arcanes de l'industrie aérienne. Elle connaissait de vue la plupart d'entre eux.

Max s'écarta de son siège et lui fit signe d'y prendre place.

— Asseyez-vous, je vous prie, mademoiselle Welsley, dit-il avec un sourire engageant.

Elle ravala son anxiété. Elle devait le faire. Pour Zachary. Se redressant, elle gagna le fauteuil du président, et Max s'assit à sa droite.

Elle fixa la photographie d'un biplan rouge et blanc accrochée au mur en face d'elle. Elle ne savait que dire.

Heureusement, Max prit la parole.

— En vertu de l'article 17.9 des statuts de Coast Eagle, Mlle Welsley exerce son droit en tant qu'actionnaire majoritaire…

— Elle n'est pas actionnaire majoritaire, le coupa Clint Mendes.

— Selon la loi en vigueur dans l'Etat de Georgie, si.

— La question fait l'objet d'un appel, insista Clint.

— Et jusqu'à ce que l'affaire soit jugée, Mlle Welsley représente les intérêts de Zachary Henderson. A présent, comme je le disais…

A cet instant, la porte de la salle s'ouvrit brutalement sur un Roth Calvin écarlate, l'œil étincelant, la mâchoire crispée.

— Monsieur Calvin, dit Max d'un ton réprobateur. Il s'agit d'une réunion confidentielle.

— Parlez plutôt d'un coup de force !

Il y eut des chuchotements, et tous les regards se tournèrent vers Amber, guettant sa réaction.

Elle devait intervenir. Il aurait été du plus mauvais effet pour son image de laisser Max la défendre contre Roth. Elle était désormais membre du conseil et devait s'affirmer comme telle.

Si elle perdait le procès, Roth l'éliminerait, qu'elle se soit ou non manifestée. Elle n'avait donc rien à perdre.

Elle se leva et redressa le menton.

— Quittez cette pièce, Roth, commanda-t-elle fermement.

Un silence de mort tomba sur les participants, tandis que le teint de Roth virait à l'aubergine.

— Vous avez perdu la tête ?

— S'il vous plaît, sortez ! répéta-t-elle. Cette réunion est réservée aux membres du conseil.

— Vous n'êtes pas membre du conseil ! rugit Roth.

— Je suis l'actionnaire principale. C'est tout ce que vous avez à savoir. Et maintenant, *sortez* !

Nelson MacSweeny toussota, mais ne dit mot.

Roth le foudroya du regard, puis il fixa Amber tout en comprenant sans doute qu'il avait perdu le round. Il recula et sortit en refermant la porte.

Les genoux tremblants, Amber se rassit. Tous la regardaient, mais avec une expression qui n'était plus la même.

Etait-ce un effet de son imagination ? Il lui semblait déceler dans leurs yeux quelque chose de l'ordre du respect. Le cœur battant, les paumes moites, elle soutint leurs regards. Il ne serait pas dit qu'elle avait capitulé devant Roth Calvin.

— Mlle Welsley exerce son droit à entrer au conseil d'administration, déclara Max. En tant qu'actionnaire majoritaire, elle nous départagera sur la nomination d'un président intérimaire.

— Si je comprends bien, ce ne sera pas Roth, hasarda Clint.

— Qui, alors ? interrogea Nelson.

— J'ai bien réfléchi, dit Amber. Je propose Max Cutter.

— Je ne peux pas…, commença Max.

— Si, vous pouvez, assura-t-elle. J'ai pris conseil auprès d'un avocat ce matin.

— Vous devez quitter la pièce pendant les débats, indiqua Nelson à Max.

Ce dernier fixa sur Amber un regard pénétrant, et elle ne broncha pas. Si elle pouvait siéger en bout de table, Max pouvait endosser le rôle de président. Il était le seul à qui elle accordait sa confiance.

— Très bien, dit-il.

En passant derrière elle, il se pencha et lui glissa à l'oreille :

— Vous m'entraînerez dans votre chute.

— Voilà pourquoi vous feriez mieux de m'aider à gagner, chuchota-t-elle en retour.

— Je vous aurais aidée de toute façon, répliqua-t-il en lui tapotant l'épaule.

Quand la porte se fut refermée sur lui, Milos Mandel réclama la parole.

— Pouvons-nous parler librement ? demanda-t-il.

— C'est préférable, répondit Amber.

— Vous comprenez, je suppose, ce que vous venez de faire ?

Elle eut un sourire résigné.

— Il me semble, oui.

— Il va en avoir après vous, dit Nelson.

— Et il aura le bon droit pour lui, fit remarquer Clint, en considérant les uns après les autres les membres du conseil. C'est bien un putsch.

— Le putsch, contra Milos, aurait été que Roth s'approprie le poste de président sans l'accord de l'actionnaire majoritaire.

Clint posa sur Amber un regard dur.

— Vous brûlez les étapes, mademoiselle, et ça va vous coûter cher.

— Tandis que vous, vous vous considérez à l'abri dans la mesure où Roth saura que vous vous rangez de son côté…

Clint parut décontenancé. Il était assez intelligent pour comprendre que l'inverse était également valable. A présent, c'était un ennemi pour elle.

— Je ne voulais pas dire… se reprit-il, confus. En fait, je ne suis pas…

— Entamons plutôt la discussion sur Max, le coupa-t-elle, excédée.

Elle n'avait pas de temps à perdre avec lui. Elle devait installer Max au poste de président intérimaire et ensuite, elle pourrait se concentrer sur le procès, accomplir sa part de travail quotidienne et s'occuper de Zachary. Alliances et intrigues au sein de Coast Eagle attendraient leur tour.

Comme elle quittait les locaux de Coast Eagle, elle aperçut Cole qui l'attendait à la porte. Il était 18 heures, elle était épuisée et elle n'avait pas la moindre envie de le voir.

Enfin… A vrai dire, si, elle en avait très envie ! Et si elle éprouvait des émotions aussi contradictoires, c'était à cause du baiser échangé dans la salle de réunion.

— J'ai lu le communiqué de presse, déclara Cole en lui emboîtant le pas sur le trottoir noir de monde. Vous avez très bien agi. Evidemment, il existe un risque, mais tout dans cette situation est risqué.

Elle s'arrêta pour le regarder, obligeant les passants à les contourner. Cet homme avait intrigué derrière son dos, il l'avait embrassée et, à présent, il se permettait d'analyser ses décisions ?

— C'est tout ce que vous avez à me dire ?

— Oui, répondit-il après un instant d'hésitation.

Autour d'eux, la foule se hâtait, et sur la chaussée, les voitures klaxonnaient.

— Eh bien, c'est très aimable à vous d'approuver ma décision, énonça-t-elle, ironique.

— Vous êtes encore fâchée ?

— Je suis surtout fatiguée et si vous continuez à me retenir, je vais rater mon train.

Elle se remit en marche sans toutefois en faire davantage pour le décourager.

— J'ai du mal à croire que les Henderson ne disposent pas de voiture avec chauffeur, fit-il remarquer.

— Arrêtez de faire comme si de rien n'était ! protesta-t-elle, agacée.

— Vous parlez de votre coup d'éclat ?

Elle leva les yeux au ciel.

— Du fait que je vous ai embrassée, alors ?

— Du fait que vous m'avez trahie !

— Je ne vous ai pas trahie. Je vous avais dit que je convoitais les routes du Pacifique.

— Ne me prenez pas pour une idiote !

— Vous n'êtes pas une idiote.

— En effet.

— Sauf quand il s'agit de transport. Puis-je vous proposer de vous raccompagner chez vous ?

— Certainement pas !

— Pourquoi ?

Parce qu'il la déstabilisait, voilà pourquoi ! Le souvenir de son baiser l'avait hantée tout l'après-midi, et elle aurait aimé apprendre qu'il l'avait lui aussi affecté.

— Vous arriverez plus vite si je vous raccompagne, insista-t-il. Et vous pourrez passer plus de temps avec Zachary.

— Fichez-moi la paix !

— Je n'en ai pas l'intention.

— Ah bon ? Et qu'avez-vous l'intention de faire ?

La question avait à peine jailli qu'elle la regrettait déjà. Que lui importaient les projets de Cole Parker ? Elle voulait juste qu'il sorte de sa vie. Enfin, une partie d'elle-même le désirait, tandis qu'une rêvait follement de l'embrasser. Elle en aurait pleuré de dépit.

— Après une semaine pareille, vous avez besoin de vous détendre.

— Que voulez-vous de moi, à la fin ?

— Une sortie, juste vous et moi.

Elle fut si choquée qu'elle s'arrêta. Alors il la prit par le bras et l'attira sous l'auvent d'une boutique, à l'écart du flot des piétons.

— Je voudrais que vous fassiez une pause, expliqua-t-il. Sortons ensemble ce soir. Nous nous promènerons dans Atlantic Station, admirerons les illuminations, boirons du chocolat chaud. A moins que nous n'allions faire du patin à glace. Vous avez dit que vous aimiez cela.

— Mais vous, je ne vous aime pas, Cole.

— Pour être honnête, vous ne me connaissez pas.

— Je vous connais suffisamment.

— Vous *croyez* me connaître.

Le regard de Cole plongea dans le sien, et il lui sembla que les bruits ambiants s'évanouissaient.

— Nous irons d'abord chez vous, et j'exercerai ma magie sur Zachary, qui s'endormira comme un petit ange. Isabel peut-elle rester ?

— Essaieriez-vous de me soudoyer ?

— Je l'avoue.

— Pourquoi, Cole ? La comédie est finie. Je sais que vous vous êtes servi de moi pour vous introduire chez Coast Eagle.

— Je n'ai pas eu besoin de vous pour y parvenir, Amber. Je suis entré et j'ai obtenu un entretien avec le futur président sans rendez-vous.

— Roth ne sera pas président.

— Sage résolution…

— Vous changez d'avis comme de chemise, si je comprends bien.

— Je n'ai jamais pensé qu'il devrait l'être.

Elle ne sut que répondre. Tout en se moquant de l'avis de Cole, elle était heureuse d'avoir son approbation sur ce point.

— Vous avez besoin de vous changer les idées, reprit-il. De faire une pause, de tout oublier.

— Tout ce que je souhaite oublier, répliqua-t-elle avec un rire insolent, c'est vous.

Elle fut saisie de remords devant l'expression chagrinée de Cole.

— Vous m'en voyez contrit, Amber.

Elle l'était aussi. Enfin, non. Rien de bon ne résulterait de cette attirance que lui inspirait Cole. Sortir avec lui ? L'idée était absurde. Il vivait en Alaska, et elle nageait dans les complications.

Tout ce qu'elle pouvait attendre de lui, c'était une aventure sans lendemain.

Ce qui, tout compte fait…

Elle éprouva le brusque besoin de s'adosser à un mur.

— Vous vous sentez bien ?

— Je ne comprends pas. Pourquoi tenez-vous à sortir avec moi et à vous occuper de Zachary ?

Il haussa les épaules.

— Pourquoi pas ? Je vous aime bien, Amber. Et j'aime bien Zachary.

— C'est trop simple.

— Je ne suis pas compliqué.

— Moi si.

— Il s'agit juste d'aller faire du patin à glace, Amber.

— Vous voulez mettre la main sur nos routes du Pacifique.

— Seulement si vous voulez les vendre.

— Je refuse.

— Très bien. Savez-vous que vous avez manqué votre train ?

Cet homme ! D'où tenait-il cet agaçant pouvoir de la distraire ?

— Ma voiture est à deux pas d'ici. Qu'en dites-vous ?

Soudain, l'idée d'oublier ses ennuis pendant quelques heures lui parut pleine d'attrait.

Elle capitula.

— Très bien. Allons-y.

Alors, en le voyant sourire, elle ne put chasser l'impression d'avoir été manœuvrée.

- 5 -

Cole exécuta un demi-tour parfait sur la glace pour se retrouver devant Amber, adorable en jean, courte veste blanche matelassée et bonnet de laine jaune vif.

— Impressionnant, dit-elle en souriant.

Il fut heureux de constater qu'elle se détendait.

— Hockey, répliqua-t-il.

— Vous jouez au hockey ?

— Nous pratiquons beaucoup de sports de glace en Alaska. Je fais aussi du snowboard et du ski de fond.

Il jeta un coup d'œil par-dessus son épaule pour s'assurer que la voie était libre.

— Moi, je nage, dit-elle.

— Compétition ?

— Non ! Simplement dans les stations balnéaires, les piscines ou les rivières tranquilles.

— Impressionnant !

— Je flotte bien.

— Je vous imaginais dans un petit Bikini jaune.

— Ce n'est pas gentil.

— Pourquoi ?

— Parce que je ne serais jamais à la hauteur de vos fantasmes.

— Bien sûr que si ! Mais ne me dites pas que vous comptez essayer maintenant ?

Il aima le son de son rire.

— Jamais à cette époque de l'année !

— Et si je revenais en juin ?

— Là, peut-être.

Elle tournoya très correctement sur elle-même.

— Vous êtes drôlement forte en patinage aussi.

— Flatteur !

Mais elle arborait un sourire radieux.

— Et vous êtes belle.

— Les aventures sans lendemain ne m'intéressent pas.

Cette remarque le surprit.

— Pardon ?

— Je préfère que les choses soient bien claires. Je ne voudrais pas que vous soyez déçu en fin de soirée.

— Vous croyez que c'est ce que j'ai en tête ?

Etait-il vexé ou déçu ? Il se posait la question. S'il ne l'avait pas invitée à sortir pour la mettre dans son lit, il ne pouvait nier qu'il aurait donné cher pour une nuit de passion débridée avec elle.

— Vous ne resterez pas à Atlanta, reprit-elle.

— Exact.

— Et vous flirtez outrageusement avec moi.

— Exact aussi.

C'était si amusant de flirter avec Amber !

— Les perspectives sont donc limitées.

— J'essaie peut-être de vous extorquer les routes du Pacifique en vous faisant du charme.

— Vous savez très bien que ça ne marchera pas !

Naturellement. Mais à vrai dire, il ne s'intéressait que de très loin à ces fameuses routes.

Luca et lui suivaient un plan d'expansion soigneusement étudié pour Aviation 58, et il n'avait pas pour habitude de prendre des décisions sur un coup de tête.

— Vous êtes très bien avec Zachary, vous savez, dit-il, désireux de changer de conversation.

— Mais vous, vous êtes *formidable* avec lui. Moi, je me maintiens à flot, c'est tout.

Elle se rembrunit.

— Mais si jamais vous êtes appelé à témoigner, la bonne réponse est que je suis *fantastique* avec lui.

— Vous avez l'instinct maternel développé.

— Je ne suis pas sa mère, rétorqua-t-elle en s'assombrissant encore.

— Je voulais dire que l'amour que vous lui portez est flagrant.

Elle garda le silence, et la musique joyeuse et les vives lumières qui les environnaient parurent soudain déplacées.

— Je vous prie de m'excuser, dit-il en allant se placer près d'elle.

Il venait de se rappeler qu'elle avait été privée de l'amour de ses parents.

— Il est si jeune ! murmura-t-elle. Il ne se souviendra pas d'eux.

Il lui prit la main.

— Il se souviendra de vous.

— Ce n'est pas la même chose.

Il y avait une grande tristesse dans son regard, et ce n'était pas du tout ce qu'il avait prévu pour elle.

— Chocolat chaud ? suggéra-t-il. Pour moi, ce sera avec chantilly et liqueur d'orange au cognac.

Le visage d'Amber s'éclaira.

— Volontiers !

Ils échangèrent rapidement leurs patins contre leurs chaussures et se dirigèrent vers les boutiques et cafés qui s'alignaient dans la rue adjacente. Cela lui parut tout naturel de prendre la main d'Amber tandis qu'ils se faufilaient dans une foule aux visages heureux. Il l'aida à choisir un chien en peluche et un hochet pour Zachary, et se chargea du paquet.

— Regardez ! dit-il en désignant un établissement doté d'une terrasse chauffée et de fauteuils confortables. L'endroit a l'air sympathique.

— Vendu ! acquiesça-t-elle.

Quand ils furent installés, il consulta sa montre.

— Il paraît qu'il y a un feu d'artifice à 22 heures.

— Ça tombe à pic !

Elle regarda autour d'elle.

— J'adore cet endroit à l'époque de Noël !

— Il n'y a rien de tel à Juneau.

— Parce qu'il fait trop froid ?

— Durant les fêtes de fin d'année, oui. Des feux d'artifice sont tirés en juillet, pour la fête nationale, mais ce n'est pas très réussi parce que l'obscurité n'est jamais complète.

— Jamais ?

— Il y a une sorte de crépuscule vers 2 heures du matin. Mais au solstice, on peut jouer au golf à minuit.

— Je n'arrive même pas à l'imaginer ! Et vous vous y plaisez ?

— Beaucoup. Les gens y sont très chaleureux.

— Parlez-moi de votre mère.

Il demeura songeur.

— Elle était très jolie, finit-il par répondre. Gentille et gaie. Elle travaillait dur pour nous faire vivre.

— Elle n'a jamais demandé d'aide à votre père ?

— Elle ne voulait pas qu'il connaisse mon existence.

Ces mots parurent piquer la curiosité d'Amber.

— Pourquoi ?

Il se rendit compte qu'introduire Samuel Henderson dans la conversation était une erreur, aussi tenta-t-il de rester vague.

— Elle affirmait qu'il n'en valait pas la peine.

Amber hocha la tête.

— Je vois.

A la façon dont elle prononça ces mots, il se demanda si elle n'avait pas elle-même connu des déboires avec des hommes. Il s'apprêtait à la questionner à ce sujet quand la serveuse apporta deux superbes tasses de chocolat fumant, surmontées de chantilly et de pépites de chocolat.

Il saisit l'occasion pour détourner la conversation.

— Et vous, parlez-moi de votre père.

Elle réfléchit un moment, tout en savourant une cuillerée de crème.

— Il était grand, dit-elle enfin, et il avait un rire sonore et communicatif. Je me souviens qu'il faisait sauter les crêpes, et aussi qu'il me prenait sur ses épaules et trottait dans le jardin en hennissant. J'adorais ça !

— Ma mère à moi préparait du pain le vendredi soir. Je

l'entendais s'activer dans la cuisine quand j'étais au lit. Elle laissait lever la pâte toute la nuit et le cuisait au matin. C'était le meilleur petit déjeuner de toute la semaine.

— J'essaie de vous imaginer enfant…

Soudain, une image de Zachary traversa l'esprit de Cole. Un ami lui avait envoyé d'Alaska des photos de lui enfant, et la ressemblance était frappante.

Amber continuait de déguster sa chantilly.

— C'est drôle, dit-elle, j'ai l'impression que vous avez toujours été vieux.

— Vieux ? Comme vous y allez !

— Quel âge avez-vous ?

— Trente-deux ans. Et vous ?

— Trente et un. Vous n'êtes donc pas si vieux.

— Merci beaucoup !

Elle sourit.

— Je m'étonne que vous ne soyez pas marié, ou au moins en couple.

— Il n'y a ni actuelle ni future Mme…

Il se reprit à temps.

— … Parker. Et vous ? Vous n'avez personne de sérieux dans votre vie ?

— Non.

— Et par le passé ?

— Vos questions deviennent très personnelles.

— C'est vrai, reconnut-il sans pour autant s'excuser.

Elle serra la tasse dans ses mains.

— Personne de remarquable, répondit-elle. J'ai quitté la maison après le lycée, j'ai travaillé le jour et étudié le soir pour obtenir mon diplôme de comptable. Je ne suis peut-être pas vice-présidente, mais je tiens un rôle important au sein de la compagnie.

— Je n'en ai jamais douté.

— Je supervise six succursales et plusieurs dizaines d'employés.

Pourquoi se plaçait-elle ainsi sur la défensive ? Il n'éprouvait que respect et admiration pour sa vie professionnelle.

— J'espère que je ne vous ai pas blessée, si ?

— Pas vous. Mais Roth et certains cadres, si. Parfois, j'ai l'impression qu'ils me mettent dans le même sac que Coco. Ils la connaissaient tous, tandis que la plupart d'entre eux m'ignoraient avant l'accident. Ils semblent avoir oublié que j'appartenais à Coast Eagle avant sa rencontre avec Samuel. Je suppose même qu'ils s'imaginent que c'est Coco qui m'a obtenu la place.

Il comprenait à quel point ce devait être blessant.

— Alors, j'ai décidé que la meilleure défense, c'était l'indifférence, poursuivit Amber.

— Et est-ce que ça marche ?

— Pas vraiment. Et puis, il y a eu l'accident, et maintenant, ils pensent tous que la compagnie est dirigée par une cruche.

— Ils ont tort. Vous savez ce que je pense, moi ?

— Non, mais dites-le-moi, monsieur Parker.

— Je pense qu'ils feraient mieux de rendre hommage à votre intelligence et votre ténacité.

— Vous faites du bien à mon ego, Cole. Mais je m'éloigne du sujet. En réalité, c'était une façon détournée d'expliquer que je n'ai pas de temps à consacrer aux hommes. Je ne suis pas seule par manque d'occasions.

— Je m'en doute !

Mais pourquoi manquait-elle à ce point d'assurance ?

— Vous êtes très sympathique, Amber, et très jolie, et je n'ai pas voulu insinuer que personne ne s'intéressait à vous. C'est juste que... eh bien, je me renseignais sur la concurrence.

Elle se redressa vivement.

— Quelle concurrence ?

— Ecoutez, vous me plaisez, et je suppose que c'est un réflexe masculin que de s'interroger sur d'éventuels rivaux.

— Il n'y a personne, rassurez-vous...

Elle ferma les yeux et secoua la tête d'un air navré.

— De plus en plus pathétique, non ?

— De mieux en mieux, au contraire.

— Parlez-moi plutôt de vous.

— Bien sûr. Que désirez-vous savoir ?

— Les femmes de votre vie.

A cet instant, une gerbe lumineuse jaillit dans le ciel, déclenchant le rire d'Amber.

— Si vous croyez y couper comme ça ! Racontez.

— Marcy Richards, ma petite amie du lycée. Grande, élancée, cheveux roux très longs, taches de rousseur. Elle était capitaine de l'équipe féminine de basket-ball.

— Que s'est-il passé ?

— Une histoire tragique. L'année du bac, elle a rencontré un type d'un autre établissement venu en ville pour un tournoi. Il l'a embrassée, je lui ai flanqué un coup de poing, Marcy a pleuré, et quatre mois plus tard, ils partaient ensemble pour l'université. A présent, ils sont mariés et ont deux enfants.

— Oh ! Comme c'est triste ! Elle vous manque toujours ?

— Pas vraiment. Elle tient notre comptabilité, et nous nous voyons toutes les semaines. C'est une chic fille, et il se trouve que son mari est très sympa.

— Vous avez donc surmonté votre déception amoureuse ?

— Oui, je m'en suis sorti… Ensuite, j'ai eu quelques histoires brèves, mais agréables. Les femmes ne résistent pas à un pilote, vous comprenez.

— Brèves à quel point ?

— Quelques heures, parfois plusieurs jours.

— C'est fascinant.

— J'étais jeune et vulnérable.

— « Vulnérable » n'est peut-être pas le mot que j'emploierais !

— Vous devez avoir raison, commenta-t-il en riant.

— Et maintenant ?

— Quelques aventures ici et là, mais qui n'ont débouché sur rien de sérieux. Juneau n'est pas une grosse ville. Beaucoup de femmes de mon âge sont parties.

— Vous n'avez jamais songé à déménager ?

— J'aime cette région. Et étant donné la prospérité de l'entreprise, on peut dire que je suis solidement implanté en Alaska.

— Vous trouverez peut-être une gentille fille à Atlanta que vous remmènerez avec vous.

— Bonne idée. Vous avez quelque chose de prévu pour les trente ou quarante prochaines années ?

Elle reposa sa tasse vide.

— Jolie repartie !

Si seulement il était certain que ce soit juste une plaisanterie…

Il désigna la tasse.

— Vous en voulez un autre ?

Elle secoua la tête.

— Je dois rentrer libérer Isabel.

- 6 -

Pendant qu'Isabel quittait l'appartement, Cole partit à la recherche d'Otis. Quelques minutes plus tard, Amber les trouva, le chien et lui, dans la chambre de Zachary. Otis dormait sur le tapis, et Cole bordait Zachary dans son sommeil. Observant la scène depuis le seuil, elle en fut toute chavirée.

— Il dort, murmura Cole en enjambant le chien pour la rejoindre.

L'animal ouvrit un œil, mais ne daigna pas lever la tête.

— Il paraît qu'il s'est endormi sans problème ce soir.

— Tant mieux.

Cole était près d'elle, trop près, et pourtant, elle n'avait aucune envie de s'éloigner. Tout au contraire, elle prit une inspiration pour inhaler sa bonne odeur virile et dut se retenir de le toucher.

— Bonsoir, dit-il tout doucement.

Elle leva la tête. Tout en sachant que ce n'était pas une bonne idée, elle mourait d'envie qu'il l'embrasse. Elle avait beau se remémorer toutes les raisons pour ne pas se laisser aller dans ses bras, la tentation était trop forte.

Alors il lui prit le visage dans les mains, et la douceur de son contact diffusa une drôle de chaleur dans tout son corps. Instinctivement, elle écarta les lèvres.

— Est-ce juste un baiser avant de partir ? demanda-t-il.

— Je ne sais pas, murmura-t-elle.

Elle referma les doigts sur ses mains.

— D'accord, dit-il en posant la bouche sur ses lèvres.

Son baiser était aussi délicieux que dans son souvenir, voire meilleur. Il lui semblait s'imprégner de l'essence même de Cole par tous les pores de sa peau. Le cœur battant à tout rompre, elle se serra contre lui et sentit les pointes de ses seins contre son torse. Ses mains s'emmêlaient à ses cheveux, puis revenaient caresser son visage.

Elle voulait tout apprendre de cet homme, tout enregistrer dans sa mémoire.

Le désir avait totalement balayé la raison.

Glissant les mains entre leurs corps, elle entreprit alors de déboutonner la chemise de Cole. En réaction, il plaça les siennes au bas de son dos et la plaqua contre lui, ne lui laissant rien ignorer de la force de son désir.

Quelques instants plus tard, elle faisait voler son pull et son T-shirt et se retrouvait devant lui en soutien-gorge de dentelle blanche.

Il recula, les pupilles dilatées, la respiration courte. Puis avec un juron étouffé, il ôta lui-même sa chemise et plaqua Amber contre le mur froid, avant de la soulever et de l'inciter à lui nouer les jambes autour de la taille.

Il défit l'agrafe du soutien-gorge et le lui retira. A présent, ils étaient peau contre peau, et elle avait l'impression de se trouver au paradis.

— Amber ? murmura-t-il d'une voix qui n'était guère qu'un sourd grondement contre son oreille.

— Oui ?

— C'est davantage qu'un baiser pour se dire au revoir.

— Je sais.

Les lèvres de Cole glissèrent le long de son cou, s'attardèrent au creux de son épaule, puis descendirent explorer un sein. Quand elles en trouvèrent la pointe, dans un frémissement de tout son corps, elle ne put s'empêcher de planter les ongles dans ses épaules musclées. Elle renversa alors la tête en arrière et resserra l'étreinte de ses jambes autour des hanches de Cole.

— De quel côté ? demanda-t-il d'une voix rauque.

— A gauche, au bout du couloir.

Il la souleva dans ses bras et gagna la chambre. La porte franchie, il se dirigea vers le grand lit, repoussa les couvertures et l'y déposa. En un éclair, il s'allongea sur elle et l'embrassa tout en caressant passionnément son corps.

Elle-même explora le sien, suivant les durs reliefs de ses épaules, de ses biceps et de ses pectoraux. Puis elle s'aventura vers la ceinture de son pantalon, qu'elle ouvrit. Il fit de même avec le jean qu'elle portait, puis la regarda dans les yeux.

Sans un mot, il en baissa la fermeture. Son regard était de braise. Quand elle l'imita, ses doigts effleurèrent le ventre de Cole, et il tressaillit.

Elle tira sur le pantalon, et il acheva de s'en débarrasser. Ensuite, il lui retira son jean, avant de glisser les doigts entre ses jambes sans toutefois franchir la barrière de sa culotte de soie. Amber se tortillait en murmurant son prénom.

Il partit alors à l'assaut de ses seins et elle écarta les bras. Elle se retrouva bientôt entièrement nue, tout comme Cole, qui revêtit son sexe d'un préservatif.

Il s'allongea ensuite sur elle et la pénétra tout doucement, de façon exquise. Elle se cambra, referma bras et jambes sur lui. De sa vie elle n'avait jamais rien éprouvé de comparable.

Il sentait l'air frais, les grands espaces ; ses doigts rudes et chauds la caressaient intimement, et son corps était d'acier sous ses mains.

Son poids sur elle semblait si bon ! Ses coups de reins étaient précis, et son propre corps s'y ajustait pour l'accueillir de façon parfaite. En murmurant son prénom, il glissa un bras sous sa taille pour la serrer plus fort encore contre lui.

Plus rien n'existait que ces merveilleuses sensations qui allaient crescendo. Des taches de couleur éclatèrent derrière ses paupières, le monde se réduisit à leurs deux corps, et une digue explosa, déversant les flots de la jouissance.

Les taches de couleurs se firent feux d'artifice, et une symphonie résonna à ses oreilles, tandis que Cole criait encore son prénom.

A bout de souffle, elle chercha l'oxygène. Il lui semblait que son corps rompu s'enfonçait de plus en plus dans le matelas.

— Tu es toujours avec moi ? demanda Cole.

— Je crois… Je ne suis pas sûre…

Il rit.

— Ce qui est sûr, c'est que moi, j'ai franchi un arc-en-ciel.

Peu à peu, la réalité reprit le dessus.

— Oh là là, murmura-t-elle.

— Pas de regrets, s'il te plaît.

— C'était beaucoup plus qu'un baiser !

Il repoussa une mèche de cheveux de son front et plongea le regard dans le sien.

— C'était inévitable.

Bien sûr. Depuis le début, une attirance magnétique les poussait l'un vers l'autre.

— Nous avons bien fait de passer à l'acte, sans doute, murmura-t-elle.

— Comme ça, nous ne nous posons plus de questions.

— Tu t'en posais, toi ?

— Evidemment ! Dès l'instant où je t'ai vue. C'est pourquoi j'ai tout gâché le soir du bal.

— C'était un début difficile, concéda-t-elle. Mais tu m'as sauvé la vie. Et mes chaussures.

— Tu les détestais.

— C'est vrai. N'empêche que tu as gagné des points. J'ai apprécié ton acte héroïque.

Le regard de Cole s'assombrit.

— Ces points sont-ils échangeables ?

— Bien sûr.

Il lui caressa le visage.

— Et que puis-je obtenir à la place ?

— Que veux-tu ?

Il n'hésita qu'un instant.

— Rester.

Un frisson d'impatience la parcourut à l'idée de dormir dans les bras de Cole et de se réveiller près de lui.

— Es-tu sérieux ?

— Absolument.

— C'est d'accord.

Quand Cole s'éveilla, Amber blottie dans ses bras, une idée s'imposa à lui : il lui devait la vérité.

Elle roula sur le dos en clignant les yeux à cause de la lumière qui filtrait à travers les rideaux.

— Bonjour, dit-il doucement.

Elle eut un joli sourire.

— Bonjour.

A cet instant, Otis gémit à la porte, et Zachary se mit à pleurer.

— Isabel est là ? demanda-t-il.

Amber consulta le réveil.

— Elle arrive dans une heure.

Les gémissements d'Otis se firent plus insistants, de même que les pleurs de Zachary.

Cole grimaça.

— Je sors le chien si tu nourris le bébé.

Il s'assit dans le lit, chassant les derniers vestiges de sommeil.

— C'est drôle, ajouta-t-il, nous sommes passés d'une aventure d'un soir à une vie de couple en un clin d'œil.

— Ce n'est sûrement pas la matinée dont tu rêvais.

— Tu sais quoi ? Bizarrement, je trouve que c'est une matinée idéale. Est-ce que je rapporte des croissants, pendant que j'y suis ?

Elle s'assit à son tour, nue, superbe.

— Excellente idée !

Il dut se forcer pour détourner le regard et enfiler son jean.

L'air frais du parc lui fit du bien. Tout en marchant, il répétait son petit discours, puis le reformulait. Devait-il commencer par lui apprendre qu'il était le fils caché de Samuel ? Ou bien souligner ses motivations avant de lui dévoiler sa véritable identité ?

Il craignait par-dessus tout de perdre le peu de confiance et d'amitié qu'elle avait pour lui. Mais la nuit merveilleuse qu'ils venaient de vivre exigeait de sa part une totale honnêteté.

Après avoir traversé le parc, il se dirigea vers une boulangerie qu'il avait repérée deux jours auparavant, Otis sur ses talons. En achetant les croissants, il se demanda ce que mangeait Zachary. Avait-il droit à un morceau de croissant ou ne consommait-il que des aliments en purée ?

Il ne connaissait rien aux enfants. Tout ce qu'il savait, c'était que Zachary était très attachant, et il était curieux de le voir franchir les différentes étapes de son développement. Il espérait que, quand elle saurait la vérité, Amber lui enverrait des photos et des vidéos. Peut-être même le laisserait-elle lui rendre visite de temps à autre…

Plus il y pensait, plus il avait la certitude que révéler à Amber son lien de parenté avec Zachary était la chose à faire, et il ne comprenait pas pourquoi il avait attendu si longtemps.

Près d'une heure s'était écoulée quand il regagna l'appartement. A peine eut-il ouvert la porte qu'il entendit les cris de Zachary, entrecoupés de voix masculines.

Dans la salle de séjour, quatre hommes, dont Roth Calvin, s'entretenaient avec Amber. Roth et un autre homme avaient leurs téléphones rivés à l'oreille, et Amber tentait de calmer Zachary en le berçant. Il se hâta d'aller lui prendre le bébé des bras.

— Que se passe-t-il ? s'enquit-il, inquiet.

— Merci, lui souffla Amber. Isabel est en retard, et nous avons un problème.

— De quoi s'agit-il ?

— Un de nos avions. Panne hydraulique. Le train d'atterrissage ne sort pas.

— Que fait-il là ? demanda Roth qui, ayant terminé sa conversation, venait de le remarquer.

— Quel type d'avion ? demanda Cole sans se préoccuper de lui.

— Cole, dit Amber, je te présente Max Cutter, notre président intérimaire. Et voici Sidney Raines et Julius Fonteno, tous deux vice-présidents. Tu connais Roth.

— Quel type d'avion ? répéta-t-il.

De la taille de l'appareil, dépendait la gravité du problème.

— Boonsome 300, répondit le dénommé Sidney. Il survole l'aéroport de Los Angeles avec une demi-heure de carburant.

Cole tressaillit. Il s'agissait d'un avion de ligne avec environ deux cents passagers à bord.

A son tour, Max Cutter mit fin à son appel.

— Le pilote abandonne le circuit d'attente et tente de se poser.

Cole regarda Amber. Elle était très pâle.

— Etes-vous pilote ? demanda-t-il à Sidney.

— Oui.

— Ont-ils vérifié les disjoncteurs de la pompe ?

La réponse serait positive, naturellement, mais il fallait qu'il la pose.

Sidney acquiesça de la tête.

— Des fuites visibles ?

— Non.

— Ont-ils réessayé d'activer le train d'atterrissage ?

— Ils vont le faire.

Cole regarda Amber. Si seulement il avait pu lui prendre la main. Pour un avion de cette taille, un atterrissage sur le ventre était extrêmement risqué.

— Ça y est, le train est sorti ! s'écria soudain Sidney, s'agrippant au dossier du canapé dans son émotion. Ils ont réessayé, et la pression hydraulique était revenue !

La nouvelle causa à Cole un intense soulagement. Quant à Amber, elle se laissa tomber dans un fauteuil, encore tremblante.

— Le ciel soit loué !

— Ils sont en courte finale, dit Sidney, remettant le portable à son oreille. Je suis en liaison avec la tour.

Ils attendirent en silence, guettant anxieusement les réactions de Sidney, jusqu'à ce qu'il lève les pouces en signe de succès.

— Le train est sorti. C'est bon, annonça-t-il.

Max s'épongea le front.

— Amber, dit Roth, prenez le directeur des communications au téléphone.

La sécheresse du ton ulcéra Cole. Mais déjà, Amber s'emparait l'appareil.

— Nous parlerons d'un retard mineur dans le déploiement

du train d'atterrissage, décréta Roth. Toutes les procédures de sécurité ont été suivies, et il s'agit d'un incident isolé.

Amber s'immobilisa, puis lui jeta un coup d'œil par-dessus son épaule.

— Un incident isolé ?

— Oui.

— Comment peut-on en être sûr ?

— Parce que nous faisons voler des Boonsomes depuis près de dix ans et qu'aucun incident de ce genre ne s'est jamais produit.

— Je n'aime pas le terme « isolé », dit Amber. Et je préférerais que l'on précise que tout le monde à bord est sain et sauf, quand nous aurons confirmation que tel est bien le cas.

Roth lui décocha un regard mauvais.

— L'intérêt d'une déclaration à la presse est de rassurer le public.

— Je suis d'accord avec Amber, dit Max.

— Bien sûr que vous êtes d'accord avec elle ! Elle vous a nommé à votre poste !

— Je suis aussi d'accord avec Amber, dit Sidney.

La mâchoire de Roth se crispa.

— Je me range du côté de Roth, déclara Julius. Plus nous rassurerons nos passagers, mieux ça vaudra.

— Il est trop tôt, intervint Cole. Mieux vaut ne pas trop en dire jusqu'à la fin de l'enquête.

— Qui a laissé entrer ce type ? demanda Julius en se tournant vers Cole.

— Je suis pilote, dit l'intéressé.

— Tant mieux pour vous !

— A présent, il serait préférable que vous nous laissiez, dit Roth.

Cole regarda Amber. Elle seule déciderait s'il devait rester ou partir.

— Je voudrais bien savoir ce qu'il en est des autres Boonsomes 300 en service, intervint Max en tapotant l'écran de son Smartphone. Midpoint Airlines vient de décider de garder les leurs au sol.

— C'est rapide, estima Sidney.

— Réflexe primaire, rétorqua Julius. Ce n'est pas comme si cet incident était amené à se reproduire.

— Ils ont trois Boonsomes, renchérit Roth. C'est une décision facile pour eux.

— Mais cela nous met la pression, fit remarquer Sidney.

— Nous ne céderons pas à la pression, dit Roth. Nous possédons vingt-quatre Boonsomes. Soit le quart de notre flotte.

La main d'Amber était restée posée sur le téléphone.

— Nous aurions pu perdre deux cents passagers ! soupira-t-elle.

— Mais ça ne s'est pas produit, répliqua Julius.

— Nous n'avons pas à faire de suppositions, intervint Roth avec autorité. A moins que la réglementation fédérale ne nous l'ordonne, nous n'immobiliserons pas vingt-quatre appareils.

— Midpoint fait sa publicité à bon compte, ajouta Julius avec une moue méprisante.

Cole jugea bon d'intervenir.

— Tout dépend du problème, fit-il remarquer.

— Nous trouverons l'origine du problème, assura Roth. Et nous y remédierons. Il est évident que nous ne ferons pas revoler cet avion sans une révision minutieuse.

— Et si l'anomalie surgit avec un autre Boonsome ? s'enquit Sidney.

— Ça n'arrivera pas, répliqua Roth, péremptoire.

— Vous prenez des risques, dit Amber.

— Je prends des risques chaque fois que je me lève le matin, riposta Roth. Vous voulez une certitude à 100 % ? Nous perdrons un million de dollars par jour si ces avions restent au sol. Ça, c'est une certitude ! Et nous n'aurons les résultats de l'enquête que dans quinze jours minimum. Quelqu'un veut faire le calcul ?

Max se tourna vers Amber.

— Qu'en pensez-vous ?

— C'est beaucoup d'argent, mais c'est aussi beaucoup de vies mises en péril.

— C'est ça, notre chef ? s'exclama Julius d'un ton dédaigneux en la désignant.

— Amber apporte sa contribution, dit Max. Et moi aussi.

Roth ricana.

— Eh bien, moi, j'apporte ma contribution sous forme de conseil que je vous donne : ne menez pas la compagnie à la faillite pendant votre intérim !

Cole serra les dents pour se retenir de remettre le malotru à sa place.

— L'avion est en haut de piste, annonça Sidney, et le terminal grouille de journalistes.

— Nous devons faire une déclaration, décréta Roth.

— Nous devons prendre une décision, rectifia Amber.

— Nous n'avons pas le choix, affirma Julius. Aucune entreprise sérieuse n'accepterait de perdre un million par jour.

— Répétez ça quand nous aurons perdu un appareil plein de passagers ! s'emporta Sidney.

Cole s'approcha d'Amber.

— Tu veux avoir mon avis ? lui demanda-t-il.

— Oui.

Roth poussa un juron inarticulé.

— Demande-toi ceci, reprit Cole. Avant que le problème soit identifié, ferais-tu voler Zachary à bord d'un Boonsome 300 ?

Amber secoua la tête.

— Nous immobilisons les Boonsomes, déclara Max à côté d'elle.

— Vous avez perdu la tête ! pesta Julius.

Amber adressa à Max un signe d'acquiescement, et Cole sentit sa poitrine s'emplir de fierté.

— C'est une décision d'amateur, fulmina Roth. Croyez-moi, vous n'avez pas fini d'en entendre parler !

— Nous diligenterons une enquête, annonça Max, mais pour l'heure, la décision est prise.

— Je dois me rendre au siège tout de suite, glissa alors

Amber à l'oreille de Cole. Pourrais-tu garder Zachary jusqu'à l'arrivée d'Isabel ?

— Bien sûr. Ne t'inquiète pas.

Autant dire que sa confession devrait attendre…

— Je t'appelle, dit-elle encore.

— Bonne chance !

Quand tous se furent retirés, Cole reporta son attention sur Zachary, qui mâchonnait la manche de sa veste.

— Tu aimes les croissants ?

— Gak bah, répondit Zachary en lui agrippant le nez.

— C'est à ça que Roth a passé la journée ? demanda Amber à Destiny.

Il était 18 heures, et elles tenaient conférence dans son bureau.

— Je ne sais pas comment ils se sont débrouillés, répondit Destiny, mais ils ont réussi à obtenir une audience d'exception au tribunal. Elle est prévue demain matin à 9 heures.

— Je pensais que nous avions des semaines pour nous y préparer.

— En réalité, nous avons quelques heures.

— Est-ce que nous y arriverons ?

— Pas aussi bien que je l'aurais souhaité. Nous allons devoir y consacrer la soirée. Sachant que Roth et son équipe ont le même problème de délai.

Le téléphone d'Amber sonna à cet instant.

— Amber ? fit la voix de Cole. C'est moi.

— Bonsoir, Cole.

Tandis qu'elle prononçait ces mots, elle vit s'éveiller la curiosité de son amie.

— Il faut que je te parle, dit la voix de Cole dans l'appareil.

— Il y a un problème avec Zachary ?

— Non, non. Zachary va bien. Pouvons-nous dîner ensemble ?

— Je crains que non. Destiny et moi, nous devons travailler.

Elle eut l'impression d'entendre sa contrariété à l'autre bout du fil.

— C'est important, insista-t-il.

— Je suis désolée, Cole, mais ce n'est pas possible.

— Plus tard, après votre réunion ?

— Non, pas ce soir. Nous allons devoir veiller tard.

— Tout va bien ? s'enquit-il d'un ton inquiet.

— Oui… enfin, non.

Naturellement, le connaissant à peine, elle n'était pas obligée de le mettre au courant, mais elle sentit malgré tout qu'elle lui devait une explication.

— Roth a convaincu le juge d'organiser une audience d'exception pour la garde de Zachary. Elle aura lieu demain matin. Il compte utiliser ma décision de garder les Boonsomes au sol pour prouver mon incompétence.

— Il perdra, Amber.

— Je l'espère, murmura-t-elle avec l'impression que le poids dans sa poitrine se faisait encore plus lourd.

— Y a-t-il quelque chose que je puisse faire ? demanda-t-il.

— Me proposer une sortie d'ici un ou deux jours ?

Destiny haussa les sourcils.

— Ce sera avec plaisir. Mais tu sais, j'aurais vraiment voulu te voir ce soir. Même pour un court moment.

— Moi aussi j'aurais aimé. Mais nous allons devoir travailler sur l'affaire.

— Bon, très bien…, soupira-t-il. Rendez-vous dans un ou deux jours, alors. Bonne chance !

Elle acquiesça en silence. Elle en aurait grand besoin.

Elle avait à peine reposé le téléphone que Destiny attaquait.

— Nous allons sacrifier trente secondes de notre temps pour que tu m'expliques ce qui se passe avec Cole.

Elle consulta sa montre avant d'ajouter :

— Top départ !

— Eh bien, nous nous plaisons. Hier, nous sommes allés patiner et boire du chocolat chaud. Et puis, nous sommes rentrés et nous avons fait l'amour. C'était très, très bien. Il a passé la nuit chez moi et le matin, il est allé chercher des croissants. Seulement, cette jolie histoire a été gâchée avec l'incident survenu sur le Boonsome. Là, il m'a appelée parce qu'il voulait me voir ce soir, mais…

— Je n'en reviens pas ! Dommage que nous ayons du pain sur la planche ce soir. Mais rien ne presse, ma vieille !

- 7 -

Cole se glissa au fond de la salle du tribunal, suivi de Luca. La nouvelle de l'audience avait visiblement circulé, car journalistes et curieux s'y massaient en nombre.

Cole se faisait un sang d'encre pour Amber. L'enjeu était de taille, affectivement parlant.

Comme prévu, l'avocat de Roth commença avec la personnalité de Coco. Il s'interrogea sur les raisons qu'avait eues cette très jeune femme d'épouser un homme beaucoup plus âgé qu'elle, fortuné bien sûr, puis il fit comparaître une succession de témoins qui dressèrent un portrait peu flatteur de ses qualités intellectuelles.

— Dans quelle mesure penses-tu que ce tableau soit fidèle ? chuchota Luca à l'oreille de Cole.

— Elle a épousé un milliardaire de presque trois fois son âge, répondit-il sur le même ton. Cela m'étonnerait qu'elle ait inventé le fil à couper le beurre.

— Ça ne veut pas dire qu'elle a été une mauvaise mère et qu'elle ne savait pas ce qui était bon pour son fils.

— Ni que sa volonté ne doive pas être respectée.

Un murmure parcourut soudain l'assistance. Roth se dirigeait à présent vers la barre, et l'attention du public se concentra sur lui. La plupart des personnes présentes, supposa Cole, connaissaient les principaux acteurs du drame.

L'avocat s'adressa à Roth.

— Vous est-il arrivé de discuter avec Samuel Henderson de ses projets d'avenir pour Coast Eagle ?

— Oui. Souvent et longuement.

— Vous demandait-il votre avis ?

— Bien sûr.

— A votre connaissance, prenait-il aussi l'avis de sa femme, Coco Henderson, sur la marche de la compagnie ?

Roth eut un sourire caustique.

— Jamais, affirma-t-il.

— Vous en êtes certain ?

— Absolument certain.

— Objection ! lança Destiny.

— Objection retenue.

— Je reformule ma question, reprit l'avocat. Samuel Henderson vous a-t-il fait part directement de ce qu'il pensait de l'avis de sa femme concernant Coast Eagle ?

— Il m'a dit qu'elle ne connaissait rien aux affaires et qu'il n'en parlait jamais avec elle.

L'avocat inclina la tête d'un air satisfait.

— Samuel Henderson vous a-t-il fait part de son désir de voir un jour son fils reprendre l'affaire ?

— Oui. Samuel adorait son fils. Je ne l'ai jamais vu aussi heureux qu'à sa naissance. La compagnie resterait dans la famille une génération de plus, disait-il. Son vœu le plus cher était de la préserver pour Zachary.

Destiny se leva.

— Objection. Le témoin n'est pas en position de connaître le vœu le plus cher de Samuel Henderson.

— C'est en tout cas ce qu'il m'a dit, précisa Roth.

— Objection rejetée, annonça le juge.

— Samuel Henderson a-t-il évoqué devant vous l'éventualité que sa femme ait son mot à dire dans la gestion de Coast Eagle au cas où il décéderait?

— Oui.

Devant l'étrange expression qui passait sur le visage de Roth, Cole douta de sa sincérité.

— Il a dit, reprit Roth, que les seules personnes en qui il avait confiance concernant Coast Eagle et son fils étaient Dryden Dunsmore et moi. Il pensait qu'il fallait surveiller Coco, parce qu'elle avait l'âge mental d'un enfant de douze ans.

— Il vous l'a dit en ces termes ?

— Oui. Et ces propos sont confirmés par son testament, qui nous désigne, Dryden Dunsmore et moi-même, comme tuteurs de Zachary et gestionnaires de Coast Eagle.

— Facile, glissa Cole à l'oreille de Luca.

— Je me demande si le juge va avaler ça.

Apparemment, Destiny avait du mal à trouver la faille dans les affirmations péremptoires de Roth.

A la pause déjeuner, les deux hommes s'éclipsèrent pour se rendre dans un restaurant situé à quelque distance, afin de ne pas être vus d'Amber et de Destiny.

Ils revinrent pour la séance de l'après-midi et durent attendre un long moment le tour d'Amber d'être entendue.

L'avocat de Roth commença par souligner l'absence d'expérience d'Amber, en tant que gestionnaire, au sein de la compagnie et il appuya ses dires sur le récent différend qui avait opposé la jeune femme à Roth Calvin. Sachant que les plus sérieux concurrents de Coast Eagle n'avaient pas immobilisé leurs Boonsomes, la décision d'Amber avait placé la compagnie en fâcheuse position. Les avocats eurent beau jeu de l'attribuer à une réaction émotionnelle incompatible avec l'exercice du pouvoir. Ils évoquèrent même le rôle joué par Cole, accusant Amber de prendre l'avis d'un concurrent sur un problème interne à la compagnie.

Ces arguments produisirent un effet désastreux.

— Vous étiez de dix ans l'aînée de votre demi-sœur ? demanda l'avocat à Amber.

La question parut la déconcerter, et il lui fallut quelques instants pour se reprendre.

— Oui, répondit-elle enfin.

— Et vous avez quitté la maison quand elle avait huit ans ?

— C'est exact.

— Combien de fois l'avez-vous vue depuis lors ?

— Pas souvent.

— Une fois par semaine ? Par mois ? Par an ?

— Peut-être une fois par an.

La déclaration d'Amber causa des remous dans la salle.

— Jusqu'à ce que vous la présentiez à Samuel Henderson.

— Oui.

— Pourquoi les avez-vous présentés l'un à l'autre ?

— Coco était de passage en ville. Quand j'ai évoqué la fête de Noël à Coast Eagle, elle a émis le désir de m'accompagner.

— Pour quelle raison ?

— Coco aimait s'amuser.

— Oui. Nous avons déjà établi ce point.

— Objection, dit Destiny.

— Je retire ma remarque, dit l'avocat. Quand elle a épousé Samuel Henderson, diriez-vous que vous vous êtes rapprochées ?

— Oui.

— A quel rythme vous voyiez-vous à cette époque ?

— Environ deux fois par mois. Elle était jeune mariée et avait de nombreuses obligations.

Cole regrettait de ne pouvoir conseiller à Amber d'arrêter de parler. On la sentait sur la défensive, essayant de se justifier de n'avoir pas été plus proche de sa sœur.

— Dites-moi, mademoiselle Welsley, que ressentait Coco pour son enfant ?

— Elle aimait beaucoup Zachary.

— Comme toutes les mères.

Amber ne releva pas, ce dont Cole la félicita intérieurement.

— Et avant sa naissance ?

Elle pâlit visiblement.

— Je ne comprends pas.

— Je n'aime pas ça, murmura Cole entre ses dents.

— Eh bien, que ressentait Coco durant sa grossesse ?

— Elle était en bonne santé et n'avait pas de problèmes particuliers.

— Je ne parle pas de son état physique, mademoiselle Welsley, mais de son moral.

De nouveau, Amber resta silencieuse.

— Votre demi-sœur était-elle heureuse d'attendre un enfant ? reprit l'avocat.

Cole eut une sensation de froid au creux de l'estomac.

— Elle a d'abord été surprise. Elle ne s'attendait pas à être enceinte aussi vite.

— Surprise ou contrariée ?

— Contrariée au début.

— Contrariée au point de songer à un avortement ?

Le bref instant d'hésitation d'Amber en dit long.

— Bon sang ! grommela Cole.

— Elle n'a pas recouru à un avortement, répondit Amber.

— Le souhaitait-elle ?

— Objection, dit Destiny.

— Je reformule ma question. Vous a-t-elle dit qu'elle souhaitait avorter ?

— Une fois, admit Amber après un long silence.

— L'avez-vous poussée à renoncer ?

— Je lui ai donné mon avis.

— C'est-à-dire ?

— Que les bébés sont de merveilleux cadeaux et qu'elle ferait une bonne mère.

— Est-il juste de dire que vous l'avez fait changer d'avis ?

Amber ne répondit pas.

— Mademoiselle Welsley ? Est-il juste de dire que vous avez influencé votre demi-sœur pour qu'elle renonce à l'avortement qu'elle envisageait ?

— Elle n'était pas sérieuse, dit Amber. Elle était bouleversée. Se retrouver jeune mariée et enceinte a représenté un choc pour elle.

— A-t-elle pris rendez-vous pour un avortement ?

— Non.

L'avocat attendit.

— Elle n'a pas pris rendez-vous, dit Amber.

— Il semble que vous soyez mal informée. Votre sœur avait bel et bien pris rendez-vous en clinique dans ce but.

Un murmure de stupéfaction parcourut la salle, suivi de chuchotements plus prononcés.

Le juge joua du marteau, et le silence retomba aussitôt.

L'avocat retourna chercher à sa place une feuille, qu'il agita triomphalement.

— Voici la photocopie du rendez-vous pris par Coco Henderson dans un centre de soins pratiquant des avortements.

— Coco ne s'est pas fait avorter !

— Parce que vous l'en avez dissuadée. Votre sœur avait des impulsions puériles et, sans vous, Zachary ne serait pas né.

Le sentiment de sa défaite se lut sur le visage d'Amber. Il aurait tant voulu aller la prendre dans ses bras pour la réconforter ! Toutefois, il ne le pouvait pas, et la situation était catastrophique.

— C'est un coup dur ! lui chuchota Luca.

Destiny procéda à son tour à l'interrogatoire du témoin, mais elle n'eut aucun argument à avancer pour contrer ces accusations. A présent, personne dans la salle ne croyait sincèrement que Coco avait les intérêts de son fils à cœur.

Samuel avait été dépeint sous les traits d'un père aimant depuis l'instant où il avait appris que son épouse attendait un enfant, alors que Coco passait pour une femme égoïste, à l'intelligence et au jugement douteux.

Destiny se rassit et passa un bras autour des épaules d'Amber.

— Tu n'as plus qu'à te jeter à l'eau, glissa Luca à l'oreille de son ami.

Cole fronça les sourcils.

— Comment ça ?

— Tu dois leur dire qui tu es.

— Quoi ? fit-il, incrédule.

— Introduis tout de suite une demande de tutorat. Tu fais partie de la famille de cet enfant.

Une demande de *tutorat* ? Luca devait avoir perdu la tête.

— Au minimum, ta déclaration paralysera le déroulement de l'audience. Si tu ne réagis pas, le juge va prononcer son jugement, et ce sera fichu pour Amber et Zachary.

Le cœur de Cole se serra. Comment pourrait-il agir ainsi ? D'un autre côté, quelle image aurait-il de lui-même s'il jouait les autruches ?

— Mademoiselle Welsley, déclara le juge, je ne doute pas de l'amour que vous portez à Zachary. Néanmoins…

— Maintenant ! ordonna Luca.

Cole se leva brusquement.

— J'ai une déclaration à faire, lança-t-il d'une voix forte.

— Vous n'avez pas la parole, monsieur, répliqua le juge d'un ton sec.

— Vas-y, bon sang ! fulmina Luca à voix basse.

Cole gagna alors l'allée centrale et se dirigea vers la barre.

— Huissier ! appela le juge.

Cole savait que c'était une question de secondes.

— Je m'appelle Cole Parker Henderson, déclara-t-il. Je suis le fils de Samuel Henderson.

Amber eut la sensation que l'univers s'effondrait autour d'elle.

Cole continuait d'avancer.

— Je désire déposer auprès de la cour une demande de garde de mon demi-frère.

— C'est un concurrent ! protesta violemment Roth, qui s'était déjà levé de son siège.

— Silence ! ordonna le juge en donnant du marteau.

Dérouté, l'huissier ne savait plus que faire.

— Qu'est-ce que ça veut dire ? murmura Destiny.

— Je suis parfois tellement stupide ! soupira Amber.

— Est-ce possible ? insista son amie.

— J'ai l'impression que ce n'est pas du bluff, acquiesça Amber devant l'air résolu de Cole, qui s'était arrêté au portillon.

Ainsi, il avait tout manigancé depuis le début, et elle l'avait laissé faire. Elle lui avait accordé sa confiance et fourni toutes sortes d'informations précieuses. Et elle lui avait confié Zachary…

— C'est grotesque ! rugit Roth. Il s'agit d'une manœuvre de diversion.

Cole le toisa.

— Mes affirmations sont faciles à prouver, fit-il remarquer. Un test ADN suffira.

— Cela prendra du temps, et nous perdons de l'argent

à chaque heure qui s'écoule. Monsieur le juge, ce ne peut être légal !

L'avocat de Roth se leva.

— Monsieur le juge, vous étiez sur le point de rendre votre jugement.

Une voix s'éleva du fond de la salle.

— Nous pouvons d'ores et déjà produire un test ADN !

Sous le regard interdit de Cole, Luca s'était redressé.

— J'ai ici le test prouvant la paternité de Samuel Henderson, ajouta-t-il en agitant un papier.

— Un lien génétique ne peut modifier à lui seul le déroulement de cette affaire, déclara le juge. Samuel Henderson peut avoir autant d'enfants illégitimes que…

— Ma mère et Samuel Henderson étaient mariés.

Un silence de mort suivit cette déclaration.

— Encore une fois, ajouta Cole, c'est facile à prouver.

— J'ai ici la copie de l'acte de mariage et du jugement de divorce ! renchérit Luca.

— Voilà qui change la donne…, murmura Destiny, avant de se lever.

— Nous demandons une suspension d'audience, dit-elle.

L'avocat de Roth bondit.

— Et nous, nous demandons une décision !

— D'après les termes du testament, poursuivit Destiny, imperturbable, en tant que fils légitime de Samuel Henderson, Cole Henderson hérite de la moitié des biens de Samuel Henderson.

L'annonce fit l'effet d'un coup de tonnerre.

— Silence ! Silence ! intima le juge, s'efforçant de dominer le vacarme. L'audience est suspendue.

Il regarda Cole.

— M. Henderson, si vous n'avez pas d'avocat, je vous conseille d'en prendre un.

Brusquement, la salle parut devenir le théâtre d'une scène d'émeute. Cole demeurait immobile, tandis que la foule se bousculait autour de lui.

— Sors-moi d'ici, supplia Amber. Je ne veux ni le voir ni lui parler.

— Viens, passons par la porte latérale !

Les deux femmes entendirent alors Cole appeler Amber, mais ni l'une ni l'autre ne se retourna.

— Va-t'en ! cria Amber en continuant d'avancer.

— Je voulais te le dire ! plaida Cole. J'ai essayé, rappelle-toi !

Elle ralentit en laissant échapper un rire amer.

— Quand ? Quand as-tu essayé de me le dire ? Ce ne sont pas les occasions qui t'ont manqué.

— Amber…

— Destiny ! intervint Luca à cet instant. Il nous faudrait une copie du testament.

— Pas maintenant, lui intima Cole.

— Comme si vous ne l'aviez pas déjà étudié ! répliqua sèchement Destiny en se tournant vers les deux hommes.

— Non, nous ne l'avons pas étudié.

— Mais pourquoi cette mise en scène ?

— Vous alliez perdre, expliqua Luca.

— Amber ? fit Cole.

— Ce n'est pas le moment, répondit Destiny.

— Peu m'importe ! rétorqua-t-il. Amber, tu ne peux m'ignorer comme ça.

Elle le foudroya du regard. Elle aurait voulu hurler. Cet homme l'avait déçue, il avait couché avec elle et lui avait fait croire qu'il tenait à Zachary.

De crainte d'agir stupidement, elle résolut de quitter la salle. Elle traversa ensuite le hall en courant, sans prendre garde aux journalistes qui tentaient de l'intercepter, ne songeant qu'à fuir.

Destiny la rattrapa sur le trottoir.

— Ma voiture est sur la gauche.

— Oui, je sais. Il faut que je voie Zachary.

La meute des journalistes, qui s'était formée autour d'elles, ne désarmait pas.

— Mademoiselle Welsley, saviez-vous que Samuel Henderson avait un fils aîné ?

— Votre sœur savait-elle que Samuel avait déjà été marié ?

— Coco a-t-elle subi d'autres avortements ?

Destiny ouvrit la portière côté passager et poussa Amber à l'intérieur. Puis elle courut s'installer au volant et démarra, obligeant les journalistes à reculer.

— Ça va ? demanda-t-elle.

— C'est horrible.

Le désespoir l'avait envahie. Un instant, elle songea à s'enfuir avec Zachary pour aller se cacher dans un lieu où nul ne les retrouverait jamais.

— Que va-t-il se passer maintenant ? demanda-t-elle d'une voix tremblante.

— D'abord, nous allons éplucher le testament.

— Cole a-t-il vraiment droit à la moitié ?

— A moins d'un détail qui m'échappe, oui.

— Obtiendra-t-il la garde de Zachary ?

— Je n'en sais rien, ma chérie. Honnêtement, je ne sais pas.

Mille idées se télescopaient dans sa tête. Zachary, Coast Eagle, le Boonsome 300 et Cole.

— Il faut que je parle à Max, déclara-t-elle soudain. Conduis-moi au bureau, s'il te plaît.

— Tu ne veux pas passer d'abord chez toi ?

Elle secoua la tête.

— Roth va foncer à Coast Eagle, et Dieu sait quel plan machiavélique il va encore ourdir.

A ce moment, elle prit conscience que, malgré tout, elle redoutait davantage Roth que Cole.

Il était presque 22 heures, quand Amber rentra enfin chez elle, épuisée. A Coast Eagle, où régnait une grande effervescence, Roth s'était querellé avec Max, et Julius et Sidney avaient eu des mots. Ils avaient été bombardés d'appels téléphoniques de membres du conseil d'administration exprimant leur inquiétude. Par chance, tous étaient d'accord pour que Max reste en place pour le moment.

Amber jeta veste et sac sur une chaise et se débarrassa

de ses chaussures. Destiny devait apporter une pizza tandis qu'elle-même se chargeait de la préparation des margaritas.

Après avoir informé Isabel qu'elle était rentrée, elle gagna la cuisine et mit cubes de glace, jus de citron, tequila et liqueur à l'orange dans le blender. Sur ces entrefaites, la sonnette de la porte d'entrée retentit.

Elle alla ouvrir à Destiny.

— Poivrons, champignons et double portion de fromage ? demanda-t-elle, le regard rivé sur le grand carton plat que tenait son amie.

— Tu veux parier ?

Pendant que Destiny sortait les assiettes, Amber versa les margaritas dans leurs verres.

— Tu sais, j'ai vraiment envisagé de mettre Zachary dans son siège de voiture et de filer vers la frontière.

— Quelle frontière ?

— Peu importe.

— Tu me laisserais un bel imbroglio judiciaire sur les bras.

— J'imagine.

Brusquement, tout son courage l'abandonna, et elle se sentit très lasse.

— Tu sais, tu peux toujours essayer de t'arranger avec Cole, suggéra Destiny en lui servant une grosse part de pizza. Tout ce qui l'intéresse, lui, c'est évidemment Coast Eagle.

— Crois-tu que Samuel était au courant de son existence ?

— A ce sujet, j'ai noté une expression intéressante dans le testament. « Ma fortune sera également partagée en fidéicommis jusqu'à leur majorité entre *mes* enfants légitimes. » Soit il savait, soit il projetait d'avoir d'autres enfants avec Coco.

— Il voulait d'autres enfants.

Il y eut un silence.

— Elle a vraiment songé à avorter ? demanda encore Destiny.

— J'ai eu du mal à l'en dissuader.

— Pour ta gouverne, tu dois communiquer ce genre d'informations à ton avocat.

— Je n'ai pas imaginé un seul instant que le sujet pourrait être abordé.

— Dans ces affaires, rien ne passe inaperçu.

— Et puis, j'ignorais qu'elle avait pris rendez-vous. C'est un soir qu'elle m'a fait part de son désir d'interrompre sa grossesse. Ça a été horrible. J'ai argumenté pied à pied. Elle résistait. Et puis tout à coup, elle a changé d'avis. Mais il n'y avait personne dans la pièce avec nous, pas de domestiques. Je croyais que moi seule étais au courant.

— Coco a pu en parler à Samuel.

Elle secoua la tête.

— Impossible. Elle savait à quel point Samuel voulait des enfants. Si elle avait subi un avortement, ça aurait été à son insu.

Elles demeurèrent un moment silencieuses, savourant la pizza.

— Nous allons perdre ? demanda tout à coup Amber.

— Il faut d'abord savoir où Cole veut en venir.

— Probablement obtenir 65 % des parts de Coast Eagle. Mais pourquoi tout ce stratagème ?

— Il cherchait des informations pour consolider sa position. Et c'est sans doute pour la même raison que Luca m'a draguée.

— Lui as-tu révélé des choses importantes ?

— Rien qui n'ait déjà été rendu public. Pour Cole, c'était toi l'adversaire à abattre, et non Roth.

— Il a dû avoir un choc quand la balance a penché en faveur de Roth.

— Du coup, il a été obligé de modifier tous ses plans. Je ne crois pas qu'il avait envisagé que les choses se passeraient ainsi.

— Ils avaient l'acte de mariage et le test ADN sous la main.

— Exact…

Amber but une gorgée de margarita et apprécia le coup de fouet que l'alcool lui procura.

— Et maintenant, qu'est-ce qu'on fait ? demanda-t-elle.

— On se renseigne plus sérieusement sur Cole.

— Je pourrais lui extorquer des confidences en le séduisant. Ah non ! je suis bête ! C'est déjà fait.

Destiny la contempla quelques instants en silence, puis demanda d'une voix adoucie :

— Comment c'était ?

— Tu veux vraiment savoir ?

Destiny haussa les épaules.

— Quelle importance, maintenant ? soupira Amber, tandis qu'un poignant regret l'envahissait. En fait, c'était… fantastique. Ce type est drôle, tendre, attentionné… Enfin, il paraissait tout cela. Dommage que ça n'ait été qu'une comédie.

Chaque fois qu'elle repensait à leur nuit d'amour, l'humiliation lui étreignait la gorge.

— Je ne supporterai pas de me retrouver de nouveau devant lui.

— Moi, je peux tenter ma chance du côté de Luca.

— Tu as couché avec lui ?

— Presque. Il s'est montré très empressé.

Amber leva son verre.

— Bravo ! Tu es plus forte que moi ! Et il te reste au moins des munitions.

— Tu sais, j'aurais fini par dire oui.

— Mais tu ne l'as pas fait.

— Et ça ne se produira plus. Enfin, à moins que je ne pense pouvoir ainsi le faire parler. Dans ce cas, je me sacrifierai, au nom de l'équipe.

- 8 -

— Je sais qu'elle est là, dit Cole à Luca en ouvrant la porte d'acier du hangar de Coast Eagle. Et elle aura tout intérêt à se montrer aimable !

Amber se sentirait obligée d'assister à la fête de Noël des enfants de Coast Eagle, c'était certain. Et alors, il faudrait bien qu'elle l'écoute.

Des chants de Noël les accueillirent, et des bulles de savon irisées flottèrent vers eux tels des flocons de neige. Des grappes de ballons colorés ornaient le plafond et dégringolaient en cascade jusqu'au sol recouvert de neige artificielle.

Un sapin de Noël géant avait été dressé au beau milieu du hangar, un stand de décoration de gâteaux occupait un coin ; dans un autre, des elfes maquillaient les enfants et, naturellement, un Père Noël trônant dans un fauteuil posait pour les photographies et distribuait les cadeaux.

Le caractère festif de l'événement contrastait avec son humeur maussade. Depuis l'audience, trois jours plus tôt, une meute de juristes se penchaient sur le testament de Samuel, et ce matin-là, ils avaient déclaré dans une belle unanimité que Cole était bien son héritier légitime. De ce fait, la moitié de ses biens lui revenaient.

Cet argent-là, il n'en voulait pas. Quand il avait lâché sa petite bombe au tribunal, il n'avait pas réfléchi au fait qu'il s'inscrivait soudain dans la course à l'héritage. Or, il n'était pas question pour lui de subtiliser le moindre sou à Zachary. Cependant, il avait désormais un moyen de pression.

— Elle est là-bas, indiqua Luca. Près du sapin.

Comme toujours, Cole fut séduit par sa beauté. Elle

portait une robe rouge vif soulignée de blanc qui épousait les formes de son corps svelte, et dès qu'il la vit, lui parler devint le cadet de ses soucis. Il eut juste envie de l'embrasser.

Sidney Raines vint à leur rencontre.

— Monsieur Henderson ! dit-il avec chaleur. J'ai appris que la loi s'était déclarée en votre faveur.

Il lui serra la main.

— Ravi de vous revoir, Sidney.

De tous les vice-présidents, Sidney était sans conteste le plus compétent et le plus raisonnable. Cole appréciait aussi Max. Julius l'impressionnait moins, et il se préparait à un long et rude combat contre Roth.

— Il est probablement trop tôt pour aborder le sujet, commença Sidney, mais avez-vous réfléchi au rôle que vous entendez jouer dans la compagnie ?

— Je vous remercie de poser la question. Pouvons-nous nous retrouver pour en parler ce week-end ?

— Bien sûr. Où cela vous conviendrait-il ?

Cole sortit son portable.

— Donnez-moi votre numéro. Je vous appellerai.

Il nota les coordonnées de Sidney, puis Luca et lui reprirent leur progression vers l'arbre de Noël.

— Il a posé la bonne question, déclara alors Luca. As-tu une idée de ce que tu vas faire ?

— Trouver un président.

Aviation 58 l'occupait quatorze heures par jour, il ne pouvait prendre une charge de travail supplémentaire. Ce qui ne l'empêcherait pas d'endosser malgré tout la responsabilité de l'héritage de Zachary.

Amber tenait Zachary dans ses bras. Lui aussi était habillé en rouge et blanc, avec un drôle de petit bonnet sur la tête. Cole s'attendrit en le voyant tendre les mains vers les lumières du sapin. Il s'aperçut que le petit bonhomme lui avait manqué.

Amber l'aperçut à cet instant, et son sourire se figea, tandis que ses yeux brillaient d'un éclat glacé. Elle recula, manifestement près de fuir.

En quelques enjambées, Cole la rejoignit et posa la main sur son bras.

Luca, qui l'avait suivi, les mit en garde.

— Tout le monde vous regarde, lui glissa-t-il. Faites comme si tout allait bien, tous les deux.

— Va-t'en, siffla Amber.

— Il n'en est pas question, rétorqua-t-il entre ses dents. Souris.

Déjà, Zachary l'avait reconnu.

— Gak Bah, glousssa-t-il avec un élan de tout son corps vers lui.

Instinctivement, il le prit, frôlant au passage le sein d'Amber. Ce contact fugitif déclencha en lui un maelström de sensations.

— Tu connais la décision, pour le testament ? demanda-t-il.

— Félicitations ! répondit-elle avec un sourire charmant.

Mais le ton était froid et coupant comme de la glace.

— Il faut absolument que nous parlions.

— Désolée, je n'ai pas le temps. J'ai promis à Zachary de décorer un gâteau avec lui.

Elle voulut reprendre le bébé, mais celui-ci s'accrocha à Cole de toutes ses forces.

— Ce sera plus simple si je t'accompagne, estima Cole.

— Certainement pas !

— Je suis de ton côté, Amber, tu sais.

— C'est une plaisanterie ?

Elle referma les bras sur Zachary.

— Viens, mon cœur.

Il lui fut toutefois impossible de faire lâcher prise à l'enfant.

— Bien que cela me fasse mal d'y penser, je dois ressembler à Samuel. Ou peut-être ai-je la même voix.

— Zachary m'aime moi aussi, tu sais.

— Je n'en doute pas un instant !

— Il me connaît depuis sa naissance.

— Ecoute, il y a erreur sur la personne. Quelque part dans son inconscient, il me prend pour quelqu'un de sa famille.

— Mais tu es quelqu'un de sa famille !

Il s'aperçut qu'une multitude de regards s'étaient rivés sur eux. Personne n'osait écouter franchement leur conversation, mais chacun semblait attentif, et les conversations s'étaient muées en murmures.

— Allons décorer ce gâteau, proposa-t-il.

— Pourquoi ne me laisses-tu pas tranquille ?

— Si je m'en vais, Zachary va faire une scène.

— Quel est ton plan, à présent ? Utiliser Zachary contre moi ?

— Je n'ai pas de plan.

— Ne me prends pas pour une idiote, s'il te plaît !

— Amber, je t'en prie ! Allons juste au stand des gâteaux tous les deux.

Sa voix devait avoir une intonation particulièrement pressante, car elle regarda enfin autour d'eux et se rendit compte à son tour de l'intérêt qu'ils suscitaient.

— Très bien, dit-elle. Allons-y…

— Monsieur Henderson, mademoiselle Welsley, joyeux Noël ! s'écria une dame d'un certain âge sur leur passage.

— Joyeux Noël ! répondit machinalement Cole.

— Tu es devenu tête d'affiche, marmonna Amber.

— Je porte un petit garçon qui pèse des milliards.

— C'est toi, le riche héritier.

Comme si la dame avait donné l'exemple, d'autres vœux de joyeux Noël s'élevèrent sur leur passage.

Amber avait raison. Si tous se montraient affables envers elle, c'était lui qui retenait la part du lion de l'attention générale.

Quand ils arrivèrent enfin au stand, les responsables déployèrent une nappe en papier sur la table et y disposèrent des gâteaux de différentes formes, du glaçage et des bougies de couleur.

— Fais semblant de t'absorber dans ta tâche, glissa-t-il à Amber, et les gens nous laisserons peut-être tranquilles.

Elle s'assit et contempla la table sans un geste.

— Décore le sapin, insista-t-il. Avec du glaçage vert.

Elle prit machinalement un couteau de plastique.

— J'aurais besoin de ton soutien, dit-il à mi-voix tout en gardant une expression décontractée.

— Alors là, tu rêves !

— Je n'étais pas au courant, pour le testament.

— Tu n'imagines tout de même pas que je vais te croire ?

— Comment aurais-je été au courant, tu peux m'expliquer ?

— Il y avait dix personnes à la première lecture. L'une d'elles t'aura renseigné.

— Personne ne connaissait mon existence.

— C'est ce que tu prétends.

— C'est la vérité ! répliqua-t-il, agacé.

— Les bougies rouges ? lui demanda-t-elle aimablement. Ou bien les bleu et blanc ?

Il s'efforça de reprendre son calme.

— Les rouges.

— Moi, j'aime bien les bleu et blanc.

— Je n'y crois pas ! Tu veux que nous nous disputions à propos de bougies ?

— Pas du tout. Je veux juste que tu partes. De préférence très loin. En Alaska, par exemple.

Cole fit passer le poids de Zachary d'un bras sur l'autre. L'enfant semblait fasciné par le spectacle des lumières, les sons et tous ces gens qui passaient dans son champ de vision.

— Si tu voulais bien écouter ce que j'ai à te dire, tu comprendrais pourquoi il faut m'aider.

— Non, Cole. Si je te croyais, j'accepterais sûrement de t'aider, mais c'est impossible. Jamais plus je ne te ferai confiance.

— Je ne veux que le bien de Zachary.

— Tu veux le bien de Cole. Et bravo, tu as presque atteint ton but !

— Ecoute-moi ! Roth peut encore prendre le contrôle de la compagnie.

La main d'Amber se crispa sur une poignée de bougies bleu et blanc.

— Je vois que tu sais calculer.

— As-tu de l'influence sur les actionnaires minoritaires ?

Elle eut un sourire de commande.

— Aucune. Je suis une humble directrice adjointe des finances et la demi-sœur d'une pauvre idiote. Qui m'écouterait, tu peux me le dire ?

— Nous pouvons nous entraider.

— Prends un gâteau, Cole. C'est tout ce que tu auras de moi.

Sur ces mots, elle lui arracha soudain Zachary des bras et se leva pour disparaître dans la foule. Et chants de Noël et rires d'enfants recouvrirent les cris du bébé.

Luca apparut à côté de Cole.

— J'ai l'impression que ça ne s'est pas très bien passé.

— C'est la femme la plus têtue de la terre !

Elle était impossible, et pourtant, il rêvait toujours de la serrer dans ses bras et de l'embrasser à en perdre haleine. Il n'oubliait pas un instant de leur nuit d'amour et il n'avait qu'une idée en tête : recommencer.

Elle ne craquerait pas.

Il était près de 22 heures. Zachary avait fait une toute petite sieste l'après-midi, s'était agité durant le repas et avait boudé dans son bain. A présent, il refusait de dormir. En désespoir de cause, elle avait recommencé le rituel du coucher, lui avait même donné un biberon supplémentaire, en vain.

Il continuait de s'agiter en tous sens, donnant des coups de pied dans le vide, secoué de sanglots. Ses couvertures gisaient à terre. Son front était en sueur, et il agrippait les barreaux de son petit lit.

La sonnerie de son téléphone couvrit le bruit qu'il faisait et, l'espace d'un instant, elle espéra qu'il s'agissait de Cole. S'il proposait de venir, ce ne serait pas la même chose que si elle implorait son aide, n'est-ce pas ? Elle sortit dans le couloir et referma la porte.

Manque de chance, c'était Destiny.

— Bonsoir, comment vas-tu ?

— Pas très bien.

— C'est Zachary ?

Amber s'adossa au mur et se laissa glisser jusqu'au tapis.

— Je n'arrive pas à le calmer.

— Désolée !

— Ce n'est pas ta faute, ni la sienne, d'ailleurs. Franchement, j'ai juste envie de pleurer avec lui.

— Luca m'a dit que tu avais vu Cole aujourd'hui ?

Elle avait beau se remémorer son déplorable manque de franchise, c'était le souvenir de ses caresses et de son tendre regard gris qui s'imposait à elle.

— A la fête de Noël des enfants de Coast Eagle. Mais au fait… quand as-tu vu Luca ?

— Tout à l'heure.

— Pourquoi ?

— Parce que je l'aime bien, Amber. Ne t'inquiète pas. Il n'obtiendra aucune information de moi. Il n'a même pas essayé, d'ailleurs. Nous savons que nous devons nous montrer prudents.

Amber appuya la tête contre le mur froid.

— Excuse-moi, je suis désolée… Ta vie privée ne regarde que toi.

— Il a dit quelque chose, pourtant.

— Vas-y.

— Il a dit qu'en refusant d'aider Cole, tu aidais Roth.

Amber éclata d'un rire à la limite de l'hystérie.

— Je pensais qu'il s'agissait de quelque chose de plus personnel. Qu'il t'avait complimenté sur la beauté de tes yeux, par exemple, ou qu'il avait demandé à te voir nue.

— Il a déjà fait tout ça.

Amber repoussa ses propres problèmes.

— Tu devrais lui céder.

— Pardon ?

— Tu en meurs d'envie. Je l'entends dans ta voix.

— Rien dans ma voix ne dit…

— Ecoute, ton célibat n'arrange pas mes affaires. Il te déconcentrerait même plutôt.

— Tu veux que j'aie une aventure d'un soir ?

— J'en ai bien eu une, moi…

Les souvenirs remontèrent, vifs et poignants.

— Tu as besoin de renfort ?

— Je ne voudrais pas te déranger…

— Je suis à cinq minutes de chez toi.

— Alors, je veux bien. Je ne sais plus quoi faire.

Après avoir coupé la communication, le cœur un peu plus léger, elle retourna dans la chambre de Zachary. Il était debout, agrippé aux barreaux, son petit visage rougi et trempé de larmes.

— Oh ! mon trésor ! dit-elle en le prenant dans ses bras. Si je savais quoi faire pour toi.

Il pleura un peu plus fort.

— De la musique ? Que dirais-tu d'écouter de la musique ?

Zachary semblait avoir un faible pour la musique country et les chanteurs à la voix grave et traînante.

Prête à tout tenter, elle l'emmena dans la salle de séjour et mit un CD. Cela ne régla pas le problème, mais couvrit un peu le bruit des pleurs.

Enfin, elle entendit frapper à la porte.

— Je sais que tu es trop jeune pour comprendre, mais, vois-tu, mes bras ont besoin de repos, expliqua-t-elle au bébé.

Elle ouvrit la porte et se figea. Ce n'était pas son amie qui se tenait là sur le seuil, mais Cole.

— C'était censé être Destiny ! murmura-t-elle.

— Je l'ai rencontrée en bas, dans le hall de l'immeuble. Elle me donne dix minutes.

Comment sa meilleure amie avait-elle pu lui faire ça ? songea Amber, dépitée.

Cole tendit les bras vers Zachary.

— Tu veux que je le prenne ?

Epuisée, sans forces et vaincue d'avance, elle lui tendit l'enfant sans un mot. Aussitôt, celui-ci posa la tête sur l'épaule de Cole, et ses pleurs se muèrent en gros soupirs tremblants.

Elle referma la porte derrière Cole.

— C'est bien pour lui que je te laisse entrer, indiqua-t-elle.

— Je comprends.

Serrant Zachary contre lui, il gagna la salle de séjour.

— Pauvre petit bonhomme, soupira-t-elle en essuyant le front mouillé de sueur du bébé.

— Tu es très patiente.

— Pas toujours.

Parfois, elle éprouvait irritation et rancœur. Elle faisait de son mieux pour Zachary, mais ce n'était jamais assez. Et tout en le sachant trop jeune pour la manipuler, il lui arrivait de soupçonner l'enfant d'utiliser son malheur pour la faire sortir de ses gonds.

— Tu veux peut-être profiter de ma présence pour manger ou boire quelque chose ? suggéra Cole.

— Inutile d'être aimable !

— Comme tu voudras, dit-il avec un petit sourire.

— Tu sais très bien ce que je veux dire. Ne crois pas te faire bien voir parce que tu m'aides avec Zachary. Ça ne marchera pas.

Otis, qui accompagnait naturellement Cole, trouva un coin à sa convenance derrière un fauteuil et s'y allongea.

— Dans ce cas, crois-tu que tu pourrais me préparer quelque chose vite fait. Un martini dry, par exemple, avec un assortiment d'amuse-gueule ?

— Tais-toi et occupe-toi du bébé.

Cole sourit.

— Je crois qu'il va très bien.

— C'est vraiment injuste qu'il te suffise d'apparaître pour le calmer !

— Accident de la génétique ! commenta Cole en s'asseyant sur le canapé.

Encore un détail qui l'agaçait prodigieusement. Quand elle tentait d'apaiser Zachary, il n'était pas question pour elle de s'asseoir, sous peine d'entendre redoubler ses cris.

— Tu veux du chocolat chaud ? proposa-t-elle.

En prononçant ces mots, elle se rappela la fois où ils avaient partagé cette boisson et elle s'en voulut. Toutefois, elle avait besoin de se détendre, et le chocolat était la boisson idéale pour cela.

— Ne te donne pas cette peine pour moi.

— J'en fais pour moi. J'en ai pour une minute.

— Dans ce cas, je veux bien, concéda-t-il.

Elle disparut dans la cuisine.

— Tu veux de l'aide ? lui cria-t-il.

— Tu m'aides déjà.

— Alors est-ce qu'au moins je gagne des points ?

Elle s'immobilisa, le cœur serré. Quand ils avaient joué à ce jeu, il avait demandé à passer la nuit chez elle et elle avait dormi dans ses bras. Si seulement ils pouvaient remonter le temps, juste un peu ! Parce que ce dont elle avait envie maintenant, c'était d'une épaule sur laquelle s'appuyer.

Elle retourna à la salle de séjour avec deux tasses de chocolat fumant.

— Désolé, dit-il.

— Pour quoi ?

Elle posa une tasse sur la table basse près de lui et alla s'installer à l'autre extrémité du canapé.

— D'avoir fait cette blague sur les points.

Soudain, l'air lui parut se figer autour d'eux. Sa bouche se dessécha, et les battements de son cœur s'accélérèrent. Elle leva les yeux vers lui, et leurs regards se rivèrent l'un à l'autre. Dans le silence, le tic-tac de l'horloge prit des proportions impressionnantes.

— Si je suis ici…, commença Cole.

A l'idée de ce qu'il allait dire, elle éprouva un mélange d'anxiété et d'excitation. Pour se donner une contenance, elle but une gorgée de chocolat.

— Si je suis ici, reprit-il, c'est qu'il n'est pas question que Roth gagne. Et, pour l'en empêcher, j'ai besoin de toi.

A vrai dire, pour elle, Cole ne devait pas plus gagner que Roth.

Sa gorge se serra. Elle eut envie d'arracher Zachary des bras de Cole, et tant pis s'il hurlait, tant pis si elle ne dormait plus, elle voulait le tenir à chaque instant contre elle jusqu'à ce qu'on la force à le lâcher.

— Je… comment…

Mortifiée, elle sentit une larme couler sur sa joue. Elle se leva en l'essuyant subrepticement.

— Il dort enfin, dit-elle à mi-voix. Il vaudrait mieux le mettre au lit.

Elle sentit le regard scrutateur de Cole posé sur elle.

— Bien sûr, souffla-t-il.

Il se leva et la suivit. Quand il déposa l'enfant dans son lit, celui-ci continua à dormir paisiblement. Elle remonta les couvertures sur lui et lui caressa la tête d'une main légère.

— Bonne nuit, trésor, murmura-t-elle.

Elle se redressa, le cœur brisé, et dut s'agripper au lit pour ne pas tomber.

Cole posa une main sur son épaule.

— Tu ne te sens pas bien ?

Elle déglutit péniblement.

— J'ai tellement peur..., murmura-t-elle.

— Je sais.

— Non, tu ne sais pas ! Tu ne peux pas comprendre.

Elle allait perdre Zachary sans rien pouvoir faire pour l'empêcher.

Elle sortit de la chambre et attendit qu'il l'eut imitée pour refermer la porte. Alors il la fit pivoter sur elle-même et la prit dans ses bras. Elle ne protesta pas. Elle n'en pouvait plus de se battre, et tant pis si cet homme était un ennemi, elle acceptait son soutien.

— Je comprends que tu ne puisses pas me croire, assura-t-il de sa voix grave, mais je ne veux que le bonheur de Zachary et je te promets de tout faire en ce sens.

Elle leva la tête pour le regarder. Elle aurait tant voulu le lui accorder sa confiance ! Elle avait tellement besoin d'un espoir auquel se raccrocher...

Il lui caressa la joue d'un geste tendre.

— Tu es fantastique, murmura-t-il.

Elle devait briser le charme avant qu'il ne soit trop tard, elle en avait conscience. Déjà le regard de Cole s'assombrissait, déjà il glissait la main dans ses cheveux, baissait la tête...

Il allait l'embrasser, et elle ne l'en empêcherait pas.

Les lèvres de Cole se posèrent alors sur les siennes, douces et chaudes. Elle l'enlaça aussitôt, tandis que leur baiser se faisait de plus en plus ardent. Elle s'aperçut qu'il lui avait manqué à un point incroyable.

Le monde s'était à présent évanoui autour d'elle, et Cole restait son seul point d'ancrage. Un gémissement lui échappa tandis que le désir s'insinuait dans tout son corps en volutes voluptueuses. Il fallait qu'elle soit tout près de lui, encore plus près, qu'elle sente le contact de sa peau contre la sienne.

Il choisit cependant cet instant pour s'écarter.

— Nous ne pouvons pas faire ça, Amber.

La consternation envahit soudain la jeune femme. A quoi pensait-elle en se jetant ainsi dans ses bras ? Elle aurait dû s'en douter.

Il la prit par les épaules.

— Il faut que nous parlions.

Elle acquiesça d'un balbutiement. Une main sur sa taille, il la guida alors vers la salle de séjour. Là, elle alla se blottir dans un coin du canapé en tentant de se draper dans les lambeaux de sa dignité.

Elle sentait le regard de Cole peser sur elle tandis qu'il s'installait dans un fauteuil. Elle n'osa songer à ce qu'il pensait d'elle. Il l'avait trahie, utilisée pour obtenir des informations sur Coast Eagle, Samuel et Zachary, et malgré cela, elle voulait encore se donner à lui ?

Quelque chose ne tournait pas rond chez elle !

Soudain, la voix de Cole s'éleva.

— Que fera Roth s'il obtient la garde de Zachary ?

Elle tenta de rassembler ses idées.

— Il fera sans doute appel à une nurse. J'espère qu'il gardera Isabel, mais rien n'est sûr. Et puis, il se servira de son pouvoir de tuteur pour obtenir la présidence de Coast Eagle et il mettra à exécution son projet de rénover toute la flotte. Il est persuadé qu'il pourra couvrir cette dépense en accroissant nos parts de marché.

— Tu en doutes ?

— Ses projections sont dangereusement optimistes.

Il hocha la tête d'un air songeur.

— Et toi, demanda-t-elle, que feras-tu ?

— Je ne sais pas.

— Comment puis-je te faire confiance ?

— Tu ne peux pas et tu n'y es pas obligée.

Il but une gorgée de son chocolat, qui devait être froid, à présent.

— Tout ce que tu peux faire, reprit-elle, c'est tabler sur les certitudes. Roth est mieux placé que moi pour gagner, et il n'a qu'un intérêt sur terre : le sien.

— Tu veux dire qu'entre deux maux, je dois choisir le moindre ? Tu n'arrives pas à me faire confiance, mais tu sais aussi de façon certaine que tu ne peux pas non plus te fier à Roth.

— Ce n'est pas très confortable, comme situation.

— Entièrement d'accord avec toi ! Mais c'est comme ça, et tu n'y pourras rien changer.

- 9 -

Devenu un actionnaire important de Coast Eagle, Cole jugeait nécessaire de se familiariser avec les rouages de la compagnie. Quand il pénétra dans l'immeuble qui abritait son siège, il fut immédiatement reconnu. Les agents de sécurité le saluèrent et annoncèrent son arrivée à l'étage des cadres.

Au sortir de l'ascenseur, il fut accueilli par la réceptionniste, qui, cette fois, se montra incroyablement aimable. Elle le présenta à Bartholomew Green, l'assistant de Samuel, un homme d'une cinquantaine d'années vêtu d'un costume noir strict.

Le bureau de Samuel affichait un luxe ostentatoire avec son imposante table en merisier sculpté et son buffet massif supportant des carafes de cristal, son canapé et ses fauteuils de cuir sombre, ainsi que les peintures à l'huile qui ornaient ses murs. Cole se demanda comment sa mère, si simple, avait pu s'éprendre de l'homme qu'il découvrait un peu plus chaque jour.

— Souhaitez-vous vous installer aujourd'hui dans le bureau, monsieur ? demanda Bartholomew.

— Oui.

Marcher dans les pas de son père lui répugnait, mais il devait affirmer sa position. Tous, et en particulier Roth et le juge, devaient constater qu'il assumait ses responsabilités, ne serait-ce que temporairement.

— Pouvez-vous organiser une réunion avec Max et les vice-présidents demain après-midi ? demanda-t-il.

— Avez-vous une heure préférée, monsieur ?

— 14 heures.

Il se moquait pas mal de l'heure, mais il devait faire preuve d'autorité.

— La salle de réunion Est ?

— Très bien. Auriez-vous l'obligeance de m'indiquer où se trouve le bureau d'Amber Welsley ?

— Service comptabilité, au septième étage. Désirez-vous que je vous accompagne ?

— Je pense pouvoir me débrouiller.

— Très bien, monsieur.

— Y a-t-il des choses que je devrais savoir ? demanda-t-il, curieux de découvrir vers qui s'orientait la loyauté de Bartholomew.

— Qu'aimeriez-vous savoir ?

— Que jugez-vous important de me dire ?

Bartholomew comprit ce qu'il attendait de lui.

— M. Henderson avait une grande confiance en Sidney. Je crois qu'il avait raison. Il accordait aussi sa confiance à Roth et, dans ce cas, il me semble qu'il se trompait peut-être. Il comprenait aussi la nécessité d'utiliser Julius dans certaines situations.

— Lesquelles ?

— Puis-je être direct ?

— Absolument.

— Julius est un pit-bull.

— Et Max Cutter ?

— Max Cutter sera totalement honnête avec vous. A mon avis, il ne rêve que du moment où il abandonnera son rôle de président pour retourner dans son service juridique.

Cole partageait ce sentiment.

— Et Amber Welsley ?

— Je connaissais mieux Mme Henderson que sa demi-sœur.

— Vos impressions ?

— Elle m'a toujours paru être une grande travailleuse, mais si discrète que personne n'en avait vraiment conscience. Je ne crois pas qu'elle ait eu une haute opinion de M. Henderson.

— Il a pourtant épousé sa jeune sœur.

— Certes. Mais je ne suis pas sûre qu'elle appréciait beaucoup Mme Henderson non plus.

— Puis-je compter sur votre discrétion, Bartholomew ?

— Tout à fait.

— Heureux de le savoir.

Jusque-là, cet homme lui avait fait bonne impression.

— Si je peux me permettre, monsieur ? reprit le secrétaire.

— Oui ?

— Vous ne m'avez pas interrogé sur Samuel Henderson.

— C'est que je ne veux rien savoir de lui.

Bartholomew demeura quelques instants silencieux.

— Comme vous voudrez, dit-il enfin.

— Cela vous pose un problème ?

— Pas du tout.

— Une dernière chose, Bartholomew. J'aimerais avoir un plan des bureaux.

Quelques instants plus tard, le secrétaire revenait avec le plan demandé. Il le glissa dans sa poche, puis traversa la réception pour se rendre à l'ascenseur sous l'œil curieux de la réceptionniste. Il imagina les commentaires une fois qu'il aurait le dos tourné. Tant mieux. Il voulait que les gens se posent des questions.

Au septième étage, il prit sur la gauche, puis sur la droite, et finit par trouver le bureau d'Amber.

C'était une pièce minuscule et dépourvue de fenêtres. Un réduit, pour être exact. La jeune femme était assise à sa table de travail, le nez dans les chiffres.

— Il y a une erreur dans le rapport 13, annonça-t-elle sans lever la tête. Je sais que nous devons rentrer les contributions conditionnelles à la main, mais…

A ce moment, elle dut sentir qu'elle ne parlait pas à la personne souhaitée, car elle releva les yeux et sursauta.

— Désolée. Je croyais qu'il s'agissait de mon assistante.

— Eh bien, non, répondit-il en entrant.

Elle se redressa, posa son crayon.

— Tu es là.

Il parcourut la minuscule pièce du regard.

— Et toi, tu es *là*.

— C'est mon bureau.

— Le bureau de la directrice adjointe des finances ?

— C'est ça.

Il posa les mains sur la table.

— Tu vas prendre tes affaires, et vite !

— Tu me renvoies ?

— Tu es promue. Ne me dis pas que tu as déjà oublié.

— Etre nommée temporairement tutrice de Zachary ne me donne aucun droit dans l'entreprise.

— Tu présides le conseil d'administration.

— Pour les cinq prochaines minutes.

— Si tu veux que les gens te prennent au sérieux, tu dois jouer ton rôle.

— Ce serait embarrassant pour tout le monde.

Il se redressa et s'écarta du bureau.

— Je ne te comprends pas, dit-il en fronçant les sourcils.

— Je ne suis pourtant pas bien compliquée.

— Si, tu l'es, mais là n'est pas la question. Nous devons utiliser toutes les armes dont nous disposons. Et l'une des plus efficaces d'entre elles, si ce n'est la plus efficace, c'est le fait que, pour le moment, nous avons le pouvoir. Lève-toi !

— Pardon ?

— Il y a un bureau vide au dernier étage. Tu vas immédiatement y emménager.

— Je n'ai pas d'ordres à recevoir de toi !

Il ignora son expression butée.

— Ecoute, ta plus grande faiblesse, c'est que personne ne t'imagine aux commandes.

— Pour la bonne raison que je suis incapable de les prendre.

— Qui a dit ça ?

— Le simple bon sens ?

— C'est faux ! L'enjeu est trop important pour tout gâcher. Et si tu n'emménages pas immédiatement dans ce bureau et ne te mets pas à donner des ordres, tu n'auras pas fait le maximum pour Zachary.

— J'ai fait tout ce…

— Non, Amber, la coupa-t-il. Pour le moment, à nous deux, nous possédons 65 % des parts de Coast Eagle. Agissons de façon que les gens nous voient bel et bien à la tête de l'entreprise. Ainsi, ils sauront que nous sommes capables de la diriger.

Elle regarda son bureau, les trois ordinateurs, la pile de dossiers.

— Mais…

— Etape n° 1 un : tu t'arrêtes au bureau de ton supérieur pour lui demander de te remplacer.

— Tu veux que j'abandonne mon poste ?

L'idée la stressait visiblement.

— Pour un temps. Fais-moi confiance, Amber, je t'en prie. Ou sinon, téléphone à Destiny. Je sais qu'elle sera d'accord avec moi.

Voyant qu'elle réfléchissait, il insista.

— Prendre les rênes est notre meilleure arme. Ne la néglige pas.

— D'accord, dit-elle en se levant, l'air décidé cette fois. Il ne sera pas dit que je n'ai pas tout essayé.

Le soulagement s'empara de lui à ces mots. Pour être obstinée, Amber n'en était pas moins intelligente. Et, heureusement, c'était l'intelligence qui l'avait emporté.

Présidant la table de conférence dans sa tenue flambant neuve, Amber avait fière allure. Il avait dû batailler ferme pour qu'elle l'autorise à lui offrir une garde-robe plus adaptée à ses nouvelles fonctions. Heureusement, Destiny s'était rangée à son avis et avait réussi à convaincre son amie.

Il dut se retenir pour ne pas sourire devant les regards furtifs que les vice-présidents jetaient à la jeune femme. Elle portait un tailleur gris anthracite composé d'un blazer et d'une jupe droite, accompagné d'un chemisier blanc dont le col en dentelle adoucissait la sévérité de la tenue.

Sur ses conseils, elle avait également changé de coiffure. Ses cheveux étaient nattés sur les tempes et réunis en un chignon rond sur la nuque. Elle paraissait à la fois sophistiquée et professionnelle. Sexy aussi, et il mourait d'envie de l'embrasser…

Mais, à vrai dire, qu'est-ce qui ne lui donnait pas envie de le faire ? La veille, la regarder mordre dans la part de pizza qu'elle avait réclamée pour son dîner après leurs mirifiques achats l'avait troublé au plus haut point.

Il s'arracha à sa contemplation pour se concentrer sur la tâche qui les attendait. Lui-même ayant soigné sa tenue, à présent Amber et lui avaient la tête de l'emploi. Ils allaient se comporter en dirigeants en initiant des modifications stratégiques.

— Merci d'avoir accepté d'assister à cette réunion, commença-t-il, tout en sachant qu'en fait, personne n'avait eu le choix. Mlle Welsley et moi-même sommes bien conscients qu'il s'agit d'une situation temporaire, tout en espérant qu'elle va perdurer.

— Pardon ? s'exclama Roth.

Cole le fit taire d'un regard.

— Je n'ai pas l'intention de créer une situation de conflit au sein de Coast Eagle, poursuivit-il, et je m'en remettrai à Mlle Welsley pour la suite.

Roth ouvrit la bouche, mais n'eut pas le temps d'émettre un son, car Cole reprit :

— Pour le moment, Mlle Welsley a pris des décisions concernant l'indemnisation des passagers.

— Merci, Cole, dit Amber d'un ton très professionnel. Comme la plupart d'entre vous le savent, en octobre de cette année, les associations de consommateurs ont émis de nouvelles recommandations à propos de l'indemnisation des passagers.

— Des recommandations laissées à l'appréciation de chaque compagnie ! intervint Roth.

— Roth, dit Cole, si vous pouviez garder vos réflexions pour vous, nous avancerions plus vite.

Sous l'affront, les yeux de Roth étincelèrent, tandis que Max réprimait un sourire. Sidney paraissait également s'amuser.

— Nos services comptables ont établi une comparaison entre vols surréservés, indemnisation des passagers et perte de revenus due à des annulations de dernière minute. Bartholomew pouvez-vous nous présenter les schémas ?

Bartholomew fit apparaître les graphiques sur l'écran.

— Comme vous pouvez le constater, dit Amber, avec un changement de notre politique de surréservations, les pertes financières réelles seront gérables, et le geste commercial aura des retombées positives dans les médias et, évidemment, sur la confiance du public. Par conséquent, nous allons suivre sans attendre les recommandations concernant l'indemnisation de passagers et mettre fin à la pratique des surréservations. Ainsi, nos clients seront assurés que leurs voyages se dérouleront comme prévu.

Son petit discours achevé, Amber considéra posément chacun des participants.

Devant une telle assurance, Cole ressentit un élan de fierté. Elle jouait son rôle à la perfection.

— Est-il possible de s'exprimer, à présent ? demanda Roth d'un ton sarcastique.

— Oui, répondit Amber, bien que la question s'adresse à Cole.

Devant cette nouvelle manifestation d'autorité, l'admiration qu'elle lui inspirait s'accrut encore.

— Une telle politique entraînera de lourdes pertes financières, affirma Roth.

— Mais elles seront compensées sur le long terme, répliqua Amber.

— Dans le meilleur des cas, peut-être. Seulement, ce que veulent les passagers, ce ne sont pas des certitudes, mais des prix bas. Si vous augmentez, ne serait-ce que de dix dollars le prix du billet, ils se tourneront vers la concurrence.

— Il n'est pas question d'augmenter les prix.

Roth la dévisagea, visiblement incrédule.

— Mais vous vivez au pays des Bisounours, ma parole ! s'écria-t-il. Vous vous rendez compte du gâchis que vous allez me laisser sur les bras ?

Bien qu'il ne soit pas censé intervenir, Cole ne put se contenir.

— *Vous* laisser sur les bras ?

— *Nous* laisser sur les bras, rectifia Roth.

— Il se trouve que c'est sur nos bras, à Mlle Welsley et moi, que repose la marche de l'entreprise, et je suis entièrement d'accord avec elle.

— Moi aussi, dit Max.

Il se tourna vers Sidney.

— Pourriez-vous élaborer un plan marketing ? Nous devrons être opérationnels dès l'annonce faite.

— Je veux faire l'annonce tout de suite, déclara Amber. Que les passagers sachent que leurs projets de déplacements en cette période de fêtes ne seront plus perturbés par des problèmes de surréservations.

— Parfait, acquiesça Max.

— Un instant ! intervint Roth. Nous n'avons pas le point de vue de Julius.

L'intéressé leva sur eux un regard d'animal pris au piège. Il était clair qu'il ne savait de quel côté se ranger.

— Julius s'en remet à Max, affirma Cole. Et Max a pris sa décision.

— Ce n'est pas comme ça que ça marche ! fulmina Roth.

— C'est ainsi que ça marchera désormais, répliqua froidement Cole. La réunion est terminée.

Il se tourna vers le président.

— Max, avez-vous une seconde ?

— Bien sûr !

Hors de lui, Roth se leva et quitta la salle en trombe.

Julius et Sidney le suivirent peu après, non sans les avoir salués.

Riant sous cape, Bartholomew referma la porte derrière eux, laissant Cole, Amber et Max en petit comité.

— Bien que je sois mal placé pour vous confier cela, je me suis bien amusé, dit Max.

Avec un soupir, Amber s'affaissa sur son siège.

— Ce n'est pas le mot que j'emploierai.

Cole céda à l'envie de lui poser une main sur l'épaule.

— Tu as été formidable.

— Cet homme est désormais assoiffé de vengeance.

— Il l'est perpétuellement, assura Max.

— Vous ne pensez pas qu'il pourrait s'en prendre à Zachary ? demanda-t-elle d'une voix légèrement tremblante.

— Il n'en aura pas l'occasion, parce que nous allons gagner, affirma Cole, qui se refusait à envisager autre chose.

Il se tourna vers Max.

— L'audience pour la garde reprendra le 28.

— C'est-à-dire la semaine prochaine ?

Cole hocha la tête.

— Qui vous représente ?

— Puisque Amber soutient ma demande, j'ai pensé à Destiny Frost. Elle connaît les dessous de l'affaire mieux que personne.

Max fronça les sourcils.

— Elle est jeune et inexpérimentée.

— Son cabinet délègue un avocat senior pour l'assister, et ils ont mis sur l'affaire leurs meilleurs enquêteurs. Je crois qu'ils aimeraient par la suite me récupérer comme client.

— Dans ce cas, c'est parfait, dit Max.

— C'est aussi notre avis, approuva Cole en posant une main sur celle d'Amber.

Sa peau était glacée.

— Vous savez que Roth est en train de solliciter l'appui des actionnaires minoritaires ? demanda Max.

— Sur ce point, il est avantagé, dit Amber en retirant sa main.

— Certes, reconnut Max. Ils le connaissent, et la confiance que lui a manifestée Samuel à travers son testament joue en sa faveur. Et, je suis navré d'être aussi direct, Amber, mais ils connaissaient Coco. Ce qui nous dessert.

— Nous avons les liens du sang pour nous, souligna Cole.

S'il n'éprouvait toujours pas le moindre sentiment pour son père, il s'était résolument attaché à son demi-frère.

— Voyez-vous un problème avec le changement de politique commerciale, Max ? demanda-t-il encore.

— Aucun. Avez-vous encore besoin de moi ?

Il quêta l'avis d'Amber, qui secoua la tête.

— Non, dit-il alors.

Max quitta la pièce en refermant la porte derrière lui.

— Tu as été formidable ! s'exclama alors Cole.

— J'espère ne pas avoir commis une grosse erreur.

— Absolument pas ! Le fait d'être la première compagnie aérienne s'alignant sur les recommandations des associations de consommateurs nous vaudra des retours favorables. Et ce changement de politique fidélisera les clients. C'est une excellente initiative.

— Elle n'est pas de moi seule.

— Tu leur as montré qui commandait maintenant, et la nouvelle va se répandre comme une traînée de poudre.

— Tu crois ?

— J'en suis sûr.

— Phase 3 enclenchée ?

— Et bien enclenchée !

Par jeu, il lui tendit la main, et elle y posa la sienne.

Ce contact lui rappela instantanément le bonheur qu'il y avait à tenir la jeune femme dans ses bras. Si seulement il pouvait l'attirer à lui et l'embrasser, lui caresser les cheveux et la tenir serrée contre lui…

— Destiny sera là d'ici à une heure, annonça Amber en retirant sa main.

Il se reprit.

— Elle est en train de chercher des précédents où la priorité a été donnée aux liens du sang dans des affaires de garde d'enfants. Sais-tu si Roth passait souvent du temps avec Zachary ?

— A ma connaissance, non, mais Coco ne me disait pas tout.

— J'essaie d'anticiper ses arguments. Contre toi, il avancera que tu es trop inexpérimentée pour diriger Coast Eagle.

Contre moi, il jouera sur ma capacité à élever un enfant. Sur ce point, je suis vulnérable.

— Sauf s'ils posent la question à Zachary.

Il éclata de rire.

— Dommage que Zachary ne puisse parler, dit-il.

— Dommage qu'il ne soit pas un chiot.

— Pardon ?

— Un chiot, tu le poses par terre, et les deux personnes en conflit l'appellent. Celui vers qui il va gagne.

— J'aurais ma chance, dans ce cas, estima-t-il.

— Parfois les solutions les plus simples sont les meilleures.

— Pouvons-nous la suggérer au juge ?

— Seulement si tu tiens à ce qu'il réclame une expertise psychologique.

- 10 -

C'était le soir de la veille de Noël. Installées devant la cheminée à gaz de la salle de séjour, qui offrait un simulacre de feu de bois très réussi, avec l'arbre de Noël projetant ses lumières multicolores, Amber et Destiny savouraient un grog bouillant.

Adorable dans son pyjama rouge parsemé de flocons de neige, Zachary s'efforçait de se redresser en s'accrochant aux meubles et essayait de marcher d'un point d'ancrage à un autre, retombant sur son petit derrière protégé par la couche à chaque tentative.

— Il est persévérant, fit remarquer Destiny.

— Entêté, plutôt, je dirais. Et pas toujours dans le bon sens.

Elle admirait pourtant sa ténacité. A présent, agrippé à la table basse, il visait le canapé.

— Est-ce moi, ou bien est-il particulièrement dégourdi ? demanda-t-elle.

— Il est particulièrement dégourdi.

— J'ai l'impression, oui. Je n'ai eu à lui dire qu'une seule fois de ne pas toucher au sapin.

— Les aiguilles l'ont peut-être dissuadé, hasarda Destiny.

— Possible. Ça ne t'ennuie vraiment pas que nous restions ici ce soir ?

D'ordinaire, Destiny et elle trouvaient toujours des destinations sympathiques pour Noël. En décembre dernier, elles étaient allées skier dans une station suisse. Mais avec Zachary, voyager aurait été trop compliqué. Il avait été assez perturbé par la disparition de ses parents. Mieux valait ne pas l'écarter de sa routine quotidienne.

Naturellement, le Père Noël ne signifiait rien pour lui, et il ne se rendrait pas compte que des paquets étaient apparus sous l'arbre pendant la nuit. Malgré tout, Amber attendait avec impatience le matin. Une chose était sûre, il saurait déballer ses cadeaux, et elle espérait de tout son cœur qu'il apprécierait les jouets qu'elle avait choisis pour lui.

— Pas du tout ! assura Destiny. On est bien ici. L'ambiance est chaleureuse, et le grog délicieux.

— Où en es-tu avec Luca ?

— Il est toujours en ville.

— Je le sais ! Je vois Cole tous les jours au bureau. Ce que je veux savoir, c'est comment ça se passe entre vous.

— Sois plus précise.

— L'as-tu embrassé ?

— Quelquefois.

Destiny dissimula son sourire en buvant une gorgée de grog.

— Et ?

— Et quoi ?

— Un peu plus que des baisers ?

— Pas encore.

— Mais bientôt ?

— Je n'en sais rien. Quelque chose me retient. Je ne suis sans doute pas du genre à prendre ces histoires à la légère.

— Je m'en croyais bien incapable, moi…

La curiosité de Destiny fut éveillée.

— Tu as recommencé ?

— Ah non ! Je n'ai pas couché avec lui depuis que j'ai découvert la vérité sur son compte.

— Mais tu en as eu très envie.

— Ecoute, il m'a dissimulé des choses et il s'évertue à me prendre Zachary.

— Il essaie d'empêcher Roth de récupérer Zachary, c'est différent.

— Evidemment. Je suppose que je devrais lui être reconnaissante.

— Et tu ne l'es pas ?

— C'est un homme remarquable, intelligent, audacieux. En moins d'une semaine, il a mis tout le monde à ses pieds.

— Le pouvoir produit cet effet sur la plupart des gens.

— Certes, mais il y a autre chose. Il a une présence. Tu aurais dû le voir remettre Roth à sa place ! Si une possibilité de le détruire s'offre à Roth, il n'hésitera pas.

— Il ne s'en présentera pas.

Amber scruta l'expression de son amie.

— Es-tu réellement aussi optimiste, ou tentes-tu de me remonter le moral pour Noël ?

— Les deux. Mais j'ai bon espoir. Il y a pas mal de précédents où les liens du sang ont prévalu.

Soudain, son regard tomba sur Zachary.

— Regarde ! s'exclama-t-elle.

Tout chancelant sur ses jambes, Zachary s'était lâché. Il esquissa un pas timide, puis un autre, et enfin s'abattit sur le canapé avant de tourner vers elle un visage illuminé d'un sourire.

— Brave petit garçon ! s'exclama-t-elle, le cœur débordant de fierté.

— Il n'y aura plus moyen de l'arrêter désormais, la prévint Destiny.

A ce moment précis, la sonnerie de la porte d'entrée retentit.

L'avocate se leva.

— J'y vais. Toi, continue de l'observer, pour le cas où il ferait encore des miracles.

Zachary tapa des mains sur le cuir du canapé. Puis, soudain, son visage se fendit d'un nouveau sourire.

— Gak bah !

Il quitta le canapé pour s'aventurer sur le tapis, debout sur ses petites jambes.

— Hé ! camarade !

Amber se retourna pour voir Cole pénétrer dans la pièce, plusieurs paquets sous le bras.

Zachary fit trois pas, un quatrième, puis son allure s'accéléra. Cole le rattrapa au moment où il piquait dangereusement du nez.

— Du beau boulot, camarade !

— Il vient tout juste de s'y mettre, expliqua Amber.

Elle ressentait une joie stupide à partager ce moment avec Cole.

— Joyeux Noël ! fit derrière eux la voix de Luca.

Bras dessus, bras dessous, Destiny et lui apparurent. Luca arborait un sourire béat, et Destiny avait les joues rouges.

— Je t'ai apporté un cadeau, dit Cole à Amber.

— Tu n'aurais pas dû !

— C'est-à-dire, ces cadeaux sont pour Zachary. Ton cadeau, c'est moi.

— Je te demande pardon ?

Elle avait forcément mal entendu. C'était une déclaration franchement outrageuse devant Destiny et Luca.

— Je suis venu m'assurer que Zachary dormirait bien cette nuit, précisa-t-il.

Elle éprouva un soulagement teinté de déception. Bien sûr, il aurait été gênant que Cole annonce tout de go qu'il entendait partager son lit ce soir-là, mais aussi très excitant.

Se rendant compte que tous les regards étaient fixés sur elle, elle se ressaisit.

— Tu n'y étais pas obligé.

— Pas de problème. Je peux mettre les paquets sous le sapin ?

— Bien sûr. Mais je ne peux te garantir que Zachary n'y touchera pas.

— Est-ce que ça vous ennuierait que je subtilise Destiny ? demanda Luca. J'aimerais l'emmener voir les illuminations.

— Pas du tout, répondit Amber. J'ai l'homme qui murmure à l'oreille des bébés pour me faciliter la vie. Allez prendre du bon temps.

— Venez, princesse, dit Luca à Destiny. Votre carrosse vous attend.

Cole disposa ses cadeaux sous l'arbre pendant que Luca et Destiny s'éclipsaient.

— Je suppose que c'est lui qui t'a traîné jusqu'ici, dit Amber.

— Comment ? Qui, lui ?

— Luca. Il n'avait qu'une hâte, faire passer la porte à Destiny. Alors je suppose que tu as joué le rôle de baby-sitter pour moi.

Cole sourit

— Je me suis porté volontaire pour le job.

— Tu es un véritable ami.

— C'est vrai. Je peux avoir un grog ?

— Je t'en prépare un.

— Je vais m'en charger.

— Certainement pas ! Tu es de service bébé. Assieds-toi.

Docile, il prit place dans un fauteuil avec Zachary.

— Oh ! comme ça me plaît ! dit-il à l'enfant. Toi et moi nous prélassant, pendant que tante Amber s'active en cuisine…

Quand Amber revint, une tasse fumante à la main, Zachary jouait avec les boutons de sa chemise.

— Fais attention qu'il n'y goûte pas, dit-elle en lui tendant la tasse.

— Je n'avais pas l'intention de le laisser faire.

— Je voulais juste dire que c'est brûlant et alcoolisé.

Elle n'avait pas voulu se montrer désagréable et possessive.

Après avoir bu une gorgée de la boisson, il posa la tasse hors de portée de Zachary.

— Excellent, dit-il.

Le malaise était apparemment dissipé.

— Ce petit bonhomme porte un pyjama très mignon.

— Je n'ai pas pu résister. Il est si craquant !

— As-tu pris des photos ?

— Oui

— Tu en prendrais une de nous deux ?

— Bien sûr, répondit-elle, un peu surprise.

— Devant le sapin, ça t'irait ? demanda Cole en se tournant vers Zachary.

Il posa l'enfant à terre.

— Je suppose que tu es incapable de prendre la pose.

— Gak bah…

— Je vais considérer ça comme un « oui », comme d'habitude.

Tandis qu'elle prenait les photographies, la ressemblance entre les deux êtres lui sauta aux yeux. C'était à la fois troublant et un peu effrayant.

Ils paraissaient tellement unis, tous les deux, qu'elle eut l'impression de jouer les trouble-fête.

— Alors, elles sont bonnes, ces photos ? demanda Cole.

Elle vint s'accroupir près de lui pour les lui montrer.

— Je vois maintenant pourquoi il te trouvait un air de famille, dit-elle. La ressemblance est frappante.

— Tu trouves ?

— C'est étonnant.

Soudain, le bruit d'un objet tombant lourdement au sol les fit tressaillir.

Zachary avait atteint la table basse et renversé le grog, et il tapait joyeusement dans le liquide à terre.

— Oh non ! gémit Amber, se relevant aussitôt.

Otis se précipita pour laper le grog.

— Non, Otis ! lui intima Cole.

Désappointé, mais obéissant, l'animal retourna s'installer sous le sapin.

— Pas de rhum pour toi non plus, jeune homme, dit Amber en écartant Zachary de la table.

— Que préfères-tu, demanda Cole. Que je m'occupe de lui ou que je nettoie le chantier ?

Elle lui fut reconnaissante de sa proposition.

— Crois-tu que tu pourrais lui donner un bain rapide ?

— Bien sûr.

Il prit Zachary à bout de bras afin de protéger sa chemise et son pantalon, et l'emporta dans la salle de bains, Otis sur ses talons.

Un quart d'heure plus tard, Zachary jouait dans son bain avec ses canards multicolores. Comme il les expédiait à travers la pièce et que Cole ne voulait pas le quitter ne serait-ce qu'un instant pour les ramasser, leur nombre commençait à se réduire.

— Prêt à sortir, camarade ? demanda Cole.

Zachary manifesta son approbation en tapant de plus belle dans l'eau, ce qui acheva de tremper la chemise de Cole.

Rapidement, il souleva Zachary et enveloppa le petit corps gigotant dans une serviette pour le sécher, avant de l'installer sur sa hanche. Puis il retira la bonde de la baignoire et collecta d'une main les canards éparpillés dans la pièce.

Dans la salle de séjour, il trouva Amber en train de nettoyer le tapis avec une machine à vapeur.

Quand elle les vit, elle l'arrêta et s'essuya le front.

— Les dégâts sont réparés de ce côté-ci, annonça-t-elle.

Cole écarta sa chemise mouillée de son torse.

— Je ne suis pas sûr que nous ayons tout à fait adopté le style de vie milliardaire.

Elle sourit.

— Zachary a l'air content.

— Il l'est. Et moi, je suis trempé.

Elle se leva.

— S'agissant de bébés, crois-moi, les éclaboussures sont un moindre mal.

— Je m'en souviendrai.

— Tu veux que je me charge de la couche et du pyjama, ou bien de ranger le nettoyeur ?

— Comme tu voudras. Mais ensuite, je veux du champagne et des truffes au chocolat saupoudrées d'or.

Elle le regarda, interdite.

— Un petit en-cas de milliardaire, expliqua-t-il.

Elle alla débrancher le nettoyeur.

— Des truffes saupoudrées d'or ? Ça existe ?

— D'or fin, apparemment oui.

— Et ça se mange ?

— Je n'ai jamais essayé. Ce qui est sûr, c'est que ça coûte les yeux de la tête.

— Très bien, Midas. Occupe-toi de la couche. Je vais chercher ce qu'il y a de plus cher dans la réserve.

— On peut sc faire livrer.

Il n'avait pas envie qu'elle passe cette soirée de fête dans la cuisine.

— Laisse-moi d'abord faire l'inventaire de nos richesses. Et je te conseille de lui mettre une couche avant qu'il ne soit trop tard.

Il baissa les yeux sur Zachary, toujours installé sur sa hanche et, prenant conscience du danger, ne perdit pas de temps à gagner la nursery. Mettre la couche se révéla une expérience assez déroutante, mais il parvint à un résultat acceptable. Ensuite, il enfila un pyjama propre au bébé.

Il rejoignit alors Amber dans la cuisine.

— Ce champagne était soigneusement emballé dans une caissette de bois, expliqua-t-elle. Il doit être assez dispendieux pour satisfaire tes goûts de nouveau riche.

— Je plaisantais.

Elle haussa les épaules.

— Il n'y a plus que nous pour le boire et…

La sonnerie du four à micro-ondes l'interrompit.

— Le Château Lacté 2015 de M. Zachary est prêt, annonça-t-elle cérémonieusement.

— Message reçu !

— J'ai trouvé des fraises et du chocolat noir. Et puis ceci…

Cole s'approcha, Zachary sur un bras, le biberon dans l'autre main.

— Des paillettes de sucre dorées ! Enfin, jaunes, ça revient presque au même.

— Il ne fallait pas me prendre au mot.

Il n'en admirait pas moins l'ingéniosité d'Amber.

Il se percha sur un tabouret et chercha maladroitement la meilleure position pour donner son biberon à Zachary. Heureusement, l'enfant connaissait la manœuvre. Saisissant le biberon à deux mains, il se cala confortablement dans son giron et se mit à boire.

— Je vais faire fondre le chocolat, expliqua Amber, en enrober les fraises et les saupoudrer de paillettes.

— Je crois que tu n'as pas bien compris l'idée.

Elle le regarda d'un air candide.

— Je croyais que tu voulais des chocolats saupoudrés d'or.

— Je voulais que le luxe vienne à nous sans effort, comme chez les milliardaires.

— Jusqu'à présent, pour moi, dit-elle en entreprenant de faire fondre le chocolat au bain-marie, le style de vie des milliardaires ne diffère pas tellement de celui du commun des mortels. Sauf qu'il faut un temps infini pour aller de la cuisine à la chambre. Le temps que j'arrive à destination, mon thé est froid.

— Tu prends ton thé au lit ?

— En lisant. C'est relaxant.

— Moi, je bois du scotch en regardant les nouvelles sportives à la télé. C'est relaxant aussi.

— As-tu dîné ? demanda-t-elle, soudain inquiète.

— Nous avons pris un hamburger en chemin avec Luca. Et toi ?

— J'ai déjeuné tard.

— Je peux commander quelque chose. Steak ou pâtes ? Ou alors, je crois que tu as un faible pour la pizza…

Elle fit la moue.

— A présent, tu me donnes faim.

— Pizza alors, c'est décidé !

Il baissa les yeux sur Zachary.

— Je crois que notre petit bonhomme a son compte.

L'expression d'Amber s'attendrit.

— Je vais le coucher. Peux-tu surveiller le chocolat ?

Avec délicatesse, Cole retira le biberon de la bouche de Zachary. Le bébé émit un bruit de succion, avant de soupirer dans son sommeil.

— J'y vais, dit-il. Enfin, si tu es d'accord pour que je le couche.

— Naturellement !

Elle posa un tendre baiser sur le front de l'enfant.

Une étrange émotion serra la poitrine de Cole. Pour la première fois de sa vie, il comprenait la force de l'amour paternel. Pour avoir vu peu de pères de famille s'occuper de leur enfant, il n'avait qu'une très vague idée de l'intensité de ce sentiment.

— Tu es sûre ?

Il n'était guère plus qu'un inconnu aux yeux d'Amber et il trouvait soudain injuste d'exiger d'elle une telle confiance.

Elle sourit.

— Va et commande cette pizza. Il nous faut quelque chose pour aller avec du champagne à cinq cents dollars la bouteille.

— C'est vraiment le prix ?

Cela paraissait ridiculement monstrueux…

— C'est ce qu'indiquait l'étiquette.

— Comment une boisson peut-elle être assez bonne pour valoir trente dollars la gorgée ?

— C'est à toi de le dire.

Il se leva.

— Nous le découvrirons bientôt.

Il posa doucement Zachary contre son épaule. Son petit corps était chaud et tout abandonné dans ses bras.

Quelques minutes plus tard, après avoir bordé l'enfant dans son lit, il laissa Otis monter la garde près de la porte ouverte et retourna dans la cuisine, où Amber alignait ses fraises enrobées de chocolat sur du papier sulfurisé et les saupoudrait de paillettes d'« or ».

— Tu m'impressionnes, murmura-t-il en s'approchant.

— Elles ont fière allure, n'est-ce pas ?

Elle paraissait si contente d'elle-même qu'il sourit.

Le parfum du chocolat et des fraises les enveloppait. Les cheveux d'Amber frôlaient son bras. Il était beaucoup trop près d'elle, mais n'avait aucune envie de reculer.

Il avait envie d'embrasser sa nuque, de la faire pivoter dans ses bras et de prendre ses lèvres. D'oublier les fraises et de la déshabiller et de lui faire l'amour toute la nuit.

— Je pensais à une pizza tomates séchées, champignons et pesto, dit-elle. Ce n'est pas trop lourd.

— Tout ce que tu voudras.

Et il pensait chacun de ces mots.

— Et de la feta ?

Voyant frémir le coin des lèvres d'Amber, il s'étonna.

— Qu'y a-t-il de drôle ?

— Pour ajouter au prix.

— Tu as tout compris ! De la feta, bien sûr !

Bien, il était temps de s'éloigner. Mais il avait beau donner des ordres à ses pieds, ceux-ci refusaient énergiquement de bouger.

Ce fut alors qu'elle se tourna vers lui en amenant son visage à quelques centimètres de lui.

— Veux-tu te changer ? demanda-t-elle. Il doit bien y avoir une chemise dans les affaires de Samuel qui…

— Non !

Le mot claqua sèchement.

— Je ne porterai pas les vêtements de Samuel.

Amber parut décontenancée.

— Comme tu voudras…

— Désolé. En fait, il s'est très mal comporté avec ma mère, mais c'est une longue histoire.

Il tira son portable de sa poche.

— Je commande la pizza.

— Tu ne veux pas en parler ?

Non, il n'en avait aucune envie. Pourtant, ce n'était pas un douloureux secret.

Samuel était un goujat qui n'avait pas mérité l'amour de sa mère, mais à quoi bon perdre son énergie à le haïr ? D'ailleurs, pendant très longtemps, il n'y avait même pas songé.

— Je veux bien, mais champagne d'abord !

- 11 -

Installés chacun à un bout du canapé, ils buvaient leur deuxième verre de champagne tout en mangeant la fameuse pizza, quand Amber demanda :

— Tu veux me parler de Samuel ?

— Je n'ai pas grand-chose à en dire puisque je ne l'ai jamais rencontré. Tout ce que je sais de lui, c'est ce que ma mère m'a raconté.

— Le haïssait-elle ?

D'après le peu que Cole lui avait raconté, il lui semblait connaître la réponse.

— Elle haïssait sa faiblesse et sa soumission à ses parents. Ils étaient tombés très vite passionnément amoureux l'un de l'autre, mais elle ne venait pas d'une famille qui correspondait aux critères de ses parents à lui. Elle n'avait pas fréquenté les bonnes écoles et n'avait ni l'éducation ni les manières que les Henderson attendaient d'une bru. Il l'a donc épousée en secret, pensant qu'une fois le mariage célébré, ses parents seraient bien obligés de l'accepter.

— Ça n'a pas été le cas.

— Ils sont entrés dans une fureur noire en l'apprenant. Ils ont exigé de Samuel qu'il divorce et ne mentionne à personne l'existence de ma mère, sous peine d'être déshérité. Et il s'est avéré — quelle surprise ! — qu'il aimait mieux l'argent de sa famille que ma mère.

— Il ne la méritait pas, dit doucement Amber.

— C'est ce que je me suis toujours tué à répéter à ma mère.

Devant l'air malheureux de Cole, le cœur d'Amber s'émut.

— Tu n'es pas obligé d'en parler, tu sais.

— Il n'était rien pour moi, vraiment rien. Je m'énervais contre lui par intermittence, surtout à l'adolescence. Et puis, j'ai compris qu'il ne méritait même pas ma colère. A mes yeux, il aurait aussi bien pu ne pas avoir existé. Et quand j'ai appris sa mort…

Il but une gorgée de champagne.

— Je suppose que ça paraît monstrueux, mais quand j'ai appris sa mort, je n'ai rien ressenti. Aucune tristesse, aucune satisfaction, rien. Et je n'ai pas imaginé une seconde que cette disparition puisse avoir la moindre incidence sur ma vie.

— Tu n'as pas pensé à la possibilité d'un héritage ?

— Pas une seconde.

Elle échangea sa part de pizza contre sa flûte de champagne.

— Alors pourquoi être venu à Atlanta ?

— Parce que Luca a insisté. Il m'a forcé à regarder une photo de Zachary et, c'était bizarre, il y avait quelque chose chez ce gosse, dans ses yeux… Du coup, j'ai pris conscience que j'avais tout de même des responsabilités envers lui.

Le cœur d'Amber se serra.

— Tu es venu pour t'occuper de ton petit frère !

— Et puis, je t'ai rencontrée, dit-il, une lueur de tendresse dans le regard, et j'ai compris que Zachary ne pouvait pas mieux tomber. Il suffisait que je tienne jusqu'à la fin de l'audience sans que personne n'apprenne ma véritable identité.

— Mais j'étais en passe de perdre…

Il hocha la tête.

— J'en savais assez sur Roth pour comprendre que je ne devais pas le laisser gagner.

— Merci.

— Tu n'as pas à me remercier… et je ne l'ai pas encore battu.

— Mais tu fais tout pour. Vraiment, ce n'est pas Coast Eagle qui t'intéresse ?

— Je veux protéger les intérêts de Zachary, c'est tout. C'est drôle, quand j'ai appris son existence, j'ai éprouvé de la rancune à son égard. Je ne pensais qu'à une chose : il aurait une existence dorée, alors que maman et moi, nous avions dû nous battre pour garder la tête hors de l'eau.

Amber posa son verre et s'approcha de lui.

— Mais maintenant, tu t'es attaché à lui.

Il la regarda droit dans les yeux.

— C'est facile de s'attacher.

Elle lui prit les mains et les serra.

— Et c'est facile de s'attacher à toi, Cole.

Elle voulait se montrer amicale, réconfortante, mais, malgré elle, sa voix avait pris une intonation sensuelle. L'atmosphère s'épaissit autour d'eux.

Il posa alors la main sur les siennes et les caressa doucement. Puis il remonta le long de son bras nu, éveillant un vif trouble en elle.

Il releva soudain la tête.

— Je sais que je n'ai pas le droit de te le demander…, commença-t-il, un trémolo dans la voix.

Qu'il en ait le droit ou non, elle voulait qu'il le lui demande ; elle en mourait d'envie !

— Juste pour ce soir…, ajouta-t-il.

Elle hocha la tête.

— Pouvons-nous cesser de lutter ?

Elle acquiesça de plus belle.

— Oh ! Amber…

Il l'embrassa, tendrement d'abord, puis de plus en plus fiévreusement. Elle s'agenouilla alors et lui noua les bras autour du cou pour mieux lui rendre son baiser.

Il l'attira sur ses genoux, et elle sentit son désir flamber. Elle se cambra contre lui.

— Tu es si belle ! murmura-t-il

— Et toi, tu es tout mouillé.

Elle recula pour examiner le devant de sa chemise.

— Tu es même trempé !

Il eut un petit rire.

— Je peux l'enlever, si tu veux.

— Oui, dit-elle, feignant de se montrer raisonnable. Il vaudrait mieux l'enlever.

Il s'exécuta, et elle posa le regard sur sa poitrine et ses abdominaux. Enfin, il s'en débarrassa entièrement, découvrant des épaules et des bras musclés.

Il avait un corps superbe.

— Tu es beau, murmura-t-elle.

Elle posa un baiser qui s'attarda sur son torse lisse et goûta le sel de sa peau.

— Encore, souffla-t-il.

Elle l'embrassa de nouveau, traçant du bout de la langue un chemin humide sur son torse, et elle le sentit frémir.

Il posa alors une main possessive sur ses hanches tandis que de l'autre, il lui déboutonnait son chemisier. Secouant les épaules, elle se débarrassa du vêtement, révélant un soutien-gorge de dentelle blanche.

Il le dégrafa, le lui ôta.

C'était étrange, elle ne ressentait aucune gêne à se trouver à demi nue dans cette pièce éclairée.

Elle se tendit vers lui pour l'embrasser dans le cou, poser les mains sur ses épaules, absorber sa chaleur, sentir la texture de sa peau…

— Si Destiny et Luca reviennent…, murmura-t-elle.

— Oh ! Amber, répondit-il d'une voix traînante, ils ne rentreront pas.

— Ah non ?

A vrai dire, ça lui était égal. La perspective ne l'empêcherait pas de continuer à déshabiller Cole.

— Tu n'as pas vu la tête qu'ils avaient ? Ils ne rentreront pas.

Elle défit le bouton de son jean.

— C'est aussi bien ainsi.

Il lui posa une main sur un sein.

— Tu sais que j'aime ta tournure d'esprit ?

Elle ravala un gémissement.

— C'est-à-dire ?

— J'aime ta décontraction…

Il porta toute son attention à la pointe du sein dont il avait pris possession, éveillant des sensations délicieusement voluptueuses au creux de ses cuisses.

— J'ai envie de toi, murmura-t-elle.

— Moi aussi, j'ai envie de toi. Terriblement envie.

Les mains sur sa nuque, elle attira sa bouche contre la sienne.

— Oh ! Cole.

— Amber…

Il glissa les doigts dans ses cheveux pour l'embrasser plus à son aise.

A tâtons, elle se débarrassa de son pantalon pendant que lui-même ôtait son jean. Puis elle s'allongea sur le canapé, l'entraînant avec elle, impatiente d'être possédée. Il retarda cependant l'instant, lui effleurant les cuisses du bout des doigts et traçant des cercles terriblement excitants sur la toison de son sexe.

— Maintenant, l'implora-t-elle.

— Oui ? fit-il d'une voix légèrement éraillée.

— Viens, je t'en prie.

Elle n'en pouvait plus d'attendre.

— Tu es pressée ?

Il fallait d'urgence faire cesser son petit jeu. Elle glissa une main le long du ventre de Cole jusqu'à ce qu'elle trouve son sexe durci et l'empoigne.

Il se raidit.

— D'accord. D'accord…

— Tu es pressé ? demanda-t-elle.

— Oui.

Il lui prit la main et l'immobilisa au-dessus de sa tête.

— Indéniablement pressé !

Un instant plus tard, d'un geste souple et précis, il la pénétrait. Et elle haleta sous l'intensité de la sensation.

Tout en s'emparant de sa bouche, il captura la pointe d'un sein entre ses doigts. Le plaisir assaillit Amber de tous côtés, et il lui sembla que le temps s'arrêtait, tandis qu'elle se noyait dans un océan de sensations.

Elle aurait voulu que jamais ces instants ne prennent fin.

— Tu es extraordinaire, dit-il contre ses lèvres. Je n'ai jamais… jamais…

— Cole ! cria-t-elle. Continue, je t'en prie ! Continue !

— Plus jamais je n'arrêterai !

Mais elle sentait l'orgasme monter, son corps tendre vers l'extase jusqu'à ce que tout explose dans un déferlement de jouissance.

Elle cria ; il articula son prénom.

Leurs deux corps ne faisaient plus qu'un.

Un instant plus tard, elle gisait sur le canapé, les membres lourds, incapable du moindre mouvement.

— C'est ta faute, murmura-t-il à son oreille.

Il lui fallut un moment pour trouver la force de parler.

— Qu'est-ce qui est ma faute ?

— Tu as mis fin aux préliminaires.

— Tu fais trop bien l'amour.

— Oh ! chérie, c'est juste ce que je voulais entendre !

Elle ouvrit précautionneusement les yeux. Les lumières de l'arbre de Noël se précisèrent, puis les flammes de la cheminée et, enfin, la bouteille de champagne.

Le poids de Cole la plaquait sur le canapé. Pour la première fois depuis une éternité, elle se sentit en sécurité, heureuse, à la place qui lui était assignée dans l'univers.

Cole s'installa à une extrémité de la baignoire géante de la chambre de maître, en face d'Amber. Il avait disposé des bougies allumées autour d'eux et placé la bouteille de champagne et les flûtes sur le rebord carrelé. Des volutes de vapeur au parfum d'agrumes tourbillonnaient vers la fenêtre en saillie qui surplombait la ville.

— C'est pratiquement une piscine, dit-il en écartant les bras, tandis que ses jambes frôlaient celles d'Amber dans l'eau.

Elle leva sa flûte.

— Maintenant, nous nous comportons en véritables nantis de ce monde, non ?

Ses cheveux étaient relevés à la diable sur sa tête, ses lèvres avaient pris une teinte rouge sombre, ses épais cils projetaient leur ombre sur ses joues échauffées, et ses seins magnifiques dansaient légèrement sous la surface de l'eau.

— C'est assez réussi. En tout cas, j'ai tout ce que je peux désirer !

— Plus des chocolats en or dans la cuisine ! s'exclama-t-elle en riant.

— Je les avais oubliés, ceux-là…

Elle fit mine de se formaliser.

— Je veux dire, reprit-il hâtivement, je meurs d'impatience de les goûter.

— J'aime mieux ça !

Ils levèrent leurs flûtes et les vidèrent.

— Dis-moi, qu'as-tu prévu pour demain ?

— Eh bien, offrir ses cadeaux à Zachary, répondit-elle. Et puis, Destiny va venir. Luca aussi, peut-être. Et…

Une lueur contrariée traversa son regard.

— Qu'y a-t-il ? s'enquit-il.

Elle secoua la tête.

— Quelque chose te tracasse, insista-t-il.

— C'est que… je me demandais… Luca et toi, vous n'avez quand même pas…

Devant son incompréhension, elle esquissa un geste vers son corps nu.

— S'il te plaît, dis-moi que vous n'aviez pas prévu… ça.

Il se redressa à demi, outré.

— Bien sûr que non ! D'accord, Luca apprécie beaucoup Destiny, et je suppose qu'il sait que tu me plais. Mais nous ne parlons jamais de sexe entre nous, et une chose est sûre : nous n'avons pas monté tout un scénario pour vous séduire !

Il était blessé qu'elle ait seulement pu envisager cette éventualité.

— Tu ne parles pas de sexe avec Luca ?

— Je ne lui ai pas raconté ce qui s'est passé entre nous.

— Ah…

Devant son air coupable, un doute le saisit.

— Mais toi, tu en as parlé à Destiny.

Amber rougit.

— Elle m'a posé la question.

— Et tu lui as dit ?

Il feignait le mécontentement, alors qu'il avait bien du mal à se retenir de rire.

— Désolée, dit-elle d'une voix contrite.

Il termina le contenu de son verre.

— Je te taquine, voyons ! Tu as le droit de dire ce que tu veux à qui tu veux.

— Je n'en ai parlé qu'à Destiny.

Il tendit la main vers la bouteille.

— Franchement, ça m'est égal. Mais moi, je ne dirais rien à Luca qui risque de te mettre mal à l'aise.

Elle tendit son verre.

— En y réfléchissant, c'est idiot, ces cachotteries.

— Nous les hommes avons l'habitude de ce genre de situation.

— Maintenant, je me sens coupable.

— Arrête, Amber ! Je ne suis pas là pour te culpabiliser.

Elle se détendit et se laissa aller contre le bord de la baignoire.

— Pourquoi es-tu là, alors ?

— Pour t'entendre dire que je fais trop bien l'amour. Et j'ai adoré ton expression quand tu l'as avoué. Et j'ai adoré te tenir nue dans mes bras à ce moment-là.

Tout en parlant, il sentit son désir renaître.

Il lui semblait que jamais il ne se lasserait de la regarder, de lui parler, de la toucher. Mais il était près de minuit et, comme dans les contes de fées, l'intermède allait bientôt se terminer.

— Viens là, demanda-t-il doucement.

Les grands yeux bleus d'Amber s'écarquillèrent sous l'effet de la surprise. Mais elle se reprit très vite et vint s'asseoir entre ses jambes, sa flûte à la main.

Il lui glissa un bras autour de la taille et embrassa sa nuque offerte. Elle était si douce, si détendue dans ses bras !

— Parle-moi de l'Alaska, murmura-t-elle en se laissant aller contre lui.

— Il y fait froid.

— Quel scoop !

— Beaucoup de neige, des montagnes, la vie sauvage. Il n'y a pas de route d'accès à Juneau.

— Comment ça, pas de route ?

— Nous avons des rues en ville, naturellement. Mais la seule façon de se rendre à Juneau, c'est par le train, le bateau ou l'avion.

— Mais… y a-t-il des boutiques ?

Il sourit.

— Bien sûr. Des épiceries, des magasins de vêtements, des quincailleries… On trouve tout le nécessaire pour la vie quotidienne. Juneau compte plus de trente mille habitants, et nous formons une communauté très soudée.

— A quoi t'occupes-tu ?

— Eh bien, la plupart du temps, je gère ma compagnie et je pilote des avions.

— Et tes loisirs ?

— Ski, motoneige, baignade, football… Il y a plein de possibilités d'activités en extérieur, mais nous avons aussi des cinémas, un théâtre, des galeries d'art et des restaurants.

— C'est une ville comme une autre, en somme.

— Exactement. Avec plus de neige et plus d'ours.

— J'ai peur des ours !

— A vrai dire, ils ne fréquentent pas l'artère principale de Juneau.

Il marqua une pause.

— Enfin, pas souvent.

— Tu te moques encore de moi !

— C'est rare, mais ça arrive. Tu devrais venir vérifier par toi-même.

Il n'avait pas plus tôt prononcé ces paroles qu'il sentit l'atmosphère se modifier. Il s'en voulut. Venir tout gâcher alors qu'Amber et lui baignaient dans une oasis de paix au cœur d'un monde d'incertitudes.

— Je suis désolé.

— Il n'y a pas de quoi.

— Si. Je ne voulais pas donner l'impression que nous formions un couple. C'est hypocrite, et même manipulateur.

— Ne t'inquiète pas, Cole, assura-t-elle froidement. Je ne débarquerai pas chez toi.

— Ce n'est pas non plus ce que je voulais dire ! J'adorerais que tu viennes me voir en Alaska !

Il la sentit se crisper.

— Quel est l'intérêt de cette conversation ?

— Je te prie de m'excuser.

Il lui caressa les cheveux, puis l'embrassa dans le cou. Comme elle ne le repoussait pas, il lui renversa la tête et baisa ses lèvres. Instantanément, ses sens prirent le pas sur sa raison. Il la fit pivoter dans ses bras, la prit par les hanches et l'assit sur ses cuisses.

— Je ne veux pas te faire de peine, affirma-t-il.

— Tu ne m'en fais pas.

— Je voudrais abolir le monde extérieur, rester là avec toi et tout oublier.

Elle hocha la tête.

— Amber, tu es fantastique !

Il l'embrassa comme un fou.

— Est-ce que je peux rester cette nuit ? osa-t-il demander.

— Je *veux* que tu restes.

Le cœur empli d'allégresse, il referma les bras sur elle.

Zachary s'amusait beaucoup à déchirer les emballages de ses cadeaux et à naviguer d'un meuble à l'autre, les mains pleines de rubans. Difficile même de savoir ce qui lui plaisait le plus.

Otis s'efforçait stoïquement de rester à l'écart de son chemin et prenait un air de martyr quand Zachary s'agrippait à ses poils ou tentait de le décorer.

Amber avait beaucoup apprécié de pouvoir consacrer, grâce à Cole qui s'occupait du bébé, un peu de temps à sa toilette. Elle s'était coiffée avec soin, légèrement maquillée et avait passé un pantalon noir et un chemisier d'un rouge chatoyant. Avec ses boucles d'oreilles sur le thème de Noël, elle se sentait d'humeur festive.

Destiny arriva avec Luca en milieu de matinée, et ni l'un ni l'autre ne s'étonna de trouver Cole en train de jouer avec Zachary sur le tapis.

Destiny attira son amie à l'écart.

— Raconte ! lui chuchota-t-elle.

Amber fit mine de ne pas comprendre.

— De quoi parles-tu ?

— De ce qui s'est passé cette nuit, répliqua Destiny, levant les yeux au ciel.

— Et toi ? Que t'est-il arrivé ? Je croyais que tu rentrais.

— Nous avons passé d'excellents moments, voilà ce qui m'est arrivé.

— Excellents ou *excellents* ?

Cole proposa du café à Luca, et les deux hommes disparurent dans la cuisine avec Zachary et Otis.

— Les deux, répondit Destiny. Nous avons admiré les illuminations, bu quelques verres, puis nous sommes rentrés à l'hôtel de Luca.

— Et voilà toute l'histoire ! conclut Amber.

— J'espère qu'elle n'est pas terminée…

Elles allèrent s'installer dans les fauteuils du salon.

— Et toi ? s'enquit Destiny.

— Eh bien, Cole a passé la nuit ici.

— Vous vous êtes donc réconciliés.

— « Réconciliés » est un bien grand mot ! Il n'est pas question d'avoir une vraie liaison.

— Qu'avez-vous alors ?

— Je l'ignore. Un problème commun ?

— Pas très romantique, tout ça.

Certes, mais elle était décidée à prendre les choses comme elles venaient et à profiter des bons moments sans spéculer sur l'avenir.

— Veux-tu du café ? proposa-t-elle.

— Volontiers.

Comme elle se levait, elle reconnut la sonnerie du portable

de Cole. Destiny la suivit dans la cuisine et s'assit sur un tabouret de l'îlot central, où Zachary, installé sur sa chaise haute, jouait avec une pile de galettes de céréales.

— Quand ? demanda Cole dans le téléphone.

Son ton était grave et, comme il lui jetait un bref coup d'œil, elle comprit que quelque chose clochait.

— Combien ? demanda encore Cole.

Elle s'approcha de lui.

— C'est sûr ? Tous ?

Il poussa un soupir de soulagement.

— Oui, bien sûr… Appelez-moi si vous avez d'autres nouvelles.

Il coupa la communication et posa une main sur son épaule.

— Que se passe-t-il ? demanda-t-elle, retenant son souffle.

— Un nouveau problème hydraulique avec un Boonsome 300. Un vol d'Astra Lines en provenance d'O'Hare.

— S'est-il… A-t-il atterri ?

C'était plus fort qu'elle, elle n'arrivait pas à prononcer le mot « écrasé ».

— Sur le ventre. Tout le monde est sain et sauf, mais un incendie s'est déclaré. L'appareil est détruit. Le gouvernement fédéral consigne au sol tous les Boonsomes, et ils exigent un libre accès à l'avion en révision à Los Angeles.

— Bien sûr ! Tout ce qu'ils voudront !

Elle aspira une bouffée d'air pendant que son esprit échafaudait les pires scénarios. Et si elle n'avait pas immobilisé la flotte de Coast Eagle ? Ne possédant aucune expérience du matériel, elle avait pris sa décision à l'instinct. Elle était comptable, bon sang ! Pas spécialiste de l'aviation ! Et si elle avait fait le mauvais choix et qu'un vol de Coast Eagle s'était écrasé, tuant des centaines de passagers ?

La pièce se mit à tourner autour d'elle, et elle fut prise de nausées.

Cole accentua la pression sur son épaule.

— Amber ?

Elle le repoussa et sortit en courant vers la salle de séjour. Il la rattrapa et la prit par les bras.

— Ils sont tous hors de danger, dit-il d'un ton apaisant. Juste des bleus et quelques bosses, et peut-être une ou deux côtes cassées. Le capitaine a fait du beau travail.

— Et si je ne l'avais pas fait ?

— Pas fait quoi ?

— Immobiliser nos Boonsomes.

— Mais tu l'as fait ! Tu as pris la bonne décision.

— Parce que je t'ai écouté.

— Tu as écouté tous les avis et tu as pris ta décision.

Elle se mit à trembler.

— J'ai peur, Cole. Je ne suis pas qualifiée du tout pour de telles responsabilités. Je ne devrais pas être co-présidente de Coast Eagle. Personne ne devrait m'écouter.

Il l'attira dans ses bras et lui caressa les cheveux.

— S'ils avaient écouté Roth, un avion de Coast Eagle aurait pu se crasher. Ecoute, ils vont trouver où est le problème, ils y remédieront, et personne ne sera ni blessé ni tué.

— Je veux retourner à mon travail de comptable !

Il lui sourit.

— Tu m'abandonnerais ?

— Tu as le savoir et l'expérience, toi.

— Amber, personne ne détient la science infuse. Pour être un bon preneur de décisions, il faut savoir écouter et peser tous les avis. C'est ce qui causera la perte de Roth, d'ailleurs : il n'écoute personne.

Elle ne le contredirait certainement pas sur ce point.

— C'est Noël, reprit Cole. Il n'y a pas mort d'homme, et les experts font leur travail. Profitons encore de cette journée. Il sera temps demain d'affronter nos responsabilités, non ?

Il avait raison. C'était le premier Noël de Zachary, et rien n'exigeait leur attention immédiate.

— Oui.

— Parfait. Nous allons sortir un peu. Crois-tu que Zachary apprécierait une promenade dans le parc ?

Il adorerait ça, et elle aussi. Décidément, Cole savait comment leur faire plaisir.

- 12 -

Le temps que le juge demande une suspension de séance, Cole sentait le sang battre à ses oreilles. L'avocat de Roth l'avait dépeint sous les traits d'un homme intéressé, opportuniste et sans scrupule, qui se serait délibérément tenu à l'écart de la famille Henderson jusqu'à ce que l'occasion d'en tirer profit se présente. Il avait tourné en dérision l'idée que Cole ait pu ignorer l'existence du testament. Et il avait lourdement insisté sur l'injustice qu'il y aurait à confier Zachary à un homme que les parents du bébé n'avaient jamais rencontré.

Il avait dû faire appel à tout son sang-froid pour rester de marbre sous ce flot d'insanités. Maintenant que la séance était levée, il bondit de son siège et, regardant droit devant lui, se rua hors de la salle d'audience. Il avait besoin de calmer sa colère avant de parler à quiconque.

Il traversa le hall à longues enjambées et se retrouva sur le trottoir, où il put vite se fondre dans la foule. Il avait beau se forcer à respirer calmement, il n'arrivait pas à dominer le tumulte d'émotions qui l'agitait.

— Monsieur Henderson ? appela une voix derrière lui.

Il ne se retourna pas. Dans l'état où il se trouvait, un paparazzi risquait de passer un sale quart d'heure. Jouant des coudes, il accéléra l'allure afin de semer l'importun.

— Monsieur Henderson ? répéta la voix.

Très agacé, il se retourna.

— Voudriez-vous me…

— Désolé de vous déranger. Kevin Kent, président de Cambridge Airlines.

S'il s'attendait…

— Notre siège est à Londres, dit l'homme en lui tendant une carte.

Il ne la prit pas. Il ne voulait parler à personne, ni à un journaliste, ni à un président de compagnie aérienne, ni à Destiny. A personne.

— Que voulez-vous ? gronda-t-il.

— J'ai assisté à l'audience.

Il ne répondit pas. Depuis un jour et demi, la salle ne désemplissait pas. Il semblait que la ville entière avait assisté à l'audience.

— Vous avez beau vous faire matraquer, je parie sur vous.

Si Kevin Kent s'attendait à des remerciements pour son vote de confiance, il allait être déçu.

— J'ai consulté vos avoirs en Alaska, continua l'homme. Auriez-vous un instant à m'accorder ?

— Ici ? Maintenant ? Vous voulez me parler de l'*Alaska* ?

Mais qui se souciait de l'Alaska quand l'avenir de Zachary était en jeu ?

Kent regarda autour d'eux.

— Il y a un café là-bas.

— Je n'ai aucune envie de m'enfermer dans un café.

— D'accord. Ecoutez, je sais que vous possédez une compagnie aérienne prospère en Alaska. Que vous l'avez créée de vos mains, que vous avez un associé et ami qui travaille avec vous.

Le peu de patience qui lui restait s'effilocha sérieusement.

— Quand le jugement sera rendu, si vous gagnez, vous allez devoir prendre une grave décision, poursuivit Kent, imperturbable.

Cole croisa les bras. Sans blague ? Qu'est-ce que ce type allait encore déduire ?

— Je vous l'ai dit, je parie sur vous, et je parie sur votre loyauté vis-à-vis d'Aviation 58.

— Où voulez-vous en venir, monsieur Kent ?

— A ceci. Vous pourriez devoir vendre.

— Vendre Aviation 58 ? Il n'en est pas question !

— Je parle de Coast Eagle.

Cole en demeura tout abasourdi.

— Vendre Coast Eagle Airlines ?

— A Cambridge Airlines.

— Je n'ai pas l'intention de vendre, affirma-t-il en se ressaisissant.

Bien sûr que non. Il voulait au contraire préserver Coast Eagle pour Zachary.

— Peut-être pas, dit Kent. Mais avez-vous réfléchi à la difficulté de mener de front deux affaires de cette envergure ?

— Je ne vendrai pas…

Il n'avait pas réfléchi en ces termes. Mais s'il obtenait la garde de Zachary, qui dirigerait Coast Eagle ? Lui-même ne resterait pas à Atlanta ; il n'en avait jamais eu l'intention. Max avait clairement exprimé son souhait de n'assurer que l'intérim et il n'avait pas le profil, de toute façon. Il n'était pas question que Roth prenne les commandes. Et si Sidney était certes compétent, il manquait encore d'expérience.

Tout avait été si vite qu'il n'avait pas pensé à l'*après*.

— Réfléchissez, ajouta Kent.

Il lui tendit de nouveau sa carte.

— Je sais que vous allez vous battre avec tous les moyens à votre disposition, monsieur Henderson, et que vous allez gagner votre procès. Et alors, vous vous trouverez devant un choix : Coast Eagle ou Aviation 58. Vous pouvez m'appeler à tout moment.

Cette fois, Cole prit la carte.

Après le départ de Kevin Kent, il resta quelques minutes immobile sur le trottoir, avec le flot des passants qui s'écartait pour le contourner.

Vendre Coast Eagle ? L'idée lui répugnait. Mais, une fois encore, comment pourrait-il diriger cette compagnie ?

— Monsieur Henderson ?

Il redescendit sur terre. Cette fois, c'était un journaliste.

— Frank Hast, d'*Atlanta Weekly*. Comment répondez-vous à l'accusation de vous être servi de votre demi-frère pour mettre la main sur la fortune des Henderson ?

Il toisa l'individu, se demandant s'il n'allait pas tout simplement le plaquer contre le mur.

— Je n'y réponds pas, se contenta-t-il pourtant de répliquer en reprenant sa route.

Obstiné, le journaliste lui emboîta le pas.

— Que répondez-vous alors à l'accusation d'avoir noué une liaison avec Amber Welsley dans le seul but de nuire à Roth Calvin ?

Le mot liaison l'interpella, et il faillit mordre à l'hameçon, mais se reprit de justesse.

— Roth Calvin est parfaitement capable de se nuire tout seul à lui-même.

— Quelle est la nature de votre relation avec Amber Welsley ?

— Mlle Welsley est la tutrice de mon demi-frère.

— Pour le moment… Encore une question, monsieur Henderson.

— Je dois retourner au tribunal.

— Mais…

Cole allongea le pas.

Le journaliste se hâta pour le rattraper.

— Pensez-vous que Roth Calvin a eu tort de faire passer le profit avant la vie des passagers ?

— Maintenant, je vous prierais de me laisser tranquille !

Il dut paraître convaincant, car le journaliste renonça à le poursuivre.

Luca était déjà sur les marches du palais de justice quand il arriva. L'apercevant, il vint vers lui.

— Ça va ?

— Pas vraiment.

Luca hocha la tête.

— Destiny te cherchait.

— J'avais besoin de prendre l'air.

— Je comprends.

Ils demeurèrent quelques instants silencieux.

— As-tu pensé à la suite des événements ? demanda soudain Cole.

— Si tu perds ?

— Si je gagne.

— Non. Et franchement, ça devrait être le cadet de tes soucis pour le moment.

— Tu as sans doute raison. Que me voulait Destiny ?

— Parler stratégie.

— Il est question d'en changer ?

Ce ne serait peut-être pas une mauvaise idée. Ils avaient tablé sur les liens du sang, mais les attaques de Roth quant à ses motivations avaient produit un fâcheux effet.

— Elle veut démontrer qu'aux yeux de Roth, Zachary n'est qu'un pion dans la quête du pouvoir.

— Ce dont il m'accuse.

— Il n'a pratiquement jamais vu Zachary.

— Je ne le connaissais pas moi non plus jusqu'à la semaine dernière.

Luca consulta sa montre.

— Elle pense que c'est à tenter.

Il n'était pas optimiste. Cela dit, ils étaient à court de temps pour élaborer une autre tactique.

— Il faut y aller, déclara Luca.

Il hocha la tête d'un air sombre. Pour le bien de Zachary, il devait rester concentré le reste de l'après-midi.

Bien que la salle d'audience soit bondée, on aurait entendu une mouche voler. Assise au troisième rang, Amber voyait Cole se crisper de plus en plus à mesure que l'avocat de Roth déclamait sa plaidoirie.

— Samuel Henderson a exprimé de façon très claire ses dernières volontés, dit l'homme dont la voix résonna avec autorité dans la salle. Il souhaitait Roth Calvin comme tuteur de son fils et héritier. Samuel Henderson connaissait Roth Calvin depuis dix ans et il lui accordait toute sa confiance.

Il exécuta un demi-tour et pointa l'index sur Cole.

— Personne, ni cet homme ni quiconque n'a le droit de passer outre le souhait de Samuel Henderson sur un sujet aussi intime que la désignation de la personne qui élèverait son fils au cas où il disparaîtrait. Il n'y a là aucune ambiguïté, monsieur le juge.

Le cœur d'Amber battait à tout rompre. C'était sans espoir. Ils allaient perdre, c'était certain.

A présent, il régnait une ambiance électrique dans la salle. Prise de nausée, elle se leva et sortit en toute hâte.

Le trajet jusqu'aux toilettes lui parut interminable, et elle fut ravie d'y trouver un peu de calme. Elle observa son reflet dans le miroir tout en priant son estomac de se calmer.

— Réfléchis ! s'ordonna-t-elle à voix haute. C'est le moment ou jamais !

Elle retournait en tous sens la situation quand une idée germa dans son esprit. Une idée folle, qui pourrait très bien lui exploser à la figure. Cependant, fichue pour fichue, autant tenter ce coup de poker.

Elle sortit précipitamment son portable de son sac et appela l'appartement.

La sonnerie résonna une fois, deux fois

— Répondez, s'il vous plaît, Isabel. Répondez !

Le temps pressait. L'avocat de Roth devait avoir terminé sa plaidoirie. Le tour de Destiny approchait.

— Welsley-Henderson résidence, fit enfin la voix d'Isabel.

— Isabel ?

— Amber, est-ce que…

— Pas encore. Isabel, il faut que vous fassiez quelque chose pour moi. Très vite.

— Bien sûr.

— Amenez Zachary au tribunal.

— Mais… il dort.

— Réveillez-le et amenez-le comme il est ! Dites au chauffeur de faire le plus vite possible. C'est une question de minutes.

— Mais…

— Dépêchez-vous !

— Très bien. J'arrive…

Amber rangea son téléphone. C'était sans doute le geste le

plus fou qu'elle ait jamais réalisé, mais elle ne voyait aucune autre possibilité. Et si elle ne faisait rien, ils perdraient.

Elle traversa le hall en entendant résonner le bruit de ses pas sous le haut plafond et entre les piliers de marbre.

Il était trop tôt pour espérer voir paraître Isabel, mais elle était trop nerveuse pour retourner s'asseoir dans la salle. Elle en entrouvrit la porte et vit que Destiny se levait. Il ne lui restait plus qu'à prier pour que sa plaidoirie dure au moins vingt minutes.

Elle rebroussa chemin et fit les cent pas dans le hall désert. Puis elle sortit, scrutant chaque véhicule. Elle consulta sa montre. Un quart d'heure s'était écoulé depuis son appel téléphonique. Encore cinq minutes, peut-être trois, et elle appellerait Isabel sur son portable.

Et soudain, elle aperçut la voiture, le chauffeur des Henderson au volant, qui venait se garer devant le palais de justice.

Elle dévala l'escalier, ouvrit la portière arrière et extirpa le bébé de son siège. Les yeux ensommeillés, il semblait tout interdit.

— Il y a un problème ? demanda Isabel, inquiète.

— Pas le temps ! répondit-elle en serrant Zachary contre son épaule. Ils ont presque fini.

Zachary poussa un gémissement de protestation.

Elle compatissait. Pauvre petite chose arrachée à son lit douillet !

— Désolé, mon cœur, lui chuchota-t-elle, mais je dois risquer le tout pour le tout.

Elle traversa le hall en courant. Zachary se mit à pleurnicher quand elle entra dans la salle du tribunal.

Destiny s'adressait au juge.

— La jurisprudence « Chamber contre Hathaway » s'applique clairement dans notre affaire et…

Amber ralentit soudain, prise de panique. N'allait-elle pas créer un esclandre en agissant ainsi ? Cependant, le regard fixé sur le dos de Cole, elle continua à avancer.

Zachary commença à s'agiter dans ses bras, puis il se mit à pleurer plus fort.

Ignorant les yeux ronds de Luca et les regards curieux des spectateurs, ainsi que le froncement de sourcils mécontent du juge, elle continua sa progression et passa sans s'excuser devant trois personnes du premier rang.

— Cole, appela-t-elle doucement. Cole ?

Celui-ci se retourna alors, et l'affolement marqua ses traits.

— Il est malade ? demanda-t-il.

Au son de sa voix, Zachary tressaillit, puis eut un élan de tout son corps vers lui. Alors, comme il l'avait fait une bonne dizaine de fois auparavant, Cole le prit dans ses bras.

— Silence ! intima le juge en jouant du marteau.

Sans avoir besoin de cet ordre, Zachary s'était tu et il se blottissait à présent contre Cole, enfouissant son visage ruisselant de larmes dans son cou.

— Monsieur le juge, voici Zachary Henderson, annonça Destiny.

Le juge examina la scène par-dessus la monture de ses lunettes.

— Je ne laisserai personne transformer cette salle d'audience en champ de foire ! déclara-t-il d'un ton contrarié.

L'avocat de Roth se leva.

— Objection, monsieur le juge !

Le juge se tourna vers lui.

— Je vous écoute.

— Le plaignant n'a pas le droit d'utiliser des accessoires.

— Des « accessoires » ? répéta Destiny, incrédule.

— Des accessoires, répéta l'avocat d'un ton assuré. Le plaignant semble croire que prendre Zachary Henderson dans ses bras fera de lui un tuteur plus acceptable aux yeux de la cour !

— M. Henderson est le meilleur tuteur que Zachary Henderson puisse avoir, affirma Destiny tout en donnant un discret coup de coude à Cole. Cependant, si M. Calvin veut prendre lui-même l'« accessoire » dans ses bras, nous ne ferons aucune objection.

Cole, qui avait compris le message, se dirigea vers Roth pour lui tendre Zachary.

Roth recula par réflexe, tandis que Zachary poussait un cri de terreur et s'accrochait désespérément à Cole.

— Non ? demanda Cole à Roth.

Il ramena à lui le pauvre Zachary, qui se blottit contre lui et, tandis que son souffle s'apaisait, des murmures montèrent dans la salle.

— Pour la paix et l'ordre des débats, dit Destiny, je suggère que nous laissions M. Henderson s'occuper de son petit frère.

Ces paroles lui valurent un regard mauvais de l'avocat de Roth.

Destiny se tourna alors vers Amber.

— Donne-moi ton portable. Vite !

Elle obtempéra, et Destiny fit frénétiquement glisser ses doigts sur l'écran.

— Depuis son arrivée à Atlanta, dit Destiny d'une voix haute et claire, M. Henderson a forgé un lien très fort avec son demi-frère.

— Objection ! s'étrangla l'avocat de Roth. Ce sont des affirmations gratuites.

— Ah oui ?

Destiny posa avec insistance le regard sur Zachary, qui se tenait tranquille dans les bras de Cole, laissant tout un chacun apprécier la qualité de leur relation.

— Je reformule ma phrase, poursuivit-elle. Depuis son arrivée à Atlanta, M. Henderson a passé beaucoup de temps avec son demi-frère. Il l'a nourri, baigné, changé, il a joué avec lui et l'a longuement câliné. M. Henderson a même passé Noël avec lui.

Elle s'approcha d'un ordinateur posé sur le bureau du greffier.

— J'aimerais vous montrer les preuves de ce que j'avance.

Rapidement, elle relia le portable à l'ordinateur. Comprenant ce qu'elle avait en tête, Amber sourit.

La photographie de Cole et Zachary sous l'arbre de Noël apparut. On pouvait voir le bébé contemplant Cole avec adoration et lui attraper le nez en riant aux éclats ainsi que l'expression attendrie de l'adulte.

— Objection ! s'époumona l'avocat de Roth.

Destiny fit glisser un nouveau cliché sur l'écran. On y voyait Cole et Zachary jouant avec Otis.

— Pour quel motif ? demanda le juge.

— Le plaignant nous manipule avec ces photos. Elles sont le résultat d'une mise en scène !

— Ce sont des photos de famille, rectifia le juge. Et je ne vois aucune raison de douter de leur authenticité.

Destiny en exposa une troisième. Cole y tenait Zachary enveloppé dans une grande serviette-éponge. Le bébé sortait visiblement du bain et gazouillait joyeusement.

Amber éprouva une bouffée de tendresse à ce souvenir.

— Comme ces photos l'attestent, depuis son arrivée à Atlanta, M. Henderson a passé beaucoup de temps avec son demi-frère.

— Objection, répéta l'avocat de Roth. Il ne s'agit pas d'un concours destiné à comptabiliser qui a passé le plus d'heures avec l'enfant !

— Cette audience, contre-attaqua Destiny, doit déterminer qui sera le plus apte à élever Zachary. Et évaluer le temps passé avec l'enfant est tout à fait pertinent dans cette optique.

— Mlle Welsley a visiblement profité de son tutorat temporaire pour nuire à la crédibilité de mon client…

— Le comportement de Mlle Welsley n'est pas en cause, déclara le juge.

Cole se leva.

— Puis-je intervenir, monsieur le juge ?

L'attention du public et des deux avocats se porta sur lui. Le juge prit le temps de la réflexion.

— Oui, dit-il enfin. Votre version nous sera précieuse.

Cole prit une grande inspiration.

— Pour être tout à fait honnête, la nouvelle du décès de Samuel Henderson ne m'a pas affecté. Tout ce que je savais de cet homme, c'était qu'il avait rendu ma mère très malheureuse. Et je ne voulais pas entendre parler de la famille Henderson.

Très calme sur son épaule, Zachary jouait avec sa cravate rouge et gris.

— Comme je l'ai déjà dit, enchaîna Cole, j'ignorais tout du testament. Et si j'avais été au courant, je n'y aurais pas prêté attention. Je suis moi-même à la tête d'une entreprise prospère.

Il caressa d'un air absent le dos de Zachary.

— Si je me suis décidé à venir à Atlanta, c'est que j'ai cru de mon devoir de m'assurer que mon petit frère serait en bonnes mains. Je n'avais pas prévu que, dès qu'il me verrait, il se prendrait d'affection pour moi.

Il sourit tendrement à ce souvenir.

— J'ignore si c'est le son de ma voix ou un trait de ressemblance avec notre père, mais, à partir de ce moment, ce petit bonhomme s'est évertué à me faire comprendre qu'il avait besoin de moi, que je devais m'occuper de lui, le protéger et l'aimer. S'il ne sait pas parler, il sait très bien se faire comprendre.

Amber sentit sa gorge se serrer.

— Et il a tout à fait raison, continua Cole d'une voix légèrement étranglée. Quoi que vous décidiez, monsieur le juge, Zachary sera toujours mon frère. Il aura toujours besoin de moi, et je me sentirai toujours responsable de son bien-être. Pas par devoir, mais parce que je l'aime et que je donnerai ma vie pour lui.

Quand il se tut, un silence absolu tomba sur la salle.

Il se passa quelques instants avant qu'il regagne sa place, puis pose un baiser sur la tête de Zachary.

L'enfant leva la tête, et un sourire ravi éclaira son visage.

— Gak bah, dit-il. Gak. Gak.

Amber faillit éclater en sanglots.

— Tout à fait d'accord avec toi, camarade ! chuchota Cole.

Tous les regards se tournèrent vers le juge, qui toussota.

— Eh bien…

Il s'interrompit, rajusta son col, puis rassembla les documents épars devant lui.

— C'est une situation exceptionnelle. Et je reconnais que

l'enjeu est énorme. Il va de soi que Coast Eagle Airlines doit être gérée de main de maître et que de la garde de Zachary Henderson, dépend la gestion de la compagnie, et donc la sécurité de milliers d'employés et de passagers.

Amber sentit son cœur sombrer.

— Cependant, le but de cette audience étant de déterminer qui est le plus apte à prendre soin de Zachary Henderson, je ne peux laisser des considérations extérieures influer sur son bonheur actuel et sur son avenir.

Il leva son marteau.

— J'accéderai donc à la demande du plaignant et confierai la garde de Zachary Henderson à Cole Henderson.

Le marteau retomba avec un bruit sourd.

Indifférente au brouhaha qui régnait autour d'elle, Amber se leva au moment où Cole se tournait vers elle. Elle se précipita pour pousser le portillon et les enlaça tous deux, le cœur débordant de gratitude.

— Je n'arrive pas à croire que tu l'aies fait, dit-il en souriant.

— Fait quoi ?

— Métamorphoser Zachary en petit chien.

Elle rit à son tour.

— J'ai eu si peur ! Mais il a été tout droit à toi.

— Tu es un génie !

— J'ai pris un gros risque.

— Le jeu en valait la chandelle !

— Bien joué, vous deux ! intervint Destiny en leur posant la main sur l'épaule.

— Bravo à toi ! répliqua-t-elle. Tu as été brillante.

— Heureusement que tu as eu l'idée d'amener Zachary.

— Et toi, d'utiliser mes photos !

A ce moment, Roth les dépassa, le visage crispé par la rage, regardant droit devant lui.

Cole le suivit des yeux tandis qu'il s'éloignait.

— La journée sera rude, demain, au bureau.

— Je commence déjà à m'inquiéter, soupira Amber.

— Oublie ! lui conseilla Cole. Ce soir, nous fêtons notre victoire !

- 13 -

Cole reposa la bouteille de champagne et en tendit une flûte à Amber.

— C'est drôlement pratique d'avoir une cave bien remplie à disposition, fit-il remarquer.

Ils étaient installés devant la cheminée à gaz, à même le tapis. Zachary dormait dans son petit lit, Otis montant la garde devant sa porte. Une douce lumière régnait dans la pièce.

— Certes, répondit-elle. Et c'est du bon, je peux te le garantir.

Il n'eut pas le cœur de lui dire qu'il était incapable de distinguer un champagne d'un autre.

— Normal. Nous devons fêter dignement notre victoire.

— Tu as été formidable

— *Tu* as été formidable. J'ai juste réceptionné la passe.

— Et tu as mis en plein dans le mille !

— C'était notre dernière carte.

Elle leva sa flûte.

— J'ai réussi, je n'en reviens pas ! A nous, et à notre génie mutuel !

— N'oublie pas Zachary. Si nous lui avions écrit son rôle, il n'aurait pas mieux joué.

— Il a été parfait.

Elle but une gorgée de champagne.

— Il est vraiment délicieux.

Cole but à son tour. A vrai dire, pour lui, c'était juste du vin pétillant.

— Te voilà président du conseil d'administration, déclara-t-elle en s'étirant, le dos contre le canapé.

Il ressentit un désagréable tiraillement au niveau de l'estomac.

— Si nous parlions d'autre chose ?

— Tu as vu la tête de Roth ? Il était à la fois furieux et inquiet.

— Je ne pense pas qu'il fera long feu à Coast Eagle.

— Tu vas le renvoyer ?

Il avala une gorgée de champagne tout en souhaitant avoir affaire à un alcool plus corsé.

— C'est une décision complexe.

Et qu'il ne se sentait pas en position de prendre. Il devrait rester à Coast Eagle des semaines, voire des mois, avant d'en maîtriser le fonctionnement interne. S'il n'imaginait rien de bon pour Roth, une réaction primaire n'était pas dans l'intérêt de la compagnie.

— Tu vas devoir nommer un président. Max a hâte de retrouver son service.

Il termina son verre et le posa. Il n'avait qu'une envie, emmener Zachary et Amber en Alaska. Rien d'autre ne comptait.

— Si nous attendions plutôt demain pour parler boutique ? suggéra-t-il en s'approchant d'elle. Tu es si belle à la lueur des flammes.

L'expression de ses beaux yeux bleus s'adoucit.

— Vraiment ?

— Vraiment.

D'un doigt sous le menton, il attira son visage vers lui et l'embrassa.

— Merci, murmura-t-elle contre sa bouche.

Il lui prit le visage dans les mains.

— Je ferais n'importe quoi pour toi, tu sais…

Le sourire d'Amber était si beau ! Elle était belle, intelligente et forte, pleine de ressource. Et si sexy…

Il l'embrassa, et son désir naissant chassa de son esprit tout ce qui n'était pas elle.

Quand il reprit sa respiration, après lui avoir ôté son verre des mains, il s'allongea sur le tapis et l'attira sur lui. Il lui caressa alors le dos, puis les cuisses, se remémorant la beauté de ses formes.

Il glissa ensuite une main sous son chemisier et rencontra la peau douce et tiède de son dos.

— Tu me distrais, dit-elle.

— C'est l'idée.

— Il faut que nous parlions.

— Je sais.

— Nous avons un million de décisions à prendre.

— Pas ce soir.

— Mais…

— Chut ! Accorde-moi cette nuit. Notre univers explosera bien assez tôt.

— Voyons, ça ne peut être aussi terrible.

Si, ce serait terrible, il le savait. Il appartenait à Aviation 58, Amber à Coast Eagle. Et à présent, il avait la garde de Zachary.

La porte de son bureau s'ouvrit à la volée, et il leva les yeux, mécontent. Sans être à cheval sur le protocole, il ne supportait pas l'impolitesse poussée à ce degré.

Roth venait d'entrer.

Cole posa son stylo et s'enfonça dans son fauteuil.

— J'exige une explication ! tonna le nouveau venu.

— A quel sujet ?

— Vous vous êtes entretenu avec Kevin Kent.

Il eut du mal à dissimuler le choc que lui causaient ces paroles. Les seules personnes informées de son coup de téléphone du matin étaient Luca et Bartholomew. Et il n'imaginait aucun d'eux en faire part à Roth.

Il essaya de gagner du temps.

— Oui, et alors ?

Roth posa les mains sur le bureau.

— Nous savons tous les deux ce que ça signifie !

— Vraiment ? dit-il, se creusant la cervelle pour trouver une échappatoire.

— Ça signifie que vous envisagez de vendre ! Avez-vous

si peu de considération pour l'héritage de votre petit frère chéri, que vous songiez à vendre, peut-être même à démanteler la compagnie, bref, n'importe quoi pour empocher l'argent que le gosse vous a rapporté !

— Sortez de mon bureau !

— Si vous bradez la compagnie, la direction a droit à une explication.

Il sentit la moutarde lui monter au nez.

— La direction devra accepter les décisions du propriétaire.

— Vous allez donc vendre et empocher la manne.

— Sortez !

— Sans vous soucier des conséquences.

Cole entendit un cri étouffé.

Par-dessus l'épaule de Roth, il aperçut Amber qui, d'une pâleur livide, s'agrippait au chambranle de la porte. Puis elle fit demi-tour et s'élança vers le hall.

Avec un juron, il jaillit de son fauteuil et se rua à sa poursuite.

Il la rattrapa devant l'ascenseur, alors qu'elle appuyait frénétiquement sur les boutons.

— Calme-toi, voyons.

— C'est vrai ? demanda-t-elle sans le regarder.

— Je refuse d'avoir cette conversation dans le hall.

A la périphérie de sa vision, il nota le regard intéressé de Sandra, la réceptionniste. Et il se souvint de sa connivence avec Roth, la première fois qu'il était venu.

Amber se tourna vers lui, la mâchoire crispée.

— Dis-moi juste si c'est vrai.

— Viens dans mon bureau.

— Dis-moi la vérité ! Vas-tu vendre Coast Eagle ?

— C'est complexe. Il faut que nous parlions, mais pas ici.

Elle le considéra avec mépris.

— Je veux te parler en privé, insista-t-il.

Elle ne répondit pas.

— Amber…

— Très bien.

Il lui fit signe de passer devant lui.

Arrivé à la hauteur du bureau de Sandra, il s'arrêta et foudroya la jeune femme du regard.

— Si vous vous avisez encore une fois d'espionner mes appels téléphoniques, ce sera la porte !

Puis il rejoignit Amber dans son bureau.

Elle était debout à la fenêtre, regardant la ville baignée du soleil de l'après-midi.

— Je voulais t'en parler ce soir, affirma-t-il.

Elle se retourna.

— Je n'arrive pas à croire que j'aie pu être assez idiote pour tomber dans le panneau !

Il s'approcha d'elle.

— Je n'ai rien prémédité. Je n'ai décidé que ce matin que vendre était sans doute la meilleure solution pour tout le monde.

— Tu veux dire pour toi.

— Non, pas pour moi. Enfin, si… Parce que je ne vois pas comment je pourrais m'en sortir. Il est humainement impossible de diriger deux compagnies aériennes à la fois. J'aurais voulu en être capable, crois-moi. J'ai retourné la question dans tous les sens.

— Depuis deux jours ?

— Depuis plus longtemps que ça.

— Comment ? Tu envisageais de vendre avant même que le jugement soit rendu ?

— Je ne projetais pas de vendre. J'envisageais la possibilité d'y être *contraint*.

— Et pourquoi y serais-tu *contraint*, tu peux m'expliquer ?

La froideur du regard d'Amber lui fit l'effet d'un coup de poignard.

— J'ai un plan.

— Oh ! je n'en doute pas ! Et depuis le début. Tu n'as donc pas de conscience ?

— Un plan pour nous, rectifia-t-il. Je veux que tu puisses venir en Alaska aussi souvent que tu le souhaiteras.

Elle agrippa le rebord de la fenêtre.

— En Alaska ?

— Pour voir Zachary. Et me voir moi aussi, bien sûr.

Du moins, il espérait qu'elle en aurait envie. Il le fallait. Sans elle, la vie n'aurait plus aucun sens.

Elle eut un rire cynique.

— La dernière fois que tu m'as invitée en Alaska, tu as reconnu que c'était de la manipulation !

Se rappeler cet échange lui prit quelques instants.

— C'était il y a longtemps.

— La vérité reste la vérité, Cole. Comme je te l'ai dit alors, tu n'as pas besoin de t'inquiéter. Je n'irai pas t'importuner chez toi.

— Vas-tu m'écouter, à la fin ?

— C'est inutile.

— Pour Zachary, veux-tu m'écouter ?

— Vas-tu me le prendre ?

— Je l'emmène en Alaska, oui, mais…

— C'est tout ce que je voulais savoir.

Il avait encore beaucoup à dire, mais à quoi bon ? Peut-être d'ici à quelques jours. A moins qu'il ne soit préférable de laisser se décanter la situation.

Pour l'heure, Zachary devait être sa priorité. Et la première étape des négociations avec Cambridge requerraient toute son attention. Il fallait aussi qu'il retourne s'occuper d'Aviation 58. Il ne pourrait différer très longtemps son départ.

Attendre pour aplanir les choses avec Amber lui fendait le cœur, mais cela valait peut-être mieux ainsi. Dans l'immédiat, elle ne l'écouterait pas.

— Je m'efforce de ne pas te faire de mal, Amber.

Elle se dirigea vers la porte.

— C'est gentil à toi d'y penser enfin, répliqua-t-elle d'une voix sans timbre.

Jamais elle ne pardonnerait à Cole Henderson, ni, probablement, à elle-même. Il était reparti avec Zachary depuis presque une semaine, et elle ressassait chaque minute de ce dernier mois dans sa tête, essayant de comprendre où elle s'était fourvoyée et comment elle avait pu se tromper à ce point sur cet homme.

— J'aurais dû me rendre compte…

— Te rendre compte de quoi ? demanda Destiny.

Elles étaient toutes deux attablées au Bachara, le vendredi soir, et elle n'avait aucune envie de regagner son appartement désert.

— J'aurais dû comprendre qu'avec autant d'argent en jeu, aucun homme ne ferait preuve de sentiment.

Destiny jouait avec son verre de Martini. Après quelques secondes, elle ouvrit la bouche, puis se ravisa.

— Qu'allais-tu dire ? demanda Amber.

— Ne m'en veux pas, mais…

— Comment ? Tu vas le défendre ?

— Non. Mais ne crois-tu pas que tu aurais dû écouter ce qu'il avait à te dire, avant de le juger ?

— Certainement pas !

— Pourquoi ?

— Parce qu'il n'aurait fait qu'ajouter des mensonges à une longue série.

— A vrai dire, tu ne peux pas être sûre qu'il te mentait.

— Et tu prétends ne pas le défendre ! s'exclama-t-elle, sa voix montant d'un cran.

— Je ne le défends pas.

— Ce type sort de sa manche une offre d'achat mirifique moins de quarante-huit heures après avoir gagné son procès ! Tu ne crois pas que ce genre de transaction demande un minimum d'anticipation ?

Destiny ne répondit pas.

— Je déteste le reconnaître, reprit Amber, mais Roth avait raison quand il disait que c'était louche.

— Ça ne t'ennuie pas de passer dans le camp de Roth ?

Bien sûr que ça l'ennuyait. Mais enfin, après un passage éclair de trois semaines en ville, Cole était reparti avec son neveu et allait empocher plusieurs milliards de dollars.

— J'ai fait une énorme erreur de jugement, murmura-t-elle. Et si je ne revois jamais Zachary ?

— Ne dramatise pas.

— Il est en Alaska !

— Tu peux aller le voir, si tu veux.

Elle secoua la tête.

— Jamais de la vie !

Destiny la regarda fixement.

— Il faut que tu y ailles. Peut-être pas demain, ni la semaine prochaine. Mais tu dois aller voir Zachary.

— J'ai trop honte de m'être laissé embobiner.

— Ecoute, Amber, je te connais depuis cinq ans. Je sais que tu ne permettras pas à une blessure d'amour-propre de se mettre entre Zachary et toi.

— Tu parles comme si tu avais confiance en moi.

— J'ai confiance en toi.

Elle termina son Martini, s'efforçant de retrouver un peu d'estime d'elle-même.

— Il m'en faut un autre, déclara-t-elle en reposant son verre.

Destiny fit signe au serveur.

— Luca m'a envoyé des textos toute la journée.

— Je suis désolée que ça ait mal tourné avec lui.

— Ça n'a pas mal tourné, rétorqua Destiny, non sans une certaine sécheresse de ton.

— Enfin, je ne voulais pas dire…

— C'était trop court, mais vraiment bien. Il me manque.

— Cole ne me manque pas.

— Menteuse ! Tu es peut-être en colère contre lui, mais il te manque forcément.

— Je…

— Ecoute, la coupa Destiny, inutile de se faire des confidences si c'est pour se mentir.

— Un homme qui n'existe pas ne peut pas me manquer !

Destiny posa un coude sur la table et appuya le menton sur sa main.

— Dis-moi une chose, Amber. Si le type que tu as rencontré était bien réel, serais-tu amoureuse de lui ?

— Question nulle et non avenue.

— Je t'ai observée au tribunal. J'ai vu comment tu le

regardais, et comment il te regardait. A ce moment-là, tu ne faisais qu'un avec lui.

Amber se rappela les sentiments qui l'agitaient alors. Fierté et respect pour la force et l'honnêteté de Cole, joie de savoir Roth vaincu et Zachary à l'abri, soulagement de se sentir déchargée du fardeau de son éducation. Et puis, il y avait eu la façon dont il s'était tourné vers elle, le jugement rendu, une intense émotion dans le regard, et sa propre certitude que personne d'autre au monde ne comptait pour lui que Zachary et elle.

— Amber ?

Allons, à quoi bon se cacher de Destiny ?

— Oui, reconnut-elle. Si l'homme du tribunal existait, je l'aimerais de tout mon cœur.

Sur ces entrefaites, le portable de Destiny sonna. Après avoir consulté l'écran, elle le porta à son oreille.

— Destiny Frost.

Elle écouta un petit moment tout en fronçant les sourcils.

Egoïstement, Amber espéra qu'on ne la prive pas de la présence de son amie ce soir.

— Quel genre de papiers ? demanda Destiny, lui jetant un regard perplexe. C'est urgent ? J'ai bu deux Martinis.

La déception s'empara d'Amber. La soirée s'annonçait mal.

— Nous sommes au Bachara.

« Nous » ? Mais il n'y avait aucun confrère du cabinet de Destiny dans la salle.

— Bien sûr. Nous vous attendons.

Comme Destiny reposait son portable, Amber se leva et rassembla ses affaires.

— Qu'est-ce que tu fabriques ?

— Je te laisse le champ libre.

— A vrai dire, tu es concernée.

Elle se rassit.

— Je suis virée, c'est ça ?

— Mais non. Quelle idée !

— Roth est toujours vice-président.

— Et Cole, propriétaire.

— Seulement jusqu'à la vente.

— Ne deviens pas parano. Tu fais du bon travail, et les acheteurs s'en rendront compte. Et puis, ça n'a rien à voir avec ton poste.

— Avec quoi, alors ?

— C'était Me Fredrick Galloway, de Galloway, Turner and Hopple.

— Jamais entendu parler.

— L'avocat de Cole à Atlanta.

L'appréhension lui serra le cœur.

— Il était plutôt circonspect. Galloway est un brillantissime avocat.

— Cole peut se le permettre à présent, dit-elle en buvant une gorgée de Martini.

— Il a des papiers pour toi.

— Je vois mal ce que cet individu pourrait encore avoir à faire avec moi…

Soudain, les larmes lui montèrent aux yeux.

Destiny lui prit la main.

— Tout va bien se passer.

— Mais pourquoi a-t-il fallu que je tombe amoureuse de lui ? s'écria-t-elle, au désespoir.

— Si seulement je pouvais…

— Mademoiselle Frost ?

Amber leva les yeux. Un homme distingué d'une soixantaine d'années se tenait devant leur table. Destiny se leva, très professionnelle.

— Maître Galloway. Ravie de vous rencontrer !

— Je vous prie de m'excuser d'interrompre votre soirée.

— Voici ma cliente, Amber Welsley.

— Mademoiselle Welsley, dit-il en inclinant la tête.

Il regarda autour de lui.

— J'ai demandé à la réception que l'on nous procure une salle de réunion. Voulez-vous me suivre ?

— Naturellement, acquiesça Destiny.

Ils prirent l'ascenseur et gagnèrent le quatrième étage.

Un plateau avec cafetière et tasses les attendait dans la salle mise à leur disposition.

Fredrick Galloway prit place à l'extrémité de la longue table, Destiny et elle s'installèrent en face l'une de l'autre.

— Ainsi que je vous l'ai dit au téléphone, commença-t-il, je vous confierai les documents afin que vous puissiez les étudier ce week-end. L'idéal étant que nous reprenions contact lundi.

— Ce sera fait, assura Destiny.

Amber jeta un regard de biais à son amie. Celle-ci paraissait très impressionnée par la stature de son confrère.

— Pour faire court, continua Galloway, Cole Henderson crée un fonds en fidéicommis au nom de Zachary.

— Quelle magnanimité ! ne put-elle s'empêcher de s'exclamer.

Galloway lui jeta un regard surpris, tandis que Destiny lui décochait un coup de pied sous la table.

— Eh bien, quoi ? reprit-elle. Il compte soustraire quelques milliards à l'héritage de Zachary puis fait un geste pour payer ses études ? C'est à mourir de rire !

Elle ne comprenait pas bien en quoi cette histoire la concernait. A moins qu'il ne s'agisse d'un nouveau tour de Cole, qui tenait à lui faire savoir qu'il s'occupait de l'avenir de Zachary, afin d'éviter qu'elle ne vienne un jour lui chercher des noises.

L'avocat s'éclaircit la voix.

— Mon client a nommé Mlle Welsley administratrice des biens de Zachary Henderson. Elle aura tout pouvoir de décision concernant cet argent jusqu'à la majorité de l'enfant.

Elle eut un haussement d'épaules désinvolte.

— Naturellement. Je m'assurerai qu'il fasse de bonnes études.

Elle eut l'étrange impression que Fredrick Galloway réprimait un sourire. Il fit glisser la liasse de papiers vers Destiny.

— Le fonds prévoit également un salaire pour Mlle Welsley.

— Je ne veux pas d'argent ! s'écria-t-elle. Ce n'est pas

parce que certaines personnes sont assez dépourvues de scrupule pour…

— Amber ! l'interrompit Destiny.

— … se servir d'un bébé qui n'a rien demandé à personne en vue de…

— Amber !

Elle considéra son amie, furieuse.

— Eh bien, quoi, « Amber » ?

— Il s'agit de l'argent de la future vente de Coast Eagle.

Elle ne voyait pas où Destiny voulait en venir. Celle-ci se mit alors à lui parler doucement, articulant chaque mot comme si elle s'adressait à un enfant.

— La totalité du produit de la vente de Coast Eagle sera versée sur ce fonds.

Elle fronça les sourcils, tentant de donner un sens à ces paroles.

— Je ne comprends pas.

— Cole te charge d'administrer la fortune de Zachary jusqu'à sa majorité, et il suggère que je sois désignée comme conseiller juridique. Mais c'est laissé à ton libre choix.

Destiny quêta du regard l'approbation de l'avocat, qui hocha la tête.

Amber repoussa ses cheveux de son front.

— Je dois être un peu fatiguée, car j'ai cru comprendre un instant que Cole me confiait la gestion de *tout* l'argent.

Un petit sourire joua sur les lèvres de Destiny.

— C'est bien ça.

— Il est également spécifié que vous disposez de vols illimités pour l'Alaska, ajouta Galloway, pointant du doigt un alinéa. M. Henderson a beaucoup insisté sur ce point.

Et soudain, elle se souvint. C'était le jour où ils s'étaient disputés dans le bureau de Cole. « J'ai un plan, avait-il dit. Un plan pour nous. Je veux que tu puisses venir en Alaska aussi souvent que tu le souhaiteras. »

Elle porta une main à sa bouche.

— Oh ! non !

— C'est merveilleux, dit Destiny. Je suis…

A court de mots, elle regarda Fredrick Galloway.

— Les instructions de M. Henderson sont très précises, reprit ce dernier. Et notre cabinet est très honoré de travailler avec vous.

— En fait, ce n'était pas un escroc, dit-elle à Destiny dès qu'elles se retrouvèrent seules.

Non, Cole n'était pas un escroc, et elle avait commis une terrible erreur de jugement.

Il savait désormais où il s'était fourvoyé. Depuis le début, il aurait dû inclure Amber dans la prise de décisions au sujet de Zachary.

A présent, elle avait appris la création du fonds. Il avait espéré qu'elle comprendrait alors sa démarche et apprécierait sa solution, mais on était lundi matin, et il n'avait aucune nouvelle.

C'était la veille au soir qu'il avait enfin compris. Puisqu'il l'aimait — car il l'aimait, il le savait à présent — les décisions les concernant auraient dû être prises ensemble.

Une bien belle révélation, qui n'aurait des conséquences que s'il réussissait à se faire pardonner.

Il gara son 4x4 sur le parking de l'aéroport et se tourna vers Zachary, installé dans son siège à l'arrière.

— Un petit voyage en avion, ça te dirait ?

— Gak, répondit Zachary.

— Je prends ça pour un oui, camarade, dit-il en souriant.

Il sortit Zachary du siège-bébé, l'installa sur sa hanche et prit son sac de voyage dans le coffre. Il avait réservé des places sur un vol en partance pour Atlanta, via Seattle.

Il traversait le hall en direction de la file d'enregistrement quand une voix bien connue l'interpella.

Il s'immobilisa, n'en croyant pas ses oreilles.

Mais quand il se retourna, il la découvrit, en chair et en os. Elle souriait, et ses beaux yeux bleus brillaient.

Son cœur fit un bond dans sa poitrine.

— Amber…

Il la rejoignit en deux enjambées et laissa tomber son sac à terre.

— Je venais te rendre visite, dit-elle.

En l'apercevant, Zachary lui tendit les bras. Elle le prit et le serra contre elle.

— Je partais pour aller te voir, dit-il. J'ai tout gâché, Amber. Je te prie de m'excuser.

Zachary tapota la joue d'Amber, qui se mit à rire.

— C'est moi qui te prie de m'excuser. Je n'aurais jamais dû douter de toi.

— Je t'ai donné assez de raisons pour ça. J'espérais que tu comprendrais tout de même en apprenant l'existence du fonds.

— J'ai compris. C'est pourquoi je suis ici.

Elle eut un nouveau petit rire.

— Et puis, mes déplacements sont inclus avec mon salaire, n'est-ce pas ?

— Je me suis trompé, Amber.

Devant l'expression alarmée de la jeune femme, il se hâta d'ajouter :

— Je me suis trompé en envisageant de vendre Coast Eagle. Je n'avais pas à prendre cette décision tout seul.

Elle parut surprise.

— Mais tu disais que tu ne pouvais diriger les deux compagnies de front.

— Et c'était vrai. Mais je n'avais pas exploré toutes les possibilités. C'est fait, à présent. Et il y en a une autre. Mais je ne prendrai pas de décision sans toi.

Conscient d'asséner beaucoup de nouvelles d'un coup, il les prit dans ses bras, Zachary et elle, et les étreignit tous les deux.

— Je t'aime, murmura-t-il. Et j'ai besoin de toi. Zachary aussi a besoin de toi. Il faut que tu m'épouses, que tu deviennes sa mère, parce que c'est le seul moyen pour que nous soyons heureux.

Il parlait trop, encore une fois, mais il ne pouvait pas s'arrêter.

— Toi et moi, nous devrons faire des compromis, mais

pas Zachary. Lui, il aura tout, Amber, mais seulement si tu m'épouses. Je suis désolé, ça fait beaucoup d'un coup, mais maintenant que j'ouvre les vannes…

— Je t'aime, Cole, et oui, je t'épouserai. Et bien sûr, je serai la mère de Zachary !

Il lui donna un baiser ardent, que Zachary interrompit en s'agitant entre eux.

— Gak !

Ils rirent en s'écartant pour lui laisser un peu d'espace.

— Je peux encore te dire quelque chose ? demanda-t-il.

— S'il s'agit d'amour et de mariage, je pense bien !

— Nous pourrions fusionner les compagnies.

Elle le dévisagea, interdite.

— Mais seulement si tu es d'accord ! C'est une décision à prendre ensemble. Sache juste que Luca et moi en avons longuement discuté hier. Il est partant pour que nous fusionnions les compagnies et les dirigions ensemble.

— Coast Eagle s'étendrait en Alaska ?

— Non. Aviation 58 s'étendrait à Atlanta. Le siège resterait ici, mais nous pourrions vivre aux deux endroits.

— Quelle excellente idée !

— Et puis…

— Ah ! vous voilà ! s'exclama Destiny, apparue comme par magie à quelques mètres. Mais comment as-tu su, Cole, que nous arrivions par ce vol ?

— Je l'ignorais. J'allais prendre l'avion pour Atlanta.

Avec un sourire, Destiny se tourna vers Amber.

— Je te l'avais bien dit !

— C'est vrai.

Puis Destiny salua Zachary.

— Comment ça va, bonhomme ?

— Luca sait-il que tu es là ? demanda-t-il.

— Je viens de l'appeler.

Cole consulta sa montre.

— Dans ce cas, il sera là dans deux minutes.

— Alors, comment allez-vous, tous les deux ? demanda Destiny en jouant avec la petite main de Zachary.

— Cole ne vend plus Coast Eagle ! s'exclama Amber.

Destiny considéra Amber d'un air inquiet.

— Tu vas te retrouver au chômage ?

— Elle vient d'accepter de m'épouser, dit Cole.

— Eh bien, vous n'avez pas perdu de temps ! s'exclama Destiny.

A ce moment, Luca les rejoignit, tout essoufflé. En riant, il souleva Destiny dans les airs et l'embrassa en la faisant tourbillonner.

— J'espère que tu n'as pas prévu de rentrer de sitôt à Atlanta !

Cole attira Amber contre lui.

— Toi, tu ne repartiras jamais !

— C'est promis !

— Je t'aime tellement…

Zachary tendit les bras vers lui. Il le prit et l'installa sur sa hanche, puis, passant un bras autour des épaules d'Amber, il se rendit compte dans un déferlement de bonheur qu'il avait une famille.

— Une dernière chose que je voulais te demander…, chuchota-t-il.

— Oui ?

— Zachary serait peut-être heureux d'avoir des frères et sœurs…

— Oh ! Cole, avec joie ! Si tu y es prêt…

Il y était plus que prêt.

KATHIE DeNOSKY

Une révélation inattendue

Traduction française de
FLORENCE MOREAU

PASSIONS

HARLEQUIN

Titre original :
IT HAPPENED ONE NIGHT

Ce roman a déjà été publié en 2014.

Prologue

En entrant dans l'appartement de sa petite amie, Josh Gordon nourrissait deux désirs bien précis : faire l'amour à Lori et dormir tout son soûl. Il avait passé une journée épuisante à établir des devis pour Gordon Construction et une soirée plus longue encore à dîner avec un client potentiel afin de le convaincre de confier la construction de ses nouveaux locaux à la société qu'il gérait avec Sam, son frère jumeau, plutôt qu'à leur concurrent.

Il n'en était pas particulièrement fier, mais ils avaient vidé plusieurs bouteilles quand l'homme avait finalement donné son accord. Le vin ayant altéré ses perceptions d'ordinaire bien acérées, il avait renoncé à prendre le volant pour regagner son ranch à l'extérieur de la ville, et avait décidé de passer la nuit chez Lori : elle habitait en effet à deux rues du restaurant, et il disposait de son double de clés, qu'elle lui avait remis quelques semaines plus tôt. Par ailleurs, il ne l'avait pas vue depuis plusieurs jours, et ses charmes lui manquaient.

Leur relation tenait plus de la liaison physique que de l'attachement affectif, ce qui ne le tracassait guère, car ni Lori ni lui ne souhaitaient réellement s'engager. Et quel mal y avait-il, entre adultes consentants, à passer du temps ensemble, aussi longtemps que l'attirance perdurait ?

Il traversa le salon plongé dans l'obscurité pour gagner la chambre, s'abstenant d'allumer la lumière en raison de l'affreuse migraine qui l'avait insidieusement gagné au cours de la soirée, au fur et à mesure de ses excès.

Desserrant sa cravate, il retira sa veste, puis ouvrit la porte de la chambre. Il ôta rapidement le reste de ses vêtements avant de se glisser près de la forme féminine qu'il distinguait sous les couvertures. Sans hésitation, il la prit dans ses bras et l'embrassa sur les lèvres pour qu'elle se réveille.

Il eut l'impression de l'entendre murmurer quelque chose, mais, bien vite, elle l'embrassa à son tour, et il ne chercha pas à éclaircir ses propos. Inutile de prendre son temps en palabres ! Lori n'avait jamais été aussi douce, et l'odeur de son nouveau savon stimula son désir de se fondre en elle.

Lorsqu'elle enfouit ses mains dans ses cheveux sans cesser de l'embrasser avec fougue, le désir enflamma tout son corps. Manifestement, ils étaient animés des mêmes intentions. Sans l'ombre d'une hésitation, il releva sa chemise de nuit. La bouche toujours collée à la sienne, il retira rapidement le bout de soie qui couvrait l'objet de sa convoitise.

Il eut la sensation que son cœur allait bondir hors de sa poitrine lorsqu'il s'allongea sur son corps et qu'elle le guida en elle. Tout comme lui, elle semblait désirer très fort qu'ils ne fassent plus qu'un. Alors, cédant à leur envie commune, il la pénétra…

Quand elle se referma sur lui, il éprouva une sensation bien plus intense que d'ordinaire. Et la manière dont elle s'accrochait à lui était plus ardente. Mais la passion était si forte qu'elle brouillait tout, sans compter le vin qui ajoutait à sa confusion.

Il allait et venait en elle tandis qu'elle se cambrait sous lui. Au comble de l'excitation, il accéléra le rythme pour qu'ils jouissent tous les deux en même temps. Lorsqu'il atteignit l'orgasme, elle laissa échapper un petit cri qui lui indiqua qu'elle avait ressenti un plaisir aussi intense que le sien.

Vidé, il se laissa retomber sur elle.

— Oh ! Mark, c'était vraiment incroyable !

Josh se figea.

Avait-il bien entendu ? La femme à qui il venait de faire l'amour l'avait appelé Mark ? Et comme si cela ne suffisait pas pour lui glacer le sang, il était indéniable que cette voix n'était pas celle de Lori.

Nom d'un chien, qu'avait-il fait ? Et où pouvait bien être Lori ? Et surtout, qui était la femme avec qui il venait de coucher ?

Il bondit sur ses pieds et chercha à tâtons ses vêtements épars.

— Je… Bon sang ! Je suis vraiment désolé… Je pensais… que tu étais Lori.

Un silence s'ensuivit, puis l'inconnue poussa un cri et jaillit à son tour des draps, de l'autre côté du lit.

— Oh ! mon Dieu ! C'est impossible… Nous n'avons pas… Tu dois être…

— Josh, termina-t-il pour elle.

Elle paraissait avoir du mal à rassembler ses pensées.

Il lui tourna le dos tandis qu'il remettait son pantalon et sa chemise : non qu'elle ait pu le voir, étant donné l'obscurité qui régnait dans la pièce, mais c'était, pensa-t-il, l'attitude la plus correcte à adopter.

— Je suis réellement désolé, répéta-t-il.

Evidemment, les excuses n'étaient pas tout à fait adaptées aux circonstances, mais qu'aurait-il bien pu dire ou faire pour rendre la situation moins humiliante, pour lui comme pour elle ?

— Je te garantis que je pensais dur comme fer que tu étais Lori.

— Je suis… sa sœur, lui répondit-elle, semblant avoir enfin recouvré la capacité de faire une phrase complète.

Mais oui, Lori avait une sœur, il s'en souvenait à présent ! Seulement, étant donné la nature de leur relation, ils n'avaient jamais passé beaucoup de temps à se donner des détails sur leur vie respective. Lori avait-elle jamais mentionné le nom de sa sœur ? Il ne s'en souvenait plus…

— Je donnerais n'importe quoi pour que cela n'ait…

— Je t'en prie, restons-en là ! coupa-t-elle. S'il te plaît, va-t'en… Josh.

Il hésita, mais que pouvait-il faire d'autre ? Il se dirigea vers la porte et sortit de l'appartement. A peine fut-il à l'extérieur qu'il l'entendit fermer le verrou et accrocher la chaîne de sûreté.

Et soudain, une pensée lui traversa l'esprit : il avait été trop ivre et elle trop endormie pour que l'un ou l'autre ait pensé à utiliser un préservatif ! Son cœur se mit à cogner comme un forcené dans sa poitrine. C'était vraiment inimaginable : cela ne lui était encore *jamais* arrivé !

Complètement dégrisé à présent, il regagna d'un pas rapide sa Mercedes qui était toujours garée sur le parking du restaurant. Il allait rentrer chez lui et, quand il se réveillerait, il découvrirait que l'incident n'avait pas eu lieu. Hélas ! Lorsqu'il monta dans sa voiture, il comprit que cc ne serait pas le cas. Rien ne pourrait effacer l'impensable : *il avait fait l'amour avec la sœur de sa petite amie*.

Avec la femme la plus excitante, la plus passionnée qu'il ait jamais rencontrée…

Et dire qu'il n'avait pas la moindre idée de son apparence, tout comme il ignorait son prénom.

- 1 -

Trois ans plus tard

Kiley Roberts, qui attendait dans le hall du Texas Cattleman's Club, devant la salle de réunion, poussa un lourd soupir. Franchement, n'avait-elle pas eu assez de problèmes avec les actes de vandalisme dont avait été la cible, quelques mois auparavant, la nouvelle garderie du TCC ? Voilà qu'elle devait à présent affronter le comité des fonds de dotation pour leur demander d'augmenter le budget alloué, afin que la gestion de la structure reste possible. Et malheureusement, rien ne laissait présager une issue favorable à sa requête : plusieurs membres du comité avaient en effet déjà exprimé de façon très virulente leur opposition à la création d'une garderie pour les membres du TCC, au rang desquels il convenait de compter le président du comité, Josh Gordon.

Ils n'avaient jamais été présentés de façon officielle, et elle ignorait s'il savait qui elle était. Elle, en revanche, le connaissait, et la simple pensée d'avoir avoir affaire à lui lui donnait envie de repartir, tant elle était embarrassée.

Chaque détail de ce qui s'était passé cette fameuse nuit, trois ans auparavant, était revenu la hanter depuis qu'elle avait découvert que Josh était membre du TCC. Mais quand elle avait appris qu'il était le président du comité des fonds de dotation, un comité qui contrôlait l'argent finançant la garderie, elle avait eu la sensation de recevoir un coup de poing en plein ventre. En tant que directrice de la structure dédiée à la petite enfance, elle ne pourrait pas l'éviter.

Elle inspira profondément. Pourquoi fallait-il que le destin soit si cruel ?

Si elle n'avait pas été à moitié endormie et n'avait pas eu tellement envie de croire que Mark, son petit ami de l'époque et son ex-mari aujourd'hui, l'avait suivie jusqu'à l'appartement de sa sœur pour s'excuser à propos de la dispute qu'ils venaient d'avoir, rien de tout cela ne serait arrivé. Elle se serait tout de suite rendu compte que Josh n'était pas Mark, et elle l'aurait stoppé avant que les choses n'aillent trop loin…

Elle secoua la tête en repensant à sa propre folie. Elle aurait dû se douter, quand Josh l'avait embrassée avec une telle fougue, que l'homme dans le lit n'était pas Mark, puisque celui-ci n'était passionné que par lui-même.

Soupirant de nouveau, elle redressa les épaules.

Elle ne pouvait plus rien y changer, aujourd'hui. Dès lors, pourquoi se torturer à propos d'un événement sur lequel elle n'avait plus prise ? Si seulement Josh Gordon ne présidait pas le comité ! Outre l'incident humiliant qui s'était produit entre eux, il avait brisé le cœur de sa sœur en rompant de manière brutale, un mois après cette nuit fatale. Et puis, elle ne lui faisait tout simplement pas confiance.

La porte de la salle de réunion s'ouvrit brusquement, interrompant le cours de ses pensées, et l'un des membres du comité s'avança vers elle.

— Madame Roberts, lui dit-il, le comité est prêt à vous entendre.

Hochant la tête, elle inspira profondément et prit sur elle pour ne pas s'enfuir en courant.

— Merci, répondit-elle.

Elle se dirigea vers la grande table où Josh était assis en compagnie de trois hommes et une femme.

Elle s'efforça de se concentrer sur ces derniers, et de ne surtout pas regarder Josh. Elle reconnut alors Beau Hacket et Paul Windsor. Génial ! pensa-t-elle avec dérision. C'étaient précisément les meneurs officieux de ceux qui, depuis le début, étaient contre la création de la garderie. C'était bien sa chance qu'ils fassent partie du comité ! Son seul espoir reposait sur l'unique femme de l'assemblée et, éventuellement, sur l'homme assis à côté d'elle.

— Bonjour, dit-elle, en se faisant violence pour adresser un sourire enjoué aux membres du comité.

— Que pouvons-nous faire pour vous aujourd'hui, madame… Roberts ? demanda Josh en regardant ses notes sur la table comme s'il y vérifiait son nom.

Quand leurs regards se croisèrent, la tension qui l'habitait diminua quelque peu. Comme elle avait été embauchée par le directeur du personnel du TCC, elle avait réussi à éviter tout tête-à-tête avec Josh depuis le peu de temps qu'elle travaillait au Texas Cattleman's Club. En cet instant, elle se rendait compte que son appréhension était sans doute infondée. De toute évidence, Lori n'avait jamais mentionné son prénom devant lui ; par ailleurs, comme sa sœur compartimentait sa vie, elle n'avait jamais croisé Josh à aucune occasion, sauf lors de cette nuit fatale. Aussi, à moins que ce dernier ne soit un grand acteur digne de remporter un oscar, il n'avait aucune idée de qui elle était.

Elle sentit sa confiance revenir d'un coup.

— En tant que directrice de la garderie, je suis venue demander au comité des fonds supplémentaires, déclara-t-elle d'une voix dont l'assurance la surprit elle-même.

— Pour quoi faire ? demanda aussitôt Beau Hacket sans ambages. Nous avons déjà consacré une part de budget bien plus élevée que nécessaire pour garder une poignée d'enfants en bas âge.

— Comment peux-tu dire une chose pareille, Beau ? s'indigna la femme d'âge moyen assise à côté de Josh.

Ce dernier adressa alors un regard désapprobateur à Hacket avant de poser de nouveau les yeux sur elle.

— Pour quelle raison avez-vous besoin d'une augmentation de budget, madame Roberts ? s'enquit-il.

— Les membres du TCC apprécient tellement notre initiative que le nombre d'enfants inscrits dépasse nos prévisions, répondit-elle, comprenant déjà, à l'expression hostile de Beau Hacket, qu'il ne voterait pas en sa faveur.

— Votre travail consiste à surveiller une dizaine d'enfants pendant quelques heures, reprit celui-ci. Je ne vois pas en quoi cela nécessite une allocation de fonds supplémentaires. Donnez-leur du papier et des crayons de couleur, et ils seront contents.

— Beau ! intervint Josh sur le ton de l'avertissement.

Mais Kiley ne fut pas dupe. Ce rappel à l'ordre relevait davantage du protocole qu'il ne signifiait un soutien de la part de Josh. Ce dernier n'avait-il pas lui aussi exprimé sa désapprobation concernant la création de la garderie, au même titre que Beau Hacket et Paul Windsor ? Si le Texas Cattleman's Club avait commencé à admettre des femmes dans ses rangs, il éprouvait en revanche des difficultés croissantes à s'adapter à leurs besoins, notamment à l'ouverture de lieux de garde.

Kiley décida qu'il était temps de remettre les pendules à l'heure.

— Je pense que certains d'entre vous se font une idée erronée de ce qu'est une garderie, déclara-t-elle en évitant le regard du président. Certes, nous procurons un environnement sécurisé aux membres pour qu'ils puissent y laisser leurs enfants pendant qu'ils consacrent leur journée au TCC, mais nous assurons bien davantage qu'un service de baby-sitting. Certains membres se reposent sur notre structure pour l'éducation liée à la petite enfance.

— Ma petite-fille est inscrite chez vous, et nous avons été étonnés des progrès qu'elle a réalisés en l'espace de peu de temps, déclara en souriant la femme assise à côté de Josh.

— Pourquoi les parents ne peuvent-ils pas apprendre eux-mêmes à leurs enfants comment on peint avec les doigts ? répliqua Beau d'un ton réprobateur en la fixant.

— J'ai un diplôme en pédagogie de la petite enfance, expliqua Kiley, sentant bien qu'elle ne le convaincrait pas de l'importance de la garderie. A chaque âge correspond un programme différent, structuré de façon à engager l'enfant dans un processus d'apprentissage adapté à son niveau.

Comme les membres du comité fronçaient les sourcils, un peu perplexes, elle s'empressa d'ajouter :

— De cette façon, les tout-petits apprennent à échanger et partager avec les autres enfants, ainsi qu'à nouer des amitiés et à acquérir les premières règles du vivre ensemble. Les enfants d'âge préscolaire apprennent quant à eux à reconnaître et à écrire les lettres de l'alphabet, ainsi que leur prénom. Outre leur enseigner aussi quelques notions de calcul, mon assistante et moi jouons à des jeux éducatifs avec eux afin de susciter leur intérêt pour la science et la nature.

Elle secoua la tête.

— La liste des activités est si longue… Je pourrais passer toute la journée à souligner l'importance de l'enseignement chez les petits et des bénéfices qu'ils en tirent.

La femme du comité acquiesça d'un mouvement de tête.

— C'est exact, dit-elle. Ma petite-fille a non seulement acquis des connaissances depuis qu'elle est inscrite chez vous, mais elle a aussi surmonté une bonne partie de sa timidité et est devenue plus extravertie.

Appréciant son soutien, Kiley lui sourit : elle avait au moins une avocate de son côté au sein du comité, et ce n'était pas négligeable.

De nouveau, Josh baissa la tête vers les documents devant lui.

— Vous ne demandez pas plus d'espace, seulement des fonds supplémentaires, c'est bien cela ? s'enquit-il.

— Tout à fait. Nous disposons d'un lieu assez spacieux pour les enfants déjà inscrits, et nous pouvons même en accueillir d'autres. Là n'est pas le problème.

Il ne semblait prêter qu'une oreille distraite à ses propos, et aurait sans doute souhaité abréger la réunion. Mais le protocole voulait que le comité écoute sa requête, en discute, puis vote.

— Tout ce que je requiers, ce sont des fonds supplémentaires pour les activités quotidiennes du centre.

— Dans la mesure où vous n'avez pas de services collectifs ni de loyer à payer, à quoi pourraient bien vous servir ces fonds ? demanda Paul Windsor, le doyen du comité, sourire charmant à l'appui.

A son âge, ce séducteur invétéré était encore très beau, pensa Kiley, mais elle ne fut pas dupe de son sourire : Paul Windsor était tout aussi opposé que Beau Hacket à la garderie.

— Certains enfants passent toute la journée avec nous, et non une demi-journée ou quelques heures, monsieur Windsor, répondit-elle, soulagée de ne pas avoir à s'adresser à Josh, même si elle n'appréciait guère Paul Windsor. Nous avons besoin d'argent supplémentaire afin d'acheter du matériel pour les activités que nous leur proposons, mais aussi pour la nourriture, qu'il s'agisse de déjeuner ou de goûter. Nous avons aussi besoin, occasionnellement, d'une autre personne pour s'occuper des enfants que nous déposent les mères qui veulent se rendre à un match de tennis ou à d'autres activités proposées par le TCC.

— Nous n'aurions pas ce problème si nous n'avions pas admis les femmes au TCC, marmonna Beau en se calant contre son dossier, sans la lâcher du regard.

— Pardon ? s'écria la femme du comité, prête à en découdre.

Beau secoua la tête et, l'air belliqueux, croisa les bras, tout en redressant son torse imposant.

— Je n'ai rien dit, Nadine.

Kiley ne fut pas du tout surprise par le commentaire de Beau et la réaction de la prénommée Nadine. Beau Hacket n'avait pas digéré le fait que les femmes puissent devenir membres du club prestigieux, mais ces dernières avaient tenu tête à ce réseau de « bons vieux garçons » et rapidement su imposer le respect qu'elles méritaient au sein du Texas Cattleman's Club.

— Voulez-vous ajouter autre chose ? demanda Josh sur un ton qui ne laissait pas de doute sur son intention de passer à l'étape suivante.

— Non, je pense que j'ai suffisamment exposé l'intérêt de la garderie et les raisons pour lesquelles nous avons besoin de fonds supplémentaires, dit-elle, sachant au fond d'elle-même que sa plaidoirie n'avait eu aucun effet sur les membres masculins du comité.

Il hocha la tête.

— Bien, je pense que nous avons toutes les informations nécessaires pour étudier votre requête. Je vous remercie pour le temps que vous nous avez accordé, madame Roberts, et pour les explications détaillées que vous nous avez fournies.

Levant la tête vers elle, il lui sourit. Face à ses beaux yeux clairs, son sourire engageant, elle eut la sensation que le sol s'ouvrait sous ses pieds… Un long frisson la parcourut et, en dépit de sa volonté, le souvenir brûlant de ce qui s'était passé entre eux, trois ans plus tôt, s'imposa à elle.

— Je passerai à la garderie cet après-midi pour vous indiquer les résultats du vote, poursuivit-il sans paraître remarquer les émotions qui la traversaient.

Elle hocha la tête, puis se dirigea vers la sortie, avec la sensation désagréable que son discours avait déplu aux membres du comité. Hélas, elle ne pouvait plus rien faire à présent, à part attendre leur décision ! Elle aurait aimé avoir un meilleur pressentiment quant à l'issue du vote, mais avec trois des plus grands opposants à l'établissement au sein du comité, il y avait peu de chance que les résultats lui soient favorables.

Cependant, même si elle redoutait la décision du comité, elle était plus effrayée encore à l'idée de revoir Josh… Un autre membre du comité ne pouvait-il donc pas se charger de lui annoncer les résultats du vote ? N'avait-elle pas suffisamment de soucis pour être encore préoccupée par le fait de le revoir ?

Poussant un soupir, elle repensa à sa situation. Elle devait déjà élever seule sa fille de deux ans et s'occuper de sa maison qui avait constamment besoin de réparations. Et voilà qu'elle était peut-être sur le point de perdre son emploi ! En effet, si le comité n'acceptait pas la hausse de budget demandée, la garderie devrait fermer en vertu d'une clause incluse dans le règlement qui stipulait qu'aucun enfant d'un membre ne pouvait être refusé. Or, en l'occurrence, elle n'était pas en mesure de prendre en charge de nouveaux arrivants.

En outre, quand bien même Josh ne savait pas qui elle était, elle n'avait nul besoin du stress lié au fait qu'il lui rappelait l'incident le plus embarrassant de toute sa vie.

Alors que Josh longeait le couloir qui menait à la garderie, il s'efforçait de comprendre pourquoi il avait la curieuse sensation de connaître Kiley Roberts. Ils ne s'étaient pas rencontrés avant la réunion, sans quoi, il se serait forcément souvenu d'elle… Il était quasiment impossible d'oublier une femme aussi séduisante qu'elle.

Curieux, pensa-t-il. Normalement, il était plutôt attiré par les brunes élancées qui dégageaient un parfum de mystère. Et pourtant, Kiley, avec sa taille moyenne et ses courbes toutes féminines, lui avait fait un effet bien particulier. Ses cheveux blond foncé coupés au carré et ses yeux couleur noisette lui prêtaient un air irrésistible, à la fois doux et sensuel, sans compter cette chaleur qui émanait d'elle et mettait tout de suite son interlocuteur en confiance.

Il fronça les sourcils. Où diable avait-il bien pu la rencontrer auparavant ? Peut-être au barbecue organisé par Beau Hacket, quelques mois plus tôt. A cette occasion, Hacket avait invité tous les membres du Texas Cattleman's Club, ainsi que la plupart des habitants de Royal. A moins qu'il ne l'ait croisée au restaurant ou au bar du TCC. Pourtant, aucune de ces explications ne le satisfaisait. Kiley lui avait laissé une impression persistante, comme un mot qu'il aurait eu sur le bout de la langue…

Il arrivait à proximité de l'ancienne salle de billard rénovée et reconvertie en garderie. Tout cela n'avait pas d'importance ! se dit-il en haussant les épaules. Une fois qu'il lui aurait annoncé qu'elle n'obtiendrait pas de fonds supplémentaires du club, il figurerait à coup sûr tout en haut de sa liste de gens infréquentables, et il n'aurait plus jamais affaire à elle.

Regardant à travers la porte vitrée, il se rendit compte que la pièce avait repris un aspect tout à fait accueillant, après le saccage qu'elle avait subi, deux mois auparavant. Les coupables n'avaient pas encore été retrouvés, tout comme on ignorait tout de leur motivation. Nul doute qu'ils finiraient par être démasqués et qu'ils seraient punis comme il se devait. La ville de Royal, au Texas, n'avait rien d'une mégapole, et beaucoup de ses habitants étaient membres du Texas Cattleman's Club. Quelqu'un ne manquerait pas de venir bientôt rapporter à la police qu'il avait vu ou entendu quelque chose, indice qui mènerait les autorités à une arrestation.

Cet endroit avait beau avoir suscité des polémiques parmi les membres du TCC, aucun d'entre eux n'approuvait le vandalisme. Fort de cette pensée, il ouvrit la porte de la garderie.

— Je suis tout de suite à vous, monsieur Gordon, lança Kiley, de l'autre bout de la pièce.

— Prenez votre temps, répondit-il en balayant les lieux du regard.

Des enfants étaient assis sur de minuscules chaises, à des tables tout aussi petites. Difficile de se rappeler que lui-même avait un jour utilisé des meubles de cette taille…

Tiens, c'était la benjamine de Russ et Winnie Bartlett ! se dit-il en reconnaissant l'enfant qui venait de se lever, une feuille griffonnée à la main, pour aller montrer son « œuvre » à Kiley. De fait, celle-ci la félicita comme si elle venait de dessiner *La Joconde*, et la petite fille arbora un sourire radieux et fier.

Force était de reconnaître qu'il ne s'était jamais vraiment intéressé aux enfants en bas âge. N'en ayant jamais côtoyé, il n'avait aucune idée de la façon de se comporter avec eux. Pourtant, un sourire lui vint aux lèvres quand il vit Kiley accrocher le dessin au tableau d'affichage. Il aurait été le dernier des crétins s'il ne s'était pas rendu compte qu'elle venait de faire un suprême cadeau à la petite fille.

— Carrie, est-ce que vous pouvez me remplacer quelques instants ? demanda-t-elle à une jeune femme qui devait être l'animatrice qu'elle avait embauchée peu de temps après l'ouverture de la garderie.

Celle-ci acquiesça, et Kiley s'avança vers lui. Elle lui désigna alors une porte sur le côté de la pièce.

— Allons dans mon bureau, proposa-t-elle. Sinon, je ne peux vous garantir que nous ne serons pas interrompus.

Il lui emboîta le pas, et ses yeux se posèrent malgré lui sur ses hanches dont le léger balancement le fascina immédiatement. Il ferait mieux de regarder ailleurs ! s'ordonna-t-il bien vite. Il se mit alors à fixer ses menues épaules et découvrit bientôt sa délicate nuque qui apparaissait entre son pull rouge et la naissance de ses cheveux, une nuque particulièrement attirante…

Son cœur se mit aussitôt à cogner violemment dans sa poitrine, et il sentit une chaleur se diffuser dans son corps et dans une certaine partie de son anatomie. Que lui arrivait-il ? Y avait-il déjà si longtemps qu'il avait rompu avec sa dernière petite amie pour qu'une femme lui inspire tout de suite des pensées érotiques ?

— Je vous en prie, asseyez-vous, monsieur Gordon, dit Kiley en se glissant derrière son modeste bureau pour prendre place sur une vieille chaise de bois.

Il reconnut les meubles qu'il avait toujours vus entreposés dans la remise du TCC depuis qu'il en était devenu membre, et qui l'étaient sans doute depuis des décennies. Si les circonstances avaient été différentes, il se serait senti coupable que le comité ait équipé son bureau avec le vieux mobilier dont il ne voulait plus, mais étant donné qu'aucun de ses membres, à l'exception de Nadine Capshaw, ne s'attendait à ce que la garderie reste ouverte après le printemps, il avait été décidé que ces vieilleries feraient l'affaire.

— Appelez-moi Josh, lui dit-il en prenant place sur la chaise métallique pliante, en face d'elle.

— J'imagine que vous êtes venu m'indiquer la décision du comité concernant la requête… Josh ? demanda-t-elle d'une voix qui donnait à penser qu'elle connaissait déjà l'issue du vote.

Etrange, songea-t-il en fronçant brusquement les sourcils.

Quelque chose dans la façon dont elle avait prononcé son prénom l'avait troublé. Il s'éclaircit la gorge.

— Avant que nous n'abordions la décision du comité, puis-je vous poser une question ? fit-il.

— Euh… Oui… Si vous voulez.

Son hésitation et son expression réservée trahissaient la méfiance qu'il lui inspirait, c'était évident.

— Est-ce que nous nous connaissons ? demanda-t-il à brûle-pourpoint.

A la façon dont ses yeux expressifs s'écarquillèrent, il comprit aussitôt que c'était bien le cas.

— Non, répondit-elle un peu trop vite pour être sincère.

— En êtes-vous sûre ? insista-t-il, bien résolu à percer le mystère de ce qu'elle savait et que lui ignorait.

— Eh bien… Nous… Euh… Nous ne nous connaissons pas de manière officielle, répondit-elle en fixant soudain les mains qu'elle tenait étroitement serrées sur son bureau.

Elle lui cachait quelque chose, c'était manifeste. Et il était déterminé à trouver quoi !

— Donc, nous nous sommes déjà rencontrés ?

— D'une certaine façon… J'imagine qu'on peut dire ça, oui.

Ses doigts étaient devenus tout blancs, tant elle les serrait, et quoi qu'elle lui dissimule, il semblait évident que c'était très stressant pour elle.

— C'était par accident, ajouta-t-elle.

Il sentit ses cheveux se dresser sur sa tête… Tout à coup, il n'était plus très sûr de vouloir à tout prix savoir ce qu'elle semblait tenir à lui taire.

— Et où cette rencontre aurait-elle eu lieu ? s'entendit-il pourtant demander, presque malgré lui.

Sans répondre, elle se leva pour aller fermer la porte de son bureau, puis, lentement, elle revint reprendre sa place initiale.

— Vous sortiez alors avec ma sœur, répondit-elle enfin d'un ton impassible, évitant son regard.

Il eut la sensation que des sueurs à la fois moites et froides serpentaient le long de son dos…

— Vraiment ? fit-il d'une voix étranglée.

Elle finit par relever la tête, et le choc de son regard lui donna l'impression qu'un nœud de la taille d'un poing venait de se former dans son estomac.

— Je suis la sœur de Lori Miller. Son unique sœur.

Josh ouvrit la bouche, puis la referma tout aussi vite. Pour la première fois de sa vie d'adulte, il était incapable d'articuler ses pensées pour répondre.

Il commençait à comprendre sa réaction inhabituelle envers elle. Dès le moment où elle était entrée dans la salle de réunion pour plaider sa cause auprès du comité, il avait dû lutter pour maîtriser sa libido. Maintenant, il en comprenait la raison : contrairement à son cerveau, son corps avait tout de suite saisi qui elle était ! L'alchimie qui s'était produite trois ans auparavant avait été indéniable, et tout portait à croire qu'elle était aussi puissante aujourd'hui… Et il y avait fort à parier en effet que la nervosité de Kiley était due à l'attirance magnétique qui existait entre eux, conjuguée à sa réticence à l'admettre.

A bien l'observer, il comprenait pourquoi le visage de Kiley lui paraissait familier. L'obscurité avait été trop profonde pour qu'il puisse deviner ses traits, cette nuit-là, mais à présent, la ressemblance avec sa sœur lui sautait aux yeux. Toutes deux avaient de magnifiques prunelles noisette et un teint aussi pur que l'albâtre. Cependant, la comparaison s'arrêtait là. Tandis que Lori était grande et avait les cheveux auburn, Kiley était plus petite, avec une chevelure blond foncé d'un aspect si soyeux qu'elle donnait envie d'y enfouir les mains…

Sentant soudain le désir affluer, il déglutit avec difficulté et s'efforça de penser à autre chose pour reprendre ses esprits.

— Tu ne portes pas le même nom de famille qu'elle, observa-t-il alors, passant sans même s'en rendre compte au tutoiement.

Elle redressa les épaules et prit une profonde inspiration.

— J'ai été brièvement mariée.

— Et tu ne l'es plus ? ne put-il s'empêcher de demander.

— Non.

Subitement, il sentit un nœud lui étreindre la gorge.

— Tu n'étais pas mariée quand…

— Non, pas encore.

— Tant mieux, marmonna-t-il, soulagé de ne pas avoir franchi cette ligne-là.

— Ecoute, je suis aussi contrariée que toi que nos chemins se rencontrent précisément pour cette histoire de fonds à allouer à la garderie, reprit-elle, tout en rosissant. Mais ce n'est ni le lieu ni le moment de parler de ce qui s'est passé cette nuit-là. Je crois que l'on ferait mieux d'oublier l'incident et de se concentrer sur ma requête.

Elle avait raison, bien sûr. Un endroit rempli d'enfants n'était pas du tout le lieu approprié pour parler de la nuit où il lui avait fait l'amour par erreur. Tout comme elle était tout à fait en droit de vouloir oublier cette nuit. Oui, cette conduite aurait été la plus sage, et pourtant, une part obscure de lui-même n'appréciait pas qu'elle veuille conjurer la nuit la plus excitante de sa vie. Il n'avait jamais couché avec une femme aussi passionnée et réceptive qu'elle, ni avant ni après.

— Tu as raison, finit-il par dire. Nous pourrons évoquer les souvenirs une autre fois.

Il comprit tout de suite que le fait qu'il mentionne une nouvelle rencontre n'était pas du tout ce qu'elle avait envie d'entendre.

Néanmoins, elle ne fit aucun commentaire, se contentant de croiser les bras sous sa poitrine, ce qui fit ressortir ses seins. Il sentit sa bouche s'assécher.

— Et maintenant, est-ce que tu veux bien m'informer de la décision du comité ?

— J'ai de bonnes et de mauvaises nouvelles, dit-il en s'efforçant de rassembler rapidement ses pensées.

A la façon dont elle se tenait et le regardait, il sentait bien qu'elle risquait de le mettre à la porte d'un moment à l'autre.

Etait-ce dû au sentiment de culpabilité qui ne le lâchait plus depuis l'incident ou à la méfiance qu'il lisait clairement dans ses yeux ? Il n'aurait su dire, mais toujours était-il qu'il éprouva le brusque besoin de lui prouver qu'elle s'était forgé une mauvaise opinion de sa personne.

— Je vais t'accorder une somme supplémentaire correspondant à un mois de budget, et tu auras un mois pour me convaincre que la garderie mérite de rester ouverte et de bénéficier d'une augmentation de budget pour proposer de nouvelles activités aux enfants de nos membres, déclara-t-il d'une traite.

Elle fronça les sourcils.

— Mais ce n'est pas ce que le comité a décidé, n'est-ce pas ?

— Non, pas exactement, répondit-il en toute honnêteté. Le comité a voté à trois voix contre une le refus de la somme requise. Mais maintenant que j'ai vu comment la garderie fonctionne, j'avoue que cela a suscité mon intérêt. Je viendrai désormais de temps en temps vérifier par moi-même que l'argent était nécessaire et qu'il a été utilisé à bon escient.

Elle paraissait des plus sceptiques.

— Et que se passera-t-il, au bout d'un mois ?

— Si j'estime que la somme supplémentaire était indispensable, alors à notre prochaine réunion, juste avant Noël, je recommanderai au comité d'ajouter à ton prochain budget annuel le montant que tu as demandé.

— Puisque le comité a déjà refusé ma requête, d'où viendront les fonds ? demanda-t-elle sur un ton de plus en plus soupçonneux.

— J'en fais mon affaire, coupa-t-il en se levant. Je vais m'occuper du versement promis cet après-midi, et dès demain, tu pourras t'en servir pour ce dont tu as besoin.

Et, sans lui laisser le temps de poser la moindre question supplémentaire, il sortit de la pièce pour se rendre directement au bureau principal du TCC afin de réaliser les opérations liées au versement de l'argent sur le compte de la garderie. En réalité, cette somme, il allait la prélever sur ses propres deniers, mais il estimait que cela en valait la peine. D'une part, il voulait lui montrer qu'il n'était pas le salaud pour qui elle le prenait, et d'autre part, c'était une manière pour lui de se racheter un peu pour ce qui s'était passé, trois ans plus tôt.

- 2 -

Kiley passa la journée du lendemain à sursauter chaque fois que la porte de la garderie s'ouvrait.

Fidèle à sa parole, Josh avait versé l'argent convenu sur le compte de l'établissement, et elle lui en savait gré. Toutefois, le fait qu'il ait annoncé des visites impromptues pour observer la façon dont elle travaillait et dont elle gérait les nouveaux fonds alloués lui avait mis les nerfs en pelote. Elle n'avait aucune envie de le revoir, ni d'être soumise à une surveillance étroite sous prétexte qu'on lui avait accordé de l'argent dont la garderie avait besoin ! En outre, chaque fois qu'elle croisait ses prunelles bleu vif, elle se rappelait le secret intime qu'ils partageaient ; en dépit de ses efforts, elle ne parvenait pas à l'oublier…

— Les enfants ont rangé leurs jouets, et j'ai terminé la lecture à voix haute que je leur faisais. Est-ce que vous voulez que je les emmène à l'aire de jeu avant que nous commencions les chants ? lui demanda Carrie Kramer.

Kiley était en train de poser des étoiles devant les noms des enfants qui s'étaient rappelé qu'ils devaient se laver les mains avant le goûter.

— Très bonne idée, dit-elle en adressant un sourire à la jeune assistante qu'elle avait embauchée après l'avoir rencontrée au Royal Diner. Cela leur permettra de se dépenser et, pendant ce temps, je préparerai les affaires pour le chant. Nous aurons ensuite un quart d'heure pour répéter avant l'arrivée des parents.

Une fois les enfants sortis, elle retourna dans son bureau pour prendre le matériel dont ils auraient besoin pour la répétition de la représentation de fin d'année. Comme elle en ressortait les bras chargés en se demandant si elle n'avait rien oublié, elle se retrouva subitement nez à nez… avec Josh.

— Oh ! c'est toi ! s'écria-t-elle.

Elle faillit laisser échapper l'énorme boîte de cloches qu'elle tenait. Celles-ci se mirent à tinter bruyamment.

Il posa la main sur les épaules de Kiley pour l'empêcher de tomber et fronça les sourcils.

— Je suis désolé de t'avoir fait peur. J'ai pourtant frappé.

La chaleur de ses doigts était si intense qu'elle la sentait à travers l'étoffe de son chemisier de soie rose. Elle s'écarta vivement de lui.

— Avec le bruit des cloches, je n'ai rien entendu, dit-elle.

— Donne-moi ce carton, je vais t'aider. Où sont les enfants ?

— Ils jouent dans la cour, sous la surveillance de mon assistante. Nous allons leur faire répéter les chants de Noël, répondit-elle en sortant le lecteur de CD.

Leurs bras se frôlèrent quand elle passa devant lui, et elle en ressentit un trouble qu'elle n'avait pas éprouvé depuis longtemps. Les battements de son cœur s'accélérèrent, et elle fit de son mieux pour les ignorer.

— Je voulais passer plus tôt, mais j'ai été retenu sur un de nos chantiers, dit-il en lui emboîtant le pas, tandis qu'elle se dirigeait vers le tapis coloré où les enfants se ressemblaient au moment des lectures. Je me demandais si la garderie serait encore ouverte. A quelle heure les enfants rentrent-ils chez eux ?

— Normalement, tous les parents sont venus les chercher à 17 h 30, répondit-elle en posant le lecteur de CD sur une petite table. Mais Gil Addison est parfois retenu par les affaires du TCC et n'arrive pas toujours à l'heure pour récupérer Cade.

Parent isolé, l'actuel président du Texas Cattleman's Club avait été le premier à inscrire son fils de quatre ans à la garderie. Contrairement aux membres du comité, Gil était extrêmement satisfait de l'ouverture de la garderie.

— Mais peu importe, poursuivit-elle, je ne ferme pas avant que chaque enfant n'ait été récupéré par ses parents ou une autre personne désignée par eux.

— Donc, tu ne fais pas 9 heures-17 heures ? fit-il en posant le carton sur le tapis.

— Pas vraiment, répondit-elle. Je suis ici tous les matins à 7 h 30, afin que le matériel pédagogique soit prêt à l'arrivée des enfants.

— Et à quelle heure arrivent-ils ?

— La plupart entre 8 heures et 8 h 30, et un ou deux un peu plus tôt, répondit-elle étonnée par sa curiosité au sujet des horaires. Pourquoi cette question ?

Il passa la main dans ses cheveux brun clair, coupés court.

— Je me rends compte que tes heures supplémentaires ne sont pas payées, alors que tes journées sont très chargées.

Elle ne put réprimer un sourire. Avoir sa fille à ses côtés pendant qu'elle travaillait compensait toutes les heures supplémentaires non rémunérées.

— Cela m'est égal. J'exerce le travail dont j'ai toujours rêvé, et c'est tout ce qui m'importe.

— Si tu es comblée, alors tout va bien, marmonna-t-il.

De toute évidence, il avait du mal à imaginer qu'on puisse aimer passer autant de temps avec des enfants.

Elle éprouva un vif soulagement en entendant les enfants rentrer. Non qu'elle soit effrayée par Josh, mais être seule avec lui la mettait à cran, aussi accueillit-elle avec joie la distraction que lui procurait une salle pleine d'enfants en bas âge.

L'effet que Josh avait sur elle la contrariait, mais elle n'avait aucune envie d'analyser les sentiments qu'il lui inspirait, car elle sentait bien que ce qu'elle découvrirait lui déplairait.

— Accrochez vos manteaux, les enfants, puis venez vous asseoir sur le tapis, dit-elle. En attendant l'arrivée de vos parents, nous allons répéter nos chansons pour la fête de Noël.

Sa fille courut alors vers elle et noua ses bras autour de ses jambes. Puis elle leva les yeux et se mit à rire.

— Moi chanter, dit-elle.

— Bien sûr, Emmie, répondit-elle en caressant ses cheveux blond foncé.

Elle lui sourit à son tour. C'était le seul bien — ô combien précieux — qui avait résulté de son mariage éclair avec Mark.

— Va t'asseoir à côté d'Elaina et de Bobby pour que nous puissions commencer, d'accord ?

Emmie hocha la tête, puis rejoignit ses camarades.

— Miss Kiley, Jimmy m'a tiré les cheveux ! s'écria Sarah Bartlett en jetant un regard accusateur au petit garçon assis à côté d'elle.

— Jimmy, tu as encore tiré les cheveux de Sarah ?

L'enfant hocha la tête, un sourire espiègle aux coins des lèvres.

— Je suis désolée, reprit-elle, mais je t'avais prévenu que si tu recommençais, tu devrais t'asseoir sur le banc au fond de la salle pendant cinq minutes.

Sans qu'elle ait à ajouter un mot, l'enfant se leva docilement et alla s'installer sur le banc, à l'écart.

— Bravo ! s'exclama Josh à mi-voix, comme s'il peinait à croire ce qu'il voyait. Et il ne proteste même pas contre la punition.

— Il a l'habitude, répondit-elle en souriant au petit roux à la tête d'ange qui venait de se faire réprimander. Il n'arrête pas d'embêter Sarah.

— Pourquoi ?

— Parce qu'il l'aime, expliqua-t-elle avant de se tourner vers son assistante : Carrie, pouvez-vous me faire passer les cloches ?

— Je vois, fit Josh tandis qu'un lent sourire illuminait son visage. En d'autres termes, il la taquine pour qu'elle lui accorde toute son attention.

— En quelque sorte, répondit Kiley, le souffle soudain court.

Josh était si beau quand il souriait…

Lorsque les cloches furent distribuées, elle mit le lecteur de CD en marche, évitant le regard de Josh. Il la rendait nerveuse, et elle aurait préféré qu'il s'en aille. Mais il ne donnait pas l'impression d'avoir envie de partir.

Oh ! et puis, après tout, puisqu'il était là, autant qu'il participe !

— J'imagine que tu connais l'air de *Vive le vent d'hiver* ? demanda-t-elle en lui tendant une cloche.

Il parut surpris, mais il hocha la tête.

— Oui, bien sûr, je connais cette chanson… Hélas, je ne peux pas m'attarder ! J'ai promis à un ami de lui rendre visite, cet après-midi, et je suis déjà en retard.

— Comme c'est dommage ! mentit-elle, masquant sa joie d'avoir atteint son but. Une autre fois, peut-être.

— Oui, pourquoi pas ? fit-il d'un air dubitatif en déposant dans sa paume la cloche qu'elle lui avait remise. A propos, est-ce que tu es libre demain soir ?

Il avait resserré ses doigts autour des siens pour que la cloche ne tombe pas. Troublée par la chaleur de ses doigts et interloquée par sa question, elle le fixa un bon moment avant de retrouver l'usage de la parole.

— Et… pourquoi ?

— J'aimerais discuter de deux ou trois choses avec toi, répondit-il de façon évasive en lui adressant un sourire qui fit palpiter tout son être. Malheureusement, je n'ai pas le temps d'en parler aujourd'hui. Je passerai te prendre vendredi à 17 h 30, et nous dînerons au restaurant du TCC. Leur cuisine est excellente ! Ainsi, nous pourrons parler sans être interrompus.

Elle s'apprêtait à refuser, mais il tenait toujours sa main dans la sienne et la caressait tendrement avec son pouce… Perturbée, elle en oublia ce qu'elle voulait lui dire. Quand il la relâcha, elle se contenta de secouer la tête tout en le regardant s'éloigner, s'efforçant de retrouver une contenance.

Quelles étaient au juste les intentions de Josh ? Et pourquoi estimait-il qu'ils avaient besoin de discuter tous les deux ? Elle avait exprimé très clairement devant le comité la façon dont elle comptait utiliser l'éventuel argent supplémentaire qui lui serait alloué. Il ne comptait tout de même pas reparler de ce qui s'était passé cette fameuse nuit…

— Mademoiselle Kiley, je peux revenir sur le tapis, maintenant ? demanda Jimmy, toujours isolé sur son banc.

— « Est-ce que je peux revenir sur le tapis ? », corrigea automatiquement Kiley.

— Est-ce que je peux ? reprit le petit garçon en lui adressant un sourire craquant.

— Oui, je t'en donne l'autorisation, répondit-elle.

Et elle décida qu'elle repenserait à Josh et à son invitation une fois que les enfants seraient rentrés chez eux.

Elle fit répéter les chants à la petite chorale, sans parvenir malheureusement à chasser Josh et sa ridicule proposition de son esprit. Quand bien même elle aurait consenti à dîner avec lui — ce qu'elle ne ferait pas —, sans doute n'aurait-il pas été très enthousiaste, de son côté, de devoir également partager son repas avec une fille de deux ans…

Non qu'Emmie se comporte mal, bien au contraire, c'était une enfant très sage. Mais en fin de journée, elle était toujours très fatiguée, et n'avait qu'une envie : dîner, prendre son bain, puis aller au lit. Par ailleurs, Kiley ne voyait absolument pas ce que Josh pouvait bien avoir à lui dire. Ni maintenant, ni à l'avenir.

Lorsque, au volant de sa Mercedes, Josh franchit les grilles de Pine Valley, communauté privilégiée sise au cœur du terrain de golf et où habitaient plusieurs membres du Texas Cattleman's Club, il se demanda soudain ce qui lui avait pris d'inviter Kiley à dîner. Ne pouvait-il donc pas tout simplement oublier ce qui s'était passé trois ans plus tôt ?

Ç'aurait vraiment été l'attitude la plus sage, et c'était aussi ce que Kiley souhaitait. Mais, pour des raisons sur lesquelles il n'avait pas envie de s'étendre, une part de lui-même tenait à lui faire admettre que, même si les circonstances qui les avaient rassemblés cette nuit-là tenaient à un malheureux accident, la façon dont, en revanche, ils avaient fait l'amour avait été tout à fait extraordinaire.

— Tu as perdu la tête, Gordon ! marmonna-t-il à voix basse tout en s'engageant dans l'allée privée qui menait chez Alex Santiago.

S'efforçant de ne plus penser à Kiley, il se gara devant la demeure à l'allure imposante d'Alex. Quelques instants plus tard, il gravissait les marches du perron. Il s'apprêtait à sonner lorsque la porte s'ouvrit.

— Bonsoir, señor Gordon, le salua une femme âgée, au visage rond qui respirait la bonté. Señor Alex se repose dans le jardin d'hiver.

— Comment se sent-il, aujourd'hui, Maria ? demanda-t-il tandis que la gouvernante, engagée récemment par Cara Windsor, la fiancée d'Alex, le conduisait à l'arrière de l'élégante résidence.

Maria s'arrêta et se tourna vers lui, l'expression inquiète.

— Señor Alex a toujours mal à la tête, et il ne se souvient de rien.

— Je suis certain que ce n'est qu'une question de temps, et qu'il va recouvrer sous peu la mémoire, répondit-il, sans savoir qui il cherchait au juste à rassurer, lui-même ou la domestique.

Alex avait été porté disparu pendant de longs mois avant qu'on ne le retrouve, blessé à la tête, à l'arrière d'un camion rempli de migrants mexicains qui cherchaient à franchir clandestinement la frontière des Etats-Unis. Personne ne savait quelles circonstances l'avaient conduit là, et lui-même, frappé d'amnésie, n'était pas en mesure d'aider les autorités. Il avait été maltraité physiquement, puisqu'il portait des traces de coups, et l'on supposait qu'il avait été kidnappé. Il était sorti depuis peu de l'hôpital de Royal. Encouragés par Cara, les amis d'Alex — principalement des membres du Texas Cattleman's Club — venaient se relayer à son chevet, chacun espérant l'aider à recouvrer la mémoire.

— Comment te sens-tu, aujourd'hui, Alex ? demanda Josh en entrant dans le jardin d'hiver où son ami lisait un roman.

Alex lui sourit, et se leva avec précaution pour lui serrer la main.

— Tu es Josh, c'est bien ça ?

Il hocha la tête.

Sa poigne était toujours ferme, et il voulait y voir le signe que son ami regagnait peu à peu ses forces. Toutefois, il se rendait bien compte qu'Alex était encore très prudent quand il saluait ses amis par leur nom, devant sans doute fournir un effort énorme pour se les rappeler.

— Je suis passé te dire que nous comptions tous sur ta présence et celle de Cara au bal de Noël, déclara Josh.

Avant sa disparition, l'été précédent, Alex faisait partie du comité chargé d'organiser le gala de fin d'année. Il espérait qu'en mentionnant l'événement, il raviverait une étincelle de mémoire chez son ami.

— Cara et moi en avons déjà discuté, et nous espérons que le fait de me retrouver au Texas Cattleman's Club, entouré de toutes mes connaissances, me permettra de me souvenir de quelque chose, répondit Alex.

Puis il poussa un lourd soupir.

— Cela me contrarie tellement, poursuivit-il, de ne rien me rappeler de ma vie depuis que je me suis réveillé à l'arrière du camion.

— Je suis certain que la police va finir par trouver des indices, lui assura Josh en espérant ne pas se tromper. Les inspecteurs de Royal sont réputés pour être les meilleurs de tout l'Etat, et c'est Britt Collins qui a été placée à la tête de l'équipe en charge de l'affaire. Avec ses années passées au FBI et sa spécialisation dans les cas d'enlèvement, tes ravisseurs vont se retrouver rapidement derrière les barreaux, tu peux me croire.

— On m'a dit, ce matin, qu'ils ont l'intention d'envoyer ma photo à toutes les chaînes de télévision afin que, si des personnes m'ont vu durant ma détention, elles puissent le signaler. Cela pourra aussi aider à localiser ma famille. Apparemment, aucun de mes parents n'habite dans la région, car ma photo a déjà paru dans les journaux locaux, et personne ne s'est manifesté.

Josh sourit.

— Je suis certain que la diffusion de l'affaire à l'échelle nationale va permettre à l'enquête de progresser rapidement.

Pendant qu'ils continuaient à discuter de la frustration d'Alex concernant son amnésie et de la possibilité que la police trouve finalement un indice qui la conduise aux ravisseurs, Josh ne cessait de penser à Kiley et à son invitation à dîner, pour le lendemain. Elle n'avait pas dit non, songea-t-il tout à coup.

Bien sûr, elle n'avait pas non plus accepté explicitement l'invitation, mais l'important était qu'elle n'ait pas refusé de façon ouverte. En ce qui le concernait, ils dînaient ensemble demain, et il avait réellement l'intention de revenir sur ce qui s'était passé entre eux, trois ans auparavant. Il tenait à lui assurer qu'il n'avait pas pour habitude de faire l'amour à une inconnue, puis de la quitter en pleine nuit, comme un voleur. Il voulait aussi lui faire admettre qu'elle avait joué un rôle dans l'incident, en étant très réceptive à ses caresses. Après quoi, il pourrait estimer que l'affaire était close.

Fort de son plan, il décida d'apprendre à Alex les dernières nouvelles du club.

— La garderie est ouverte, et un certain nombre d'enfants la fréquente.

— Je suis certain que les adhérentes du TCC en sont ravies, dit Alex en souriant. Mais Cara m'a dit que son père et certains autres hommes ne voient pas l'affaire d'un très bon œil.

Josh hocha la tête.

— Je n'étais pas moi-même entièrement convaincu de son utilité, mais comme la directrice a adressé une requête pour que l'on augmente son budget, j'ai décidé de me pencher de plus près sur cette structure et de voir comment elle fonctionne afin de me forger une opinion.

— Il est bon de garder l'esprit ouvert et de connaître les faits avant d'émettre un jugement, approuva Alex.

Josh approuva la sagesse de son ami.

— Merci pour le conseil, c'est précisément ce que je compte faire.

Se levant, il serra la main d'Alex.

— Si tu as besoin de quoi que ce soit, n'hésite surtout pas à m'appeler, ajouta-t-il.

— Merci, répondit Alex en le raccompagnant à la porte. Je m'en souviendrai.

Comme Josh descendait l'escalier, il remarqua qu'une voiture remontait l'allée. Elle s'arrêta derrière la sienne, et quand la conductrice en sortit, il reconnut Mia Hughes, l'ancienne gouvernante d'Alex.

Elle lui fit un petit signe de la main.

— Salut, Josh ! dit-elle. Comment va Alex, aujourd'hui ?

— Son amnésie le frustre, mais c'est compréhensible, répondit-il, avant d'ajouter dans un sourire : J'ai cru comprendre que les félicitations étaient à l'ordre du jour…

La jeune femme eut un sourire rayonnant.

— Ah ! Tu as entendu parler de mes fiançailles avec Dave Firestone ?

— Tout à fait, approuva-t-il en riant. Des nouvelles de cet ordre se répandent comme une traînée de poudre, au TCC.

Elle se mit à rire, elle aussi.

— Merci, Josh. Je n'ai jamais été aussi heureuse de ma vie.

— Je peux t'assurer que c'est la même chose pour Dave. Je ne l'ai jamais vu aussi rayonnant.

— J'ai été ravie de te croiser, déclara Mia en s'apprêtant à monter l'escalier.

— On se reverra au bal de Noël, lança-t-il.

Comme il s'éloignait de la résidence d'Alex au volant de sa Mercedes, il repensa à sa journée, et un sentiment de satisfaction l'envahit. Il avait réglé avec succès un problème au sein de l'équipe de construction sur l'un des chantiers de Gordon Construction, il avait rendu une visite agréable à un ami, et il avait organisé un dîner avec Kiley Roberts pour le lendemain.

— Oui, une excellente journée, dit-il à voix haute en se

dirigeant vers son ranch, situé à plus de sept kilomètres de Royal.

L'après-midi suivant, Kiley s'efforçait de rester concentrée et de ne pas penser au fait que Josh allait passer, dans l'intention de l'emmener dîner avec lui. Et pourtant, chaque fois que la porte s'ouvrait, elle tressautait légèrement, à la fois nerveuse et sur ses gardes. Jusqu'à présent, c'étaient des parents qui venaient récupérer leurs enfants, mais tôt ou tard, ce serait Josh qui passerait la porte…

Evidemment, elle n'irait nulle part avec lui. Mais comment était-il possible qu'elle attende sa visite et la redoute en même temps ?

— Kiley, cela ne vous ennuie pas si je m'en vais maintenant ? demanda Carrie. La plupart des enfants sont partis et j'ai un rendez-vous chez le coiffeur dans un quart d'heure.

— Est-ce que vous avez rendez-vous avec Ron, ce soir ? lui demanda-t-elle.

Depuis qu'elle avait été embauchée, la jeune femme ne cessait de parler de son petit ami, et Kiley s'attendait à ce que, d'un jour à l'autre, elle lui annonce ses fiançailles.

Son assistante acquiesça.

— Il m'emmène dîner, et ensuite nous irons voir le dernier film de Channing Tatum.

— D'accord, vous pouvez partir maintenant. Mais à une condition…

— Laquelle ? questionna prudemment l'assistante.

Kiley lui sourit.

— Vous devrez me raconter le film dans le détail et me dire combien de fois Channing a retiré sa chemise.

Carrie éclata de rire et, attrapant son manteau et son sac, se dirigea vers la porte.

— Pas de problème !

— Passez une bonne soirée, et à demain, Carrie !

Au moment où son assistante sortait, Josh fit son apparition. Kiley sentit son cœur bondir dans sa poitrine. Vêtu d'un costume gris anthracite, d'une chemise bleu pâle et d'une cravate d'un violet très foncé, il était d'une beauté à se damner ! Une beauté presque illicite…

— Je n'ai pas réservé au restaurant du TCC, car je me suis dit qu'on pourrait aller faire un tour dans la partie ouest de la ville, déclara Josh en lui adressant un sourire qui lui procura des petits frissons. Tous les enfants sont rentrés chez eux ?

— Pas encore, répondit-elle en ramassant les masques de Père Noël en papier et en coton que les petits élèves avaient fabriqués. Seulement, je regrette, Josh, mais je ne serai pas en mesure de…

Elle s'interrompit, car Russ et Winnie Bartlett venaient d'entrer dans la salle pour récupérer leurs deux petites filles. Josh échangea une poignée de main avec Russ, et ils se mirent à parler de la prochaine réunion générale du TCC tandis que, avec Winnie, elle discutait du spectacle de Noël des enfants.

— Sarah n'arrête pas d'en parler, déclara Winnie en aidant sa plus jeune fille à enfiler sa veste. Et Elaina me dit qu'elle portera la « coche ».

Kiley sourit.

— Elaina dit « coche », et Emmie parle de « closse », précisa-t-elle en posant un regard attendri sur sa fille. Parfois, on a l'impression que les petits s'expriment dans une langue étrangère.

Une fois les Bartlett partis, Emmie et elle se retrouvèrent seules avec Josh. Alors qu'elle rentrait dans son bureau pour prendre son sac à main, elle entendit sa fille se lancer dans une grande conversation sur ses petits poneys en caoutchouc. Jetant un coup d'œil par-dessus son épaule, elle eut envie de rire devant le visage perplexe de Josh.

— Poney à moi, disait Emmie en lui tendant la main pour l'entraîner vers la caisse de jouets.

Même s'il paraissait légèrement alarmé par le comportement d'Emmie, elle le vit suivre la fillette à l'autre bout de la pièce, où se trouvait la caisse.

— Elle veut te montrer ses jouets préférés, lança Kiley

en rassemblant rapidement ses affaires avant d'éteindre la lumière.

— Oui, c'est bien ce que j'ai cru comprendre, fit-il.

Puis il sourit à Emmie lorsqu'elle brandit son poney violet à la crinière et la queue blanches.

— Dans combien de temps penses-tu que ses parents vont arriver ?

— Emmie rentre à la maison avec moi, répondit-elle en prenant leurs manteaux dans le placard. C'est ma fille.

— J'ignorais que tu avais un enfant, fit-il d'un ton surpris.

Puis il considéra Emmie qui fouillait dans la caisse de jouets.

Quand il leva de nouveau les yeux vers elle, il semblait avoir compris qu'elle n'irait pas dîner avec lui. Mais, tandis qu'ils se fixaient l'un l'autre, elle vit une étincelle espiègle s'allumer dans ses beaux yeux bleus. Il tourna alors la tête vers sa fille.

— Donc, tu aimes les poneys et les chevaux, Emmie ? reprit-il.

Celle-ci hocha vigoureusement la tête.

— Oh oui !

S'agenouillant pour être à sa hauteur, il lui rendit son poney en caoutchouc.

— Moi aussi, tu sais, j'aime les chevaux. D'ailleurs, j'en ai plusieurs, sur mon ranch.

Le visage d'Emmie s'éclaira aussitôt.

— Je veux les voir.

— Je pense qu'on peut arranger ça, répondit Josh en adressant un sourire triomphant à Kiley.

Quelle présomption ! se dit-elle. L'idée ne lui plaisait absolument pas.

— Je ne pense pas qu'il…

— Tu peux tout à fait demander à ta mère de t'amener au ranch, samedi après-midi, et je te montrerai mes chevaux, continua-t-il à l'adresse d'Emmie comme si de rien n'était.

— Si te plaît, maman ! enchaîna aussitôt Emmie en se mettant à sautiller. Veux voir poneys ! Veux voir poneys !

Kiley se sentit piégée. Josh avait délibérément manipulé sa fille, et maintenant celle-ci tenait plus que tout à la visite. Le problème, c'était qu'elle n'avait pas envie de passer plus de temps que nécessaire avec Josh. Et puis elle n'appréciait guère la façon dont il avait repris le contrôle de la situation.

— C'est une façon de te venger parce que je n'irai pas dîner avec toi, ce soir ? demanda-t-elle pour gagner du temps. Cela ne va quand même pas influencer défavorablement ta décision concernant l'augmentation de budget que j'ai demandée, n'est-ce pas ?

— Pas du tout ! s'empressa-t-il de répondre en se relevant. Je me disais juste que ta petite fille aimerait sans doute voir un vrai cheval.

— Tu savais qu'elle en aurait envie, répliqua Kiley d'un ton accusateur.

— Je n'étais sûr de rien, je ne connais pas assez les enfants pour savoir si elle en aurait envie ou pas.

Elle ne croyait pas un instant en la sincérité de ses protestations et de son expression innocente.

— Tu me punis parce que je n'irai pas dîner avec toi ce soir, inutile de nier l'évidence !

— Punition, tu y vas un peu fort, tout de même…

Se rapprochant d'elle un peu trop près pour son confort, il continua sur le ton du murmure :

— Mais avoue que tu aurais pu me dire plus tôt que tu ne pourrais pas venir dîner.

— Tu ne m'as pas donné le temps de te répondre, hier, répondit-elle sur un ton défensif. Et tu ne m'as pas non plus appelée pour confirmer.

— Ah bon ? Et tu ne pouvais pas laisser un message pour moi, au club, afin de me prévenir ?

Son ton était si intime qu'elle frissonna légèrement.

— Eh bien, qu'est-ce que tu penses de ma proposition ? reprit-il en souriant. Tu as dit toi-même qu'Emmie adorerait voir des chevaux.

L'odeur boisée de son après-rasage, tout comme le fait qu'il se tienne si près d'elle, commençait à lui donner le vertige… S'écartant légèrement de lui, elle baissa les yeux vers Emmie. Sa fille semblait à la fois heureuse et excitée. Comment aurait-elle pu la décevoir ?

— Très bien, finit-elle par concéder. Mais nous ne resterons pas longtemps.

— Parfait, fit Josh.

Puis il lui expliqua sans attendre comment se rendre à son ranch.

— Je vous attendrai pour 13 heures, conclut-il, avant de se pencher vers sa fille, pour ajouter avec un sourire : Nous allons nous revoir très bientôt, Emmie.

Alors il se redressa et, de manière inattendue, il fit doucement glisser son doigt sur sa joue. Elle se sentit rosir…

— Bonne soirée, Kiley ! lança-t-il.

Il se dirigea vers la porte.

Un frisson la parcourut malgré elle quand elle repensa à la légère caresse qu'il venait de lui donner et à sa voix de baryton lorsqu'il avait prononcé son prénom. Allons, elle ne devait pas se laisser troubler pour si peu !

— C'est ridicule, marmonna-t-elle en enfilant son manteau à Emmie, avant de mettre le sien.

Josh Gordon était bien le dernier homme au monde qui aurait dû l'émouvoir. Il n'était pas digne de confiance ! Il lui avait bien sûr accordé une hausse de budget, mais sous condition, et rien ne permettait d'affirmer qu'il la reconduirait. N'avait-elle pas entendu suffisamment de commentaires de la part des autres membres du TCC pour savoir que, tout comme Beau Hacket et Paul Windsor, il attendait la fermeture de la garderie ?

A quel jeu jouait-il donc ? Et pourquoi ?

- 3 -

Quand Josh pénétra dans le bar, il regarda autour de lui pour voir si certains de ses amis s'y trouvaient. Il devait se résoudre à passer une soirée entre hommes. Il sentit un mélange de lassitude et de déception l'envahir : ce n'était pas exactement ce qu'il avait prévu. Il comptait dîner de bonne heure avec Kiley, dans un restaurant de choix, afin qu'ils aient tout loisir de reparler de leur nuit, trois ans auparavant ; il voulait aussi la convaincre de sa bonne volonté concernant la garderie.

Pourquoi l'opinion qu'elle avait de lui le préoccupait-elle tellement ? Il l'ignorait… Jusqu'à présent, ce que les autres pouvaient bien penser de sa personne lui était parfaitement égal. Tant qu'il prenait les bonnes décisions, en se fondant sur des données qu'il estimait exactes, il pouvait dormir la conscience tranquille. Or, Kiley doutait de son intégrité, et quelle qu'en soit la raison, cela le chagrinait. Fallait-il qu'elle ait une piètre opinion de lui pour imaginer que décliner son invitation à dîner influerait défavorablement sur les recommandations qu'il transmettrait au comité concernant le budget !

Ah ! Et puis pourquoi tout cela le tracassait-il tant ?

Sans doute parce qu'en temps normal, quand il découvrait qu'une femme avait un enfant, l'intérêt qu'il lui prêtait fondait comme neige au soleil, et il passait à la suivante. Or, étrangement, Kiley et sa fille avaient piqué sa curiosité… Il poussa un soupir. Après tout, autant accepter ce qui lui arrivait. Pourquoi aurait-il cherché à éviter leur compagnie ?

— Hé, Josh ! appela une voix, l'arrachant à ses pensées.

Aussitôt, il repéra Gil Addison, le président en titre du

Texas Cattleman's Club, à l'autre bout de la salle. Il se fraya un passage à travers la foule pour le rejoindre.

— Je ne m'attendais pas à te trouver là, Gil, dit-il en arrivant à sa table.

— Cade a été invité à dîner par un camarade de la garderie, répondit Gil. J'étais en train de me demander si j'allais rentrer et me contenter de ce qui restait dans mon frigo, ou si j'allais dîner ici.

— Est-ce que je peux me permettre de te suggérer la deuxième solution et me joindre à toi ? répliqua Josh. Mes projets pour le dîner sont tombés à l'eau à la dernière minute.

Un sourire aux lèvres, Gil lui désigna la chaise vide en face de lui.

— Assieds-toi, je t'en prie. Il y a si longtemps que je n'ai pas dîné tranquillement, sans que le repas ne soit lié aux affaires ou à mon fils.

— Tu dois avoir un sacré travail, maintenant que tu es président, répondit Josh en tirant la chaise pour s'asseoir.

Père célibataire, Gil Addison était totalement dévoué à son jeune fils, et il était rare qu'il passe prendre une bière au bar du TCC pour le plaisir. Il se réjouissait de voir son ami s'accorder un moment de détente.

— Bonjour, je suis Ginny et je serai votre serveuse, ce soir. Qu'est-ce que je peux faire pour vous ? demanda une grande jeune femme aux cheveux bruns en leur tendant la carte. Nous avons un steak frites extraordinaire.

— Très bien, c'est ce que je vais prendre. Avec une bière pression, annonça Josh.

— Ce sera la même chose pour moi, ajouta Gil.

— Excellent choix ! renchérit Ginny en écrivant leur commande sur son carnet. Je vous apporte tout de suite vos bières.

En attendant le retour de Ginny, Josh et Gil discutèrent de l'augmentation des adhésions au TCC depuis que les femmes avaient été admises dans ses rangs.

— Certains, notamment parmi les membres les plus âgés, ont du mal à accepter cette évolution, déclara Gil.

Mais le Texas Cattleman's Club doit faire preuve d'ouverture d'esprit et reconnaître qu'il n'est plus le même qu'à l'époque où Tex Langley l'a fondé, au tournant du siècle dernier. Le « réseau des bons vieux garçons » était sans doute parfait tel qu'il était il y a plus d'un siècle, mais il n'est plus adapté au monde actuel.

— Je dois avouer que j'avais quelques doutes, au départ, concernant leur admission au TCC, répondit Josh en toute honnêteté. Mais pour travailler avec Nadine Capshaw depuis qu'elle a été nommée au comité des fonds de dotation, le mois dernier, je suis bien obligé de reconnaître qu'elle m'ouvre des perspectives. Mon principal souci aujourd'hui, ce sont les changements pour lesquels les femmes se mobilisent. J'ai l'impression que le Texas Cattleman's Club se transforme en club de loisirs, alors qu'il était, à l'origine, une organisation destinée à servir les intérêts de la communauté de Royal.

Tous deux se turent lorsque la serveuse leur apporta leurs bières.

— Je comprends tes préoccupations et celles des autres membres, reprit Gil, une fois Ginny repartie. Et je sais aussi que certains nouveaux services apportés à nos membres sont considérés comme superflus par d'autres. Mais selon moi, plus nous offrons d'opportunités, plus nous permettons à notre club d'asseoir sa puissance et de continuer à servir la communauté.

— C'est en effet un bon argument, concéda Josh.

Il attendit que Ginny dispose leur plat devant eux avant de continuer :

— A propos des nouveaux services, qu'est-ce que tu penses de la garderie ? Est-ce qu'elle est à la hauteur de tes attentes, pour ton fils ?

— Bien au-delà, répondit Gil en coupant son steak. Cade adore y aller pour retrouver ses amis, et c'est un grand poids en moins pour moi de savoir que je peux m'occuper de la gestion du TCC alors qu'il est tout près, au bout du couloir.

— La directrice semble savoir s'y prendre avec les enfants, observa Josh en portant un morceau de viande à sa bouche.

Gil hocha la tête.

— Kiley Roberts est extraordinaire. Cade a réalisé des progrès incroyables depuis que je l'ai inscrit, le mois dernier, dit-il avec un tendre sourire, comme toujours lorsqu'il évoquait son fils.

— Donc, selon toi, cette structure est adaptée à un enfant de quatre ans ?

— Tout à fait. Et Kiley sait réellement s'y prendre avec les enfants de tout âge. Elle transforme l'apprentissage en jeu, et ils absorbent tout comme des éponges, répondit Gil en souriant. Cade accepte même d'aller au lit sans problème le soir, car elle leur a expliqué combien il était important de beaucoup dormir la nuit afin de pouvoir mieux jouer avec ses camarades, le lendemain.

Josh termina sa dernière bouchée et prit une gorgée de bière.

— Elle a requis une augmentation des fonds de dotation, lui dit-il. Je suis passé là-bas, cet après-midi, histoire de voir comment elle comptait utiliser cet argent et de me forger une opinion avant le vote du prochain budget.

— J'ai entendu Beau râler à ce sujet, l'autre jour, observa Gil en soupirant. Je sais que la décision d'allouer plus de moyens à la garderie revient entièrement au comité des fonds de dotation mais, pour ma part, je pense que cela en vaut vraiment la peine.

Soudain, l'un des nombreux écrans du bar attira l'attention de Gil.

— Regarde ! s'écria-t-il.

Josh leva les yeux vers l'écran et vit une photo d'Alex Santiago apparaître sur l'une des chaînes nationales d'informations. Le journaliste indiquait que, bien qu'Alex ait été retrouvé, l'enquête relative à sa mystérieuse disparition se poursuivait. Il demandait à quiconque ayant vu Alex durant les mois où il avait été porté disparu de bien vouloir contacter l'inspecteur Britt Collins. Il conclut le reportage en précisant qu'aucune piste n'avait été laissée de côté et que plusieurs membres du prestigieux Texas Cattleman's Club avaient été interrogés en tant que personnes présentant un intérêt pour l'affaire.

Gil secoua la tête.

— L'idée que l'image de notre club puisse être ternie par cette histoire me déplaît fortement, déclara-t-il d'un ton furieux. Notre réputation a toujours été irréprochable, et tout membre est passé au crible avant de se voir accorder son adhésion. Cette Britt Collins a déjà cuisiné Chance McDaniel, Dave Firestone et moi-même. Lequel d'entre nous va-t-elle choisir, la prochaine fois ?

— J'ai l'impression qu'elle n'hésitera pas à questionner chaque membre pour faire progresser son enquête, répondit Josh en finissant sa bière. J'ai entendu dire qu'elle était très rigoureuse.

— Elle ferait bien mieux de rechercher les suspects ailleurs qu'au TCC, déclara Gil d'un ton catégorique.

Josh fit signe à la serveuse d'apporter l'addition.

— Si j'étais toi, je ne me ferais pas trop de souci à propos de la réputation du TCC. Nous avons toujours été irréprochables. Nous nous sortirons la tête haute de cette affaire, notre intégrité n'en sera pas affectée.

— Tu as raison, mais le TCC a fait l'objet de plusieurs reportages négatifs, ces derniers temps, lui rappela Gil.

— A propos, est-ce qu'il y a eu du nouveau concernant le saccage de la garderie ? demanda Josh en prenant l'addition que la serveuse avait posée discrètement sur la table. Selon mes dernières informations, la police pense que les coupables seraient des adolescents.

— Oui, c'est également ce que j'ai entendu dire, confirma Gil en jetant un coup d'œil sur la note. Ce sont effectivement les seuls qui seraient assez stupides pour s'en prendre au TCC. Le commissaire principal m'a indiqué que des empreintes digitales avaient été retrouvées, mais aucune correspondance n'a été trouvée dans la base de données nationale. Selon lui, les vandales seraient des enfants de nos membres.

Josh hocha la tête et sortit son portefeuille. Il posa quelques dollars sur la table pour régler son dîner, ainsi qu'un généreux pourboire.

— Tu as raison, seuls des mineurs ont pu commettre ces déprédations. Tout le monde à Royal a mieux à faire que venir chez nous pour tout détruire. Mais tout de même, un rejeton d'un de nos membres, ce serait un peu fort !

— Quels qu'ils soient, les délinquants ont sans doute causé plus de dégâts qu'ils le voulaient, observa Gil. Et personnellement, je ne vois pas quel membre, quoi qu'il pense de la garderie, s'opposerait à ce qu'ils soient punis pour leur délit.

Il regarda sa montre et se leva.

— Il est temps que j'aille chez les Whelan récupérer Cade, ajouta-t-il. Merci d'avoir partagé ce repas avec moi, Josh.

Se levant à son tour, Josh quitta le bar en même temps que son ami et regagna son véhicule, que le voiturier avait avancé pour lui.

Sur le chemin du retour, il repensa à ce que Gil lui avait dit au sujet de la garderie. Ce dernier avait raison en affirmant que, plus le TCC offrirait d'opportunités, meilleures seraient ses chances de maintenir la cohésion de ses membres. Par ailleurs, maintenant qu'il avait vu la façon dont Kiley s'occupait des enfants, il n'avait plus de doute sur l'utilité de ce service. Jusqu'à présent, n'avait-il pas mal jugé les choses ?

Sans doute… Mais il fallait dire qu'il avait des excuses. Sam et lui avaient en effet été élevés par un homme qui proclamait ouvertement que la place d'une femme était à la maison, et que son rôle consistait à s'occuper de ses enfants, et non d'aller travailler à l'extérieur ou bien de confier sa progéniture à une baby-sitter afin de pouvoir jouer tranquillement au tennis. Jusque-là, il n'avait pas remis en question cette conception. Cependant, depuis qu'il avait vu Kiley à l'œuvre avec les enfants, il commençait à s'interroger sur une opinion qu'il avait toujours crue inébranlable.

Sans doute aurait-il eu un autre point de vue si sa mère avait vécu assez longtemps pour exercer une véritable influence sur sa vie et celle de Sam. Mais à part ce qu'il connaissait d'elle à travers les photos que lui avait montrées son père, il ne se souvenait pas d'elle.

S'engageant dans l'allée qui menait au ranch, il résolut de suivre les conseils d'Alex et de ne prendre aucune décision hâtive concernant la recommandation qu'il donnerait au comité des fonds de dotation. Il avait un mois devant lui pour observer le fonctionnement de la garderie et, par égard pour Kiley et les autres membres du comité, il se devait d'établir une juste évaluation avant de trancher.

Le samedi après-midi suivant, alors que Kiley se garait devant la grange de Josh, elle sentit son cœur se mettre à battre plus fort dans sa poitrine quand elle le vit s'avancer vers sa voiture. Si, la veille, il lui avait paru superbe dans son costume bien coupé, ce n'était rien comparé à aujourd'hui. Avec son jean un rien fatigué, sa chemise en batiste bleue, ses boots et son chapeau de cow-boy noir à larges bords, il était tout simplement irrésistible. Qui aurait pu deviner hier, dans son costume Armani, qu'il cachait de si larges épaules et des hanches si étroites ?

— Vous êtes ponctuelles, dit-il avec un sourire, en lui ouvrant la portière. Et je vois que tu portes un jean, c'est parfait.

Se fustigeant en silence pour ses pensées inconvenantes, elle inspira discrètement et sortit de la voiture.

— Tu ne pensais tout de même pas que j'allais mettre des escarpins et une robe pour venir à ton ranch ?

Il se mit à rire.

— Tu portais bien une robe, l'autre jour.

— C'est parce que je devais rencontrer ton comité pour lui demander une augmentation de budget ! répondit-elle en ouvrant la portière arrière. Depuis, tu m'as toujours vue en pantalon et en chemisier, non ?

Prenant son temps pour répondre, il plongea ses yeux dans les siens. L'intensité de son regard bleu azur lui coupa le souffle.

— Tu es ravissante, quoi que tu portes, décréta-t-il avec lenteur.

Prise de court, elle ne pensa même pas à protester quand il l'écarta gentiment de la portière pour détacher les sangles du siège auto et en sortir sa fille.

— Prête à monter sur un cheval, Emmie ? demanda-t-il.

Dans ses bras, la fillette se mit à applaudir.

— Je veux monter sur un poney !

— Comment ça, monter sur un cheval ? reprit Kiley sur un ton accusateur. Tu n'avais pas parlé de ça !

Josh savait qu'elle était venue à contrecœur et qu'elle ne comptait pas s'attarder : une promenade à cheval représentait plus de temps qu'elle n'était prête à lui accorder.

— L'idée m'est venue tout à l'heure, expliqua-t-il en adressant un sourire à la fillette radieuse. J'ai pensé que cela ferait plaisir à cette petite dame.

— Ça, c'est indéniable !

Immédiatement, Kiley regretta ses paroles irréfléchies : elle venait de commettre une grave erreur et de tomber dans le panneau. De fait, il lui adressa un sourire triomphant, tout en posant sa main dans le dos de sa fille pour la maintenir en équilibre.

— Alors, c'est entendu !

— Tu tires parti de la situation, comme hier, dit-elle d'un ton tendu tandis qu'il l'entraînait vers le corral où deux chevaux sellés les attendaient, leurs rênes attachées à un poteau.

— Tu exagères, protesta-t-il en ouvrant la porte de l'enclos.

Il lui désigna alors une jument pie.

— Etant donné que je ne savais pas si tu avais l'habitude de monter, j'ai demandé à mon contremaître de seller Daisy, poursuivit-il, comme si de rien n'était. C'est la plus douce des juments que je possède. Tu sais monter à cheval, n'est-ce pas ?

— Oui, même s'il y a un bon bout de temps que je n'en ai pas eu l'occasion, admit-elle en caressant la crinière du cheval.

— Tu veux que je t'aide à grimper ? demanda-t-il alors.

Elle secoua la tête et détacha la bride du poteau.

— Je pense y arriver toute seule.

Malheureusement, la jument était trop haute. Quand elle posa son pied sur l'étrier, son genou se retrouva au niveau de son menton, de sorte qu'il lui était impossible de se hisser sur le dos de l'animal.

— Laisse-moi t'aider, dit Josh qui tenait toujours sa fille dans ses bras.

Et, avant qu'elle n'ait le temps de lui répondre, il posa sans hésitation sa main sur son postérieur et lui donna l'élan dont elle avait besoin pour monter sur la jument. Elle se garda du moindre commentaire, préférant ne pas insister, la situation étant déjà des plus embarrassantes, mais elle avait les joues en feu. Heureusement, sa fille lui fournit la distraction dont elle avait besoin pour retrouver une contenance.

— Poney, dit Emmie d'un air ravi en touchant la crinière de la jument.

Kiley lui tendit les bras, mais Emmie secoua la tête d'un air obstiné en nouant ses mains autour du cou de Josh.

— Poney, répéta sa petite fille.

— Oui, tu vas monter avec moi, lui expliqua Kiley.

De nouveau, Emmie fit non de la tête, agitant ses couettes blondes.

— Non !

— Emmie, reprit Kiley d'un ton doux mais ferme.

Elle vit alors son petit menton se mettre à trembler, tandis que ses beaux yeux couleur noisette se remplissaient de larmes.

— Non, s'il te plaît !

— Elle peut tout à fait monter avec moi, proposa gentiment Josh.

— Oui, monter avec toi, approuva son enfant.

Kiley n'appréciait guère, mais elle ne voyait pas comment refuser. Evidemment, sa fille ne courait aucun risque avec Josh, ce n'était pas là le problème ! Non, ce qu'elle redoutait, c'était qu'Emmie s'attache un peu trop à lui. Elle avait souvent observé sa réaction, quand les pères venaient chercher leurs enfants, en fin de journée, et manifestement, une présence paternelle lui manquait.

Quand elle vit Josh détacher les rênes de son cheval bai

et monter lestement dessus, tout en tenant Emmie dans ses bras, elle sentit son cœur se serrer de douleur. Sa fille avait, elle aussi, le droit d'avoir deux parents. Malheureusement, le couple que formaient Kiley et Mark n'avait pas fonctionné, et il était tout à fait vain de se lamenter sur la situation.

Lorsqu'ils franchirent la porte du corral pour regagner le pré, elle dut admettre que, bien qu'elle tienne encore rigueur à Josh pour la façon dont il l'avait manipulée, elle n'aurait voulu manquer pour rien au monde la joie et l'excitation qu'elle lisait sur le visage d'Emmie. Sa petite fille était en train de vivre un très grand moment.

— Elle a l'air de bien s'amuser, lança Josh en lui jetant un regard par-dessus son épaule.

Kiley hocha la tête.

— Elle adore les animaux, mais les poneys et les chevaux sont ses préférés. Tout bébé, elle avait un poney en peluche qu'elle ne voulait jamais quitter.

— Est-ce que son père aime les chevaux ? demanda-t-il. Cela expliquerait sa passion.

Elle haussa les épaules.

— Non, il ne fait pas partie de sa vie. Il a filé à sa naissance.

— Oh ! Je suis désolé ! dit-il d'un ton sincère.

— Ne t'en fais pas, répliqua-t-elle en fixant un point dans le lointain. Emmie et moi sommes bien mieux sans lui.

— Il n'a plus du tout de contact avec vous ? demanda-t-il sur un ton désapprobateur.

Secouant la tête, elle lui sourit.

— Non. Mark a renoncé à tous ses droits sur sa fille afin de ne pas avoir à payer de pension alimentaire.

Josh stoppa net son cheval et se tourna vers elle.

— Et tu as accepté ?

— Pour tout te dire, je suis très heureuse de ne pas avoir affaire à lui, répondit-elle, sincère. Evidemment, cela me brise le cœur pour Emmie. Quand elle sera un peu plus grande, elle se demandera pourquoi son père n'a pas voulu entendre parler d'elle.

— C'est lui le perdant de l'histoire, déclara Josh d'un ton

catégorique. C'est lui qui se prive de sa fille. Il faut vraiment qu'il soit idiot pour ne pas s'en rendre compte.

Pourquoi s'était-elle ainsi ouverte à Josh ? Elle n'en savait rien, mais ce n'était un secret pour personne, à Royal, que Mark Roberts ne vivait que pour lui-même. Cela étant, il n'appartenait pas au réseau social de Josh et de ses amis, aussi doutait-elle que celui-ci ait jamais entendu parler de lui et de sa réputation d'égoïste.

— Je sais que cela ne me regarde pas, mais pourquoi l'as-tu épousé ? demanda Josh, sourcils froncés.

— Tu tiens la raison entre tes bras, dit Kiley en souriant avec fierté. Je suis tombée enceinte, et son grand-père a insisté pour que Mark m'épouse.

— Tu n'avais pas à accepter, souligna-t-il.

— Il semblerait que ma sœur ne soit pas la seule dans la famille Miller à faire preuve de peu de discernement en ce qui concerne les hommes avec qui elle sort, répondit-elle sans réfléchir.

— Touché !

— Oh ! je suis désolée ! s'exclama-t-elle en se rendant compte que Josh avait pensé qu'elle le visait.

Certes, il avait brisé le cœur de Lori, mais il faisait partie d'une longue liste d'hommes de qui sa sœur était tombée amoureuse.

— Je ne parlais pas de toi en particulier, s'empressa-t-elle d'ajouter. Je voulais juste dire que Lori s'éprend toujours d'hommes qui ne sont pas faits pour elle.

Il haussa les épaules.

— Lori est une fille formidable, mais elle n'arrive pas à se concentrer très longtemps.

Il se tut, et elle se demanda ce que signifiait exactement ce bref commentaire. Lori n'était pas connue pour rester très longtemps avec le même homme, mais à l'entendre, on aurait pu croire que c'était elle qui laissait tomber ses partenaires, et non l'inverse. Pourtant, Lori ne lui avait-elle pas dit que…

— Je comprends mieux pourquoi tu considères ton travail à la garderie comme le poste idéal, reprit-il, l'arrachant à ses réflexions. Puisque tu dois travailler pour vivre et élever ta fille, il est préférable que tu puisses l'avoir auprès de toi.

— Tout à fait. De la sorte, je ne risque pas de manquer le moindre de ses progrès, et je ne suis pas toujours en train de me demander si les autres prennent bien soin d'elle, répondit-elle en hochant la tête.

Il eut soudain l'air pensif, comme s'il réfléchissait à ce qu'elle venait de dire, puis il baissa les yeux vers Emmie.

— Oh ! Oh… ! On dirait que cette petite cavalière va manquer une partie de la promenade.

Elle regarda sa fille et sourit : Emmie s'était endormie contre le torse de Josh.

— Je crois que le balancement du cheval l'a bercée. Elle était tellement excitée à l'idée de voir de vrais chevaux ! Chez les petits, quand le niveau d'adrénaline retombe, ils s'endorment en un rien de temps.

Elle stoppa sa jument.

— Tu veux que je la prenne ? ajouta-t-elle.

Il secoua la tête en souriant.

— Non, elle est très bien là où elle est. Et puis, je n'ai pas envie de la réveiller.

Ils continuèrent à chevaucher en silence le long d'un petit cours d'eau au bout du pré, puis revinrent sur leur pas. Au fond, Josh n'était peut-être pas aussi détestable que ça, pensa-t-elle.

De temps en temps, elle se surprenait à lui jeter des regards à la dérobée. A voir sa fille bien calée contre son torse rassurant, elle sentit une certaine chaleur l'envahir. Y avait-il image plus touchante que celle d'un homme tenant tendrement un enfant ?

Soudain, elle se rappela la vigueur de ses bras quand il l'avait pressée contre elle pour lui faire l'amour, trois ans plus tôt. Elle avait alors éprouvé une impression de sécurité incomparable. Une vague de désir la submergea, et son cœur manqua un battement. Elle dut se rappeler à l'ordre pour revenir à la réalité. Que lui arrivait-il ?

Josh Gordon était bien le dernier homme sur terre pour qui

son cœur devait palpiter. Si lui et les deux autres membres du comité arrivaient à leurs fins, la garderie fermerait, et elle se retrouverait sans emploi. Alors, adieu le travail de rêve ! Oui, c'était sur cela qu'elle devait se concentrer, au lieu de repenser à la passion avec laquelle il l'avait étreinte et chérie, lors de cette fameuse nuit.

Josh prit garde à ne pas réveiller Emmie lorsqu'ils descendirent de cheval, une fois revenus au corral. Il n'avait encore jamais remarqué à quel point un enfant endormi pouvait être adorable. Evidemment, il ne connaissait pas assez les enfants pour savoir si tous étaient aussi innocents et craquants dans leur sommeil, ou bien si c'était spécifique à Emmie.

Comment était-il possible que Roberts les ait abandonnées, elle et Kiley ? se demanda-t-il. Pourquoi avait-il refusé de jouer un rôle dans la vie de son enfant ?

C'était incompréhensible, se dit-il encore en aidant Kiley à descendre de la jument.

— Emmie va être déçue d'avoir dormi une bonne partie de la promenade, observa-t-il pour se soustraire à ses pensées.

Kiley acquiesça, tout en lui prenant sa fille des bras pour la blottir contre son épaule.

— Merci, Josh, lui dit-elle. Elle a vraiment adoré ce tour à cheval quand elle était encore éveillée, et je suis sûre qu'elle va m'en parler pendant des semaines.

Le timbre sensuel avec lequel elle prononça son prénom, tout comme la douceur de son sourire, déclencha en lui une vague de chaleur inédite. Troublé, il dut s'éclaircir la voix avant de reprendre la parole.

— Ce fut un plaisir, Kiley. Il faudra que nous recommencions. Peut-être qu'Emmie restera éveillée pendant toute la promenade, la prochaine fois.

Celle-ci remua alors contre l'épaule de Kiley et releva soudain la tête. L'air tout endormi, elle regarda autour d'elle.

— Poney, dit-elle.

Et, quand elle se rendit compte que la promenade était

terminée, des larmes lui montèrent aux yeux. Elle semblait avoir le cœur brisé.

— Je veux monter sur un poney.

Josh eut soudain l'impression de lui avoir volé un sucre d'orge ou un jouet.

— Est-ce que tu veux bien que je la remette sur la selle pendant que je rentre les chevaux à l'écurie ? demanda-t-il à Kiley. Comme ça, elle aura l'impression d'avoir chevauché encore un peu.

— Si tu veux, dit-elle en essuyant une grosse larme sur la petite joue ronde de sa fille. Emmie, tu veux encore monter sur le poney ?

L'enfant hocha la tête et tendit les bras à Josh.

Sans hésiter, il la prit à sa mère et la plaça sur la selle du cheval bai.

— Tiens-toi aux cornes de la selle, Emmie, lui dit-il en lui montrant où placer les mains.

Elle lui adressa un sourire qu'il n'aurait voulu manquer pour rien au monde.

— Eh bien, nous revoici sur le dos du cheval ! dit-il en se tournant vers Kiley. Et il y en a deux à ramener.

Passant son bras autour d'Emmie pour s'assurer qu'elle ne glisserait pas de la selle, il s'empara des rênes et dirigea lentement le cheval vers l'écurie. Tous ses chevaux étaient bien dressés, et il était inimaginable que l'animal s'emballe, mais il ne voulait prendre aucun risque.

Une fois la bride du cheval fixée à un poteau, à l'intérieur, Josh et Emmie retournèrent dans le corral pour rentrer l'autre animal. A l'expression qui se lisait sur le visage d'Emmie, il sentait qu'il avait marqué des points auprès d'elle. L'enfant souriait jusqu'aux oreilles quand il attacha la jument à côté de son compagnon.

— Bobby, tu peux venir t'occuper de la jument ? lança-t-il à l'attention de son contremaître qui se trouvait au fond de l'écurie. Je reviens dans quelques minutes brosser le cheval.

Prenant Emmie dans ses bras, il ressortit et s'avança vers

le corral, où Kiley les attendait près de l'entrée, en train de discuter avec la femme de Bobby Ray.

— Je vois que tu as fait la connaissance de Martha, ma gouvernante, dit-il en souriant aux deux femmes.

— Oh ! Seigneur, quel bel ange ! s'écria celle-ci en voyant Emmie.

— Est-ce que tu veux que Martha te montre des poussins ? murmura-t-il à Emmie comme s'ils partageaient un grand secret.

Pour des raisons qu'il refusait de s'expliquer, il avait envie de retarder le départ de Kiley et de sa fille.

— Veux voir les poussins, dit Emmie d'un ton joyeux.

— Je peux l'emmener les voir ? demanda Martha à Kiley.

— Entendu, répondit-elle avec un sourire. Je suis sûre qu'elle va adorer.

Quand Josh posa Emmie par terre, elle prit immédiatement la main que lui tendait Martha tout en leur adressant un petit signe, à sa mère et à lui.

— Au revoir, dit-elle.

— C'est une merveilleuse enfant, déclara Josh en la regardant s'éloigner.

— Merci.

— C'est moi qui devrais te remercier, dit-il d'un ton sincère. C'est un vrai bonheur de la voir si heureuse.

Kiley hocha la tête.

— Chaque jour est une grande aventure pour un enfant de deux ans, dit-elle.

Puis elle éclata de rire, et les notes de son rire délicieux résonnèrent de façon curieuse en lui, lui procurant des sensations inattendues. Sur une impulsion, il passa le bras autour de ses épaules.

— Merci de m'avoir fait partager la dernière aventure d'Emmie, dit-il en la serrant un peu plus fort.

En dépit des couches de vêtements qui les séparaient, son corps pressé contre le sien éveilla chez lui une impression fantastique. Et quand elle se pencha légèrement en arrière pour plonger ses yeux lumineux dans les siens, une folle envie de l'embrasser le saisit.

Alors, il baissa la tête vers elle, avec une lenteur calculée pour lui donner le temps de le repousser si elle le souhaitait. Mais, à son grand soulagement, elle ferma les paupières au moment où il capturait sa bouche. Douces et sucrées, ses lèvres épousèrent les siennes, le renvoyant immédiatement à la nuit magique, dans l'appartement de sa sœur. Sans attendre, son corps réagit vivement. Il s'était toujours dit que si les choses étaient allées si loin, trois ans plus tôt, c'était en raison de l'indéniable alchimie qui existait entre eux. Et maintenant, il savait qu'il ne s'était pas trompé. La réalité de ce baiser dépassait largement le souvenir qu'il avait de leur nuit. Une force de la nature était en marche, les attirant irrésistiblement l'un vers l'autre.

Désireux de ne pas transformer le baiser en menace, il s'écarta d'elle avec douceur, au lieu de poursuivre et d'approfondir leur étreinte.

— Cela fait plusieurs jours que j'en avais envie, dit-il en lui souriant.

Elle fit un pas en arrière.

— Ça… ça n'aurait pas dû arriver.

— Il faudrait me passer sur le corps pour me faire exprimer des regrets, rétorqua-t-il d'un ton sec.

— Je… Nous devons y aller, dit-elle, légèrement troublée.

Elle aussi devait avoir ressenti l'alchimie intense qui existait entre eux, et elle semblait effrayée.

Avant que l'un ou l'autre ait le temps d'ajouter quelque chose, Martha et Emmie revinrent de la grange.

— J'ai donné à manger aux poussins, déclara Emmie tout excitée.

— Dis merci à M. Gordon pour son invitation, dit Kiley en s'efforçant d'éviter son regard.

— Merci, dit poliment Emmie.

Il prit la petite fille par la main pour la conduire vers la voiture de sa mère et lui sourit.

— Tu es la bienvenue, Emmie. Nous referons une

promenade à cheval la prochaine fois que tu viendras au ranch, d'accord ?

— Oh oui ! fit la fillette en secouant si vigoureusement la tête que ses couettes rebondirent.

Il ouvrit la portière arrière de la voiture de Kiley et plaça Emmie dans son siège, avant de se reculer pour laisser sa mère attacher les sangles. Il referma ensuite la portière, plongea son regard dans les yeux de Kiley et repoussa une mèche blond foncé derrière son oreille.

— Sois prudente en rentrant, lui dit-il.

Elle hocha rapidement la tête, avant de s'engouffrer sans perdre une seconde dans sa voiture.

— On se voit la semaine prochaine, à la garderie, lança-t-elle en refermant sa portière.

— Tout à fait, répondit-il avec un sourire confiant.

Il la regarda effectuer sa marche arrière dans l'allée et regagner la route. Il la reverrait avant la semaine prochaine, c'était certain, pensa-t-il tout à coup. Et il tenait un bon prétexte : il avait en effet oublié de lui parler des empreintes retrouvées par les enquêteurs chargés de l'affaire de la garderie.

Evidemment, l'information n'avait aucun caractère d'urgence, et il pouvait tout à fait attendre sa prochaine visite pour lui en faire part, mais c'était plus fort que lui : grâce à cette excuse, il pourrait passer chez elle dans la soirée. En outre, ils n'avaient pas encore reparlé de leur nuit d'amour, et peut-être que, dans l'intimité de sa maison, elle serait plus encline à revenir sur ce qui s'était passé.

Sifflotant un air connu, il se dirigea vers l'écurie pour aider son contremaître à brosser les chevaux. A présent qu'il avait des projets pour la soirée, il aurait aimé que l'heure tourne plus vite.

- 4 -

Alors que Josh traversait la ville après avoir acheté des pizzas, il repensa à ce que Kiley lui avait dit dans l'après-midi, lors de leur balade à cheval. Il était vraiment impensable qu'elle n'ait reçu aucune aide financière de son ex-mari. En tant que président du comité des fonds de dotation, il connaissait le montant exact de son salaire. Certes, le Texas Cattleman's Club la payait au tarif horaire en vigueur, mais ce n'était pas ainsi qu'elle pourrait s'enrichir. De fait, il n'aurait pas du tout été surpris qu'elle ait du mal à joindre les deux bouts.

Soudain, deux ou trois choses s'imposèrent à lui comme des évidences, et il sentit son estomac se nouer. Kiley avait déclaré que travailler dans une garderie était le rêve de sa vie. Mais, outre le fait que son poste lui permettait de passer sa journée avec Emmie, elle devait le conserver pour deux raisons essentielles. Pour commencer, elle avait besoin de son salaire pour vivre et élever sa fille, et deuxièmement, elle n'aurait sans doute pas pu payer les frais de garde pour Emmie si elle avait travaillé ailleurs.

Comme il se sentait coupable d'avoir eu l'esprit aussi étroit concernant la garderie ! D'une certaine façon, il avait été du même avis que Beau Hacket et Paul Windsor. Il soupira et alla jusqu'à maudire son père de les avoir élevés, son frère et lui, avec cette idée si étriquée que la place de la femme se trouvait au foyer, auprès de ses enfants.

Ce que tous avaient omis de prendre en considération, c'était que les femmes pouvaient revendiquer le même droit aux loisirs que les hommes, et qu'elles n'avaient parfois pas d'autre choix que celui de travailler pour vivre. Dans certains cas, c'était pour que le foyer soit un peu plus à l'aise financièrement, et dans d'autres, comme celui de Kiley, les femmes représentaient le seul support financier.

A l'avenir, il serait plus ouvert d'esprit, se promit-il en tournant dans la rue qui menait à Cottonwood Lane. Le quartier était apparemment assez agréable, bien que la façade de certaines maisons ait besoin d'être restaurée.

Quand il s'engagea dans la rue où habitait Kiley, il aperçut presque immédiatement sa vieille Ford stationnée devant un modeste pavillon. Il se gara juste derrière. Les lumières étaient allumées chez elle ; elle était sans doute en train de préparer le dîner.

Il arrivait juste à temps, se dit-il, confiant, avant de prendre les boîtes de pizzas. Puis il descendit de voiture.

Gravissant rapidement les marches, il sonna et attendit. Lorsque Kiley vint ouvrir, il sentit son cœur s'arrêter de battre pendant quelques fractions de seconde, et il eut quelques difficultés à reprendre son souffle. Vêtue d'un T-shirt rose qui lui permit instantanément de se faire une idée précise de la taille et de la forme de ses seins et d'un legging noir qui lui collait aux jambes comme une seconde peau, elle aurait pu tenter un saint.

Il s'efforça de lui adresser un sourire innocent lorsqu'il lui tendit la pizza.

— Le dîner est servi, décréta-il d'un ton jovial.

Elle lui lança un regard confus.

— Josh, qu'est-ce que tu fais ici ?

— Je me suis dit qu'après la promenade de cet après-midi, tu serais sans doute fatiguée et que tu n'aurais pas envie de cuisiner, répondit-il tout en se demandant s'il n'avait pas perdu la tête.

Manifestement, elle voulait garder ses distances. Aussi, pourquoi insistait-il ? se demanda-t-il intérieurement.

Emmie passa soudain son petit minois entre les jambes de sa mère. Dès qu'elle le reconnut, elle se mit à scruter la cour.

— Poney. Moi monter sur un poney.

— Je suis désolée, Emmie, mais comme les chevaux

avaient besoin de se reposer, je les ai laissés au ranch, dit-il en espérant que son explication serait suffisante pour une petite fille de deux ans. A la place, je t'ai apporté une pizza.

Il brandit alors opportunément ses cartons, et leur vue opéra sur-le-champ sa magie. Souriant jusqu'aux oreilles, Emmie se mit à battre des mains.

— Pisa ! répéta-t-elle joyeusement.

Mais sa mère ne paraissait pas partager son bonheur.

— Normalement, elle prend des dîners plus équilibrés.

— Je sais, s'empressa-t-il de préciser, c'est pourquoi j'ai acheté des pizzas aux légumes avec du fromage bio, et une pâte à base de blé complet.

Il était vraiment fier d'avoir pensé à l'aspect diététique du repas, car en général, quand il achetait des pizzas, il n'y avait pas la moindre trace de légumes à l'intérieur et leur pâte était aussi épaisse que celle d'un pancake.

— Pisa, maman, répéta Emmie en tirant sur le T-shirt de Kiley.

— Bon, d'accord, concéda-t-elle.

Puis elle s'écarta pour le laisser passer.

Il entra chez elle et regarda autour de lui : l'intérieur était exactement comme il l'avait imaginé, chaud et accueillant. Le mobilier semblait avoir été acheté dans des brocantes, mais il avait été bien restauré et paraissait confortable.

Avisant deux sets sur la table basse, il fronça les sourcils.

— Alors, comme ça, on dîne devant la télé ?

— Le samedi soir, c'est soirée ciné pour Emmie et moi, lui expliqua Kiley. Je m'apprêtais à faire des sandwichs au thon.

Elle se rendit alors dans la cuisine d'où elle rapporta un autre set qu'elle disposa à côté des deux autres, ainsi que trois assiettes.

— Comme boisson, je peux te proposer du thé glacé. Désolée, mais je n'ai rien de plus fort.

— Je prendrai la même chose que toi, dit-il en posant les cartons de pizzas sur la table basse, tandis qu'elle disparaissait de nouveau dans la cuisine.

Elle en revint chargée de deux verres de thé glacé et d'un mug de lait orné d'une paille.

— Que regardons-nous, ce soir ? enchaîna-t-il.

— Un dessin animé bien connu avec une petite sirène qui veut devenir une vraie fille, dit Kiley en découpant des parts de pizza. Emmie l'adore.

Elle lui tendit son assiette et, incidemment, leurs doigts se frôlèrent. Il eut aussitôt la sensation qu'un flux électrique lui parcourait le bras pour aller exploser aux environs de son plexus solaire. Comme elle retira vivement sa main, il se dit qu'elle avait ressenti la même chose que lui.

— Moi, princesse, dit Emmie pendant que Kiley attachait une serviette autour de son cou pour protéger sa belle grenouillère rose, décorée de princesses.

L'enfant était prête à aller au lit, et il aurait parié son dernier dollar qu'elle s'endormirait bien avant la fin du dessin animé.

Comme sa mère coupait sa pizza en petits morceaux, la fillette se leva de table.

— Où va-t-elle ? demanda-t-il, surpris.

Kiley sourit.

— Elle va te prouver qu'elle est une vraie princesse.

En effet, Emmie revint avec un beau diadème doré en matière plastique, piqué de perles. Il était un peu trop grand et retombait légèrement sur le côté, mais la fillette l'arborait aussi fièrement que si elle avait porté les joyaux de la Couronne.

— Moi princesse, répéta-t-elle en mettant un bout de pizza dans sa bouche.

— Oui, c'est vrai, reconnut Josh avec un grand sourire.

Sans comprendre vraiment pourquoi, il trouvait merveilleux tout ce que faisait Emmie. Il était fasciné par son enthousiasme et le plaisir qu'elle prenait dans les choses les plus simples.

Soudain, il sentit le regard de Kiley posé sur lui, et il eut l'impression d'être pris en flagrant délit.

— Qu'y a-t-il ? demanda-t-il.

— Rien, éluda-t-elle en s'emparant de la télécommande.

Elle mit en marche le DVD, et Emmie fut tout de suite absorbée par ce qui défilait à l'écran.

Tandis qu'ils mangeaient, il s'aperçut que Kiley l'observait à la dérobée, tout comme elle regardait sa fille de la même façon. Il s'apprêtait à lui demander ce qui n'allait pas, lorsqu'elle mit le DVD sur pause.

— Si tu veux bien nous excuser, je vais emmener Emmie se laver les mains et les dents, lui dit-elle.

Pendant qu'elles étaient dans la salle de bains, il débarrassa les assiettes et porta les cartons de pizzas vides dans la cuisine. Il avait à peine repris place sur le canapé qu'Emmie bondit sur le coussin, près de lui.

Elle marmonna quelque chose qu'il ne comprit pas, mais il se doutait qu'elle voulait qu'il remette le lecteur de DVD en marche. Par chance, Kiley revint elle aussi, et elle allait pouvoir faire la traduction.

— Elle veut que je remette le film, c'est ça ? lui demanda-t-il.

Sans répondre, Kiley s'immobilisa au beau milieu de la pièce, comme si elle venait de voir un fantôme.

— Quelque chose ne va pas, Kiley ? s'enquit-il immédiatement.

Sa question parut l'arracher à ses méditations. Elle lui adressa un bref sourire et secoua la tête.

— Non, tout va bien, tu peux remettre le film, dit-elle enfin.

Puis elle voulut s'asseoir dans un fauteuil, mais sa fille lui prit la main avec détermination pour l'entraîner vers le canapé.

— J'ai l'impression qu'elle veut que tu t'installes à côté de nous, dit-il.

Il était fort reconnaissant à l'enfant de son intervention. Sa mère, en revanche, ne paraissait pas particulièrement heureuse, mais elle obtempéra sans mot dire. La fillette se cala entre eux deux pour finir de regarder son dessin animé. Au bout de dix minutes, Emmie le surprit de nouveau en venant se blottir sur ses genoux. Aussitôt, Kiley fit mine de s'éloigner un peu, mais il la retint en passant un bras autour de ses épaules.

— La princesse est sur le point de s'endormir, lui chuchota-t-il à l'oreille. Si tu bouges, elle va se réveiller.

Il la vit frissonner, puis elle planta un regard exaspéré dans le sien.

— Qu'est-ce que tu fais, au juste, Josh ?

— Je regarde un film avec Emmie et toi.

— Tu sais très bien ce que je veux dire, riposta-t-elle.

— Est-ce que nous pourrons reparler de cela quand Emmie sera couchée ?

Pourquoi éprouvait-il le besoin de se rapprocher d'elle ? se redemanda-t-il. Encore une fois, les femmes ayant des enfants en bas âge étaient les dernières avec qui il avait envie de tisser des liens. Or, avec Kiley, tout était différent. Peut-être était-ce en raison de la nuit qu'ils avaient passée ensemble, ou bien cela venait-il du fait que, plus il en apprenait sur elle et sa fille, plus il avait envie d'en savoir. Mystère… Depuis toujours, il avait suivi son instinct, et, en l'occurrence, celui-ci lui dictait de ne rien hâter, de prendre son temps pour comprendre ce qui l'attirait chez Kiley et sa fille.

— Elle s'est endormie, déclara tranquillement Kiley en voulant prendre Emmie dans ses bras.

— Si tu me montres le chemin, je vais la porter, dit Josh en se levant sans cesser de tenir délicatement la fillette contre lui. Elle est aussi molle qu'un spaghetti cuit.

Kiley éclata de rire.

— Les enfants n'ont pas le stress des adultes, expliqua-t-elle. Quand ils s'endorment, ils sont complètement détendus.

Suivant Kiley jusqu'au bout du couloir, il entra dans la chambre d'Emmie et déposa l'enfant dans le plus petit lit qu'il ait jamais vu. Puis il sortit de la pièce, laissant Kiley la border et l'embrasser.

— J'ignorais qu'on faisait des lits si petits, dit-il comme ils revenaient dans le salon.

— C'est un lit pour nourrisson, expliqua-t-elle.

Elle retira le DVD du lecteur et ajouta :

— Emmie est trop grande pour un berceau, et trop petite pour un lit d'adulte.

— Bien sûr, c'est logique.

Elle le considéra pendant quelques secondes.

— Pourquoi es-tu venu ce soir, Josh ? demanda-t-elle alors.

— Parce que j'avais oublié de te dire quelque chose, cet après-midi, à propos du vandalisme de la garderie. L'inspecteur en charge de l'affaire a dit à Gil Addison que les empreintes digitales retrouvées sur place avaient été analysées.

— Et ils ont trouvé à qui elles appartenaient ?

Il secoua la tête.

— Elles ne correspondaient à aucune personne fichée dans leur base de données, ce qui veut dire que ceux qui ont fait le coup n'ont pas de casier judiciaire.

Kiley rajusta le plaid sur le dossier du canapé.

— J'espérais que la police aurait davantage progressé et aurait une petite idée de l'identité des coupables, répondit-elle.

— D'après ce que je sais, ils pensent que ce pourrait être des enfants des membres du TCC.

— Et cette information ne pouvait absolument pas attendre jusqu'à lundi ? demanda-t-elle tout à trac, en se tournant vers lui.

Elle sentit son cœur faire un bond dans sa poitrine. Elle n'avait pas cru qu'il se trouverait si près d'elle. Bien trop près pour qu'elle se sente vraiment à l'aise…

Un lent sourire se dessina alors sur le visage de Josh, et sa peau fut parcourue de frissons.

— Sans doute, mais j'avais envie de te revoir, répondit-il.

— Nous avons passé l'après-midi ensemble. Cela ne te suffit-il donc pas ? demanda-t-elle d'une voix qu'elle aurait aimé moins essoufflée.

D'un geste lent, il l'attira à lui. En se gardant de toute précipitation, il lui donnait la possibilité de le repousser, mais elle s'en sentait bien incapable !

— Non, cela ne m'a pas suffi, répondit-il avec un sourire. Car je n'ai pas pu t'embrasser comme j'en avais envie, cet après-midi.

— Josh, ce n'était pas une bonne idée tout à l'heure, et ça ne l'est pas plus maintenant, bien au contraire, protesta-t-elle d'un ton qui sonnait faux même à ses propres oreilles.

— Pourquoi dis-tu cela, Kiley ? demanda-t-il, en effleurant sa bouche de la sienne.

— Je… Eh bien… C'est juste que…, commença-t-elle, incapable de formuler ses pensées.

Elle avait besoin de temps, et il lui rendait les choses impossibles. Et ce n'était pas en rivant son regard bleu nuit au sien qu'il allait arranger la situation ! Quand il pencha la tête vers elle, la protestation qu'elle s'apprêtait à émettre s'évanouit d'un coup. Pendant trois ans, elle avait tenté d'oublier la sensation de ses lèvres sur les siennes, tout comme l'autorité naturelle qui émanait de son baiser. Tout à l'heure, quand il l'avait embrassée au ranch, le souvenir subtil de leur nuit lui était revenu, mais ce n'était rien en comparaison du baiser qu'il lui donnait à présent…

Savourant d'abord sa bouche, il en traça le contour du bout de sa langue. Dans un léger soupir, elle entrouvrit les lèvres, et une délicieuse chaleur l'envahit au moment où leurs langues se mêlèrent. Lorsqu'elle noua ses bras autour de son cou, il la pressa langoureusement contre lui : la sensation de son corps masculin et vigoureux lui procura une impression absolument extraordinaire. Cela faisait si longtemps qu'un homme ne l'avait pas tenue dans ses bras, qu'elle n'avait pas senti son désir et son excitation…

Envahie par ces sentiments délicieux, il lui fallut quelques instants avant de se rendre compte que Josh avait pris ses seins en coupe. Quand il se mit à en caresser la pointe, à travers ses vêtements, les fourmillements exquis qu'il lui causa se communiquèrent immédiatement à la partie la plus intime de son corps. Un désir aussi puissant qu'un ouragan menaçait de prendre possession de son être…

La sonnerie du téléphone brisa brutalement le fabuleux cocon de sensualité dans lequel Josh venait de les envelopper — ce qui lui permit de recouvrer ses esprits !

S'écartant de lui, elle s'empara du combiné, les mains tremblantes. Elle reconnut immédiatement le numéro de sa sœur.

— Je… Euh… C'est Lori. Je la rappellerai plus tard…

Je veux dire dans quelques minutes, balbutia-t-elle en s'efforçant de retrouver son souffle. Je crois qu'il est temps que tu partes, Josh.

Il la regarda pendant de longues secondes avant de finir par hocher la tête. Il allait pivoter sur ses talons, quand il se ravisa et lui fit de nouveau face. Alors, du bout des doigts, il lui effleura la joue.

— Je sais que cela ne te plaît pas et que tu as du mal à te l'avouer, mais ce qui existe entre nous, quoi que ce soit, est resté intact. Et je crois même que c'est encore plus fort aujourd'hui que cette nuit-là, dit-il d'une traite.

— Josh…

Désireux de couper court à ses commentaires, il lui donna un rapide baiser sur la bouche et ouvrit la porte.

— On se voit lundi après-midi, lança-t-il.

Incapable de former une phrase cohérente, elle le regarda partir avant de se laisser tomber sur le canapé, tout étourdie. Bien sûr, ses baisers l'avaient troublée, mais c'était surtout ce qu'elle avait découvert, lorsqu'elle les avait observés l'un à côté de l'autre, lui et Emmie, qui l'avait profondément bouleversée…

Elle avait toujours pensé qu'Emmie lui ressemblait. Elles avaient la même couleur de cheveux et d'yeux. Toutefois, en voyant sa fille dans les bras de Josh, tout à l'heure, elle avait noté, intriguée, des similarités entre eux… Et peu à peu, toutes ses certitudes s'étaient effondrées ! Emilie avait le même sourire que Josh, le même nez aristocratique et, bien que ses yeux soient bleus et non marron, ils avaient une forme identique à celle de Josh.

Secouant la tête pour s'éclaircir les idées, elle se leva du canapé et gagna la chambre d'amis qui lui servait de bureau. Elle s'assit alors à sa table de travail et alluma son ordinateur, bien décidée à se prouver que les ressemblances qu'elle voyait n'étaient que le fruit de son imagination.

Une demi-heure plus tard, les yeux dans le vide, elle s'efforçait d'encaisser le choc de sa découverte… Elle avait fait et refait les calculs plusieurs fois : il était tout à fait possible que le père d'Emmie ne soit pas son ex-mari, mais Josh !

Elle attendit le lendemain matin avant d'appeler sa sœur, car elle ne parvenait toujours pas à se remettre du fait que Josh puisse être le père d'Emmie. Mais plus elle y pensait, plus certains mystères s'éclaircissaient.

En effet, Emmie n'avait rien en commun avec Mark. Ce dernier présentait un teint plutôt olivâtre, des cheveux bruns et un nez nettement aquilin ; or, aucune de ces caractéristiques ne se retrouvait chez sa fille. Sans compter que les dates parlaient elles aussi contre Mark.

Elle avait toujours pensé qu'elle était tombée enceinte quand Mark et elle s'étaient réconciliés après la fameuse nuit dans l'appartement de sa sœur, c'est-à-dire deux ou trois semaines plus tard. Mais en y réfléchissant, il était peu probable que ce soit la date où Emmie avait été conçue, car si elle fondait ses calculs sur la date de leurs retrouvailles, Emmie était née trois semaines en avance. En revanche, si elle calculait par rapport à sa nuit avec Josh, sa fille était née à terme.

Evidemment, ce n'était pas une preuve concluante, et seul un test ADN pourrait le prouver. Mais tout bien considéré, il était fort probable que Josh soit le père d'Emmie.

Pour chasser ses ruminations, elle composa le numéro de sa sœur.

— Bonjour, Lori ! s'exclama-t-elle lorsque sa sœur répondit. Je suis désolée d'avoir manqué ton appel, hier soir. J'étais… occupée.

— Ce n'est pas grave, répondit Lori d'un ton jovial. Je me suis dit que tu avais sans doute du mal à mettre mon adorable nièce au lit.

— Le samedi soir, c'est plutôt facile. Emmie s'endort devant un dessin animé, et ensuite, il me suffit de l'emmener dans son lit, fit Kiley en se demandant comment elle allait aborder la relation que Lori avait eue avec Josh.

D'après la façon dont celui-ci avait parlé de sa sœur, elle n'avait pas l'impression que leur rupture avait été le désastre décrit par Lori.

— En fait, je t'avais déjà appelée dans l'après-midi pour savoir si tu ne voulais pas venir faire ton shopping de Noël avec moi, mais tu n'étais pas à la maison, reprit Lori en riant. Tu me connais, j'attends toujours la dernière minute pour acheter mes cadeaux et j'ai besoin de ton avis. Sinon, je panique et je choisis des cadeaux qui ne correspondent pas du tout aux goûts de ceux à qui je les destine.

C'était typique de sa sœur : elle avait porté la procrastination au rang d'un art.

— J'ai acheté mes cadeaux au fur et à mesure, cet automne, répondit Kiley en souriant. Comme ça, je n'ai pas une grosse somme à sortir d'un coup, et cela me permet de réfléchir tranquillement à mes achats.

— Des sœurs Miller, tu as toujours été la plus intelligente, décréta Lori avec un rire sonore.

— A t'entendre, on croirait que tu parles d'une tribu. Je te rappelle que nous ne sommes que deux.

— N'essaie pas de changer de sujet. D'ailleurs, tu peux demander à papa et maman laquelle de nous est la plus maligne, leur réponse confirmera mes propos. Surtout en ce qui concerne les hommes…

— Tu as rompu avec ton dernier petit ami ? s'enquit alors Kiley.

Cela ne l'aurait guère surprise, les relations de Lori ne durant jamais plus de quelques mois.

— Pas du tout, Sean et moi nous entendons très bien, rétorqua sa sœur d'un ton assuré. Nous envisageons même d'emménager ensemble.

— J'en suis ravie pour toi. Tu as peut-être enfin trouvé l'homme de ta vie, répondit-elle, espérant que Lori parviendrait à trouver quelqu'un qui l'aimerait, en dépit de sa désinvolture.

— Croisons les doigts, répondit Lori, la voix pleine d'espoir.

— A propos, tu ne devineras jamais qui je suis amenée à côtoyer, dans le cadre de mon travail, commença Kiley tout en priant pour que sa sœur accepte de lui fournir des informations sur sa rupture avec Josh.

— Qui donc ? questionna Lori, la curiosité piquée.

— Josh Gordon, répondit Kiley sur un ton prudent, redoutant un peu la réaction de sa sœur.

— Oh ! Josh est charmant ! s'exclama celle-ci d'un ton sincère.

Puis elle éclata de rire.

— Je trouve même que c'est l'un des meilleurs partis de Royal. Et d'ailleurs, je vous verrais très bien ensemble. Vous formeriez un couple remarquable. Il est grand temps que tu te remettes à sortir, Kiley.

— Cela ne fait pas du tout partie de mes projets. Je n'ai pas envie d'être en couple, ni maintenant, ni plus tard, répondit-elle avec véhémence.

Elle savait que sa sœur la taquinait, mais elle n'était pas d'humeur à supporter ses insinuations, ce matin.

— C'est vraiment dommage, parce que Josh est un type formidable.

Elle fronça les sourcils.

— Pardon ? J'avoue que je ne comprends plus rien. Tu as tout de même dit à papa et maman qu'il t'avait brisé le cœur en rompant, non ?

Il y eut un petit silence, au bout du fil.

— Bon, en fait, cela ne s'est pas vraiment passé comme je l'ai décrit à maman et papa, expliqua Lori. Tu sais bien qu'ils sont persuadés que mes choix ne sont pas toujours judicieux, en matière de petits amis.

— Ils ne pensent pas que les miens sont plus avisés, déclara Kiley.

— Mais qu'est-ce que tu racontes ? Mark Roberts est le seul contre lequel ils avaient des préjugés, lui rappela sa sœur. Et nous savons toutes les deux qu'ils n'avaient pas tort.

Kiley inspira profondément. Elle n'avait aucune envie de parler de son bref mariage.

— Lori, est-ce que tu peux me dire la véritable raison de ta rupture avec Josh ? enchaîna-t-elle bien vite.

— Cela faisait environ deux mois que nous sortions ensemble, mais il arrivait que l'on passe deux semaines sans se voir, commença Lori. Bon, tu me connais… J'ai commencé à m'ennuyer, alors je me suis mise à fréquenter quelqu'un d'autre avec qui tout se passait vraiment super bien. Je voyais Josh quand nous arrivions à trouver du temps, et l'autre homme lorsque ce n'était pas possible.

Elle poussa un soupir.

— Enfin, tout s'est super bien passé jusqu'à ce que Josh nous surprenne…

— Lori !

— Je sais, ce n'était pas très glorieux, et c'était idiot, reconnut sa sœur d'un ton contrit. Quand Josh a découvert que je voyais un autre homme, je l'ai supplié de dire à papa et maman que c'était lui qui avait envie de mettre un terme à notre relation.

— Mais enfin, pourquoi ?

— Parce que je ne voulais pas les entendre me dire qu'encore une fois, j'avais tout gâché… De toute façon, Josh et moi savions depuis le début que notre relation ne durerait pas. Quand je lui ai demandé de m'aider à sauver la face en racontant que c'était lui qui m'avait laissée tomber pour une autre, il a été vraiment chouette, et il a accepté.

Kiley n'en croyait pas ses oreilles.

— Et depuis, toute la famille pense que Josh n'est qu'un requin déguisé en costume Armani, alors qu'en réalité il est complètement innocent ? fit-elle.

— Oui, ça résume bien la situation, admit Lori. Mais je t'en prie, pas un mot à papa et maman ! Les choses vont vraiment bien entre Sean et moi, et d'ailleurs je vais leur présenter à la fin de la semaine. Je ne voudrais pas que nos relations soient tendues à ce moment-là…

— Ne t'inquiète pas pour ça, c'est à toi, et certainement pas à moi, de leur dire ce qui s'est vraiment passé, assura-t-elle à sa sœur. Je n'ai jamais aimé rapporter des potins, et ce n'est pas aujourd'hui que je vais commencer. Malgré tout,

Josh ne mérite pas le jugement sévère qu'ils ont sur lui, et ils se doivent de connaître la vérité.

Elle ne supportait pas l'idée de mentir à qui que ce soit, et encore moins à ses parents.

— Je sais, et je te promets que je passerai bientôt aux aveux, lui garantit Lori. Bon, il faut que je raccroche. Sean vient juste d'arriver pour m'emmener à un brunch. Fais des gros bisous à Emmie de ma part.

— Entendu, répondit-elle d'un air absent. Salut.

Elle avait l'impression d'être sonnée… Comment était-il possible que toutes ses certitudes s'écroulent les unes après les autres ?

Jamais elle n'avait imaginé que Mark puisse ne pas être le père d'Emmie. L'idée ne l'avait même pas effleurée. Mais à présent qu'elle se penchait sur la question, tout laissait à penser qu'il ne l'était pas. De la même façon, jusque-là, elle avait été persuadée que Josh était un goujat qui avait brisé le cœur de sa sœur. Découvrir qu'il était innocent et qu'il avait été assez généreux pour endosser le rôle du coupable la laissait sans voix…

A propos de quoi d'autre s'était-elle donc trompée ? Et surtout, pourquoi était-elle si soulagée d'apprendre que Josh n'était pas un briseur de cœur ?

- 5 -

Josh poussa un juron. Quel sale temps ! Le terrain sur lequel il s'avançait pour vérifier l'avancement du chantier du nouveau magasin des Duncan Brothers Western Wear était verglacé. La météo était décidément bien capricieuse, ces derniers temps : à une semaine douce succédait une plus froide, et cela se répétait depuis un bon moment. Mais aujourd'hui, les températures avaient sacrément chuté. Il avait plu toute la journée, et depuis une heure environ, la pluie s'était transformée en neige fondue. Et comme le thermomètre frôlait le zéro, la situation se détériorait rapidement.

Estimant qu'il était trop dangereux pour ses ouvriers de marcher sur les poutrelles métalliques de la structure, il prit la décision de renvoyer l'équipe chez elle. Aucune construction n'était importante au point qu'un homme y risque sa vie.

Après quoi, il remonta dans son SUV et appela les bureaux de la Gordon Construction.

— Sam, je viens de fermer le chantier Duncan, et je rentre, annonça-t-il sans préambule.

— Tu as bien fait, approuva son jumeau. Je m'apprête à passer au TCC chercher Lila, puis nous rentrerons nous aussi directement. Elle avait son cours de préparation à l'accouchement, et vu l'état des routes, je n'ai pas envie qu'elle prenne le volant.

Il approuvait son frère. Sa femme Lila allait mettre au monde des jumeaux dans deux mois, et si lui-même avait eu une femme enceinte, il aurait agi pareillement.

Soudain, une pensée lui traversa l'esprit, une pensée qui le remplit d'effroi… Kiley et Emmie se trouvaient actuellement à la garderie, et elles ne pourraient pas en partir avant que tous les parents ne soient venus récupérer leur progéniture. D'ici là, les routes seraient si glissantes qu'il n'osait pas imaginer ce qui se passerait…

— Il est possible que l'on se voie au TCC, lança-t-il en démarrant le moteur puissant de son Lincoln Navigator.

C'était son véhicule de travail, et pour la première fois depuis qu'il en avait fait l'acquisition, il était heureux qu'il soit doté de quatre roues motrices.

— Il se peut que la directrice de la garderie et sa petite fille aient besoin d'aide pour rentrer chez elle, poursuivit-il.

— Oh ! vraiment ? fit Sam d'une voix traînante. Et depuis quand les femmes avec enfants t'intéressent-elles ?

— C'est un cas de force majeure, renchérit Josh, irrité. Elle habite dans le quartier de Herndon, et tu sais comme moi que la rocade qui y mène est un vrai serpentin.

— Oui, et je pense d'ailleurs que l'ingénieur qui a conçu cette route devait être lui-même un crotale, répondit Sam d'un ton indigné. Il est déjà dangereux d'emprunter cette voie par temps clair, mais par un jour comme celui-ci, c'est du pur suicide.

— Je sais. C'est pour cette raison que je compte les ramener au ranch, décréta-t-il.

Il venait de prendre instantanément sa décision. L'idée que Kiley ou Emmie puissent glisser dans un fossé, ou pire heurtent une voiture venant en sens opposé, lui était tout simplement insupportable.

— Sois bien vigilant, en rentrant, ajouta-t-il.

— Je serai prudent, ne t'inquiète pas. Fais de même avec ta nouvelle petite famille, fit Sam d'un ton taquin.

— Ecoute, Kiley et moi…

Son frère l'interrompit d'un rire tonitruant.

— Menteur ! Le ton défensif que tu adoptes prouve bien que ces deux-là comptent plus pour toi que tu ne veux l'admettre.

— Fais ton malin, va ! marmonna Josh en raccrochant.

Oubliant les commentaires de son frère, il se concentra

sur sa conduite afin d'arriver au TCC aussi vite que possible, sans pour autant prendre de risques. Il avait l'intuition que, ce soir-là, les parents viendraient récupérer leurs enfants plus tôt et que Kiley fermerait la garderie dès qu'elle le pourrait.

Il alluma la radio pour écouter le dernier bulletin météorologique et serra les dents : des averses de neige fondue et de pluie verglaçante étaient prévues jusqu'au lendemain, et l'on rapportait déjà des coupures d'électricité dans la région. Le quartier de Kiley était l'un des premiers à en avoir été privé.

Il pensa un instant à l'appeler, puis y renonça. Avant tout, il devait rester extrêmement concentré sur la route. Ensuite, il avait le pressentiment qu'il devrait se montrer sacrément convaincant pour qu'elle accepte de venir chez lui.

Il lui sembla avoir conduit pendant des heures lorsqu'il arriva au TCC, qui n'était pourtant pas très éloigné du chantier Duncan. Son cœur se mit à cogner très fort dans sa poitrine quand il pénétra dans le parking quasiment désert : Kiley et Emmie étaient-elles déjà parties ?

Il balaya rapidement l'endroit du regard. Ouf, sa vieille Sedan était toujours là, tout au fond du parking. Le simple fait de regagner sa voiture aurait été une gageure, car le sol était entièrement verglacé. Avec, en plus, une petite fille dans les bras, c'était vraiment mission impossible.

Il se gara le plus près possible de l'entrée principale du TCC, sans pour autant en bloquer l'accès, et s'avança avec précaution sur le verglas pour gagner la porte. Une fois à l'intérieur, il accéléra le pas et se dirigea tout droit vers la garderie.

— Combien d'enfants sont encore là ? demanda-t-il sans ambages en pénétrant dans la salle.

Kiley était postée près de la fenêtre, à observer la vitesse de formation du verglas.

— Josh ? Pourquoi tu n'es pas rentré chez toi ? J'ai entendu que les routes allaient devenir dangereuses, lui dit-elle en fronçant les sourcils.

— Elles le sont déjà, affirma-t-il.

Il regarda autour de lui. A part Emmie, il ne restait plus que Cade Addison.

— Dans combien de temps pourras-tu partir ? ajouta-t-il.

— Gil va arriver d'un instant à l'autre, et je m'en irai dès qu'il arrivera. Pourquoi ?

— Je suis venu vous chercher, Emmie et toi, répondit-il en regardant sa montre. Et nous aurons tout juste le temps d'arriver au ranch avant la fermeture des routes départementales.

Elle secoua la tête.

— Emmie et moi rentrons chez nous, pas chez toi.

— Ce n'est pas négociable, Kiley ! répliqua-t-il d'un ton catégorique. Je ne peux en toute conscience te permettre de rentrer chez toi.

— Pardon ? fit-elle en pivotant sur ses talons.

Aïe, il venait de commettre un gros impair.

— Tu ne peux pas me permettre de rentrer chez moi ? répéta-t-elle en détachant chaque syllabe.

— D'accord, je me suis mal exprimé, je le reconnais, déclara-t-il précipitamment. Ecoute… Je ne suis pas du tout tranquille à l'idée de vous savoir sur des routes verglacées, Emmie et toi, et notamment sur cette rocade si dangereuse qui mène chez toi. J'aimerais vraiment que tu acceptes de venir au ranch, avec Emmie. C'est bien plus près, et nous serons rapidement hors de danger.

Elle secoua la tête.

— Non, Josh, c'est impossible.

— Et pourquoi ? demanda-t-il, sentant monter en lui une forme d'irritation devant son obstination.

Au même instant, Gil Addison entra dans la salle.

— J'espère que vous avez l'intention de filer sans tarder, leur dit-il en aidant son fils à enfiler son manteau. Les autorités conseillent aux habitants de ne pas circuler sur les routes et de rester chez eux jusqu'à ce que la tempête de pluie verglaçante soit passée. La police de la route est en train de dégager les voies.

— C'est précisément ce dont Kiley et moi étions en train de discuter, dit-il.

— Ce n'est pas la peine que vous veniez travailler demain, Kiley, ni après-demain, d'ailleurs, déclara Gil en se dirigeant vers la porte, tenant son fils par la main. Le TCC sera fermé jusqu'à ce que les routes soient de nouveau déclarées praticables, et selon moi, ce ne sera pas avant la fin de la semaine.

— Merci pour ces infos, répondit-elle. Faites bien attention vous aussi en rentrant chez vous.

Une fois Gil parti, il attendit que Kiley prenne son manteau et celui d'Emmie dans le placard. Il n'allait pas céder : elle rentrerait au ranch avec lui.

— Selon la radio, l'électricité est coupée dans ton quartier, annonça-t-il, espérant que l'argument lui ferait entendre raison. Outre la grande probabilité d'avoir un accident si tu rentres chez toi, comme feras-tu sans électricité pendant plusieurs jours, avec Emmie ?

— Nous serons dans la même situation difficile chez toi, si le courant est coupé, objecta-t-elle.

Elle semblait toutefois moins sûre d'elle que tout à l'heure. Elle ferma le manteau d'Emmie et attacha sa cagoule.

— Pas du tout, parce que je possède un groupe électrogène, trancha-t-il. Il marche au gaz et fournit assez d'énergie pour toute la maison.

Décidant qu'ils iraient plus vite s'il portait Emmie, il se pencha pour la prendre dans ses bras.

— Est-ce que tu aimerais aller au ranch avec ta maman et revoir les poneys, Emmie ? demanda-t-il à la petite fille.

Il avait bien conscience de sa sournoiserie, mais il s'en fichait : ce qui était d'actualité, ce n'était pas d'être fair-play, mais qu'elles soient en sécurité.

— Moi veux voir poneys, dit Emmie. Si te plaît.

Kiley le considéra en se mordant la lèvre. Elle semblait être en train de reconsidérer sa proposition.

— Josh, je ne suis pas certaine que ce soit une bonne idée… Il se peut que nous soyons coincés pendant plusieurs jours.

— Combien de fois as-tu déjà conduit sur le verglas ? lui demanda-t-il comme ils sortaient du local et qu'elle fermait la porte.

Elle secoua la tête tandis qu'ils gagnaient la sortie du TCC.

— Il est extrêmement rare que nous ayons un temps pareil… Je ne me souviens pas avoir jamais conduit sur du verglas, répondit-elle.

— Eh bien, moi, j'en ai un souvenir très précis, et je peux t'assurer que cela n'a rien d'une partie de plaisir ! rétorqua-t-il en déposant Emmie par terre. Restez ici. Je vais avancer ma voiture sous la verrière pour que vous ne vous mouilliez pas.

— Il faut que j'aille récupérer le siège d'Emmie, dit-elle en cherchant ses clés de voiture dans son sac.

— Inutile qu'on se rompe le cou en marchant sur la glace ! Je vais y aller avec ma voiture.

Il lui fallut un certain temps pour rejoindre l'autre bout du parking au volant de son Lincoln Navigator, prendre le siège auto et revenir à l'entrée du TCC. Il sentait bien que le SUV chassait, et il était plus que jamais certain d'avoir pris la bonne décision en venant chercher Kiley et Emmie.

Une fois le siège installé et tous les passagers attachés, ils prirent la route. Mains bien agrippées au volant, Josh espérait que le SUV serait assez lourd pour ne pas déraper, mais il aperçut bientôt un semi-remorque en travers, sur le bas-côté. Le véhicule avait été à deux doigts de tomber dans le ravin. Voilà qui n'était guère pour le rassurer !

Redoublant de prudence, il se dirigea vers la route nationale qui menait au ranch. Les rues étaient désertes, et ils croisèrent de nombreuses voitures ayant échoué dans le fossé. Le trajet jusqu'au ranch promettait d'être long !

Kiley desserra les poings lorsque Josh s'engagea tout doucement dans l'allée qui menait chez lui. Huit kilomètres à peine séparaient le club du ranch, mais il leur avait fallu presque une heure pour rallier ce dernier. L'odyssée avait été une véritable épreuve pour les nerfs ! Elle avait fini par ne plus compter les véhicules qui avaient glissé hors de la chaussée, et à plusieurs reprises, elle avait bien cru que le SUV allait les y rejoindre. Heureusement, Josh était un excellent conducteur, et il était parvenu à garder le contrôle de son véhicule.

En définitive, elle lui savait gré qu'il ait insisté pour les ramener chez lui, Emmie et elle, car elles n'auraient jamais pu rentrer à la maison sans encombre. La rocade qui menait à son quartier était bien trop tortueuse, et avec le verglas, sa voiture aurait forcément fini dans le fossé. A la pensée qu'Emmie aurait pu être blessée, elle frissonna…

— Tu as froid ? demanda-t-il, la main déjà posée sur le bouton du chauffage. Nous sommes presque arrivés, mais je peux monter la température de l'habitacle, si tu veux.

Elle secoua la tête.

— Non merci, ça va aller.

Il entra dans le garage attenant au ranch, puis il appuya sur le bouton d'une télécommande, et la porte se referma automatiquement.

— Il nous a fallu un peu de temps, mais nous voici sains et saufs à la maison, décréta-t-il.

— Merci, dit-elle. Sincèrement. Je ne pensais pas que l'état des routes était si désastreux.

Il hocha la tête.

— Je suis au regret de te dire que nous allons devoir préparer nous-mêmes le dîner, puisque j'ai dit à Martha et à Bobby de rentrer chez eux, en début d'après-midi. Ils habitent à une quinzaine de kilomètres d'ici, et je voulais qu'ils soient chez eux avant que l'état des routes se dégrade trop.

Elle le considéra un instant, médusée. Le fait qu'il soit si sensible à la sécurité de sa gouvernante et de son contremaître lui donna tout de suite une meilleure opinion de lui.

— Je prépare tous les soirs le dîner pour Emmie et moi, répondit-elle en souriant. Je pense que je suis largement en mesure de faire à manger pour trois.

Il lui sourit.

— Parfait, car je suis au regret de te dire que mes talents culinaires se limitent à mettre de l'eau à bouillir pour y faire cuire des pâtes ou des raviolis.

— Je pensais que les Texans savaient dès la naissance

préparer un barbecue ! dit-elle d'un ton ironique, en posant la main sur la poignée, pour descendre.

— Attends, dit-il.

Il sortit prestement du SUV pour aller lui ouvrir et l'aider à descendre.

— Je sais allumer un barbecue et griller des steaks, poursuivit-il, mais je n'ai aucune envie de risquer ma vie ce soir pour cuire de la viande !

Elle se mit à rire.

— Mais où est donc passé ton goût de l'aventure, Josh ?

— Je l'ai épuisé sur le trajet du retour, répondit-il tandis que son sourire s'évanouissait et que son ton devenait plus grave. Je suis heureux que tu aies choisi de rentrer au ranch avec moi, Kiley.

Puis, se penchant vers elle, il effleura ses lèvres des siennes.

— L'idée que tu empruntes cette route avec tous ses virages m'était insupportable, ajouta-t-il dans un murmure.

Elle sentit les battements de son cœur s'accélérer brusquement.

— Josh…

Il posa un doigt sur sa bouche.

— Chut… Je ne voulais pas t'effrayer. Contrairement à ce qui s'est passé il y a trois ans, je te jure que tu peux me faire confiance.

Et, avant qu'elle ait le temps de lui répondre, il ouvrit la porte arrière du Lincoln Navigator et détacha Emmie.

— Elle s'est endormie, observa-t-il, attendri, en prenant doucement sa petite fille dans ses bras.

Kiley se figea. Emmie venait de cligner des paupières et d'ouvrir les yeux. Elle redoutait qu'elle se mette à pleurer lorsqu'elle se rendrait compte qu'elle n'était pas dans ses bras. Mais au contraire, la fillette noua ses petites mains autour du cou de Josh et posa la tête sur son épaule. Emmie était affectueuse par nature, mais elle ne s'était jamais attachée aussi rapidement à quelqu'un. Sentait-elle à sa manière que cet homme-là allait peut-être devenir une personne importante dans sa vie ?

Kiley emboîta le pas à Josh, tout en se demandant ce qu'elle allait faire au sujet de ses suspicions sur la filiation d'Emmie. Elle ne voyait vraiment pas comment aborder la discussion. Difficile de dire : « A propos, Josh, je pense que l'enfant que tu tiens dans tes bras est ta fille. » L'annonce n'avait rien de banal, et elle ne pouvait être faite sur un ton désinvolte.

Elle résolut de garder le silence jusqu'à ce qu'une opportunité se présente d'elle-même. Lorsqu'ils entrèrent dans la cuisine et qu'il alluma les lumières, elle retint son souffle en découvrant les lieux. Les comptoirs en marbre noir veiné et les placards rouge laqué étaient magnifiques, mais ce furent surtout les appareils électroménagers en inox, dignes d'un grand restaurant, qui la frappèrent. Quel bonheur ce devait être de cuisiner dans un environnement aussi luxueux et spacieux !

— Cette cuisine est un rêve devenu réalité pour tous ceux qui aiment cuisiner, lui dit-elle, comme il poursuivait son chemin vers le vestibule. Est-ce que tu reçois beaucoup ?

— Le 4 Juillet, j'organise une grande fête pour les employés, chez moi, car ma cuisine est plus grande que celle de Sam.

Il tenait toujours Emmie, tandis que Kiley retirait doucement son manteau à sa fille endormie.

— En revanche, c'est Sam qui s'occupe de la fête de Noël pour l'entreprise. Et de temps en temps, nous donnons aussi des dîners pour des clients, chacun notre tour. Voilà, c'est à peu près tout.

Il lui tendit alors Emmie afin d'aller accrocher les manteaux dans le placard de l'entrée. Kiley en profita pour admirer le beau sol en marbre beige de l'entrée, ainsi que l'escalier majestueux qui menait à l'étage. Tout, dans la maison, indiquait que Josh n'avait pas lésiné sur les moyens lors de sa construction.

— Faim, murmura Emmie en ouvrant les paupières. Poneys.

Josh revint vers elles et se mit à rire. Un rire qui suscita de bien curieuses sensations chez Kiley…

— Les poneys sont dans l'écurie, en train de dîner, mais je te promets que, dès que le temps le permettra, je t'emmènerai les voir. D'accord ?

Emmie hocha la tête, puis noua ses mains autour du cou de sa mère.

— Faim, maman.

— Bien, je pense qu'il va falloir que je prépare quelque chose, répondit Kiley en lui chatouillant le ventre.

La fillette éclata de rire, et Kiley se tourna vers Josh.

— Est-ce que tu veux que je prépare un plat en particulier, ou bien je me débrouille avec ce que tu as en stock ?

— Le réfrigérateur et le garde-manger sont toujours pleins, alors regarde ce qu'il y a dedans et prépare ce que tu veux, tout me conviendra, répondit-il. Et si tu me dis ce que je dois faire, je pourrai aussi t'aider.

Un beau sourire éclaira alors son visage.

— Si tu as besoin d'eau bouillante, je suis ton homme.

Elle eut un petit rire et posa son sac sur l'îlot de la cuisine dans lequel elle chercha un poney pour Emmie.

— Je m'en souviendrai, lui dit-elle.

Tendant le jouet à sa fille, elle ajouta :

— Est-ce que tu peux garder un œil sur elle pendant que je me mets aux fourneaux ?

— Tu crois qu'elle voudrait regarder la télé ? demanda-t-il. J'ai le satellite, je peux accéder à toutes sortes de dessins animés à la demande. Je suis sûr que je peux trouver quelque chose qui lui plaira.

Normalement, Emmie était autorisée à regarder la télévision à des créneaux horaires très précis, mais en l'occurrence, les circonstances étaient extraordinaires.

— Il y a un dessin animé avec des poneys qu'elle regarde de temps en temps, répondit-elle.

— Je vais le trouver, promit Josh.

Puis, se tournant vers Emmie, il lui dit :

— Est-ce que tu veux venir avec moi pour voir un dessin animé sur les poneys, à la télévision ?

— Oui ! dit Emmie en hochant la tête, tandis que ses nattes s'agitaient des deux côtés de son petit minois.

Lorsqu'elle vit sa fille glisser sa main dans celle de Josh pour se diriger vers le salon, elle se mordit la lèvre pour l'empêcher de trembler. Quelle image troublante ! *Sa petite fille avait le droit d'avoir un père*, se dit-elle. Seulement, où puiserait-elle le cran de faire part de ses suspicions à Josh ? Et si elle trouvait ce courage, comment réagirait-il ? Mark avait tourné le dos à Emmie alors qu'il pensait qu'elle était sa fille. Rien ne lui prouvait que Josh ne l'imiterait pas.

Non, elle ne devait pas établir de telles comparaisons ! C'était vraiment s'infliger des souffrances inutiles, car Josh n'avait rien à voir avec Mark.

Il lui fallait garder son entière lucidité et entreprendre, avant toute chose, une démarche qui lui permettrait sans doute de parler plus facilement à Josh. En effet, dès que le temps s'éclaircirait et que la situation redeviendrait normale, elle appellerait Mark pour s'enquérir de son groupe sanguin. Si ce dernier excluait toute possibilité que son ex-mari soit le père biologique d'Emmie, alors elle ferait part de ses doutes à Josh. D'ici là, la meilleure stratégie était de garder le silence et de se préoccuper d'un problème plus urgent : préparer le dîner.

— Tu es une remarquable cuisinière. C'était délicieux !

Kiley adressa un sourire à Josh qui s'adossa à sa chaise, repu. Elle sentit soudain son sang se mettre insidieusement à courir plus vite dans ses veines.

— Je suis heureuse que cela t'ait plu, mais je n'ai rien fait d'extraordinaire. C'était juste un poulet cuit à l'étouffée avec des légumes, on ne peut pas dire que ce soit de la grande cuisine.

— Tu veux que je te confie un secret sur l'immense majorité des hommes ? fit-il d'un ton mi-ironique, mi-confidentiel.

— Oh oui, ça m'intéresse ! répondit-elle en riant. Vas-y, je t'écoute.

Un petit sourire mystérieux aux lèvres, il rassembla d'abord les assiettes pour aller les déposer dans l'évier, puis vint se rasseoir.

— La plupart des hommes se fichent de ce qu'ils mangent tant que c'est bon et que c'est copieux, lui murmura-t-il alors à l'oreille.

Elle lui sourit en essuyant la bouche et les mains d'Emmie.

— Je crois que cette petite déclaration mérite un addenda, commenta-t-elle.

Il fronça les sourcils.

— Ah bon ? Et lequel ?

— Les hommes se fichent de ce qu'ils mangent tant qu'ils n'ont pas à faire la cuisine.

Il éclata de rire.

— Cela va sans dire.

Après quoi, Kiley alla préparer Emmie pour la nuit.

Tandis que Josh mettait les assiettes dans le lave-vaisselle, il repensa à elle. Il ne savait pas comment les autres femmes se comportaient avec leur enfant, mais il pouvait affirmer sans grand risque de se tromper que Kiley était une mère extraordinaire. Elle était parée à affronter n'importe quelle situation. Ainsi, non seulement il y avait toujours des jouets dans son sac pour amuser Emmie, mais elle avait aussi des vêtements de rechange, des couverts pour enfant, ainsi que tout un stock de petits en-cas diététiques.

Si un jour il se retrouvait dans une situation de détresse, c'étaient Kiley et son sac magique qu'il souhaitait auprès de lui ! Elle pouvait réagir à n'importe quelle urgence, et transportait tout son précieux matériel dans un ravissant sac en toile de la taille d'une boîte de céréales.

Alors qu'il gagnait le salon pour s'asseoir sur le canapé, il ne fut pas du tout surpris de voir les lumières clignoter plusieurs fois, avant de s'éteindre complètement. Comme il s'y attendait, le groupe électrogène se mit automatiquement en marche, et la lumière revint aussitôt. Vraiment, il se félicitait d'avoir pensé à installer cette source d'énergie auxiliaire quand il avait fait construire la maison. Tous les trois pouvaient tenir un siège, ils seraient au chaud et bien nourris.

Soudain, Emmie entra en trombe dans le salon. Elle était vêtue d'un minuscule jogging rose, et ses cheveux bouclés tombaient tel un nuage doré sur ses épaules. Elle avait les yeux grands ouverts et paraissait très excitée. Elle sauta brusquement sur ses genoux et, agitant les mains, se lança dans une grande explication… à laquelle il ne comprit pas un traître mot !

— Que dit-elle ? s'enquit-il auprès de Kiley qui entrait à son tour dans le salon.

Elle lui sourit.

— Elle essaie de t'expliquer que les lumières de la salle de bains se sont éteintes quand elle était dans son bain.

— Je t'assure que cela ne se reproduira pas, dit-il alors à Emmie.

En réalité, il ne savait pas si cela lui avait fait peur ou bien si elle tentait juste de lui raconter son expérience, mais n'était-il pas toujours bon d'être rassuré ?

— Le groupe électrogène a pris le relais ? demanda Kiley en s'asseyant.

Il hocha la tête et s'empara de la télécommande.

— Je m'apprêtais à regarder si les journaux indiquaient l'ampleur des coupures d'électricité.

Sur la chaîne locale d'informations, ils apprirent que, dans Royal et ses environs, toute activité avait provisoirement cessé en raison de la tempête de pluie verglaçante. Seuls quelques rares quartiers avaient été épargnés mais, selon les estimations, leurs habitants se réveilleraient sans électricité le lendemain matin.

Après le flash spécial, Kiley se leva et s'avança vers lui.

— Emmie s'est endormie, dit-elle.

— Tu veux que je la porte jusqu'à son lit ? demanda-t-il.

Elle secoua la tête.

— Non, cela risque de l'effrayer si elle se réveille dans une pièce qu'elle ne connaît pas. Je vais la mettre dans la causeuse jusqu'à ce que j'aille me coucher.

Une fois Emmie bien calée, Kiley voulut se rasseoir dans le fauteuil, mais Josh lui saisit le bras.

— Assieds-toi près de moi.

— Josh, je préfère…

— Nous pourrons discuter plus tranquillement sans craindre de réveiller Emmie, coupa-t-il.

Elle le regarda longuement, puis finit par obtempérer.

— Tu as sans doute raison. En temps normal, c'est une bonne dormeuse, mais en l'occurrence elle n'est ni dans son lit, ni à la maison.

— J'ai pensé à la façon dont nous allions dormir, déclara-t-il à brûle-pourpoint.

— Et alors ? demanda-t-elle d'un air suspicieux.

Josh eut un petit rire devant son visage inquiet.

— Pas de panique, enchaîna-t-il. Il y a deux suites, chez moi. Celle que tu as utilisée pour donner son bain à Emmie et une autre, en haut. La maison comporte également quatre autres chambres, à l'étage. Fais ton choix, mais il me semble que les enfants et les escaliers ne font pas bon ménage.

— Effectivement… Bon, alors merci pour la suite du bas. C'est très gentil de ta part, car j'ai l'impression que c'est ta chambre, non ?

Il hocha la tête.

— Martha a mal à un genou, et il est plus facile pour elle de faire le ménage dans cette suite, elle n'a pas à monter tout le temps l'escalier.

Elle lui adressa un lent sourire, et ce fut comme s'il recevait un faisceau de chaleur en plein cœur.

— Décidément, Josh Gordon, tu es un homme surprenant.

Il fronça les sourcils.

— Pourquoi est-ce que tu dis cela ?

— Tout le monde n'est pas aussi prévenant envers ses domestiques.

— Je connais Martha et Bobby Ray depuis toujours. Quand ils ont dû vendre toutes leurs bêtes à cause de la sécheresse, ils ont bien failli perdre leur ranch. Alors je leur ai proposé de travailler pour moi, car je savais qu'ils n'accepteraient aucune autre aide de ma part.

— Je comprends. C'est une question de fierté.

Elle paraissait se relaxer au fur et à mesure de leur discussion.

— Ont-ils réussi à garder leurs terres ? demanda-t-elle.

Il hocha la tête.

— Oui. Ils n'avaient pas les moyens de racheter des bêtes, mais comme le ranch appartient aux Ray depuis cinq générations, Bobby tenait à le garder pour son petit-fils. En travaillant pour moi, ils ont assez d'argent pour vivre et entretenir le ranch.

— Et toi, tu leur facilites la vie pour qu'ils puissent mener de front les deux activités, observa-t-elle avec douceur.

— En quelque sorte, répondit-il, mal à l'aise.

Il n'avait jamais pensé à la situation en ces termes. Il estimait juste faire son devoir.

Décidant qu'il était temps de changer de sujet de conversation, il renchérit d'un ton jovial :

— Tu sais ce que j'ai prévu que l'on fasse, demain ?

— Non, je l'ignore, mais tu vas m'éclairer, fit-elle, un sourire radieux à l'appui — un sourire qui ne manquait jamais de susciter chez lui une poussée d'hormones.

— Il faut que nous décorions la maison pour Noël.

Il désigna le coin près de la cheminée.

— C'est là que j'avais mis le sapin, le premier Noël après mon emménagement ici.

— Et depuis, tu n'en as jamais fait d'autres ?

— Je n'ai jamais vraiment trouvé le temps.

Ce n'était pas tout à fait la vérité ; étant seul, il n'avait pas eu envie de décorer sa maison pour Noël.

— Est-ce que tu penses que je devrais le placer ailleurs ?

— Non, près de la cheminée, c'est très bien, approuva Kiley, en dissimulant un bâillement derrière sa main délicate. Emmie et moi nous ferons le nôtre dimanche après-midi. Elle va être ravie d'en décorer un deuxième. A propos, où comptes-tu trouver un sapin par ce temps ?

— J'ai un arbre en plastique de presque deux mètres de

haut, dans le garage. Mais nous pourrons reparler de tout cela demain. Tu as l'air bien fatigué, dit-il en se mettant debout.

Il lui tendit la main pour l'aider à se relever, et ajouta tout à trac :

— Je préfère te prévenir, Kiley, je vais t'embrasser pour te dire bonne nuit, c'est plus fort que moi.

Comme elle voulait protester, il la devança :

— Juste un baiser. Et puis je monterai.

— Nous pouvons tout à fait dormir en haut, Emmie et…

Il posa alors son doigt sur sa bouche pour la faire taire.

— C'est très bien ainsi. Je prends la suite du haut.

Il la sentit frémir légèrement sous sa caresse. Alors, sans hésitation, il captura sa bouche. Désireux de ne pas se montrer trop entreprenant, il se contenta d'abord d'effleurer ses lèvres, attendant une indication de sa part, sur le genre de baiser qu'elle souhaitait. Quand elle noua lentement ses bras autour de son cou et se pressa contre lui, il éprouva un moment de triomphe. Elle en désirait plus, c'était évident, mais il poursuivit ses simples effleurements, espérant qu'elle lui montrerait ses attentes avec plus d'ardeur. Il voulait qu'elle lui prouve combien elle était impatiente qu'il lui donne le baiser qu'elle méritait.

Soudain, il l'entendit pousser un léger grognement, et il comprit à quel point il la frustrait en ne se montrant pas plus audacieux. Elle se lova alors un peu plus étroitement contre lui.

— Est-ce que tu veux que je t'embrasse, Kiley ?

— Je ne devrais pas, dit-elle, d'un ton à la fois ravi et essoufflé.

Il se redressa et plongea ses yeux dans les siens.

— Mais tu en as envie, n'est-ce pas ?

— Oui.

C'était tout ce qu'il voulait entendre.

Penchant la tête, il captura sa bouche pour assouvir leur désir réciproque. Kiley avait les lèvres les plus douces du monde. Les taquinant doucement pour qu'elle les entrouvre, il approfondit son baiser, et une vague de chaleur se répandit dans son bas-ventre…

Il avait la sensation qu'aucune autre femme avant elle n'avait aussi parfaitement épousé son corps et que ses bras étaient faits pour elle. Immédiatement, il repensa à leur nuit partagée, trois ans plus tôt, et son corps se raidit, tandis qu'il se sentait pris de vertige.

Conscient qu'elle allait mesurer à quel point il la désirait, il se pressa contre elle. Il sentit alors son souffle délicat se saccader et, au lieu de le repousser, comme il s'y serait attendu, elle resserra son étreinte : on aurait dit qu'elle voulait ne faire plus qu'un avec lui.

Devant son désir égal au sien, il sentit la course de son sang s'accélérer dans ses veines. Il s'en serait fallu de peu pour qu'ils oublient leur prudence et s'abandonnent à l'alchimie qui existait entre eux. Mais il ne souhaitait pas un tel scénario… Lorsqu'ils avaient fait l'amour dans l'appartement de sa sœur, leurs ébats avaient été frénétiques, désespérés. Et tous deux avaient alors pensé que leur compagnon habituel n'était pas le même, cette nuit-là.

Quand ils referaient l'amour, et dans son esprit, il n'y avait pas l'ombre d'un doute que cela se reproduirait, il désirait qu'ils prennent leur temps. Ils s'exploreraient mutuellement jusqu'à plus soif. Jusqu'à ce que chacun sache vraiment avec qui il allait faire l'amour.

S'écartant lentement d'elle, il prit une grande inspiration, puis plongea ses yeux dans ses belles prunelles noisette encore brillantes de désir.

— Josh, je…

— Chut, ma chérie, l'interrompit-il en lui donnant un baiser sur le nez.

Et, sans un mot, il la relâcha pour s'occuper d'Emmie. Il la prit dans ses bras avec le plus de précautions possible, afin de ne pas la réveiller.

— Il est temps que chacun regagne sa suite, chuchota-t-il. Et pour moi de prendre une douche bien froide.

- 6 -

Assise sur le canapé, Kiley regardait Josh et Emmie décorer le grand sapin artificiel près de la cheminée. Sa fille prenait son rôle d'assistante très au sérieux, ralentissant en réalité le déroulement des opérations, ce qui ne paraissait pas du tout gêner Josh. Avec patience, il attendait qu'Emmie lui apporte les boules qui se trouvaient dans les cartons qu'il avait sortis du garage le matin même.

Incapable de retenir un bâillement, elle s'adossa contre le canapé et ferma les paupières. Elle était épuisée, et ce n'était que l'après-midi… Après le baiser qu'ils avaient échangé la veille avant d'aller se coucher, elle s'était sentie toute retournée. Et comme si cela ne suffisait pas, il avait fallu qu'il leur laisse sa chambre, à Emmie et à elle !

Dans la suite entière flottait son parfum masculin et raffiné, si caractéristique et, quand elle s'était glissée sous la couette, elle avait eu la sensation d'être complètement enveloppée par sa présence. Cela avait inévitablement ravivé les souvenirs de cette nuit où il lui avait fait l'amour par erreur, et elle en avait conçu une telle excitation et agitation qu'elle n'avait quasiment pas pu fermer l'œil de la nuit.

— Maman, regarde, dit Emmie, en la rejoignant sur le canapé.

Ouvrant les yeux, elle sourit à sa petite fille.

— Qu'est-ce que tu veux que je regarde, ma belle ?

Rayonnante, Emmie désigna du doigt le coin de la cheminée.

— L'arbe, dit-elle.

— Il est magnifique, dit Kiley tandis que Josh branchait la guirlande multicolore. Tu as été une excellente assistante !

Eclairé par des centaines d'étoiles lumineuses, le sapin parut soudain prendre vie. Emmie ouvrit grands les yeux et battit des mains.

— Superpe !

— C'est vrai, il n'est pas mal du tout, hein ? fit Josh en souriant lui aussi. Est-ce que tu veux placer l'ange en haut du sapin, Emmie ?

Hochant la tête, elle se précipita vers lui, et tous deux se mirent à chercher, dans les boîtes, la décoration qui apporterait la touche finale au sapin. De nouveau, Kiley ne put s'empêcher de noter la ressemblance entre eux deux. Non seulement ils avaient les mêmes yeux et le même nez, mais maintenant, elle se rendait compte que les cheveux d'Emmie étaient d'une couleur châtain clair plus proche de celle de Josh que de son blond foncé à elle.

Josh avait soulevé Emmie afin qu'elle coiffe le sapin avec l'ange. Lorsqu'ils se retournèrent pour voir ce qu'elle en pensait, elle sentit son souffle s'accélérer… Leurs sourires aussi étaient identiques.

Même si elle avait toujours l'intention d'appeler Mark pour lui demander son groupe sanguin, elle ne nourrissait plus aucun doute désormais sur l'identité du père de sa précieuse petite fille. Emmie était le portrait craché de Josh. Confirmer cette évidence par une preuve était juste une question de formalité.

— Alors, de quoi a-t-il l'air ? demanda-t-il.

— Il est un peu incliné, mais sinon, c'est parfait, répondit-elle de façon automatique.

Reposant Emmie, Josh s'approcha d'elle.

— Tout va bien, Kiley ?

— Euh… Oui ! Pourquoi est-ce que tu me poses cette question ?

— Parce que tu as l'air…

Il s'interrompit, visiblement en quête du mot juste.

— … préoccupé, ajouta-t-il.

Secouant la tête, elle se força à sourire.

— Je suis juste un peu fatiguée, rien de bien grave.

Il la considéra quelques secondes, puis hocha la tête.

— Moi non plus, je n'ai pas bien dormi, cette nuit, dit-il avec un sourire. Je n'arrêtais pas de penser à ce baiser et…

— Je n'ai jamais dit que j'avais mal dormi, l'interrompit-elle, peu encline à admettre qu'elle avait souffert des mêmes insomnies que lui.

— Ce n'est pas la peine de le dire, ma chérie, je le vois, dit-il en lui caressant tendrement la joue avec sa main calleuse. Ces cernes sous tes yeux parlent à ta place.

Cela ne lui plaisait guère que Josh imagine qu'il était la cause de sa fatigue, même s'il ne se trompait pas. Aussi s'efforça-t-elle de trouver rapidement une autre explication, la première qui lui passa par la tête.

— Les enfants ont toujours un sommeil agité, tu sais.

Il la fixa un long moment.

— Si tu le dis, finit-il par marmonner, et il retourna vers ses boîtes de décoration.

Josh ne l'avait pas crue une seule seconde, se dit-elle, mais au moins il ne s'était pas montré insistant et n'avait pas essayé de lui arracher la vérité à tout prix.

Emmie commença à se frotter les yeux : il était temps pour sa fille de faire une sieste.

— Tu veux que je te lise un livre, ma chérie ? lui demanda-t-elle.

— Oui, les poneys ! répondit Emmie en se mettant à fouiller dans le sac de Kiley.

Pendant qu'elle faisait la lecture à sa fille, elle remarqua que Josh rassemblait les cartons. Après en avoir mis un de côté, il porta le reste au garage. Quand il revint, il prit place dans le fauteuil, près du canapé. Chaque fois qu'elle levait les yeux vers lui, elle croisait son regard. A quoi pouvait-il bien penser ?

— Elle s'est endormie, finit-il par dire.

Puis il se leva pour prendre Emmie et la porter dans la causeuse. Elle fut touchée quand il la recouvrit d'une belle couverture colorée amérindienne.

— Est-ce que tu veux une tasse de café ? proposa-t-il. J'en ai fait pendant que tu lisais son livre à Emmie.

— Oh oui, avec grand plaisir ! répondit-elle, espérant que la caféine l'aiderait à chasser sa fatigue.

Et elle se mit debout.

— Comment prends-tu le tien ? ajouta-t-elle.

— Ne bouge pas, je m'en charge, dit-il en souriant. Tu as préparé le dîner hier soir et, à moins qu'une vague de chaleur tropicale ne balaie subitement la région et fasse fondre la glace, tu devras sans doute cuisiner aussi ce soir, et même peut-être demain. Le moins que je puisse faire, c'est de te servir du café.

Elle lui dit alors comment elle prenait le sien, puis se rassit sur le canapé. Pendant plusieurs années, elle avait cru qu'il était un homme à qui on ne pouvait pas faire confiance, une brute qui avait brisé le cœur de sa sœur. Ces derniers mois, elle s'était dit que, en tant que président insensible du comité des fonds de dotation, il n'attendait qu'une chose : que la garderie ferme et qu'elle se retrouve sans emploi.

Seulement voilà : plus elle apprenait à le connaître, plus elle se rendait compte qu'il était bien différent de l'image qu'elle s'était forgée de lui ! Avant même que sa sœur n'avoue que, finalement, leur rupture ne s'était pas tout à fait passée comme elle l'avait d'abord raconté, elle avait commencé à se dire qu'au fond, Josh n'était pas si mauvais qu'elle le pensait.

S'il était un sans-cœur, comme elle l'avait cru pendant longtemps, il ne lui aurait pas accordé un mois de budget supplémentaire et l'occasion de lui prouver que la garderie en avait besoin. Tout comme il ne se serait pas préoccupé de savoir si Emmie et elle étaient en sécurité, la veille au soir, et n'aurait pas insisté pour les conduire au ranch, au lieu de la laisser prendre le volant sur des routes verglacées et traîtresses.

— Et voilà ! annonça Josh quelques instants plus tard d'un ton jovial, en lui tendant sa tasse. Un lait avec un nuage de café et un petit édulcorant.

Elle lui sourit.

— Je suppose que, toi, tu es un vrai buveur de café ?

Il hocha la tête en s'asseyant à côté d'elle.

— Oui, je dois avouer que je l'aime bien noir.

— Si je le buvais comme toi, je ne pourrais pas dormir de la nuit, c'est sûr, dit-elle en posant sa tasse sur la table basse. De toute façon, je n'aime pas vraiment le goût du café pur. Je ne me suis mise à en boire qu'après la naissance d'Emmie. C'était la seule façon pour moi de rester éveillée toute la journée après ne pas avoir dormi de la nuit à cause d'un bébé qui souffrait de coliques.

— Donc, quand tu m'as dit que ton mari t'avait quittée après la naissance d'Emmie, tu voulais dire *immédiatement* après ? demanda-t-il en fronçant les sourcils.

Elle hocha la tête.

— Mark est parti quatre jours après sa naissance, précisa-t-elle. Mais quand j'y repense, je crois que c'était bien mieux ainsi. M'occuper de mon bébé requérait toute mon énergie, et je n'aurais vraiment pas pu gérer en même temps un homme exigeant et immature.

— Et ta mère, ta sœur ? demanda Josh d'un ton vif. Elles t'ont tout de même aidée, non ?

Elle hocha la tête.

— Elles étaient là pour moi dès qu'elles le pouvaient. Mais elles travaillent aussi, et puis Emmie, c'était mon bébé, c'était à moi de m'en occuper.

Il parut méditer un instant sur ses propos, puis hocha finalement la tête.

— Je comprends ton sens des responsabilités, mais cela n'a pas dû être facile. Est-ce que tu trouves malgré tout un peu de temps pour toi ?

— Si la question est de savoir si je suis sortie avec quelqu'un depuis la naissance d'Emmie, la réponse est non, trancha-t-elle.

Elle regarda alors avec un sourire attendri sa fille qui dormait comme un petit ange, dans la causeuse.

— J'ai connu des moments difficiles, c'est vrai, ajouta-t-elle, mais je n'ai jamais regretté une seconde d'être mère.

Je n'ai pas besoin de vie sociale, j'ai ma fille, et rien n'est plus important pour moi.

Posant sa tasse de café sur la table, il se rapprocha d'elle.

— Tu es une mère formidable et Emmie est une petite fille adorable, dit-il en l'attirant dans ses bras.

— Josh, qu'est-ce que tu fais ?

Et pourquoi protestait-elle si faiblement ? se demanda-t-elle aussitôt.

— J'essaie de te rappeler qu'outre le fait que tu es une mère extraordinaire, tu es *aussi* une femme superbe et désirable.

Ses lèvres frôlèrent les siennes.

— Tu veux savoir ce que je pense ? poursuivit-il.

— Je ne crois pas, non, dit-elle, regrettant une fois encore son manque d'assurance.

C'était tout de même incroyable ! Il suffisait qu'il la prenne dans ses bras, et elle perdait tout son bon sens, si jamais elle en avait eu !

Il appuya son front contre le sien.

— Je sais que tu ne veux pas l'entendre, mais j'ai tout de suite compris que tu étais passionnée et désirable.

Un frisson la parcourut… Il ne pouvait pas mieux choisir ses mots. C'était la première fois depuis des années qu'elle ressentait vraiment de la passion et du désir pour un homme.

— Tu as raison ! dit-elle soudain. Je préfère ne pas en entendre parler.

— Mais c'est une nuit que ni toi ni moi ne pourrons oublier, ma chérie, insista-t-il en l'embrassant dans le cou. Elle me revient à la mémoire chaque fois que je pose mes yeux sur toi. Il se peut que nous ayons fait l'amour par erreur, mais je ne peux pas dire que j'en sois désolé.

— Je… Je pensais vraiment que tu étais… Mark, se défendit-elle.

— Et moi je t'ai prise pour Lori, répondit-il.

Enserrant son visage entre ses mains, il l'obligea à le regarder dans les yeux.

— Mais cela n'efface pas le fait que quelque chose d'extraordinaire se soit passé entre nous, cette nuit-là, continua-t-il.

Elle soutint son regard, d'un bleu admirable. Oui, il avait raison. Elle n'avait jamais ressenti une intimité aussi grande avec un homme que dans les bras de Josh, c'était comme si leurs âmes étaient entrées en contact.

— Tu l'as bien senti, toi aussi, non ? ajouta-t-il en guise de conclusion.

Un éclat brilla alors dans l'azur de ses yeux.

Il aurait été bien vain de nier, pensa-t-elle.

D'ailleurs, sans attendre sa réponse, il pencha de nouveau la tête vers elle. Au moment où leurs lèvres s'épousèrent, elle eut l'impression que des étoiles explosaient derrière ses paupières closes, et il lui sembla que le temps suspendait son cours… Chaque fois qu'elle se trouvait près de lui, elle éprouvait comme une attirance magnétique contre laquelle il lui était impossible de lutter. Elle n'aurait pas même pu lui résister si sa vie en avait dépendu…

Quand il se mit à butiner ses lèvres, elle les entrouvrit instinctivement et, poussant un léger gémissement, l'invita sans ambiguïté à approfondir ses caresses. Il embrassait comme un dieu, de façon si excitante, si troublante… Josh Gordon était un expert, et elle aurait parié qu'il aurait pu séduire n'importe quelle statue de marbre avec rien d'autre que sa bouche talentueuse.

Dans le même temps, il explorait ses courbes et, bientôt, il lui saisit les seins et entreprit d'en caresser les pointes avec son pouce. Des vagues de chaleur la submergèrent alors… Il lui procurait des sensations si exquises qu'elle ne pourrait plus jamais les oublier.

— Kiley… ma chérie, il se passe… des choses entre nous, murmura-t-il d'un ton essoufflé. Ça a commencé cette fameuse nuit, dans l'appartement de ta sœur… et aujourd'hui, c'est encore plus fort.

Il se tut pour lui donner un baiser si tendre que les larmes lui montèrent aux yeux.

— Tout ce que je te demande, c'est de le reconnaître, poursuivit-il.

Elle ne pouvait bien évidemment pas nier qu'ils étaient

attirés l'un par l'autre, comme une abeille par un champ de fleurs sauvages. Mais elle n'était pas non plus certaine d'être prête à l'admettre de manière aussi ouverte.

— Oui, il existe des ondes positives entre nous, si l'on peut dire, reconnut-elle en choisissant ses mots avec prudence.

A sa grande surprise, il ne chercha pas à lui faire admettre davantage que la simple attirance qu'elle lui concédait, et il se contenta de lui donner un dernier baiser passionné avant de se lever.

— C'est tout ce que j'avais besoin d'entendre, déclara-t-il.

Il lui prit alors la main pour l'aider à se mettre debout elle aussi, puis il lui tendit la boîte qu'il avait mise de côté, un peu plus tôt.

— Est-ce que tu peux me faire une faveur et décorer la cheminée ? lui demanda-t-il. Pendant ce temps, je vais accrocher des guirlandes de lumière devant la porte d'entrée.

Soulagée qu'il passe à autre chose, elle hocha la tête.

— Entendu. Et quand j'aurai terminé, je commencerai à préparer le dîner.

— Bon programme, dit-il.

Et il lui adressa un regard si langoureux qu'elle eut la sensation que son âme se retournait.

Elle poussa un lourd soupir en le regardant s'éloigner… Comment la vie avait-elle pu devenir aussi compliquée en l'espace de si peu de temps ? se demanda-t-elle, déconcertée.

Ouvrant la boîte qu'il lui avait donnée, elle plaça, songeuse, des branches de houx et des pommes de pin sur le manteau de la cheminée. Il avait été tellement plus facile de le considérer comme l'Harpagon du comité. Comme elle aurait aimé en être encore capable ! Ç'aurait été bien moins angoissant que de voir désormais en lui un homme bon et attentionné.

Le vendredi après-midi, Josh, dans le salon, avait les yeux rivés sur l'arbre de Noël qu'Emmie et lui avaient décoré la veille. Pourquoi sa maison lui semblait-t-elle d'un coup trop grande et toute vide ? Il y habitait depuis cinq ans, et jamais il ne s'y était senti aussi seul que maintenant…

Le matin même, après avoir entendu à la télévision que les routes étaient redevenues praticables et que le courant avait été rétabli dans le quartier de Kiley, ils s'étaient rendus au Texas Cattleman's Club pour qu'elle récupère sa voiture, puis il était rentré chez lui afin de travailler. Vœu pieu ! Fort peu concentré, il s'était mis à tendre l'oreille dans l'espoir bien vain d'entendre Kiley s'affairer dans la cuisine, ou les rires délicieux de la petite Emmie résonner dans le salon pendant qu'elle jouait avec ses poneys.

Il était en train de perdre la tête !

Il aimait sa vie de célibataire, il lui plaisait de vivre seul. De la sorte, il pouvait faire ce qu'il voulait, quand il le souhaitait, il n'avait de comptes à rendre à personne. En outre, il travaillait beaucoup et n'avait guère de temps à consacrer à autrui.

Une heure plus tard, il poussait un juron et éteignait son ordinateur. Il travaillait sur le même devis depuis qu'il s'était assis devant son écran et il n'avait pas du tout avancé. Les yeux fixés sur son tableur, il ne cessait de se demander ce que Kiley et Emmie pouvaient bien être en train de faire…

Est-ce que leur maison était assez chauffée quand elles étaient rentrées ? Kiley n'aurait-elle pas eu besoin de son aide pour vérifier la plomberie et s'assurer que les canalisations n'avaient pas gelé en raison des températures qui avaient si brusquement chuté ? Qu'est-ce qu'elles allaient manger, ce soir ? Leur manquait-il ?

Se levant tout à coup de son fauteuil, il sortit de son bureau et se dirigea directement vers le garage, en prenant au passage une veste dans le vestibule. Quelques minutes plus tard, il se trouvait sur la nationale qui menait à Royal.

Lorsqu'il frappa à la porte de Kiley, il avait la ferme intention de s'en tenir à ses projets, c'est-à-dire de vérifier que tout fonctionnait bien dans sa maison, puis de rentrer au ranch terminer son devis, sans manquer de faire une halte chez son traiteur chinois préféré.

— Josh ! s'exclama-t-elle. Je ne m'attendais pas à te voir avant lundi après-midi.

Elle avait l'air confus, mais le fit entrer.

— Quelque chose ne va pas ? poursuivit-elle.

— Non, je voulais juste m'assurer qu'Emmie et toi étiez bien rentrées et qu'il n'y avait pas de problème majeur dans la maison, répondit-il.

Il s'agissait d'une piètre excuse, il s'en rendait bien compte, dans la mesure où il aurait pu s'éviter le déplacement en décrochant tout simplement son téléphone pour s'assurer qu'elles allaient bien.

— Bonjour ! s'écria Emmie avec un grand sourire.

Et elle se jeta dans ses bras.

— Bonjour, toi ! répondit-il d'un ton joyeux en la soulevant dans les airs. Comment va ma princesse aux poneys préférée ?

Quand Emmie noua ses petits bras autour de son cou et lui donna un grand câlin, il sentit son cœur se serrer. Elle se mit ensuite à babiller, tout excitée. Il jeta un regard interrogateur à Kiley, pour qu'elle lui fasse la traduction.

— Emmie pense que tu es venu pour dîner et regarder un film avec nous, répondit Kiley en souriant. Elle voudrait que tu restes.

— Et est-ce que sa maman en a envie, elle aussi ? demanda-t-il en prenant, d'un geste tendre, sa joue dans sa main.

Kiley leva les prunelles vers lui, et la lueur troublée qu'il y perçut alors lui en dit long sur l'effet que lui procurait sa caresse.

— Je pensais m'arrêter chez un traiteur chinois, sur le chemin du retour, dit-il en faisant glisser son pouce sur ses lèvres. Je peux demander qu'on nous livre ici, si tu es d'accord.

— Entendu ! décréta-t-elle en lui prenant soudain sa fille des bras. Je vais donner un bain à Emmie et la mettre en pyjama. Comme ça, elle pourra aller au lit dès qu'elle aura sommeil.

Resté seul dans le salon, il se mit à réfléchir au comportement de Kiley. De toute évidence, elle redoutait autant que lui la force de l'alchimie qui existait entre eux. Et il était vrai que le phénomène était des plus troublants… Toutefois, il ne faisait pas l'ombre d'un doute que, s'ils n'exploraient pas cette attirance, il le regretterait toute sa vie. Et il avait l'impression qu'elle éprouvait exactement la même chose !

Deux heures plus tard, assis sur le canapé alors que Kiley couchait Emmie, il ne put retenir un sourire en repensant au dîner. Ils s'étaient régalés d'un lo-mein au poulet et de rouleaux de printemps, pendant qu'ils regardaient de nouveau *La Petite Sirène*. Si une semaine plus tôt, quelqu'un lui avait prédit qu'il serait comblé en passant une soirée à la maison, à regarder le même dessin animé pour la deuxième fois en huit jours, il aurait conseillé à la personne en question d'aller dare-dare consulter un psychiatre.

Certes, il n'avait jamais été un grand fêtard, mais pour lui, passer une bonne soirée, c'était avant tout inviter une femme au restaurant, pourquoi pas à danser, et voir où la soirée les menait.

Soudain, il bondit de son siège. Quel goujat il faisait ! Il n'avait même pas demandé à Kiley de sortir avec lui. Durant une semaine et demie, ils s'étaient vus aussi souvent qu'il l'avait pu, ils s'étaient embrassés à plusieurs reprises de façon extrêmement passionnée, et même si c'était trois ans plus tôt et que c'était par erreur, il ne fallait pas non plus oublier qu'ils avaient fait l'amour, tous les deux ! Et malgré tout cela, il ne lui avait jamais proposé une soirée en ville.

Bien résolu à réparer sa négligence, il attendit, impatient, qu'elle revienne dans le salon.

— Kiley, viens t'asseoir près de moi. J'ai quelque chose à te demander, déclara-t-il dès qu'elle refit son apparition.

— De quoi s'agit-il ? s'enquit-elle, un peu sur ses gardes.

Elle s'assit alors sur le canapé près de lui, et il la prit par les épaules.

— Je sais que je ne te préviens pas longtemps à l'avance, mais est-ce que tu accepterais de m'accompagner samedi soir au bal de Noël du TCC ?

— C'est tout ? fit-elle, soulagée.

Il hocha la tête, sourcils froncés.

— Pourquoi ? Qu'est-ce que tu croyais que j'allais te demander ?

Elle le fixa quelques instants avant de finalement secouer la tête et de lui sourire.

— Je… Je ne savais pas exactement.

L'attirant plus étroitement contre lui, il lui mordilla la lèvre.

— J'adore regarder *La Petite Sirène* avec Emmie, ce n'est pas le problème, mais j'ai aussi très envie d'emmener sa mère dîner et danser.

Il sentit un long frisson la parcourir.

— Josh… Je n'ai pas l'habitude de sortir, tu sais.

— Cela fait combien de temps que tu n'es pas allée danser ? demanda-t-il en lui volant un baiser dans le cou.

— Je… Euh… Pas depuis la naissance d'Emmie, dit-elle d'un air distrait.

— Tu plaisantes, n'est-ce pas ? répliqua-t-il en s'écartant légèrement d'elle pour mieux l'observer. Tu veux dire que tu n'es pas sortie depuis ton divorce ?

— Non.

— Mais tu as quand même passé de bonnes soirées avec des amies, depuis ?

Il ne pouvait pas croire qu'elle n'avait jamais pris de bon temps depuis l'arrivée de sa petite fille.

Elle secoua la tête.

— Toutes mes amies sont mariées, et la plupart ont des enfants. Nous sommes toutes trop occupées pour penser à sortir. Et puis aller en discothèque, cela coûte cher.

Il la serra contre lui pour la réconforter. Elle venait de confirmer ses doutes : elle avait réellement du mal à joindre les deux bouts. Soudain, il eut envie de retrouver son ex-mari et de lui donner une bonne correction dont celui-ci se souviendrait toute sa vie. Comment pouvait-on à ce point fuir ses responsabilités ?

— Ce n'est pas parce qu'on a des enfants qu'on ne peut plus sortir et rencontrer des gens, dit-il en lui embrassant le front. Je ne suis pas expert en la matière, mais il me semble nécessaire de rencontrer d'autres adultes, quand on passe tout son temps avec des enfants.

— Je n'ai pas dit que je ne voyais jamais mes amies, se défendit-elle. Nous allons parfois faire du shopping ensemble, le samedi après-midi. D'ailleurs, demain, je vais déjeuner avec Piper Kindred.

— J'en suis heureux pour toi, ma chérie.

Il prit son visage dans ses mains et, plongeant son regard dans ses yeux lumineux, il lui sourit.

— Mais moi, je veux t'emmener dîner, puis te tenir dans mes bras sur une piste de danse et te rappeler que tu es une femme belle et désirable.

— Le problème, c'est qu'il va falloir que je trouve une robe et une baby-sitter pour Emmie, dit-elle d'un ton incertain. Et je ne sais pas s'il est bien vu que des employés du Texas Cattleman's Club participent à des fêtes comme les bals de Noël.

Il fronça les sourcils.

— Eclaircissons tout de suite un point : les membres du TCC sont certes influents, mais ils ne sont pas snobs. Je ne vois vraiment pas qui cela pourrait déranger que tu m'accompagnes ce soir-là.

— Même pas Beau Hacket ou Paul Windsor ? demanda-t-elle en relevant les sourcils. Je suis certaine que l'un ou l'autre y trouverait à redire.

— Beau Hacket sera bien trop occupé à se vanter auprès du gratin de Royal des derniers exploits de son fils Hack pour se rendre compte de quoi que ce soit. Et quant à Paul Windsor, le grand problème sera d'éviter qu'il te fasse la cour… Mais qu'il ne compte pas sur moi pour lui donner carte blanche.

— Ecoute, Josh, en toute sincérité, je ne sais pas. Cela fait si longtemps que…

— Dis simplement oui, Kiley.

— Cela m'étonnerait que je trouve une baby-sitter en si peu de temps, objecta-t-elle.

A cet instant, il sortit son téléphone de la poche de sa chemise et le lui tendit.

— Appelle tes parents pour voir si Emmie peut passer la nuit de samedi à dimanche chez eux.

— La nuit ? Mais pourquoi ?

— Parce qu'il sera tard quand nous rentrerons du bal et que nous n'aurons peut-être pas envie de parcourir une soixantaine de kilomètres pour la récupérer. Qui plus est, cela la perturberait dans son sommeil.

Elle le considéra quelques secondes avant de hocher la tête et de lui rendre son téléphone.

— Je vais les appeler de mon bureau, dit-elle.

Resté seul, il repensa à ce que Kiley lui avait dit, à savoir qu'elle devrait trouver une robe pour aller au bal. Nul doute qu'un tel achat creuserait un sérieux trou dans son budget ! S'il ne tenait qu'à lui, il lui aurait volontiers prêté l'une de ses cartes de crédit pour qu'elle aille se choisir une tenue qui lui plaisait. Mais s'il avait appris une chose depuis qu'il la côtoyait, c'était qu'elle était farouchement indépendante. Aussi y avait-il fort à parier qu'elle l'enverrait promener avec sa carte et lui dirait de trouver une autre partenaire pour l'accompagner au bal.

Jugeant plus prudent de recourir à un intermédiaire, il décida d'appeler Piper Kindred le lendemain matin, à la première heure. Il la connaissait depuis des années et pouvait compter sur elle. Il savait aussi que Piper et Kiley s'étaient rencontrées au TCC, où cette première donnait des cours de secourisme.

— Alors, qu'ont-ils dit ? demanda-t-il quand elle revint dans le salon.

— Ils étaient ravis que j'aille au bal, dit-elle en se rasseyant près de lui. Ma mère m'a même dit qu'il était grand temps que je me remette à sortir.

— C'est une femme très avisée, dit-il.

Il était un peu surpris que sa mère se réjouisse qu'elle se rende au bal avec lui, étant donné l'histoire que Lori leur avait racontée après leur rupture. Soit elle avait oublié qui il était, soit, pendant les trois années qui s'étaient écoulées,

Lori avait fini par leur avouer la vérité sur la façon dont leur relation s'était terminée.

Bah, peu importait ! décida-t-il. Et il l'attira à lui pour lui donner un baiser si fougueux… qu'il eut l'impression que son jean allait éclater.

— Et je suis sûr que tout ce qu'elle veut, c'est ton bonheur, compléta-t-il en détachant doucement sa bouche de la sienne.

— Oui, sans doute… Mais je me sens tellement hors jeu.

— Ce bal sera notre première sortie en public, mais nous avons passé beaucoup de temps ensemble ces deux dernières semaines, tu n'as aucune raison de te sentir mal à l'aise, argua-t-il. Et puis je peux t'assurer que ce ne sera pas non plus la dernière.

— Josh, j'ai une fille… Je dois m'occuper d'elle, répondit-elle en se blottissant contre lui. Ce sont ses intérêts qui priment.

Oh ! il n'était pas dupe ! Si Kiley était réticente, c'était parce qu'elle craignait que son enfant ne s'attache trop à lui et finisse par en souffrir. Sans compter qu'elle redoutait sûrement qu'il lui brise le cœur. Et, étant donné la façon dont son crétin d'ex-mari s'était comporté avec elle, comment s'étonner qu'elle appréhende de s'engager dans une nouvelle relation ?

Il sentit soudain son cœur se serrer, et il eut la sensation de manquer d'air. Il prit une profonde inspiration… Qu'est-ce qui lui prenait de penser à ça ? Il n'envisageait quand même pas une relation à long terme ?

Bien sûr, il n'avait eu de cesse de se rapprocher d'elle, car il voulait lui faire admettre qu'une extraordinaire alchimie existait entre eux. Et il était d'ailleurs parvenu à ses fins ! Mais en fait, il n'avait pas pensé à l'après… Souhaitait-il sérieusement lier son destin à celui de Kiley ?

Il n'en était pas si sûr. Ce qu'il savait en revanche, c'était qu'il ne pourrait pas tolérer que quiconque, y compris lui-même, cause le moindre souci à Emmie et à sa mère.

— Ma chérie, je te jure que jamais, au grand jamais, je ne vous ferai de mal, à Emmie ou à toi, lui déclara-t-il.

Et, comme pour la convaincre de sa sincérité, il lui donna un tendre baiser. Pour des raisons qu'il n'avait pas envie d'analyser, son vœu le plus ardent était de rendre Kiley heureuse, de lui montrer combien elle lui était chère et de faire en sorte que la vie soit plus simple pour elle et son adorable petite fille.

Quand Kiley posa sa main sur son cœur, la chaleur de sa paume se communiqua à lui à travers le tissu de sa chemise, et de délicieuses petites décharges électriques traversèrent tout son corps. Son sang pressa la cadence dans ses veines et tout son corps réagit de manière si vive qu'il en fut comme étourdi.

Rien n'aurait pu le combler davantage que de la déshabiller et de lui faire l'amour là, maintenant... Mais elle n'était pas encore prête, il le sentait, et peu importait le nombre de douches froides qu'il devrait prendre, il n'allait certainement pas la brusquer. Quand ils referaient l'amour, ce serait parce que tous deux le désiraient, parce qu'ils ne pourraient plus résister...

— Il vaut mieux que je parte, dit-il en détachant sa bouche de la sienne.

Puis il baissa les yeux vers elle... et manqua renoncer à sa résolution, tant la force de la passion et du désir qui se lisaient dans ses yeux enchanteurs était troublante. Pour se donner du cœur au ventre, il se fit la promesse qu'ils feraient l'amour sous peu.

— Si toi et Emmie avez besoin de quoi que ce soit, n'hésite pas à m'appeler, dit-il en se levant.

Elle le raccompagna jusqu'à la porte où, un sourire aux lèvres, il effleura une dernière fois sa bouche de la sienne.

— Je passerai à la garderie vendredi après-midi, lui dit-il.

- 7 -

Le lendemain, Kiley vérifia l'heure sur son portable tout en se garant devant le Royal Diner. Oh ! Oh ! Elle avait un peu de retard… Pourvu que Piper soit déjà arrivée et installée à une table, car c'était l'heure d'affluence !

— Par ici, Kiley ! entendit-elle dès qu'elle pénétra dans le restaurant.

Repérant son amie, elle lui adressa un grand sourire et se dirigea vers le fond de l'établissement récemment rénové. Infirmière libérale, Piper dispensait des cours de secourisme aux employés du TCC. C'était Kiley qui avait pris l'initiative de leur mise en place, car elle voulait s'assurer qu'en cas d'urgence, le personnel serait en mesure d'évacuer les enfants et de leur administrer éventuellement les premiers soins.

— Désolée pour le retard, dit-elle en se glissant sur la banquette, en face de son amie. J'ai dû attendre l'arrivée de la stagiaire qui aidera Carrie, cet après-midi.

— Ne t'inquiète pas, je viens à peine d'arriver, lui assura Piper.

— Eh bien, qu'est-ce qui se passe ? demanda Kiley en prenant la carte des menus posée devant elle. Tu semblais un peu affolée au téléphone, l'autre jour.

— J'ai besoin de ton aide, avoua Piper d'un air un peu gêné. Voilà, je m'y prends au dernier moment, mais il me faut une robe pour le bal de Noël, et tu sais comme moi que je ne me sens bien que dans un jean. Je me suis dit que tu pourrais peut-être m'aider à trouver mon bonheur, cet après-midi. Tes conseils me seront précieux.

— Bien sûr, je vais t'accompagner, répondit spontanément

Kiley, soulagée qu'il ne s'agisse de rien de grave. Et puis ça tombe bien : moi aussi je dois m'acheter une robe pour ce bal. Josh Gordon m'a demandé de l'accompagner.

Piper lui adressa un petit sourire.

— Restez proche de vos amis, et encore plus proche de vos ennemis, c'est ça l'idée ?

— Si tu veux, répondit Kiley d'un ton espiègle.

— Allez, j'ai bien vu qu'il y avait quelque chose entre vous, répondit Piper en hochant la tête. Je dois dire que la façon dont tu as réagi en le voyant, la semaine dernière, t'a un peu trahie.

— J'ai longtemps pensé qu'il fallait se méfier de lui comme de la peste, avoua-t-elle en riant. Mais j'ai découvert récemment qu'il n'était pas aussi mauvais que je le croyais.

Même ses parents semblaient avoir revu leur opinion sur Josh et n'avaient pas du tout critiqué sa décision d'aller au bal du TCC avec lui. Il était vrai que, ainsi qu'elle l'avait nouvellement appris, sa sœur avait rétabli la vérité quant à la véritable raison de leur rupture, trois ans plus tôt.

— Josh est vraiment un type bien, approuva Piper. En fait, la plupart des membres du Texas Cattleman's Club sont des hommes de valeur. Certains ont des idées bien arrêtées, mais ils essaient de se conformer à l'étiquette du TCC.

Tandis qu'elles continuaient à discuter, se demandant qui viendrait au bal et quel genre de robe elles voulaient acheter, Kiley remarqua une femme à la chevelure brun foncé assise à une table voisine. Elle avait terminé son repas, mais semblait écouter attentivement ce qui se disait à leur table... A tel point qu'il était flagrant qu'elle sursoyait à son départ pour ne pas manquer un mot de leur conversation ! Mais apparemment, leur discussion sur les robes de bal avait fini par émousser son intérêt et elle se leva pour aller payer.

— Tu as remarqué cette femme qui nous écoutait ? demanda aussitôt Piper tandis que toutes deux la regardaient se diriger vers le comptoir.

Kiley hocha la tête.

— Je me demande bien qui elle peut être.

— Je l'ignore, mais j'ai bien l'intention de le découvrir, répondit Piper en faisant un petit signe de la main à Amanda Battle, la gérante du restaurant.

— En quoi puis-je vous être utile ? demanda cette dernière avec un grand sourire, quand elle arriva à leur table.

Piper alla droit au but.

— Qui était la femme assise à côté de nous ? s'enquit-t-elle.

Amanda jeta un coup d'œil vers la porte que l'inconnue était précisément en train d'ouvrir pour sortir.

— C'est Britt Collins, l'inspectrice chargée de l'enquête sur l'enlèvement d'Alex Santiago.

— Je comprends mieux pourquoi elle avait l'air si intéressé quand nous avons commencé à parler du TCC, commenta Kiley.

Soudain, un homme de haute taille aux cheveux noirs entra dans le restaurant… Elle plissa les yeux. Non, elle n'avait pas la berlue, c'était bien Mark, son ex-mari ! Au fond, ça tombait plutôt bien. Elle avait en effet tenté de lui téléphoner, la veille, pour lui demander quel était son groupe sanguin, mais il ne l'avait pas rappelée. Pas question qu'elle le laisse repartir sans l'interroger directement ! D'un geste résolu, elle posa sa serviette sur la table.

— Si vous voulez bien m'excuser un instant, je dois absolument parler à quelqu'un, dit-elle à ses deux compagnes. Je reviens tout de suite.

Se dirigeant tout droit vers son ex-mari, elle ne fut pas surprise de le voir subrepticement regarder autour de lui, comme s'il cherchait une échappatoire. Ce qu'il pouvait être ridicule, pensa-t-elle en se plantant devant lui, mains sur les hanches.

— Qu'est-ce que tu veux ? demanda-t-il d'un ton hostile. Tu n'as pas encore compris que je ne veux plus entendre parler de toi ni de la gamine ? Inutile de me harceler au téléphone.

— Je t'assure que moi non plus je n'ai *aucune* envie de te voir, lui rétorqua-t-elle tout en se demandant ce qu'elle avait bien pu trouver à cet homme, par le passé. Si je t'ai appelé hier, c'est uniquement parce que j'ai besoin de connaître ton groupe sanguin.

— Ah bon ? Et en quoi l'information te sera-t-elle utile ? riposta-t-il, comme si elle exigeait de lui qu'il lui livre un sombre secret.

— Il faut que je l'inscrive dans le carnet de santé d'Emmie, dit-elle en réfléchissant vite.

— C'est juste pour ça ? insista-t-il, soupçonneux.

— Bien sûr, lui assura-t-elle sans ciller.

Alors il le lui dit, et elle hocha la tête.

— Merci, fit-elle.

Puis, sans ajouter un mot, elle lui tourna le dos et retourna à sa table, où Piper était encore en train de discuter avec Amanda. Au fond d'elle, Kiley savait que ses soupçons étaient fondés ; pourtant, le fait d'en avoir la confirmation l'avait profondément troublée…

Elle avait effectué suffisamment de recherches sur internet concernant l'établissement d'une filiation par la méthode des groupes sanguins pour savoir que celui qu'elle prenait depuis trois ans pour le père d'Emmie n'avait aucun lien de parenté avec sa fille. Elle inspira profondément : maintenant, tout ce qui lui restait à faire, c'était de trouver le moment opportun pour annoncer à Josh Gordon que l'enfant qu'il adorait appeler la princesse aux poneys était *sa fille*. Rien que ça !

Au volant de sa Mercedes, Josh traversait Royal à vive allure. Il passait à l'orange et ne marqua pas d'arrêt à deux stops, se contentant de vérifier qu'aucune voiture n'arrivait. Il fonçait chez Kiley. Quand elle l'avait appelé, elle ne lui avait pas dit ce qui n'allait pas, juste qu'elle avait besoin de le voir de toute urgence.

Enfin, il s'engagea dans son allée ! A peine le moteur éteint, il bondit hors de sa voiture et courut vers la porte. Sans prendre la peine de frapper, il entra dans la maison, et s'arrêta tout net lorsqu'il découvrit Kiley assise dans un fauteuil, près du canapé, les yeux fixés sur lui.

— Toi et Emmie allez bien ?

— Oui, nous allons très bien, merci, répondit-elle. En revanche, toi, je peux te dire que tu t'es mis dans de beaux draps !

Un sentiment de soulagement le submergea. Elle était bouleversée, mais il ne leur était rien arrivé.

— Et tu sais très bien de quoi je parle, continua-t-elle sur un ton accusateur, les yeux étincelant de colère. Comment as-tu osé ?

— Osé quoi ?

Il feignait de ne pas comprendre, mais il avait bien sûr une petite idée de ce qui avait déclenché son courroux…

— Ne fais pas l'innocent, Josh ! Tu as profité de mon amitié pour Piper, et tu as fait en sorte qu'elle me conseille d'aller dans une boutique où tu avais pris tes dispositions pour payer ma robe.

Il jeta un coup d'œil au sac qui se trouvait sur le canapé et qui portait l'enseigne d'une des boutiques les plus chic de Royal. Il s'était douté que cela ne lui plairait pas, mais il n'avait pas anticipé qu'elle serait dans une telle fureur, juste parce qu'il avait fait en sorte de régler la robe qu'elle porterait pour le bal de Noël.

Refermant doucement la porte, il regarda autour de lui et s'avança vers elle.

— Emmie est couchée ?

— Oui, pourquoi ?

— C'est parfait. Je n'aurais pas aimé qu'elle nous entende nous disputer. Cela aurait pu la bouleverser.

— Il ne s'agit pas d'une dispute, insista Kiley. Tu vas gentiment reprendre ta robe et t'en aller.

— Désolée, ma chérie, mais tu vas devoir la garder, répondit-il, un sourire aux lèvres. Ce n'est pas ma taille.

Il comprit immédiatement qu'il avait commis une grave erreur en misant sur la désinvolture… Elle plissa en effet les yeux et ses joues s'embrasèrent.

— C'est toi qui l'as achetée ! répliqua-t-elle. Aussi, fais-en ce que tu veux. Tu peux tout à fait la rapporter à la boutique pour qu'on te rembourse ou bien la stocker au fond de ton dressing, cela m'est complètement égal. C'est *ton* problème !

— Allons, ma chérie…

— Ah non, ne m'appelle pas « ma chérie » ! Et ne prends pas ce ton paternaliste avec moi !

Se levant, elle se campa devant lui.

— Entendons-nous bien, poursuivit-elle en lui tapant sur le torse avec l'index. Je ne veux pas qu'on me fasse la charité. Je peux tout à fait me payer une robe.

Cette fois, il se garda de sourire. Mais bon sang ! Ce qu'elle était adorable quand elle s'emportait.

— Je comprends ton besoin d'indépendance, et je le respecte, Kiley, déclara-t-il en la prenant dans ses bras.

Comme elle se débattait, il resserra son étreinte, de sorte que leurs corps s'épousèrent plus étroitement.

— Mais je sais aussi que tu n'avais pas prévu d'acheter une robe du soir.

Lui soulevant le menton, il la contraignit à croiser son regard.

— Je t'ai priée de m'accompagner au bal car je voulais que tu t'amuses, pas que tu te ruines !

— Je pouvais tout à fait me payer une robe, fit-elle, l'air buté.

— Je sais, lui assura-t-il. Mais ce que j'essaie de te faire comprendre, c'est que lorsque j'invite une femme à sortir, j'ai envie qu'elle soit détendue et qu'elle profite pleinement de sa soirée. Je ne veux pas qu'elle se tracasse pour les dépenses occasionnées par l'achat de sa robe. C'est tout.

Et, avant qu'elle ne puisse répliquer, il pressa ses lèvres contre les siennes, et dut se faire insistant pour qu'elle lui cède enfin. Alors, il put explorer sa bouche si sucrée, si douce… Il était vraiment en train de devenir accro à ses baisers, pensa-t-il, incrédule.

Faisant glisser ses mains dans son dos, il dégrafa rapidement son soutien-gorge, puis se mit à palper doucement ses seins bien ronds et à en titiller les pointes avec son pouce. Quand elle poussa un léger gémissement, son corps répondit instantanément, et il se plaqua plus fortement contre elle, désireux de lever toute ambiguïté sur l'effet qu'elle lui faisait…

Lorsqu'il détacha sa bouche de la sienne, il baissa la tête et croisa ses yeux où brillait la passion.

— Je suis toujours en colère contre toi, Josh, dit-elle d'un ton obstiné.

— Je sais, convint-il. Mais je t'en prie, crois-moi quand je te dis que ce n'était pas du tout mon intention. Mon seul souhait est de te rendre la vie plus facile.

Et sans transition, il l'embrassa de nouveau à en perdre haleine.

— Kiley, reprit-il, haletant, je vais rentrer chez moi à présent, car si je ne pars pas tout de suite, je risque bien de t'emmener dans ta chambre et de passer le reste de la nuit à te faire l'amour.

Elle se mordit la lèvre, le regard fixé sur lui.

— Josh, dit-elle enfin, il faut que nous parlions.

— Ça ne peut vraiment pas attendre ? demanda-t-il, sachant que s'il ne mettait pas tout de suite de la distance entre eux, il n'aurait plus la force ensuite de partir.

— Je suppose que si.

— Parfait ! conclut-il en lui donnant un ultime et bref baiser sur la bouche. Car maintenant, il faut que je rentre de toute urgence pour prendre une douche froide !

Il eut un petit rire pour se persuader lui-même que la situation était drôle et qu'il n'était pas du tout crispé, puis il se dirigea vers la porte.

Songeuse, elle le regarda partir. Elle avait voulu lui révéler qu'Emmie était sa fille, mais quand il l'avait stoppée, elle avait rapidement remis l'inévitable à plus tard. Avait-elle été lâche ou simplement prudente ? Bonne question…

En vérité, elle ne savait pas comment aborder le sujet, tout comme elle ignorait la façon dont il réagirait en apprenant la nouvelle. Il serait choqué, c'était inéluctable. Mais il n'était pas non plus exclu qu'il s'imagine qu'elle utilisait sa fille pour influer sur la recommandation qu'il donnerait au comité… Il avait conscience que son travail lui était vital, et qu'il lui permettait par ailleurs de ne pas confier Emmie à une nourrice : il en déduirait à coup sûr qu'elle était prête à toutes les extrémités pour le conserver !

Pour couronner le tout, le temps ne jouait pas en sa faveur. Il allait forcément finir par se rendre compte, lui aussi, qu'Emmie lui ressemblait, et il calculerait alors la date de sa conception…

Elle poussa un lourd soupir, puis prit le sac qui contenait sa robe du soir et le rangea dans son armoire. Le comité se réunirait la semaine suivante ; d'ici là, sauf s'il se produisait un incident qui complique les choses ou si l'opportunité parfaite se présentait, il était préférable qu'elle attende d'être fixée sur le sort de la garderie avant de confier quoi que ce soit à Josh concernant Emmie.

Ensuite, elle avait bien sûr l'intention de lui avouer qu'il était son père, qu'il ait envie de l'entendre ou non.

Le samedi soir, quand Kiley ouvrit la porte à Josh, elle resta sans voix… Il était d'une beauté dévastatrice dans son smoking noir cintré. Puis elle perçut la lueur approbatrice qui s'alluma dans ses prunelles, à sa vue, et son cœur se mit à battre plus fort.

— Tu es vraiment en beauté, Kiley, dit-il en entrant.

Il l'attira à lui pour lui donner un petit baiser sur la bouche.

— Je vais faire des envieux, ce soir, ajouta-t-il.

— Et moi des envieuses ! renchérit-elle en souriant.

Josh ayant eu peu de répit entre les devis et la supervision des divers chantiers que conduisait Gordon Construction, ils ne s'étaient pas revus depuis leur dispute, au sujet de la robe. Mais ils étaient néanmoins restés en contact. Il lui avait fait livrer des fleurs à la garderie, la veille, et il l'avait ensuite appelée pour savoir comment s'était déroulée sa journée, et si Emmie et elle se portaient bien.

— Est-ce que la petite princesse était contente à l'idée de passer la nuit chez tes parents ? lui demanda-t-il en l'aidant à s'envelopper dans son châle.

Elle hocha la tête et s'empara de sa pochette pailletée.

— Mes parents étaient aussi excités qu'elle ! Elle sait s'y prendre pour obtenir d'eux tout ce qu'elle veut.

Il se mit à rire et posa la main sur son épaule délicate, et ensemble, ils gagnèrent la Mercedes.

— Elle a le même effet sur tout le monde. C'est vraiment une enfant adorable, observa-t-il.

— Merci.

Kiley se demanda alors si elle avait raison d'attendre que le comité se soit de nouveau réuni pour lui dévoiler qu'Emmie était sa fille.

Elle sursauta lorsqu'il déposa brusquement un baiser sur sa tempe.

— Je ne sais pas quelles pensées s'agitent derrière ce beau front, dit Josh en lui ouvrant la portière passager, mais ce soir, les froncements de sourcils ne sont pas admis. Seuls les sourires sont autorisés.

Il avait raison, pensa-t-elle durant le trajet qui les conduisit au Texas Cattleman's Club. L'heure était à la bonne humeur. Et, de toute façon, même si elle n'avait pas pris la décision de reporter l'aveu sur la filiation d'Emmie, ce soir n'aurait pas été le moment opportun pour le lui révéler. Lorsqu'ils parleraient enfin, il faudrait qu'ils soient seuls et qu'ils aient beaucoup de temps devant eux pour bien mettre les choses à plat.

Josh s'arrêta devant l'entrée du TCC et remit ses clés au voiturier, qui après les avoir prises, s'empressa de venir ouvrir la portière passager.

— Comme c'est beau ! s'exclama-t-elle en sortant de la Mercedes.

L'entrée était ornée de belles guirlandes scintillantes qui formaient une tonnelle de lumière. Avec les immenses nœuds en velours rouge qui y étaient suspendus par un fil transparent et flottaient dans l'air tels des oiseaux majestueux, l'effet était magique.

— Ce n'est toute de même pas la première fois que tu assistes au bal de Noël du TCC ? lui demanda-t-il en passant son bras sous le sien, alors qu'ils s'avançaient sous l'arche de lumière.

— Si, c'est une première pour moi ! Je n'ai emménagé à Royal que lorsque je me suis inscrite à l'université, et Mark n'était pas un membre du TCC, répondit-elle en continuant à admirer les belles décorations.

— Tu vas être encore plus impressionnée par l'intérieur, lui promit-il avec un sourire, tandis que le portier leur ouvrait la lourde porte en chêne. Le club ne lésine pas sur les moyens pour en faire le grand événement de l'année.

De superbes poinsettias rouges et blancs ornaient le vestibule, et les mêmes nœuds en velours rouge qu'à l'entrée se balançaient doucement du plafond.

— C'est vraiment magnifique ! s'exclama-t-elle, émerveillée. Ils le laissent combien de temps ?

— Le TCC retrouve son aspect normal le 2 janvier, répondit-il tandis qu'ils passaient devant des grappes de personnes qui se saluaient.

— Super ! s'exclama-t-elle. Ainsi, les enfants et les parents pourront admirer les décorations le jour de notre petite représentation. Ce sera encore plus festif.

Il lui sourit, et une chaleur délicieuse la submergea.

— Quand a lieu votre fête ?

— Mardi prochain.

— Je ferai en sorte de me libérer, lui promit-il en lui volant un baiser.

— Pour t'assurer que les fonds supplémentaires ont été utilisés à bon escient ? demanda-t-elle.

— Non.

Et il s'arrêta pour planter son regard dans le sien.

— C'est parce que Emmie participe à la représentation et que c'est sa ravissante mère qui l'a organisée, précisa-t-il avec tendresse.

Elle se sentit vaciller sur ses jambes et, pour ajouter encore à son trouble, elle vit des étincelles de désir danser dans les prunelles de Josh. Alors, sa respiration se fit plus saccadée, et un frisson la parcourut.

Afin de masquer son émotion, elle désigna avec précipitation un couple qui se tenait près de l'entrée de la salle de bal.

— Mais c'est Piper et son fiancé, Ryan Grant ! s'exclama-t-elle.

Se concentrant sur la magnifique robe vert émeraude que son amie avait achetée le jour de leur shopping commun, elle se hâta vers elle pour l'embrasser.

— Tu es superbe, Piper ! Ta robe s'accorde parfaitement à ta belle chevelure rousse.

— Merci, répondit Piper. Je me disais moi aussi que cette robe noire était magnifique, et qu'elle avait l'air taillée sur mesure pour toi.

Josh s'entretint avec Ryan du nouveau magasin Western Wear dont Gordon Construction conduisait les travaux, et Kiley sourit à Piper.

— Tu te sens un peu plus confiante ? lui demanda-t-elle.

Son amie lui rendit son sourire.

— Si la question est de savoir si j'ai l'impression d'être un poisson hors de l'eau dans cette robe, la réponse est toujours oui !

Elle se mit à rire.

— Mais Ryan avait l'air si émerveillé quand il a posé les yeux sur moi, tout à l'heure, en me voyant dans cette robe, que je crois que cela en vaut la peine.

Kiley comprenait tout à fait à quoi son amie faisait allusion. Le regard approbateur que Josh lui avait lancé, quand il l'avait aperçue dans sa tenue de soirée, lui avait coupé le souffle, et elle était sûre que jamais elle ne l'oublierait.

La conversation se tarit, et ils reprirent leur marche vers la salle de bal, tandis qu'elle continuait à s'extasier devant les décorations sophistiquées.

Les tables de banquet étaient ornées de hauts bougeoirs entourés de houx, et recouvertes de nappes en lin blanc. Mais c'était surtout l'impressionnant sapin Douglas qui attira son attention. Il était immense, parfaitement bien proportionné et décoré de mille lumières bleues scintillantes. Un gros nœud couleur argent le coiffait, duquel partaient des rubans qui coulaient, tels des serpentins, sur les branches du sapin. L'effet était stupéfiant.

Ils se retrouvèrent à la même table que Piper et Ryan, Alex Santiago et sa fiancée, Cara Windsor, ainsi que Sam, le jumeau de Josh, et sa femme Lila. D'emblée, la conversation fut plaisante ! Les deux frères leur racontèrent des histoires très drôles sur la manière dont ils se faisaient passer l'un pour l'autre quand ils étaient plus jeunes, et les nombreux tours qu'ils avaient joués à leur entourage. Puis Ryan leur narra des anecdotes amusantes liées au rodéo qu'il avait effectué dernièrement. Alex était moins bavard, mais c'était fort compréhensible. Il souffrait toujours d'amnésie et ne se souvenait ni de son enfance ni des événements passés. En revanche, il semblait prendre grand plaisir à écouter ses amis les divertir avec les quatre cents coups de leur jeunesse.

Assise à côté de Kiley, Piper se pencha vers elle.

— Tu ne t'ennuies pas ? lui demanda-t-elle à voix basse.

— Bien au contraire ! J'adore ma fille, mais je me rends compte à présent que les sorties et la conversation des adultes m'ont beaucoup manqué.

Elle lui sourit.

— Et toi ? Tu as toujours l'impression d'être un poisson hors de l'eau ?

Piper se mit à rire.

— Je n'ai jamais été très féminine, comme tu le sais, mais je dois dire que porter une robe du soir n'est pas aussi désagréable que je le pensais.

A cet instant, Ryan requit l'attention de Piper, et Alex Santiago adressa un large sourire à Kiley, de l'autre côté de la table.

— J'ai entendu dire que vous faisiez des merveilles, à la garderie, lui dit-il.

— Je ne suis pas en mesure d'en juger, mais j'adore ce travail, répondit-elle en lui rendant son sourire. Les enfants donneront une petite représentation la semaine prochaine. Nous serions ravis que vous puissiez y assister.

— Je ferai en sorte de venir, dit Alex, songeur.

Il se tourna alors vers un membre du TCC venu le saluer, puis ce fut Sam qui reprit la parole.

— Dans quelques années, nous aurons besoin de tes services pour nos jumeaux, lança-t-il.

— Même si je décide de prendre un congé maternité, je crois que j'aurai besoin de les mettre à la garderie de temps en temps pour pouvoir respirer, déclara Lila. Surtout s'ils ressemblent à leur père !

Des rires fusèrent, et les discussions se poursuivirent dans la bonne humeur.

Quand l'orchestre commença à jouer, Kiley et Josh écoutèrent gentiment le premier titre. Puis, lorsque les musiciens entonnèrent un slow, Josh lui sourit et se leva, en lui tendant la main.

— Est-ce que tu veux bien m'accorder cette danse ?

— Cela fait si longtemps que je n'ai pas dansé ! J'espère que je vais encore pouvoir me débrouiller, répondit-elle dans un rire.

Puis elle glissa sa main dans la sienne.

— C'est comme le vélo, dit-il en l'entraînant sur la piste. Ça ne s'oublie pas.

Quand il la prit dans ses bras et plaqua sa main sur ses reins, elle sentit son cœur faire un léger bond dans sa poitrine, et ce fut comme si le sol se dérobait sous ses pieds. La sensation de cette paume chaude à même sa peau, que découvrait son grand décolleté en V dans le dos, était si enivrante qu'elle suscita en elle un désir intense.

— Il faudra que nous réitérions l'expérience, lui murmura-t-il. Même si j'ai découvert récemment que passer le samedi soir à la maison pouvait aussi être formidable.

Son souffle lui caressa l'oreille et le contact de sa main, toujours aussi brûlante, lui rappela que cela faisait une éternité qu'un homme ne l'avait pas tenue dans ses bras sur une piste de danse. Elle se demanda vaguement si on les regardait, puis tout autour d'elle sembla disparaître dans une sorte de brume quand elle plongea les yeux dans ceux de Josh.

— Tu aimes vraiment manger devant la télévision en

regardant des dessins animés ? demanda-t-elle en espérant retrouver une contenance et oublier la chaleur qui ravageait son corps.

Il lui adressa un beau sourire.

— Regarder *La Petite Sirène* en compagnie d'une ravissante princesse comme Emmie est une expérience intéressante, répondit-il. Mais elle devient vraiment inoubliable une fois qu'elle est couchée et que je peux embrasser sa mère comme j'en ai envie.

A cet instant, elle sentit son érection contre son ventre ; par réflexe, elle s'agrippa à lui, pour ne pas chanceler…

— Josh…

— Je ne vais pas te mentir, Kiley, dit-il d'un ton soudain plus sérieux. J'ai envie de toi, et rien ne me comblerait plus que de te raccompagner chez toi, d'enlever cette robe qui épouse si bien tes formes et de plonger en toi jusqu'à ce que nous en oubliions tous les deux où commence ton corps et où finit le mien. Mais je n'en ferai rien tant que je ne serai pas certain que ton désir est aussi fort que le mien.

Ses yeux toujours rivés aux siens, elle sentit son souffle devenir plus court… Avant qu'ils ne passent à cette étape-là, il fallait vraiment qu'elle lui avoue la vérité au sujet d'Emmie !

— Josh… Moi aussi je te désire. Mais…

— Il n'y a pas de « mais » qui tienne ! coupa-t-il en la pressant contre lui. Est-ce que tu as du désir pour moi, Kiley, oui ou non ?

— Oui, Josh, mais il faut d'abord que nous discutions, répondit-elle, bien consciente qu'elle ne se montrait pas assez ferme.

— Ma chérie, nous parlerons autant que tu le voudras plus tard, lui répondit-il d'un ton catégorique en l'entraînant bien vite hors de la piste de danse.

Ils s'arrêtèrent brièvement à leur table pour qu'elle récupère sa pochette et son châle et tombèrent nez à nez avec Sam comme ils se dirigeaient vers la sortie.

— Hé, où allez-vous comme ça, tous les deux ? La soirée

ne fait que commencer, leur dit-il en clignant les yeux avec malice.

— Peut-être, marmonna Josh.

Peu impressionné par le ton contrarié de son frère, Sam se tourna vers elle.

— J'ai été ravi de faire ta connaissance, Kiley. Et si mon idiot de frère te cause le moindre souci, n'hésite surtout pas à t'en ouvrir à moi.

Hochant la tête, elle lui sourit.

— Moi aussi j'ai été enchantée de vous rencontrer, Lila et toi.

— Bonne soirée à Lila et toi, et à lundi au travail, Sam, lança Josh par-dessus son épaule, en accélérant le pas vers la sortie, sa main toujours dans la sienne.

Par chance, les autres invités se trouvaient sur la piste de danse, et ils n'eurent à fournir aucune autre explication sur leur départ prématuré.

Comme ils se tenaient sous l'arche lumineuse en attendant que le voiturier aille chercher la Mercedes de Josh, ce fut plus fort qu'elle, elle voulut lui reparler d'Emmie, avant que les choses n'aillent plus loin entre eux.

— Josh, s'il te plaît… Il est vraiment important que je te parle de…

Mais il la bâillonna en lui donnant un baiser fougueux, puis il passa un doigt sur sa joue, un sourire rêveur aux lèvres.

— Ma chérie, je te donne ma parole que nous discuterons de ce qui te tracasse demain. Mais cette soirée est à nous, et rien ni personne ne nous la volera. Depuis nos retrouvailles, dans la salle de réunion du TCC, le désir n'a cessé de grandir entre nous, et il est grand temps que nous l'explorions.

Elle sentit son pouls battre plus fort quand elle monta dans la voiture, puis le TCC ne fut bientôt plus qu'un point lumineux dans le lointain. Soit, l'alchimie entre eux était explosive, mais était-elle vraiment prête à passer à l'étape suivante avec lui ? Elle n'était toujours pas parvenue à lui dire qu'il était le père d'Emmie. Or, aller plus loin avec lui sans qu'il soit au courant de sa paternité la mettait mal à l'aise.

— On ne va pas chez moi ? demanda-t-elle comme il prenait la direction du ranch.

Il tourna la tête vers elle… et son regard la chavira : elle en oublia ce qu'elle était en train de lui dire.

— Tu as dormi dans mon lit sans moi, dit-il d'une voix rauque. Nous allons rétablir cette injustice.

Il lui saisit alors la main et la porta à ses lèvres.

— Ce soir, je vais te faire l'amour comme tu le mérites. Et rien ne nous en empêchera, ajouta-t-il.

Sa promesse lui prodigua un long frisson d'excitation. Quand ils arrivèrent au ranch, elle comprit qu'elle allait lui céder, tout en s'en tenant à sa résolution de ne rien dire au sujet d'Emmie avant la réunion du conseil.

Elle avait vraiment envie de revivre une nuit d'amour avec lui, et cette fois, en pleine connaissance de cause ! Oui, elle voulait qu'il la chérisse avec la même passion que trois ans plus tôt…

- 8 -

Kiley ne protesta pas quand, directement après leur arrivée, Josh l'entraîna dans sa chambre, referma la porte derrière eux et alluma la lampe de chevet. Il la débarrassa de son châle et de sa pochette, qu'il posa sur la commode, puis l'attira dans ses bras. Au moment où il captura ses lèvres, ses ultimes hésitations s'évaporèrent comme la brume du matin sous un soleil d'été…

Il l'embrassa avec un art consommé du baiser qui la mit littéralement en transe. Aucun homme ne l'avait troublée à ce point. Et d'ailleurs nul autre ne le pourrait, pensa-t-elle avec une lucidité qui l'effraya presque.

Faisant glisser ses mains sur ses hanches, il se mit à mordiller sa nuque.

— Chérie, tu veux savoir à quoi j'ai pensé quand tu m'as ouvert la porte, ce soir, et que je t'ai vue dans cette superbe robe noire moulante ? lui demanda-t-il.

— Je n'en suis pas certaine, avoua-t-elle, frémissante, comme il redessinait le décolleté de sa robe, dans son dos.

Mais il ne parut pas l'entendre.

— Je me suis dit que j'allais t'enlever, murmura-t-il en baissant la tête pour embrasser la vallée de ses seins. Et quand nous étions sur la piste de danse, j'ai dû fournir de gros efforts pour ne pas perdre la tête.

— C'est-à-dire ? demanda-t-elle d'une voix étranglée.

— Quand j'ai plaqué ma main sur tes reins, je me suis tout de suite imaginé en train de caresser chaque parcelle de ta peau si douce…

Sa voix profonde de baryton avait une intonation si

passionnée qu'elle se sentit submergée par une vague de chaleur. Elle s'accrocha à lui pour ne pas chanceler.

— Moi aussi, j'ai envie de te caresser, souffla-t-elle alors.

Il lui lança un regard lourd de désir avant de s'écarter un peu d'elle pour enlever la veste de son costume et retirer sa chemise de son pantalon. Les yeux toujours rivés aux siens, il en défit les boutons. Quelques secondes plus tard, le vêtement tomba sur le sol sans bruit.

D'une main presque tremblante, elle se mit à tâter ses bras musclés, son torse sculptural. Le léger duvet qui recouvrait sa peau chatouilla sa paume et lui rappela les merveilleux contrastes qui existaient entre un homme et une femme.

Elle perçut son frémissement sous sa caresse et lui sourit.

— Ton corps est parfait, Josh, lui dit-elle.

Il posa alors ses mains sur ses épaules et écarta sa robe sur le côté, avant d'embrasser sa peau dénudée.

— J'adore que tu me caresses, ma chérie, mais moi aussi j'ai envie de te caresser.

Joignant le geste à la parole, il tira doucement sur sa robe du soir pour la faire descendre le long de ses bras, puis de ses hanches, jusqu'à ce qu'elle chute à ses pieds, flaque d'un noir chatoyant. Son pouls s'accéléra lorsqu'elle perçut le regard approbateur de Josh en découvrant ses seins.

— Tu es belle, Kiley.

Soulevant ses seins en coupe, il les embrassa, les titilla. Des vagues de chaleur traversèrent tout son être. Il captura alors l'une de leurs pointes, et la sensation de sa langue glissant dessus lui procura un véritable vertige. Elle crut défaillir de bonheur…

— Josh… Oh ! mon Dieu !

— Tu aimes ?

Incapable de prononcer la moindre phrase cohérente, elle se contenta de hocher la tête.

— Tu veux que j'enlève le reste de tes vêtements ? demanda-t-il d'un ton suggestif, en lui mordillant la lèvre.

— Oui, parvint-elle à articuler.

Elle ne portait plus que sa culotte et ses escarpins.

Prenant appui sur ses épaules, elle leva complaisamment une jambe puis une autre pour qu'il lui retire ses chaussures. A son tour, il se déshabilla rapidement pour se retrouver en quelques secondes en tenue d'Adam devant elle.

Elle sentit sa gorge se nouer. Josh n'était pas simplement parfait, il était magnifique, avec ses épaules d'une carrure impressionnante et ses muscles incroyablement bien dessinés.

Il la regardait comme si elle était la créature la plus désirable de la terre, et s'avança vers elle, glissant ses pouces sous la bordure de sa culotte.

— Je veux que plus rien ne nous sépare, dit-il d'une voix rauque.

Sa culotte de soie vint coiffer la pile des vêtements à leurs pieds et, quand il l'attira à lui, elle crut que ses jambes allaient se dérober sous elle, au contact de son corps nu contre le sien… Il la pressa alors plus fermement contre lui et, au moment où elle perçut son érection contre son ventre, elle eut la sensation que de petites étincelles rebondissaient sur tout son corps. Elle laissa échapper un petit gémissement. Josh la fit alors basculer sur le lit. Avant de l'y rejoindre, il prit soin d'ouvrir le tiroir de la table de chevet pour en retirer un paquet de préservatifs.

— Je vais essayer d'aller lentement, lui dit-il en lui donnant un baiser si tendre sur le front qu'elle sentit ses yeux s'embuer. Mais il y a si longtemps que je te désire que je ne peux rien te promettre.

— Il n'y a pas si longtemps que ça, puisque nous nous sommes revus il y a deux semaines, lui rappela-t-elle, le souffle court.

— Je ne parle pas de la réunion avec le comité, répondit-il en laissant sa main courir sur ses hanches, ses cuisses… Je pensais à notre première nuit d'amour. Si j'avais su ton nom, j'aurais essayé de te retrouver. Hélas, je ne pouvais pas me renseigner auprès de ta sœur, d'autant plus qu'après cette nuit-là, j'ai commencé à prendre mes distances avec elle.

Cet aveu créa en elle un intense désir, un désir comme elle n'en avait encore jamais ressenti. Elle comprit qu'elle aussi, sans en avoir conscience, avait eu une folle envie de le retrouver. Mais elle n'eut pas le temps de le lui dire… Il venait de se mettre à caresser les plis humides de sa chair, et instantanément, elle se sentit en feu… Elle se mit à onduler légèrement sous lui, désireuse elle aussi de tester son degré d'excitation. Lorsque sa main se referma sur son érection, il poussa un grognement qui l'émut profondément.

— Kiley, commença-t-il d'une voix étranglée, je ne vais pas tenir longtemps… si tu continues à me caresser de cette façon.

Son seul regard alluma un véritable incendie en elle : elle aussi avait besoin de le sentir en elle de toute urgence !

— Fais-moi l'amour, Josh, dit-elle d'un ton désespéré.

Comme s'il n'attendait que cet ordre, il ouvrit d'une main fébrile la boîte de préservatifs.

Elle suivait le moindre de ses gestes, retenant son souffle, le suppliant en silence d'aller plus vite encore. Puis sans un mot, il captura sa bouche et s'allongea sur elle, les yeux rivés aux siens.

— Montre-moi où tu me veux, Kiley, dit-il d'un ton impérieux en lui prenant la main pour la poser sur son membre viril.

Le cœur battant à tout rompre, elle obtempéra. Elle le sentit alors s'introduire lentement en elle, le regard toujours rivé au sien. Un sentiment de plénitude totale l'envahit…

— Comme il est bon de te retrouver, Kiley, murmura-t-il en la pressant contre lui.

Puis, sans lui laisser le temps de répondre, il se mit à aller et venir avec une retenue maîtrisée qui déclencha chez elle des sensations exquises. Nouant ses jambes autour de ses reins, elle eut l'impression que le désir montait en elle telle une fusée incontrôlable. Comme s'il percevait la moindre de ses envies, il accéléra le rythme…

Alors d'un coup, toute la tension qui la maintenait prisonnière d'elle-même se dissipa, et des vagues de plaisir la submergèrent. Elle s'agrippa fiévreusement à lui… Quand elle l'entendit murmurer son prénom dans un grognement, elle comprit qu'ils partageaient tous deux une volupté hors du temps et perdit le fil de toute pensée pour jouir pleinement du bonheur fou qu'il lui donnait…

Lorsqu'ils revinrent lentement à la réalité, elle eut la sensation que leurs âmes aussi s'étaient unies. Désormais, elle était prête à abandonner son cœur à Josh, et d'ailleurs, peut-être était-ce déjà fait…

— Tu es extraordinaire, ma chérie, lui murmura-t-il en l'embrassant jusqu'à ce qu'ils soient tous deux hors d'haleine.

— C'était merveilleux, chuchota-t-elle à son tour, encore sous le coup des émotions indescriptibles qu'elle venait de vivre.

Roulant sur le côté, il l'attira tout contre lui.

— Tu vas bien ? s'enquit-il.

La question méritait réflexion, mais elle aurait tout le temps d'analyser ultérieurement ce qu'elle ressentait pour lui, songea-t-elle. Et, à la place, elle déposa un baiser sur son menton.

— Oui, tout va bien, affirma-t-elle. Tout va incroyablement bien, je ne trouve pas les mots pour décrire ce que je ressens.

Un lent sourire éclaira alors le visage de Josh.

— Cela tombe bien, car j'ai l'intention de passer le reste de la nuit à te montrer combien c'est fabuleux, entre nous.

Et, pour son plus grand bonheur, il ne manqua pas à sa parole.

Le lundi après-midi suivant, Kiley rassemblait des papiers ornés de motifs festifs.

— Carrie, est-ce que Lea et vous pouvez surveiller les enfants ? Il faut que j'aille au secrétariat pour imprimer les programmes du spectacle de demain.

— Bien sûr, répondit Carrie en regardant les enfants qui dormaient sur des matelas colorés, posés à même le sol. Je pense que leur sieste va encore durer une bonne demi-heure. Et quand ils se réveilleront, Lea et moi pourrons commencer à leur faire la lecture si vous n'êtes pas encore revenue.

Lea était la jeune femme qui effectuait du bénévolat dans l'espoir d'être embauchée au début de l'année suivante.

Kiley hocha la tête et se dirigea vers la porte.

— Je n'en ai pas pour longtemps, assura-t-elle.

Longeant le couloir, elle se remit immédiatement à penser à sa nuit avec Josh. A l'âge de vingt-huit ans, c'était la première fois qu'elle expérimentait un tel degré de passion. Jamais elle ne s'était sentie tant choyée dans les bras d'un homme. Pourtant, aussi merveilleuse qu'ait été la nuit, la réalité avait vite refait surface, une fois qu'il l'avait ramenée chez elle, le lendemain matin, et tous les problèmes irrésolus entre eux avaient resurgi dans leur entière crudité…

Elle soupira. Il avait fait en sorte qu'elle oublie que le comité des fonds de dotation se réunissait en fin de semaine pour statuer sur son sort. Il ne lui avait donné aucune indication sur la façon dont il réagirait : préconiserait-il une allocation supplémentaire ou se rangerait-il aux côtés de Beau Hacket et Paul Windsor dans l'espoir que la garderie ferme ? Sans compter qu'elle devait trouver le moment et les mots opportuns pour lui annoncer qu'il était le père d'Emmie.

Si elle lui dévoilait maintenant, comment réagirait-il ? Il paraissait complètement fou d'Emmie, et elle était pratiquement certaine qu'il la reconnaîtrait et l'aimerait. Le problème, c'était qu'il pourrait penser qu'elle utilisait sa fille pour influencer sa recommandation auprès du comité. Et il n'était pas non plus impossible qu'il imagine qu'elle avait couché avec lui dans le même dessein !

Elle avait beau retourner le problème dans tous les sens, elle arrivait toujours à la même conclusion : il était primordial qu'elle attende la décision du comité pour s'ouvrir à lui. Ainsi, il ne pourrait pas la soupçonner de manigances. Et de toute façon, elle n'était plus à quelques jours près pour lui annoncer la nouvelle. Josh était le père biologique d'Emmie, et rien ne pourrait changer les faits.

Perdue dans ses pensées, elle ne prêta pas attention à un petit groupe d'adolescents rassemblés dans l'une des alcôves du couloir. Du moins jusqu'à ce qu'elle entende l'un d'eux prononcer son nom…

— Je vous dis que ce n'est plus qu'une question de jours pour que cette fichue Roberts et sa maudite garderie soient de l'histoire ancienne.

Elle s'immobilisa immédiatement et, hors de leur vue, dressa l'oreille pour écouter sans le moindre scrupule la suite de cette intéressante conversation.

— Qu'est-ce qui te fait croire que la garderie va fermer, Hack ? demanda l'un des garçons. D'après ce que j'ai entendu, tout s'y passe plutôt bien.

— Quand elle a été saccagée, mon père a dit que celui qui avait fait le coup avait rendu un grand service au TCC, répondit Hack d'un ton suffisant. Il a dit que, grâce à son influence au comité, il s'arrangerait pour que l'argent de l'assurance ne couvre pas tous les frais, et que la garderie soit contrainte de fermer au printemps, par manque de fonds. Il m'a même avoué qu'il remercierait le coupable, s'il savait qui c'était.

Le garçon éclata de rire.

— Je lui ai répondu qu'il pouvait tout de suite m'acheter une nouvelle voiture et que nous serions quittes.

— Tu te vantes, Hack ! déclara un autre garçon. Ce n'est pas toi que la police recherche. Et jamais ton père ne te laisserait faire une chose pareille.

— Je ne vois pas pourquoi tu aurais fait ça ! intervint un autre.

— Je sais comment m'y prendre, avec mon vieux. Je voulais qu'il soit de bonne humeur quand je lui réclamerais une nouvelle voiture.

— En d'autres termes, il a eu ce qu'il voulait, et maintenant tu penses qu'il t'en est redevable, dit un autre d'un ton railleur.

Kiley en avait assez entendu. Si ce dont il se vantait était vrai, le fils de Beau Hacket était coupable des dégâts causés à la garderie. Mais disait-il la vérité ? Ses camarades avaient l'air d'en douter… En tout état de cause, il devait être interrogé par les autorités.

Oubliant l'impression des programmes de Noël, Kiley se dirigea vers l'annuaire du TCC afin d'y chercher le numéro interne de Josh et de l'appeler.

— Josh Gordon à l'appareil, dit-il quelques instants plus tard.

— Je crois savoir qui a saccagé la garderie, déclara Kiley, essayant de se maîtriser.

— Kiley ?

— Oui, c'est moi. Je viens d'entendre quelqu'un s'en vanter, répondit-elle décidant par prudence de ne pas nommer le nom du coupable.

— Où es-tu ?

— Je t'appelle du hall central, répondit-elle en surveillant les lieux, car le groupe d'adolescents s'y trouvait toujours. Dépêche-toi, Josh. Il est avec d'autres garçons dans l'une des alcôves, en face de la salle de bal.

— J'arrive tout de suite avec Gil.

A peine une minute plus tard, ils s'avançaient vers elle.

— C'est le fils de Beau Hacket, leur murmura-t-elle quand ils furent à sa hauteur.

— Tu en es bien sûre ? demanda Josh.

Elle hocha la tête.

— Cela ne me surprend pas, déclara Gil d'un ton fataliste. Hack est un vrai crétin, et je le crois capable du pire.

— Et Beau lui passe tout, enchaîna Josh. Il ne le place jamais face aux conséquences de ses actes.

— Il n'aura pas le choix, cette fois, prévint Gil en désignant les deux inspecteurs qui venaient d'entrer dans le TCC.

— Nous avons téléphoné à la police juste après ton appel, expliqua Josh.

Les inspecteurs les rejoignirent, et Kiley leur expliqua ce qu'elle avait entendu.

— Ils ne se sont pas rendu compte que je les écoutais, dit-elle en guise de conclusion. D'après ce que j'ai compris, c'est le fils Hacket qui a agi seul.

Elle espérait que les autres garçons ne seraient pas considérés comme coupables de complicité, dans la mesure où ils paraissaient eux aussi outrés de ce dont Hacket se vantait.

— Est-ce que vous connaissez leurs parents ? demanda l'inspecteur le plus âgé. Il faut que nous les appelions.

— Comme le règlement du TCC stipule que les mineurs ne peuvent pas entrer dans les locaux sans être accompagnés d'un parent, je suis certain que leurs pères sont ici, déclara Gil en lançant un coup d'œil vers l'alcôve. Je vais leur téléphoner.

Et il se dirigea vers la cabine téléphonique.

Tandis que Gil appelait le standard, les policiers rejoignirent le petit groupe pour leur indiquer qu'ils allaient leur poser quelques questions.

Prenant Kiley par les épaules, Josh l'entraîna vers un petit salon.

— Tu te sens bien, ma chérie ?

— Oui, ça va. Je suis heureuse que nous ayons trouvé le coupable, même s'il était plutôt déconcertant de l'entendre s'enorgueillir des faits.

— Je n'arrive pas à croire qu'il ait causé tous ces dégâts dans l'espoir que son père lui achète la voiture de ses rêves.

Josh secoua la tête.

— Ce gamin a vraiment besoin d'être repris en main, ajouta-t-il avec un grognement désapprobateur.

— A ton avis, quelle sera la réaction de Beau quand il découvrira que son fils est l'auteur du vandalisme ? demanda-t-elle en regardant l'heure.

— Le connaissant, la nouvelle ne lui fera pas plaisir, répondit Josh. Mais on dirait que l'on va vite être fixés…

Levant les yeux, elle vit Beau Hacket foncer vers eux comme un taureau enragé.

— Bon sang, qu'est-ce qui se passe, ici, au juste ? s'écria-t-il.

Les rides qui creusaient son front indiquaient que Josh avait raison : il ne le prenait pas bien du tout.

— Nous savons qui a saccagé la garderie, déclara Josh.

— Ah bon ? Et qui est-ce ? répliqua Beau.

Il jeta alors un coup d'œil vers le groupe d'adolescents,

et pâlit en reconnaissant son fils parmi les quatre garçons assis dans l'alcôve.

— J'espère que c'est une mauvaise blague, marmonna-t-il alors.

Les inspecteurs avaient commencé à interroger les adolescents. Rapidement, ils en renvoyèrent trois et gardèrent Hack. Celui-ci ne paraissait plus aussi bavard que tout à l'heure.

— Qui est-ce que tu vas croire, papa ? Eux ou moi ? lança-t-il sur le ton du défi à son père, quand les inspecteurs le conduisirent auprès de ce dernier.

— Ne me mens pas, fiston, commença Beau d'un ton ferme. Tu sais parfaitement que je ne pourrai jamais fermer les yeux si tu transgresses la loi.

— Je te dis que je n'ai rien fait, soutint effrontément le garçon.

— Nous allons nous rendre au commissariat pour comparer tes empreintes digitales avec celles que nous avons prélevées sur le lieu du crime, intervint le jeune inspecteur. A partir de là, nous serons en mesure d'établir ton innocence ou ta culpabilité.

— Je vais aller en prison ? demanda-t-il.

Pour la première fois depuis l'arrivée des policiers, il semblait affolé.

— Tu vas me sortir de là, hein, papa ? C'est pour toi que j'ai fait ça ! ajouta-t-il sans se rendre compte qu'il venait de passer aux aveux.

— Je ne sais pas si je pourrai, déclara Beau, son regard passant d'un inspecteur à un autre. Est-il possible de réparer les torts sans que cet acte soit porté au casier judiciaire de mon fils ?

— C'est au Texas Cattleman's Club de décider s'il porte plainte ou non, répondit le plus âgé des inspecteurs. Mais pour l'heure, nous devons le conduire au commissariat. Je vous conseille d'appeler votre avocat, monsieur Hacket. Votre fils est notamment accusé de vandalisme et de dégâts criminels.

Il lança un regard appuyé à Beau.

— Et ce n'est pas la première fois qu'il a des ennuis avec la police, même si aujourd'hui c'est l'affaire la plus grave.

Le visage décomposé, Beau se tourna vers Josh et Gil.

— Qu'en pensez-vous, les gars ? Si je dédommage entièrement le TCC pour la réparation des dégâts, est-ce que vous croyez que nous pourrons en rester là ? demanda-t-il d'un ton plein d'espoir.

— Ce n'est pas à nous d'en décider, déclara Gil en secouant la tête. Le conseil de direction doit se prononcer par un vote.

— Pendant que vous discutez, nous conduisons ce garçon au commissariat, indiqua le jeune inspecteur à la cantonade, en passant les menottes à Hack, avant de reprendre à l'attention de ce dernier : Vous avez le droit de garder le silence ou de…

Sa voix se perdit dans le couloir tandis que l'adolescent et les policiers se dirigeaient vers la sortie.

— Est-ce que tu peux convoquer une réunion du conseil de direction en urgence, Gil ? demanda Beau en prenant son téléphone portable à son ceinturon.

Il passa un bref coup de téléphone à son avocat, puis rejoignit Josh et Gil.

— Vous ne pouvez pas savoir ce que cela signifierait pour moi, si Hack s'en sortait sans casier judiciaire.

Croisant les bras, Josh regarda Beau droit dans les yeux.

— Avant toute chose, j'ai une question à te poser, Beau. Peux-tu nous dire ce que tu comptes faire au juste, concernant ton fils ? Il n'a aucun respect pour les autres ni pour le bien d'autrui, et il est incapable de discipline. Un jour viendra où tu ne pourras plus payer pour les ennuis qu'il causera.

— Je souscris totalement aux propos de Josh, Beau, renchérit Gil. Je vais convoquer le conseil de direction en urgence, ce soir, mais si je recommande aux membres d'accepter ta proposition, j'ai besoin que tu m'assures qu'une telle affaire ne se reproduira jamais.

Curieusement, au lieu de s'énerver contre Josh et Gil qui soulignaient que son fils avait besoin d'être repris en main, Beau hocha la tête.

— Je vous donne ma parole qu'il ne causera plus le

moindre ennui, leur assura-t-il. Je l'ai déjà menacé de l'envoyer dans une école militaire, mais, cette fois, je vais mettre ma menace à exécution.

— Très bien, approuva Gil. Va rejoindre ton fils au commissariat et, de notre côté, nous te ferons part de la décision du conseil.

— Une dernière chose, Beau, intervint Josh alors que ce dernier s'apprêtait à partir.

— Oui ? fit ce dernier, qui paraissait prêt à tout accepter.

— Lorsque ton fils a saccagé la garderie, il a tagué un mot très désobligeant à l'attention de Mme Roberts. Je pense que des excuses s'imposent. Et qu'elles ont intérêt à être sincères.

Encore une fois, Beau acquiesça.

— Vous ne pouvez savoir à quel point je suis désolé pour ce qui s'est passé, madame Roberts, déclara-t-il alors en s'adressant directement à elle. Croyez bien que je n'aurais jamais imaginé que mes réticences envers la garderie inciteraient mon fils à agir de la sorte. Je vous donne ma parole que je trouverai un moyen de compenser tous ces désagréments.

— J'accepte vos excuses, répondit Kiley, soudain gênée d'être le centre d'attention.

Beau poussa un soupir désolé, puis sortit.

Une fois qu'il fut parti, Josh se tourna vers Gil.

— Pendant que tu appelles le conseil de direction, je vais raccompagner Kiley à la garderie, dit-il en passant son bras sous le sien.

— Est-ce que tu participeras à la réunion de ce soir ? demanda encore Gil, comme ils s'éloignaient.

Josh ne faisait pas partie du conseil de direction, mais sauf en cas de séance à huis clos, tous les membres du TCC pouvaient y participer. Et comme il avait assisté à l'interrogatoire de la police, on aimerait sans doute entendre son avis sur la question, pensa Kiley.

— Entendu, répondit Josh. Je prendrai position en faveur de l'envoi de Hack dans une école militaire. Je pense que la discipline d'une telle structure lui sera tout à fait bénéfique. C'est sans doute le mieux qui puisse lui arriver.

— Au point où il en est, cela ne pourra effectivement pas lui faire de mal, approuva Gil. Et comme son père est un des nôtres, je suis certain que nous pourrons obtenir justice sans que Hack n'ait de casier judiciaire.

Il sourit alors à Kiley.

— Je vous reverrai tout à l'heure, quand je viendrai chercher Cade.

Comme ils se dirigeaient vers la garderie, Kiley demanda à Josh :

— Est-ce que tu crois que le conseil de direction abondera dans votre sens ?

Josh hocha la tête.

— Tous les membres du TCC ont juré de suivre sa devise, à savoir « Ordre, Justice et Paix ». Il nous est déjà arrivé de régler des problèmes sans faire intervenir la police, et en l'occurrence, nous pouvons arranger les choses nous-mêmes.

— Ainsi, Hack recevra une bonne leçon sans avoir de casier judiciaire, et le TCC n'aura pas à subir un nouveau scandale, n'est-ce pas ?

— Tout à fait. Comme il a dix-sept ans, il aurait été condamné au même titre qu'un adulte. Si nous réglons l'affaire à l'amiable, nous lui donnons la chance de s'amender sans qu'il ait maille à partir avec la justice.

Ils venaient d'arriver devant la porte de la garderie. Josh prit Kiley dans ses bras.

— Merci de l'avoir attrapé pour nous, dit-il.

— Je n'ai pas fait grand-chose à part écouter une conversation qui ne m'était pas destinée, répondit-elle avec un sourire. Mais maintenant que le mystère est éclairci, je pourrai venir travailler sans avoir peur de trouver mon local de nouveau saccagé.

Il lui donna un long et profond baiser, puis ajouta :

— A cause de cette réunion, je ne pourrai pas venir te voir, ce soir.

— Est-ce que tu assisteras au spectacle des enfants, demain ? demanda-t-elle en sentant un désir familier renaître en elle.

— Bien sûr ! dit-il avec un éclat de rire qui renforça son

trouble. Je ne voudrais rater pour rien au monde les débuts de chanteuse de la petite princesse aux poneys.

Elle se sentit submergée par l'émotion.

— Elle va être tout excitée que tu assistes au spectacle.

— Il a lieu dans la salle de bal, c'est bien ça ? s'enquit-il alors.

— Tout à fait.

Hochant la tête, il lui donna un rapide baiser.

— Je t'appellerai ce soir pour t'informer de la décision du conseil de direction.

Elle le regarda s'éloigner, se mordant la lèvre pour l'empêcher de trembler. Tous les doutes qu'elle avait nourris envers lui concernant un éventuel refus de sa paternité, quand il l'apprendrait, venaient de s'évanouir d'un coup : peu d'hommes se seraient donné la peine d'assister au spectacle d'un enfant s'ils n'y étaient pas fortement attachés. Et une fois que Josh saurait qu'il était le père d'Emmie, il serait le père aimant que sa fille méritait, c'était certain.

Mais elle, où était sa place, dans l'équation ?

Evidemment, il ne se lassait pas de l'embrasser, et il la désirait. Mais pourrait-il un jour l'aimer ?

A cette pensée, son cœur se contracta, et elle eut soudain du mal à respirer… Quand ils avaient fait l'amour, après le bal de Noël, elle avait senti que le danger guettait, mais était-ce réellement arrivé ? S'était-elle vraiment éprise de lui ?

Inutile de se mentir plus longtemps, elle savait bien que oui, pensa-t-elle en ouvrant lentement la porte de la garderie. L'idée n'était guère confortable. Et la situation n'était-elle pas assez embrouillée pour ne pas la compliquer davantage ? Cependant, il aurait été vain de nier l'évidence.

Que cela lui plaise ou non, elle était tombée éperdument amoureuse de Josh Gordon.

- 9 -

L'après-midi suivant, Josh pila devant l'entrée du Texas Cattleman's Club, descendit prestement de son SUV et en confia les clés au voiturier. Il avait tout juste le temps de trouver une place dans la salle de bal avant que le spectacle commence.

Encore une fois, se dit-il, si on lui avait annoncé, deux semaines plus tôt, qu'il se serait précipité pour assister à un spectacle donné par une poignée d'enfants, il se serait questionné sur sa santé mentale. Et pourtant aujourd'hui, il serait allé jusqu'au bout du monde, s'il l'avait fallu, pour ne pas décevoir une adorable petite fille et sa superbe mère.

Au moment où une jeune femme, près de la porte, lui remit le programme illustré par un dessin de Noël très coloré, il fronça les sourcils : pourquoi Kiley et Emmie avaient-elles pris une place si importante dans sa vie ? se demanda-t-il tout à coup. Et comment était-ce arrivé si rapidement ?

Il sentit sa bouche s'assécher quand il pénétra dans la salle de bal. Il n'était tout de même pas tombé amoureux de Kiley ? Elle l'attirait fortement, c'était indéniable, et il y avait entre eux une alchimie extraordinaire. Mais de là à parler d'amour…

Allons, c'était insensé ! Il se laissait emporter par les émotions. Il ressentait un désir fou pour elle, d'accord, mais cela ne signifiait nullement qu'il était amoureux d'elle.

Quant à Emmie, il était tout à fait normal qu'il soit sous son charme. C'était une petite fille adorable, et il aurait été un crétin sans cœur s'il n'avait pas craqué pour elle.

Il prit place près d'un couple âgé, juste devant la scène qui avait été installée pour l'occasion, près de l'arbre de Noël. Le sapin lui rappela tout de suite la soirée du bal. Il avait suffi d'une danse pour qu'ils quittent prématurément le gala et rentrent chez lui, où il avait passé la plus fantastique des nuits qu'il avait connues depuis trois ans.

— Nous sommes venus voir notre petit-fils, et vous ? lui demanda, en souriant, la femme assise à côté de lui.

Mais, avant qu'il ait le temps d'expliquer à la grand-mère rayonnante qu'il était un ami de la directrice de la garderie et de sa fille, une musique de Noël emplit la salle et les enfants s'avancèrent sur l'estrade. Lorsqu'il aperçut Emmie dans une robe de velours rouge, ses couettes se balançant de chaque côté de son charmant petit visage au rythme de ses pas, il ne put s'empêcher de sourire. Elle était vraiment la plus belle enfant du monde !

Le spectacle commença, et il se surprit plusieurs fois à rire. Kiley et ses assistantes durent ramener des enfants distraits à leur place, redonner leurs cloches à ceux qui l'avaient fait tomber et en confisquer une à l'un des petits garçons qui l'avait fait sonner sur la tête d'une camarade. Le spectacle lui plut énormément, et il ne doutait pas un instant que le reste de la salle l'avait apprécié.

Une fois que les enfants eurent achevé leur ultime chant, Kiley remercia chaleureusement chacun d'être venu et souhaita une excellente fin de journée à l'assemblée. Puis, tandis que les gens se levaient, elle fit signe à Josh de la rejoindre sur l'estrade.

— Pourrais-tu surveiller Emmie quelques instants, pendant que je range ? lui demanda-t-elle.

— Pas de problème, dit-il en prenant la main de la petite fille. Nous allons admirer le sapin.

Il n'en revenait pas, pensa-t-il tandis qu'il entraînait Emmie vers l'arbre de Noël. On le priait de s'occuper d'une enfant, et cela ne l'ennuyait pas le moins du monde.

— Tu vois cette décoration, Emmie ? lui demanda-t-il en désignant un traîneau de Père Noël de bois, tiré par huit petits rennes, qui se balançait au bout d'une branche.

— Poneys ! s'exclama la petite fille, un sourire rayonnant aux lèvres.

— Décidément, c'est une obsession, princesse, dit-il en éclatant de rire.

— Votre fille est vraiment adorable, déclara alors la femme qui était assise à côté de lui pendant le spectacle. Ce qu'elle peut vous ressembler !

Il lui sourit et voulut rectifier, mais elle ne lui en laissa pas le temps.

— Est-ce que vous avez un téléphone portable ? ajouta-t-elle alors.

— Oui, vous voulez que je vous le prête ? demanda-t-il aussitôt, en détachant le sien de sa ceinture pour le lui tendre.

— Je vais vous prendre en photo avec votre fille, près du sapin, si vous le voulez bien, et en retour, vous me prendrez avec mon mari et mon petit-fils, d'accord ? fit-elle en sortant son portable.

— Bien sûr.

Il n'allait tout de même pas contrarier une grand-mère aussi sympathique, et si elle voulait voir une ressemblance entre Emmie et lui, quelle importance ?

Une fois les photos prises et après que le couple se fut éloigné, il regarda la photo avec Emmie. Il ne put retenir un sourire. Dans ses bras, elle avait incliné la tête contre sa joue, radieuse.

Et tout à coup, son sourire s'évanouit… En général, il ne prêtait pas attention aux ressemblances. Avec Sam, il possédait un miroir vivant, et il n'avait jamais imaginé ressembler à quelqu'un d'autre. Or, cette photo ébranlait toutes ses certitudes…

Il n'avait jamais eu l'occasion jusque-là de se voir aux côtés d'Emmie, sur une photo ou dans un miroir. Pas plus qu'il n'avait cherché d'éventuelles similitudes entre eux deux. Seulement voilà ! Sur cette photo, il était indéniable qu'Emmie et lui présentaient des traits physiques communs ! Elle tenait de Kiley pour ses grands yeux noisette et la forme délicate de son visage, mais elle avait son nez et son sourire ! Et leurs cheveux étaient presque de la même couleur…

— Est-ce que le spectacle t'a plu ?

Kiley venait d'arriver à sa hauteur.

Prenant l'air le plus impassible, il rangea son portable et hocha la tête.

— Tu as fini ta journée ? demanda-t-il.

— Oui. Les parents ont récupéré leurs enfants, et j'ai rangé tous les accessoires dans mon bureau, répondit-elle en lui prenant Emmie des bras pour la poser par terre.

Elle aida alors sa fille à enfiler son manteau, puis en remonta la fermeture Eclair.

— Est-ce que tu veux venir à la maison ? Je vais préparer des cookies, ajouta-t-elle.

Eprouvant subitement l'envie de mettre de la distance entre eux, il secoua la tête.

— Ce sera partie remise, car je dois aller visiter un chantier, mentit-il.

— Alors nous t'en garderons, dit-elle, inconsciente du trouble qui commençait à l'agiter.

— Entendu, répondit-il. A demain alors.

— A la réunion du comité ? demanda-t-elle.

— Oui.

Il lui donna un baiser sur la joue, puis embrassa Emmie sur le front avant de regagner la sortie.

Une fois sorti du club, il monta dans son SUV et resta de longues minutes derrière le volant, le regard absent, sans démarrer. Il savait que Kiley s'attendait à ce qu'il vienne dîner avec elle, ce soir, mais il avait besoin de temps pour réfléchir, pour établir certains calculs et décider de la marche à suivre.

A part apprendre à se protéger quand il faisait l'amour, il n'avait pas été très attentif pendant les cours d'éducation sexuelle, à l'école. Mais quel adolescent l'était ? A cet âge-là, on avait plus d'hormones que de bon sens, et il avait été bien trop occupé alors à séduire l'une des pom-pom girls de sa classe pour s'intéresser à des questions comme le cycle des femmes… Et pourtant, il n'était pas nécessaire d'être un grand scientifique pour comprendre qu'il n'était absolument pas exclu que la ravissante enfant qu'il surnommait la princesse aux poneys soit sa fille !

Les mains moites, Kiley attendait devant la salle de réunion. Elle s'efforçait de rassembler les arguments qui convaincraient enfin les membres de se prononcer, cette fois-ci, en faveur d'une augmentation de budget. Bien sûr, Josh avait promis d'intercéder en sa faveur, lorsqu'il lui avait accordé un mois supplémentaire, mais depuis, il ne lui avait reparlé de rien. Et, de son côté, elle s'était abstenue de le questionner.

— Madame Roberts, le comité est prêt à vous recevoir.

Elle leva les yeux. Un des membres lui tenait la porte pour qu'elle entre dans la salle de réunion.

Quand elle s'avança vers la table de conférence, Josh tapotait sur sa tablette électronique. Il leva à peine la tête pour la saluer. Oh ! Oh ! ce n'était pas bon signe ! Elle sentit son estomac se nouer.

— Madame Roberts, vos besoins concernant la garderie ont-ils changé depuis notre dernière entrevue ? finit-il par lui demander en dirigeant enfin son regard vers elle.

Troublée tant par son ton formel que son attitude désinvolte, elle secoua la tête.

— Non, ma requête est toujours la même.

Pourquoi semblait-il si indifférent à sa cause ? Il était passé assez souvent à la garderie pour savoir, d'une part, comment elle utiliserait les fonds supplémentaires et, d'autre part, que la garderie fermerait au printemps si elle ne les obtenait pas.

Il fit alors un petit signe de la tête.

— Dans ces conditions, si vous n'avez rien à ajouter, le comité va délibérer. En ce qui me concerne, je ne participerai pas aux discussions, tout comme je m'abstiendrai de voter en raison de notre relation, mais je passerai après la réunion à la garderie pour vous faire part des résultats.

En d'autres termes, il la congédiait ! Il ne lui restait donc plus qu'à quitter la salle de réunion et à attendre ses explications. Comme elle regagnait la garderie, elle sentit le rouge de la colère lui monter aux joues.

Elle comprenait aisément qu'il ne puisse prendre part au vote en raison d'un conflit d'intérêts. Mais il aurait tout de même pu établir un rapport favorable en fonction de ce qu'il avait pu observer à la garderie, lors de ses fréquentes visites. Pourquoi avait-il été aussi distant ? Etait-ce sa façon de lui faire comprendre qu'elle n'allait pas obtenir l'augmentation requise ?

— Bon Noël, Kiley ! se dit-elle à haute voix d'un ton sarcastique.

Dès que les vacances seraient terminées, elle devrait se mettre en quête d'un autre travail. Elle ne doutait pas qu'elle retrouverait un emploi dans un établissement similaire, mais sans doute pas en tant que directrice. Tout ce qu'elle espérait, c'était que son salaire serait assez élevé pour qu'elle puisse joindre les deux bouts.

Quand, une heure plus tard, Josh ouvrit la porte de la garderie, elle n'était plus très certaine de vouloir entendre les résultats du vote. Elle aurait aimé qu'il ne les lui donne qu'après les vacances.

— Allons dans ton bureau, dit-il.

Elle l'y suivit et, quand il referma la porte derrière lui, elle secoua la tête.

— Tu n'as pas besoin de m'annoncer le verdict, je le connais, va, dit-elle en s'asseyant sur sa chaise. Je l'ai su dès que tu m'as congédiée.

Elle inspira profondément pour tenter de se calmer.

— Ce que j'aimerais savoir, en revanche, c'est à quoi ont servi ces quelques semaines de prétendue observation puisqu'il était clair, dès le départ, que tu n'avais pas la moindre intention de donner un avis positif au comité ?

— Le vote a été ajourné, lui apprit-il. Mais avant que nous abordions ce sujet, j'ai quelques questions à te poser.

Il plissa les yeux.

— Est-ce que tu sais que je suis le père d'Emmie ?

La question, pour le moins inattendue, la prit de court.

— Euh… Oui, balbutia-t-elle.

— Est-ce pour cette raison que ton ex-mari n'a pas voulu entendre parler d'Emmie ? Savait-il ou suspectait-il qu'elle n'était pas sa fille ?

— Non. Mark pense toujours qu'il est le père d'Emmie.

Elle croisa alors son regard courroucé.

— Et puisque tu vas me poser la question, enchaîna-t-elle, sache que je n'avais pas imaginé un seul instant ce scénario, jusqu'au soir où tu es venu à la maison, avec des pizzas. C'est là que j'ai remarqué qu'Emmie te ressemblait beaucoup.

Il bondit sur ses pieds et se mit à faire les cent pas dans le bureau.

— Et pourquoi ne m'as-tu rien dit, dès l'instant où tu as soupçonné quelque chose ?

— Je voulais avoir une confirmation avant de t'en parler, se défendit-elle.

Il plissa un peu plus les yeux.

— Et tu l'as obtenue ?

Elle se leva à son tour pour lui faire face.

— Oui.

— Quand ?

— Le jour où je suis allée déjeuner avec Piper, j'ai vu mon ex-mari au Royal Diner, et je lui ai demandé son groupe sanguin.

Secouant la tête, elle continua :

— J'avais fait suffisamment de recherches sur internet pour comprendre immédiatement qu'il était impossible que Mark soit le père biologique d'Emmie.

Josh s'immobilisa et la regarda droit dans les yeux.

— C'était il y a une semaine, Kiley. Qu'est-ce que tu attendais pour me le dire ? Tu ne crois pas que j'ai le droit de savoir que j'ai une fille ?

— Ça, c'est incroyable ! s'écria-t-elle, furieuse, en se plantant devant lui. Tu ne vas tout de même pas me blâmer, alors que j'ai fait l'impossible pour que tu n'ailles pas imaginer que je voulais utiliser Emmie pour influencer ta recommandation au comité.

Faisant une pause pour reprendre son souffle, elle posa un doigt accusateur sur son torse.

— Mais je n'aurais pas dû avoir tant de scrupules, puisque tu n'as jamais eu l'intention de rendre un avis favorable, n'est-ce pas ?

Soudain épuisée, elle lui tourna le dos, avant de pivoter de nouveau sur ses talons.

— Eh bien, sache tout de même que j'avais l'intention de tout te dire dès que le comité aurait pris sa décision finale et que le sort de la garderie aurait été scellé une bonne fois pour toutes. Ainsi, on n'aurait pas pu m'accuser d'une chose dont je n'étais pas coupable !

— Laissons la garderie de côté pour l'instant, reprit-il d'un ton pincé. Reparlons plutôt de ma fille.

— De *notre* fille, rectifia-t-elle. Et je ne vois pas de quoi tu veux discuter. Si tu veux faire partie de la vie d'Emmie, je ne t'en empêcherai pas, mais à deux conditions !

Il se rembrunit.

— Et quelles sont ces « conditions » ?

— Premièrement, je ne veux pas de ton argent. Je suis tout à fait capable d'élever seule mon enfant.

— *Notre* enfant, corrigea-t-il à son tour. Mais laisse-moi te dire une bonne chose, Kiley ! Ce n'est pas demain la veille que tu me diras ce que je dois faire ou non concernant le confort matériel d'Emmie.

Elle sentit les larmes brouiller sa vue. Elle compta jusqu'à dix pour se calmer. Comment pouvait-elle l'aimer si fort et être tellement en colère contre lui ? Si déçue aussi…

— Nous reparlerons de cela une autre fois, finit-elle par dire, la gorge serrée. La deuxième condition, la plus importante, c'est que tu l'aimes. Emmie le mérite, et si tu ne peux pas être pour elle le père dont elle a besoin, alors je préfère que tu n'aies pas du tout de relation avec elle.

Elle vit un muscle de sa mâchoire se contracter.

— Je n'arrive pas à croire que tu puisses envisager qu'il en soit autrement.

Il la fixa pendant un moment qui lui parut une éternité, puis pivotant sur ses talons, il ouvrit la porte du bureau.

— Nous reparlerons de tout cela plus tard, quand nous aurons les idées plus claires, décréta-t-il.

Elle le regarda s'éloigner, avant de s'écrouler sur sa chaise. Elle enfouit son visage dans ses mains. Avant même que sa sœur lui avoue que Josh n'était pas l'homme sans cœur pour qui elle l'avait fait passer aux yeux de leur famille, son intuition lui avait dit qu'il n'était pas mauvais. S'était-elle finalement trompée ? Pourquoi ne voulait-il pas comprendre qu'elle avait fait de son mieux pour gérer cette situation délicate ?

Elle se redressa sur sa chaise. Etait-il possible que Josh ait repoussé la date du vote pour se venger d'elle, pour lui avoir tu qu'il était le père d'Emmie ?

Elle n'aurait su dire… Mais en l'occurrence, une garderie pleine d'enfants n'était pas le lieu pour s'effondrer. Elle aurait tout le temps, quand elle serait chez elle, de laisser libre cours à ses émotions.

Le cœur en miettes, elle s'efforça de se ressaisir. Son destin et celui de Josh s'étaient croisés, trois ans plus tôt, et la conception d'Emmie avait entremêlé leurs vies à tout jamais, mais cela ne signifiait pas qu'elle en sortirait brisée. Elle avait déjà surmonté l'épreuve d'un mariage désastreux qui s'était soldé par un divorce et celle, pire encore, de voir son enfant rejetée par celui qu'elle pensait, jusqu'à peu, être son père. Elle pourrait sans aucun doute supporter cette nouvelle infortune.

Redressant les épaules, elle partit rejoindre les enfants dans la pièce principale. Elle avait beau souffrir de la trahison de Josh, être sur le point de perdre le travail de ses rêves, il y avait des parents et des enfants qui comptaient sur elle. Et elle n'allait pas les laisser tomber !

Assis dans son salon plongé dans l'obscurité, Josh avala une nouvelle gorgée de bière tout en fixant l'arbre de Noël que sa fille et lui avaient décoré pendant la tempête de pluie verglaçante.

Sa fille.

Une vague d'émotion le submergea, et il ferma les yeux. Incroyable ! Il avait un enfant…

Depuis qu'il avait découvert sa paternité, il se sentait chaque fois sur le point de défaillir en y repensant. Emmie l'avait conquis bien avant qu'il connaisse la vérité, mais savoir qu'elle était sa propre chair, son propre sang le bouleversait complètement. Jamais il n'avait ressenti un tel amour de sa vie entière, et ç'avait presque été instantané.

Et puis, il y avait ce qu'il éprouvait pour sa mère… Ce qu'il avait pris pour une liaison fondée sur une puissante attirance physique l'avait emmené bien plus loin que ce qu'il aurait pu imaginer.

Son cœur se mit soudain à cogner à toute vitesse dans sa poitrine, et il dut respirer plusieurs fois à fond avant de s'avouer à lui-même la nature des sentiments qu'il nourrissait pour Kiley. Oui, il était bel et bien tombé amoureux d'elle, et il n'avait rien vu venir.

Certes, il s'était rendu compte qu'il avait besoin d'être près d'elle, tout comme il savait que, de toute sa vie, il n'avait jamais désiré aussi fort une femme. Mais pas une fois il n'avait pensé être amoureux d'elle, et la découverte était d'autant plus déconcertante.

Mais maintenant qu'il se l'était admis à lui-même, il voulait être celui qui la tiendrait dans ses bras la nuit, qui se réveillerait chaque matin à ses côtés et qui passerait le reste de sa vie à la gâter. Il voulait l'aider à élever Emmie, et lui donner d'autres enfants.

Hélas, il craignait de s'être définitivement discrédité auprès d'elle en refusant la discussion ! Comment pourrait-il l'en blâmer ?

— Tu as tout gâché, Gordon, marmonna-t-il d'un ton misérable en rouvrant les paupières.

Il avala son reste de bière et posa la bouteille devant lui, à côté des deux autres, également vides. Il en avait trop fait lorsqu'il s'était rendu à la garderie pour lui annoncer ce qu'il savait. Résultat : il avait poussé hors de sa vie la seule femme qu'il ait jamais aimée.

Il laissa échapper un lourd soupir. Il avait eu le temps de se calmer depuis, et il pouvait désormais examiner la situation de façon rationnelle. Il comprenait tout à fait que Kiley ait attendu d'être certaine de la filiation avant d'aborder le sujet avec lui. C'était une question de bon sens.

Et il appréciait même qu'elle ait repoussé l'annonce en raison du conflit d'intérêts auquel il aurait dû faire face concernant la garderie. Elle était d'une intégrité infaillible.

Et, bien que ses peurs soient infondées, il concevait même qu'elle ait craint qu'il recule devant sa paternité et qu'il ne soit pas le père qu'Emmie attendait. Elle cherchait à protéger son enfant — leur enfant —, et il ne pouvait absolument pas le lui reprocher. Elle l'aurait d'ailleurs déçue si elle n'avait pas réagi ainsi.

Fixant toujours les lumières scintillantes du sapin, il repensa aux semaines qui venaient de s'écouler. Passer du temps en compagnie de Kiley et d'Emmie lui avait donné un aperçu de ce que la vie en leur compagnie pourrait être, et il se rendait compte maintenant qu'il ne voulait pas d'une autre vie.

Il sourit à travers le voile de larmes qui lui brouillait la vue. Il avait même adoré les soirées passées devant la télévision, à regarder *La Petite Sirène*. Puis après que la princesse aux poneys s'était retrouvée au lit, comme il avait aimé serrer Kiley dans ses bras, sur le canapé, lui parler et l'embrasser jusqu'à ce que tous deux soient hors d'haleine.

Il avait aimé jouer les protecteurs avec elles. Au départ, Kiley n'avait pas apprécié qu'il insiste pour les ramener chez lui, Emmie et elle, en raison de la tempête de pluie verglaçante. Mais l'idée qu'elle ait pu avoir un accident sur les routes glacées, et que sa fille ou elle aient eu froid ou souffert d'inconfort dans une maison non chauffée et sans électricité lui avait été tout simplement insupportable.

De nouveau, il soupira. Nom d'un chien ! Il les aimait

toutes les deux de façon inconditionnelle, et cela ne changerait jamais. Hélas, ne s'en était-il pas rendu compte un peu trop tard ?

Incapable de rester assis, il se leva, rassembla ses bouteilles de bière et sortit pour les jeter dans la poubelle de tri, dans la remise. Une fois dans la cour, il leva la tête vers le ciel constellé d'étoiles. Il voulait tout ! décida-t-il. Kiley, Emmie, être le meilleur mari et père possible… Oui, mais voilà : comment devait-il s'y prendre pour faire en sorte que tout redevienne comme avant entre Kiley et lui ? Parviendrait-il à réparer les dommages qu'il avait causés à leur relation ?

Il l'ignorait, mais en revanche il avait une certitude : il devait essayer. Car s'il ne faisait rien, il savait, aussi sûrement que le soleil se levait à l'Est tous les matins, qu'il le regretterait chaque seconde du reste de sa vie.

- 10 -

Deux jours avant Noël, Kiley était assise sur le canapé du salon et regardait Emmie jouer avec le château de chevaux que ses grands-parents lui avaient offert, quand ils l'avaient gardée pour que Josh et elle puissent se rendre au bal de Noël. Elle avait passé plusieurs jours à se morfondre et à se demander comment elle aurait dû s'y prendre avec lui pour lui annoncer la nouvelle différemment. Mais après avoir bien réfléchi, examiné la situation sous toutes les coutures, elle était arrivée à la conclusion qu'elle n'aurait pas pu agir autrement.

Si elle lui avait fait part de ses soupçons sans avoir de preuves concrètes, il aurait forcément pensé qu'elle se servait d'Emmie pour parvenir à ses fins. Et s'il s'était finalement avéré qu'Emmie n'était pas sa fille, elle aurait perdu la face. Pis encore : Josh aurait peut-être pensé qu'elle essayait de lui extorquer de l'argent pour élever une enfant qui n'était pas la sienne.

Poussant un soupir, elle se leva pour aller mettre sa tasse et sa soucoupe dans le lave-vaisselle. Dans un certain sens, elle comprenait que Josh ait été furieux. Apprendre qu'il avait une petite fille de deux ans avait dû être un sacré choc pour lui. Mais ce n'était pas une raison pour ne pas vouloir écouter ses explications.

Et puis il lui avait promis d'établir un rapport équitable sur la garderie. Pourquoi ne l'avait-il pas remis au comité, avant de s'excuser et de se retirer du vote ? Il savait pourtant que son approbation était la seule chance de survie de la structure. Cela voulait-il dire qu'il n'avait pas apprécié les activités qu'elle proposait aux enfants des membres du TCC ? Ou bien était-ce une façon de se venger d'elle, parce qu'elle ne lui avait rien dit au sujet d'Emmie ? Cette idée lui était aussi douloureuse que son refus de vouloir écouter ses explications.

Perdue dans ses pensées, elle bondit littéralement lorsque le téléphone sonna. C'était sans doute ses parents qui voulaient savoir à quelle heure elle comptait passer le jour de Noël. Mais en s'approchant de l'appareil, elle reconnut le numéro du Texas Cattleman's Club.

— Kiley, je suis désolé de vous déranger, mais nous avons besoin de votre présence au club, déclara Gil Addison quand elle décrocha.

— Il y a un problème ? demanda-t-elle, soudain inquiète.

Maintenant que la culpabilité du fils de Beau Hacket avait été établie et que ce dernier devait rejoindre l'armée en début d'année, une nouvelle catastrophe ne s'était tout de même pas produite à la garderie !

— Non, lui assura-t-il. Nous souhaitons juste vous entretenir au sujet de votre emploi, au TCC.

Génial ! Il ne manquait plus que ça. Pour couronner le tout, ils allaient la licencier deux jours avant Noël.

— Entendu, dit-elle en regardant la pendule. Je serai là-bas dans une heure.

— Parfait, répondit-il d'un ton jovial. Alors, à tout à l'heure.

Elle raccrocha et fixa le combiné. Et dire qu'elle avait cru que Gil était satisfait du travail qu'elle avait accompli ! Visiblement, elle s'était trompée, puisqu'il semblait même ravi de se débarrasser d'elle.

Pourquoi le club avait-il décidé de mettre fin plus tôt que prévu à son contrat, au lieu d'attendre le printemps ? se demanda-t-elle tout en se préparant pour affronter l'inévitable.

— Ton papa a sûrement quelque chose à voir là-dedans, marmonna-t-elle malgré elle quelques instants plus tard, alors qu'elle attachait Emmie dans son siège.

— Mon papa ? reprit Emmie, surprise, en regardant autour d'elle, comme si elle cherchait quelqu'un.

— Non, ma chérie, je me suis trompée, reprit-elle vivement, en se mordant la langue.

Quelle idiote ! Les enfants de deux ans avaient tendance à répéter tout ce qu'ils entendaient, et à ce jour, elle ignorait quelles étaient les intentions de Josh concernant Emmie. Serait-il oui ou non un père pour elle ? Vaste question…

Vingt minutes plus tard, elle arrivait sur le parking du TCC. Elle reconnut plusieurs voitures, dont celles de Piper et de Ryan. Mais que faisaient-ils donc là ? Elle les pensait occupés à régler les derniers préparatifs de leur mariage. D'ailleurs, elle avait imaginé que tout le monde serait en train de faire du shopping de dernière minute ou s'apprêterait à prendre le train ou la voiture pour passer les vacances en famille.

— Finissons-en au plus vite, dit-elle à sa fille en la détachant de son siège.

Alors qu'elles arrivaient à la hauteur de la porte d'entrée, celle-ci s'ouvrit avant qu'elle pose la main sur la poignée.

— Je suis ravie que tu aies pu venir si vite ! s'exclama Piper en souriant.

Elle fronça les sourcils.

— Piper ? Mais qu'est-ce que tu fais ici ?

— Le comité des fonds de dotation a organisé une réunion d'urgence, et je suis venue t'apporter mon soutien moral, répondit-elle en se dirigeant vers la salle de bal.

Avant d'entrer dans la salle, Kiley enleva son manteau à Emmie.

— Ryan ne fait pas partie du comité, observa-t-elle. Tu peux me dire ce qui se passe, au juste, Piper ?

— Il est venu lui aussi pour te soutenir, annonça-t-elle avec un sourire mystérieux. Ainsi que la majorité des parents dont les enfants fréquentent la garderie.

— J'apprécie leur geste, Piper, mais je doute que cela change quoi que ce soit, répondit-elle d'un ton soudain las.

Depuis sa dispute avec Josh, elle n'avait pas très bien dormi, mais elle n'avait pas prévu que la fatigue lui tomberait dessus aussi brutalement.

— Viens ! lui dit Piper en l'entraînant vers la salle de bal. Cela ne prendra pas longtemps. Je te le promets.

Prenant Emmie par la main, Kiley ouvrit la double porte de la grande salle, et entra. Perplexe, elle balaya l'endroit du regard… Des tables avaient été disposées sur l'estrade qui n'avait pas été retirée depuis le spectacle des enfants, et les membres du comité étaient assis autour. Ils semblaient l'attendre avec impatience.

Les parents et leurs enfants étaient bien là, comme Piper lui avait annoncé, et ils avaient pris place sur les chaises, en face de l'estrade. Elle leur était reconnaissante de leur soutien, même s'il était à peu près certain qu'ils n'influenceraient pas le vote du comité.

— Madame Roberts, voulez-vous vous approcher, je vous prie ? demanda Josh, attirant son attention.

Elle avait pris soin de ne pas le regarder, en pénétrant dans la salle. Mais quand il l'interpella, elle fut bien obligée de regarder dans sa direction… et elle en eut le souffle coupé. Contrairement aux autres membres du comité, il ne portait pas de costume, ni de cravate, mais il était vêtu d'un jean, d'une chemise à carreaux et de boots. Jamais il ne lui avait paru aussi beau. Mais pourquoi diable s'était-il habillé de façon aussi décontractée ?

Elle s'avança vers l'estrade, surprise de voir Josh lui sourire et se lever. Il s'éclaircit la voix.

— Cela représenterait un conflit d'intérêts pour moi de présider cette réunion, tout comme le fait de me prononcer sur l'avenir de la garderie, déclara-t-il à l'adresse de l'assemblée. Pour cette raison, je préfère m'excuser.

Il tendit alors le marteau à Beau Hacket.

— Toutefois, poursuivit-il, je garde mon droit à faire part de mes observations sur les activités de la garderie et à donner une recommandation.

Il descendit alors de l'estrade et vint se placer à côté d'elle.

— Que se passe-t-il ? demanda-t-elle à voix basse.

— Attends, lui répondit-il à l'oreille.

— Est-ce qu'on peut au moins s'asseoir ?

Pourquoi avaient-ils besoin de l'humilier en la congédiant devant tout un auditoire ? Elle ne comprenait décidément plus rien…

— Pas pour l'instant. Ecoute bien ce qui va se dire, lui déclara-t-il avec un sourire.

Elle sentit son cœur s'accélérer devant la chaleur qui animait ses beaux yeux bleus.

— Bras, dit Emmie en tirant sur le pantalon de Josh.

Sans la moindre hésitation, il la prit dans ses bras et la serra contre lui.

— Comment va ma petite princesse ? demanda-t-il.

Elle sentit l'émotion la submerger. Même s'il se fichait éperdument d'elle, il était indéniable qu'il éprouvait de profonds sentiments pour Emmie. Et, en dépit des circonstances, il était réconfortant de voir qu'il aimait leur fille de tout son cœur.

— Il a été porté à notre connaissance que le comité des fonds de dotation devait réévaluer le budget qu'il consacre à la garderie, commença Beau en attirant l'attention de tous. Gil Addison nous a par ailleurs demandé de reconsidérer le contrat de Mme Roberts pour le poste qu'elle occupe en tant que directrice.

Et voilà, son sort serait scellé sous peu, pensa-t-elle tristement. Ils allaient mettre fin à son contrat. Mais pourquoi devaient-ils précisément le faire avant Noël ? Quel besoin éprouvaient-ils de lui gâcher les fêtes de fin d'année ? Ils auraient tout à fait pu attendre le début de l'année prochaine.

— Le débat est ouvert, déclara Paul Windsor.

Beau se tourna alors vers Josh.

— Je pense que tu as un rapport à nous exposer, non ?

Josh hocha la tête et, Emmie toujours dans les bras, s'avança vers l'estrade.

— Après la requête que Mme Roberts a adressée au comité au début du mois en vue d'une augmentation de budget pour la garderie, je lui ai rendu des visites régulières pour voir comment elle gérait l'établissement, et pour estimer si l'augmentation requise était réellement nécessaire.

— Et quels sont les fruits de cette enquête ? demanda Beau sur un ton calme et cordial qui surprit vivement Kiley.

Nul doute qu'après les agissements de son fils, il essayait de montrer son meilleur visage, ainsi que de l'intérêt pour la garderie. C'était sa façon de faire amende honorable.

— J'ai observé Mme Roberts dans différentes situations à la garderie, reprit Josh, et je dois dire en toute honnêteté que j'ai été impressionné par son engagement et par sa relation avec les enfants.

Tout en parlant, il regardait tour à tour chaque membre du comité.

— Elle accorde à chaque enfant une attention particulière, et leur donne l'impression que tout ce qu'ils lui disent ou lui montrent est de la première importance. J'ai également observé ses méthodes de discipline, et j'ai été surpris par le respect qu'elle leur témoigne.

Il se mit à rire.

— Les enfants acceptent les petites punitions qu'elle leur donne parfois, s'ils font preuve d'indiscipline, sans regimber et sans qu'elle n'ait besoin d'élever la voix.

Il se tourna alors vers elle. Encore une fois, la beauté de ses traits la frappa.

— Et je doute que quiconque ait pu préparer un aussi beau spectacle de Noël avec des enfants de cet âge.

La foule des parents brisa alors le silence en se mettant à applaudir à tout rompre, et certains lui exprimèrent à haute voix leur soutien.

Une fois que l'auditoire fut calmé, Josh plongea ses yeux dans les siens et poursuivit :

— En conclusion, je voudrais dire que le TCC a une garderie de premier ordre. Et cela, nous le devons à l'engagement et à l'expérience de Kiley Roberts. Je vous recommande donc de voter en faveur du maintien de cette structure dans nos locaux, et d'approuver l'augmentation de budget demandée pour qu'elle puisse fonctionner dans les meilleures conditions.

— Je voudrais ajouter que le Texas Cattleman's Club doit renégocier le contrat de Kiley, en prévoyant une augmentation de salaire et une reconduction pour cinq ans de son poste, intervint Gil Addison.

Puis il se leva pour rejoindre Josh.

Une nouvelle fois, le groupe de parents se manifesta par des applaudissements et des acclamations.

Elle sentit les larmes lui monter aux yeux. Le soutien sincère de Josh l'avait laissée sans voix. Il dépassait tous ses espoirs et prouvait que, quels que soient leurs différends, ils n'avaient pas influencé son évaluation concernant la garderie.

— Merci, parvint-elle à dire en regardant le seul homme qu'elle aimerait jamais.

Si seulement leurs problèmes personnels avaient pu se résoudre aussi facilement que le sort de la garderie ! Malheureusement, c'était une autre paire de manches.

Beau frappa un coup avec son marteau pour ramener l'ordre.

— D'autres commentaires ? demanda-t-il.

— Mon fils, Cade, a beaucoup plus appris en deux mois à la garderie qu'à la crèche où il allait avant, constata Gil.

— Tous les enfants adorent Kiley, intervint Winnie Bartlett. Mes filles n'aiment pas les week-ends, car elles ne peuvent pas aller à la garderie.

— Je propose que l'on approuve les recommandations de Josh Gordon, déclara Nadine Capshaw en souriant.

Un des hommes du comité renchérit.

— Je soutiens cette motion, déclara-t-il.

— Il ne nous reste donc plus qu'à voter, déclara Beau avec un sourire. Que tous ceux qui sont en faveur des recommandations émises par Josh Gordon et Gil Addison lèvent la main.

Tous les membres du comité des fonds de dotation, y compris Beau et son acolyte Paul Windsor, levèrent la main. Beau hocha la tête.

— Cette motion est donc adoptée à l'unanimité, dit-il en donnant un coup de marteau pour sceller le sort de la garderie.

Elle n'arrivait pas à y croire. Quand elle avait été convoquée au TCC, elle s'attendait à être renvoyée. Et voilà qu'elle se retrouvait avec une situation assurée pour cinq ans, ainsi qu'une augmentation.

Au milieu des applaudissements et des félicitations qui fusaient de toutes parts, Beau Hacket frappa plusieurs coups sur la table.

— Du calme, s'il vous plaît, dit-il.

Puis il regarda Josh.

— Je crois que Josh voudrait nous dire quelque chose.

Elle fronça les sourcils. Que diable pouvait-il avoir à ajouter ?

Emmie toujours dans les bras, il la prit soudain par la main… et l'entraîna sur l'estrade ! Son cœur n'avait jamais battu si fort. Qu'est-ce qu'il allait encore faire ?

— Si je n'ai pas voulu présider cette réunion aujourd'hui, c'est parce que je vois Kiley depuis quelques semaines, d'où le conflit d'intérêts évoqué tout à l'heure, commença-t-il.

Il baissa les yeux vers elle et, devant son beau sourire et la chaleur qui animait ses yeux, elle sentit une vague de chaleur submerger tout son être.

— Je ne pouvais voter en toute objectivité pour une question qui concerne la femme que j'aime.

Alors que la foule applaudissait de nouveau à tout rompre, Kiley regarda Piper, qui se tenait près de son fiancé, Ryan Grant. Cette dernière lui adressa un sourire rayonnant, les yeux embués de larmes.

— Ça va marcher, Kiley ! Je suis si contente pour toi, lut-elle alors sur ses lèvres.

Elle avait la sensation de vivre un rêve curieux. Elle leva les yeux vers Josh : ils avaient encore de nombreux problèmes à résoudre, mais pour la première fois depuis des jours, il lui semblait qu'une étincelle d'espoir venait de jaillir et que les choses s'arrangeraient peut-être entre eux, du moins en ce qui concernait Emmie.

— Un dernier mot avant que nous ne levions la séance, déclara Josh, ramenant le calme dans la salle. Je voudrais remercier tous ceux qui, bien que prévenus au dernier moment, sont venus aujourd'hui au TCC pour soutenir Kiley et la garderie.

Alors, un sourire aux lèvres, il se pencha vers elle.

— Et maintenant, partons d'ici, lui dit-il à l'oreille. J'ai quelque chose à montrer à Emmie, au ranch, et nous devons discuter de certaines questions.

Ils regagnèrent le parking en silence. Une fois qu'ils furent enfin dans le SUV, elle retrouva un peu ses esprits. Josh l'avait d'abord prise de court en se prononçant en faveur de la garderie ; puis, lorsqu'il avait annoncé publiquement qu'il l'aimait, un vertige s'était emparé d'elle. Mais maintenant qu'elle s'était plus ou moins remise de ses émotions, son naturel prudent reprenait le dessus. Ce n'était pas parce qu'il lui avait dit qu'il l'aimait que les choses allaient forcément marcher entre eux.

Garant son SUV devant la porte du corral, Josh regarda sa passagère. Kiley était la seule femme qu'il ait jamais aimée, et qu'il aimerait jamais. Aucun faux pas n'était désormais permis. Il devait faire en sorte que leur discussion se passe pour le mieux.

— Merci de m'avoir permis de vous amener toutes les deux au ranch, commença-t-il en lui prenant la main. Je voulais donner à Emmie son cadeau de Noël.

Elle hocha la tête, sur ses gardes.

— Quoi que ce soit, je suis sûre qu'elle sera ravie.

Il l'avait blessée, et maintenant elle était circonspecte. Oh ! il la comprenait tout à fait, et il ne lui en tenait absolument pas rigueur ! Il s'était comporté comme un fieffé imbécile avec elle, et il n'était pas assez fou pour croire que son aveu en public allait tout arranger comme par un coup de baguette magique. Il allait devoir sérieusement battre sa coulpe. Mais il était prêt à tout pour qu'elle donne une seconde chance à leur relation.

— Veux voir les poneys, dit Emmie de son siège auto.

Apparemment, elle avait reconnu les lieux quand il s'était arrêté devant le corral.

— Cela devrait être possible, princesse, répondit-il en souriant dans le rétroviseur à la petite fille qui lui était la plus précieuse au monde.

Elle et sa mère étaient désormais toute sa vie, et si Kiley acceptait qu'ils renouent, il passera chaque jour de son existence à le lui prouver.

Il sortit du Lincoln Navigator pour ouvrir la portière à Kiley et l'aider à descendre. Puis, il détacha Emmie de son siège, et la posa à terre.

— Tu es prête à aller voir les poneys ?

Elle tapa dans ses mains.

— Oui, caresser un poney, dit-elle.

— Tu peux faire mieux que ça, répondit-il en souriant. Tu peux monter dessus.

Son petit visage s'illumina.

— Oh oui, monter sur poney !

— Nous n'avons pas les tenues adéquates, intervint Kiley en fronçant les sourcils avant de se tourner vers lui : Est-ce pour cette raison que tu t'étais habillé de façon aussi décontractée pour la réunion ? Tu comptais faire une promenade à cheval, après.

Il haussa les épaules.

— Je n'ai pas l'intention de monter, lui dit-il, mais comme un costume n'est pas la meilleure tenue pour se rendre dans une écurie, j'ai préféré mettre un jean.

— Je ne comprends pas, dit-elle, l'air confus.

— Le cadeau d'Emmie se trouve dans l'écurie, expliqua-t-il en souriant.

Elle secoua la tête.

— Non, c'est impossible…

— Bien sûr que non ! Ma fille aime les poneys, elle aura son poney.

— Tu vas la gâter, Josh Gordon.

— Oui, c'est tout à fait mon intention, confirma-t-il.

Elle aussi, il souhaitait la gâter, mais cela devrait attendre encore un peu.

Lorsque Bobby sortit le solide petit poney Shetland de l'écurie, l'éclat qui passa dans les yeux d'Emmie était de ceux qu'il n'oublierait jamais.

— Poney, poney ! répéta sa fille, tout excitée.

— Je te présente Rose, dit-il en l'installant sur la monture. C'est ton poney.

— Poney à moi ?

Le spectacle de sa joie était sans prix, et il n'aurait voulu le troquer contre aucune merveille du monde.

Coiffant Emmie d'une bombe bleue adaptée à sa taille, il prit la bride du poney et lui fit faire plusieurs fois le tour du corral jusqu'à ce qu'il remarque la présence de Martha, près de la porte. Il avait pris ses dispositions avec sa gouvernante pour qu'elle vienne s'occuper d'Emmie pendant qu'il tenterait d'arranger les choses avec Kiley.

Faisant descendre sa fille du poney, il tendit la bride à Bobby.

— Tu pourras remonter plus tard, lui dit-il. Est-ce que tu veux bien aller déjeuner avec Martha pendant que je parle à ta maman ?

Souriante, Emmie leur fit un petit signe de la main et s'éloigna avec Martha vers la maison.

— Salut ! lança-t-elle.

Puis elle éclata de rire.

— Elle est extraordinaire, Kiley, dit-il sans lâcher leur fille des yeux. Tu peux être fière d'elle.

— Elle est toute ma vie, répondit-elle.

Et pour la première fois depuis qu'ils avaient quitté le TCC, un sourire éclaira son visage.

— Et dans cette vie, est-ce qu'il y a aussi de la place pour moi ? demanda-t-il doucement en lui effleurant la joue.

— Josh, je t'en prie, commença-t-elle, tandis qu'elle se dérobait à sa caresse. Je ne veux pas que tu me dises cela si tu ne le penses pas.

Sans répondre, il la prit dans ses bras. Elle voulut se

dégager, mais il la maintint fermement. Il était déterminé à mettre les choses à plat. C'était la seule façon d'envisager un avenir à deux.

— Kiley, ne renonce pas à notre relation, commença-t-il en lui saisissant le menton, pour l'obliger à soutenir son regard. Je sais que je t'ai blessée, mais je veux que tu m'écoutes avant de tourner le dos à ce qui nous unit.

Elle le fixa pendant de longues secondes.

— A part Emmie, que crois-tu que nous ayons en commun, Josh ?

— L'amour, répondit-il. Je t'aime et tu m'aimes, toi aussi. Et j'ai bien l'intention de me battre pour cet amour. Je le pensais vraiment quand je l'ai dit devant tout le monde, au club. Je t'aime, Kiley.

— Je n'ai pas eu cette impression, l'autre jour, dit-elle en secouant la tête. Tu as brusquement quitté la pièce alors que nous avions la discussion la plus importante que nous aurons jamais au sujet de notre fille.

La peine et la déception qui se reflétèrent alors dans les profondeurs de ses beaux yeux noisette lui firent l'effet d'un coup de poing en plein ventre. Mais n'était-ce pas ce qu'il méritait ?

— Je sais que je me suis comporté comme le dernier des idiots, et je le regrette plus que tu ne peux l'imaginer, déclara-t-il d'un ton sincère. Si je suis parti, c'était parce que j'avais besoin de me ressaisir. Je sais que cela ne justifie pas ma conduite, ni les accusations que j'ai formulées contre toi, mais c'est la vérité. Je n'ai jamais ressenti un aussi grand choc que lorsque j'ai compris qu'Emmie était ma fille. Et ce qui m'a vraiment rendu furieux, c'était que tu ne m'aies pas fait part de tes soupçons, que tu ne m'aies pas dit qu'il se pouvait que je sois son père.

— Je ne voulais pas être alarmiste au cas où je me serais trompée, répliqua-t-elle sur la défensive. Pas plus que je ne souhaitais que tu imagines que je me servais d'Emmie pour que la garderie reste ouverte.

Il hocha la tête.

— Je comprends, maintenant que j'ai eu le temps d'y réfléchir. Et je t'admire pour la façon dont tu as géré tout ça. Mais ce jour-là, j'étais obsédé par le fait que tu m'avais trahi.

— Et moi, j'ai ressenti ce même sentiment de trahison quand tu as repoussé le vote du comité, répliqua-t-elle. Tu m'avais promis que tu donnerais un avis équitable au comité. Mais cet après-midi-là, tu m'as vraiment donné l'impression que je n'étais pas du tout fondée à prétendre à une augmentation de budget.

— Pour tout t'avouer, la garderie était bien, en cet instant, la dernière de mes préoccupations, dit-il en le pensant sincèrement. J'avais demandé au comité de se réunir pour décider de l'augmentation du budget parce que j'imaginais alors, étant donné l'état dans lequel je me trouvais, que c'était la seule chose équitable à faire.

— Et pourquoi est-ce que tu as convoqué le comité en urgence, aujourd'hui ? demanda-t-elle, sourcils froncés. Cela n'aurait-il pas pu attendre le début d'année ?

— Je voulais que la question soit réglée une bonne fois pour toutes pour pouvoir me concentrer sur nous et sur la façon de réparer les torts que j'ai causés.

Suivant son impulsion, il effleura ses lèvres avec les siennes. Elle ne protesta pas, et il y vit un encouragement.

— Je t'aime, Kiley, et je prends l'entière responsabilité de notre dispute, poursuivit-il en lui donnant un baiser sur le front. Et je te jure que, si tu me le permets, je passerai le reste de ma vie à te faire oublier la façon dont j'ai réagi.

Quand elle leva les yeux vers lui et qu'il vit ses larmes, il eut l'impression qu'on lui arrachait le cœur.

— Josh, tu n'as pas à me faire de telles promesses, dit-elle en secouant la tête. Je ne vais pas t'empêcher de voir Emmie, tu sais.

— Mais, ma chérie, je ne me fais aucun souci de ce côté-là, lui assura-t-il avec un sourire. Ce que j'essaie de te dire, c'est que ce n'est pas seulement Emmie que je veux inclure dans ma vie. Toi aussi, je souhaite sincèrement que tu en fasses partie. Je t'aime plus que ma vie. Je veux t'épouser et avoir une maison où résonnent les rires d'autres enfants aussi beaux que notre petite fille.

— Josh, je ne sais pas…

— Est-ce que tu m'aimes, Kiley ?

Elle hocha la tête, et des larmes roulèrent sur ses joues.

— Est-ce que tu veux m'épouser ?

— Je… Je ne suis pas sûre que…

Alors il lui donna un baiser, un long baiser fougueux. Il releva la tête, haletant.

— Est-ce que tu es plus sûre, maintenant ?

— Je… Tu ne me facilites pas la tâche, je n'arrive pas à penser, dit-elle, avec une lueur à la fois confuse et joyeuse dans les yeux.

— Il te suffit de dire oui, Kiley.

Ils se fixèrent quelques secondes. Il perçut nettement, dans son regard, le moment où elle céda et accepta ce qu'ils voulaient tous les deux.

— Oui…, souffla-t-elle enfin.

— Dieu soit loué ! s'écria-t-il.

La relâchant, il plongea sa main dans la poche de son jean et en sortit un écrin en velours rouge, qu'il avait sur lui depuis qu'il s'était arrêté à la bijouterie en se rendant au Texas Cattleman's Club, ce matin-là.

— Kiley, est-ce que tu consens à m'épouser ? demanda-t-il d'un ton solennel.

Elle éclata de rire, puis se couvrit la bouche avec la main.

— Tu me l'as déjà demandé, et je t'ai dit oui.

— Redis-le-moi ! exigea-t-il.

Puis il se mit à rire lui aussi, tout en ouvrant l'écrin afin d'en sortir une bague surmontée d'un magnifique diamant.

— Et répète-le-moi jusqu'à ce que nous fêtions nos soixante-quinze ans de mariage !

— Oui, je veux t'épouser, Josh Gordon, s'écria-t-elle en se jetant à son cou.

— Voilà qui est parfait, dit-il, comblé.

Il lui donna un rapide baiser, puis lui prenant la main, l'entraîna vers la maison.

— On va le dire à Emmie ? demanda-t-elle.

— Je te propose de prévenir d'abord tes parents. Je sais qu'ils vont te poser des questions un peu délicates sur le fait que je sois le père d'Emmie, et qu'ils voudront savoir précisément comment tout cela est arrivé.

Il lui donna un baiser sur le front.

— Mais je serai à tes côtés, promit-il.

— Tu vas nous accompagner chez eux, pour Noël ?

Il hocha la tête.

— Nous irons dans le Midland voir tes parents, et sur le chemin du retour, nous ferons une halte chez mon frère pour l'informer que nous allons former une famille. Mais pour l'instant, j'ai d'autres projets en tête.

Il referma la porte du corral et se mit à rire.

— Et pour tout te dire, cette cour n'est pas le lieu idéal pour ce que j'envisage de faire.

— Tu es incorrigible, Josh Gordon ! déclara-t-elle.

Elle joignit son rire au sien.

— Non, ma chérie, je suis juste un homme amoureux de la femme la plus désirable du monde, dit-il en l'enlaçant pour l'embrasser de nouveau.

— Je t'aime, Josh, dit-elle avec douceur.

— Moi aussi, je t'aime, Kiley, répondit-il.

Un sourire aux lèvres, il lui prit la main.

— Et maintenant, rentrons organiser notre vie commune…

BRENDA JACKSON

Trop près d'un Westmoreland

Traduction française de
MARIE MOREAU

PASSIONS

HARLEQUIN

Titre original :
ONE WINTER'S NIGHT

Ce roman a déjà été publié en 2013.

- 1 -

Par un jour de grand froid, au début du mois de novembre

La neige était tombée toute la nuit et un épais manteau blanc couvrait le paysage à perte de vue. D'après les prévisions, la température allait chuter brutalement en milieu de journée et rester glaciale au moins jusqu'au lendemain.

La saison qui commençait était celle que Riley Westmoreland préférait. Il aimait plus que tout respirer ce froid saisissant qui lui faisait l'effet de lui purifier le corps et l'esprit.

Ouvrant la portière de son 4x4, il promena son regard sur ses terres avant de s'installer au volant. Il était si heureux de se réveiller depuis sept ans au milieu de ce domaine de cinquante hectares, celui qu'il avait reçu en héritage le jour de ses vingt-cinq ans. Il avait lui-même conçu sa maison à deux étages et avait participé à sa construction, bien trop excité pour laisser un autre que lui en poser la première pierre.

Il était bien le seul de sa famille à se réjouir chaque année de l'arrivée des premières tempêtes de neige, mais à ses yeux c'était le climat de Denver qui rendait cette ville si attachante. Enfin, quand l'hiver commençait, il pouvait allumer les cheminées qui ornaient toutes les pièces de sa maison et regarder les flocons tomber par la fenêtre. Il aimait cette saison depuis sa plus tendre enfance, et en tant que petit garçon sa plus grande joie avait été de faire des bonshommes de neige avec ses frères et ses cousins.

Aujourd'hui, c'étaient les promenades en motoneige et les

séjours au ski qui lui permettaient de retrouver les sensations enivrantes d'autrefois.

Il s'enfonça dans son siège en cuir et attacha sa ceinture. Il aurait pu rester travailler chez lui au lieu d'aller au bureau aujourd'hui, mais l'envie de respirer l'air froid avait été trop forte ; et surtout un rendez-vous important l'attendait à midi.

C'était à lui que revenait une part des responsabilités de Dillon, son frère aîné, depuis que ce dernier avait fait en sorte d'avoir plus de temps pour lui. Son épouse, Pam, allait bientôt accoucher, et il avait délégué certaines tâches concernant la gestion de l'entreprise familiale. Or, le prochain projet sur la liste était l'organisation de la fête donnée en fin d'année pour les employés de Blue Ridge Land Management.

L'organisatrice d'événements qui avait pris en charge la soirée ces dix dernières années étant désormais à la retraite, Dillon avait fait appel à Imagine, une jeune société créée à Denver moins d'un an plus tôt par une femme nommée Alpha Blake. C'était Pam qui, impressionnée par le travail que celle-ci avait réalisé pour un gala de charité auquel elle avait assisté l'été précédent, avait parlé d'elle à Dillon. Au moins, Riley savait que c'était le bon choix. Il avait la plus grande confiance dans le jugement de sa belle-sœur.

Il allait démarrer lorsque son téléphone portable vibra dans sa poche.

— Allô ?

— Monsieur Westmoreland ?

A qui appartenait donc cette voix féminine et chaude ? Sans doute à une relation de travail, puisque cette femme ne l'appelait pas par son prénom.

— Oui, c'est bien Riley Westmoreland. Que puis-je pour vous ?

— Bonjour, monsieur, c'est Alpha Blake. Nous avons rendez-vous à midi à votre bureau, seulement j'ai un pneu crevé et j'ai dû m'arrêter sur le bord de la route. Je suis navrée, je vais être en retard.

— Avez-vous déjà appelé une dépanneuse ?

— Oui, on m'a dit qu'elle devrait être là d'ici une petite demi-heure.

Etant donné l'état de la route et le nombre de conducteurs qui avaient dû rencontrer des problèmes, il y avait fort à parier que ce délai ne serait pas respecté.

— Pouvez-vous me dire où vous vous trouvez ?

— Je suis sur Winterberry Road, à environ deux kilomètres du croisement d'Edgewater. Je viens de dépasser un magasin, mais il me semble qu'il était fermé.

— Il le sera sûrement toute la journée. Fred Martin, le gérant, n'ouvre jamais le lendemain d'une grosse tempête de neige.

A présent, il voyait exactement à quel endroit elle avait dû s'arrêter.

— Ecoutez, je ne suis pas loin de vous. Je vais appeler mon garage pour qu'un mécanicien vienne changer votre roue. Je vais passer vous prendre et nous irons déjeuner chez McKay. Le restaurant étant plus près que mon bureau, nous n'aurons qu'à tenir notre réunion autour d'un bon repas au lieu de nous retrouver là-bas. Je vous reconduirai ensuite à votre voiture qui aura été réparée d'ici là.

— Mais je... Je ne voudrais pas vous déranger.

— Vous ne me dérangez pas du tout. Je sais que Dillon et vous avez déjà abordé certains sujets concernant la fête, mais puisque c'est moi qui reprends le projet en main, j'ai besoin que vous me disiez où en est l'organisation. D'ordinaire, c'est mon assistante qui se charge de ce genre de choses, mais elle est en congé maternité en ce moment et cet événement est trop important pour que je le confie à quelqu'un d'autre.

Dillon avait déjà dû lui préciser que la fête serait donnée cette année pour célébrer le quarantième anniversaire de la société créée par leur père et leur oncle. Cette soirée compterait non seulement pour les employés, mais aussi pour tous les membres de la famille Westmoreland.

— Entendu. Faisons cela, si vous êtes sûr que cela ne perturbe pas votre organisation, accepta-t-elle.

— Pas le moins du monde. A tout de suite.

Alpha Blake serra son manteau autour d'elle en frissonnant. Que pouvait-on connaître du froid de Denver lorsqu'on avait toujours vécu en Floride ? songea-t-elle avec colère. Elle aurait dû se méfier en découvrant ce matin que la neige était tombée toute la nuit. Comment avait-elle pu croire qu'elle pouvait prendre la route sans problème ?

Seulement voilà, elle avait été trop concentrée sur son rendez-vous avec Riley Westmoreland pour se laisser décourager par le moindre obstacle. Elle n'avait plus qu'à regretter de s'être mise en retard à présent, et surtout de l'avoir contraint à venir la chercher et à déplacer leur réunion. C'était tellement gênant, pour elle qui avait tant espéré lui faire bonne impression… Bien sûr, elle avait déjà été engagée par son frère Dillon, mais quand la secrétaire de celui-ci l'avait appelée pour la prévenir qu'il transmettait le projet à Riley, elle avait eu à cœur de lui prouver également qu'elle était digne de leur confiance.

Cela commençait fort mal, soupira-t-elle intérieurement en augmentant le chauffage de sa voiture. Parviendrait-elle un jour à s'habituer au rude climat du Nord ? Rien n'était moins sûr. L'hiver commençait à peine, et il faisait déjà si froid… Mais il était trop tard pour se poser cette question. Elle était installée ici, désormais, et elle serait bien obligée de s'y faire. Au moment de déménager, elle avait jugé bon de recommencer sa vie aussi loin que possible de Daytona Beach afin de retrouver une certaine sérénité. Ses amis n'avaient pas compris son choix ; quelle personne saine d'esprit pouvait abandonner le climat paradisiaque de Daytona Beach au profit du froid glacial de Denver ?

La réponse était simple : une personne qui avait besoin de laisser loin derrière elle un passé trop douloureux.

Le fil de ses pensées fut interrompu lorsqu'une grosse voiture vint s'arrêter sur le bord de la route, juste devant elle. La portière du conducteur s'ouvrit et la silhouette d'un homme apparut finalement, longue et imposante. Se retournant, il avança vers elle d'une démarche souple nullement altérée par la couche de neige qui couvrait le sol. C'est alors qu'elle croisa son regard à travers le pare-brise. Le souffle coupé, elle crut rêver en le voyant approcher. Il était si beau, si délicieusement viril… La vision qui s'offrait à elle pouvait-elle être réelle ?

La silhouette ne s'effaça pas. C'était bel et bien Riley Westmoreland qui venait à sa rencontre, lui laissant tout le loisir de découvrir ses larges épaules sous la simple veste qu'il portait. Comment faisait-il pour supporter aussi bien le froid ? songea-t-elle tout en détaillant ses longues jambes puissantes couvertes d'un jean ajusté.

Elle le fixa tandis qu'il venait vers sa portière, non sans admirer la grâce et l'assurance qui émanaient de lui. Elle avait si chaud tout à coup… Tout son corps s'était tendu à l'instant où elle l'avait vu, et elle ne pouvait s'empêcher de s'interroger. Depuis sa rupture avec Eddie, c'était la première fois qu'elle remarquait un homme.

Il frappa doucement à sa vitre.

— Vous êtes Riley Westmoreland ? lui demanda-t-elle en la baissant.

Sa question était superflue, elle le savait. Il ressemblait suffisamment à son frère Dillon pour qu'elle n'ait aucun doute sur son identité.

— Oui. J'en conclus que vous êtes Alpha Blake, devina-t-il en lui tendant la main à travers la vitre ouverte.

Elle ne sut comment interpréter le regard intense qu'il fixait sur elle. Devait-elle y lire une simple curiosité ou un réel intérêt ?

— Oui, confirma-t-elle en lui serrant la main.

Même à travers les gants de cuir qu'elle portait, elle sentit la chaleur de sa peau et réprima un frémissement.

— Bonjour, monsieur. Enchantée.

— Riley, la reprit-il aussitôt.

Son sourire sensuel ne fut pas loin de lui faire perdre contenance.

— Tout le plaisir est pour moi, Alpha, ajouta-t-il. Je n'ai entendu que des éloges sur vous et votre travail de la part de Pam et Dillon. Vous voulez bien que je vous appelle Alpha ?

— Merci. Et… oui, bien entendu.

— J'ai tout organisé avec le garage. Vous n'avez qu'à laisser vos feux de détresse allumés et votre clé sous votre siège, lui indiqua-t-il en reculant pour lui permettre de descendre.

— Vous êtes sûr que ce n'est pas trop risqué ? s'inquiéta-t-elle en se mordillant machinalement la lèvre.

— Oh ! n'ayez aucune inquiétude ! lui assura-t-il en riant. Les voleurs ne sortent pas non plus par ce temps. Je vous emmène dans mon 4x4 ? l'invita-t-il en lui ouvrant sa portière.

— Allons-y.

Elle fit ce qu'il lui avait demandé et prit son sac à main et sa sacoche avant de le suivre jusqu'à sa voiture, non sans tenir son manteau bien fermé autour d'elle. Lorsqu'il lui ouvrit la portière passager, elle se délecta de la chaleur qui l'enveloppait soudain. Ce parfum masculin et sexy ressemblait en tout point à Riley…

Mais pourquoi avait-elle de telles pensées ? songea-t-elle en rougissant. Non seulement elle venait tout juste de rencontrer cet homme, mais surtout elle allait travailler pour lui. Elle se devait de rester professionnelle.

Il venait de refermer sa portière lorsqu'elle le vit décrocher son téléphone portable, tandis qu'il contournait la voiture. Au moment de s'installer au volant, il avait déjà mis fin à sa conversation.

— Vous avez assez chaud ? demanda-t-il en se tournant vers elle.

Sa voix profonde la troubla plus qu'elle n'aurait su le dire.

— Oui, répondit-elle sur un ton aussi assuré que possible. Merci.

Lui adressant un sourire irrésistible, il attacha sa ceinture et regarda dans son rétroviseur avant de s'engager sur la route.

Dans le silence qui régnait, Riley eut l'impression d'avoir affaire à une femme timide. Sous son épais manteau, elle paraissait presque trapue, mais il ne pouvait ignorer la grâce et le charme qui émanaient de son visage. Il avait beau avoir le goût des silhouettes élancées aux courbes féminines, il avait remarqué sa beauté au premier regard.

Cherchant à détendre l'atmosphère, il mit en marche son lecteur CD et la voix chaude d'une chanteuse de soul ne tarda pas à emplir la voiture.

— Je crois savoir que vous venez de Floride, dit-il finalement pour engager la conversation. Qu'est-ce qui vous a amenée à vous installer à Denver ?

Lorsqu'elle se tourna vers lui pour lui répondre, il fut émerveillé par la lueur de son regard. Ses yeux bruns en amande brillaient d'un éclat exceptionnel, tout comme les boucles châtaines qui entouraient son visage et retombaient sur ses épaules.

— Je n'ai pas l'habitude de partir à l'aventure, mais après le décès de ma marraine j'ai hérité d'une somme qui me permettait de prendre un nouveau départ. J'en ai profité pour changer de métier et de vie.

— Ah oui ? Quelle était votre première profession ?

— J'étais vétérinaire.

— Eh bien ! C'est un sacré changement !

— Oui, c'est vrai, reconnut-elle en souriant.

Il n'allait certainement pas la laisser s'en tirer avec une réponse aussi sommaire. Comment avait-elle pu en arriver à prendre une telle décision ?

— Quelles raisons ont bien pu pousser une vétérinaire à devenir spécialiste de l'événementiel ?

— Ce sont mes parents qui avaient décidé de faire de moi une vétérinaire. Je n'ai fait que leur obéir.

— Pourquoi ?

Jamais il n'aurait pu s'inscrire à l'université pour suivre un parcours qu'il n'aurait pas choisi lui-même. Il savait en revanche que certaines personnes se voyaient obligées de renoncer à leurs rêves, ou au moins de les mettre entre parenthèses, comme son cousin Ramsey.

Ramsey avait toujours eu le projet de développer un élevage de moutons. Pour cela, il avait suivi des études d'agroéconomie mais, après avoir obtenu son diplôme, il avait été contraint de prendre un poste de direction au sein de Blue Ridge Land Management au lieu de s'établir dans une ferme. Assumant sa responsabilité d'aîné, il s'était associé avec Dillon pour maintenir la société à flot après la mort brutale de leurs parents dans un accident d'avion. Finalement, c'était après avoir contribué à faire de l'entreprise familiale une puissante multinationale qu'il s'était autorisé à la confier intégralement à Dillon pour se consacrer à sa passion.

S'arrêtant à un feu rouge, Riley en profita pour se tourner de nouveau vers Alpha. A en croire le geste nerveux avec lequel elle jouait avec son bracelet en argent et sa façon de se mordiller la lèvre, ses questions l'avaient quelque peu mise mal à l'aise.

— C'était pour faire plaisir à mes parents que je suis devenue vétérinaire. Ils comptaient sur moi pour m'associer avec eux et reprendre leur clinique plus tard. J'ai tenu pendant un an avant de me rendre compte que je n'étais pas à ma place. Ils avaient beau en être parfaitement conscients, ils se sont mis en colère quand je leur ai annoncé ma décision. C'est seulement lorsque j'ai organisé la fête de leur trentième anniversaire de mariage qu'ils ont compris que j'avais trouvé ma voie.

— Vous les avez épatés, n'est-ce pas ?

Le sourire qui apparut sur ses lèvres était tout simplement irrésistible.

— C'est vrai, dit-elle en rougissant adorablement, j'ai fait du bon travail.

— Bravo ! dit-il en riant. Etes-vous fille unique ? l'interrogea-t-il après une pause.

Le temps qu'elle mit à lui répondre l'interpella.

— Non, j'ai une sœur.

Si elle avait des réticences à parler de sa famille, il n'avait aucune raison d'insister. Mieux valait sans doute changer de sujet.

— Alors, qu'avez-vous en tête pour notre soirée du mois prochain ?

Il l'écouta décrire ses idées concernant la grande fête

qu'elle devait organiser pour les employés de Blue Ridge Land Management. Il avait par moments du mal à la suivre et ne parvenait pas à tout visualiser, mais la conception générale était pour le moins séduisante.

— J'avais préparé une présentation PowerPoint pour aujourd'hui afin d'être plus claire, précisa-t-elle, comme si elle lisait dans ses pensées. Mais puisque notre rendez-vous va finalement avoir lieu au restaurant, je…

— Vous pourrez quand même faire votre présentation. J'ai téléphoné pour réserver une salle de réunion privée.

— Formidable ! J'ai tout ce qu'il faut ici, ajouta-t-elle en tapotant la sacoche qu'elle avait sur les genoux.

Son geste attira son regard sur ses jambes. Elle portait des bottes en cuir qui lui conféraient une allure élégante. En relevant les yeux, il vit qu'elle s'était tournée vers la vitre et scrutait le paysage.

— Je ne suis jamais passée par ici pour me rendre chez McKay, observa-t-elle.

— C'est un raccourci.

— Ah ?

Comme il se concentrait de nouveau sur la route, il la laissa retomber dans le silence qu'elle avait observé durant le début du trajet. Il avait brisé la glace à présent, et elle ne serait plus gênée pour parler si elle avait quelque chose à lui dire. En attendant, il ne demandait pas mieux que d'écouter la musique qu'il aimait tout en profitant de la présence infiniment agréable d'Alpha Blake.

Les yeux fixés sur l'horizon, Alpha ne parvenait pas à retrouver son calme intérieur. La seule présence de Riley Westmoreland à côté d'elle la plongeait dans un trouble qu'elle ne s'expliquait pas, et qu'elle se voyait incapable de contenir. Elle n'était pas surprise qu'il soit aussi beau, étant donné qu'elle avait déjà rencontré son frère Dillon, qui n'avait rien à lui envier. Mais la sensualité qui émanait de Riley était plus déstabilisante que tout ce qu'elle aurait pu imaginer.

Du reste, les questions qu'il se plaisait à lui poser ne faisaient rien pour l'apaiser. La raison de son départ de Daytona était encore trop douloureuse pour qu'elle puisse en parler avec détachement, et après la conversation animée qu'elle avait eue la veille avec ses parents, elle préférait ne pas penser à eux pour le moment.

Chassant ces souvenirs de son esprit, elle respira profondément en voyant qu'ils arrivaient sur le parking du restaurant. Il était grand temps qu'elle retrouve sa sérénité et qu'elle se concentre sur le rendez-vous professionnel qui l'attendait. A en juger par le manque de place, le mauvais temps n'avait en rien découragé les clients du fameux établissement et Riley dut faire le tour du bâtiment pour trouver un endroit où se garer.

Soufflant dans ses gants en cuir, elle se frotta les mains et referma le col de son manteau, se préparant à sortir et à affronter de nouveau le vent glacial. En se tournant vers Riley, elle comprit que sa veste et son chapeau était tout ce qu'il avait pour se couvrir et qu'il ne prévoyait de porter ni écharpe ni gants.

— Vous ne sentez pas le froid ? s'étonna-t-elle.

Pourquoi fallait-il qu'il lui adresse ce merveilleux sourire chaque fois qu'il la regardait ? Cela ne faisait que lui rappeler la douloureuse réalité : il y avait bien longtemps qu'un homme ne lui avait pas souri sans qu'elle le soupçonne des pires intentions.

— Pas vraiment. Contrairement à la plupart des gens, j'aime particulièrement ce temps. Plus il fait froid, mieux je me sens.

Stupéfaite, elle le fixa en guettant l'ironie dans son regard. Mais il semblait tout à fait sincère.

— Pourquoi ?

— Je ne sais pas exactement, s'amusa-t-il en haussant les épaules. Je dois avoir le sang chaud.

— Certainement, approuva-t-elle à mi-voix.

S'il avait entendu sa remarque, il n'en montra rien. Déjà, il descendait de voiture et elle s'empressa d'en faire autant.

Quelle imprudence ! En posant sans précaution le pied à terre, elle glissa sur le sol gelé et elle serait tombée si Riley n'avait pas été auprès d'elle en une fraction de seconde pour la rattraper.

— J'aurais dû vous prévenir de vous méfier. Pardon, je manque à tous mes devoirs.

Oui, il aurait pu l'avertir. Mais s'il l'avait fait, elle n'aurait pas senti à cet instant ses bras autour d'elle, elle n'aurait pas eu le loisir de s'agripper à ses larges épaules ni de se laisser envahir par la chaleur de son corps puissant. Elle n'aurait pas pu respirer d'aussi près ce parfum à la fois frais et épicé qui lui avait déjà procuré un délicieux vertige pendant tout le trajet.

— Je crois que je vais m'en sortir maintenant, articula-t-elle en le libérant, non sans regret.

Mais il refusa de la laisser s'écarter de lui.

— Je préfère m'en assurer.

Sur ces mots, il la souleva entre ses bras et la porta en direction de l'entrée.

- 2 -

Ce fut dans les bras de Riley qu'Alpha entra dans le restaurant. Les tables étaient toutes occupées et elle crut mourir de honte en voyant soudain les regards braqués sur eux. Un homme qui marchait vers la sortie tapota l'épaule de Riley au moment de les croiser.

— Eh bien, fiston, tu leur fais toujours perdre pied à ce que vois, dit-il en riant.

— On dirait, oui, répondit-il avec un sourire. A bientôt, monsieur Daniels.

Puis il regarda Alpha.

— Cela devrait aller à partir de maintenant, dit-il en la reposant sur le sol.

— Merci.

Refusant de lever les yeux vers lui, elle l'observa à la dérobée et remarqua qu'il faisait un pas pour s'écarter d'elle. Décidément, il devait être furieux contre elle. Ils venaient tout juste de faire connaissance et, déjà, elle ne lui avait causé que des dérangements.

— Bienvenue, Riley. La salle que tu as réservée est prête.

Si la serveuse le tutoyait, il devait vraiment être un habitué des lieux. Et à en croire son sourire enjôleur, elle lui portait bien plus d'affection qu'à un quelconque client.

— Merci beaucoup, Paula. Assure-toi que nous ne soyons pas dérangés s'il te plaît.

— Entendu.

Elle passa devant eux et leur fit signe de la suivre.

— Nous t'avons gardé la meilleure salle, précisa-t-elle en se tournant vers Riley, non sans avoir lancé un regard de dédain en direction d'Alpha. Car tu ne mérites que le meilleur, ajouta-t-elle d'une voix mielleuse.

Pourquoi cette jeune femme se montrait-elle aussi hostile envers elle ? Il était pourtant clair que ce déjeuner ne devait être qu'un rendez-vous d'affaires.

Elle frissonna en sentant un contact brûlant dans son dos. Même à travers son épais manteau et les couches de vêtements qu'elle portait en dessous, elle était parfaitement consciente que Riley venait d'y poser la main et que, malgré toute sa volonté, elle ne pouvait y rester indifférente.

Entrée avec lui dans la salle privée, elle resta bouche bée et entendit à peine la porte se refermer derrière eux. C'était une pièce vaste et lumineuse, ornée d'une table dressée pour deux et d'un grand écran assorti d'un projecteur et de haut-parleurs. Il y avait tout ce dont elle avait besoin pour réaliser sa présentation dans les meilleures conditions.

Par la baie vitrée, elle contempla les montagnes qui s'élevaient non loin de là. Comment pouvait-on se concentrer sur son travail en se tenant face à une vue aussi splendide ?

— Vous préférez commencer par le déjeuner ou par la présentation ? l'interrogea Riley.

— Je m'en tiendrai à votre choix.

— Dans ce cas, je vais d'abord appeler Paula. Je meurs de faim.

Elle se contenta de hocher la tête pour approuver sa décision. Observer le simple mouvement qu'il faisait pour se débarrasser de sa veste suffisait à lui couper le souffle. Il semblait à la fois infiniment souple et athlétique, et la découverte de ce qui lui avait été caché jusqu'à maintenant ne le fit paraître que plus beau encore à ses yeux. Son ventre plat et musclé, ses cuisses longues et puissantes…

Traversée par une vague brûlante, elle se rappela qu'il était temps qu'elle se découvre elle aussi. Elle dénoua alors la ceinture de son manteau et l'ôta lentement, non sans peine. Après quoi elle déroula son écharpe et enleva un à un tous les pulls qu'elle avait empilés pour se tenir chaud.

Elle allait se sentir un peu plus à l'aise maintenant, songea-t-elle en marchant jusqu'au portemanteau pour y suspendre ses affaires. L'espace d'un instant, elle resta debout et fit de légers mouvements pour se débarrasser des nœuds qu'elle avait dans le cou et les épaules. Elle était en train de se passer la main dans les cheveux quand, en se retournant, elle trouva Riley juste derrière elle. Il la fixait avec des yeux étranges.

— Il y a un problème ? demanda-t-elle, s'efforçant de dissimuler le trouble que lui procurait l'intensité de son regard.

Il se redressa brusquement, comme s'il se réveillait d'une rêverie, et regarda par la fenêtre. Quand il se tourna de nouveau vers elle, il avait retrouvé son expression habituelle.

— Non, aucun, répondit-il avec un empressement soudain. Veuillez m'excuser, je vais aller voir Paula pour lui dire que nous voudrions commander.

Quand il sortit de la pièce, elle se demandait encore ce qu'il venait de se passer.

Refermant la porte derrière lui, Riley dut s'appuyer contre elle pour reprendre ses esprits. Il laissa échapper un long soupir, cherchant à chasser la tension qui s'était soudain emparée de lui. Il avait eu un tel choc en découvrant ce corps divin aux courbes si parfaitement dessinées, en s'apercevant qu'Alpha n'avait rien d'une femme trapue et que sa silhouette était d'une beauté aussi époustouflante que son visage.

Profitant de cet instant de solitude, il revit mentalement le spectacle stupéfiant qu'elle lui avait offert en enlevant l'une après l'autre, le plus innocemment du monde, toutes les couches de vêtements sous lesquelles elle s'était dissimulée. Finalement, c'était dans une ravissante robe rose en laine, resserrée à la taille par une ceinture, qu'il l'avait découverte avec ébahissement. Son extrême féminité avait éveillé en lui un désir plus intense que tout ce qu'il avait ressenti auparavant.

Alpha Blake était tout simplement splendide. Après avoir vu ses formes exquises, il n'avait aucun besoin de s'interroger sur l'origine des pensées sensuelles qui assaillaient à présent son esprit. Il avait beau savoir que c'était totalement déplacé, il brûlait d'enlacer sa taille fine, de poser les mains sur ses seins et de caresser ses hanches depuis l'instant où il l'avait vue se dévêtir.

Il serait resté indéfiniment debout à la contempler si elle ne s'était pas retournée, surprenant son regard insistant. Avait-elle lu le désir dans ses yeux ? Non, il savait se montrer discret et masquer les émotions qui naissaient en lui. Et même s'il était irrésistiblement attiré par elle, il n'était pas question qu'il déroge à sa règle en s'autorisant à mêler le plaisir aux affaires.

— Riley, tu as besoin de quelque chose ?

La voix de Paula le força à abandonner le fil de ses pensées et il posa les yeux sur la petite robe noire qui constituait son uniforme. Paula Wilmot avait beau être une très jolie jeune femme, elle lui paraissait tout à coup insignifiante en comparaison d'Alpha Blake.

Après la courte liaison qu'ils avaient eue quelques années plus tôt, elle avait vécu leur rupture comme une injustice. Il avait pourtant mis les choses au clair dès le début en lui expliquant qu'il n'était pas fait pour s'engager à long terme, qu'il n'était jamais resté plus d'un mois et demi avec une femme et qu'il n'avait aucune intention de changer cela. Il avait pour habitude d'annoncer tout de suite son mode de fonctionnement aux femmes qu'il convoitait. Il refusait systématiquement de laisser un quelconque sentimentalisme s'insérer entre ses conquêtes féminines et lui, et seules celles qui étaient d'accord avec cela entraient pour quelques semaines dans sa vie.

Rien ne le mettait plus en colère que celles qui commençaient par accepter ses règles et se mettaient ensuite en tête de lui passer la bague au doigt. Au bout d'un mois passé avec Paula, il avait décelé ses intentions. Pour une raison mystérieuse, elle avait cru être la femme capable de le transformer. Elle n'aurait pas pu se tromper davantage. Ses velléités l'avaient tant irrité qu'il n'avait pas perdu une seule seconde avant de mettre fin à leur liaison et de se promettre qu'il ne l'inviterait plus jamais à sortir.

— Oui, je voulais te dire que mon invitée et moi allions déjeuner avant de nous mettre au travail.

Elle lui lança un regard noir.

— J'imagine facilement de quel travail tu veux parler, répliqua-t-elle d'un ton cassant.

— Ah oui ?

— Oui. Ai-je besoin de te rappeler que je me suis aussi trouvée là avec toi et que je connais parfaitement ta manière d'opérer ? Alors dis-moi tout. Qu'est-ce que Mme Boulotte peut bien avoir pour elle ? Allons, Riley, tu peux faire mieux que ça.

Mme Boulotte ? La vision d'Alpha debout devant lui dans sa robe rose lui apparut. Une fois de plus, Paula faisait erreur. Contrairement à elle, il doutait fort de pouvoir faire mieux.

— Pour commencer, Paula, je voudrais te rappeler qu'il s'agit d'un rendez-vous d'affaires. Blue Ridge a chargé Alpha Blake d'organiser la fête de fin d'année de l'entreprise. Deuxièmement, ce que je fais de mes journées ne te concerne absolument pas.

Il aurait préféré ne pas lui faire grâce de la moindre justification, mais il savait trop bien à quelle vitesse les rumeurs pouvaient se répandre. Il refusait que cette mauvaise langue se laisse aller à ternir la réputation d'Alpha.

Elle se dressa de toute sa hauteur et planta les poings sur les hanches.

— Le jour viendra où une femme te brisera le cœur, lança-t-elle avec un regard menaçant. J'espère que je serai là pour assister au spectacle.

Pourquoi diable décidait-elle de lui faire une scène aujourd'hui ? Sa colère n'avait aucun sens !

— Oh ! Maintenant que tu m'as jeté un terrible sort, je ne vais pas dormir de la nuit, lâcha-t-il avec ironie.

Comme il s'apprêtait à rentrer dans la salle, elle lui saisit la main pour le retenir.

— Riley, je te demande pardon, je n'aurais pas dû dire ça. Mais tu ne m'as jamais rappelée après tous les messages que je t'ai laissés.

— Non, c'est vrai. Et deux ans se sont écoulés, n'est-ce pas ?

— Oui.

Il la fixa du regard, espérant qu'elle avait enfin compris qu'elle devait tourner la page.

En entendant la porte s'ouvrir, Alpha leva les yeux de son ordinateur portable. Riley entra et observa avec curiosité ce qu'elle avait préparé pour sa présentation.

— Je croyais que nous devions déjeuner d'abord, s'étonna-t-il.

— Oui, mais j'ai pensé que nous gagnerions du temps si tout était prêt à l'avance. Je pourrai commencer dès que nous aurons fini le repas.

Il avança jusqu'à la table et s'assit. Elle allait lui demander s'il voyait bien l'écran de là où il se trouvait, lorsqu'un serveur entra avec une carafe d'eau et deux cartes. Elle s'empressa alors de rejoindre Riley et s'installa en face de lui.

Enfin, lorsqu'elle eut le menu en main, elle put se concentrer sur autre chose que sur lui, ce qu'elle avait le plus grand mal à faire depuis qu'il était venu la chercher dans sa voiture. Non seulement sa beauté et son charisme la déstabilisaient, mais elle avait aussi le sentiment qu'il était en colère et elle craignait que ce fût contre elle.

— Riley, je suis sincèrement navrée.

— A quel sujet ? demanda-t-il avec un air surpris.

— J'ai pris un très mauvais départ avec vous. Avec ce pneu crevé, vous avez été contraint de faire un détour pour venir me chercher et de changer vos projets pour notre réunion.

— Alpha, vous n'avez pas d'excuses à me présenter. Je ne trouve pas du tout que nous ayons pris un mauvais départ. Je sais parfaitement que les journées ne se déroulent pas toujours comme nous le voudrions. Vous n'avez tout de même pas fait exprès d'avoir un pneu crevé, non ?

— Oh que non !

— Alors ne vous tracassez pas. Je suis heureux d'avoir pu vous aider. Et concernant notre lieu de rendez-vous, je suis toujours prêt à trouver n'importe quel prétexte pour venir déjeuner chez McKay. J'adore cet endroit. La soupe de poulet aux vermicelles du chef est un régal. L'avez-vous déjà goûtée ?

— Non, je ne connais que le burger frites.

— Alors vous ne savez pas ce que vous manquez. Vous devriez prendre de cette soupe, au moins un petit bol en guise d'entrée.

Tant d'insistance ne pouvait qu'éveiller sa curiosité.

— Merci, je vais suivre votre conseil. Donc vous venez ici souvent, si je comprends bien ? dit-elle en prenant une gorgée d'eau fraîche.

— Oui. J'ai connu Tony McKay au lycée, nous étions bons amis, lui et moi. Après cela, nous sommes entrés dans différentes universités et il est parti travailler à Phoenix. Ce n'est qu'à la mort de son père qu'il est revenu à Denver. Il voulait dans un premier temps aider sa mère à fermer le restaurant, mais finalement il a décidé de le reprendre. Il n'était pas attaché à son poste à Phoenix, et son diplôme de management faisait de lui un gestionnaire tout à fait compétent. Il a donné une nouvelle dimension à cet établissement, cela ne fait aucun doute.

Il s'interrompit pour boire à son tour.

— Son père n'aurait sans doute pas approuvé les modifications qu'il a apportées, poursuivit-il avec un sourire amusé. Il n'aurait pas aimé que son restaurant devienne aussi grand, ni qu'il reste ouvert jusqu'à minuit. Cet homme était contre le changement d'une manière générale. Nous avons pourtant essayé de le convaincre, son fils et moi, que c'était inévitable et qu'il avait tout intérêt à s'y habituer, mais en vain.

Il laissa échapper un rire rauque.

— Tony, lui, ne s'est pas seulement résolu à l'idée de changement dans le but de rester compétitif. Il a pris des initiatives pour le moins audacieuses et a créé des émules. Il a même convaincu la direction du lycée de concevoir des cours de cuisine et de créer un diplôme dans cette nouvelle filière, tout en proposant d'engager les étudiants pour leur offrir une première expérience professionnelle.

— Voilà une belle façon de changer les choses.

— C'est aussi mon avis.

Elle baissa la tête et se plongea de nouveau dans la lecture de la carte.

— Et hormis la soupe, que me conseillez-vous ?

— Vous ne pouvez pas vous tromper en commandant du poulet. Il est accompagné de la meilleure sauce du monde et de merveilleuses pommes de terre rôties, sans oublier les délicieux petits pains au levain.

— Je ne suis pas sûr d'avoir assez faim pour autant de nourriture, observa-t-elle avec appréhension.

— Peut-être pas, mais si l'on se fie aux prévisions, vous allez être bloquée chez vous par la neige durant les deux prochains jours. Vous seriez peut-être contente d'avoir des restes.

Elle perçut dans sa voix une excitation semblable à celle d'un petit garçon à la veille de Noël.

— Vous aimez vraiment cela, alors ?

— Quoi donc ?

C'est alors qu'il plongea les yeux dans les siens, la faisant frissonner de tout son corps. Pourquoi diable lui faisait-il un tel effet ? A vingt-sept ans, elle n'avait encore jamais ressenti une attirance aussi forte pour un homme. C'était une sensation à la fois enivrante et quelque peu angoissante, qu'elle ne pouvait absolument pas contrôler.

— Le froid, répondit-elle. Je croyais que vous plaisantiez, mais apparemment ce temps vous réjouit réellement. Comment avez-vous fait pour sortir avec une simple veste alors que je grelottais sous mon équipement digne de celui d'un explorateur du pôle Nord ?

— Je dois être immunisé, s'amusa-t-il en haussant nonchalamment les épaules. J'ai toujours vécu ici, et on m'a raconté que j'étais né pendant l'une des plus terribles tempêtes de neige. J'ai toujours adoré jouer dans la neige.

Le rire rauque qui s'échappa de sa gorge la fit fondre. C'était tellement étrange d'éprouver autant de désir pour un homme qu'elle venait tout juste de rencontrer.

— Février est le mois que je préfère, ajouta-t-il, tout simplement parce que c'est généralement le plus froid à Denver.

Comme il posait les mains sur la table, elle les contempla en se remémorant leur contact sur elle lorsqu'il l'avait portée quelques minutes plus tôt. Elles lui avaient procuré une si délicieuse sensation de force et de chaleur mêlées…

— Le froid que vous sentez aujourd'hui n'est rien en comparaison de ce qui doit arriver, l'avertit-il. J'espère que vous saviez ce que vous faisiez en quittant le soleil de Floride pour venir vous installer ici.

Hélas ! elle avait sans doute agi avec une certaine inconscience. Elle avait eu une seule chose à l'esprit en déménageant : s'éloigner autant que possible de ses parents et d'Eddie.

— Je ne m'attendais pas que la température chute aussi tôt, reconnut-elle. Je pensais avoir le temps de me préparer à janvier et février, mais me voilà déjà dans le vif du sujet, alors que nous ne sommes qu'au mois de novembre !

— Oui, et la fête de Thanksgiving approche à grands pas. Prévoyez-vous de retourner dans le Sud pour la célébrer en famille ?

C'était bien la dernière chose qu'elle souhaitait !

— Non, répondit-elle simplement. Je n'ai pas prévu de partir, du travail m'attend ici.

Elle aurait pu s'organiser pour s'en aller si elle l'avait voulu, mais ses projets professionnels représentaient l'excuse parfaite.

Quand le serveur revint pour prendre leur commande, elle ne fut pas loin de soupirer de soulagement. Riley était à la fois si agréable et respectueux, si habile pour la mettre à l'aise que l'atmosphère de ce tête-à-tête avec lui devenait beaucoup trop informelle. Il était tellement différent des autres hommes qu'elle avait pu côtoyer par le passé. Sa beauté n'avait d'égale que sa finesse intellectuelle, et elle devait admettre qu'il était bon de rencontrer enfin un homme pour qui la séduction n'était pas l'unique centre d'intérêt. Il ne lui restait plus qu'à mettre de côté l'effet que son charme produisait sur elle.

- 3 -

Riley se redressa sur son siège tout en s'efforçant de dissimuler les pensées qui envahissaient son esprit. Si Alpha avait pu lire au fond de lui à cet instant, elle l'aurait considéré comme le plus minable des hommes. Il y avait moins de deux heures qu'ils avaient fait connaissance, et déjà il ne rêvait que de lui ôter ses vêtements et de poser les mains sur son corps nu.

Soudain, il se rendit compte que George, debout à côté d'eux, attendait toujours qu'il passe commande. Il l'avait toujours connu travaillant chez McKay, et si un serveur savait qu'il avait eu de nombreux rendez-vous ici, c'était bien lui. N'était-ce pas un sourire satisfait qu'il voyait maintenant se dessiner sur ses lèvres ? Sans doute s'amusait-il de le voir pour la première fois impressionné par une femme.

— Monsieur Westmoreland, avez-vous fait votre choix ?

— Je prendrai la même chose que d'habitude, s'il vous plaît, George et madame comme moi.

— Entendu, répondit-il en récupérant sa carte.

Riley se tourna vers Alpha et la trouva plongée dans la contemplation des montagnes qu'on voyait s'élever au-delà la grande baie vitrée.

— C'est beau, n'est-ce pas ? l'interpella-t-il sans résister au plaisir de la dévisager.

— Oui, très.

En la voyant si splendide, si sensuelle, il se demandait bien comment il allait pouvoir se concentrer sur sa présentation après le déjeuner.

— Alors, dit-il pour revenir à une conversation plus concrète, si l'on omet le froid, vous plaisez-vous à Denver ?

— Oui, je suis heureuse ici. Les gens sont très accueillants, et surtout je ne m'attendais pas que mon activité se lance aussi bien.

— D'après ce que j'ai compris, vous ne le devez qu'à la qualité de votre travail. Le bouche-à-oreille est encore la meilleure des publicités, et ma belle-sœur est la première à ne pas tarir d'éloges à votre sujet.

— Pam est adorable, dit-elle avec un sourire à la fois touché et gêné.

Leur échange fut interrompu lorsque George revint, apportant leurs entrées. Il arborait toujours le même sourire que tout à l'heure.

Alpha respira profondément. Elle avait fait suffisamment d'interventions publiques pour savoir qu'elle n'était jamais intimidée, mais aujourd'hui rien n'était comme d'habitude. En présence de Riley, elle était troublée comme jamais.

Reposant sa tasse de café, elle le regarda et lui adressa un sourire crispé.

— Je vous promets de ne pas vous retenir plus d'un quart d'heure.

— Prenez votre temps.

— Tout d'abord, nous devons choisir le thème de la soirée. J'ai plusieurs propositions à vous faire, en sachant que j'ai mis de côté les thématiques liées aux fêtes religieuses afin d'éviter d'offenser quiconque.

— Vous avez bien fait. A quoi avez-vous pensé ?

— Je me suis inspirée des couleurs de l'hiver. Voici mes suggestions.

Elle prit la télécommande pour allumer l'écran.

— Comme vous le voyez, j'ai quatre thèmes différents à vous présenter : *La Féerie de l'hiver*, *Les Délices de l'hiver*, *Par une nuit d'hiver* et *L'Hiver autour du monde*.

Elle l'observa tandis qu'il étudiait ses propositions.

— Quelle est votre thématique préférée ? l'interrogea-t-il en fixant sur elle son regard brûlant.

— C'est à vous de prendre cette décision.

— Oui, mais je voudrais connaître votre opinion.

Elle se tourna vers le grand écran.

— Etant donné que, cette année, la fête sera exceptionnellement une grande soirée et non un déjeuner organisé dans les locaux de l'entreprise, il me semble que *Par une nuit d'hiver* serait un choix intéressant. Ce thème sous-entend une certaine magie qui s'accorderait parfaitement avec la salle de bal de l'hôtel Pavilion, dans laquelle aura lieu la réception.

Un sourire se dessina sur les lèvres de Riley.

— C'est entendu. Parlez-moi de cette idée.

Son enthousiasme pour le thème qu'elle affectionnait spécialement ne pouvait que la réjouir.

— Parfait. Concernant la salle de l'hôtel Pavilion, je m'y suis rendue il y a quelques jours et elle peut largement accueillir deux mille personnes.

En disant ces mots, elle projeta les photos du lieu prestigieux qu'elle avait sélectionné.

— Et nous sommes sûrs qu'elle sera disponible à la date prévue ?

— Oui, confirma-t-elle avec un large sourire. Le nom des Westmoreland ne laisse personne indifférent et la direction de l'hôtel est très heureuse d'accueillir cet événement. Pour se conformer au cadre et à l'aspect remarquable de ce quarantième anniversaire, je vous propose d'imposer un code vestimentaire.

— Lequel ?

— Smoking et robe de soirée.

Elle sourit en le voyant grimacer.

— Ce n'est pas une contrainte si déplaisante que cela, Riley. Je pense que vos employés l'apprécieront. Ils auront la sensation de s'évader de leur vie quotidienne. En dehors du gala de charité annuel qu'organise votre famille, la plupart d'entre eux n'ont sans doute jamais l'occasion d'assister à des soirées habillées.

En le voyant hocher doucement la tête, elle décida de lui laisser un instant pour y réfléchir. Elle avait elle-même besoin d'une petite pause. Elle avait beau être passionnée par son sujet, elle avait le plus grand mal à se concentrer sur sa présentation. Pourquoi ressentait-elle une telle alchimie entre eux, une si forte attirance physique ? C'était aussi inexplicable que perturbant dans le cadre d'un rendez-vous professionnel.

— Je vous demande une bonne semaine pour y réfléchir, dit-il finalement.

— Entendu. Il faudra que vous me fassiez part de votre décision dès que possible, afin que je choisisse la décoration adéquate.

— Je n'y manquerai pas.

— Il y a une dernière question à aborder, et non des moindres. Celle du budget. La somme mentionnée sur le dossier que je vous ai donné est une estimation du coût total, en sachant que j'ai compté large pour les éléments de décoration. Il me semble toujours préférable d'annoncer le haut de la fourchette. Voilà, conclut-elle après un court silence en éteignant l'écran. Vous avez un aperçu assez détaillé de mes idées et de mes suggestions. Avez-vous des demandes ou des remarques ? Bien entendu, je suis prête à opérer tous les changements nécessaires.

— Non, tout est parfaitement clair et cela me convient très bien. Je vous félicite pour votre travail.

— Merci, dit-elle en se levant pour replacer la télécommande à côté du poste de télévision.

Dans son mouvement, elle fit tomber son stylo et dut se baisser pour le ramasser. Décidément, elle était plus nerveuse que jamais.

Pour la deuxième fois de la journée, Riley se trouva assailli par une vague de désir irrépressible. Si cela continuait ainsi, il doutait de pouvoir dissimuler encore longtemps l'effet qu'Alpha produisait sur lui. Elle venait de laisser tomber son stylo et lorsqu'elle s'était baissée pour le ramasser, sa robe s'était plaquée contre elle d'une manière qui attisait encore un peu plus son excitation.

— Vous avez besoin d'aide ? lui demanda-t-il d'une voix aussi neutre que possible.

— Non, merci, répondit-elle en lançant un regard dans sa direction avant de retourner à ce qu'elle faisait.

Il avait presque envie qu'elle le regarde de nouveau, qu'elle plonge les yeux dans les siens et comprenne qu'il était inutile de nier l'attirance extrême qui était née entre eux.

Ce fut à cet instant qu'il prit sa décision.

— Il faudra que nous nous revoyions la semaine prochaine, quand j'aurai fait mon choix concernant la tenue vestimentaire.

De toute évidence, elle allait se demander pourquoi il ne prévoyait pas de lui passer un simple coup de téléphone pour en parler avec elle. Par chance, elle ne lui posa pas la question.

— Entendu, accepta-t-elle sans détour. Voulez-vous que nous fixions d'ores et déjà un rendez-vous ?

— Je vous appellerai.

Cette fois, elle riva ses yeux aux siens. Et si elle n'avait pas senti plus tôt ce qu'il y avait entre eux, il devina qu'elle en était consciente, à présent.

— Bien, approuva-t-elle avant de se détourner brusquement.

Il l'observa tandis qu'elle rangeait ses affaires et remettait ses pulls, ses gants, son manteau et son écharpe. Tous ces vêtements étaient-ils vraiment nécessaires ? Si elle avait si froid, c'était d'un corps humain qu'elle avait besoin pour se réchauffer. Et il était tout prêt à se porter volontaire.

— Je suis prête, annonça-t-elle finalement.

— Dois-je vous porter pour sortir ? plaisanta-t-il en se levant à son tour.

Elle crut qu'il était sérieux et ouvrit de grands yeux.

— Non, et je suis désolée que vous vous soyez senti obligé de le faire tout à l'heure. Je ne suis pas aussi maladroite, normalement.

— Ce n'est pas de la maladresse. Vous n'avez pas l'habitude de marcher sur le sol gelé, voilà tout. C'est tout à fait compréhensible. Alpha, ajouta-t-il après une pause, voudriez-vous bien m'accorder une faveur ?

— Laquelle ?

— Cessez de me présenter des excuses à chaque occasion. Vous n'avez rien fait de mal.

— Merci.

— Si vous faites la même chose avec votre fiancé, vous devez le rendre fou, improvisa-t-il pour obtenir l'information dont il avait besoin.

— Je n'ai pas de fiancé.

— Ah ? ponctua-t-il en mettant la main dans son dos pour la faire passer devant lui.

Alpha Blake était donc célibataire.

Une heure après avoir quitté le restaurant, Alpha était de retour chez elle. Aussitôt à l'intérieur, elle se mit à ôter les couches de vêtements dont elle s'était couverte et se rendit bientôt compte qu'elle n'avait plus son écharpe. Sans doute l'avait-elle laissée dans la voiture de Riley.

En faisant avec lui le trajet jusqu'à sa voiture, elle avait perçu un changement d'attitude chez lui. Elle l'avait senti plus détendu que pendant le déjeuner et en avait profité pour lui parler encore de ses idées pour la soirée *Par une nuit d'hiver.* Plus elle évoquait ce projet, plus il l'enthousiasmait.

Quand ils étaient arrivés à l'endroit où ils avaient laissé sa voiture, elle avait trouvé son pneu remplacé et sa clé de nouveau cachée sous le siège du conducteur. Comme il avait refusé catégoriquement qu'elle lui rembourse les frais de réparation, elle avait dû se contenter de le remercier chaleureusement pour le service qu'il lui avait rendu et pour sa généreuse invitation à déjeuner. Au moment de reprendre la route, elle avait vu dans son rétroviseur qu'il la regardait s'éloigner.

A présent, elle était de retour chez elle, dans la maison pour laquelle elle avait eu un coup de cœur la première fois qu'elle l'avait visitée. Elle était située au bout d'une impasse et faisait face aux majestueuses montagnes. Elle était plus petite que son logement de Daytona, mais pour elle seule cette surface était largement suffisante. Elle aimait l'aspect chaleureux de son intérieur tout autant que la vue incroyable que lui offraient les fenêtres donnant sur le jardin et les montagnes. Lorsque la plage lui manquait, il lui suffisait de se rappeler la raison de son départ pour n'avoir plus le moindre regret.

Elle s'assit sur son canapé et retira ses bottes. Sa première initiative au moment d'emménager avait été de poser de la moquette sur presque tout le sol carrelé, mais en dehors de cela elle n'avait rien modifié.

Savourant le plaisir de marcher pieds nus sans avoir froid, elle se releva et traversa la pièce pour regagner sa chambre. Elle avait eu beau s'éloigner autant que possible de son ancienne vie, ses souvenirs revenaient encore souvent la hanter et elle ne pouvait oublier celui qui avait motivé son déménagement.

Eddie Swisher.

A une certaine époque, elle avait cru voir en lui tout ce qu'elle attendait d'un homme. Mais cela avait été avant de découvrir qu'il n'était qu'une marionnette entre les mains de ses parents. Jamais elle n'oublierait le jour où, une semaine à peine avant la date prévue de leur mariage, il était venu la trouver chez elle et lui avait lancé son ultimatum. Les membres de sa famille l'avait convoqué pour lui annoncer qu'ils refusaient qu'il épouse Alpha à moins qu'elle promette de renier Omega, sa sœur jumelle, une ancienne star du cinéma X. Après tout, ainsi qu'il l'avait souligné, ses propres parents avaient tourné le dos à Omega, alors pourquoi ne voulait-elle pas en faire autant ? Le fait que sa sœur ait abandonné son activité passée n'avait pas compté aux yeux d'Eddie, pas plus que sa nouvelle vie auprès d'un homme qui l'aimait passionnément. Tout comme les parents d'Alpha, il avait soudain décidé que ce qu'elle avait fait était trop intolérable pour qu'il passe outre.

Et encore, malgré sa trahison, elle devait admettre qu'Eddie n'était pas tombé aussi bas que LeBron Roberts, le garçon qu'elle avait fréquenté avant lui. Quand celui-ci avait appris qui était sa sœur jumelle, il avait cru qu'Alpha pourrait en quelque sorte jouer son rôle une fois dans son lit. Après avoir constaté son erreur de jugement, il n'avait pas perdu un instant pour la quitter.

A présent, elle venait de rencontrer Riley, qui ne ressemblait à aucun des hommes qu'elle avait connus par le passé. L'attirance qu'elle éprouvait pour lui était si forte, qu'elle se rendait compte qu'il menaçait dangereusement sa paix intérieure. Sa voix, son allure, son sourire, tout en lui était tellement sexy qu'elle se sentait incapable de résister au désir qu'il éveillait en elle. Jamais elle n'avait ressenti cela auparavant. Comment avait-elle pu tomber aussi vite sous son charme, au point de s'imaginer avec délices s'abandonner entre ses bras ?

Sa réaction était absurde. Elle devait oublier la manière dont il l'avait regardée et ne se rappeler qu'une chose : la promesse qu'elle s'était faite de ne plus jamais s'engager avec un homme. Eddie l'avait fait beaucoup trop souffrir pour qu'elle prenne le risque de renouveler une expérience aussi dure. Aucune relation ne pouvait en valoir la peine.

Après avoir rangé ses bottes dans son placard, elle sortit de sa chambre pour rejoindre le salon. Elle aimait cette pièce confortable, et il lui semblait que ce dont elle avait besoin pour l'instant était de se blottir au fond de son fauteuil et d'allumer la télévision. A moins qu'elle se contente de fermer les yeux et de repenser au moment qu'elle avait passé avec Riley. Oui, elle allait s'offrir quelques minutes de rêve et donner libre cours à ses fantasmes, après quoi elle se remettrait au travail.

Riley s'installa sur son canapé, devant la cheminée, et but lentement sa bière. Depuis qu'il avait quitté Alpha, il ne cessait de revivre mentalement chaque instant passé avec elle. Maintenant qu'il s'était assuré personnellement de sa compétence et de la qualité de ses idées, plus rien ne l'empêchait de déléguer la supervision de l'événement à l'un des directeurs de la société. Rien, hormis sa volonté irrépressible de la revoir.

Pourquoi diable n'avait-il plus aucun contrôle sur lui-même ? Il ne comprenait pas ce qui lui arrivait, c'était la première fois qu'une femme produisait un tel effet sur lui. Il savait pourtant qu'il avait tout intérêt à mettre tout de suite de la distance entre eux, pour ne pas lui accorder le pouvoir de le distraire comme elle l'avait fait aujourd'hui. Jamais avant de la rencontrer il n'avait envisagé de mêler sa vie privée à sa vie professionnelle, et le seul fait que cette idée lui ait traversé l'esprit l'alertait. S'il voulait retrouver son sang-froid, il allait devoir faire appel à sa force de caractère.

Il lui suffisait de se rappeler la peine de son dernier frère pour savoir qu'il ne voulait pas connaître les mêmes tourments que lui. Bane avait tellement souffert à l'adolescence, lorsqu'on l'avait séparé de force de Crystal Newsome, que Riley, en le voyant ainsi dévasté, s'était promis de ne jamais tomber amoureux.

Bane était le dernier enfant de sa fratrie. Avant sa naissance, la famille s'était attendue que ce bébé soit une fille, celle que ses parents n'avaient pas encore eue. Mais c'était Bane qui était né, pour la plus grande joie de Riley, du reste. Il n'avait jamais souffert de l'absence d'une sœur, d'autant qu'il avait déjà eu deux cousines, Megan et Gemma. A l'époque, il avait considéré qu'elles apportaient une présence féminine amplement suffisante au sein de la famille. Si bien qu'il était devenu en quelque sorte le protecteur de Bane. Du moins, il avait essayé d'endosser ce rôle, mais il avait été incapable de le consoler le jour où, à vingt-deux ans, il avait dû se séparer de la ravissante Crystal, dont il était si amoureux. Les parents de la jeune fille étaient opposés à cette relation et avaient envoyé leur fille de dix-sept ans vivre loin de Denver pour les séparer.

Riley ne pourrait jamais oublier l'état dans lequel cette rupture avait mis Bane. Ce jour-là, il avait sellé son cheval et était parti se promener seul. Ne le voyant pas revenir, Dillon s'était inquiété et avait envoyé Riley à sa recherche.

C'était au bout de leur propriété, dans une vieille cabane abandonnée, qu'il l'avait trouvé. Dès l'instant où il était entré, il avait compris que c'était là que Bane et Crystal avaient eu l'habitude de se retrouver en cachette. Mais c'était le bruit qui lui était parvenu qui lui avait fendu le cœur. Celui des sanglots de Bane qui se lamentait tel un animal blessé.

Il avait alors eu la sensation d'éprouver lui-même sa peine, mais aussi une totale incompréhension. Bane était un garçon si solide, si sûr de lui ! Comment avait-il pu tomber en proie à une telle torture ? Ce drame lui avait au moins permis de prendre une décision : celle de ne jamais laisser ses sentiments pour une femme le mener à une telle extrémité. Depuis lors, il n'avait jamais dérogé aux règles qu'il s'était fixées pour être sûr de ne pas tomber amoureux.

Instinctivement, il prit à côté de lui l'écharpe qu'Alpha avait oubliée dans sa voiture et la porta à son visage pour respirer son parfum. Il était si féminin, si enivrant. Tout comme elle. Le désir qu'il avait ressenti durant le temps passé avec elle l'avait rendu fou, au point de laisser une empreinte indélébile au plus profond de lui.

Après un instant, il reposa l'écharpe et rappela le numéro qu'il avait dans son téléphone portable depuis ce matin. Il frissonna en entendant sa voix sensuelle.

— Allô ?

— Alpha ? C'est Riley. Vous avez oublié votre écharpe dans ma voiture et je voudrais vous la rapporter. Pourrai-je passer chez vous demain ? Serez-vous là ?

Elle laissa passer un court silence avant de lui répondre.

— Oui, mais vous n'avez pas à vous déranger pour cela, Riley. Cela peut attendre, j'en ai d'autres.

— Cela ne me dérange pas du tout. Vous habitez le quartier d'Arlington Heights, c'est bien cela ?

— Oui.

— Je dois passer de ce côté demain vers 10 heures. Est-ce que je peux venir à ce moment-là ?

Elle hésita de nouveau.

— Oui, je serai là.

— Parfait. A demain, dans ce cas.

Il raccrocha tout en se convaincant qu'il ne faisait qu'être poli en lui rapportant son écharpe. Son impatience de la retrouver n'était aucunement à l'origine de son coup de téléphone. Toutefois, songea-t-il en respirant de nouveau le tissu délicat, il ne manquerait pas de profiter de l'occasion pour savourer le plaisir de la revoir.

- 4 -

Pourquoi n'avait-elle pas refusé avec autorité qu'il lui rapporte son écharpe ? s'interrogea Alpha, debout devant le miroir de sa chambre.

Elle était furieuse contre elle-même. Mais elle n'avait su comment réagir face à l'insistance de Riley. Il avait dû penser qu'elle avait besoin de tous ses vêtements chauds, après l'avoir vue aussi couverte la veille.

Prenant une profonde inspiration, elle regarda sa bouche et hésita à y passer un peu de rouge à lèvres. Riley ne devait surtout pas croire qu'elle s'était faite belle pour lui. Même si c'était le cas, reconnut-elle en souriant malgré elle. D'ordinaire, le mercredi était le jour qu'elle consacrait aux travaux ménagers, mais ce matin elle avait mis un certain temps à choisir les vêtements qu'elle allait porter.

En se levant, elle n'avait pas perdu un instant pour prendre son petit déjeuner et préparer ses fameux roulés à la cannelle, après quoi elle avait pris une douche et enfilé une jupe courte en jean et un pull ajusté, resserré à la taille. Aux pieds, elle portait les ballerines rayées blanc et noir qu'elle avait achetées avant de quitter Daytona.

Elle était assez satisfaite du résultat, songea-t-elle en s'examinant une dernière fois. Depuis quand ne s'était-elle pas donné tout ce mal pour plaire à un homme ? Et surtout, pourquoi le faisait-elle maintenant ?

Il était plus facile de répondre à la première question qu'à la seconde, songea-t-elle en décidant finalement de mettre du rose sur ses lèvres. La dernière fois qu'elle avait pris autant de temps pour se préparer remontait à un an environ.

Cela avait été le jour de la fête donnée pour l'anniversaire de mariage de ses parents et c'était pour Eddie qu'elle avait soigné sa tenue. Mais à dire vrai, elle avait cessé de penser à lui et elle comme à un couple bien avant qu'il lui demande de renoncer à Omega. Ils n'avaient fait que s'éloigner l'un de l'autre pendant les derniers mois. A partir du moment où elle avait décidé de changer de carrière, ils avaient trouvé une foule de prétextes pour se voir de moins en moins et elle s'était rendu compte qu'elle n'en souffrait pas. Du reste, elle avait senti qu'elle ne lui manquait pas non plus, en dépit du peu de temps qu'ils passaient ensemble. Curieusement, ils n'avaient pourtant ni l'un ni l'autre pris les devants pour annuler leur mariage.

Chassant ces tristes souvenirs de son esprit, elle repensa à la seconde question qu'elle s'était posée. Pourquoi voulait-elle être belle pour Riley ? Peut-être avait-elle simplement envie de se sentir féminine aujourd'hui, de s'assurer qu'elle pouvait encore plaire.

Pour cela, elle savait désormais qu'elle le pouvait encore ; elle était certaine de l'avoir surpris en train de la regarder la veille. De la regarder avec intérêt. Même si elle était étonnée que son attirance pour lui ait été réciproque, elle n'avait aucun doute à ce sujet. Son regard avait été on ne peut plus explicite.

Elle n'avait qu'à accepter que, tout simplement, elle se réjouissait de se sentir désirée pour la première fois depuis longtemps.

Eddie, lui, n'avait pas longtemps pris la peine de lui montrer son attirance pour elle. Elle avait presque toujours eu la sensation d'être une femme comme les autres à ses yeux. Tandis que Riley avait fait naître en elle des étincelles qu'elle n'avait pu ignorer. Ils avaient tous les deux essayé de nier la tension évidente qui s'était instantanément élevée entre eux, mais sans succès.

Restait à savoir si cette magie renaîtrait aujourd'hui ou si elle aurait déjà disparu.

Elle cherchait une manière d'arranger une dernière fois ses

cheveux, lorsqu'elle entendit la sonnette de la porte d'entrée. Riley avait quelques minutes d'avance.

Plus nerveuse qu'elle n'aurait dû l'être, elle jeta un dernier regard vers son reflet et respira profondément avant d'aller lui ouvrir.

Riley leva les yeux et regarda la façade qui s'élevait devant lui. C'était une belle maison. Les colonnes ornées de stuc et le toit oblique qui constituaient le porche étaient à la fois simples et élégants, à l'image d'Alpha. Le quartier d'Arlington Heights était l'un des plus anciens de Denver, mais manifestement cette maison avait été construite récemment. Tout était agréable et paisible ici, et la vue sur les montagnes ne faisait qu'ajouter au charme du lieu.

Sur le trajet qui l'avait mené chez Alpha, il n'avait cessé de se demander ce qu'il était en train faire. Il aurait très bien pu lui faire parvenir son écharpe par coursier ou attendre de la revoir pour la lui rendre. Mais voilà qu'il se tenait debout devant chez elle, impatient de revoir son corps de rêve et son merveilleux sourire.

Seulement, il savait qu'il ne pourrait pas se contenter de la regarder. A quoi bon le nier ? Il avait envie d'elle. Il avait eu beau passer la nuit à se répéter qu'il devait la chasser de son esprit, il en était incapable. Après tout, rien ne l'empêchait de céder à son désir du moment qu'il s'en tenait à ses règles habituelles. Et puis, avoir une aventure avec elle ne revenait pas vraiment à mêler vie privée et vie professionnelle puisqu'elle n'était ni une employée de Blue Ridge ni une partenaire commerciale. C'était en quelque sorte une prestataire de services. Et si jamais elle acceptait sa proposition, avoir une liaison avec elle serait le meilleur moyen d'assouvir son désir et d'éviter qu'elle devienne son obsession.

Bientôt, la porte s'ouvrit et il resta bouche bée en voyant Alpha apparaître sur le seuil. S'il l'avait trouvée belle hier, cette fois, il était totalement subjugué par sa ligne si bien mise en valeur par les vêtements qu'elle portait.

— Bonjour, Riley.

— Bonjour, Alpha, articula-t-il d'une voix rauque.

Lorsqu'elle se passa machinalement la langue sur les lèvres, il dut prendre sur lui pour ne pas l'attirer contre lui et l'embrasser.

— Merci beaucoup pour mon écharpe, dit-elle en regardant le vêtement qu'il tenait dans sa main.

S'attendait-elle qu'il la lui donne et s'en aille ? Il n'avait pas envisagé la possibilité qu'elle ne l'invite pas à entrer…

— Je vous en prie, répondit-il en la lui donnant. C'est tout naturel.

Elle laissa passer un court silence avant de lui proposer enfin ce qu'il attendait.

— Voulez-vous entrer ? J'allais justement prendre une tasse de café avec des roulés à la cannelle.

— Avec plaisir, merci beaucoup, accepta-t-il en essayant de masquer son empressement.

Elle s'effaça pour le laisser passer et referma la porte derrière lui. En passant près d'elle, il sentit de nouveau son délicieux parfum et frissonna de désir. Sa maison était décorée avec le meilleur goût, chaque meuble reflétant sa personnalité raffinée. La pièce à vivre était vaste et ornée d'une grande cheminée dans laquelle brûlait déjà un feu ardent. Les flammes réchauffaient l'atmosphère et éclairaient le salon d'une belle teinte orangée.

— Puis-je prendre votre veste ? lui proposa-t-elle.

— Bien sûr, merci.

Il ôta son blouson et le lui confia, non sans la contempler tandis qu'elle allait le suspendre au portemanteau. Fasciné par sa démarche, il posa les yeux sur ses jambes découvertes et ne put plus les en détacher. Si bien que, lorsqu'elle se retourna, elle le surprit en flagrant délit.

— Très jolies chaussures, improvisa-t-il à la hâte.

— Merci.

— Elles sont originales.

— Mais aussi très confortables. Vous voulez prendre votre café ici ou dans la cuisine ?

— Où le prenez-vous d'habitude ?

— Dans la cuisine.

— Alors je vous suis.

En marchant derrière elle, il eut de nouveau tout le loisir d'observer le délicieux balancement de ses hanches. Peut-être aurait-il dû avoir honte de la regarder ainsi à la dérobée, mais il émanait d'elle une telle sensualité qu'il ne pouvait se priver de ce spectacle.

Il s'arrêta net en entrant dans la cuisine. Les plans de travail en granit et les appareils en acier brossé étaient aussi fonctionnels qu'élégants. Un bar était placé devant la fenêtre, offrant une vue superbe sur le jardin, et au-delà, sur les montagnes.

— Comment aimez-vous votre café ?

— Noir et bien fort si possible.

— Comme mon père, dit-elle en souriant.

— Ah oui ?

— Oui. Ma mère préfère le chocolat chaud et c'était aussi mon cas, autrefois.

Après l'avoir invité à s'asseoir sur l'un des hauts tabourets, elle ne tarda pas à le rejoindre avec un plateau supportant deux tasses de café et une assiette couverte de roulés à la cannelle. Ils sentaient bon et, en mordant dans celui qu'elle lui offrait, il ne put retenir un murmure de plaisir. C'était absolument succulent. Quant au café qu'elle lui avait servi, il était tout simplement parfait.

— Je vois qu'ils vous plaisent, observa-t-elle avec un sourire amusé.

— C'est vous qui les avez préparés ?

— Oui, c'est la recette de ma mère.

— Ils sont incroyables, dit-il avant de finir celui qu'il avait à la main.

— N'hésitez pas à vous resservir.

— Merci.

Il en prit un autre et le savoura tout en buvant sa tasse de café.

— Je vous remercie beaucoup d'être venu jusqu'ici mais,

comme je vous l'ai dit, il n'y avait aucune urgence. J'aurais pu attendre pour récupérer mon écharpe.

Il leva les yeux vers elle. Oh que si ! il y avait bel et bien une urgence ! Il se connaissait suffisamment pour savoir que lorsqu'il prenait une décision, il ne changeait plus d'avis. Il y avait maintenant plus de quatre mois qu'il était célibataire, principalement à cause de la surcharge de travail qu'avait occasionnée le retrait de Dillon. Mais maintenant qu'il avait pris les choses en main et s'était fait à ses nouvelles responsabilités, il était de nouveau disponible pour profiter des choses agréables de la vie. Ce n'était bon pour personne de consacrer tout son temps au travail.

— Si je suis venu ici vous rapporter votre écharpe, Alpha, c'est parce que j'avais envie de vous revoir. Et j'aurais trouvé n'importe quel prétexte pour cela.

En la voyant se passer la langue sur les lèvres, il reconnut le signe de sa nervosité. Sans doute l'avait-il prise au dépourvu, mais il avait pour habitude de faire le premier pas sans hésiter quand une femme lui plaisait.

— N'importe quel prétexte ? répéta-t-elle en prenant une gorgée de café.

— Oui. Nous sommes tous deux adultes et je n'aime pas faire semblant. Je préfère jouer la carte de la sincérité lorsque je suis attiré par une femme.

— Et vous êtes attiré par moi ?

Il perçut de la surprise dans sa voix.

— Oui, mais vous devez le savoir depuis hier déjà. Vous sentez comme moi la tension qu'il y a entre nous, n'est-ce pas ? J'arrivais à peine à écouter votre présentation, tant j'étais troublé en vous regardant.

Peut-être allait-il trop loin, mais il tenait à ce qu'elle sache ce qu'il ressentait. Qu'elle soit consciente du désir auquel il était en proie et qui n'était pas loin de le torturer. Il doutait fort d'essuyer un rejet de sa part, puisque son instinct lui disait qu'elle éprouvait la même chose que lui.

— Alpha ? l'interpella-t-il pour la forcer à le regarder.

Lorsqu'elle leva les yeux vers lui, il devina qu'elle était

en train de lutter contre l'attirance qui était née entre eux à l'instant où ils s'étaient vus. Mais pourquoi n'acceptait-elle pas l'évidence, tout simplement ?

— Mais nous nous sommes rencontrés hier seulement, objecta-t-elle d'une voix faible.

Il se contenta de hocher la tête. Si elle voulait le convaincre qu'ils devaient résister à leur désir mutuel, elle allait devoir trouver d'autres arguments. Il avait eu suffisamment d'aventures d'un soir pour savoir que ce n'était en rien un obstacle.

— Et puis ?

— Et puis je travaille pour vous.

Il avait déjà réfléchi à cela aussi.

— Vous n'êtes pas mon employée, c'est seulement votre société qui est temporairement en contrat avec la mienne. Je crois que cela n'a rien à voir avec ce qu'il se passe entre nous.

— Il ne se passe rien entre nous.

Il laissa passer un long silence et plongea les yeux dans les siens.

— Pourquoi tenez-vous absolument à nier l'évidence ? demanda-t-il finalement d'une voix calme.

Sans lui laisser le temps de répondre, il posa la main sur la sienne et sentit aussitôt ce qu'elle cherchait à tout prix à ignorer. Une vague de désir plus intense que tout ce qu'il avait connu auparavant. Il voulait qu'elle sente la même chose que lui, qu'elle se laisse envahir par cette délicieuse sensation. Et, en fixant son regard sur le sien, il comprit qu'il avait réussi.

— L'évidence dont je vous parle, Alpha, c'est que vous avez autant envie de moi que j'ai envie de vous.

Alpha avait beau respirer aussi calmement que possible, elle ne parvenait pas à apaiser les battements effrénés de son cœur. C'était comme si Riley l'avait hypnotisée. A présent, sa main envoyait dans tout son corps un torrent de sensations aussi délicieuses que nouvelles pour elle.

Profitant d'un instant de lucidité, elle prit sur elle pour lui apporter une précision.

— Riley, je ne me suis jamais laissé tenter par les relations éphémères.

— Mais il y a un début à tout, n'est-ce pas ? insista-t-il sans détacher les yeux des siens.

Elle avait l'impression qu'il lisait tout au fond d'elle. Si seulement elle avait pu en faire autant... Car elle ne savait plus quoi penser. Pourquoi ne se sentait-elle pas prête à profiter d'une agréable aventure passagère ? Ce n'était pas à cause d'Eddie, elle avait volontiers fait le deuil de leur histoire. Et elle n'aurait pas pu rêver d'un homme plus séduisant et plus sexy que Riley. D'où venait l'angoisse qui la forçait à rester sur ses gardes ?

Il se pencha vers elle et lui parla d'une voix profonde et suave.

— Dans ce cas, commença-t-il, je vous propose que nous prenions le temps d'apprendre à nous connaître. Toutefois...

Ce « toutefois » la fit frémir d'appréhension.

— Toutefois, reprit-il, nous n'avons pas besoin d'attendre pour profiter l'un de l'autre.

Son cœur se mit de nouveau à battre à tout rompre. Elle n'avait pas besoin de lui demander de quelle manière ils pouvaient profiter l'un de l'autre. Et elle devait se rendre à l'évidence : les idées qui lui venaient soudain à l'esprit étaient infiniment tentantes.

— Je dois tout de même vous dire que j'ai pris l'habitude de faire part de certaines règles avant d'entamer une relation avec une femme. Afin que nous soyons sûrs de bien nous comprendre.

— Quelles sont ces règles ? s'étonna-t-elle.

— Tout d'abord, répondit-il en souriant, vous devez savoir que je ne poursuis jamais une liaison au-delà de six semaines.

— Et ?

— Je suis très attaché à l'exclusivité, mais aussi à ce que chacun respecte l'espace vital de l'autre. Il n'est pas question d'être envahissant.

De toute évidence, il avait rencontré certains problèmes par le passé. Mais à vrai dire, elle aurait pu dicter les mêmes règles que lui ; il n'avait pas d'inquiétude à avoir en ce qui la concernait.

— Bien.

— Si, pour une raison ou une autre, l'un de nous en vient à déroger à l'une de ces règles, notre relation prendra fin.

— Je dois y réfléchir, décida-t-elle finalement.

Contrairement à lui, elle ne s'était pas autorisée à envisager avec autant de détails ce qu'il pourrait se passer entre eux.

— Bien sûr. Puisque nous devons nous revoir la semaine prochaine, nous pourrons en reparler à ce moment-là. Vous seriez libre lundi ? Je vous propose un rendez-vous à 10 heures à mon bureau, en espérant que le temps sera plus clément.

— Lundi à 10 heures, c'est entendu.

— Formidable.

Il se leva.

— Vous avez sûrement beaucoup de choses à faire, je vais vous laisser. Merci pour cette délicieuse collation.

— Je vous en prie, répondit-elle en se levant à son tour.

Il lui prit la main et la tint délicatement dans la sienne, tandis qu'il marchait vers la porte d'entrée. Ce contact avec lui était si bon, à la fois si rassurant et si enivrant.

Quand ils furent sur le seuil, elle se tourna vers lui pour le remercier encore de lui avoir rapporté son écharpe. Mais les mots moururent sur ses lèvres. Son sourire irrésistible lui faisait perdre ses moyens, et elle dut détourner le regard pour essayer de retrouver son sang-froid. Mais il lui prit le menton et l'attira doucement pour l'obliger à le regarder. Puis il lui caressa le visage du bout des doigts. Elle aurait voulu faire un pas en arrière pour s'écarter de lui, mais l'emprise qu'il avait sur elle était trop forte. Elle était attirée par lui comme par un aimant. Il avait raison, elle ne pouvait pas nier ce qu'il y avait entre eux.

— Je voudrais vous laisser un souvenir avant de m'en aller.

Elle savait déjà ce qu'il avait l'intention de faire. Et elle sentait que c'était un souvenir qui allait hanter sa mémoire et lui procurer les fantasmes les plus fous jusqu'au lundi suivant. Peut-être même bien au-delà.

Frissonnant de désir, elle sentit ses mains abandonner ses joues et glisser le long de son corps pour se refermer sur ses hanches. Puis, les yeux toujours plongés dans les siens, il inclina lentement la tête et elle se hissa machinalement sur la pointe des pieds pour venir à la rencontre de sa bouche.

Pour l'instant, elle refusait de réfléchir à la proposition qu'il lui avait faite. Elle avait parfaitement compris qu'il n'attendait d'elle que des instants de plaisir charnel et elle ne savait pas encore si elle allait accepter d'entamer cette liaison avec lui mais, à cette seconde, les sensations qu'il lui procurait étaient trop intenses pour qu'elle ne s'autorise pas à en profiter. Instinctivement, elle passa les bras autour de son cou et l'enlaça en savourant le goût de ses lèvres. Lorsqu'elle sentit sa langue agile contre la sienne, elle se plaqua contre lui et gémit de plaisir en sentant son érection à travers le tissu de leurs vêtements. C'était si bon de savoir qu'il avait à ce point envie d'elle, que l'excitation qu'il éprouvait était aussi forte que la sienne.

Finalement, il se redressa doucement, abandonnant sa bouche, mais rouvrant les yeux pour les fixer de nouveau sur elle.

— Maintenant, Alpha, murmura-t-il d'une voix rauque, je veux te faire une promesse. Si tu acceptes ma proposition, je ferai en sorte que nous profitions l'un de l'autre comme personne ne l'aura fait avant nous.

Sur ces mots, il déposa un dernier baiser sur ses lèvres, puis il ouvrit la porte et sortit.

- 5 -

Riley avait l'impression qu'il venait de passer les journées les plus longues de sa vie. Mais enfin, le jour où il devait revoir Alpha était arrivé. Il avait été tenté plus d'une fois de trouver une excuse pour lui téléphoner et essayer de savoir si elle avait pris une décision les concernant, mais il avait résisté.

A présent, il n'avait plus que deux petites heures à attendre avant d'entendre sa réponse. Il était arrivé plus tôt que d'ordinaire ce matin, et s'était empressé de demander à sa secrétaire d'envoyer Alpha dans son bureau dès qu'elle arriverait. Il était si impatient de la voir…

Un moment plus tard, il sursauta presque en entendant qu'on frappait à sa porte. Mais il reconnut aussitôt les trois coups caractéristiques de son frère Canyon. Lui et Stern avaient pour habitude de passer le voir chaque matin. Il n'avait qu'onze mois de plus que Canyon et deux ans de plus que Stern et, en raison de leur faible différence d'âge, ils avaient toujours été très proches tous les trois. Bien sûr, il leur arrivait d'avoir des désaccords, mais ils gardaient toujours le plus grand respect les uns pour les autres. Ils avaient tous eu à cœur de trouver leur place au sein du groupe après leurs études et de travailler avec Dillon au développement de l'entreprise qu'avaient créée leur père et leur oncle. Néanmoins, tous ses frères n'étaient pas employés par Blue Ridge. Micah était épidémiologiste au service du gouvernement fédéral, Jason se consacrait avec leurs cousins Zane et Derringer à l'élevage de chevaux, tandis que Bane, le plus jeune de la famille, faisait partie de la Navy.

— Entre.

Canyon était l'un des avocats de la firme. Sa mallette à la main, il pénétra à grands pas dans son bureau.

— Je dois te parler de quelque chose, Ry. C'est à propos du litige que nous avons avec Shade Tree Developers et pour lequel nous essayons d'éviter le procès. Notre première réunion doit se tenir demain.

Riley regarda sa montre.

— Je t'écoute. Mais fais vite, je n'ai qu'une petite demi-heure à te consacrer.

— Et qu'as-tu de si important à faire dans une demi-heure ? s'étonna Canyon.

— Un rendez-vous, répondit-il en prenant un air détaché.

— Avec qui ?

Il connaissait la nature curieuse de son frère et ne s'en étonnait plus.

— Avec Alpha Blake, notre organisatrice d'événements. Nous devons discuter de la fête de fin d'année.

— Ah ! ponctua-t-il avec un sourire moqueur.

A l'origine, c'était à eux deux que Dillon avait confié cette responsabilité, mais ils n'avaient eu ni l'un ni l'autre la moindre envie de la prendre en charge. Ne parvenant pas à se mettre d'accord, ils avaient tiré à la courte paille et c'était Riley qui avait été désigné. S'il avait été furieux sur le moment, il était loin de le regretter à présent.

— Alors, Canyon, que se passe-t-il avec Shade Tree Developers ? demanda-t-il pour éviter d'avoir à lui parler d'Alpha.

— J'ai eu une conversation avec leur nouvelle avocate ce matin. Elle a rejoint leur équipe juridique il y a deux semaines seulement, et tu ne devineras jamais de qui il s'agit.

— Qui est-ce ?

— Keisha Ashford.

— Keisha ? La fille avec qui tu es sorti il y a quelques années ?

— Exactement, confirma-t-il en s'asseyant en face de Riley.

— Aïe !

Il se souvenait que leur histoire s'était mal finie.

— C'est aussi ce que je me suis dit. Curieusement, elle a été très aimable au téléphone.

Sans retenir son rire, Riley s'enfonça dans son siège et croisa les mains derrière sa nuque.

— Cela ne veut pas dire qu'elle ne prépare pas un coup mortel, lui rappela-t-il. Je t'ai dit qu'il fallait toujours jouer franc jeu avec les femmes. C'est plus simple si tout le monde connaît les règles dès le début d'une relation.

Tandis que Canyon le contredisait en lui affirmant que la plupart des femmes refusaient de se voir imposer des règles bien définies, Riley laissa ses pensées s'envoler de nouveau vers Alpha. Il avait tellement hâte qu'elle arrive, tellement hâte de savoir ce qu'elle avait décidé.

Il était plus anxieux que jamais à l'idée qu'elle puisse dire non.

Arrivée au quarantième étage de la tour qui abritait les bureaux de Blue Ridge Land Management, Alpha sortit de l'ascenseur. Elle se remémora la première fois qu'elle était venue ici, un mois plus tôt, pour rencontrer Dillon. Elle avait tout de suite été subjuguée par le luxe du cadre et le raffinement de la décoration, habillée de plantes et de fleurs diverses. Cette végétation multicolore, qui lui rappelait la Floride et son printemps resplendissant, faisait remonter ses plus beaux souvenirs d'enfance.

Comme elle avançait sur l'épaisse moquette, elle repensa aux deux grands portraits de couple qu'elle avait remarqués en traversant le hall principal. L'un était une photo des parents de Riley, tandis que l'autre représentait son oncle et sa tante. Quatre superbes jeunes parents qui avaient brutalement trouvé la mort dans un accident d'avion, laissant trop tôt leurs nombreux enfants livrés à eux-mêmes. L'amour que ces deux couples partageaient était bien visible dans le regard et dans l'attitude qu'avait saisis le photographe. Restait à espérer que leurs enfants puisaient aujourd'hui la force d'avancer en contemplant ces portraits. Quoi qu'il en soit, elle se sentait chaque jour plus admirative du courage avec lequel les Westmoreland avaient surmonté ce drame. Si seulement sa famille à elle avait su aussi traverser sa propre crise en resserrant ses liens au lieu de se disloquer.

En regardant sa montre, elle constata qu'elle avait dix minutes d'avance. Le temps était bien plus calme que la semaine précédente et elle n'avait pas été retardée en route, cette fois. Elle savait toutefois que l'hiver ne faisait que commencer et que d'autres tempêtes de neige allaient survenir. Sans compter les violentes vagues de froid.

Elle tenta d'ignorer l'anxiété qui lui nouait l'estomac au moment où elle avança dans le couloir. Lorsqu'elle vit finalement le nom de Riley Westmoreland gravé en lettres dorées sur une grande porte, elle s'arrêta et respira profondément. Elle n'avait aucune raison d'être nerveuse. Elle avait eu assez de temps pour prendre sa décision, et après la lui avoir annoncée, elle continuerait sa vie sans le moindre regret.

Cette décision s'était imposée à elle comme une évidence. Comment aurait-elle pu dire non à Riley, alors qu'elle éprouvait pour lui un désir plus intense que tout ce qu'elle avait jamais imaginé ? Bien sûr, elle avait essayé de se convaincre d'ignorer cette attirance, mais en vain. Pour une fois, elle allait oublier d'être raisonnable et laisser ses envies s'exprimer pleinement. Elle n'avait aucune raison de se priver de cette aventure éphémère, d'autant qu'après sa rupture avec Eddie elle avait fait le choix de ne plus jamais s'exposer à une telle douleur. Il n'était plus question qu'elle s'engage dans une relation sérieuse avec un homme. Et elle devait bien reconnaître que sa promesse concernant le plaisir qu'ils pourraient se donner avait éveillé sa curiosité.

Mais surtout, Riley était l'homme le plus incroyable qu'elle ait jamais rencontré. Tout d'abord, les sensations inédites qu'il avait éveillées en elle le jour même de leur rencontre lui avaient totalement fait perdre pied. Et, même si elle le connaissait à peine, elle lui faisait déjà confiance. La sincérité dont il avait fait preuve témoignait de sa droiture. Il n'avait pas cherché à lui faire croire qu'elle était la femme de sa vie ni à lui promettre l'amour éternel. Il éprouvait du désir pour elle et, puisqu'elle ressentait la même chose pour lui, elle n'avait aucune raison de passer à côté de cette expérience purement physique.

Néanmoins, elle avait beau se répéter cela depuis quelques jours, elle gardait une certaine appréhension. Omega l'avait souvent taquinée à propos de sa tendance à prendre de fermes résolutions et à avoir ensuite le plus grand mal à les appliquer. Allait-elle parvenir cette fois à s'en tenir à sa décision ?

Résolue à se jeter à l'eau, elle ouvrit la porte et se trouva dans un élégant hall de réception. La jeune femme assise derrière le guichet lui adressa un sourire chaleureux.

— Mademoiselle Blake ?

C'était la première fois qu'Alpha venait ici. Comment la réceptionniste pouvait-elle savoir qui elle était ?

— Oui, c'est moi.

— M. Westmoreland vous attend.

— Ah ? Il me semblait pourtant être en avance.

— Oui, répondit-elle en riant, mais il est déjà venu trois fois s'assurer que vous n'étiez pas encore arrivée. Je lui ai pourtant promis de le prévenir dès que vous seriez là. J'imagine que ce rendez-vous est très important.

Sur ces mots, elle décrocha son téléphone et annonça à Riley l'arrivée d'Alpha. Une fraction de seconde plus tard, il ouvrait la porte qui séparait son bureau du hall et apparaissait sur le seuil. C'était la première fois qu'elle le voyait en tenue de ville, et la transformation qui s'était opérée la laissa bouche bée. Son costume gris et sa chemise blanche le mettaient si bien en valeur, soulignaient si bien la forme de ses larges épaules et la longueur de ses jambes d'athlète… Elle n'aurait pas cru cela possible, mais il était encore plus charismatique et plus séduisant que lors de leur déjeuner.

— Bonjour, mademoiselle, l'accueillit-il avec un sourire infiniment sensuel.

— Bonjour, monsieur. J'ai apporté toutes les informations que vous m'avez demandées la semaine dernière, annonça-t-elle en prenant un ton professionnel.

— Parfait. J'ai hâte que nous parlions de tout cela ensemble.

Il se tourna vers la jeune femme qui les scrutait avec un regard curieux.

— Assurez-vous que nous ne soyons pas dérangés pendant toute la durée de notre réunion, je vous prie.

— Entendu, monsieur.

Il accorda de nouveau toute son attention à Alpha et l'invita à entrer dans son bureau.

Riley fit son possible pour ignorer les frissons qui le traversaient au moment où Alpha passa près de lui en le frôlant. Son parfum était si frais et si doux à la fois… délicieusement féminin.

Comme elle s'arrêtait devant son bureau et se retournait vers lui, il resta un instant appuyé contre la porte close, les mains dans les poches, à la contempler avec ravissement. Jamais il n'avait connu une femme aussi sensuelle qu'Alpha Blake.

— J'ai fait de nouvelles recherches au sujet de la soirée et j'ai une estimation de budget pour…

— Alpha, vous êtes radieuse, l'interrompit-il.

Il comprit que sa remarque la rendait nerveuse lorsqu'elle se mit à se mordiller la lèvre, mais il n'avait pas pu s'empêcher de lui dire ce qu'il pensait. Il n'avait pensé qu'à elle ces derniers jours et il n'avait aucune raison de lui cacher l'intérêt qu'il lui portait. Si elle avait cru que son tailleur et ses escarpins à talons lui permettraient de se concentrer sur le travail, elle s'était trompée.

— Merci. Mais revenons-en au…

— Au travail ? Non, ajouta-t-il en secouant lentement la tête. Pas encore.

Otant les mains de ses poches, il plongea les yeux dans les siens pour lui rappeler pourquoi elle était là. S'il ne s'était agi que de l'organisation de la fête, ils auraient très bien pu en parler au téléphone. Il lui avait donné rendez-vous avant tout pour entendre la réponse à sa proposition.

— Qu'avez-vous décidé ? l'interrogea-t-il, se retenant de la rejoindre et de l'embrasser.

Elle détourna les yeux et eut un moment d'hésitation avant de lui répondre.

— Nous devrions peut-être parler de cela une autre…

— Alpha.

— D'accord.

Elle posa sa sacoche et respira profondément avant de le regarder de nouveau.

— Vous aviez raison à propos de l'attirance qu'il y a entre nous. J'ai réfléchi à ce que vous m'avez dit et j'ai pris en compte votre proposition, bien que, comme je vous l'ai dit, je n'aie pas l'habitude des aventures sans lendemain.

— Avez-vous pu prendre une décision ?

Il avait beau scruter son visage, il était incapable de lire au fond d'elle.

— Oui.

Son cœur cessa de battre dans l'attente de son verdict. Il était si anxieux à l'idée qu'elle puisse dire non !

— Et ?

Un nouveau silence suivit sa question.

— Je suis d'accord, commença-t-elle, lui permettant de respirer de nouveau. Mais j'ai moi aussi quelques règles à vous soumettre.

Il se figea de surprise. C'était la première fois qu'une femme lui répondait cela.

— Ah oui ? fit-il en avançant finalement jusqu'à son bureau.

— Oui. Tout d'abord, je refuse que nous nous précipitions.

— Que nous nous précipitions dans un lit, vous voulez dire ? l'interrogea-t-il pour être sûr de bien la suivre.

— Oui. Je ne me sens pas prête à commencer une relation intime avec un homme que je viens de rencontrer. Je vais avoir besoin de temps pour me faire à l'idée d'avoir une liaison en sachant qu'elle sera sans lendemain.

Restait à savoir combien de temps il lui faudrait. Ce serait à lui de trouver les arguments pour la convaincre qu'il n'y avait rien de mal à écouter son désir.

— Je saurai me montrer patient, lui assura-t-il.
— Il y a autre chose.
— Oui ?

Elle fit une pause, comme pour puiser le courage d'aller au bout de son idée.

— C'est au sujet de cette promesse que vous m'avez faite, juste avant de partir de chez moi.

Il savait parfaitement à quelle promesse elle faisait référence.

— Eh bien ?
— Eh bien… Je compte sur vous pour la tenir.

Alpha resta immobile, tandis que Riley la fixait du regard. Sa façon de la contempler en silence était si troublante, si infiniment excitante. Si Omega avait su qu'elle laissait un homme avoir un tel pouvoir sur elle, qu'elle s'apprêtait à le suivre sur un chemin qu'elle n'avait jamais emprunté, mais que sa sœur connaissait parfaitement, elle aurait eu du mal à le croire.

— Maintenant, Riley, pouvons-nous en revenir à la conversation professionnelle que nous sommes censés avoir ?

Il secoua la tête.

— Non.
— Comment ça, non ?
— Pas encore, insista-t-il en desserrant son nœud de cravate.

Il ôta ensuite sa veste et la jeta sur le dossier d'un fauteuil. Puis, faisant un pas vers elle pour la rejoindre, il l'enlaça pour l'attirer contre lui.

Elle entrouvrit instinctivement les lèvres lorsqu'il approcha sa bouche de la sienne. Et quand elle sentit sa langue venir à la rencontre de la sienne, elle s'abandonna au plaisir qu'elle avait déjà ressenti une fois dans sa vie. Quelques jours plus tôt, le matin où il l'avait embrassée avant de quitter sa maison.

C'est alors qu'il la fit légèrement reculer et serra les mains sur ses hanches pour la hisser sur son bureau. Il l'embrassait à présent avec tant de ferveur, qu'elle ne résista pas à l'envie de refermer les bras autour de lui pour mieux sentir son torse puissant contre elle.

— Monsieur Westmoreland, je dois m'absenter un moment.

La voix de l'assistante de Riley dans l'Interphone interrompit leur incroyable baiser.

— J'espère que tu as aimé ça, susurra-t-il tout contre ses lèvres.

Elle leva les yeux et lui sourit.

— Le baiser ou l'annonce de ta secrétaire ?

— Le baiser, répondit-il en riant.

Elle n'avait aucune raison de lui mentir.

— Oui.

Il ferma les yeux et passa la pointe de sa langue sur ses lèvres encore avides de sa bouche.

— Tant mieux. Je voulais t'offrir un petit aperçu de tout le plaisir que je prévois de te donner.

Si ce n'était qu'un petit aperçu, elle n'osait imaginer ce qu'il allait lui faire vivre dans les semaines à venir.

— Est-ce que j'ai le droit de descendre de ton bureau maintenant ?

— Absolument.

Aussi aisément qu'il l'avait soulevée quelques instants plus tôt, il la prit contre lui avant de la déposer sur le sol. Elle était encore si proche de lui qu'elle sentait la chaleur de son corps puissant l'envahir.

— Alpha, j'ai une proposition à te faire, dit-il d'une voix rauque.

— Laquelle ?

— Je suggère que nous allions poursuivre notre rendez-vous ailleurs. Si tu es d'accord, rentre chez toi et enfile une tenue confortable. Un jean et des bottes. Je passe te prendre dans une heure.

— Et où comptes-tu m'emmener ?

— Chez moi.

— C'est toujours pour le travail, n'est-ce pas ?

— Pour le travail… et le plaisir.

Comme elle ouvrait la bouche pour lui rappeler les règles qu'elle avait fixées, il prit les devants.

— Je sais, tu veux prendre ton temps et ne rien précipiter. N'aie aucune inquiétude, j'ai bien compris.

Ses paroles ne pouvaient que la réjouir. Restait à savoir si elle aurait elle-même la patience de respecter ses propres règles ; déjà, elle n'avait plus aucun contrôle sur les réactions de son corps.

- 6 -

Alpha s'habilla à la hâte en essayant en vain d'apaiser les battements effrénés de son cœur. Voilà, songea-t-elle en enfilant un pull en V moulant, il avait suffi que Riley lui dise de se préparer pour qu'il vienne la chercher et elle avait accepté sans la moindre objection. Elle l'attendait d'ici une demi-heure, à présent.

Debout devant son miroir, elle vérifia l'allure que lui donnaient les vêtements qu'elle avait achetés sur les conseils de sa sœur. Elle devait bien reconnaître qu'Omega ne s'était pas trompée : ils étaient simples mais sexy. Comme elle s'apprêtait à se passer du rouge sur les lèvres, elle entendit son téléphone sonner.

— Quand on parle du loup, plaisanta-t-elle en décrochant.

— Ah oui ? répliqua Omega en riant. Avec qui étais-tu en train de parler de moi ?

— Personne. Je me disais seulement que j'avais bien fait de suivre tes conseils pour acheter des vêtements sexy.

— Tiens, tiens, tu es en train de te faire belle ? J'ai l'impression que tu as pris de bonnes résolutions ces derniers jours.

Alpha sourit et recula pour s'asseoir sur son lit. Quand Omega lui avait téléphoné la semaine dernière, elle avait passé une heure à lui raconter sa rencontre avec Riley, ainsi que sa visite chez elle et la proposition qu'il lui avait faite. En entendant à quel point il lui plaisait, sa sœur jumelle l'avait vivement encouragée à accepter pour donner un nouveau départ à sa vie amoureuse.

— Oui, je lui ai dit que j'étais d'accord et il m'a promis de ne pas me bousculer.

— Mais tu ne vas pas te défiler, hein ?

— Comment ça ?

— Tu vas prendre tout le plaisir qu'il t'a promis, n'est-ce pas ? Tu n'as plus le droit de faire demi-tour maintenant.

Son franc-parler la fit rire.

— Je n'en ai aucune envie, la rassura-t-elle. Et dis-moi, où en est ce livre ?

Maintenant qu'elle avait trouvé une stabilité dans sa vie, Omega avait décidé d'écrire un livre sur son expérience passée dans le monde du cinéma X.

— J'avance bien. Cela me fait beaucoup de bien de rédiger cette histoire.

Alpha laissa passer un court silence avant de lui poser la question qui la taraudait depuis longtemps.

— Omega, dit-elle finalement, est-ce que ton ancien travail te manque ?

Rien de ce que leurs parents avaient pu lui dire ne l'avait convaincue d'abandonner son activité, et elle ne l'avait fait que le jour où elle l'avait décidé elle-même.

— Tu sais, Al, je sais que c'est difficile à comprendre pour la plupart des gens, mais de mon point de vue c'était vraiment un métier comme un autre. Un métier dont j'avais besoin à l'époque où je me suis rebellée contre notre éducation. Je n'aime mieux pas imaginer ce que je serais devenue sans Marlon. Son amour inconditionnel m'a permis de me rappeler qui j'étais avant de faire ce choix.

Alpha était infiniment reconnaissante à son beau-frère pour son dévouement envers Omega. Il n'accordait pas la moindre importance à ce que les autres pouvaient penser d'elle. Rien ne semblait pouvoir l'empêcher de la traiter comme une reine.

C'était un an après avoir quitté son ancienne profession qu'Omega avait rencontré Marlon. Aujourd'hui, Alpha sentait à quel point sa sœur était heureuse, mais elle savait aussi que l'hostilité implacable de leurs parents demeurait une ombre à son bonheur.

— Mon seul regret est d'avoir fait du mal à mes proches,

à commencer par toi, poursuivit-elle d'une voix douce. Peut-être que nos parents me pardonneront un jour. Mais toi, tu ne m'as jamais tourné le dos alors qu'ils essayaient de te convaincre de le faire. Tu m'as même choisie au détriment de l'homme que tu aimais.

En entendant ces mots, Alpha manqua de laisser tomber son téléphone.

— Qui t'a raconté ça ? Je t'ai déjà dit que…

— Je sais ce que tu m'as dit, mais ce n'était pas la vérité. Ce n'est pas parce que vous vous éloigniez l'un de l'autre que vous avez rompu, Eddie et toi. Un jour où j'étais à New York avec Marlon, je suis tombée par hasard sur Eleanor Sloan. Elle m'a abordée en me prenant pour toi et m'a dit combien elle était attristée que tu aies dû annuler ton mariage avec Eddie à cause de moi.

Alpha laissa échapper un long soupir. Si seulement cette rencontre malencontreuse n'avait pas eu lieu !

— Quand cela s'est-il passé ?

— Juste avant Noël dernier.

— Et tu l'as su pendant tout ce temps sans même m'en parler ? l'accusa-t-elle. Pourquoi tu ne m'as rien dit ?

Omega marqua une pause avant de répondre.

— Parce que je me sentais coupable de t'avoir fait autant de mal. Après la vie que j'avais menée ces dernières années, c'était moi qui avais la chance de vivre un conte de fées avec un homme merveilleux, tandis que toi, qui t'étais toujours bien comportée et qui avais même suivi le choix de carrière que nos parents avaient fait pour toi, tu devais payer à ma place les conséquences de mes actes. La vie est tellement injuste.

Alpha était émue par les mots de sa sœur jumelle. Elle avait raison, la vie était parfois injuste ; néanmoins elle n'aurait rien voulu changer à ce qu'il s'était passé. Parce que, grâce à Marlon, Omega menait l'existence qu'elle méritait.

— Omega, dit-elle pour lui faire retrouver le sourire, je n'ai aucun regret. Et je te rappelle que, si je m'étais mariée avec Eddie, je n'aurais pas été sur le point de vivre cette folle aventure avec Riley Westmoreland.

Comme elle l'avait espéré, la voix de sa sœur se fit de nouveau joyeuse.

— C'est vrai, approuva-t-elle. Alors il est vraiment aussi sexy que tu me l'as dit l'autre jour ?

— Oh oui ! affirma-t-elle en se remémorant la façon dont il l'avait embrassée ce matin. Et il me reste encore beaucoup de choses à découvrir sur lui.

Omega eut une nouvelle hésitation.

— Est-ce que tu as l'intention de lui parler de moi ?

Alpha devait bien reconnaître que parler de sa sœur jumelle à LeBron et à Eddie ne lui avait pas beaucoup réussi. Mais au moins, grâce à cela, ils avaient tous les deux montré leur vrai visage.

— Pourquoi devrais-je lui dire quoi que ce soit ? Nous ne nous engageons pas dans une relation sérieuse. Notre attirance est purement physique et nous voulons seulement prendre du bon temps ensemble.

— Alors, j'espère que tu obtiendras de lui ce que tu attends.

— En tout cas, j'ai bien l'intention de m'amuser un peu. Et quelque chose me dit que Riley est l'homme parfait pour cela.

Riley sourit en voyant Alpha serrer son manteau autour d'elle.

— Je ne pensais pas que la température pourrait chuter aussi brutalement, dit-elle en grelottant.

Il marcha jusqu'à sa voiture et lui ouvrit la portière passager.

— De quoi te plains-tu ? Il fait tellement bon, la taquina-t-il en lui faisant signe de s'asseoir.

Tout en s'installant à l'intérieur, elle se retourna pour lui lancer un regard moqueur.

— Je me demande vraiment de quelle planète tu viens. Regarde-toi !

C'est vrai, il avait laissé son blouson dans la voiture et il s'en portait tout aussi bien. Mais qu'y pouvait-il, s'il ne sentait pas le froid ?

— Avec les années, répliqua-t-il en s'asseyant au volant

pour prendre la route, j'ai dû développer une certaine tolérance au climat de Denver. Mais curieusement, les autres membres de ma famille ne sont pas comme moi. Ils sont persuadés que je finirai par succomber à une pneumonie.

— Je les comprends.

— Et toi, depuis combien de temps vis-tu à Denver ?

— Je suis arrivée au mois d'avril dernier.

— Après la meilleure saison, souligna-t-il avec un grand sourire.

— La meilleure saison selon toi ! Si j'étais arrivée en plein hiver, je crois que je serais repartie aussitôt dans le Sud.

— Tu n'as pourtant pas l'air d'être le genre de femme à renoncer facilement.

— Crois-moi, l'idée de repartir m'a traversé l'esprit plus d'une fois.

Comme il roulait derrière un car scolaire, il dut s'arrêter en même temps que lui.

— Ah ! je me souviens de cette époque…, songea-t-il à haute voix.

— Quelle époque ?

— Celle où mes frères, mes cousins et moi revenions de l'école en bus. C'était ma mère ou ma tante, Susan, qui venait nous chercher à l'arrêt pour nous ramener à la maison dans le minibus de mes parents, le seul véhicule assez grand pour que nous nous asseyions tous à l'intérieur. Nous l'appelions « le cheval fou ».

— Ce sont de bons souvenirs, on dirait.

— Oui.

— J'ai beaucoup d'admiration pour ta famille et toi, tu sais.

La douceur de sa voix l'interpella et il se tourna vers elle.

— C'est vrai ?

— Oui. J'ai entendu parler de votre histoire, du terrible accident qui vous a tous privés de vos parents. Je n'ose pas imaginer à quel point cela a été difficile de surmonter cette épreuve.

— Oui, c'était très dur, approuva-t-il en serrant les doigts sur le volant. Surtout que la plupart d'entre nous n'avions pas encore seize ans. En regardant ces enfants rentrer chez eux, je ne peux pas m'empêcher de repenser au jour où j'ai appris que mes parents ne seraient plus jamais là pour moi.

— Quel âge avais-tu ?

— Quinze ans. Ma mère m'avait promis d'organiser une grande fête pour mon prochain anniversaire et j'étais fou d'impatience. Dillon commençait à m'apprendre à conduire. J'étais heureux. Bane était encore un enfant adorable à ce moment-là, c'était le petit dernier que ma mère chérissait et gâtait. Puis tout s'est effondré, se rappela-t-il après un silence. Il y a eu l'accident, ils sont morts tous les quatre et Bane ne l'a pas supporté. Il est devenu ingérable. Dillon était l'aîné des cousins et Ramsey, le deuxième. Ils venaient tous les deux de finir leurs études supérieures. Dillon allait intégrer une équipe de NBA tandis que Ramsey s'apprêtait à s'envoler pour l'Australie afin de se former à l'élevage de moutons. Ils ont tous les deux abandonné leur rêve pour se consacrer à la famille et s'assurer que nous restions tous unis.

Lorsqu'il sentit sa main se poser sur son bras, il comprit que c'était exactement ce contact dont il avait eu besoin à ce moment-là. Il n'aimait pas laisser ses souvenirs les plus sombres revenir le hanter, mais lorsque cela arrivait malgré lui, la sensation était plus douloureuse qu'il n'aurait su le dire.

— Riley, est-ce que ça va ?

— Oui, oui. Seulement, notre mémoire est impitoyable parfois.

— Je suis d'accord.

Sa remarque avait-elle un rapport avec la petite marque qu'elle avait à l'annulaire gauche ? Si elle avait été mariée, peut-être en gardait-elle un souvenir pénible. Mais il ne se sentait pas autorisé à lui poser la question.

— J'ai réfléchi à ta proposition et j'en ai parlé avec mes frères. Nous sommes d'accord avec ton idée de code vestimentaire. La seule raison de mon hésitation était ma peur de contraindre nos employés à des dépenses inutiles, mais Dillon pense comme toi qu'ils seront heureux de rendre ce quarantième anniversaire exceptionnel.

Un grand sourire éclaira son visage.

— Je suis ravie de cette décision. J'ai déjà beaucoup d'idées pour réaliser un décor magique.

— Et tout le monde a approuvé le thème *Par une nuit d'hiver.*

— Formidable !

Comme ils arrivaient à un feu rouge, elle ouvrit sa sacoche et en sortit plusieurs documents.

— J'aurai une nouvelle présentation à te faire quand nous serons arrivés. Maintenant que tu as décidé de la tenue, nous pourrons choisir le menu en fonction de cela. Je suis en contact avec le traiteur Jerlon.

— Je connais sa carte, tout ce qu'il prépare est absolument délicieux.

Durant la demi-heure qui suivit, ils continuèrent à parler de la réception, jusqu'au moment où elle leva les yeux et regarda par la vitre.

— Nous sommes assez loin de la ville, non ?

Il se tourna vers elle. Avec ses cheveux noués, elle était tout aussi splendide que lorsqu'ils retombaient gracieusement sur ses épaules. Il brûlait de dévorer de baisers son cou dégagé.

— Pas si loin que cela.

Après quelques instants, il ralentit pour quitter la route principale. Un panneau annonçait l'entrée sur Les Terres des Westmoreland.

— Les Terres des Westmoreland ? s'étonna-t-elle en le lisant.

— Oui, dit-il en riant. Mon arrière-arrière-grand-père s'est installé ici il y a plus de quatre-vingts ans sur un terrain de mille hectares environ. C'est Dillon qui, en tant qu'aîné, a hérité de la maison et des cent cinquante hectares qui l'entourent. L'un après l'autre, nous avons ensuite eu droit à cinquante hectares le jour de nos vingt-cinq ans.

— Alors vous habitez tous ici, à côté les uns des autres ?

— Oui, mais nous avons chacun assez d'espace pour garder notre intimité. Du moins, ce serait le cas s'il n'y avait pas Bailey, ajouta-t-il en riant.

— Bailey ?

— C'est ma cousine. La dernière Westmoreland de la branche de Denver. Elle se plaît à penser qu'elle peut régir toute la famille. Elle n'a pas encore fêté son vingt-cinquième anniversaire, si bien qu'elle se croit autorisée à venir à l'improviste chez les uns ou les autres et à s'y installer pour la nuit. Même si, la plupart du temps, elle réside dans la maison de Gemma qui vit désormais en Australie.

— Gemma est une autre de tes cousines ?

— Oui.

Sans doute était-il nécessaire qu'il lui apporte quelques explications.

— Du côté de mes parents, précisa-t-il, l'aîné est Dillon. Il est suivi de Micah, qui est scientifique et travaille pour le Gouvernement. Il s'est marié en juin avec Kalina et ils auront bientôt un bébé. Ils habitent à Alexandria, en Virginie. Jason est le troisième. Il est marié à Bella. Elle vient de Savannah et elle aussi a eu du mal à s'habituer au froid, dit-il en riant. Je suis le quatrième, et après moi il y a mes trois petits frères, Canyon, Stern et Bane.

— Tu n'as pas de sœur ?

— Non. Je crois que mes parents espéraient que Bane serait une fille, mais la nature en a voulu autrement.

Il lui énuméra ensuite les noms de ses cousins et cousines en précisant leur situation familiale. Son discours le surprenait lui-même, puisqu'il ne parlait jamais de sa famille avec les femmes qu'il fréquentait. Mais la présence d'Alpha le mettait à l'aise et il lui paraissait naturel de lui décrire son entourage le plus proche. Il avait envie qu'elle sache de quel environnement il était issu et qui étaient ceux qui comptaient le plus pour lui.

Alpha resta ébahie lorsque Riley ralentit pour se garer dans son jardin. Sa maison était bâtie au cœur du paysage le plus beau qui soit, fait de majestueuses montagnes et de cours d'eau. Elle était constituée de deux étages et ornée d'une grande terrasse couverte. Elle devait être très lumineuse, à en juger par les grandes baies vitrées qui s'ouvraient du côté des montagnes. La vue sur la cascade et le petit étang devait être un enchantement de chaque jour.

Ils descendirent de voiture et il la guida vers la porte d'entrée.

— C'est vraiment chez toi ?

Elle n'en croyait pas ses yeux.

— Oui, répondit-il en venant vers elle pour poser doucement les mains sur ses épaules. C'est beau, n'est-ce pas ?

Elle n'aurait pu imaginer qu'il vivait dans un cadre aussi magique.

— Bienvenue chez moi, Alpha, dit-il en l'invitant à entrer.

— Merci.

En avançant à l'intérieur, elle eut un nouveau choc. La décoration et le mobilier étaient tout simplement idéaux, en parfaite harmonie avec la vue à couper le souffle qui s'offrait derrière les fenêtres.

— Si tu me dis que tu as conçu tout cela tout seul, j'aurai du mal à te croire, l'avertit-elle. Tu as fait appel à un décorateur professionnel, n'est-ce pas ?

— Tu as raison. C'est ma cousine Gemma qui a aménagé cette maison, et c'est son métier en effet. Elle a insisté pour se charger elle-même de la décoration.

— Comment cela, elle a insisté ?

— Je n'avais besoin de rien d'autre qu'une table et un lit. Mais lorsqu'elle a eu son diplôme et qu'elle a créé son entreprise, elle a décidé que ses frères et ses cousins seraient ses premiers clients. Et aucun de nous n'a eu droit à une réduction.

Sa remarque la fit rire.

— Je trouve cela formidable que vous soyez présents les uns pour les autres, que vous vous souteniez à chaque occasion.

— C'est ainsi chez les Westmoreland.

— En tout cas, observa-t-elle avec admiration, je suis impressionnée par l'état de la maison. Tu as su garder intact le travail de ta cousine.

— J'essaie d'être soigneux, mais je dois admettre qu'une dame formidable vient faire le ménage ici toutes les semaines.

Il posa les yeux sur la sacoche qu'elle avait prise avec elle.

— Tu peux poser ton sac dans mon bureau, lui proposa-t-il. Il y a aussi un écran que tu pourras utiliser pour ta présentation. Pendant que tu te prépares, ajouta-t-il en regardant l'heure, je vais m'occuper du repas.

Elle le scruta avec étonnement.

— Tu fais la cuisine ?

— Eh oui, s'amusa-t-il. Il a bien fallu que j'apprenne à me nourrir moi-même quand j'ai découvert que les femmes qui m'invitaient à dîner chez elles avaient des intentions déplacées.

Comme elle les comprenait ! Il venait d'enlever sa veste et sa cravate et, une fois de plus, elle ne pouvait s'empêcher de le dévorer du regard.

— Et toi ?

— Quoi donc ?

— Tu aimes faire la cuisine ?

— Oui.

— C'est ici, dit-il en lui montrant l'entrée d'une alcôve. Quand tu auras fini dans mon bureau, tu pourras me rejoindre pour me montrer ce que tu sais faire.

A quand remontait le jour où il avait sifflоté tout en faisant la cuisine ? Riley n'aurait su le dire. Tout en sortant les épices dont il avait besoin, il jeta un œil en direction d'Alpha. Debout devant le plan de travail, elle préparait des cookies. C'était elle qui en avait eu l'idée en voyant qu'il avait justement tous les ingrédients dont elle avait besoin pour cette recette.

Ce n'était bien sûr pas la première fois qu'une femme entrait dans sa cuisine, mais ce qui le troublait, c'était à quel point cela semblait naturel de la voir ici, chez lui. C'était comme si sa place était là, à ses côtés.

Il se hâta de chasser cette idée de son esprit. Cette sensation était un mystère qu'il n'avait aucune intention de chercher à élucider. Il voulait seulement profiter de sa présence si agréable.

Tandis qu'elle se concentrait sur ce qu'elle faisait, il l'observa à la dérobée. Elle portait un pull ajusté et un jean qui soulignaient parfaitement sa silhouette sublime. Quant à ses bottines en cuir, elles étaient à la fois élégantes et tout à fait adaptées à ce qu'il avait prévu pour cet après-midi : une promenade à cheval aux alentours de sa maison.

— Tu as déjà monté à cheval ? s'assura-t-il.

— Oui. Quand je me préparais à devenir vétérinaire, j'ai passé tout un été dans un ranch d'Ocala, en Floride. J'ai appris beaucoup de choses là-bas, notamment à monter à cheval. Je ne suis pas une cavalière expérimentée, mais disons que je tiens en selle.

— Tant mieux, répliqua-t-il en reprenant ce qu'il était en train de faire. Parce que c'est ce que nous allons faire après le repas.

— C'est vrai ?

— Oui.

— Excellente nouvelle.

Après un silence, il jeta de nouveau un regard dans sa direction.

— Tout se passe bien, tu n'as besoin de rien ? lui demanda-t-il.

— Ça va très bien. Tu as bien préchauffé le four à cent quatre-vingts degrés ?

— Oui.

— Parfait. Il y a longtemps que je n'ai pas fait de cookies, j'espère qu'ils seront réussis. Comment se fait-il que tu aies eu tous les ingrédients nécessaires ?

— Il se trouve que Bailey aime beaucoup ma cuisine et qu'elle tient à la réapprovisionner régulièrement.

— Je la comprends, ce serait un sacrilège de ne pas en profiter. Je n'ai jamais vu une cuisine aussi fonctionnelle et aussi bien équipée. C'est une pièce très agréable.

— Ta cuisine est très bien aussi.

— Oui, mais elle mesure le tiers de celle-ci ! La plupart des hommes considéreraient cette grande pièce comme de l'espace perdu.

— Mais je ne suis pas comme la plupart des hommes, s'amusa-t-il.

Le regard qu'elle posa sur lui le fit frissonner de désir.

— C'est ce que je vois, observa-t-elle avec un sourire infiniment sensuel.

— Tu risques d'avoir des ennuis si tu continues à me regarder de cette façon.

— Mais je n'ai rien fait, se défendit-elle en prenant un air innocent.

Préférant ne pas se lancer dans ce débat, il se plaça de nouveau face à l'évier et éplucha les pommes de terre qu'il s'apprêtait à faire cuire en ragoût avec des côtelettes de porc, dans la sauce qu'il avait élaborée lui-même. Sa cuisine n'était certes pas aussi excellente que celle de chez McKay, mais il avait tout de même quelques cordes à son arc.

Du coin de l'œil, il observa Alpha, tandis qu'elle ouvrait le four et glissait la plaque couverte de cookies à l'intérieur.

— J'ai hâte de les goûter.

— Moi aussi, je suis impatiente de déguster ton plat.

— Il faudra le laisser mijoter un petit moment.

— Dans ce cas, voudras-tu que je fasse la présentation avant le repas ? Il nous reste surtout à discuter du budget définitif.

— Oui, très bien.

— Alors, je vais finir de tout préparer dans ton bureau.

Il la regarda sortir de la cuisine. Jamais il n'avait vu une femme aussi sexy. A vrai dire, elle n'avait absolument rien à faire pour attiser son excitation, le seul fait de la regarder le faisait brûler d'impatience de la tenir entre ses bras. Il savait qu'il devait attendre qu'elle soit prête mais, de toute façon, il avait la ferme intention de profiter de chaque instant passé avec elle durant les six semaines qui allaient suivre.

Six semaines qui prendraient fin le jour même où aurait lieu la fête qu'elle préparait pour célébrer les quarante ans de Blue Ridge Land Management. Restait à savoir s'il aurait vraiment le cœur à s'amuser ce soir-là.

- 7 -

— Alors, que penses-tu de mon ragoût ?

Assise à table en face de Riley, Alpha leva les yeux pour le regarder. Leur réunion de travail n'avait pas duré longtemps, étant donné qu'ils avaient déjà longuement parlé de la soirée pendant leur trajet en voiture. A présent, il ne tenait plus qu'à elle de l'impressionner par la réussite de son travail. Et elle était plus motivée que jamais pour organiser un événement d'exception.

— Alors je crois que le moment venu, tu pourras te reconvertir en chef cuisinier. C'est délicieux, Riley.

Décidément, il ne cessait de la surprendre. La viande était tendre et tout était parfaitement cuit et fondait dans la bouche. Quant à sa sauce, elle était encore meilleure que celle de chez McKay.

— Merci, dit-il avec un grand sourire. Et attends, tu n'as pas encore goûté ma salade de homard et crevettes. Tu l'aimeras encore plus.

Etait-ce une invitation à revenir ? Si oui, elle se ferait un plaisir de l'accepter.

— Je n'en doute pas.

— Tes cookies sentent divinement bon, dit-il après une pause. Je suis sûr qu'ils vont être fantastiques.

— Merci.

Quand elle eut fini son assiette, elle posa de nouveau les yeux sur lui et vit qu'il la regardait avec une expression étrange.

— Il y a un problème ? s'inquiéta-t-elle.

— Non, aucun, répliqua-t-il sur un ton précipité avant de finir à son tour son repas.

Il but ensuite une gorgée de vin et prit une voix presque détachée pour s'adresser de nouveau à elle.

— En regardant un calendrier ce matin, j'ai vu que si nous étions tous les deux d'accord pour continuer à nous voir et si notre aventure durait effectivement six semaines, elle prendrait fin le jour de la fête.

— C'est une étonnante coïncidence. Personnellement, cela me convient.

— Alors nous sommes d'accord ? s'assura-t-il.

— Absolument.

S'était-il attendu qu'elle exige davantage que ce qu'il lui avait proposé ? songea-t-elle en prenant une gorgée de vin.

— Tu veux toujours faire une promenade à cheval ? l'interrogea-t-elle en voyant qu'il se faisait tard.

— Oui.

— Nous devrions y aller maintenant si nous ne voulons pas rentrer trop tard.

— Tu as raison, approuva-t-il en se levant.

— Attends, je vais t'aider à ranger.

— Ce n'est pas nécessaire, je m'en occuperai.

— J'y tiens. C'est le moins que je puisse faire après un aussi bon repas. Tu t'es vraiment surpassé.

— Pour toi, je veux bien recommencer tous les jours.

Ses paroles la laissèrent muette de stupeur. Et ce fut en silence qu'elle l'aida à débarrasser, tandis que résonnaient dans son esprit les mots qu'il venait de prononcer.

Deux heures plus tard, Riley, debout devant la fenêtre, attendait qu'Alpha revienne du cabinet de toilette. Les heures qu'il avait passées avec elle aujourd'hui avaient été formidables, et lorsqu'il l'avait vue à cheval, il avait été frappé de stupeur. Contrairement à ce qu'elle lui avait annoncé, elle n'avait rien d'une cavalière médiocre ! Au contraire, elle était très douée.

A leur retour de promenade, ils avaient dégusté ses excellents cookies en buvant du lait. Il lui avait raconté des anecdotes sur sa famille et elle l'avait écouté avec passion, sans cesser de rire et de lui poser des questions. En revanche, elle n'avait pas du tout parlé de la sienne, ce qui l'avait pour le moins surpris. Tout ce qu'il savait, c'était qu'elle avait une sœur, que ses parents vivaient en Floride et qu'ils possédaient une clinique vétérinaire. Rien de plus. Quant à la marque qui apparaissait sur son annulaire gauche, elle demeurait un mystère entier. Se pouvait-il que son changement de carrière n'ait pas été la seule raison de son départ pour Denver ?

Comme il entendait un bruit derrière lui, il se retourna et resta subjugué par ce qu'il voyait. Alpha s'était dénoué les cheveux et, même si ce n'était pas la première fois qu'il la voyait ainsi, elle lui sembla à cet instant plus belle que jamais.

Instinctivement, il avança vers elle et ne s'arrêta que lorsqu'il fut assez près pour lui caresser la joue et le cou.

— Tu as défait ta queue-de-cheval, murmura-t-il en prenant une boucle entre ses doigts.

— Oui, j'ai senti que ma barrette glissait pendant que nous étions à cheval, alors j'ai préféré l'enlever pour ne pas la perdre. C'est un cadeau de ma sœur, j'y tiens beaucoup.

— Cette coiffure te va très bien. Tu as des cheveux magnifiques. Tu es magnifique.

— Merci, dit-elle dans un souffle.

Lui prenant les mains, il les porta à sa bouche pour les embrasser.

— Ne t'inquiète pas, susurra-t-il en plongeant les yeux dans les siens, je n'ai aucune intention de t'emmener ce soir là où tu ne veux pas encore aller. Mais j'étais trop tenté de faire ça pour y résister.

— Dans ce cas, il vaudrait peut-être mieux que tu me ramènes maintenant, afin que tu puisses te concentrer sur autre chose.

— Alpha, répliqua-t-il en souriant, même si tu n'étais pas là, je penserais à toi.

Elle laissa échapper un rire léger.

— Je parie que tu dis ça à toutes les femmes.

Sans cesser de déposer des baisers sur ses doigts, il fit

non de la tête. Puis il passa le bout de la langue sur sa peau pour goûter sa saveur sucrée.

— Non, je ne dis pas cela à toutes les femmes.

C'était non seulement la première fois qu'il le disait, mais aussi la première fois qu'il le pensait. Alpha avait tant occupé son esprit durant ces derniers jours qu'il avait du mal à y croire lui-même. Mais c'était ainsi, il n'avait aucune raison de se mentir, même s'il ne cherchait pas à s'expliquer l'effet qu'elle produisait sur lui.

Il tenait tout de même à se méfier de la sensation aussi nouvelle qu'intense qu'elle avait fait naître en lui. L'attirance était trop forte entre eux, depuis l'instant où ils s'étaient rencontrés, pour qu'ils songent y à résister. Mais il tenait à se montrer prudent.

— Je voudrais t'inviter à sortir ce week-end. Nous pourrions aller au restaurant et au cinéma, ou au théâtre.

Tandis qu'il contemplait la ligne sublime de ses lèvres, il dut prendre sur lui pour repousser la vague brûlante qui l'assaillait.

— Ou mieux encore, dit-il en lui caressant le menton. Après le dîner, nous pourrions revenir ici ou aller chez toi pour jouer à un jeu.

Elle le scruta avec un air soupçonneux.

— Quel jeu ?

— Le jeu du plaisir. Y as-tu déjà joué ?

Ses yeux se mirent à briller de désir.

— Je ne pense pas, non, susurra-t-elle d'une voix rauque.

— Crois-moi, ce jeu a tout pour te plaire. C'est très facile et il y a peu de règles à connaître. Tu me diras le soir même si tu as envie d'y jouer. Je pourrais passer te prendre vers 19 heures ? Un restaurant a ouvert récemment sur la route de l'aéroport. Je voudrais t'y inviter.

— D'accord, accepta-t-elle avec un léger sourire.

— Quant au jeu que j'ai évoqué, il nécessite que tu passes la nuit ici ou que ce soit moi qui dorme chez toi. Mais attention, je ne te mets aucune pression. Si tu penses samedi que c'est encore trop tôt, il te suffira de me le dire.

— Je n'y manquerai pas.

Incapable de résister plus longtemps, il posa les lèvres sur les siennes tout en se retenant d'aller plus loin. Il voulait juste lui laisser une sensation agréable avant de se séparer d'elle. Mais comme elle entrouvrait la bouche pour lui rendre son baiser, il l'attira contre lui et l'embrassa avec toute la passion qu'il éprouvait. Il savait qu'après ce soir il allait compter les jours en attendant le samedi suivant.

- 8 -

— Les cartons d'invitation vont être superbes !

Alpha venait d'entendre juste derrière elle la voix joyeuse de Lindsey Hopkins qui regardait son écran par-dessus son épaule. Elle avait trouvé un arrangement parfait avec cette jeune maman qui avait eu besoin d'un travail à mi-temps, et qui s'était révélée la plus fiable et la plus efficace des assistantes. Sans compter que son enthousiasme lui était toujours du plus grand réconfort.

— C'est toi qui les as dessinés ? ajouta-t-elle gaiement.

Alpha sourit à son tour.

— Oui. L'image d'une maison de campagne sous la neige m'est venue assez vite après le choix du thème *Par une nuit d'hiver.*

A vrai dire, la maison qui l'avait inspirée n'était autre que celle de Riley. Elle en avait déjà parlé avec lui, et il lui avait donné son accord pour qu'une photo de sa maison apparaisse sur les invitations.

— As-tu repéré la maison que tu photographieras ? l'interrogea Lindsey.

— Oui, répondit-elle sans chercher à lui cacher la vérité. Ce sera celle de Riley Westmoreland.

Le visage de Lindsey s'éclaira.

— C'est l'un des grands frères de Bane, je l'ai déjà rencontré. J'imagine que sa maison a autant d'allure que lui, s'amusa-t-elle.

Alpha se mit à rire.

— Oui, on peut dire ça, en effet.

— Toutes les femmes de Denver savent à quel point les Westmoreland sont séduisants. Etre mariée ne rend pas aveugle.

— C'est vrai, approuva Alpha en se concentrant de nouveau sur l'image qui apparaissait sur son écran. Alors tu penses qu'une photo de la maison de Riley formerait une bonne toile de fond pour les cartons ?

— Je ne l'ai jamais vue, mais j'ai entièrement confiance en ton jugement. D'autant que je suis déjà allée sur les terres des Westmoreland, à l'époque où mon père travaillait là-bas. Il était jardinier paysagiste pour la maison principale et nous emmenait parfois, mes frères et moi, pour que nous l'aidions tout en profitant du grand air. Cette maison était absolument magnifique, et j'ai entendu dire que celles qui avaient été construites aux alentours étaient tout aussi réussies.

Elles continuèrent à parler de la présentation du carton, jusqu'au moment où ce fut l'heure pour Lindsey de s'en aller pour récupérer son bébé chez sa mère qui le gardait. Quand elle fut partie, Alpha eut envie d'aller se préparer un encas dans la cuisine, mais elle fut interrompue par la sonnette de la porte d'entrée. Comme elle n'attendait personne, elle regarda qui était là avant d'ouvrir et vit un livreur chargé d'un bouquet de fleurs.

— Bonjour, monsieur, dit-elle en ouvrant la porte.

— Bonjour, madame. Vous êtes bien Alpha Blake ?

— Oui.

— Voici pour vous, dit-il en lui tendant le superbe vase en céramique contenant une douzaine de roses.

— Merci.

Comme elle mettait la main dans sa poche pour chercher de la monnaie, il l'interrompit d'un geste.

— Ce ne sera pas nécessaire. J'ai déjà reçu un généreux pourboire.

Elle prit alors le vase et respira le délicieux parfum qui émanait du bouquet. Impatiente de découvrir qui avait bien pu le lui envoyer, elle le posa sur la table et prit la carte qui l'accompagnait.

« Plus que deux jours. Riley. »

Un rire de plaisir s'échappa de ses lèvres. Elle comptait les heures depuis son après-midi chez Riley, et si elle était sûre d'une chose, c'était qu'elle serait bel et bien prête samedi soir à jouer au jeu dont il lui avait parlé. Elle était tellement impatiente de découvrir toutes les choses qu'il voulait lui faire découvrir. Eddie avait été l'homme le moins imaginatif du monde, quant à LeBron, les idées qui lui étaient venues dans l'intimité n'avaient été inspirées que par ses fantasmes sur Omega. Comment avait-elle pu mettre autant de temps à se rendre compte qu'il n'était avec elle que parce qu'il imaginait qu'elle était sa sœur ? songea-t-elle avec dépit.

Elle abandonna le cours de ses pensées et admira les fleurs superbes qui trônaient devant elle. C'est alors que son téléphone portable sonna, et qu'elle vit le numéro de son père s'afficher sur l'écran. Elle parlait au moins une fois par semaine à ses parents, mais c'était le plus souvent le soir qu'ils s'appelaient pour échanger des nouvelles.

— Bonjour, papa.

— Al, comment vas-tu ?

— Très bien, merci. Et toi ?

— Très bien. Ecoute, je t'appelais juste pour te dire que j'avais vu Eddie aujourd'hui. Il a amené Cleo à la clinique.

— Elle est malade ?

Cleo était la chienne d'Eddie, une superbe labrador qu'elle affectionnait particulièrement.

— Non, il l'amenait seulement pour sa visite annuelle. Elle va très bien.

— Ah ! tant mieux ! Mais tu n'avais pas besoin de m'appeler pour me dire cela.

— Je sais, mais je pensais que tu voudrais savoir qu'il avait demandé de tes nouvelles.

Pourquoi aurait-elle voulu le savoir ?

— Ah oui ? répliqua-t-elle poliment.

— Oui. Il m'a même demandé si tu prévoyais de revenir vivre en Floride.

Agacée par ce qu'elle sentait arriver, elle laissa passer

un silence. De toute façon, rien n'empêcherait son père d'exprimer son idée jusqu'au bout.

— Ecoute, ma chérie, je sais que c'est Eddie qui a voulu annuler le mariage mais, en tant qu'homme, je ne peux que t'encourager à essayer de comprendre son point de vue. Il ne voulait pas voir ta réputation ternie.

Elle prit sur elle pour ne pas laisser éclater sa colère.

— Il a exigé que je renie Omega, lui rappela-t-elle.

— Mais ta sœur a fait ses propres choix. Personne n'était d'accord avec elle et même ta mère et moi n'avons pas pu lui pardonner de nous avoir mis dans une telle situation.

Du reste, elle ne comprenait toujours pas leur attitude. Elle avait si souvent essayé de leur dire qu'ils se trompaient en attachant autant d'importance à l'opinion de leur entourage, que rien ne pouvait rompre le lien qu'ils avaient avec leur fille. En vain.

— Je le sais parfaitement, papa, et je t'ai déjà dit ce que j'en pensais. Omega restera toujours ma sœur et votre fille, malgré ce que vous pouvez prétendre.

— Un jour, tu te rendras compte de ce qu'elle nous a fait subir à tous, et à toi en particulier. Dois-je te rappeler la façon dont te regardaient certains hommes en te prenant pour elle ?

— Ce n'est arrivé qu'une seule fois, papa, lui répondit-elle avec lassitude. Il y a trois ans. Tout cela est derrière nous et Omega est une épouse comblée aujourd'hui.

— Une épouse comblée au lourd passé.

— Nous avons tous un passé à assumer. C'est plus difficile pour certains que pour d'autres, voilà tout.

— Comment peux-tu dire ça ? Ta sœur a jeté la honte sur nous et sur toi. Elle a ruiné ton avenir.

— Ce qu'elle a fait n'a rien à voir avec Eddie.

— Tu oublies que c'est à cause d'elle que vous ne vous êtes pas mariés. Eddie est un homme bien, il voulait seulement te protéger.

— Non, il voulait avoir le contrôle sur moi.

Son père marqua une pause avant de réagir.

— Si je comprends bien, tu es en train de me dire qu'il y a peu de chances pour que lui et toi soyez de nouveau ensemble ?

— Je dirais même qu'il n'y en a aucune.

Il y eut un nouveau silence.

— J'espère que tu n'es pas en train de commettre une erreur. Que se passera-t-il lorsque le prochain homme que tu rencontreras découvrira la vérité sur ta sœur ?

— Si je dois de nouveau m'engager dans une relation sérieuse avec un homme, il devra m'accepter telle que je suis. Le passé d'Omega n'a aucun rapport avec ma vie privée.

— Al, tu te trompes. Tu ne peux pas ignorer le poids qu'elle fait peser sur toi.

— C'est tout le contraire, papa. Omega est mon plus grand soutien et je ne peux pas imaginer me passer de ma relation avec elle.

En entendant frapper à la porte de son bureau, Riley n'eut aucun besoin de demander qui voulait le voir.

— Entre, Canyon.

La colère de son frère était palpable au moment où il ouvrit la porte et avança vers lui.

— Keisha Ashford n'est plus la femme que j'ai connue il y a trois ans, lança-t-il sans préambule. Ry, tu m'entends ? C'est vraiment une autre personne.

— Oui, je t'entends, répondit-il en s'adossant au fond de son siège. Et je pense que tout l'étage t'a entendu. J'en conclus que la réunion ne s'est pas bien passée.

— Cette femme a voulu me faire passer pour un incompétent !

Riley ne put s'empêcher de sourire. Il était rare que son frère laisse qui que ce soit lui faire perdre son sang-froid, et le fait de savoir que c'était une de ses anciennes conquêtes qui était responsable de son état rendait la situation encore plus amusante. Lui qui se montrait toujours si fier à l'égard des femmes…

— Et avait-elle des raisons ? l'interrogea-t-il en le regardant faire les cent pas comme un lion en cage.

— De quoi ?

— De croire à ton incompétence.

Il s'arrêta net et le regarda avec incompréhension.

— Mais non ! se défendit-il. Je savais très bien ce que j'avais à faire, mais elle a tout essayé pour faire croire le contraire.

— Et pourquoi ferait-elle une chose pareille ? lui demanda-t-il en s'efforçant d'avoir l'air sérieux. Pour se venger de ton infidélité, peut-être ?

Canyon lui lança un regard noir.

— Je ne lui ai pas été infidèle et tu le sais très bien. Bonita Simpkins m'avait tendu un piège et elle a obtenu ce qu'elle voulait.

Riley allait lui répondre, mais la voix de son assistante dans l'Interphone l'en empêcha.

— Monsieur Westmoreland, Alpha Blake est en attente pour vous sur la ligne numéro 2.

— Merci.

Il leva les yeux vers Canyon.

— Je dois décrocher, lui dit-il.

— Vas-y.

— C'est une conversation personnelle, précisa-t-il en voyant qu'il ne bougeait pas.

— Avec l'organisatrice d'événements ? En quoi est-ce personnel ?

Comme il ne disait rien et continuait seulement à fixer Canyon du regard en attendant qu'il sorte, il vit ses yeux s'éclairer tout à coup.

— Non ! Ne me dis pas que tu craques pour l'organisatrice !

— D'accord, je ne te le dirai pas. Tu fermeras la porte derrière toi, s'il te plaît.

Canyon resta figé en face de lui.

— Je n'y crois pas.

— A quoi ?

— Qu'as-tu fait de ton grand principe de ne jamais mêler travail et plaisir ?

— Je m'y tiens toujours. Nous savons nous concentrer sur notre travail quand c'est nécessaire, et quand nous aurons envie d'autre chose, nous nous laisserons aller à autre chose.

Canyon laissa éclater son rire.

— Tu parles comme un politicien qui enfreint les règles en essayant de faire croire le contraire.

— Au revoir, Canyon. Si j'étais toi, j'essaierais plutôt de trouver un moyen de me réconcilier avec Keisha.

Toute trace d'humour disparut de son expression.

— Occupe-toi de tes affaires et je m'occuperai des miennes.

— Je n'aurais pas dit mieux.

Riley attendit qu'il soit parti et qu'il ait refermé la porte pour décrocher son téléphone.

— Alpha ? Je suis désolé de t'avoir fait attendre.

— Je t'en prie. Je voulais te remercier pour les fleurs. Elles sont magnifiques.

— Je suis heureux que tu les aimes.

— Tu n'aurais pas pu mieux choisir.

S'enfonçant dans son siège, il allongea les jambes et posa les pieds au bord de son bureau. Ce qu'il n'avait pas fait depuis une éternité.

— Alors, qu'as-tu fait depuis la dernière fois que je t'ai vue ?

Il avait du mal à croire qu'il n'avait été privé d'elle que pendant trois jours.

— J'ai dessiné les cartons d'invitation, choisi des éléments de décor pour la soirée et élaboré le menu avec le traiteur. Mais j'ai aussi pris le temps d'aller à mon cours de danse.

— Tu prends des cours de danse ?

— Oui, deux fois par semaine. Cela se passe le soir, dans les locaux du lycée.

Pourquoi ne l'apprenait-il que maintenant ? s'étonna-t-il intérieurement. Mais après tout, leur relation avait pour seul motif l'attirance physique. Il n'avait pas besoin de savoir ce qu'elle faisait à chaque heure de la journée.

— Tu as l'air d'aimer ça.

— Oui, beaucoup. Bon, je ne voudrais pas te retenir. J'appelais seulement pour te remercier. Encore une fois, ces roses sont superbes.

— Merci pour ton appel. Je te souhaite une bonne soirée.

Il laissa passer un bref silence.

— J'espère que tu penseras à moi ce soir, ajouta-t-il à voix basse.

— Je le ferai. Comme tu me l'as écrit, il ne reste plus que deux jours avant samedi.

Il respira profondément pour tenter de chasser la frustration qui l'envahissait. Ces deux jours lui semblaient une éternité.

— J'ai hâte de te revoir, je pense beaucoup à toi.

— Moi aussi, je pense à toi.

Même si ses mots lui faisaient du bien, il doutait d'occuper son esprit autant qu'elle occupait le sien. Il avait même du mal à se concentrer sur son travail, tant les souvenirs de leur soirée ensemble l'obnubilaient. Que ce soit le repas qu'ils avaient partagé, la conversation qu'ils avaient eue ou leur promenade à cheval, tout lui avait plu. Il se sentait bien en sa compagnie, sa seule présence lui manquait. Il avait envie de contempler son visage, d'entendre sa voix, de sentir son parfum.

— Au revoir, Riley.

— Au revoir, Alpha.

Après avoir raccroché, il se leva et marcha jusqu'à la fenêtre. Canyon et lui avaient dû tirer au sort pour décider de qui aurait ce bureau, notamment à cause de sa vue. En apercevant la neige qui couvrait le sommet des montagnes, il sentait en lui l'impatience d'aller skier. En songeant au voyage à Aspen qu'il avait prévu pour le mois de janvier, il se demanda si Alpha savait faire du ski.

Quelle question ! Elle qui ne supportait pas le froid n'avait certainement jamais eu l'idée de s'aventurer là où l'on s'enfonçait dans la neige jusqu'à la taille. De toute façon, leur liaison aurait pris fin au moment de son voyage. Il ne serait donc pas question de l'inviter à l'accompagner.

Pour une raison mystérieuse, cette idée le dérangeait.

- 9 -

Debout devant son miroir, Alpha observa son reflet en quête d'un détail à rectifier. Le temps lui avait paru si long depuis son après-midi chez Riley, qu'elle avait cru que ce samedi n'arriverait jamais. Heureusement, grâce au beau temps de la veille, elle avait eu le plus grand plaisir à flâner pour faire des courses. Pour son premier véritable rendez-vous galant avec Riley, tout ce qu'elle porterait serait neuf.

C'était dans ces moments-là qu'Omega lui manquait le plus. Elle était toujours de si bon conseil en matière de style vestimentaire. Si Alpha n'avait pas la même audace qu'elle en ce qui concernait les sous-vêtements, elles partageaient le plus souvent les mêmes goûts pour les robes et les chaussures.

En prévision du froid, elle avait prévu de porter des bottes, ce soir. La paire qu'elle avait choisie était noire et allait parfaitement avec sa tunique ajustée et sa jupe noire, dont la taille était soulignée par une ceinture.

Elle était aussi allée chez le coiffeur et avait obtenu qu'il donne un peu plus de volume à ses cheveux. Cela les mettait en valeur quand elle les portait dénoués, ce que Riley aimait spécialement à en croire ce qu'il lui avait dit. Depuis hier, plusieurs personnes l'avaient complimentée pour cette nouvelle coupe.

Comme elle ne savait pas s'ils passeraient la nuit chez lui ou chez elle, elle avait préparé un petit sac avec ses affaires. Mais elle avait aussi pris grand soin d'apprêter sa chambre en ornant son lit de draps de soie neufs et en disposant quelques bougies parfumées. Bien sûr, sa maison était bien modeste en comparaison de celle de Riley qui était tout simplement époustouflante, mais elle en était fière néanmoins. Toutes les pièces étaient accueillantes et bien aménagées.

De toute façon, l'endroit où habitait Riley ne pouvait être comparé à aucun autre. Il y avait une véritable salle de cinéma, mais aussi un salon dédié à la musique qui était équipé du meilleur système hi-fi qui soit et au milieu duquel trônait un piano à queue. D'après le récit de Riley, c'était sa mère, diplômée en musique, qui avait enseigné le piano à ses sept fils. Après sa mort, Dillon avait engagé un professeur particulier afin qu'il poursuive ce qu'elle avait si bien commencé.

Alpha sentit son cœur tressaillir lorsqu'elle entendit la sonnette de la porte d'entrée. Riley avait un quart d'heure d'avance.

Promenant une dernière fois son regard autour d'elle, elle fut satisfaite de l'allure qu'elle avait donnée à sa chambre. Le drap bleu et les coussins décoratifs qui ornaient son lit étaient du plus bel effet et les deux lampes de chevet dispensaient une lumière tamisée grâce à leurs nouvelles ampoules. L'atmosphère n'aurait pas pu être plus romantique.

Il ne lui restait plus qu'à espérer que Riley serait du même avis s'il venait jusqu'ici.

— J'espère que je n'arrive pas trop tôt, articula difficilement Riley. Je suis parti en avance, de peur d'être pris dans la circulation.

Son souffle s'était coupé à la seconde où Alpha lui avait ouvert la porte. Sa tenue et sa nouvelle coupe de cheveux la rendaient encore plus sexy que la dernière fois qu'il l'avait vue, et s'il devait se fier aux efforts qu'elle avait fait pour être aussi séduisante, il croyait comprendre qu'elle était prête à le suivre dans le jeu qu'il lui avait proposé.

Les yeux fixés sur elle, il ne put s'empêcher de détailler ses courbes si bien mises en valeur par ses vêtements.

— Non, tu n'es pas en avance. Je te demande juste une seconde, je vais chercher mon manteau. Entre.

Elle s'effaça pour le laisser passer et referma la porte derrière lui.

— Prends ton temps, Alpha. Nous ne sommes pas pressés.

— Merci.

Ce ne fut que lorsqu'elle disparut de son champ de vision qu'il retrouva son souffle. Dieu qu'elle était belle. Dévoré par le désir, il ne savait si le fait de penser à la manière dont finirait la soirée devait l'apaiser ou l'exciter davantage. En tout cas, il était tout prêt à lui laisser le choix du lieu afin qu'elle se sente aussi à l'aise que possible.

— Voilà, je suis prête.

— Parfait.

— Je pense que c'est le moment pour moi de te demander si je vais revenir ici ce soir, dit-elle en rougissant adorablement.

— C'est comme tu préfères. Peu m'importe l'endroit où nous ferons l'amour, répondit-il en plongeant les yeux dans les siens.

Il vit que son franc-parler la faisait rougir un peu plus. Et quand, par nervosité, elle se passa machinalement la langue sur les lèvres, il comprit qu'il devait la faire sortir d'ici sans tarder s'il voulait leur donner l'occasion de découvrir ce nouveau restaurant.

— J'aimerais revenir ici, dit-elle tout bas.

— Alors nous reviendrons ici. Prête à partir ?

Elle acquiesça et le mena jusqu'à la porte. Une chose était sûre, il était temps qu'ils quittent cette brûlante intimité.

— Bienvenue, monsieur Westmoreland. Votre table est prête.

— Merci, Pierre, répondit Riley en confiant son manteau à l'homme qui les accueillait.

Il aida ensuite Alpha à ôter le sien et le lui tendit également.

— Bienvenue, madame. C'est un honneur pour nous de recevoir une femme aussi éblouissante, la complimenta-t-il d'une voix distinguée qui s'accordait avec son âge mûr.

— Merci, répondit-elle en souriant.

— Veuillez me suivre, les invita-t-il en prenant deux cartes sur le comptoir.

Alpha regarda autour d'elle avec émerveillement. L'atmosphère de cette brasserie typiquement française était encore plus magique qu'elle l'avait imaginé, et elle ne regrettait pas d'avoir attendu d'y venir avec Riley pour la découvrir.

Tandis que Pierre les guidait à travers la grande salle, elle admira le long mur de brique rouge orné d'étagères sur lesquelles trônaient des verres en cristal et des bouteilles de grands crus. Chaque table était couverte d'une nappe rouge et éclairée par une petite lanterne, et de chaque côté de la grande cheminée étaient exposées des toiles de maîtres.

Au lieu de les placer à l'une des tables libres situées au milieu de la salle, Pierre les escorta jusqu'au fond du restaurant. Là, il les fit entrer dans une pièce isolée au centre de laquelle une table pour deux avait été dressée.

Sans laisser le temps à leur hôte de le faire, Riley s'approcha d'elle et tira légèrement sa chaise pour lui permettre de s'asseoir.

— Ta tenue est superbe, lui murmura-t-il à l'oreille. Mais je suis impatient de la faire disparaître.

Une fois encore, elle ne put s'empêcher de rougir sous l'effet de sa voix sensuelle.

Quand il fut assis en face d'elle, Pierre leur tendit les menus et leur fit part de ses conseils. Puis Riley commanda une bouteille de vin rouge que Pierre s'empressa de leur rapporter.

— Je vais vous laisser faire votre choix, dit-il quand il les eut servis.

Sur ces mots, il sortit, les laissant en tête à tête.

— Tout a l'air absolument délicieux, dit-elle en lisant la carte. Que me recommandes-tu ?

— A quel sujet ?

En levant les yeux vers lui, elle vit qu'il était en train de la dévorer du regard.

— Je parle du menu, Riley, dit-elle en riant.

— Ah ! Dans ce cas…

Il prit sa respiration et lui énuméra une longue liste de

plats. Mais plus que les mots qu'il prononçait, c'était le son de sa voix qu'elle écoutait. Sa voix profonde et sensuelle, chargée de promesses. Elle ne cessait de penser à la nuit qu'ils allaient passer et, même si elle profitait de chaque instant, elle avait hâte de se retrouver enfin dans l'intimité avec Riley.

— Alors, quel est ton choix ?

Elle aurait été bien en peine de lui répondre.

— Je te laisse décider à ma place.

A ce moment, Pierre revint et leur resservit du vin avant de noter leur commande. Puis il s'éclipsa de nouveau. C'est alors qu'Alpha prit le temps d'observer la petite salle dans laquelle ils étaient installés. Elle offrait une vue imprenable sur le pic Pikes, et ce spectacle visuel mêlé à la musique suave qui s'échappait de haut-parleurs dissimulés dans le décor lui procurait une délicieuse sensation de bien-être. Le feu qui brûlait dans la cheminée apportait encore plus de charme à ce cadre à la fois élégant et intime, et si elle avait eu le moindre doute sur la tonalité de leur rendez-vous, elle ne pouvait plus en avoir aucun à présent.

— Cet endroit est ravissant.

— Je suis heureux que tu l'aimes. Dis-moi, Alpha, je me posais une question, ajouta-t-il après une pause. Sais-tu skier ?

Pourquoi diable posait-il cette question à Alpha ? se demanda Riley, agacé contre lui-même. Sans doute dans le seul but de faire la conversation. Il n'avait pas pu penser à son voyage à Aspen en lui parlant de montagne, puisque de toute façon il aurait cessé de la fréquenter d'ici là.

— Non, je ne sais pas skier.

Sa réponse était loin de le surprendre.

— Est-ce que tu aimerais apprendre ?

— Le ski ne va pas sans le froid et la neige, fit-elle observer en souriant. Alors non, je ne crois pas que je voudrais apprendre.

— Et si je te promettais de te tenir chaud ? lui offrit-il, sans savoir pourquoi il insistait autant.

— Je ne crois pas que tu puisses me réchauffer suffisamment, répliqua-t-elle en riant.

— Mais si je le pouvais ?

— Tu ne peux pas.

Son insistance lui fit l'effet d'un défi à relever.

— Nous verrons bien.

Inclinant légèrement la tête, elle le regarda avec curiosité.

— Mais dis-moi, quel avantage trouves-tu au ski ? Il paraît que ce n'est même pas vraiment du sport.

Il la regarda porter son verre de vin à ses lèvres. Chacun de ses gestes était tellement gracieux, tellement sensuel.

— Ce n'est pas vrai. Tu t'en rendrais compte si tu essayais.

Il prit à son tour une gorgée de vin avant de commencer à lui raconter la première fois qu'il avait chaussé des skis.

— J'avais sept ans et mon père et mon oncle avaient emmené leurs fils à la montagne pour leur faire prendre des leçons par un professionnel. Sans doute craignaient-ils que nous prenions des risques inconsidérés si nous ne recevions pas un enseignement sérieux, précisa-t-il en riant. Ces souvenirs de vacances au ski en famille font partie des plus beaux de mon enfance. C'est peut-être pour cette raison que j'aime autant cela aujourd'hui. J'imagine que ta sœur et toi gardez aussi certains souvenirs précieux de votre enfance, ajouta-t-il en remarquant son regard nostalgique.

— Oui, bien sûr, approuva-t-elle d'une voix douce.

Mais, une fois encore, elle évita soigneusement de lui apprendre quoi que ce soit sur sa famille. Il n'avait aucune raison d'y attacher de l'importance, mais en réalité il avait envie de mieux la connaître. Or, tout ce qu'il savait était que ses parents étaient vétérinaires, qu'ils avaient voulu qu'elle embrasse la même carrière, mais avaient tout de même accepté son changement de projet professionnel. Quant à sa sœur, elle en parlait si peu qu'il en venait à penser qu'elles n'étaient pas proches l'une de l'autre.

Toutefois, ce qui l'intriguait le plus était la marque de bague qu'elle avait à la main gauche. Mais au moment où il allait aborder le sujet, Pierre revint avec leurs entrées.

Les escargots au beurre persillé, la sauce et les artichauts avaient l'air succulents, et quand ils furent de nouveau seuls, ils dégustèrent quelques bouchées avant de reprendre leur conversation. Il n'avait pas oublié la question qu'il avait été sur le point de lui poser.

— Alpha, je peux te demander quelque chose ?

— Bien sûr, répondit-elle en exprimant tout son plaisir de manger un met aussi délicat.

— En réalité, j'ai deux questions à te poser. J'ai remarqué que tu avais porté une bague, as-tu été mariée ?

Elle se figea.

— C'est important ? s'étonna-t-elle.

— Non. Je suis curieux, c'est tout.

— Je n'ai jamais été mariée, confia-t-elle, mais jusqu'à il y a un an, j'étais fiancée.

— Que s'est-il passé ? osa-t-il lui demander.

Elle mit un moment à lui répondre.

— Nous sommes convenus que cette union n'était pas une bonne idée, en fin de compte.

Elle se montrait si évasive qu'il n'arrivait pas à savoir qui avait pris la décision de rompre. Etait-ce son fiancé ou elle ? Peu importait, après tout. Il se souciait seulement de savoir si elle avait souffert de leur séparation. Mais il ne pouvait regretter que ce mariage n'ait pas eu lieu, puisque cela lui valait de passer cette soirée en tête à tête avec elle.

— Quelle était ton autre question ? demanda-t-elle avant de continuer à savourer son entrée.

Il sourit en comprenant que sa première réponse n'irait pas plus loin.

— Pourquoi n'aimes-tu pas parler de ta famille ?

Elle s'immobilisa de nouveau.

— Je t'ai parlé de ma famille, le contredit-elle.

— Très peu.

— Je t'ai dit que mes parents avaient une clinique vétérinaire à Daytona et que j'avais une sœur.

— Est-ce qu'elle vit toujours ?

— Qui ?

— Ta sœur.

— Oui, évidemment. Pourquoi cette question ?

— Parce que tu ne parles jamais d'elle. Où habite-t-elle ? Est-elle mariée ? A-t-elle des enfants ?

Il crut percevoir une lueur étrange dans son regard. Puis elle baissa de nouveau les yeux sur son assiette.

— Omega vit à Paris, au Texas. Elle a épousé un homme formidable et ils prévoient de fonder une famille.

— Etes-vous proches toutes les deux ?

— Oui, très proches.

Elle avait accepté de répondre à ses questions et il n'avait pas envie de la mettre de mauvaise humeur, si bien qu'il n'insista pas davantage.

— Alors, tu aimes les escargots ? lui demanda-t-il.

— Oui, c'est exquis.

Il sourit en voyant une petite tache sur son menton.

— Approche-toi.

Il prit sa serviette et tendit la main mais, au dernier moment, ce fut avec la pointe de sa langue qu'il fit disparaître la petite goutte de beurre fondu.

— Voilà, murmura-t-il d'une voix rauque. Il n'y a plus rien.

Tout en se redressant, elle le fixa avec surprise.

— Merci.

— Je recommence quand tu veux. J'adore le goût de ta peau.

— C'est celui du beurre persillé que tu as senti.

— Le beurre est très bon, mais ta peau est encore meilleure. J'ai hâte de pouvoir l'explorer en toute liberté.

Elle rougit et prit une autre gorgée de vin, comme pour retrouver son assurance.

— Tu ne devrais pas trop boire, la taquina-t-il. J'ai besoin que tu sois en pleine possession de tes moyens, ce soir.

— Souhaitez-vous autre chose, monsieur Westmoreland ?

Riley et Alpha avaient tous les deux décliné la proposition

de Pierre de leur apporter la carte des desserts, et à présent celui-ci venait de finir de débarrasser leur table.

— Non, merci, Pierre. Ce sera tout. Assurez-vous seulement que nous ne soyons pas dérangés tant que nous serons ici, s'il vous plaît.

— Bien sûr, monsieur.

Dès qu'elle fut seule avec lui, elle se sentit assaillie par une vague brûlante. Et lorsque Riley se leva pour contourner la table et s'approcher d'elle, son cœur se mit à battre à tout rompre.

Il lui sourit et tendit la main vers elle.

— Danse avec moi, l'invita-t-il d'une voix profonde.

Elle mit sa main dans la sienne au moment où, comme par magie, le volume de la musique augmentait sensiblement. Il l'attira alors contre elle, lui laissant tout le loisir de sentir la chaleur qui émanait de son corps puissant. La main sur son épaule, la tête au creux de son cou, elle se laissa aller au rythme doux et chaloupé de la chanson qui passait. La tension érotique qu'il y avait entre eux était plus intense que jamais à cet instant, et elle eut l'étrange et délicieuse sensation d'être mieux que nulle part ailleurs entre ses bras.

Comme ils se rapprochaient instinctivement l'un de l'autre, elle sentit son érection et se cambra légèrement en ondulant les hanches. Il laissa alors échapper un murmure d'excitation, attisant le désir irrépressible qu'elle éprouvait pour lui. Comment le simple fait de danser avec un homme pouvait agiter à ce point ses émotions ? C'était si bon d'être contre lui, de respirer son parfum et de se laisser envelopper par ses bras protecteurs… Jamais elle n'avait eu autant envie d'un homme.

Lorsque la chanson prit fin, elle leva les yeux vers lui et le mouvement de leurs corps ralentit. Ses yeux brillaient de désir. Il descendit doucement les mains pour lui caresser les fesses, lui arrachant à son tour un soupir d'excitation. Son regard ardent ajouté à ses gestes la transportait dans un tel tourbillon de sensations qu'elle préféra détourner les yeux pour retrouver son sang-froid autant que possible.

La joue de nouveau contre son torse, elle ne put s'empêcher de rêver de la nuit voluptueuse qui s'annonçait. Et de toutes les autres nuits qui allaient suivre au cours des six prochaines semaines. Elle savait parfaitement dans quel type de liaison elle s'aventurait et elle était toute prête à l'assumer. Elle n'aurait aucun regret le jour où leurs chemins se sépareraient, puisqu'il n'était pas question d'amour entre eux. Elle n'était plus la jeune fille naïve qui s'était prise pour la femme la plus chanceuse du monde le jour où Edward Swisher, le fils de l'une des plus grandes familles de Daytona, l'avait invitée à sortir avec lui. Son expérience avec LeBron, puis avec Eddie, lui avait appris à rester sur ses gardes et elle était bien décidée à ne plus jamais offrir son cœur à un homme.

Comme ils continuaient à danser, il serra les bras autour d'elle et avança la cuisse entre ses jambes, lui faisant sentir l'intensité de son désir viril. Tremblante d'excitation, elle serra alors les mains sur ses épaules et leva les yeux vers lui. Elle rencontra son regard brûlant et, un instant plus tard, il inclinait la tête pour prendre possession de sa bouche. Elle répondit aussitôt à son baiser, se laissant guider par les sensations incroyables qui l'envahissaient. Plus rien d'autre ne comptait, ni le fait de savoir que la salle voisine était pleine de monde, ni la conscience que Pierre savait sans doute parfaitement ce qu'ils étaient en train de faire. Seul lui importait le plaisir d'être seule avec Riley, entre ses bras, le corps en feu sous l'effet de ses baisers brûlants.

Lorsqu'il écarta ses lèvres des siennes, ils reprirent tous deux leur souffle tandis qu'il reposait son front contre le sien.

— Alpha, je ne sais pas ce que tu m'as fait, susurra-t-il tout contre sa bouche. Si tu savais à quel point j'ai envie de t'allonger sur cette table et de te faire l'amour, comme j'en rêve depuis que je t'ai vue.

A cet instant, les battements de son cœur se firent encore plus effrénés. Elle savait qu'ils éprouvaient autant de désir l'un que l'autre, et elle avait bien l'intention de s'abandonner à l'expérience qu'il lui offrait. Elle voulait passer avec lui les nuits les plus brûlantes, sans avoir à se soucier du lendemain ou de l'avenir de leur relation. Cela lui paraissait simple, naturel, infiniment excitant.

Jamais elle ne s'était sentie aussi libre, aussi heureuse d'être partie à des milliers de kilomètres de ses parents. Là où ils étaient, ils ne pouvaient pas surveiller ses moindres faits et gestes et donner leur avis sur ses fréquentations.

— Et si je te ramenais chez toi ? murmura-t-il. Tu te sens prête ?

Si elle voulait renoncer à leurs projets pour ce soir, c'était maintenant sa dernière chance de le faire. Mais elle avait plus envie que jamais de le conduire dans sa chambre.

— Oui, je suis prête.

Il se redressa légèrement et fixa les yeux sur les siens, comme s'il cherchait à lire en elle.

— Tu en es bien sûre ? Je te préviens, j'ai l'intention de t'emmener pour un long voyage.

C'était exactement ce qu'elle attendait de lui, songea-t-elle en acquiesçant. Et elle allait chasser toutes ses inhibitions pour lui.

— Je devrais peut-être te poser la même question, Riley. Tu es sûr que tu es prêt, toi aussi ?

Il lui prit la main et l'attira doucement contre son sexe durci.

— Qu'en penses-tu ?

Elle sourit. Oh ! Oui, il était prêt. Et le geste qu'il venait d'avoir ne la rendait que plus impatiente d'être nue contre lui. C'était si excitant qu'elle ne put se résoudre à ôter sa main et se mit à le caresser lentement.

— Alpha, si tu continues, articula-t-il, je ne pourrai pas attendre d'être chez toi. Je vais te faire l'amour ici et maintenant.

C'est alors qu'elle s'entendit prononcer la plus folle des réponses.

— Fais-le.

— Qu'est-ce que tu as dit ? demanda-t-il en la regardant avec stupéfaction.

— Fais-le, lui répéta-t-elle à l'oreille. Fais-le maintenant.

En percevant son souffle saccadé, elle comprit qu'il avait bien entendu, cette fois.

— Alors viens me chercher, la défia-t-il d'une voix rauque.

Sans détourner les yeux, elle fit descendre sa fermeture Eclair et continua à le caresser à travers le tissu de son boxer, jusqu'au moment où il s'écarta pour ôter son pantalon et son caleçon. Il avait trouvé le temps de sortir un préservatif.

— Maintenant relève ta jupe pour moi, mon trésor.

Elle fit ce qu'il lui demandait, dévoilant le haut de ses bas, puis sa petite culotte en dentelle noire. Il posa alors les mains sur elle et la fit glisser le long de ses jambes.

— Voilà ce dont j'ai tant rêvé, murmura-t-il en contemplant sa nudité. Tu es tellement belle.

Comme si le fait de la regarder ne lui suffisait plus, il avança la main et lui caressa le sexe avant d'insérer un doigt en elle. Elle ouvrit machinalement les cuisses, l'invitant à entrer plus profondément, ce qu'il fit tout en l'embrassant passionnément. Puis il mit les bras autour de sa taille et la souleva.

— Mets tes jambes autour de moi.

Suivant ses instructions, elle sentit contre elle la pointe de son érection. Alors elle bascula le bassin et laissa échapper un soupir de plaisir quand il la pénétra. Il était si puissant, si viril.

— Maintenant je veux continuer à danser avec toi.

Sur ces mots, il se remit à bouger au rythme de la musique, provoquant en elle les sensations les plus étourdissantes. Il la portait avec facilité, comme si elle était aussi légère qu'une plume, et elle se laissa aller à bouger contre lui tout en l'entourant fermement de ses bras et de ses jambes.

Jamais elle n'avait ressenti autant de plaisir. Sa présence masculine en elle, son parfum, sa force, tout en lui attisait le feu qui brûlait en elle depuis qu'elle l'avait rencontré.

Elle ferma les yeux et sentit bientôt un mur contre son dos.

— Je ne vais pas pouvoir continuer comme ça longtemps, dit-il à voix basse.

La mettant en appui contre le mur, il se mit à aller et venir en elle, doucement d'abord, puis de plus en plus fort, de plus en plus vite. Son mouvement expert lui fit perdre toute notion de la réalité. Incapable de réfléchir, elle se laissait emporter dans un tourbillon de plaisir.

Les secondes s'écoulèrent, jusqu'au moment où elle sentit tout son corps se raidir et une plainte monter en elle. Comme elle commençait à gémir, il plaqua la bouche contre la sienne et, dans un dernier assaut, les transporta tous les deux au sommet du plaisir. Se resserrant autour de lui, elle dut lutter pour ne pas laisser échapper un cri d'extase.

Elle ne pouvait croire à ce qu'elle venait de vivre. Et pourtant, Riley était bien là, toujours en elle et les mains serrées sur ses fesses. C'était comme un rêve magique, mais tout était bien réel.

Reposant la tête contre le mur, elle le regarda dans les yeux en caressant son torse musclé. Ils demeurèrent ainsi un moment, le temps de retrouver leur souffle. Elle lisait encore sur son visage toute l'excitation qu'elle éprouvait elle-même. Loin de les apaiser, cet instant n'avait fait qu'accroître leur désir.

Finalement, il la soutint pour qu'elle se remette debout et se baissa pour ramasser sa petite culotte. Pendant qu'elle lissait le tissu de sa jupe, il se rhabilla à son tour puis se tourna vers elle avec un sourire chargé de promesses.

— Es-tu prête à entrer dans le jeu du plaisir ?

— Je suis plus que prête.

— Je vais demander à Pierre de nous rapporter nos manteaux. Il est temps que nous retournions chez toi.

Elle n'allait pas le contredire sur ce point.

- 10 -

Pendant le trajet qui les menait chez Alpha, Riley dut rassembler toutes ses forces pour garder le contrôle de lui-même. Ce n'était pas son 4x4 qu'il conduisait aujourd'hui, mais sa Lexus sport. Un modèle de luxe qui était en parfaite harmonie avec la femme sublime qui se tenait à côté de lui, mais qui leur offrait une intimité beaucoup trop grande pour qu'il puisse se concentrer aisément sur la route.

Incapable de résister à la tentation, il la contempla du coin de l'œil. Sa jupe remontait sur ses cuisses, découvrant ses jambes superbes et lui rappelant le plaisir qu'elle lui avait donné quelques minutes plus tôt.

Mais, même si elle le rendait fou de désir, il n'était pas séduit que par son corps divin. Il avait passé un merveilleux moment à table avec elle, et toutes les conversations qu'ils avaient eues jusqu'à présent avaient été aussi plaisantes qu'enrichissantes. Ils avaient beau avoir un passé très différent l'un de l'autre, leurs opinions et leur sensibilité se rejoignaient sur de nombreux sujets.

Si elle s'était montrée toujours aussi réticente à parler de sa famille, elle avait continué à l'interroger sur la sienne, si bien qu'il avait été amené à mentionner ses cousins d'Atlanta, du Texas et du Montana. Il lui avait fait part du bonheur que toute la famille éprouvait à la perspective du mariage de Megan au mois de juin, qui serait une occasion de se réunir. Du reste, il n'avait pas été étonné d'apprendre qu'Alpha avait reçu un coup de téléphone de Megan qui envisageait de faire appel à elle pour l'organisation de la cérémonie.

Il lui avait aussi parlé de son arrière-grand-père, Raphel,

sur qui Megan avait fait des recherches avec Rico Claiborne, le détective privé qui allait justement devenir son mari. Ensemble, ils s'étaient rendus au Texas et avaient découvert que Raphel avait eu un enfant avant d'épouser leur arrière-grand-mère, ce qui signifiait qu'ils ne connaissaient peut-être pas encore toute leur famille.

Il soupira en voyant que la circulation ralentissait à la sortie d'une salle de concerts. Décidant de prendre un raccourci, il tourna et arriva bientôt au cœur d'un quartier commerçant. Les vitrines de Noël illuminaient les rues et eurent le mérite de le distraire un instant du spectacle que lui offraient les jambes d'Alpha. Mais en s'arrêtant à un feu rouge, il regarda de nouveau vers elle et frissonna de désir en voyant ses cuisses sensuelles.

— Je préfère te prévenir, Alpha. Si la tentation est trop forte, je risque de me garer sur le bord de la route et de te faire l'amour sur ce siège.

Elle renversa la tête en arrière et laissa échapper un rire incrédule.

— Ce serait amusant de voir les gros titres demain si le shérif nous découvrait dans cette situation.

— Crois-moi, nous pouvons faire confiance au shérif Harper, assura-t-il sans cesser de la dévorer du regard. C'est un très bon ami de Dillon, et ce ne serait pas la première fois qu'il trouverait un Westmoreland arrêté au bord de la route.

— C'est une habitude familiale ?

— Ce n'est arrivé qu'à Bane. Tu ne peux pas imaginer le nombre de fois où le shérif l'a ramené à la maison après l'avoir surpris dans une voiture avec Crystal.

— Crystal ?

— Oui, Crystal Newsome. Ils ont vécu une véritable passion tous les deux, raconta-t-il avec tristesse. Ils sont tombés amoureux alors qu'ils n'étaient encore que des enfants, ce qui rendait M. Newsome fou de rage. Non seulement parce que Bane avait quatre ans de plus que sa fille, mais surtout parce qu'elle disait à qui voulait l'entendre que sa première expérience serait forcément avec lui, alors qu'elle n'avait pas du tout l'âge de penser à ces choses-là. Son père n'était pas d'accord pour qu'elle ait une aventure avec un Westmoreland.

— Pourquoi ?

— A cause d'une vieille rancune familiale qui remonte à la génération de nos grands-parents. Cette histoire a coûté cher à Crystal et Bane.

— Que s'est-il passé ?

— Un jour, Carl Newsome en a eu assez que sa fille se sauve en pleine nuit ou fasse l'école buissonnière pour aller retrouver Bane. Comme elle n'avait que quinze ans et que Bane en avait dix-neuf, il a obtenu une injonction contre Bane. S'il s'approchait de Crystal à moins de deux kilomètres, il risquait la prison. Inutile de dire qu'il n'a tenu aucun compte de l'ordonnance du juge. Ils ont continué à se voir en cachette pendant des années, jusqu'au jour où ils se sont enfuis ensemble. Bane avait vingt-deux ans mais Crystal n'avait pas encore fêté son dix-huitième anniversaire.

— Où se sont-ils enfuis ?

— Pas loin. On les a retrouvés avant qu'ils aient eu le temps de se marier.

C'était du moins le récit que leur avait fait Bane.

— Après cela, M. Newsome a envoyé sa fille vivre chez des parents éloignés et Dillon a convaincu Bane qu'il était temps qu'il fasse quelque chose de sa vie au lieu de causer des ennuis autour de lui. Perdre Crystal l'a presque détruit, dit-il après une pause. Il n'avait pas la moindre idée de l'endroit où elle se trouvait. Nous avons réussi à le convaincre de ne pas partir à sa recherche, d'attendre au moins qu'ils aient mûri tous les deux et qu'ils puissent décider de leur avenir en toute liberté et en toute conscience. Il a intégré la Navy aujourd'hui et se prépare à intégrer un commando d'élite.

— Tu crois qu'il cherchera à retrouver Crystal un jour ? Qu'ils seront de nouveau ensemble ?

— J'en suis plus que certain.

— Cela n'a pas l'air de te faire très plaisir.

Elle était observatrice, à n'en pas douter.

— Non, c'est vrai. Cette séparation forcée lui a fait

tellement de mal… Je me demande si cet amour n'est pas excessif et nocif pour lui. Mais tu as raison, reprit-il après un silence. Un jour, il partira à sa recherche, et il la trouvera. Je crains seulement que ces retrouvailles le fassent de nouveau souffrir. Il est fort probable que Crystal soit passée à autre chose et que Bane ne soit plus qu'un souvenir pour elle.

Mettant fin à son récit, il s'efforça de chasser ces pensées de son esprit. Il avait toujours de la peine en pensant à l'histoire de Bane et Crystal, et il refusait de laisser quoi que ce soit venir ternir la merveilleuse soirée qu'il passait avec Alpha.

Mais n'avait-il pas tout intérêt à se remémorer leur histoire justement ? Au moins, le souvenir de la douleur de son frère aurait toujours le mérite de lui rappeler qu'il ne devait pas tomber amoureux. Jamais il ne subirait une telle torture, il se l'était promis.

En regardant Alpha, il vit qu'elle paraissait en pleine réflexion. Avait-elle des regrets ? Il allait bientôt le savoir, songea-t-il en tournant dans l'allée qui menait à sa maison.

Alpha ne cessait de repenser à ce qu'il s'était passé au restaurant entre Riley et elle. S'il y avait une danse qu'elle n'oublierait jamais, c'était bien celle qu'il lui avait offerte. Dans ses bras, elle avait eu l'impression que plus rien n'existait autour d'eux. Elle ne s'était jamais sentie aussi audacieuse ni aussi libre. En réalité, Riley lui faisait découvrir des facettes d'elle-même qu'elle n'avait jamais soupçonnées. Et pour ce qui était du plaisir qu'il lui avait promis, elle savait maintenant qu'il allait dépasser tout ce qu'elle avait pu imaginer. Aucun homme ne lui avait fait l'amour de cette façon auparavant, et ce n'était que le début.

Non sans surprise, elle vit qu'ils étaient déjà arrivés devant chez elle. Elle avait été trop plongée dans ses pensées pour faire attention au paysage qui défilait.

Elle se tourna vers Riley et vit que son regard brûlant était intensément fixé sur elle. Pourquoi se sentait-elle aussi troublée chaque fois que ses yeux rencontraient les siens ?

Sans rien dire, il se pencha vers elle et prit son menton entre ses doigts.

— Je voudrais pouvoir te présenter mes excuses pour ce qu'il s'est passé au restaurant, Alpha, mais je ne peux pas le faire. J'ai beaucoup trop aimé faire l'amour avec toi pour avoir le moindre regret.

Surprise par sa remarque, elle essaya de lire au fond de son regard. Croyait-il qu'elle s'en voulait d'avoir cédé au désir ?

— Riley, tu n'as aucune excuse à me présenter. C'est moi qui t'ai incité à le faire. Et au cas où tu ne l'aurais pas remarqué, ajouta-t-elle en souriant, je t'assure que j'ai aimé ça aussi.

— J'en suis très heureux.

Il s'approcha d'elle et posa les lèvres sur les siennes. Son baiser était si délicieux, si intense qu'elle brûlait de s'abandonner de nouveau entre ses bras. Il avait encore tellement de choses à lui faire découvrir, tellement de plaisir à lui donner.

Finalement, il se redressa légèrement et la caressa du regard.

— En te voyant si silencieuse, j'ai cru un instant que tu avais des regrets.

— J'étais seulement en train de revivre mentalement ce moment de plaisir.

Un sourire éclaira son visage.

— Alors permets-moi de t'en donner encore, susurra-t-il.

Il sortit et contourna la voiture pour venir ouvrir sa portière. Ivre de désir, elle marcha avec lui jusqu'à la porte et chercha fébrilement sa clé dans son sac. Elle voulut l'insérer dans la serrure, mais sa main tremblait trop et ce fut Riley qui la prit finalement pour ouvrir.

Ils traversèrent l'entrée et y laissèrent leurs manteaux avant de rejoindre le salon. Le feu brûlait encore et réchauffait l'atmosphère. Elle allait se retourner pour proposer à Riley quelque chose à boire, mais à cet instant elle sentit sa présence juste derrière elle. Sans lui laisser le temps de parler, il noua les bras autour d'elle et l'attira contre lui, pressant son érection contre ses fesses.

— Je veux te faire l'amour devant la cheminée, lui murmura-t-il à l'oreille.

Il la fit tournoyer sur elle-même pour la placer face à lui.

— Cela me paraît une très bonne idée, dit-elle en se hissant sur la pointe des pieds pour l'embrasser.

Ce fut elle qui prit le contrôle de leur baiser cette fois-ci, cherchant à lui faire sentir à son tour ce qu'elle éprouvait quand il prenait possession de sa bouche. Et, à en juger par ses soupirs rauques et la pression de ses mains puissantes sur ses hanches, ce qu'elle faisait lui plaisait.

Leur baiser se fit de plus en plus brûlant, jusqu'au moment où ils commencèrent à se déshabiller mutuellement. C'est alors que, faisant quelques pas en arrière, elle le vit nu pour la première fois. Ses larges épaules, ses jambes longues et musclées, son torse puissant, tout son corps était un appel au plaisir.

Quand son regard se posa sur son sexe, elle remarqua qu'il avait déjà mis un préservatif.

— Est-ce que tu fais ça souvent ? lui demanda-t-elle tandis qu'il avançait vers elle à la manière d'un félin.

— Quoi donc ?

En disant ces mots, il se plaqua contre elle et glissa la jambe entre ses cuisses.

— Te promener avec un préservatif sur toi, articula-t-elle difficilement.

Il eut un rire rauque.

— Seulement quand je sais que je vais en avoir besoin. Le jour où je l'ai oublié, il y a très longtemps, j'ai été si tracassé pendant quelque temps que je me suis promis que cela n'arriverait plus jamais.

Elle aurait pu le rassurer en lui disant qu'elle prenait la pilule, mais cela n'aurait sans doute pas fait de différence à ses yeux. Une grossesse n'était pas la seule conséquence éventuelle dont il fallait se préoccuper.

— Que tu sens bon, soupira-t-il en enfouissant le visage dans ses cheveux.

— Moi aussi j'adore ton parfum.

Il l'embrassa encore et, dans une étreinte envoûtante, la fit s'agenouiller avec lui juste devant le feu. Tandis qu'il la dévorait de baisers, elle lui caressa le torse, savourant le contact de sa peau brûlante sous ses doigts.

Bientôt, il abandonna ses lèvres et promena sa langue sur son cou. Alors elle se cambra machinalement en s'appuyant sur les coudes, si bien que ses hanches se soulevèrent de l'épais tapis sur lequel ils s'étaient effondrés.

— Ne bouge plus, dit-il en fixant sur elle son regard intense. Cette position est parfaite.

En sentant le frisson qui lui traversait le corps, Riley dut une nouvelle fois se rendre à l'évidence : jamais il n'avait désiré une femme à ce point. Ses seins ronds et fermes, ses hanches délicieusement féminines et ses longues jambes fines, tout en elle était fait pour le rendre fou d'excitation.

Quand il eut contemplé son corps sublime, il se pencha au-dessus d'elle et prit ses mamelons entre ses lèvres, l'un après l'autre, non sans se délecter des gémissements qu'elle laissait échapper. Tout en passant la langue sur ses seins, il se mit à la caresser encore et encore, puis glissa la main entre ses cuisses pour toucher son sexe. La trouvant humide et brûlante, il inséra un doigt en elle.

— Oh ! Riley, l'entendit-il soupirer tandis qu'elle passait la main dans ses cheveux.

Il redressa la tête et rencontra son regard brûlant, qui semblait refléter son propre désir. Puis il passa la langue entre ses seins et descendit le long de son ventre, lentement, pour s'arrêter entre ses cuisses. Là, il ôta sa main et plaqua la bouche contre son sexe, lui arrachant un cri de plaisir. Tandis qu'elle enfonçait les doigts dans ses cheveux en gémissant, il la pénétra avec sa langue et lui saisit les hanches pour contenir ses mouvements d'excitation.

Quand il sentit ses cuisses trembler contre lui, il comprit qu'elle était proche de l'extase. Alors il accentua les mouvements de sa langue, jusqu'au moment où son corps se raidit et où elle poussa un long cri rauque.

Après quelques secondes, elle retomba sur le sol, le souffle court. Il la laissa ainsi un instant, puis s'allongea au-dessus d'elle en se plaçant entre ses jambes.

— Alpha ?

Elle releva lentement les paupières et le regarda. Il sentit alors un long frisson le traverser, sans savoir pourquoi elle le bouleversait autant. Même s'il était conscient que, étendue nue dans la lumière des flammes, elle était plus belle que jamais.

— Riley, murmura-t-elle en prenant son visage entre ses mains, c'était extraordinaire.

Il se retint de lui dire que c'était elle qui était extraordinaire. Au lieu de cela, il lui souleva les hanches et la pénétra doucement et fermement à la fois. Elle poussa alors un long gémissement et enroula les jambes autour de lui en le serrant contre elle. Il resta immobile quelques instants, puis se mit à aller et venir en elle tout en lui susurrant des mots érotiques à l'oreille. Peu à peu, elle se mit à onduler en même temps que lui et ils trouvèrent leur rythme. Celui de leur plaisir.

Comme ils bougeaient et soupiraient de plus en plus fort, elle ne tarda pas à atteindre le plaisir suprême. Se resserrant autour de son sexe, elle s'agrippa à Riley et cria son nom, non sans l'entraîner dans le tourbillon de son orgasme.

Jamais il n'avait connu une sensation aussi forte, aussi incontrôlable. Comment pouvait-elle avoir autant de pouvoir sur lui ? Il ne pouvait pas se permettre de se laisser ainsi dominer. Il refusait d'entrer dans la même spirale que Bane.

Heureusement, songea-t-il aussitôt, il en était loin. Il ne s'agissait que de plaisir et, ce soir, il avait bien l'intention d'en recevoir et de lui en donner aussi longtemps qu'ils en auraient la force.

Prenant possession de sa bouche, il sentit que la jouissance n'avait pas mis fin à son érection et il se remit à bouger en elle. C'est alors qu'il se sentit partir vers un univers inconnu, là où rien d'autre que leur plaisir n'existait et où il atteignait des sommets qu'il n'aurait pas cru possibles.

Un moment plus tard, lorsqu'il s'étendit sur le dos à côté d'Alpha, ils restèrent silencieux, essayant de retrouver leur souffle. Seuls les crépitements du feu résonnaient encore dans la pièce.

Instinctivement, il l'enlaça et l'attira contre lui. Il avait besoin de sentir son corps contre le sien, sa tête au creux de son épaule.

— Riley ? dit-elle en levant les yeux vers lui.

— Oui ?

Elle prit une inspiration pour lui dire quelque chose, mais elle ferma les yeux et se ravisa.

— Non, rien.

— Tu es sûre ?

— Oui.

Elle se blottit contre lui et enfouit le visage dans son cou. Qu'avait-elle bien pu vouloir lui dire ? La serrant contre lui, il sentit que sa respiration était maintenant calme et régulière. Elle s'était endormie.

Il ferma les yeux et décida de se reposer en même temps qu'elle. Il voulait être en forme pour elle quand elle se réveillerait et profiter de cette nuit jusqu'au bout.

- 11 -

— Dis-moi, Alpha, qu'as-tu fait ce week-end ? Tu arrives à peine à garder les yeux ouverts. Je crois que je ne t'ai jamais vue aussi fatiguée.

Prenant une gorgée de café, Alpha leva les yeux pour regarder Lindsey qui était assise de l'autre côté de la table. Son assistante avait raison. Jamais elle ne s'était sentie aussi épuisée. Mais qui d'autre que Riley Westmoreland aurait pu l'emmener au bout d'elle-même ?

Ce week-end avait été époustouflant. Non seulement ils avaient passé ensemble la nuit de samedi à dimanche, mais Riley était aussi resté chez elle hier soir. Elle n'aurait pas eu de mots assez forts pour décrire les moments fous qu'il lui avait fait vivre. Et, en l'embrassant ce matin avant de la quitter, il lui avait rappelé qu'ils en avaient encore de nombreux autres à partager.

— Alpha, chantonna Lindsey en agitant la main devant ses yeux. Tu m'entends ? Est-ce que tout va bien ?

— Oui, très bien, dit-elle en reposant sa tasse de café. Mais je reconnais que je suis fatiguée.

— Tu as peut-être attrapé quelque chose. Excuse-moi de te dire cela, mais je n'ai pas du tout envie de tomber malade. Avec mes trois enfants à la maison, ce serait catastrophique.

Elle n'allait certainement pas lui dire que ce qu'elle avait attrapé n'était pas contagieux. Elle préférait rester discrète sur sa liaison avec Riley. Et, de toute façon, elle n'arrivait pas à se concentrer sur leur travail.

— Tu as raison, je devrais peut-être me remettre au lit et essayer de récupérer.

— Sûrement. Mais je dois quand même te dire que tes idées de décoration sont formidables. Tout le monde va être subjugué. Quand doit avoir lieu ton prochain rendez-vous avec Riley Westmoreland ?

Riley lui opposait un refus catégorique dès qu'elle commençait à lui parler de la fête, si bien qu'elle ignorait complètement quand ils auraient une nouvelle réunion professionnelle. D'après lui, le temps qu'ils passaient ensemble devait être strictement consacré à leur plaisir.

— Je ne sais pas. D'ici une semaine environ, je pense.

Une demi-heure plus tard, Alpha s'apprêtait à faire une sieste lorsque son téléphone sonna. La gorgé nouée, elle se releva en espérant que c'était un appel de Riley. Mais en regardant son écran, elle eut la déception et la stupeur de voir le nom d'Eddie s'afficher. Pourquoi lui téléphonait-il ? Il y avait plus d'un an qu'ils ne s'étaient pas parlé. Il avait forcément tourné la page, tout comme elle l'avait fait.

Elle hésita à décrocher, mais sa curiosité l'emporta.

— Allô ?

— Bonjour, Alpha, c'est Eddie.

— Bonjour, Eddie. Quelle surprise.

— Oui. J'ai vu ton père l'autre jour en emmenant Cleo à la clinique.

— Oui.

— Je lui ai demandé de tes nouvelles. J'ai appris que tu t'étais installée dans le Colorado.

— Oui, je vis à Denver maintenant. J'y suis très bien.

— Mais je suis sûr que tu ne supportes pas le climat, dit-il en riant. Nous savons tous les deux que tu détestes tout ce qui ressemble au froid.

Il avait raison. Mais alors pourquoi lui avait-elle fait une place dans sa vie pendant aussi longtemps ? C'était seulement maintenant, en fréquentant Riley, qu'elle se rendait compte de la froideur d'Eddie.

— Mais nous devons apprendre à tolérer parfois ce qui nous déplaît.

Il laissa passer un silence avant de reprendre la parole.

— Je dois me rendre à Denver la semaine prochaine pour un voyage professionnel. J'aurais voulu en profiter pour te voir.

Ses mots la stupéfièrent.

— Pourquoi ? Rien n'a changé, Eddie. Je n'ai pas cédé à ton ultimatum, il n'y a rien à ajouter.

— Je commence à croire le contraire.

Mais où voulait-il en venir ? Elle n'arrivait pas à croire que c'était bien à Eddie qu'elle parlait, celui qui n'avait pas hésité à la quitter une semaine avant leur mariage pour la simple raison qu'elle refusait de le laisser contrôler sa vie.

— Je te rappelle que c'est toi qui as pris cette décision.

— Oui, mais puisque ta sœur jumelle et toi, vous ne vous parlez plus…

Qui avait bien pu lui faire croire une chose pareille ?

— C'est faux. Omega et moi sommes plus proches que jamais. C'est ridicule, qui t'a dit que nous ne nous parlions plus ?

— Ton père, confia-t-il après une pause. Et si c'est faux, je pense que c'est ainsi que les choses devraient être.

La dureté de son ton la fit rougir de colère.

— Et si je te disais que je me moque complètement de ce que tu penses ? Au revoir, Eddie. Je te prie de ne plus me téléphoner.

Sur ces mots, elle raccrocha sans attendre sa réponse. Pourquoi avait-elle répondu à son appel ? Elle aurait dû se douter qu'il n'avait pas changé, que la seule chose qu'il attendait d'elle était qu'elle se plie à ses désirs.

Essayant d'oublier cette conversation, elle se recoucha et repensa aussitôt à Riley. C'était avec lui qu'elle s'était étendue dans ce lit quelques heures plus tôt. Fermant les yeux, elle se remémora le merveilleux week-end qu'ils avaient passé ensemble. Elle n'avait qu'une hâte à présent : le revoir et partager autant de temps que possible avec lui pendant les semaines à venir.

En sortant de réunion, Riley retourna dans son bureau, suivi de près par Canyon et Stern. Sans dire un mot, il s'assit et fixa sur eux un regard interrogateur. Pourquoi se tenaient-ils debout au milieu de la pièce avec ce sourire narquois ?

— Bon, dit-il finalement, est-ce que vous allez enfin me dire ce qu'il se passe ?

Stern croisa les bras et laissa échapper un petit rire moqueur.

— C'est nous qui devrions te poser cette question. Tu arrivais à peine à garder les yeux ouverts pendant cette réunion avec Dillon. Je m'étonne qu'il ne t'ait pas fait de remarque.

Riley se passa nerveusement la main sur le visage. Sa fatigue était donc visible à ce point ? Il s'en voulait de n'avoir pas su prendre sur lui alors que Dillon était venu exprès au bureau aujourd'hui pour cette réunion.

— Ry, tu as dû passer un sacré week-end, dit Canyon en le dévisageant. Je suis passé chez toi plusieurs fois, mais tu n'étais pas là apparemment. Je ne sais pas qui est l'heureuse élue, mais tu as l'air de bien t'entendre avec elle.

Riley se redressa brusquement et saisit un dossier posé sur son bureau.

— Dites-moi, vous n'avez pas autre chose à faire ? Moi si, en tout cas.

— Tu es sûr de rester réveillé assez longtemps pour avancer dans ton travail ? le défia Stern.

Il allait les faire sortir tous les deux sur-le-champ, quand il entendit quelqu'un frapper à la porte. Dillon entra sans lui laisser le temps de l'y inviter. Il sourit en trouvant ses trois frères réunis.

— Parfait, vous êtes tous là. Je viens de recevoir un appel de Mack Owens. Il est prêt à nous vendre le terrain que nous avions repéré à Memphis. Celui qui partira pour conclure l'affaire devra rester jusqu'à dimanche pour assister à la réception que Mack et sa femme organisent samedi soir. Qui est volontaire ?

Stern et Canyon se hâtèrent de détourner les yeux. Manifestement, ils avaient déjà prévu des choses beaucoup plus palpitantes pour ce week-end. Mais Riley aussi avait des projets de sortie avec Alpha, et il fut sur le point de dire à Dillon qu'il n'était pas disponible. Mais il changea aussitôt d'avis. Dillon comptait sur eux pour assurer la bonne marche de l'entreprise, et si Canyon et Stern étaient déjà pris, c'était à lui d'assumer la responsabilité de cette transaction. Un voyage dans le Tennessee ne serait pas si pénible, surtout s'il convainquait Alpha de l'accompagner.

— Je vais pouvoir y aller, Dil. Quand faut-il que je parte ?

— Jeudi, si possible.

— Entendu.

Il regarda ses deux autres frères et s'amusa de leur expression de soulagement. Ils lui devaient une fière chandelle.

— Parfait.

Dillon marcha jusqu'à la porte et se retourna juste avant de sortir.

— Ry, je ne sais pas où tu passes tes nuits, mais je te suggère de prendre un peu de repos d'ici là.

Riley s'efforça d'ignorer les sourires espiègles de Stern et Canyon.

— Je n'y manquerai pas, répondit-il d'une voix neutre.

Quand Dillon fut sorti, il se tourna vers ses frères et leur lança un regard noir.

— Si j'ai accepté d'aller dans le Tennessee, c'est uniquement parce que j'ai bien compris que vous aviez tous les deux des projets pour ce week-end.

— Oui, merci de t'être sacrifié cette fois-ci, concéda Canyon. Mack Owens est l'une des personnes les plus ennuyeuses que je connaisse.

— Je ferai avec. Maintenant est-ce que vous voulez bien me laisser travailler ?

Quelques instants plus tard, resté seul dans son bureau, Riley repensa aux paroles de Dillon. Il n'en fallait pas davantage pour qu'il se remémore le week-end qu'il avait passé avec Alpha et les moments de plaisir infini qu'elle lui avait offerts. Après avoir fait l'amour dans le salon, au coin du feu, ils s'étaient assoupis un moment. Au moment de se réveiller, ils avaient eu faim et s'étaient rendus dans la cuisine pour prendre un encas. Là, ils avaient fait l'amour encore une fois, et il frissonna d'excitation en se rappelant l'abandon et l'audace avec lesquels elle était entrée dans son jeu du plaisir.

Il prit machinalement son téléphone, mais raccrocha avant la première sonnerie. Pour lui parler, il préférait attendre le moment où il serait sûr de ne pas être interrompu. Si elle acceptait son invitation dans le Tennessee, il ferait tout pour qu'elle ne le regrette pas.

Ce soir-là, Alpha, assise sur le canapé de son salon, feuilletait le classeur dans lequel elle avait répertorié des idées de cadeaux. Pour le quarantième anniversaire de Blue Ridge, les Westmoreland tenaient à ce que tous les invités repartent avec un souvenir qui leur rappellerait l'importance de l'événement, mais représenterait aussi le thème de la soirée. Elle avait déjà plusieurs idées, mais n'avait pas encore arrêté son choix, ce qu'elle devait faire assez vite pour respecter le délai de livraison.

Elle leva les yeux en entendant une bûche se rompre dans le feu. Aussitôt, la vue des flammes lui rappela son étreinte avec Riley devant la cheminée, qui n'avait été que le début d'un week-end époustouflant.

L'esprit empli d'images délicieusement érotiques, elle se leva et s'étira. Heureusement, songea-t-elle en pensant aux deux jours qui l'attendaient, elle était bien reposée grâce à sa sieste. Elle serait en forme pour son rendez-vous de 11 heures avec la petite-fille d'un couple qui fêterait son soixante-dixième anniversaire de mariage le jour de la Saint-Valentin, et elle pourrait préparer sa rencontre avec une femme qui prévoyait de célébrer dignement ses cinquante ans au mois d'avril.

Un peu plus tôt dans la journée, Omega lui avait téléphoné pour entendre le récit de son week-end avec Riley. Bien sûr, elle ne lui avait pas raconté tous les détails de ce moment magique mais, de toute évidence, sa sœur la connaissait suffisamment pour en avoir saisi l'essentiel. Quant à sa conversation avec Eddie, elle avait soigneusement évité de lui en parler pour ne pas la préoccuper. C'était avec son père qu'elle avait l'intention de régler cet incident puisque, manifestement, c'était lui qui avait encouragé son ex-fiancé à l'appeler.

Elle allait se préparer une tasse de chocolat chaud dans la cuisine, lorsqu'elle entendit son téléphone sonner. Elle se pencha vers la table pour décrocher.

— Allô ?

— Alpha, je n'arrive pas à croire que tu aies fait ça. Si Eddie t'a téléphoné, c'est uniquement parce que je lui ai dit l'autre jour que tu serais heureuse d'avoir de ses nouvelles.

Elle retint un soupir en entendant la voix de son père.

— Papa, tu n'avais pas le droit de lui dire que je ne parlais plus à Omega. Tu sais très bien que ce n'est pas vrai. Tout est fini entre Eddie et moi. Pourquoi es-tu incapable de l'accepter ?

— Il serait d'accord pour que tu reviennes si tu reprenais tes esprits et que tu faisais ce qu'il te demande. Tu ne devrais pas laisser ta sœur se mettre entre toi et l'homme que tu aimes.

Elle dut prendre sur elle pour ne pas lui dire à quel point il se trompait, à quel point il était injuste envers son autre fille.

— Al, je vais te laisser réfléchir à tout cela.

Une fraction de seconde plus tard, elle secoua la tête de dépit. Ce n'était pas la première fois que son père lui raccrochait au nez.

Et ce n'était pas la première fois non plus qu'il rappelait aussitôt après pour insister sur ce qu'il venait de lui dire, s'amusa-t-elle en entendant de nouveau la sonnerie. Mais elle était lasse de ses leçons de conduite et elle avait la ferme intention de lui faire comprendre qu'il devait renoncer à régir sa vie.

— Ecoute, papa, peu m'importe ce que tu veux. Eddie et moi ne nous remettrons pas ensemble. Je fréquente un autre homme maintenant, et laisse-moi te dire qu'Eddie ne pourra jamais lui arriver à la cheville.

Un moment de silence s'ensuivit, puis elle entendit une voix suave et profonde au bout du fil.

— Je suis ravi de l'entendre.

Oh non ! C'était bel et bien la voix de Riley qui venait de lui répondre, comprit-elle en fermant les yeux. S'il avait été là, il l'aurait vue rougir d'embarras.

— Alpha ?

De toute évidence, songea Riley, Alpha avait été à la fois surprise et apaisée en entendant sa voix. Il ignorait ce qui l'avait poussée à parler ainsi en décrochant, mais manifestement son père appréciait beaucoup son ex-fiancé et elle venait d'avoir avec lui une conversation animée à ce sujet.

— Oui ?

— Tu vas bien ? s'inquiéta-t-il.

— Oui, je te demande pardon. J'ai cru que c'était mon père qui me rappelait.

— C'est ce que j'ai cru comprendre.

Au lieu de lui expliquer la situation, elle s'empressa de changer de sujet.

— Je suis surprise que tu me téléphones, je ne m'attendais pas à avoir de tes nouvelles avant ce week-end.

— Il se trouve qu'il y a du nouveau. Je dois partir jeudi à Memphis et je ne serai de retour que dimanche.

— Ah…

Etait-ce une pointe de déception qu'il venait de percevoir dans sa voix ?

— Je voulais te demander si tu voulais venir avec moi.

— A Memphis ? s'étonna-t-elle après un silence.

— Oui. Je dois me rendre à un rendez-vous vendredi matin et à une réception samedi soir. J'aimerais beaucoup que tu m'accompagnes, mais je comprendrais très bien que tu ne puisses pas te libérer. Je suis conscient que c'est une proposition de dernière minute.

— Je serais ravie de venir.

Sa réponse lui fit l'effet d'une délivrance.

— Formidable, se réjouit-il tout en s'étonnant lui-même

de sa réaction. Nous prendrons l'avion jeudi vers midi. Es-tu déjà allée à Memphis ?

— Non.

— Alors je serai heureux de te faire visiter. C'est une ville que j'aime beaucoup.

— J'ai hâte de la découvrir.

A ce moment, il aurait pu mettre fin à leur conversation. Mais, pour une raison mystérieuse, il ne pouvait s'y résoudre.

— Sinon, tu as passé une bonne journée ?

— Très bonne.

— Qu'est-ce que tu as fait aujourd'hui ?

L'écouter lui parler lui procurait plus de plaisir qu'il n'aurait su le dire. Il aimait l'imaginer assise chez elle, dans le salon, tandis qu'il était lui-même installé sur son canapé et qu'il profitait d'une soirée de détente après une journée au bureau. Il avait dîné chez son frère Jason et passé un merveilleux moment avec lui, sa femme Bella et leurs jumeaux, et à présent il était tout à sa conversation avec Alpha.

— C'est bien que tu aies fait une longue sieste, dit-il, tout en regrettant de ne pas avoir pu la faire avec elle.

Même sa séance de sport ne lui avait pas permis d'évacuer le désir qui l'habitait depuis qu'il avait fait sa connaissance.

Leur discussion se poursuivit un long moment, allant des cadeaux prévus pour la fête aux derniers résultats du championnat de football en passant par de nombreux autres sujets. Il était toujours aussi stupéfait de la facilité qu'ils avaient à échanger leurs sentiments et leurs opinions.

Lorsque ses yeux se posèrent sur l'horloge de son salon, il vit qu'il était déjà plus de minuit.

— Je suis désolé, dit-il.

— Mais de quoi ?

— De te tenir éveillée pour la troisième nuit d'affilée.

— Riley, tu n'as vraiment aucune raison d'être désolé.

Les sous-entendus qu'il devina dans le ton de sa voix le firent frissonner de plaisir.

— Je ne veux pas te retenir plus longtemps. J'ai été heureux de te parler ce soir. Je suis impatient que nous partions tous les deux à Memphis.

— Moi aussi. Je te remercie pour ton invitation.

Au moment de raccrocher, Riley comprit que ce qu'il avait à tout prix voulu éviter était arrivé.

Alpha Blake était en train de prendre une place dans sa vie.

- 12 -

— Bienvenue au Peabody, monsieur et madame Westmoreland.

Alpha s'efforça de masquer sa surprise quand elle entendit l'erreur du réceptionniste de l'hôtel. Elle regarda Riley pour voir s'il allait le reprendre mais, au lieu de cela, il sourit et lui adressa un clin d'œil.

— Merci, dit-il en prenant la carte magnétique.

— Je vous souhaite un très bon séjour dans notre hôtel.

— Je suis sûr qu'il sera excellent.

Sur ces mots, il prit la main d'Alpha et ils marchèrent ensemble jusqu'à l'ascenseur.

— Il a commis une erreur bien pardonnable, lui chuchota-t-il à l'oreille.

Le réceptionniste avait sans doute été de bonne foi en effet. Restait à savoir comment il avait pu croire qu'ils étaient mariés alors qu'aucun d'eux ne portait d'alliance.

Ils montèrent dans le luxueux ascenseur avec plusieurs personnes, dont l'attention fut immédiatement attirée vers le petit écran fixé à la cloison et qui diffusait un reportage. Mais il semblait que Riley et elle ne pouvaient détacher leur regard l'un de l'autre depuis qu'il était passé la prendre pour l'emmener à l'aéroport. Dès l'instant où elle lui avait ouvert la porte, le baiser brûlant qu'il lui avait donné avait annoncé la tonalité de leur séjour en tête à tête.

Quand l'ascenseur s'arrêta au cinquième étage, elle fit un pas de côté pour laisser sortir un couple. C'est alors que Riley, la faisant frissonner de désir, passa le bras autour de sa taille pour l'attirer plus près de lui.

Finalement, un instant plus tard, ils arrivèrent à leur étage et sortirent dans le couloir. Emerveillée par le décor splendide qui les entourait, elle avança au côté de Riley sans se poser la moindre question sur l'endroit où ils allaient. Ils n'en avaient pas parlé auparavant, mais il allait de soi qu'ils partageraient la même chambre.

Il s'arrêta devant une porte et l'ouvrit avant de s'effacer pour laisser entrer Alpha avant lui. La suite qu'elle découvrit lui parut presque aussi grande que sa maison tout entière, et d'une élégance à couper le souffle. Fascinée, elle allait dire à Riley à quel point ce cadre l'enchantait, lorsqu'elle sentit des bras puissants l'enlacer avec douceur.

Elle se retourna et rencontra le regard le plus intense, le plus fou de désir qu'elle ait jamais vu.

— Tu m'as manqué cette semaine, susurra-t-il d'une voix rauque.

Elle ne put contenir le sourire qui se dessinait sur ses lèvres. Il lui avait manqué lui aussi…

— Tu sais où j'habite, le taquina-t-elle en guise d'invitation.

— C'est vrai, répondit-il en riant. Et, crois-moi, ne pas te rendre visite a été l'une des épreuves les plus difficiles de ma vie. Mais je me devais de te laisser te reposer. Je ne t'ai pas ménagée, le week-end dernier.

— C'est un euphémisme.

Il plongea les yeux dans les siens et la contempla un long moment avant de l'attirer tout contre lui.

— Je t'ai déjà dit à quel point tu me plaisais ?

— Je ne crois pas, non.

— Alors je vais y remédier tout de suite. Tu me plais, Alpha Blake. Tu me plais sans doute beaucoup trop.

Beaucoup trop ? Qu'entendait-il par là ?

Elle n'eut pas le temps de lui poser la question.

— Allons, se hâta-t-il d'ajouter, mieux vaut que nous quittions cette chambre. Nous allons dîner, puis nous irons écouter du blues sur Beale Street.

Quelques heures plus tard, en marchant dans la rue avec Alpha à son bras, Riley ne pouvait s'empêcher de l'observer à la dérobée. Depuis quand ne s'était-il pas promené en ville en tenant la main d'une femme ?

La réponse était simple : il ne l'avait jamais fait.

Alors pourquoi se laissait-il prendre au jeu, à présent ? Tout était pourtant clair entre eux, ils ne devaient pas se faire de promesses ni s'engager à long terme. Leur relation n'avait rien de sentimental. Mais alors pourquoi n'étaient-ils pas dans leur chambre en ce moment, à profiter du seul plaisir qu'ils avaient à se donner mutuellement ? C'était bien l'unique motif de leur liaison !

Et pourtant, rien n'était plus agréable que d'aller de club en club avec Alpha, de faire découvrir Beale Street à la femme qui savait maintenant à quel point il était bien avec elle.

Tout cela, bien sûr, était nouveau pour lui, mais ce n'était pas ce qui le perturbait le plus. Ce qu'il ne comprenait vraiment pas, c'était la réaction qu'il avait eue en voyant des hommes la regarder avec insistance au cours de la soirée.

Pour la première fois de sa vie, il avait ressenti de la jalousie.

— Cet endroit est fantastique, dit-elle d'une voix enjouée. C'est la première fois que j'apprécie vraiment le blues, c'est comme si je ne l'avais jamais bien écouté avant. Merci, Riley.

— C'est moi qui devrais te remercier. Si tu n'étais pas là, je serais seul dans ma chambre en train de travailler sur mon ordinateur portable. Tu as transformé un ennuyeux voyage d'affaires en excitant week-end.

Elle rit en renversant nonchalamment la tête en arrière.

— Tu ne veux tout de même pas me faire croire que Riley Westmoreland a besoin de moi pour s'amuser ?

Si, c'était justement ce qu'elle devait croire puisque c'était vrai. Les moments passés avec elle n'étaient comparables à rien de ce qu'il connaissait. Ce soir, ils avaient dégusté ensemble les meilleurs mets, dansé ensemble et même chanté ensemble un titre de Billie Holiday dans un karaoké. Leur promenade sur Beale Street avait revêtu une saveur particulière, infiniment différente de celle de ses expériences passées.

Il marqua un arrêt et se tourna vers elle.

— Je ne dis que ce que je pense, dit-il en prenant son menton délicat entre ses doigts. Et je t'assure que je ne me suis jamais autant amusé en compagnie d'une femme.

Elle passa doucement la main sur son torse.

— J'en suis heureuse.

Il retint son envie de l'embrasser. Il aurait tout le temps de le faire une fois qu'ils seraient rentrés à l'hôtel.

— Alors, dit-il en reprenant une marche tranquille, qu'as-tu prévu pour demain pendant que je serai en réunion ?

— Tout dépend du temps que j'aurai passé à dormir cette nuit, répondit-elle avec un sourire malicieux. Si j'en ai le courage, j'irai peut-être faire quelques courses. Noël approche à grands pas.

Ses mots lui rappelèrent qu'ils auraient mis fin à leur relation d'ici là.

— Tu prévois de faire de nombreux cadeaux ?

— Ni plus ni moins que d'habitude.

Voilà qu'elle recommençait à se montrer évasive.

— Tu vas retourner en Floride ou rester à Denver pour les fêtes de fin d'année ?

— Je ne sais pas encore.

— Ta famille a-t-elle l'habitude de se réunir à cette occasion ?

— Pas vraiment, non.

Ils se turent le temps de traverser la route.

— Et toi ? l'interrogea-t-elle, comme pour éviter une nouvelle fois de parler d'elle. Quelles sont les habitudes de ta famille ? Est-ce que vous serez tous rassemblés pour Noël ?

— Cette année, oui. Mais c'est exceptionnel. C'est en partie en raison du quarantième anniversaire de la société, je pense que nos parents auraient voulu que nous soyons tous présents pour la fête que tu organises. Seul Bane ne pourra pas se joindre à nous à cause de ses obligations militaires, mais même Gemma a prévu de revenir d'Australie avec sa famille.

— Je vais tout faire pour que vous passiez une soirée inoubliable, lui promit-elle avec un sourire lumineux.

— Je te fais confiance pour cela.

Chaque fois qu'elle lui parlait de l'organisation de la soirée, il se rendait compte du soin qu'elle apportait à chaque détail et il était toujours séduit par ses idées.

— Alors, qu'en dis-tu ?

— De quoi ? Pardon, ajouta-t-il en se rendant compte qu'il avait été trop absorbé par les pensées qu'elle lui inspirait pour l'écouter. Peux-tu me répéter ta question ?

Le sourire qu'elle lui adressa alors l'emplit d'une émotion qu'il n'aurait su décrire.

— Je te proposais que nous reprenions le chemin de l'hôtel. Qu'en dis-tu ?

Au lieu de lui répondre, il l'attira sur le côté du trottoir, dans un renfoncement qui s'ouvrait entre deux immeubles. Là, il la serra contre lui et l'embrassa longuement, avec toute la passion qu'il ressentait.

— Cette réponse te satisfait-elle ? s'amusa-t-il enfin en posant le front contre le sien.

— Tout à fait, répondit-elle.

En regardant Riley sortir nu de la salle de bains, Alpha se rendit compte une nouvelle fois de la chance qu'elle avait. Quelle femme n'aurait pas rêvé d'être à sa place dans cette suite, en compagnie de l'homme le plus sexy qui soit ?

Comme il approchait de l'immense lit sur lequel elle était étendue, elle ne put empêcher son regard de se poser sur son érection, déjà couverte d'un préservatif.

— Pourquoi me regardes-tu de cette façon ? dit-il en lui caressant le visage. Tu as cru à une illusion ?

— Oh ! Non, je sais maintenant que tout est réel. Je suis seulement curieuse d'en connaître la saveur.

Elle remarqua l'étincelle qui brillait dans ses yeux au

moment où elle disait ces mots, et son cœur se mit à battre à tout rompre. Jamais elle n'avait fait preuve d'autant d'audace avec un homme. Pourquoi se sentait-elle aussi à l'aise avec Riley ? Elle n'aurait su le dire.

— Je ne voudrais pas t'empêcher de satisfaire ta curiosité.

Lentement, il écarta la main de son visage et la baissa pour se débarrasser du préservatif qu'il jeta dans une corbeille.

— Et maintenant, dit-il en la regardant, que veux-tu que je fasse ?

— Que tu t'allonges ici, lui enjoignit-elle en désignant une place à côté d'elle. Sur le dos.

Quand il l'eut rejointe sur le matelas, elle se plaça au-dessus de lui puis se mit à genoux entre ses jambes. Là, elle mit les mains autour de son sexe durci et le caressa lentement, savourant les soupirs virils qu'il laissait échapper. Finalement, elle se pencha et passa la langue sur la pointe de son érection avant de le prendre dans sa bouche. Elle aimait lui donner du plaisir de cette façon, elle aimait sentir que ce qu'elle faisait lui plaisait. Jamais elle ne s'était sentie aussi féminine ni aussi désirable. Sans doute se rendait-il compte qu'elle était novice en la matière, mais au moins elle espérait lui faire sentir à quel point elle voulait lui donner du plaisir.

Encouragée par ses soupirs de plus en plus sonores, elle accentua le mouvement de sa bouche sur son sexe et se servit de sa langue pour le mener aussi loin que possible. Elle l'entendit alors murmurer son prénom et comprit au son de sa voix qu'il était proche de l'extase. A cet instant, il enfouit les doigts dans ses cheveux et essaya de lui redresser la tête, mais elle refusa. Elle voulait qu'il jouisse en elle.

Ce ne fut qu'un moment plus tard qu'elle le libéra, savourant encore le plaisir d'être allée avec lui jusqu'au bout de son plaisir. Mais, de toute évidence, il n'était pas prêt à en rester là. La saisissant par la taille, il l'étendit sur le ventre et lui souleva les hanches pour la pénétrer d'un mouvement habile. Comme elle s'évadait peu à peu à mesure qu'il bougeait en elle, elle eut tout à coup un éclair de lucidité.

— Riley, tu n'as pas de préservatif !

Il se figea, mais elle ne put empêcher son corps de se refermer autour de lui pour le retenir. Elle crut qu'il allait se retirer immédiatement mais, au lieu de cela, il se pencha pour lui parler doucement à l'oreille.

— Je t'en prie, mon trésor, dis-moi que tu prends un contraceptif.

— Oui, rassure-toi.

A peine eut-elle achevé sa réponse qu'il se remit à aller et venir, dans un mouvement de plus en plus fort et de plus en plus urgent. Comme elle sentait le plaisir prendre possession de son corps, elle enfouit la tête dans l'oreiller pour étouffer les cris qui montaient en elle. Bientôt, ses mains puissantes se refermèrent sur ses fesses et il se redressa légèrement, touchant en elle un point qui lui fit atteindre les sommets de la jouissance au moment même où il trouvait sa propre extase. La sensation qui la traversa à cet instant lui fit l'effet de la transporter loin du monde réel. Jamais elle n'aurait pu imaginer qu'un orgasme aussi fort était possible.

Mais elle n'était pas au bout de ses émotions. Déjà, Riley la retournait sur le dos et la pénétrait de nouveau, la laissant à la fois incrédule et comblée sous ses assauts infatigables de virilité.

Lorsqu'ils plongèrent encore une fois dans les abîmes du plaisir, elle comprit que le week-end qui s'annonçait allait être encore plus incroyable que le précédent.

- 13 -

— Alpha, je suis très heureuse que vous ayez accepté d'organiser mon mariage.

— Je vous remercie infiniment de m'avoir choisie.

En buvant une gorgée de thé, Alpha observa Megan Westmoreland, qui deviendrait Megan Claiborne dans sept mois. Cette brillante anesthésiste était une femme superbe, dont la ressemblance avec ses cousins Dillon et Riley était bien visible.

C'était ce matin, à son retour de son escapade à Memphis avec Riley, qu'elle avait reçu un coup de téléphone de Megan. A peine remise de quatre jours de rêve, elle avait dû se concentrer sur un nouveau projet, celui du grand mariage qui serait célébré au mois de juin prochain.

— Puis-je vous demander votre avis sur les couleurs que j'ai choisies ? lui demanda Megan.

— Ce jaune et ce vert sont absolument ravissants. Ils m'inspirent déjà une foule d'idées.

— Tant mieux, dit-elle avec un grand sourire.

Quelques instants plus tard, elles étaient en train de parler du menu quand un homme entra chez Megan sans s'annoncer. Alpha n'eut aucun mal à deviner qu'il s'agissait de l'un de ses frères ou de ses cousins.

— Zane, que t'arrive-t-il ? l'interrogea Megan quand il s'approcha avec une expression de fureur.

C'était donc le fameux Zane Westmoreland, celui dont toutes les femmes parlaient. Sa réputation de séducteur n'était pas usurpée, mais de son point de vue il n'était pas aussi sexy que Riley.

— Je te présente Alpha Blake, qui va se charger de l'organisation de mon mariage.

Il lui fit un léger signe de tête avant de se tourner de nouveau vers Megan.

— Alors comme ça, tu veux inviter Channing Hastings ?

— Oui, et alors ?

— Je ne veux pas la voir à ton mariage avec Rico.

Megan posa doucement sa tasse de thé et fixa son frère avec stupeur.

— Et pourquoi cela ? Je travaillais avec Channing à l'hôpital bien avant que tu ne la rencontres, et je me moque de savoir comment ou pourquoi votre liaison a pris fin. C'est une de mes amies et…

— Megan, je ne veux pas qu'elle vienne.

— Zane, il s'agit de mon mariage. Elle sera invitée, alors si tu dois reprendre tes esprits avant de la revoir, je te suggère…

— Ce n'est pas le problème.

— Manifestement, si.

Sans rien ajouter, il vit volte-face et sortit aussi brusquement qu'il était entré. Quand la porte eut claqué violemment derrière lui, Megan adressa un sourire contrit à Alpha.

— Comme vous pouvez le constater, les Westmoreland ne sont pas tous très civilisés.

— Si je comprends bien, je ne dois pas retirer le nom de Mme Hastings de la liste d'invités ?

— Vous avez parfaitement compris. Il est temps que mon frère mette ses sentiments au clair.

Une heure plus tard, leur réunion prenait fin et Alpha se leva pour s'en aller. C'est alors que quelqu'un frappa à la porte d'entrée. Zane avait dû retrouver son calme et décider de revenir pour essayer de convaincre sa sœur sur un autre ton.

— Entrez, lança Megan.

La porte s'ouvrit et Alpha se figea. Le cœur serré, elle regarda Riley franchir le seuil.

En entrant chez Megan, Riley fut surpris par son accueil.

— Riley, si tu viens à la demande de Zane pour me persuader de rayer Channing de ma liste d'invités…

— Non, l'interrompit-il. Ce n'est pas mon problème, et tu as bien le droit d'inviter qui tu veux. En revanche, ajouta-t-il en regardant Alpha, il m'a dit que tu avais la visite de l'organisatrice de ton mariage. J'ai donc décidé de venir vous saluer.

Megan les regarda successivement avec curiosité.

— Vous vous connaissez tous les deux ?

— Oui, je travaille avec Alpha pour l'organisation de la fête de Blue Ridge le mois prochain.

— Mais bien sûr ! s'exclama-t-elle. Comment ai-je pu oublier que c'était toi qui t'en occupais ? Tu n'avais pas très bien pris la nouvelle, je suis heureuse de voir que tu t'en es accommodé.

Si elle avait su à quel point, songea-t-il en dévorant Alpha du regard.

— C'est seulement pour cela que tu es passé ? l'interrogea Megan après un silence.

— En réalité, j'avais quelque chose à demander à Alpha. Mercredi prochain, poursuivit-il en regardant Alpha, la famille Westmoreland va tenir son dîner mensuel chez McKay. Voudriez-vous vous joindre à nous ? Je pense que tout le monde serait ravi de faire votre connaissance.

Il avait pris soin de la vouvoyer pour ne pas dévoiler leur relation d'intimité et la mettre mal à l'aise devant Megan. Néanmoins, ce qu'il avait dit avait suffi à éveiller la surprise de sa cousine. Elle savait comme lui qu'il n'avait aucune raison d'inviter l'organisatrice de la fête à un dîner de famille.

Par chance, Alpha, elle, ne le savait pas.

— Merci, Riley, je viendrai avec grand plaisir.

— Parfait. Je passerai vous prendre à 18 heures.

Il se tourna vers Megan, qui le dévisageait avec de plus en plus d'insistance. Tous les habitants de Denver connaissaient le chemin pour se rendre chez McKay et elle ne devait pas comprendre pourquoi il offrait d'emmener Alpha.

— Entendu, je serai prête.

Il se hâta de prendre congé avant que Megan ne lui pose la moindre question.

— A bientôt dans ce cas. Bonne fin de journée.

Une chose était sûre : il n'attendrait pas mercredi pour la revoir. Il irait chez elle dès ce soir.

— A bientôt.

Il s'efforça de détacher les yeux de son visage sublime et se retourna pour s'en aller. En marchant vers la porte, il se répéta qu'il devait sortir sans s'arrêter, sans la regarder une dernière fois. Mais c'était au-dessus de ses forces. Au moment d'ouvrir la porte, il tourna la tête et regarda Alpha par-dessus son épaule. Dès l'instant où il vit ses yeux fixés sur les siens, il se sentit attiré par elle comme par un aimant et il ne put retenir le sourire qui se dessinait sur ses lèvres. Elle lui sourit en retour, et ils restèrent ainsi durant un instant trop long pour que Megan ne le remarque pas.

— Ry ?

— Oui ?

— Entre ou sors, mais ne laisse pas la porte ouverte s'il te plaît, observa-t-elle avec un air amusé. Le froid est en train de s'engouffrer.

— Pardon, je m'en vais.

En refermant derrièrc lui, il sc douta qu'elle aurait quelques questions à lui poser plus tard. Mais n'était-ce pas à lui-même de se poser des questions ? se demanda-t-il en se rasseyant dans sa voiture. Dès qu'il avait entendu Zane mentionner la présence d'Alpha chez Megan, il avait accouru sans perdre une seconde, sous le regard stupéfait de son cousin qui semblait en avoir oublié sa colère l'espace d'un instant. Zane avait eu l'air de le prendre pour un fou et, à vrai dire, il était à craindre qu'il ait raison.

Le fait qu'il ait fait l'amour avec Alpha sans mettre de préservatif était déjà un signe qu'il avait perdu la raison. Il ne s'était jamais comporté de cette façon depuis l'adolescence, où il n'avait commis qu'une seule fois cette imprudence.

Son père et Dillon lui avaient suffisamment parlé de tout cela pour qu'il soit conscient de l'importance de se protéger.

Alors pourquoi avait-il enfreint cette règle avec elle ?

Mais ce qui le troublait le plus était qu'il était incapable de le regretter. Il avait eu tant de plaisir à la sentir autour de lui, sans la moindre barrière. Durant les quatre jours qu'ils avaient passés à Memphis, il avait eu plus de plaisir qu'au cours de sa vie entière. Ce voyage avait été magique. Et que dire de sa fierté le samedi soir, lorsqu'elle l'avait accompagné à la soirée de Mack ? La tenue qu'elle avait portée était à couper le souffle, et il avait bien vu qu'il n'était pas le seul à l'avoir remarquée. Toutefois, il n'avait rien aimé autant que le moment où, de retour à l'hôtel, il la lui avait enlevée pour lui faire l'amour encore et encore.

Il n'avait cessé de penser à elle depuis leur retour, et voilà qu'il avait commis l'impensable en l'invitant au dîner familial. Il osait à peine imaginer la réaction de ses frères et ses cousins quand ils la verraient arriver à son bras mercredi soir.

Tout cela devait cesser. Après cette soirée, il n'aurait d'autre choix que de mettre de la distance entre eux s'il ne voulait pas que la situation prenne un tour qu'il ne pourrait plus contrôler.

En allant ouvrir la porte, Alpha s'était attendue à tout sauf à trouver Riley sur le seuil.

— Bonsoir, Riley, s'étonna-t-elle en s'effaçant pour le laisser entrer. J'allais justement dîner, tu veux te joindre à moi ?

— Avec plaisir, merci.

— Tu ne me demandes pas ce qui est prévu pour le repas ?

— C'est pour te voir que je suis venu. Je considère le dîner comme un supplément, s'amusa-t-il.

Pour la voir ? Elle savait ce qu'il avait en tête, mais elle n'allait pas s'en plaindre. Elle ressentait autant de désir que lui.

— Si tu as envie, je me disais que nous pourrions regarder un film ensuite.

— Ah ! ponctua-t-elle avec surprise. J'adorerais, mais…

— Mais quoi ?

— J'ai des choses à faire ce soir.

— Oh ! Excuse-moi, j'aurais dû t'appeler avant de venir.

— Non, pas du tout. J'avais seulement prévu de mettre un peu d'ordre dans mon débarras après le dîner.

— Ton débarras ?

— Oui. Quand je fais des courses ou que je suis de sortie, je suis toujours à l'affût de ce qui peut m'être utile pour un événement à venir. J'entrepose tous ces objets dans une pièce, mais je crains de ne plus rien y retrouver si je ne la range pas maintenant.

— Et si je t'aidais ?

— Tu es sérieux ?

— Oui.

Incrédule, elle le fixa pour essayer de deviner ses intentions réelles. Il n'avait pas l'air d'avoir autre chose à l'esprit.

— Tu es sûr que tu as envie de faire ça ?

— Absolument. Et puis, je peux bien te rendre ce service en remerciement de ton invitation à dîner.

— Tu n'as pas à me remercier, contesta-t-elle. Mais si tu es sûr de vouloir m'aider, je te remercie beaucoup. J'avais prévu de le faire seule ce soir, mais je suis certaine qu'une deuxième paire de bras ne sera pas de trop.

— Tu peux compter sur moi.

— Tu m'impressionnes chaque fois que tu fais la cuisine, la complimenta Riley en reposant ses couverts.

Une fois de plus, il s'était régalé en mangeant ce qu'Alpha avait préparé.

— Ce n'est que la deuxième fois que je fais la cuisine pour toi.

— Eh bien, tu m'as impressionné deux fois.

En entendant son rire, il comprit qu'il pouvait renoncer à prendre ses distances avec elle à partir de jeudi. De toute façon, il lui suffisait de se retrouver seul chez lui pour se mettre à tourner en rond comme un lion en cage et perdre toute volonté de résister à l'envie de la voir.

Ils restèrent assis à table un moment, parlant de ce qu'elle prévoyait pour le mariage de Megan et Rico. Puis il l'aida à débarrasser et profita du premier moment venu pour lui prendre la main et l'attirer contre lui.

— J'ai besoin de t'embrasser, susurra-t-il tout contre ses lèvres.

Puis il inclina la tête et prit possession de sa bouche. Il aimait tant la tenir entre ses bras et entendre ses murmures de plaisir. Il avait la sensation qu'il ne se lasserait jamais de ces instants. Certainement pas en six semaines, en tout cas.

Furieux contre lui-même d'avoir de telles pensées, il abandonna ses lèvres, mais la garda serrée contre lui. Il devait se rappeler que ce qu'il y avait entre eux n'était que du désir, même si c'était le désir le plus intense qu'il ait jamais connu. Nombre de femmes avaient tenté de prolonger leur aventure avec lui au-delà de ce qui était prévu, mais il n'avait jamais eu envie de le faire. Aujourd'hui, pour la première fois, il devait admettre qu'il serait enchanté si Alpha lui faisait une telle proposition. Mais il devinait que cela ne faisait pas partie de ses projets.

— Si tu crois qu'un baiser te permettra d'échapper au rangement, plaisanta-t-elle en posant les mains sur ses épaules, tu te trompes.

Il enfouit le visage dans son cou et l'embrassa encore.

— Ne t'inquiète pas, je n'ai pas l'intention de me dérober. Même si je dois admettre que certaines idées me viennent à l'esprit.

— Nous aurons toujours du temps plus tard.

Cette promesse ne fit qu'attiser son excitation.

— A vrai dire, murmura-t-il en posant de nouveau les lèvres sur les siennes, j'espérais que…

— Ah ! dit-elle en riant. C'est bizarre, je ne suis pas étonnée. Allez, ajouta-t-elle en s'écartant de lui, occupons-nous du débarras avant de nous laisser distraire par autre chose.

Il la suivit, tandis qu'elle sortait de la cuisine et longeait le couloir qui menait vers sa chambre. Lorsqu'elle ouvrit la porte de son débarras, il resta muet devant le spectacle qui s'offrait à lui. Le premier objet qui attira son attention au milieu de ce capharnaüm fut une pancarte « A vendre ».

— Tu déménages ?

— Non, répondit-elle en riant, mais on ne sait jamais. J'aurai peut-être un jour une fête à organiser pour le déménagement de quelqu'un.

Il hocha la tête et ramassa un autre objet insolite.

— Des gants de boxe ?

— Cela peut toujours servir, répondit-elle en riant.

Après avoir exploré sa caverne d'Ali Baba, il se tourna vers elle.

— Bien, madame, j'écoute vos instructions, dit-il en relevant ses manches.

— C'est très simple. Tu vois, j'ai étiqueté ces grands bacs en plastique pour classer les objets par thème : anniversaire, mariage, commémoration, retraite, naissance.

— Et si je ne sais pas dans quelle caisse doit aller l'un de ces objets ?

— Il te suffira de penser au nom de ma société : Imagine. Et si ton imagination te laisse dans le doute, mets-le dans le bac « Divers ». Je ferai le tri plus tard.

— Entendu.

Il commença aussitôt, pressé d'en finir pour se consacrer à ce qu'ils avaient prévu pour la suite de la soirée. Alpha avait allumé la radio et la musique qui passait leur donnait de l'énergie pour avancer dans leur rangement.

Au bout d'une heure, il regarda autour de lui et vit qu'ils avaient fait une bonne partie du travail. Il se tourna alors vers Alpha. Elle avait enlevé son pull, révélant un T-shirt sur lequel était écrit : « Regarde-moi et Imagine ». Cela, il n'avait aucun mal à le faire, songea-t-il en souriant.

— Tu t'autorises une petite pause, Riley ? le taquina-t-elle, interrompant la succession d'images sensuelles qui lui venaient à l'esprit.

— J'étais captivé par ton T-shirt.

— Mon T-shirt ?

Ayant manifestement oublié ce qu'elle portait, elle baissa la tête avec curiosité.

— Ah !

— Il est très bien.

— C'est un cadeau de ma sœur. Elle l'a fait faire pour s'amuser.

— Ah oui ?

— Oui, elle a un humour un peu coquin parfois.

Il crut qu'elle allait enfin lui parler de sa famille mais, une fois de plus, elle se hâta de changer de sujet.

— Allez, l'encouragea-t-elle. Nous avons presque fini.

Il se remit au travail, sans parvenir à chasser les idées qui lui étaient venues. Elle avait raison. Il était temps qu'ils finissent pour se consacrer à une activité beaucoup plus plaisante.

- 14 -

Deux jours plus tard, Alpha, le cœur battant, entrait chez McKay au bras de Riley. Elle avait beau se répéter que c'était seulement en tant qu'organisatrice de la soirée qu'elle rencontrait sa famille, elle ne pouvait contenir son excitation.

D'autant que les deux jours qu'elle venait de passer avaient été aussi merveilleux que les précédents. Riley était finalement resté dormir chez elle lundi soir, et la veille, il était revenu passer la soirée avec elle. Pendant qu'elle avait travaillé sur son projet pour le couple qui allait célébrer son anniversaire le jour de la Saint-Valentin, il s'était étendu dans le salon et avait regardé la télévision en attendant qu'elle ait fini. Même s'il avait tout fait pour la laisser se concentrer, elle n'avait pas pu s'empêcher de le regarder de temps à autre depuis la cuisine où elle s'était installée. Ce qui n'avait fait que l'encourager à finir son travail.

Dès qu'elle était arrivée au bout, elle l'avait rejoint dans le salon avec une bouteille de vin et deux verres à pied. Un moment plus tard, ils s'étaient déshabillés et avaient fait l'amour passionnément, puis à minuit il était rentré chez lui.

Elle était folle de bonheur de le revoir à présent. Même si elle savait que leur aventure n'allait plus durer longtemps, et que l'organisation de la soirée lui rappelait régulièrement la date à laquelle elle devrait renoncer à lui.

— Bonsoir, Riley. Bienvenue chez McKay.

En regardant la jeune femme qui les accueillait, Alpha reconnut la serveuse qui les avait reçus le jour de leur premier déjeuner ensemble.

— Bonsoir, Paula, lui répondit Riley. J'imagine que toute ma famille est déjà là.

— Oui, en effet, dit-elle avec un grand sourire, tout en ignorant ostensiblement Alpha. Ce doit être une importante réunion professionnelle.

— Non, ce n'est rien d'autre que notre habituel dîner familial, la corrigea-t-il en lui tendant sa veste en cuir.

Il aida ensuite Alpha à ôter son manteau et le confia aussi à Paula. Mais pourquoi diable la dévisageait-elle maintenant avec autant d'hostilité ? Sa façon de la toiser de la tête aux pieds était pour le moins curieuse. Elle avait bien mieux aimé la façon dont Riley l'avait regardée quand il l'avait découverte dans cette robe longue moulante, l'une de celles qu'elle avait achetées à Memphis.

De toute évidence, il s'était passé quelque chose entre Paula et Riley par le passé, et Alpha ne pouvait pas lui en vouloir d'être encore troublée quand elle le voyait. Surtout ce soir. Dans son jean parfaitement coupé, sa veste et sa chemise blanche, il était tout simplement irrésistible.

Mais Paula n'avait aucune raison d'être amère. Bientôt, Riley serait de nouveau célibataire et elle aurait tout le loisir de le séduire.

De plus en plus agacée, Alpha la vit se tourner de nouveau vers elle en arborant une expression stupéfaite. Quand elle fit de grands yeux à Riley, comme pour lui envoyer un message codé, il se contenta de lui adresser un demi-sourire et de prendre la main d'Alpha. Pourquoi avait-elle l'impression qu'ils venaient d'échanger un regard complice ?

— Tu es prête ? lui demanda-t-il avec un sourire qui l'aida à chasser son malaise.

— Oui, je suis prête.

— Paula, tu veux bien nous montrer notre table ?

Alpha la vit se redresser tandis qu'elle passait devant eux pour leur indiquer le chemin. La serveuse se mit alors à marcher en se déhanchant exagérément, sans nul doute dans le but d'attirer l'attention de Riley.

Avant de les faire entrer dans la salle privée où avait été

dressée la grande table des Westmoreland, elle la fusilla une dernière fois du regard. Alpha s'efforça de l'ignorer, mais ce qu'elle ne put ignorer, ce furent tous les regards qui se braquèrent sur Riley et elle à l'instant où ils entrèrent. Après une seconde de flottement, les hommes se levèrent et des sourires à la fois curieux et chaleureux apparurent sur les lèvres des femmes. Elle savait que Megan n'était pas étonnée de la voir ici, mais elle craignait en revanche que ce soit le cas pour le reste de la famille. Riley n'avait-il pas prévenu qu'il l'avait invitée ? A moins que ce soit la façon dont il lui tenait la main qui les surprenne, songea-t-elle en sentant la pression accentuée de ses doigts autour des siens.

— Bonjour tout le monde, les salua-t-il d'un ton enjoué. Je voudrais vous présenter Alpha Blake.

Elle s'attendait qu'il précise qu'elle était l'organisatrice de la soirée de l'entreprise, mais il n'en fit rien. Il se contenta de faire le tour de la table en faisant des présentations individuelles, sans jamais lui lâcher la main. Il lui avait tellement parlé de tous ceux qui était présents, qu'elle avait le sentiment de les connaître déjà.

Plusieurs d'entre eux se déplacèrent pour libérer deux sièges côte à côte, et elle se trouva assise entre Riley et son frère Canyon. Aidée par le fait d'avoir rencontré auparavant Dillon, Pam et Megan, elle n'eut aucun mal à s'intégrer dans la conversation générale. D'autant que Riley l'y aida amplement en se montrant plus attentif que jamais. Elle se demanda même par moments si son attitude n'était pas trop intime, notamment lorsqu'il lui proposa de goûter ce qu'il avait commandé.

Sa famille devait se poser de plus en plus de questions à leur sujet.

— Alors, Alpha, êtes-vous heureuse d'avoir à organiser la soirée d'anniversaire de Blue Ridge ? l'interrogea Bailey, une cousine de Riley, qui était assise en face d'eux.

— Oui, absolument, répondit-elle en souriant. Je fais tout pour que cette soirée reste dans les mémoires.

En poursuivant une conversation avec elle, elle fut séduite

par son charme et sa bonne humeur. Etait-ce vraiment cette douce jeune femme qui avait causé tant de souci à sa famille ? C'était difficile à croire.

Cette question la tarauda pendant toute la soirée, si bien que, une fois sur le chemin du retour avec Riley, elle ne put s'empêcher d'aborder le sujet.

— Il ne faut pas se fier aux apparences avec Bailey, s'amusa-t-il. Je serais le premier à reconnaître qu'elle a beaucoup mûri, mais il suffit que quelqu'un la contrarie pour que son mauvais caractère rejaillisse. Du reste, je suis surpris qu'elle ait été aussi avenante avec toi. D'habitude, elle reste plutôt sur la défensive avec les gens qui ne sont pas de la famille.

— J'en suis très honorée si c'est exceptionnel.

Lorsqu'il s'arrêta à un feu rouge, il se tourna vers elle et elle rencontra son regard intense. Pourquoi ne parvenait-elle pas à s'habituer à ces moments d'intimité ? Elle avait beau en avoir vécu plusieurs avec lui, ils lui semblaient toujours aussi incroyables. L'osmose qu'il y avait entre eux ne faisait que s'accroître au fil des jours et, à cet instant, son regard était si brûlant qu'elle en avait la gorge nouée.

— C'est toi qui es exceptionnelle, Alpha.

Elle sentit son cœur cesser de battre. Ses mots, le ton suave de sa voix… Elle avait tellement envie de croire ce qu'il venait de dire ! Mais d'où lui était venue cette déclaration ?

— Merci, articula-t-elle dans un souffle.

Elle ne devait pas commencer à se faire des idées sur leur relation. Elle devait se rappeler ce qu'elle avait subi avec Eddie et LeBron afin de ne plus jamais retomber dans le même piège. La dernière chose à faire était d'accorder trop d'importance à ce qu'il venait de lui dire.

Lorsqu'il regarda de nouveau devant lui, elle laissa échapper un long soupir. Elle avait beau se répéter que leur liaison allait bientôt prendre fin, elle ne pouvait nier les émotions qu'il faisait naître en elle. Des émotions qu'elle n'avait jamais éprouvées auparavant.

Elle était en train de perdre tout contrôle d'elle, et elle savait que c'était très mauvais signe.

Etendu au-dessus d'Alpha, Riley fixa les yeux sur les siens et lui saisit les hanches pour la pénétrer. La manière dont elle se refermait autour de lui, dont elle l'attirait en elle avec une infinie sensualité, lui arracha un long soupir de plaisir. Pourquoi ressentait-il des émotions aussi intenses lorsqu'il faisait l'amour avec elle ? Jamais il n'avait connu de sensations aussi fortes, aussi exceptionnelles.

Fermant les yeux, il commença à bouger en elle, lentement, pour leur faire savourer ce moment aussi longtemps que possible. Il se sentait plus libre et plus vivant que jamais. Ce qu'il ressentait était si unique, qu'il comprit qu'il n'aurait pas pu vivre cela avant. De telles émotions ne peuvent naître qu'avec la femme que l'on aime.

Cette pensée lui fit ouvrir brusquement les yeux. Que pouvait-il bien se passer pour qu'il laisse des idées aussi folles le traverser ?

Il le comprit quand elle leva les yeux à son tour. Tandis qu'elle fixait son regard sur le sien, il sut qu'il ne pouvait plus nier les sentiments qui s'étaient emparés de lui. C'étaient les mêmes sentiments qui avaient déchiré le cœur de Banc, ccux qu'il s'était promis de ne jamais laisser venir en lui.

Seulement, il n'avait pas le pouvoir de les repousser. Il ne lui restait plus qu'à se rendre à l'évidence : il était tombé amoureux d'Alpha.

C'était à Memphis qu'il avait commencé à comprendre ce qui lui arrivait, mais il avait sans doute été perdu dès le jour où il l'avait rencontrée. Et chaque fois qu'il avait essayé de repousser cette idée, ses sentiments n'avaient fait que s'accroître.

Les membres de sa famille avaient-ils déjà tout compris en le voyant arriver avec elle chez McKay ? Quoi qu'il en soit, ils ne manqueraient certainement pas de l'assaillir de questions à la première occasion.

Il n'avait plus qu'à espérer à présent qu'il ne subirait pas les mêmes tourments que Bane. Mais il pressentait que si Alpha avait le pouvoir de les lui infliger, elle ne le ferait pas. Il était seulement soucieux des secrets de famille qu'elle cherchait manifestement à lui cacher, mais il préférait ne pas y penser. De toute façon, rien ne pourrait plus changer ce qu'il ressentait pour elle. Il n'avait d'autre choix que d'accepter l'évidence désormais. Il l'aimait.

Tout en lui faisant l'amour, il caressa le corps qu'il chérissait et qu'il rêvait de pouvoir tenir éternellement entre ses bras. Il savait qu'il y avait des choses qu'elle n'était pas encore prête à partager avec lui, mais il profiterait du temps qu'il lui restait à passer avec elle pour lui prouver qu'elle pouvait lui faire confiance. Si elle acceptait de laisser son passé derrière elle et de croire qu'il était digne de son amour, elle ferait de lui le plus heureux des hommes.

Incapable de contenir ses émotions, il prit possession de sa bouche pour éviter de prononcer les paroles qu'elle n'était pas encore prête à entendre. Elle referma alors les jambes autour de lui et poussa un long gémissement au moment même où il atteignait l'orgasme. C'est alors qu'il découvrit, pour la première fois de sa vie, que le plaisir que donnait l'amour était plus beau que tout ce qui pouvait exister.

Encore tremblant d'émotion, il se redressa et prit Alpha dans ses bras pour la serrer contre lui. Il sentait sa poitrine contre son torse, son souffle dans son cou. Et, à cet instant, il sut que sa place était auprès de lui. Il prendrait le temps qu'il faudrait pour l'en convaincre, mais il serait lié à elle jusqu'à la fin de ses jours.

- 15 -

— Alors, tout est prêt pour la fête de ce week-end ? Tu dois être anxieuse.

Alpha leva les yeux de sa liste de contrôle et regarda Lindsey. Oui, elle était anxieuse, mais ce n'était sans doute pas pour les raisons qu'elle imaginait. Elle savait que sa liaison avec Riley allait prendre fin et cette perspective lui déchirait le cœur.

— Oui, tout est prêt. Je pense que la soirée a tout pour se passer à merveille.

Elle n'en dit pas plus, de peur que son assistante perçoive le tremblement de sa voix. Trois semaines s'étaient écoulées depuis son voyage à Memphis avec Riley, et elle avait l'impression que le temps avait filé comme jamais. Il s'était passé tant de choses depuis ce week-end… D'abord, il l'avait invitée à dîner avec sa famille, puis, deux jours plus tard, c'était Pam qui lui avait téléphoné pour la convier à leur dîner de Thanksgiving. Elle y avait retrouvé tous les Westmoreland de Denver, à l'exception de Gemma et Bane. Les jumeaux, Aiden et Adrian, l'avaient entraînée dans une partie de volley-ball sur neige dans laquelle elle s'était trouvée dans l'équipe opposée à celle de Riley.

Il y avait eu longtemps qu'elle ne s'était pas autant amusée. Les Westmoreland s'étaient comportés avec elle comme si elle avait fait partie de la famille, et ce souvenir ne rendait que plus douloureuse la perspective de sa rupture avec Riley.

Mais le plus dur n'était pas cela, à quoi bon nier l'évidence ? Ce qui la faisait réellement souffrir, c'était de se séparer de l'homme qu'elle aimait.

Oui, elle était tombée amoureuse de Riley.

Tout en s'efforçant de se concentrer sur sa liste pour la soirée de gala de Blue Ridge, elle sentit son cœur se serrer dans sa poitrine. Omega avait pressenti depuis un moment qu'elle était sur la pente de l'amour, dès l'instant où il avait commencé à lui envoyer des fleurs. A partir du lendemain du dîner familial chez McKay, il s'était mis à lui faire livrer tous les deux ou trois jours des bouquets plus beaux les uns que les autres. Et lorsqu'elle lui avait demandé la raison de ces attentions particulières, il s'était contenté de sourire en lui disant qu'il voulait seulement lui rappeler qu'il pensait à elle.

Puis il avait pris d'autres habitudes, comme celle de passer toutes ses soirées avec elle, chez elle ou chez lui, ainsi que les nuits le plus souvent. Ils étaient sortis tous les week-ends, au restaurant, au cinéma ou dans la rue pour des promenades en rollers. Il avait fait plusieurs fois allusion à un éventuel voyage au ski ensemble, mais elle avait systématiquement changé de sujet. C'était trop pénible de se souvenir qu'elle ne serait plus avec lui au mois de janvier pour son séjour à Aspen.

Une heure environ après le départ de Lindsey, Alpha entendit son téléphone portable sonner. Elle sourit en voyant le nom de Riley s'afficher sur l'écran.

— Bonjour, Riley. Merci pour les fleurs, tu me gâtes trop.

— Non, ce n'est pas trop, tu ne mérites pas moins. Je t'appelais pour savoir si tu étais toujours libre pour venir chez moi ce soir.

— Bien sûr. Je suis toujours partante pour savourer un repas que tu as préparé.

— J'aurai une surprise pour toi.

— Ah oui ? Quoi ?

— J'ai dit que c'était une surprise, s'amusa-t-il.

— D'accord.

— Bien. J'ai quitté le bureau à midi aujourd'hui pour tout préparer, alors je pourrai venir te chercher.

— C'est inutile, Riley. Je peux venir par mes propres moyens… A moins que tu préfères qu'on ne voie pas ma voiture devant chez toi.

— Qu'est-ce qui peut te faire penser cela ?

— Tu crains peut-être que ta famille…

— Alpha, je suis libre de faire ce que je veux. Et ma famille est déjà au courant de notre relation, je n'ai rien fait pour la cacher. Cela t'ennuie ?

— Non, pas du tout.

— Tant mieux. Dans ce cas, je t'attendrai ici.

En raccrochant, elle se sentit partagée entre la joie et la peine. Mais elle savait qu'elle voulait passer autant de temps que possible avec Riley tant qu'elle en avait encore l'occasion.

Riley venait de mettre la cocotte sur le feu et de ranger la cuisine lorsqu'il entendit la sonnette de sa porte d'entrée. Il regarda sa montre. Il n'attendait pas Alpha avant une heure. Pourvu que l'un de ses frères ou de ses cousins n'ait pas eu l'idée de venir le voir justement ce soir, songea-t-il. Certains d'entre eux avaient le don de deviner quand il avait fait la cuisine et de venir profiter d'un repas tout prêt.

Il ne put s'empêcher de sourire en allant ouvrir. Il avait tellement hâte qu'Alpha arrive… Il avait pris une importante décision : avant qu'elle s'en aille demain matin, il lui aurait fait part de ses sentiments pour elle. La soirée devait avoir lieu dans trois jours, et même si Alpha n'était pas encore amoureuse de lui, il avait besoin d'entendre que c'était une éventualité envisageable.

Comme il ouvrait sans avoir regardé qui avait sonné à sa porte, ce fut avec contrariété qu'il trouva Paula sur le seuil.

— Paula ? Que fais-tu ici ?

Elle lui adressa un grand sourire.

— Je suis venue te voir, bien entendu. Je détiens certaines informations qu'il est de mon devoir de te communiquer.

Il allait s'empresser de la renvoyer chez elle, mais elle entra sans y avoir été invitée. Comme elle regardait autour d'elle avec curiosité, il se rappela qu'elle n'était jamais venue ici auparavant. Il avait mis fin à leur relation bien avant qu'elle en ait eu l'occasion.

— De quelles informations parles-tu ?

Elle se tourna vers lui et rejeta les cheveux en arrière. La robe qu'elle portait était si courte et si moulante qu'elle paraissait l'empêcher de se mouvoir normalement.

— Quelle bonne odeur… Tu ne veux pas m'inviter à dîner ? dit-elle en posant les mains sur ses hanches en prenant une pause exagérément séductrice.

Le seul fait de la voir ainsi le rendit encore plus impatient de retrouver Alpha. Son charme et sa sensualité étaient si naturels qu'ils semblaient émaner d'elle en dépit de sa volonté.

— Je suis désolé, j'attends de la visite d'ici une petite heure.

Son visage se décomposa.

— J'en déduis que tu n'as pas mis un terme à ta liaison avec cette organisatrice d'événements, lança-t-elle avec dédain.

Il s'efforça de contenir sa colère.

— Et alors ?

— Tu dois vraiment bien l'aimer pour l'inviter à vos dîners de famille. Toutes les femmes n'ont pas droit à ce traitement de faveur de la part de Riley Westmoreland. Moi, je n'y ai pas eu droit. Et je sais à quel point tu tiens à protéger ton honneur et celui de ta famille.

Où diable voulait-elle en venir ?

— Paula, si tu as quelque chose à me dire, ne prends pas autant de détours s'il te plaît. Parle.

— D'accord.

Elle s'installa sur le canapé en croisant les jambes, dévoilant ostensiblement tous ses attributs.

— Tu dois savoir que je fréquente Samuel Porter.

Cela ne l'intéressait pas le moins du monde, mais il n'était pas étonné qu'elle s'entende avec lui. Sam aimait plus que tout sortir et faire la fête, tout comme Paula. Sans doute l'avait-il entraînée dans les orgies pour lesquelles il ne cachait pas son goût particulier.

— Et ?

— Un soir, je cherchais un DVD dans sa collection particulière pour que nous le regardions ensemble. Si tu vois ce que je veux dire…

Il n'avait pas besoin de l'interroger pour deviner de quelle collection particulière elle voulait parler. Son intérêt pour le cinéma X n'était un secret pour personne. Ce qu'il ne comprenait toujours pas, c'était où Paula voulait en venir.

— Et ?

— Et…

Avec un sourire énigmatique, elle sortit quelque chose de son sac à main.

— En tombant sur celui-ci, j'ai eu la sensation d'avoir déjà vu la femme qui posait sur la couverture. Je n'ai pas tardé à me rappeler dans quel contexte je l'avais rencontrée. Regarde, tu devrais la reconnaître toi aussi, ajouta-t-elle en lui tendant un DVD.

La vue de la photo qu'il eut alors sous les yeux lui coupa le souffle, et il eut le plus grand mal à maîtriser le tremblement soudain de sa main.

— Qu'essaies-tu d'insinuer ? répliqua-t-il sur un ton cinglant.

— Que ta petite amie a un passé honteux.

Il jeta le DVD sur le canapé, à côté d'elle.

— Je crois que tu es en train de t'exposer à un procès que tu n'as pas les moyens de t'offrir. Ce n'est pas Alpha sur cette photo, c'est seulement quelqu'un qui lui ressemble.

Elle releva fièrement la tête et esquissa un sourire méprisant.

— Ah oui ? tu en es sûr ?

Il n'avait aucun doute. Cette actrice n'était pas Alpha.

— Absolument. J'en suis même tellement sûr que si jamais cette fausse rumeur me revient par quelqu'un d'autre, je saurai que tu es à l'origine de ce mensonge méprisable et je n'hésiterai pas une seconde à te poursuivre en justice pour diffamation.

Son sourire s'effaça en un instant.

— Tu ne ferais pas ça.

— Je te déconseille de me lancer ce défi.

— Je sais ce que je vois, insista-t-elle.

— Et je sais ce que je sais. Mais si tu as envie de jouer à ça, n'hésite pas. Sache seulement que je ne te laisserai tranquille que quand je t'aurai mise à terre. Maintenant, je veux que tu partes et que tu ne reviennes jamais. Et n'oublie pas ce que j'ai dit. Si tu colportes ce mensonge, je te le ferai regretter.

Avec une expression vexée, elle se leva et marcha jusqu'à la porte. Elle l'ouvrit elle-même et la claqua derrière elle dans un geste de fureur. C'est alors qu'il se rendit compte que, volontairement ou non, elle avait laissé le DVD sur le canapé.

Ramassant le boîtier en plastique, il alla dans sa chambre pour prendre une douche. Il avait hâte qu'Alpha arrive. Hâte d'avoir avec elle la conversation qui s'imposait.

— Alpha, il faut que nous parlions.

Alpha se tourna vers Riley. Elle sentait que quelque chose n'allait pas. Le dîner avait été aussi délicieux que les autres fois et ils avaient passé un moment très agréable à table mais, depuis qu'elle était arrivée chez lui, il lui semblait qu'il se passait quelque chose de particulier. Pourquoi la regardait-il avec plus d'insistance que d'habitude ?

Elle n'était pas sûre d'avoir envie de le savoir. La vérité lui faisait peur. Mais s'il avait quelque chose à lui dire, comment pouvait-elle l'en empêcher ? Peut-être voulait-il mettre fin à leur liaison sans attendre samedi soir. Peut-être voulait-il inviter une autre femme au gala d'anniversaire de l'entreprise.

— Alpha.

Prenant une gorgée de vin, elle respira profondément avant de reposer son verre sur la table. Elle était une femme forte, elle pouvait affronter les mauvaises nouvelles. Mais ce soir, elle ne voulait pas de cela. Si cette nuit devait être la dernière passée avec lui, elle voulait qu'elle soit unique. Parfaite.

Elle fixa alors les yeux sur les siens et se leva pour le rejoindre. Une fois debout devant lui, elle se mit à ôter ses vêtements, l'un après l'autre, sous son regard de feu. De toute évidence, elle avait réussi à détourner son attention et à reporter leur conversation à plus tard.

Quand elle fut complètement dénudée, il l'attira sur ses genoux et l'enlaça.

— Tu aimes me provoquer, n'est-ce pas ? la taquina-t-il d'une voix rauque.

— C'est plus amusant comme ça, non ?

Elle voulait lui laisser un bon souvenir. Elle refusait qu'il oublie les moments magiques qu'ils auraient passés ensemble, car elle savait qu'elle ne pourrait jamais les effacer de sa propre mémoire.

Elle n'aurait plus qu'à se concentrer sur son travail pour essayer de reprendre sa vie d'avant. Restait à savoir comment elle allait gérer le fait d'organiser le mariage de Megan. Avec un peu de chance, elle aurait tourné la page de leur relation le jour où elle le reverrait, au mois de juin prochain. Elle aurait renoncé à lui.

Mais comment une femme pouvait-elle renoncer à l'homme qu'elle aimait ?

— Mon trésor, il faut que nous parlions.

Elle se pencha vers lui et l'embrassa.

— Nous parlerons, Riley. Mais plus tard. Pour l'instant, je voudrais que tu enlèves tes vêtements pour que nous passions un bon moment tous les deux.

Sur ces mots, elle se leva et le tira par la main. Il la suivit et vint près d'elle pour la caresser avant de poser les lèvres sur les siennes, tandis qu'elle défaisait la boucle de sa ceinture pour lui ôter son jean. Puis elle se mit à déboutonner lentement sa chemise.

— Tu m'as convaincu, dit-il.

Il la prit dans ses bras et se dirigea vers l'escalier qui menait à sa chambre.

Alpha s'étira longuement avant d'ouvrir les yeux. En regardant par la fenêtre, elle vit que le jour se levait et que de fins flocons de neige tombaient sur le paysage.

Tout en songeant aux mille détails qu'elle avait à régler pour la soirée du lendemain, elle se tourna dans le grand lit vide. Où Riley pouvait-il bien être ?

Elle ne tarda pas à trouver la réponse sur l'oreiller.

« Je ne voulais pas te réveiller, mais j'avais un rendez-vous au bureau à 8 heures. Fais comme chez toi et reste autant que tu veux. Riley. »

Elle prit le mot qu'il lui avait laissé et le serra contre son cœur. Au moins, il n'avait pas reparlé de la conversation qu'il voulait avoir avec elle. Elle avait réussi à le distraire suffisamment pour qu'il n'y pense plus, se félicita-t-elle en regardant les draps en désordre. Mais à présent, elle allait devoir trouver assez d'énergie au fond d'elle pour se concentrer sur son travail et faire en sorte que tout soit parfait demain soir.

En cherchant ses vêtements du regard, elle se souvint qu'elle les avait laissés dans le salon. Elle n'allait certainement pas traverser nue la maison de Riley ; elle savait qu'il ne fermait jamais sa porte à clé, et quelqu'un pouvait entrer à tout moment.

Elle se leva. Contrairement à ce qu'elle avait espéré, il n'y avait ni peignoir ni robe de chambre en vue, si bien qu'elle dut se résoudre à lui emprunter l'un de ses T-shirts pour se couvrir. Elle se rappelait où il les rangeait et marcha jusqu'à sa commode.

A l'instant où elle ouvrit le tiroir, son cœur s'arrêta de battre. Sur la pile de T-shirts était posé un DVD. Un DVD en couverture duquel posait sa sœur. Où diable l'avait-il eu ? Et depuis quand était-il en sa possession ?

L'esprit assailli de questions, elle resta figée un moment. Et si Riley, comme LeBron, avait d'abord cru que c'était elle qui était en photo sur cette jaquette ? Et si, comme lui, il s'était mis en tête de réaliser ses fantasmes avec la jumelle de son actrice préférée ?

Elle claqua le tiroir avec rage. Comment avait-elle pu être assez stupide pour croire qu'il s'intéressait à elle ? Pas étonnant qu'il ait insisté sur le fait que leur liaison était purement charnelle !

Mais elle ne pouvait s'en prendre qu'à elle-même. Après tout, elle avait accepté cet arrangement.

Sans plus se soucier de sa nudité, elle descendit l'escalier en courant et trouva ses vêtements pliés sur le canapé. Riley les avait ramassés.

Elle s'habilla à la hâte, saisit son sac à main et sortit. Pour la première fois depuis le début de l'hiver, elle ne sentit pas le froid.

Tout ce qu'elle sentait, c'était l'étau qui lui serrait le cœur.

- 16 -

En entrant dans la salle de réception de l'hôtel Pavilion, Riley s'arrêta net. Alpha avait littéralement transformé cette pièce en un lieu de féerie absolue. L'argenté, le bleu et le blanc qu'elle avait choisis pour la décoration exprimaient à la perfection le thème de la soirée, et il resta bouche bée devant les voiles en tulle blanc qui avaient été tendus entre des colonnes érigées pour l'occasion. Quant au plafond, on eût dit un vrai ciel parsemé d'étoiles au milieu duquel s'élevait une lune plus réelle que nature.

Alpha avait non seulement recréé une nuit d'hiver, mais en plus elle l'avait sublimée.

— Bonsoir, monsieur, l'accueillit une hôtesse. Veuillez accepter ce cadeau de bienvenue.

En disant ces mots, elle lui tendit une boule à neige au centre de laquelle trônait une réplique de l'immeuble de Blue Ridge Land Management.

— Merci.

Il ne résista pas à la tentation de la secouer pour regarder la neige retomber. Il ne put s'empêcher de sourire. La femme qu'il aimait avait surpassé ses attentes.

— Ta petite amie a fait un sacré travail, n'est-ce pas ?

Il leva les yeux au son de la voix enjouée de Bailey. Elle paraissait tout aussi impressionnée que lui.

— Oui, c'est vrai.

— Donc c'est bien ta petite amie ? s'amusa-t-elle.

Il laissa passer un court silence. Bailey était la deuxième personne en deux jours à faire référence à Alpha comme sa petite amie. Et s'il ne l'avait pas nié la veille, il n'allait pas non plus le faire ce soir.

— Oui, Alpha est ma petite amie.

Elle le regarda avec étonnement.

— De toutes les femmes avec qui tu es sorti, elle est la première que tu ne désignes pas comme une simple partenaire temporaire.

Comme une serveuse passait avec un plateau, il prit un verre de vin. Même les tenues du personnel étaient en parfait accord avec la décoration et la tonalité exceptionnelle de l'événement.

Il se tourna de nouveau vers Bailey.

— Elle est différente.

— Dans ce cas, j'espère que tu la traiteras différemment.

C'était ce qu'il faisait depuis qu'il l'avait rencontrée, et il comptait bien continuer ainsi. A partir de ce soir, il espérait que leur relation allait prendre une nouvelle dimension, mais pour cela il devait parler avec elle. Elle n'avait pas répondu aux messages qu'il lui avait laissés depuis la veille, mais il savait à quel point les derniers préparatifs l'avaient accaparée.

A présent, elle avait toutes les raisons d'être fière de son travail.

— Tu es très élégant, observa Bailey en le scrutant avec insistance. Les hommes de la famille Westmoreland ont vraiment de l'allure.

— Les femmes aussi, répliqua-t-il en riant. Dis-moi, aurais-tu vu Alpha ?

— Oui, elle était près du buffet tout à l'heure. Elle s'assurait que tout se passait comme prévu. J'espère qu'elle pourra un peu profiter de la soirée, elle n'a vraiment pas dû se ménager ces dernières semaines.

Ce ne fut qu'une demi-heure plus tard qu'il aperçut Alpha au milieu de la foule, à l'autre bout de la pièce. Il avait passé un moment à discuter avec Morris Caper, l'un des plus anciens employés de Blue Ridge, et avec son épouse. Canyon et Stern n'avaient pas tardé à se mêler à leur conversation, et il avait échangé des souvenirs avec eux jusqu'à l'instant où Alpha était apparue dans sa ligne de mire. Dans sa robe bleue, elle était d'une beauté à couper le souffle.

Il l'avait observée pendant un long moment, sans comprendre pourquoi elle ne regardait pas dans sa direction. Bien sûr, il savait qu'elle était là pour travailler ce soir, mais elle savait forcément qu'il était arrivé. Pourquoi avait-elle soigneusement évité de le saluer, ou même de croiser son regard ? Quelque chose n'allait pas, il en était certain.

Il allait se forcer à participer de nouveau à la conversation, lorsqu'elle tourna enfin les yeux vers lui. Il allait lui sourire et lui faire signe qu'elle avait tout réussi à la perfection, mais le regard glacial qu'elle lui lança le figea. Puis elle fit volte-face et s'éloigna vers la cuisine.

Pourquoi diable était-elle furieuse contre lui ?

— Veuillez m'excuser un instant, dit-il en prenant congé du petit groupe qui l'entourait.

Il voulut suivre Alpha sans perdre une seconde pour savoir pourquoi elle lui en voulait, mais il fut interrompu sans cesse en chemin avant de pouvoir enfin approcher d'elle. Il accéléra le pas et la rejoignit.

— Merci, Alpha, tout est bien au-delà de mes attentes, dit-il en gardant ses distances pour ne pas l'embarrasser devant le personnel qui l'entourait. Pourrais-je vous parler un petit instant ?

Elle ne pouvait se montrer impolie avec lui en présence de leur auditoire, si bien qu'elle fut obligée d'accepter.

— Bien sûr.

Il fut le seul à remarquer les éclairs que lui lançait son regard. Que pouvait-il bien se passer ?

— En privé, s'il vous plaît, ajouta-t-il en lui prenant doucement le bras.

Puis il l'attira loin de la foule, dans une pièce isolée qui servait de réserve. En refermant la porte, il nota qu'elle évitait soigneusement de le regarder. Il sentait tant de tension, tant de colère en elle. C'était à n'y rien comprendre.

— Alpha, pourrais-tu me dire ce qu'il se passe maintenant ?

— Rien, répliqua-t-elle sèchement. Du moins rien qui

soit susceptible de t'inquiéter. C'est bien notre soirée de rupture, non ? Tu ne restes jamais avec une femme plus de six semaines ; eh bien, c'est parfait. Tes six semaines se sont écoulées.

— Alpha, qu'est-ce qu'il te prend ?

— Rien. Si cela ne t'ennuie pas, j'ai du travail et…

— Ton assistante peut très bien prendre les choses en main pendant que tu es ici. Et je compte bien te garder dans cette pièce jusqu'à ce que tu me dises ce qu'il se passe. Même si je dois attendre toute la nuit pour cela.

Elle planta les poings sur ses hanches avec autorité.

— Je ne te dois aucune explication.

— Oh si ! insista-t-il en traversant la pièce pour la rejoindre. Quand je t'ai laissée dans mon lit hier matin, tu avais encore le sourire aux lèvres, alors que s'est-il passé entre-temps ? Tu es fâchée parce que je suis parti sans te réveiller ?

— C'est vraiment ce que tu penses ?

Avec un soupir de frustration, il se passa la main sur le visage.

— Très franchement, je ne sais pas quoi penser. C'est à toi de me donner une réponse.

Il crut voir passer un nuage de tristesse dans son regard, mais aussitôt elle fit volte-face pour lui tourner le dos. Il ne supportait pas plus qu'il ne comprenait cette situation. Le fait de la voir dans une telle colère contre lui lui faisait plus mal qu'il n'aurait su le dire, surtout alors qu'il n'avait aucune idée des motifs de son hostilité.

Il s'approcha d'elle et posa la main sur sa taille.

— Hier matin, commença-t-elle en acceptant enfin de le regarder, après ton départ, j'ai eu besoin de mettre un T-shirt pour descendre chercher mes vêtements.

— Continue, l'encouragea-t-il quand elle se tut.

— J'ai pensé que tu serais d'accord pour que j'en prenne un dans ton tiroir.

Il se figea. Ces derniers mots avaient suffi à lui faire deviner la suite.

— Tu as trouvé le DVD que m'avait donné Paula.

Cette fois, ce fut un regard incrédule et scandalisé qu'elle fixa sur lui.

— Paula ? articula-t-elle d'une voix blanche.

— Oui, Paula. La serveuse de chez McKay.

— Alors c'était ça ! Je comprends mieux votre complicité de l'autre soir, maintenant.

Sa voix brisée lui fendit le cœur. Elle paraissait au bord des larmes, mais il ne comprenait toujours pas pourquoi.

— De quoi parles-tu ?

— De rien. Tout ce qui compte, c'est que tu avais ce DVD et que tu croyais que c'était moi qui jouais dedans. C'est bien pour cette raison que tu as eu une aventure avec moi, n'est-ce pas ?

Ses paroles lui firent l'effet d'une gifle. Comment osait-elle croire une chose pareille ? C'était tellement inimaginable !

— Alpha, de quoi m'accuses-tu exactement ?

— Ton ex-petite amie et toi, vous avez cru que vous aviez tout compris. Vous pensiez que c'était moi qui posais sur cette jaquette.

Il se sentit plus furieux que jamais à l'idée que la femme qu'il aimait ne lui faisait pas confiance. Et dire que c'était lui qui s'était montré sincère depuis le début et qui était tombé amoureux d'elle, en dépit de ses secrets !

Lui qui s'était juré de ne jamais avoir de sentiments pour une femme, de ne jamais subir les mêmes tourments que Bane.

— Je savais très bien que ce n'était pas toi sur cette photo.

Elle fit un pas vers lui et le regarda droit dans les yeux.

— Comment pouvais-tu le savoir, alors que personne n'arrive à nous différencier, Omega et moi ? Tu ne serais pas le premier homme à me prendre pour elle.

— Je me moque complètement de ce que pensent les autres hommes. J'ai su que ce n'était pas toi à la seconde où j'ai eu ce DVD entre les mains. Vous avez beau vous ressembler énormément, un homme qui a fait l'amour avec toi comme je l'ai fait ne pourrait pas se tromper. Je connais ton corps par cœur et je n'aurais pas pu le confondre avec celui de ta sœur jumelle. Tu ne m'avais jamais dit que vous étiez jumelles, du reste.

Il s'arrêta un instant avant de poursuivre.

— Si tu te souviens bien, je t'ai dit jeudi soir que je voulais parler avec toi. C'est ce jour-là que Paula m'a apporté le DVD et je lui ai dit tout de suite que ce n'était pas toi. Alors peux-tu me dire qui est la victime dans cette histoire ? Il me semble évident que je t'ai fait confiance bien plus que tu ne m'as fait confiance.

Trop amer pour poursuivre cette conversation, il se retourna à son tour et sortit de la pièce.

A l'instant où Riley referma la porte derrière lui, Alpha laissa échapper un long soupir. Lui avait-il dit la vérité ? S'il avait réellement su que ce n'était pas elle qui apparaissait sur la jaquette du DVD, alors elle avait été infiniment injuste avec lui. D'autant qu'il avait raison, elle lui avait caché qu'elle avait une sœur jumelle.

Elle ne pouvait le contredire quand il disait qu'elle avait manqué de confiance en lui et qu'elle lui avait caché des choses. Il lui avait parlé de sa famille et lui avait même présenté ses proches, tandis qu'elle lui avait caché presque tout sur son passé et son entourage. Et il lui avait fait confiance malgré tout, alors qu'elle s'était empressée de croire les pires choses sur lui.

Et il était vrai aussi qu'il avait cherché à avoir une conversation avec elle jeudi soir, et qu'elle s'y était dérobée en croyant qu'il voulait simplement rompre avec elle. Si elle l'avait écouté, rien de tout cela ne serait arrivé. Comment avait-elle pu l'accuser aussi vite ? songea-t-elle, dévorée par le remords. Son expérience avec Eddie et LeBron avait-elle anéanti sa capacité à faire confiance à un homme ?

Non, elle refusait de leur accorder autant de pouvoir.

— Oui ? dit-elle en entendant que quelqu'un frappait.

La tête de Lindsey apparut dans l'embrasure de la porte.

— Tout va bien ? s'inquiéta-t-elle.

— Oui, pourquoi ?

Elle entra.

— J'ai vu M. Westmoreland t'attirer ici pour te parler et je me demandais ce qu'il pouvait bien avoir à te reprocher. Tout le monde est émerveillé par ce que tu as accompli, Alpha.

— Je n'étais pas seule pour le faire, c'est un travail d'équipe. Et rassure-toi, M. Westmoreland ne s'est pas plaint de l'organisation. Il voulait me parler d'autre chose.

— Ah ?

Il était temps qu'elle retourne au travail, et surtout qu'elle s'occupe pour éviter de penser à Riley.

— Allons-y, dit-elle à son assistante. A nous de nous assurer que tout se passe bien jusqu'au bout de la soirée.

Elle regarda sa montre.

— Il est bientôt l'heure de faire tomber l'averse de neige.

Le moment fort de cette « nuit d'hiver » devait être celui où de faux flocons de neige allaient envahir la salle. Avec l'éclairage qui avait été préparé, ce devrait être un réel instant de féerie. A défaut d'avoir le cœur à faire la fête, elle n'oubliait pas qu'elle était là pour faire vivre aux convives une soirée d'exception.

— Riley, tu es sûr que tu ne veux pas venir dîner ? insista Dillon. Avec la grosse tempête de neige qui s'annonce, ce sera peut-être ton dernier bon repas avant plusieurs jours.

— Tu as raison, répondit Riley, debout devant sa fenêtre, mais je vais quand même décliner ton invitation. Je ne serais pas de bonne compagnie, de toute façon.

La neige n'avait pas encore commencé à tomber, mais les prévisions avaient annoncé son arrivée.

— Alors Pam et Cloe avaient raison, répliqua son frère après un silence. Tu es redescendu de ton nuage.

— On peut dire ça, oui, concéda-t-il, sans chercher à le contredire.

— Crois-en mon expérience, les gens amoureux peuvent avoir des désaccords, parfois.

— Qui a dit que j'étais amoureux ? rétorqua-t-il brusquement.

— Moi. Et inutile d'essayer de le nier. J'ai vu que vous faisiez tout pour vous éviter à la soirée, Alpha et toi. Cela fait plus d'une semaine, tu ne crois pas qu'il serait temps de vous réconcilier ?

— Je crains que la situation soit un peu trop compliquée.

— Rien n'est trop compliqué si tu l'aimes vraiment. Si j'ai pu pardonner à Pam d'avoir été à deux doigts d'épouser un autre homme, je suis sûr que tu peux pardonner à Alpha ce qu'elle a fait.

Quelques instants après la fin de sa conversation avec son frère aîné, Riley se servait une tasse de café en repensant à ce qu'il lui avait dit. Il aurait sans doute dû le remercier pour ses conseils, mais il savait que le mieux était le plus souvent d'apprendre de sa propre expérience et de continuer à avancer coûte que coûte. Cette fois, il devait suivre le conseil qu'il avait donné à Bane des années plus tôt, et que son petit frère n'avait pas suivi, du reste.

Il refusait de marcher dans les pas de Bane.

Comme il allait chercher dans le réfrigérateur quelque chose pour son dîner, il entendit la sonnette de sa porte d'entrée. Il n'eut pas besoin de se demander longtemps qui venait lui rendre visite. Bailey. Elle lui avait déjà téléphoné deux fois, et si Dillon lui avait dit qu'il n'allait pas assister au dîner familial, elle avait forcément décidé de venir lui parler d'un sujet qu'il n'avait pas la moindre envie d'aborder.

Il hésita à aller lui ouvrir. Mais si elle avait bravé le froid glacial pour venir le voir, la moindre des choses était de la laisser entrer. Il la prierait bientôt de repartir, voilà tout. De toute façon, mieux valait que chacun soit cloîtré chez soi avant le début de la tempête. Dès demain, la plupart des routes seraient bloquées.

Il ouvrit la porte et regarda avec stupéfaction la forme blanche qui se dressait devant lui. Il essaya bien de savoir qui se cachait sous cette fourrure, mais en vain.

Finalement, une tête se dégagea de l'amas d'écharpes qui la couvrait.

— Alpha ?

— Tu veux bien me laisser entrer pour que nous parlions ? le pria-t-elle en claquant des dents. Il fait un peu froid ici.

Il s'effaça aussitôt pour la laisser passer.

— Va vite près de la cheminée.

Pourquoi était-elle sortie par ce froid polaire ? Même lui avait du mal à supporter d'être dehors par ce temps. Pour elle, ce devait être littéralement intenable.

Il la regarda ôter son grand manteau blanc, ses gants et ses écharpes. Puis elle enleva deux autres vestes épaisses et plusieurs pulls. Enfin, quand elle se tint tremblante devant le feu dans son pantalon blanc et son col roulé, il se contenta de la contempler. Qu'elle était belle…

— Je viens de faire du café, dit-il en se rappelant tout à coup qu'elle devait boire quelque chose de chaud. Je vais t'en chercher une tasse. Ensuite, tu pourras me dire ce qui t'amène par ce temps.

Il se hâta de rejoindre la cuisine et essaya de retrouver le contrôle de ses sens tout en lui servant une tasse. Il n'avait pas revu Alpha et ne lui avait pas même parlé depuis la soirée. Ce qui ne voulait pas dire qu'il n'avait pas pensé à elle. En réalité, pas une seule minute ne s'était écoulée sans qu'il ne pense à elle, et voilà qu'elle était ici chez lui, qu'elle avait bravé le jour le plus froid depuis des mois pour venir lui parler.

Prenant une profonde inspiration, il retourna dans le salon et la trouva toujours debout devant la cheminée. Elle paraissait plongée de ses pensées, et il ne doutait pas qu'il allait bientôt savoir ce qui habitait son esprit.

— Voilà ton café, annonça-t-il en s'approchant d'elle.

Elle vint à sa rencontre et, au moment où elle lui prit la tasse des mains, ses doigts effleurèrent les siens et il sentit un frisson le traverser.

— Merci, dit-elle après avoir pris une première gorgée. J'en avais bien besoin.

— Je n'en doute pas. Alors, Alpha, dis-moi pourquoi tu es venue.

— J'espérais que nous pourrions parler. J'ai envisagé de te téléphoner avant, mais j'avais peur que tu refuses de me voir.

Elle avait eu raison.

— Qu'avons-nous encore à nous dire ? Je t'ai accordé ma confiance, mais je n'ai pas eu droit à la tienne.

— Il ne s'agit pas seulement de confiance, Riley.

— Ah bon ? De quoi s'agit-il alors ?

— De l'accord que nous avions. Je suis prête à reconnaître que je ne t'ai pas tout dit, mais j'avais des raisons de garder pour moi les secrets liés à ma famille. Nous étions convenu que notre liaison serait éphémère.

Elle regarda le canapé.

— Tu veux bien que je m'asseye ? Il est temps que je te raconte tout.

Une partie de lui fut tentée de lui dire non. Il était trop tard pour régler les choses entre eux, mieux valait qu'elle s'en aille.

Mais il savait qu'il ne pouvait pas lui dire cela. Elle avait pris sur elle pour venir le voir malgré le froid, ce qui signifiait que ce qu'elle voulait lui dire était important pour elle. Il pouvait bien lui accorder quelques minutes.

— Oui, assieds-toi.

Comme elle s'installait sur le canapé, il se mit sur le siège en face d'elle tout en cherchant à comprendre comment elle avait pu ignorer l'évolution de ses sentiments. Comment expliquait-elle le temps qu'ils avaient passé ensemble si ce n'était par le changement de tonalité de leur relation ?

Il l'observa tandis qu'elle cherchait manifestement à organiser ses pensées. Etait-ce si difficile de lui parler, lui qui avait plus partagé avec elle qu'avec n'importe qui d'autre ? Si seulement elle en avait fait autant avec lui.

Lorsqu'elle leva enfin les yeux vers lui, il comprit qu'il s'était menti en se disant qu'il lui suffisait de le décider pour ne plus l'aimer. En plongeant les yeux dans les siens, il dut se rendre à l'évidence : jamais aucune autre femme ne pourrait compter autant pour lui. Il l'aimait, rien ne pouvait changer cela.

— Omega est ma sœur jumelle, commença-t-elle. Nous nous ressemblons trait pour trait. Au cours de notre première année à l'université, elle a rencontré un garçon plus âgé en boîte de nuit et a décidé d'arrêter ses études. Il l'avait convaincue qu'elle pouvait devenir mannequin.

Elle s'interrompit pour prendre une gorgée de café.

— Elle a toujours été plus extravertie que moi et la célébrité avait tout pour lui plaire, si bien que sa décision ne m'a pas étonnée. Je crois que mes parents n'ont pas été surpris non plus, en fin de compte. Elle n'avait jamais manqué une occasion de les contrarier et de défier leurs instructions. Néanmoins, ils ont été furieux d'apprendre qu'elle quittait l'université. Quand elle est partie, ils n'ont pas eu de ses nouvelles pendant des mois, mais elle et moi étions proches et nous sommes toujours restées en contact. J'ai su avant tout le monde que celui qui lui avait promis un travail de mannequin lui avait finalement proposé un travail d'actrice de cinéma X. Il ne l'a obligée à rien, elle avait la liberté de partir quand bon lui semblait. Mais elle a choisi d'accepter. Pour elle, c'était un métier comme un autre et elle n'avait aucun problème à mettre son corps à profit. Elle gagnait bien sa vie et cela lui convenait.

— Tes parents étaient-il au courant de ce qu'elle faisait ?

— Non, et Omega et moi pensions toutes les deux qu'ils ne le découvriraient pas. Elle vivait en Californie et avait acquis une certaine popularité sur la côte Ouest, tandis que nos parents habitaient en Floride, dans une région où la religion était très présente. Nous pensions que les gens qu'ils fréquentaient ne pourraient jamais apprendre la vérité sur ce qu'elle faisait. Nous avions tort. Il s'est avéré que certains hommes du coin s'offraient de petites récréations sur Internet, et tu penses bien qu'ils ont été trop heureux de diffuser la nouvelle. Mes parents n'ont pas tardé à être mis au courant. Quelqu'un leur a même envoyé un DVD par courrier.

— Quelle honte.

— Oui, comme tu dis. Le scandale qui a suivi a mis mes parents très mal à l'aise. Des gens qui se prétendaient leurs amis ont coupé les ponts avec eux, et pendant un temps ils ont perdu des clients à la clinique. Ils ont essayé de parler à Omega, mais ils s'y sont très mal pris. Ils ont voulu lui donner des ordres une fois de plus, ce qui n'a fait que l'entêter davantage. Ils ont fini par la menacer de la renier si elle ne cessait pas immédiatement ce qu'elle faisait pour rentrer à la maison. Ils ont aussi voulu m'imposer de rompre tout contact avec elle, ce que j'ai refusé de faire.

— Cela n'a pas dû leur plaire.

— Non, c'est le moins qu'on puisse dire. Au bout du compte, ils m'ont laissée tranquille, non sans me préciser qu'ils ne voulaient plus entendre parler d'elle. Ils avaient tellement honte qu'ils ont décidé de la désavouer tant qu'elle ne reviendrait pas dans le droit chemin.

Elle fit une nouvelle pause pour boire un peu de café.

— Quelques années plus tard, reprit-elle, j'ai rencontré un garçon qui s'appelait LeBron. Il venait de l'Ohio et c'était pour son travail qu'il venait s'installer à Daytona. Nous sommes sortis ensemble pendant six mois, et je pensais que tout se passait bien jusqu'au soir où il m'a montré un DVD de ma sœur. Il m'a confié qu'il était l'un de ses admirateurs de longue date, et que c'était même parce qu'il m'avait pris pour elle qu'il s'était d'abord intéressé à moi. Il m'a dit que, quand il s'était rendu compte de son erreur, il avait pensé qu'à défaut d'avoir le modèle, il serait content d'avoir la copie. Il voulait maintenant que j'imite ce qu'elle faisait dans le film. Il avait même envie de m'appeler par son prénom pendant que nous couchions ensemble.

Riley se sentit fou de rage en écoutant son récit. Il n'arrivait pas à comprendre qu'un homme puisse en arriver à de telles bassesses.

— Il voulait vraiment que tu te comportes comme si tu étais ta sœur ?

— Oui. J'ai dit non et je suis partie. Le lendemain, il m'a téléphoné pour rompre.

Elle laissa passer une longue minute de silence avant de reprendre la parole.

— Un an plus tard, poursuivit-elle, j'ai rencontré Eddie, un jour où il amenait sa chienne à la clinique. Nous nous sommes tout de suite bien entendus. Il avait quitté Palm Beach où sa famille tenait plusieurs magasins d'électronique pour s'installer à Daytona et y ouvrir une nouvelle boutique. Après ce que j'avais vécu avec LeBron, j'avais du mal à faire de nouveau confiance à un homme, et nous nous sommes vus pendant un moment avant que je lui dise la vérité. Je lui ai parlé d'Omega, de LeBron. Il était furieux qu'un homme ait pu se comporter de cette façon et il a affirmé que la profession d'Omega lui importait peu. Il comprenait très bien que je tienne à garder intacte ma relation avec elle.

— C'était une réaction intelligente.

— C'est aussi ce que j'ai pensé. Et le jour où il m'a demandé de l'épouser, j'ai accepté. Tout allait bien entre nous, jusqu'au jour où quelqu'un a envoyé à ses parents un DVD d'Omega. Ils ont été épouvantés et ont aussitôt exigé qu'il mette fin à notre relation. Il a d'abord tenu bon mais, à force de subir leur pression, il a fini par consentir à me demander au moins de couper tout contact avec elle, ce dont il n'était pas question. Et une semaine avant la date prévue de notre mariage, il a tout annulé.

Son regard se perdit dans le vague, comme si elle revivait mentalement cette période.

— Ce fut un nouvel affront pour mes parents, surtout qu'ils considéraient que j'aurais dû faire ce que me demandait Eddie. J'ai alors décidé de partir aussi loin que possible, et c'est ce qui m'a menée à Denver.

Il respira profondément et la regarda longuement.

— Donc, quand tu as vu ce DVD dans mon tiroir, conclut-il finalement, tu as cru que j'étais un nouveau LeBron ou que je pourrais être un nouvel Eddie, c'est ça ?

— Oui.

— C'était pour cette raison que tu parlais si peu de ta famille ?

— Oui. Je sais bien que toutes les familles ont des problèmes, mais jusqu'à ce jour mes parents n'ont pas pardonné à Omega. Ils voudraient que je cesse de lui parler. Ma mère commence à s'adoucir et me demande parfois de ses nouvelles, mais mon père est toujours aussi plein de rancune.

— Ta sœur exerce-t-elle toujours le même métier ?

— Non, elle a arrêté depuis plusieurs années, mais ses films restent. D'autant qu'elle était devenue très célèbre. Il m'est déjà arrivé, quand j'étais en voyage, que des hommes me demandent un autographe en me prenant pour elle.

— Parce qu'ils ignoraient que tu n'avais ni grain de beauté sur la cuisse, ni tatouage sur la hanche. Moi, je le savais.

— Riley, je te demande pardon d'avoir tiré des conclusions hâtives. Si j'avais accepté tes conditions, c'était avant tout parce que je n'avais aucune envie de m'engager dans une relation sérieuse. J'avais été tellement déçue par le passé.

— Qu'est devenue ta sœur aujourd'hui ?

— Elle vit à Paris, au Texas, avec Marlon, son mari, qui est un homme formidable. Il a réussi dans les affaires et ils partent souvent en voyage. Grâce à ses encouragements et à son soutien, elle a repris ses études et a obtenu un diplôme. Mais pour mes parents rien n'y fait. Ils ne lui ont toujours pas pardonné.

— Et ton père voudrait que tu sois de nouveau avec Eddie.

— Comment le sais-tu ? l'interrogea-t-elle avec un air stupéfait.

— Tu ne te souviens pas ? Je t'ai téléphoné un jour et tu as cru que c'était ton père qui te rappelait. Ce que tu as dit m'a laissé penser qu'il essayait de remettre votre relation passée sur les rails.

— Oui. Eddie et lui ont toujours cru qu'ils avaient une chance de me faire renoncer à Omega. Mais, comme je le leur ai dit, elle et moi sommes plus proches que jamais.

— J'en suis heureux.

— C'est vrai ?

— Bien sûr, et cela me fait de la peine que tu aies cru le contraire. La famille est tout pour moi, Alpha. Je t'ai parlé de

Bane, des jumeaux et de Bailey, de la réputation qu'ils avaient dans la région. En dépit de leur conduite, aucun de nous n'a jamais eu l'idée de les renier. On ne peut pas désavouer les membres de sa famille, et je trouve terrible que tes parents l'aient fait avec leur propre fille. Personne n'est parfait.

— Certes, mais avoir une mauvaise réputation à cause des bêtises que l'on a pu faire pendant sa jeunesse est une chose, Riley. Etre une star du cinéma X en est une autre. Les parents d'Eddie m'ont fait comprendre que leur famille ne pouvait pas se permettre d'associer leur nom à celui de la mienne. Comment aurais-je pu deviner que les Westmoreland étaient différents ?

— Tu les as rencontrés. Tu as bien vu qu'aucun d'entre eux n'avait envie de porter de jugement ou de se placer au-dessus des autres. Toutes les familles ont leur histoire. Je t'ai parlé de ce que nous avions découvert sur notre aïeul Raphel.

Il laissa passer un moment avant de lui poser une question.

— As-tu déjà entendu parler du gang des Chamberlain ?

— Oui, un père et ses deux fils qui ont enchaîné les braquages de banques il y a quelques années. J'étais au lycée à l'époque et quelqu'un avait apporté un article en classe qui parlait d'eux. Nous étions tous fascinés par leur habileté à échapper au FBI, à passer d'un Etat à l'autre en toute impunité. Jusqu'au jour où ils se sont fait arrêter.

— Ce qu'ils ont fait était assez scandaleux, tu ne trouves pas ?

— Si, bien sûr.

— Il se trouve que j'ai été amené à rencontrer un membre de leur famille, Brooke Chamberlain. Le gang était composé de son père et de ses deux frères aînés. Ils sont toujours en prison, et certainement pour longtemps.

— Comment l'as-tu rencontrée ?

— Figure-toi que c'est la femme de mon cousin, Ian Westmoreland, qui possède un casino près du lac Tahoe. Nous connaissons tous l'histoire de sa famille et aucun de nous ne lui en a jamais tenu rigueur. Elle est toujours en contact avec eux, ce que nous trouvons tout à fait normal.

La famille, c'est sacré. Je ne t'aurais jamais jugée pour ce qu'a pu faire ta sœur. Et je t'aurais encore moins imposé de couper tout contact avec elle.

— Je le comprends maintenant. Mais comme je n'en étais pas sûre, je n'ai pas osé prendre le risque.

— Tu me crois ? s'assura-t-il en fixant les yeux sur les siens.

Il se rendit compte à cet instant à quel point il avait besoin qu'elle le croie. Qu'elle croie en lui.

— Oui. Maintenant je sais que je peux te croire, dit-elle avec douceur.

— Bien, conclut-il. Maintenant que nous avons réglé les problèmes qui te taraudaient, il faut discuter des miens.

En entendant Riley, Alpha frémit d'angoisse. Elle avait peur de ce qu'elle allait découvrir.

— Je t'écoute.

Se levant de son fauteuil, il fit quelques pas de long en large devant la cheminée. Dans son jean et son sweat-shirt, il était tellement sexy qu'elle avait le plus grand mal à se concentrer sur leur conversation.

— Je t'ai parlé de Bane et Crystal, n'est-ce pas ? dit-il en se tournant soudain vers elle.

— Oui.

— Ce dont je ne t'ai pas parlé, c'est de l'influence que leur relation passionnelle a eue sur moi. La force de l'amour de Bane pour Crystal n'était pas celle d'un garçon de son âge. Elle était perceptible dans ses regards, dans sa façon de parler d'elle. Ses sentiments étaient si puissants qu'ils nous inquiétaient. A vrai dire, nous avions presque pitié de M. Newsome. Plus il cherchait à les séparer, plus ils étaient déterminés à rester ensemble à n'importe quel prix. J'ai vu la souffrance de Bane le jour où ils ont été privés l'un de l'autre, ajouta-t-il après une pause. Et je la ressens toujours quand il revient chez nous et qu'il parle d'elle. Un amour aussi intense me faisait peur, je m'étais promis de ne jamais passer par là. J'avais suffisamment souffert après l'accident d'avion, je refusais de risquer de perdre la femme que j'aimerais.

Il s'interrompit et retourna s'asseoir en face d'elle.

— Fort de cette résolution, je ne me suis jamais attaché à aucune femme. Jusqu'au jour où je t'ai connue. Avec toi, j'ai commencé à ressentir des émotions qui m'étaient inconnues, à vouloir des choses auxquelles je n'avais jamais pensé.

Elle sentit son souffle se couper. Etait-il vraiment en train de lui dire ce qu'elle avait tant espéré ? Elle avait tellement rêvé d'apprendre que pour lui aussi leur relation était devenue bien plus qu'une aventure charnelle en dépit de ce qu'ils avaient voulu croire tous les deux.

— Qu'essaies-tu de me dire, Riley ?

— J'essaie de te dire que, malgré ma volonté, tout a changé entre nous lors de notre voyage à Memphis. J'ai eu envie de t'en parler à ce moment-là, mais j'ai eu peur que ce soit trop tôt pour toi. Alors, j'ai décidé de t'envoyer des signes pour que tu comprennes où j'avais envie que cette relation nous mène. C'est pourquoi j'ai commencé à t'envoyer des fleurs, je t'ai invitée à notre dîner familial. Tout le monde a compris ce soir-là, sauf toi. Et j'ai été furieux le soir où Paula est venue m'apporter ce DVD. Comment as-tu pu croire à un complot entre elle et moi contre toi ?

Elle essaya de calmer les battements de son cœur, mais en vain. Avec ses mots, venait-il de lui dire qu'il l'aimait ?

— J'ai vu votre regard chez McKay, au moment où j'ai enlevé mon manteau.

— Ça ? Mais cela n'avait rien à voir. La première fois que nous étions venus, elle t'avait vue sous plusieurs épaisseurs de vêtements et elle avait fait une remarque sur le fait que tu étais bien en chair. J'ai savouré le moment où elle t'a vue dans cette robe.

— Ah !

— Je crois que nous avons tous les deux entretenu des craintes et des doutes sur notre relation, mais maintenant, Alpha, il faut que tu saches la vérité. Je veux être avec toi. Et pas seulement physiquement. Je t'aime tellement que mes sentiments me font peur, mais j'ai envie de croire en nous. Je veux croire que nous sommes faits pour être ensemble.

En vain, elle essaya de retenir les larmes qui naissaient au coin de ses yeux.

— Oh ! Riley, je t'aime aussi, mais je m'étais promis de ne jamais laisser personne se mettre entre Omega et moi. Quand j'ai vu ce DVD dans ton tiroir, j'ai cru au pire et j'ai paniqué. Je te demande pardon.

Il se leva et vint s'asseoir à côté d'elle sur le canapé. C'est alors qu'il tendit la main vers elle et sécha ses joues du revers du pouce. Puis il prit sa main dans la sienne.

— Alors, que devons-nous faire de tous nos problèmes à ton avis ?

Tant d'émotions l'assaillaient, qu'elle était incapable de parler ou même de réfléchir.

— Toi, qu'en penses-tu ? balbutia-t-elle.

— Je crois que nous devons nous parler davantage de tout ce qui peut menacer l'amour qu'il y a entre nous. Le seul fait d'imaginer te perdre est ce que je redoute le plus au monde. Je ne laisserai plus rien me séparer de toi.

— Oh ! Riley.

Il se pencha vers elle et déposa un baiser sur ses lèvres. Puis il l'attira contre lui, et l'entraîna dans une étreinte aussi passionnée que l'étaient les sentiments qu'ils éprouvaient l'un pour l'autre.

— Alpha, dit-il après un moment, veux-tu m'épouser ?

Elle le regarda dans les yeux et caressa son visage.

— Seulement si tu es d'accord pour que nous attendions un peu. Nous devons prendre le temps de construire une relation à long terme, d'apprendre à nous parler et à nous faire mutuellement confiance. De toute façon, ajouta-t-elle en souriant, notre mariage ne pourra pas avoir lieu avant celui de Megan en juin.

— Tu as raison. Tu me diras quel jour je dois me présenter et je serai là, s'amusa-t-il. Je t'aime et je veux passer le reste de ma vie avec toi.

— Je t'aime aussi.

Elle se leva lentement.

— Maintenant, dit-elle, je dois rentrer chez moi avant le début de la tempête.

Il se leva à son tour.

— Si tu crois un seul instant que je vais te laisser reprendre la route par ce temps, tu te trompes. Je n'arrive même pas à croire que tu aies réussi à sortir.

— Nous avions besoin de parler et je voulais que ce soit de vive voix.

— Eh bien, voilà qui est fait, et tu sais ce que je pense ?

— Non.

— Que notre nuit d'hiver à nous devrait débuter maintenant.

Il la prit dans ses bras et la souleva.

— Qu'en dis-tu ?

Elle noua les bras autour de son cou.

— Je dis qu'il est temps que la fête commence.

Avec un sourire empli d'amour et de promesses, il la serra contre lui et la porta jusqu'à sa chambre.

Épilogue

Par une belle journée de juin

Comme Alpha passait près de Riley d'un pas précipité, il la retint par le bras et l'attira derrière une grande plante décorative pour l'embrasser passionnément.

— Dis donc, toi, dit-il d'une voix profonde, combien de temps me feras-tu encore attendre avant de te consacrer de nouveau à moi ?

Elle se hissa sur la pointe de pieds et mit les bras autour de son cou.

— Juste le temps que Megan et Rico coupent leur gâteau. Tu ne trouves pas qu'ils forment un couple magnifique ?

— Si. Et grâce à Imagine, ils ont eu le plus beau mariage dont ils pouvaient rêver. Tout était parfait aujourd'hui.

— C'est toi qui es parfait.

Elle était sincère. Au cours des six derniers mois, Riley et elle avaient continué à construire leur relation, mais cette fois avec la perspective d'une vie entière à passer aux côtés l'un de l'autre. Il avait réussi à la convaincre de l'accompagner à Aspen et, comme promis, il lui avait tenu plus chaud qu'elle n'aurait pu l'espérer. Elle ne s'était pas avérée très douée pour le ski, mais les retrouvailles chaque soir entre ses bras, au coin du feu, lui avaient au moins donné le goût de l'hiver et de l'atmosphère des vacances à la montagne.

Pour le week-end de Pâques, il avait pris l'avion avec elle afin de faire la connaissance de ses parents à Daytona Beach. Sa rencontre avec Omega et Marlon avait eu lieu fin février, quand il les avait invités à une fête surprise en l'honneur d'Alpha à l'occasion de son titre d'entrepreneuse de l'année de la ville de Denver dans le secteur des petites entreprises. Il s'était bien entendu avec Omega, lui qui était l'une des rares personnes capables de les différencier. Et sa bonne entente avec Marlon les avait enchantées toutes les deux. La perspective d'un séjour chez eux au Texas était pour le moins joyeuse, d'autant qu'Omega était enceinte et plus heureuse que jamais.

En regardant la bague qui ornait son annulaire gauche, Alpha rêva de ce jour du mois d'août où elle deviendrait la femme de Riley. Elle était si comblée à ses côtés, lui qui n'avait pas hésité à faire part à ses parents de tout le bien qu'il pensait du fait qu'Omega et elle soient en meilleurs termes que jamais. Il avait insisté sur l'importance de la famille à ses yeux et avait exprimé son espérance qu'ils se réconcilient un jour avec leur fille. En l'entendant leur parler ainsi, elle s'était sentie encore plus amoureuse de lui.

En se tournant vers la table où trônait le gâteau que Megan et Rico s'apprêtaient à couper, elle aperçut Zane, un cousin de Riley. Debout près du mur, il avait les yeux fixés sur le Dr Channing Hastings, la femme qu'il avait voulu que Megan raye de sa liste d'invités.

— Qu'est-ce que tu regardes, mon amour ? s'enquit Riley.

— Ton cousin Zane et la façon dont il dévore Channing Hastings des yeux. Elle est superbe.

— Oui, et c'est une femme formidable. Elle et Zane ont eu une aventure il y a quelques années, quand elle vivait à Denver.

— Et maintenant, observa-t-elle, elle est fiancée à cet homme au regard baladeur. Il ne perd pas une seule femme des yeux.

— Tu as remarqué cela, toi aussi ? Je ne comprends pas ce qu'elle fait avec lui, elle mérite tellement mieux. Zane doit se poser la même question. Mais il ne peut s'en prendre qu'à lui-même de l'avoir perdue, avec ses manières de coureur de jupons. Même s'il a l'air d'avoir des regrets, je n'ai aucune pitié pour lui.

— Tu exagères, dit-elle en riant. Toi aussi, tu étais un coureur de jupons.

— Crois-moi, en comparaison de Zane, j'étais un moine. Et, au moins, tu peux témoigner que le jour où j'ai rencontré la femme de ma vie, je l'ai reconnue tout de suite, dit-il en lui prenant la main pour la porter à ses lèvres. Zane, lui, s'est montré trop fier pour reconnaître qu'il était amoureux, et il a sans doute perdu à jamais la seule femme qu'il était capable d'aimer.

— C'est triste.

A présent qu'elle connaissait Riley, elle n'osait imaginer la douleur que l'on ressent en vivant loin de la personne qu'on aime. Mais elle avait le sentiment que Zane allait bientôt y remédier. Il était impensable que cette femme épouse un homme aussi médiocre que celui qui était maintenant son fiancé.

— Je dois y retourner, dit-elle en embrassant Riley sur la joue. Mon travail ne sera fini que quand Megan et Rico seront partis pour leur voyage de noces. Je suis sûre que leur séjour à Dubai sera magique.

Elle regarda autour d'elle les Westmoreland venus des quatre coins du pays. Elle avait reçu un accueil si chaleureux de leur part… C'était un bonheur d'entrer dans une famille aussi unie. Au milieu de la pièce, Pam et Dillon présentaient leur fille à un groupe d'invités. Elle était née le jour de Noël et était un bébé adorable.

Un peu plus loin, elle remarqua Bane, qui n'était arrivé que le jour même et qu'elle avait vu pour la première fois. Il était d'une beauté exceptionnelle, mais la tristesse qu'il avait dans les yeux même quand il souriait lui faisait comprendre la réaction de Riley.

— Alpha ?

Comme elle se tournait vers lui, il l'enlaça et prit possession de sa bouche avec une ferveur qui lui fit tout oublier.

— On ne t'a jamais appris qu'il ne fallait pas séduire le personnel ? le taquina-t-elle.

— A cette seconde, je m'en moque complètement. Je ne vois que toi quand tu es près de moi.

Sur ces mots, il l'embrassa encore.

— Riley, je dois vraiment y retourner.

— Mais non. Lindsey est tout à fait capable de prendre le contrôle pour la fin de la journée.

— Megan va me renvoyer.

— Et je t'engagerai pour organiser mon mariage, susurra-t-il tout contre ses lèvres.

— S'il te plaît.

— Je te laisse partir, à condition que tu promettes de me retrouver chez moi ce soir. Nous avons eu notre nuit d'hiver, célébrons notre nuit d'été maintenant.

— Oui, je te le promets.

Il n'avait aucune raison de la prier, puisque son plus grand bonheur était d'être avec lui. Jamais elle n'aurait pu espérer avoir la chance de partager la vie d'un homme tel que lui. Et ce soir, au moment de le rejoindre, elle ferait tout pour le convaincre qu'il avait de la chance, lui aussi.

Ne manquez pas dès le mois prochain

dans votre collection

PASSIONS

l'intégrale de la nouvelle série

Une nuit pour tout changer

Après une nuit inoubliable avec leur rival, Teagan et Veda vont voir leur vie bouleversée…

Une série intégrale
à découvrir en décembre 2020

Retrouvez en décembre 2020,
dans votre collection

PASSIONS

Un baiser interdit, de Jessica Lemmon - N°894

SÉRIE : IDYLLES AU BUREAU TOME 1

Quand Taylor se retrouve coincée dans un cagibi avec le séduisant Royce Knox, elle ne peut s'empêcher de l'embrasser ! Une folie qu'elle ne se pardonne pas. Il ne faut en aucun cas que cela se reproduise, car Royce est son collègue et n'est pas l'homme que son père a choisi pour elle… Mais comment résister à cette idylle naissante ?

Éprise de son patron, de Jessica Lemmon

SÉRIE : IDYLLES AU BUREAU TOME 2

Addison est furieuse contre elle-même : que lui a-t-il pris d'appeler Brannon Knox – son patron – à l'aide quand sa voiture est tombée en panne sur l'autoroute ? Car, non seulement Brannon ne la laisse pas indifférente, mais voilà que celui-ci a décidé de passer le week-end avec elle, risquant de donner à leur relation jusqu'ici professionnelle un tournant bien plus intime…

Seconde chance pour leur amour, de Jessica Lemmon

SÉRIE : IDYLLES AU BUREAU TOME 3

Gia a beau avoir divorcé de Jayson il y a plus d'un an, elle ressent toujours une folle attirance pour lui. Alors, quand ils se retrouvent au mariage de son frère, les sentiments de Gia menacent de refaire surface et la passion de la submerger… Au point de donner à Jayson une seconde chance ?

La tempête des sentiments, de Charlene Sands - N°895

SÉRIE : TROIS RANCHERS À AIMER TOME 2

À son grand désarroi, April voit Risk entrer dans son agence immobilière. Risk, avec qui elle a passé la plus belle nuit de sa vie il y a deux ans, mais qui l'a quittée le lendemain sans un au revoir… Désormais elle doit lui faire visiter le chalet de Canyon Lake. Or, coincés par une tempête, ils sont obligés de dormir sur place. Comment cohabiter avec celui qui lui a brisé le cœur et qui se montre bien plus attentionné aujourd'hui ?

Une rencontre dans la neige, de Joanne Rock

Tandis qu'April entame l'ascension des Bitterroot Mountains, une tempête de neige s'abat sur la montagne, la poussant à demander de l'aide à Weston, le beau et fougueux propriétaire du ranch de Mesa Falls. Un geste qu'elle regrette aussitôt, car sa mission première est d'enquêter sur Weston, soupçonné de malversations. Or, toute forme de rapprochement avec lui met en péril ses chances de succès… et l'intégrité de son cœur.

Le procès de la tentation, de Robyn Grady - N°896

SÉRIE : UNE NUIT POUR TOUT CHANGER TOME 1

Après avoir passé une nuit délicieuse avec l'avocat Jacob Stone, Teagan apprend avec stupéfaction qu'il poursuit son frère, magnat de la presse, pour diffamation ! Teagan sait alors que leur histoire est finie… Mais comment se résigner à ne plus voir le fascinant Jacob ? Lui qui lui donne un nouveau souffle après une période compliquée de sa vie et qui éveille en elle des sentiments abandonnés depuis trop longtemps…

Amoureuse de son rival, de Robyn Grady

SÉRIE : UNE NUIT POUR TOUT CHANGER TOME 2

Veda vient de réaliser son rêve le plus fou : passer une nuit avec l'irrésistible Ajax Rawson, dont elle était amoureuse au lycée ! Seulement voilà, il subsiste un problème de taille : leurs pères, éleveurs de pur-sang, sont rivaux depuis toujours. Dorénavant, Veda devra choisir : se ranger aux côtés de son père ou laisser une chance à Ajax, dont elle se rapproche dangereusement…

Leur plus belle nuit, de Jules Bennett - N°897

En tournant un film dans le haras de la famille Barrington, Lily était loin d'imaginer à quel point sa vie changerait ! Car c'est ici qu'elle a rencontré Nash James, dont le regard a embrasé son corps. C'est ici qu'ils sont devenus amants. C'est ici qu'elle lui a annoncé qu'elle portait son enfant. Mais, si Nash est prêt à assumer ses responsabilités, elle ne peut pas s'installer chez lui. Car elle sait qu'elle devra bientôt retourner à Los Angeles...

Un inconnu si séduisant, de Sara Orwig

Lorsqu'elle croise le regard du séduisant inconnu qui vient de l'aborder, Sophia sent un délicieux frisson la parcourir. Elle n'a qu'une envie : qu'il l'embrasse. Et lorsque, enfin, il pose les lèvres sur les siennes, elle s'abandonne au plaisir... *Est-ce cela, l'amour ?* se demande-t-elle soudain. Rien n'est moins sûr, car Sophia ignore encore que la rencontre qui vient de bouleverser sa vie n'est en rien le fruit du hasard...

Le souffle de la séduction, de Catherine Mann - N°898

Alexa regrette de plus en plus d'avoir accepté la proposition de Seth Jansen. Elle était pourtant persuadée que s'occuper des deux enfants de cet homme d'affaires lui donnerait l'occasion de lui proposer d'investir dans son entreprise. Sauf que, depuis son arrivée en Floride, elle n'a pas eu une seule fois le temps de parler à Seth de ses futurs projets. Pire, elle se sent de plus en plus troublée par la proximité de cet homme incroyablement viril...

Les promesses du désir, de Kat Cantrell

Cia est bouleversée. Si elle a conclu un contrat de mariage avec le beau Lucas Wheeler, c'est uniquement pour obtenir les fonds nécessaires au financement de son œuvre caritative. Seulement voilà, vivre aux côtés de ce séducteur se révèle plus difficile qu'elle ne l'avait prévu. Car comment nier l'attraction de plus en plus irrésistible entre eux ? Hélas, elle ne doit pas céder à la tentation : car un divorce scellera bientôt la fin de leur pacte...

Composé et édité par HarperCollins France.

Achevé d'imprimer en octobre 2020.

CPI

BLACK PRINT

Barcelone

Dépôt légal : novembre 2020.

MIXTE
Papier issu de sources responsables
FSC® C108412

Pour limiter l'empreinte environnementale de ses livres, HarperCollins France s'engage à n'utiliser que du papier fabriqué à partir de bois provenant de forêts gérées durablement et de manière responsable.

Imprimé en Espagne.